Eduardo Lago, geboren 1954 in Madrid, ist Schriftsteller, Übersetzer und Literaturkritiker, der für seine Interviews mit den bedeutendsten nordamerikanischen Schriftstellern für *El País* vielfach ausgezeichnet wurde. Nach vielen Jahren als Direktor des Instituto Cervantes in New York arbeitet er inzwischen als Professor für Literatur am Sarah Lawrence College nahe Manhattan.

Guillermo Aparicio, selbst Schriftsteller in deutscher und in spanischer Sprache, hat lange Jahre als Spanischlehrer gearbeitet. Seine erfolgreiche Lehrbuchreihe *Spanisch für Besserwisser* gehört längst zum Standardrepertoire des anspruchsvollen Spanisch-Unterrichts und hat viele Nachahmer gefunden.

Eduardo Lago

BROOKLYN
SOLL MEIN NAME SEIN

ROMAN

Aus dem Spanischen von Guillermo Aparicio
In Zusammenarbeit mit Carlos Singer

ALFRED KRÖNER VERLAG

EINS

Fenners Point

Die Toten leben einzig in uns.
MARCEL PROUST

Vor Fenners Point biegt die Landstraße, sich in Richtung Deauville von der Küste entfernend, jäh nach Westen ab. Am Scheitelpunkt der Kurve, zur Seeseite hin, steht ein Metallschild mit der Aufschrift:

DÄNISCHER FRIEDHOF

am Straßenrand. Darunter weist ein grüner Pfeil auf den Beginn eines Pfades, der in einen Pinienwald hineinführt. Nach etwa zweihundert Yards mündet der Hain in eine Esplanade. Oben angekommen, liegt einem die unendliche Fläche des Atlantiks zu Füßen. In Fenners Point erreicht die Küste eine schwindelerregende Höhe und bildet eine Reihe von Klippen, die in zwei Felsvorsprüngen enden, bekannt als Teufelsgabel. Dort stürzen die Klippen senkrecht hinunter über einem Archipel aus schwarzen Riffen, die unablässig von der Brandung überspült werden.

Die Stelle, von der aus man das Profil von Fenners Point am besten betrachten kann, ist das nördliche Portal eines in den

Felsen gesprengten Tunnels, durch den die Straße direkt an den Rand des Ozeans geführt wird. Dort beginnt eine Reihe von gigantischen Gewölben, die sich an der Meeresküste entlangziehen. An vielen Stellen scheinen die schmalen Felsvorsprünge jeden Augenblick in die Tiefe stürzen zu wollen. Unten, zwischen Felsen, die die Zeit und die Brandung in gemeinsamer Arbeit dem Ufer entrissen haben, leuchtet eine weiße Sandzunge hervor, die weder vom Land noch vom Meer aus zu erreichen ist. Seit wenigen Jahren warnt eine blinzelnde Lichterflut die Boote nach Einbruch der Dunkelheit vor der Gefahr, die von der Küste von Fenners Point ausgeht. Erst durch jenes Spinnennetz aus Signallichtern, das die Riffe überzieht, konnte die unheilvolle Kette von Schiffbrüchen unterbrochen werden, deren Andenken noch über viele Jahre in den umliegenden Dörfern der Teufelsgabel verweilte.

Als ich damit begann, die Papiere von Gal Ackerman zu ordnen, stolperte ich über eine Meldung in der *Deauville Gazette*, erschienen am 7. Juni 1965. Sie lautet wie folgt:

NETZ VON SIGNALLICHTERN
VOR DER KÜSTE VON DEAUVILLE INSTALLIERT

Am vergangenen Freitag, dem 4., wurde an der sogenannten Teufelsgabel, in Fenners Point, ein Netz von Signallichtern installiert. Bedingt durch die Gefährlichkeit dieser Gewässer hatte man auf günstige meteorologische Verhältnisse warten müssen. Kurz vor Mittag nahmen zwei Hubschrauber der Marinebasis von Linden Grove über der Bucht Stellung, um die Riffe in Augenschein zu nehmen. In der Luft stehend, knapp über den Wellen schwebend, wurden durch die Türen beider Hubschrauber Leinen ins Meer hinuntergelassen, über welche sich Facharbeiter, ausgestattet mit Präzisionswerkzeugen, außerordentlich geschickt abseilten.

Ich musste schmunzeln. Es machte nichts, dass die Nachricht keine Signatur trug, mindestens für mich nicht, da ihr Autor unverkennbar war.

> Mit bemerkenswerter Geschwindigkeit fixierten die Facharbeiter um die zwanzig Stahlträger an exponierten Stellen der höher aufragenden Felsen. Jeder Stahlträger endet in einer Leuchtspitze, die durch ein Funksignal aktiviert wird. Eine Karawane behördlicher Fahrzeuge überwachte die Operation von der Straße aus. Nach etwas mehr als einer halben Stunde, während derer sich das von den Felswänden zurückgeworfene Echo der Hubschrauberrotoren mit dem Getöse der Brandung vermischte, wurden die Seile gehisst, und ihre menschliche Last einholend, entfernten sich die Hubschrauber ratternd entlang der Küste. Seitdem nehmen die Riffe bei Einbruch der Dunkelheit ein übernatürliches Aussehen an. Mit dieser so häufig verschobenen Operation hoffen die Behörden die Küste der Grafschaft mit einem geeigneten Sicherheitsstandard ausgestattet zu haben …

Später bin ich viele Male nach Fenners Point zurückgekehrt. Alleine folgte ich dem Weg, der bis zu den Klippen führt, und muss sagen, dass den rätselhaftesten Anblick nicht die Lichter bieten, die nachts zwischen den Riffen blinzeln. Auf der Esplanade zwischen dem Pinienwald und dem Rand des Ozeans befindet sich ein von einer Steinmauer umschlossener Friedhof. Um einzutreten, muss man nur die eiserne Eingangstür aufdrücken. Drinnen befindet sich eine verlassene Kapelle und, ihr gegenüber, über den Raum verstreut eine Handvoll Grabsteine. Mit einer Ausnahme sind sie alle anonym und haben keinen Schmuck außer einem auf der Marmoroberfläche eingemeißelten Kreuz. Neben der Tür der Kapelle hängt ein Schild mit folgender Inschrift:

In Memoriam

Am 19. Mai 1919 zerschellte der Frachter Bornholm der Königlich-Dänischen Marine an den Klippen von Fenners Point. Es wurden lediglich 13 Leichen geborgen, die nicht identifiziert werden konnten. Die übrigen ruhen für immer in den Tiefen des Ozeans. Um ein Gebet für ihre Seelen wird gebeten.

Dänisches Generalkonsulat
New York City
21-IX-1919

DER FRIEDHOF AM MEER

Und endlich die Ruhe der Götter schauen.
PAUL VALÉRY

Brooklyn Heights, 17. April 1991

Gestern Vormittag haben wir Gal beerdigt. Es musste so sein, wie in einem seiner Lieblingsgedichte, auf einem Friedhof an der Meeresküste, blankgefegt vom Wind, wo sich das Geschrei der Möwen mit dem unablässigen Anbrausen der Brandung mischt. Von seinem Grab aus überblickt man den Atlantik, wunderschön und normalerweise stürmisch, obwohl er ausgerechnet gestern ruhig vor uns lag und die blaue Fläche des Ozeans mit dem Horizont verschmolz. Alles passt; der Ort, an dem Gal Ackerman für immer ruhen soll, wurde von ihm selbst bestimmt. »Dänischer Friedhof« stand auf dem Schild, das er unzählige Male beim Vorbeifahren an Fenners Point vom Bus aus gesehen hatte, auf dem Weg nach Deauville, um Louise Lamarque zu besuchen. Eines Tages, als er mit ihr unterwegs war und das Schild sah, bat er sie, den Wagen anzuhalten. Zusammen folgten sie dem Pfad, der den Hain durchquert, bis sie direkt an der Steilküste ein Plateau erreichten. Da lag der Friedhof, winzig, allzeit vor menschlichen Blicken geschützt. Es war Louise selbst, die mir viel später erzählte, dass jener Friedhof errichtet wurde, um die sterblichen Überreste einer Gruppe dänischer Schiffbrüchiger, Matrosen eines Frachters, der angeblich Weizen geladen hatte, aufzunehmen. Gal hatte ihr nie etwas dazu gesagt, aber in der Tat fiel Louise, als Frank sie anrief, um ihr die Nachricht von dessen Tod zu überbringen, als Erstes ein, dass man Gal in Fenners Point beerdigen müsste. Frank gefiel die Idee sehr. Mehr als einmal hatte ihm Gal von dem dänischen Friedhof erzählt. Dank seiner Beziehungen hielt der Galizier nach 48 Stunden eine Genehmigung in der Hand, die die Bestattung erlaubte. Nur die engsten Freunde waren da, aber am Nachmittag kamen noch mehr Leute ins Oakland. Gal Ackerman hatte keine Familie. Sein Vater, Ben, war 66 und seine Mutter, Lucia Hollander, 79 gestorben. Nadja Orlov, wie hätte es anders sein sollen, ließ sich nicht blicken. Ihre Spur hatte sich schon vor Jahren verloren, und es war nicht möglich in Erfahrung zu bringen, ob sie noch lebte oder bereits gestorben war, obwohl wir alle, die Gal gut gekannt hatten, so etwas wie ihre Anwesenheit spürten. Wie Frank gesagt hat: Wenn sie noch irgendwo rumläuft, wird sie früher oder später die Nachricht erhalten. Die Beerdigung war sehr schlicht, so wie Gal es selbst gewollt hätte. Niemand hat für ihn gebetet, es sei denn, der Tumult der Möwen, die über unseren Köpfen kreisten, stellte eine Art Gebet dar. Louise las einige Fragmente des Gedichts von Valéry vor; das war alles. Als die Arbeiter, die Viktor engagiert hatte, den Sarg zugeschüttet und die Tafel aufgestellt hatten, kehrten die Trauernden nach Brooklyn Heights zurück. Frank hängte einen Zettel an die Tür des Oakland, auf dem stand, dass an diesem Abend im Gedenken an Gal Ackerman die Getränke aufs Haus gingen. Bis sehr spät in die Nacht kamen Menschen. Gal wäre entzückt gewesen, das zu sehen, genauso wie es ihm gefallen wird, für immer in Fenners Point zu ruhen, am Rande der Klippen, in Begleitung einiger dänischer Matrosen, zweifellos gute Trinker, als hätte er das Oakland in Wirklichkeit niemals verlassen.

DER PAKT

Fenners Point, 14. April 1993

Gal, ist dir bewusst, welchen Tag du zum Sterben gewählt hast? Da ich dich kenne, fällt es mir schwer zu glauben, dass es reiner Zufall war. Es ist die Art von Scherz, die du so gerne hattest, fest davon überzeugt, dass es niemandem auffallen würde, aber mit mir kannst du dieses Spielchen nicht spielen. Für alle Fälle habe ich das gleiche Datum gewählt, um dir *Brooklyn* zu bringen, damit wir es gemeinsam lesen können. Du warst wirklich einmalig; als du gingst, verschwand eine ganze Gattung. Ehrlich gesagt, tue ich mich schwer damit zu akzeptieren, dass du nicht mehr unter uns Sterblichen weilst. Jedes Mal, wenn ich das Oakland betrete, tut mein Herz einen Sprung bei der Vorstellung, dass ich dich an einem Tisch sitzend antreffen könnte. Gerade du, der du so oft über den Tod gesprochen hast, bist jetzt nun endlich auch auf der anderen Seite. Nie hatte ich einen Menschen verloren, der mir so nahestand. Für mich ist das etwas Neues, etwas, das ich nicht verstehen kann. Oft hast du gesagt, dass die Toten nicht ganz gehen, dass sie auf irgendeine Weise weiterhin unter uns sind. Für mich ist nur eines wahr: dass du nicht da bist. Du bist für immer gegangen, Gal, alles andere zählt nicht. Ich weiß schon. Ich kenne dich viel zu gut, du brauchst gar nichts zu sagen. Nicht umsonst habe ich so viel Zeit damit verbracht, deine Schriften zu ordnen. Gerade eben bilde ich mir ein, dass ich deine Stimme ganz deutlich höre, wie du über mich lachst: Wenn du das wirklich glaubst, kannst du mir zum Teufel nochmal sagen, was du hier vor meinem Grab machst und warum du so mit mir redest, als wärst du überzeugt davon, dass deine Worte mich irgendwie erreichen? Schon gut, aber zufällig ist es so, dass gerade heute, am 14. April, dein zweiter Todestag ist … Deswegen habe ich vorhin gefragt, ob das mit dem Datum Absicht war. Auf jeden Fall scheint mir der Jahrestag der Zweiten Republik das richtige Datum zu sein, um dir das Buch zu bringen. Und ja, es ist fertig. Hier hast du deinen Roman, Gal: *Brooklyn*. Ich lasse ihn hier bei dir, in der Nische, die Frank auf Wunsch von Louise hat anfertigen lassen. Damit er dir Gesellschaft leistet, so wie es bei den Ägyptern Brauch gewesen sein soll. Entschuldige den abgedroschenen Einfall, aber als ich beim Reingehen von Weitem deinen Grabstein sah, wie er da stand, allein, abgesondert von allen anderen, musste ich an eine leere Seite denken. Er ist der einzige ohne Kreuz, und mir gefällt er wirklich so, ohne Inschrift, nur mit deinen Initialen, als würde es sich um das Wasserzeichen auf einem Blatt Papier handeln:

G A 1938–1991

Es war klar, dass du so enden würdest, nämlich so wie die Gestalten in deinem Buch. Jetzt, da ich fertig bin, habe ich nicht die leiseste Ahnung, was ich mit meinem Leben anstellen soll. Ich spüre, dass es Zeit ist für einen Tapetenwechsel. Mir geht es so wie dir, dass ich mich nirgendwo richtig zuhause fühle. Ohne genau zu wissen warum, kommt der Tag, an dem mich ein Gefühl der Enge übermannt, und der einzige Ausweg ist dann die Flucht. Vorerst bleibe ich in Brooklyn, in deinem Studio, aber das geht auf Dauer nicht. Wobei, wer weiß? Für Menschen wie uns kommt plötzlich der Tag, an dem es nicht mehr möglich ist, weiter zu fliehen. Louise Remarque ist es mit ihrem Haus in Chelsea genau so ergangen. Da ist sie seit zwanzig Jahren, im Gespräch mit ihren Toten, so wie es auch dir gefiel, aber die Malerei rettet sie, so wie es dir mit *Brooklyn* hätte passieren sollen. Übrigens, außer Frank ist sie die Einzige, die den fertigen Roman gelesen hat. Drei Leser, nicht schlecht. Darüber hatten wir nie geredet, aber ich bin sicher, es hätte dir gefallen.

Louise. Dir verdanke ich die Freundschaft mit ihr. Es war deine Abwesenheit, die uns so stark aneinander gebunden hat. Wir lernten uns am Tag deiner Beerdigung kennen. Du hattest mir so viel von ihr erzählt, dass mich ein Schauer überlief, als sie vor mir stand. Sie war ganz genau so, wie ich sie mir vorgestellt hatte: eine ältere Frau, groß, elegant, geheimnisvoll. An jenem Tag trug sie ein dunkles Kleid, sehr schlicht, das Gesicht hinter einem Schleier verborgen. »Sie sind also Néstor«, sagte sie, als Frank uns einander vorstellte, reichte mir dabei die Hand und entschleierte sich. Ihr Gesicht war von Falten durchfurcht, ihr Blick hart. Damals konnten wir kaum miteinander sprechen. Zum Beerdigungsinstitut war sie mit großer Verspätung gekommen, Frank war schon unruhig geworden, denn der Trauerzug mit den Limousinen hätte schon längst Richtung Fenners Point abfahren sollen. Später werdet ihr Zeit haben, sagte er und begleitete sie bis zur Aussegnungshalle, damit sie einen Augenblick mit dir allein sein konnte, bevor dein Sarg versiegelt wurde.

Es war ein perfekter Tag, hell, warm, und es wehte eine leise Brise. Beim Verlassen des Friedhofs, nachdem die Trauerfeier zu Ende war, bat sie mich, während der Rückfahrt neben ihr Platz zu nehmen. Wir zwei teilten uns den riesigen Innenraum der Limousine. Vorne, durch eine getönte Glasscheibe von uns getrennt, saßen Frank Otero und Viktor Báez. Zunächst schwiegen wir sehr lange. Auf der linken Seite führte die Straße immer noch an der Steilküste entlang, und unwillkürlich wandten wir unsere Blicke zum Meer hin. Immer wieder verdeckten Bäume die Sicht auf den Ozean. Als der Weg endlich die Küste verließ, richtete sich Louises Blick nach vorne, und ohne sich zu entschleiern, sagte sie mit sehr leiser Stimme:

An sich hat es mich nicht überrascht, wir alle wussten, dass es jeden Augenblick geschehen konnte, aber ich habe keine

Kraft mehr. Ich bin viel zu alt, um noch solche Schläge einzustecken. Wie viele Tote haben Sie?

Ich war mir nicht sicher, was sie mir sagen wollte, deshalb gab ich keine Antwort.

Bei mir sind es drei, fuhr sie fort. Das sind zwar nicht viele, aber es geht nicht um die Anzahl. Es geht darum, wie schwer es fällt, auf die Dauer die Last ihrer Abwesenheit zu tragen. Meine Mutter zähle ich nicht mit, sie starb, als ich ein paar Monate alt war, und ich habe gar keine Erinnerung an sie. Der erste Tod, der mich wirklich schmerzte, war der meines Vaters, als ich vierzehn war. Er brachte mich an den Rand des Wahnsinns. Leben Ihre Eltern noch?

Ich antwortete mit ja, sie nickte.

Zunächst verstand ich nicht, was geschehen war. Ich stellte mich den Tatsachen nicht. Ich konnte nicht akzeptieren, dass mein Vater mich verlassen hatte. Als ich es viel später schaffte, mich damit abzufinden, änderte sich etwas in mir. Wie soll ich es Ihnen erklären? Mein Leiden dauerte schon über ein Jahr, als sich plötzlich, von mir unbemerkt, der Schmerz in etwas anderes verwandelt hatte. Wut, Zorn, ich wusste nicht genau, was es war … wenn es nicht Hass war, dann doch etwas sehr Ähnliches. Er sollte dafür bezahlen, dass er mich verlassen hatte.

Damit hob sie den Schleier zum zweiten Mal, und ich konnte ihr Gesicht betrachten. Ihre Augen waren von einem merkwürdig kalten Hellblau. Sie zog eine Schachtel Camel aus der Tasche und streckte sie mir entgegen.

Rauchen Sie?

Ich verneinte, aber sie zog ihre Hand nicht zurück. Ich brauchte einige Sekunden, um zu reagieren. Dann nahm ich die Schachtel. Darin fand ich ein Plastikfeuerzeug. Ich zog eine Zigarette heraus, bot sie ihr an und gab ihr Feuer. Louise öffnete das Fenster einen kleinen Spalt breit, blies eine Rauchwolke nach draußen und fragte mit fast unhörbarer Stimme:

Spreche ich zu viel?

Ich schüttelte verneinend den Kopf.

Der zweite Tod war noch schlimmer. Ich weiß nicht, ob Gal dir schon von Marguerite erzählt hatte. Sie war über zehn Jahre lang meine Lebensgefährtin …

Obwohl es kaum möglich war, mehr aus der Zigarette herauszuholen, zog sie noch einmal daran und warf die Kippe dann durch den Fensterspalt. Der Stummel prallte gegen eine unsichtbare Mauer und hinterließ einen Funkenschweif in der Luft. Louise steckte die Zigarettenschachtel in die Tasche und zog den Schleier über den Hut herunter. Ihre Fingerspitzen waren gelb vom Nikotin.

Gal war mein bester Freund, um nicht zu sagen der einzige, ich meine damit einen wahren Freund. Wir kannten uns seit dreißig Jahren … Sie schnalzte mit der Zunge und schnitt dabei eine Grimasse, die ich nicht zu deuten wusste. Sein Tod ist ein Zeichen, dessen bin ich mir sicher. Ich spüre, dass meine Waage nicht mehr geeicht ist, für immer.

Es folgte ein langes Schweigen, das Frank unterbrach, indem er die Trennscheibe öffnete. Er kündigte an, dass wir gleich ankommen würden, und fragte Louise, ob sie mit uns im Oakland etwas trinken möge, worauf sie antwortete, dass sie allein sein wolle. Otero bat Viktor, sie nach Manhattan zu bringen. Beim Abschied hielt sie meine Hand ganz fest:

Kommen Sie irgendwann in meinem Studio vorbei, in der Abenddämmerung, sagte sie. Ich glaube, wir haben viel zu besprechen. Obwohl ich es heute nicht eben bewiesen habe, ich versichere Ihnen, ich kann auch zuhören.

Ihre Worte unterstrich sie mit einem trockenen Lachen. Ich hörte sie zum ersten Mal lachen, und sie tat es auf eine Weise, die mir seltsam vertraut erschien.

Seither besuche ich sie mit einer gewissen Regelmäßigkeit in ihrer großen Bruchbude in Chelsea. Sie hat praktisch immer Gäste: Sammler, Kunstkritiker, Musiker, Dichter und vor allem junge Künstler, die ihr Werk heiß und innig bewundern.

Schließlich sorgt Jacques, ihr Assistent, dafür, dass alle gehen, und wir bleiben alleine zurück. Sie pflegt mit mir über ihr Tagewerk zu sprechen, so wie sie es mit dir tat. Sie ist ungeheuer talentiert, und es fällt mir schwer zu glauben, dass die Welt so lange gebraucht hat, um es zu erkennen, aber das Erstaunlichste ist ihre eigene Gleichgültigkeit. Es lässt sie vollkommen kalt, was man über sie denkt. Jacques meint, dass sie dieselbe ist, die sie schon immer war. Als ich sie zum ersten Mal besuchte, sagte einer der Gäste, ein sehr junger Bildhauer, etwas auf Französisch, das ich nicht ganz verstand, aber gut genug, um zu verstehen, dass es sich um eine Anspielung auf ihren Ruhm handelte. Das Lachen, das Louise darauf ausstieß, glich haargenau jenem, das sie ausgestoßen hatte, als wir von Fenners Point zurückgefahren waren. Es war tief, höhlenartig, das Lachen einer Raucherin, so wie ihre Stimme die Stimme einer Raucherin ist. Sie zerdrückte die Kippe im Aschenbecher und wiederholte den Satz des Jungen, der sie ob ihrer Reaktion verwirrt anstarrte. Plötzlich, Gal, verstand ich, was euch verband. Louise spottet über die Dinge, die den meisten Menschen etwas bedeuten, so wie du es zu tun pflegtest. Es interessiert sie nicht im Geringsten, dass sie am Ende ihres Lebens einen Bekanntheitsgrad erreicht hat, den sie nie angestrebt hat. Ihr beiden trefft euch in der Verachtung der Gebräuche dieser Welt. Deshalb hat sie gesagt, dass dein Tod die Waage aus dem Gleichgewicht gebracht habe. Du hast sie alleine gelassen, Gal.

Wenn sie keine Lust hat zu reden, schlägt sie mir vor, den Tee in der Bibliothek einzunehmen. Indem ich ihr faltiges Gesicht betrachtet und zugesehen habe, wie sie ihre filterlosen Camels an der Kippe der letzten anzündet, begann ich an ihr die gleiche innere Stärke wahrzunehmen, die dir eigen war. Ich wüsste nicht, wie ich es nennen sollte; es ist nicht so sehr Verachtung oder Gleichgültigkeit, als vielmehr eine Art von Würde, die ihr dazu dient, sich zu verteidigen, gegen wen oder was, weiß ich nicht. In dir habe ich sehr oft dieselbe Kraft gespürt, fremdartig, aber gut, behaftet mit einer fast gewalttätigen Vitalität. Ihr beide brauchtet die Nähe der Gefahr, wobei sie viel weniger verletzlich ist. Wenn Louise sich in die Enge getrieben sieht, verschließt sie sich; du aber spieltest verrückt und hörtest nicht auf zu wühlen, bis du es geschafft hattest, dir weh zu tun, je schlimmer, desto besser.

In der Bibliothek hängt ein Porträt von dir, auf dem es gelungen ist, einen jener seltenen Momente einzufangen, in denen du mit dir selbst im Reinen warst. Es wird dir wie ein haarsträubender Vergleich erscheinen, aber dieses Porträt erinnert mich an einen der schönsten Texte, die du je geschrieben hast: Ich meine den Nachruf auf Lermontov. Eines Nachmittags, im Oakland, erzähltest du mir von ihm und konntest nicht glauben, dass ich ihn nicht kannte. Es schien dir undenkbar. Der russische Dichter, sagtest du mit leiser Stimme und versankst in Gedanken. Es war dieses Schweigen, so typisch für dich, bei dem es fast möglich war, die Form deiner Gedanken zu sehen. Einen Augenblick später fügtest du hinzu: Er starb mit 27 bei einem Duell. Der Zar hatte ihn verbannt, und alle Bewohner des Dorfes, in dem er Zuflucht gefunden hatte, kamen zu seiner Beerdigung. Als ich dich am darauffolgenden Tag traf, hattest du einen wunderschönen Nachruf auf ihn geschrieben. Du gabst ihn mir und behieltest nicht einmal eine Kopie für dich selbst. Louise hat ihn jetzt. Ich habe ihn ihr geschenkt, als ich sie zum zweiten Mal besuchte, nachdem alle Gäste bereits gegangen waren. Sie nahm mich mit in die Bibliothek, setzte sich auf den roten Ledersessel und zündete sich eine Zigarette an. Als sie zu Ende gelesen hatte, sagte sie: Es ist sehr gut, aber es ist nicht Lermontov. Befremdet sah ich sie an und fragte: Wer dann? Es ist Gal, sagte sie vergnügt, Gal, wer sonst? Ich bin sicher, dass er es selbst nicht einmal gemerkt hat. Ich stimmte in ihr Lachen ein, sie hatte recht, du warst es. Als sie mir den Text zurückgeben wollte, sagte ich, sie solle ihn behalten.

Mit der Zeit, die vergeht, bin ich immer fester davon überzeugt, dass du immer wusstest, dass die Dinge so und nicht anders kommen würden. Wenn du mir sagtest, dass du nie in der Lage sein würdest, das *Brooklyn-Heft*, wie du es immer wieder nanntest, zu Ende zu bringen, nahm ich dich nicht ganz ernst. Aber du hast so gedrängt, auf deine Weise, ohne Worte, dass, als es mir klarwurde, wir den Pakt bereits geschlossen hatten. Versteh mich nicht falsch, die Tatsache, dass ich diese zwei Jahre auf diese Weise verbracht habe, war für mich so wichtig, dass sie mein Leben völlig umgekrempelt hat. Aber wahr ist auch, dass dein plötzlicher Tod mir klargemacht hat, dass ich in eine Falle gegangen bin. Da du nicht da warst, konnte ich nichts mehr rückgängig machen, und diese Last wurde für mich unerträglich.

Ich, dein Buch beenden? Ich fühlte mich unfähig, aber ich hatte keine Wahl. Ich war gefangen. Es ist mir schwergefallen anzufangen, und als ich es endlich tat, merkte ich, dass das Werk schon sehr weit gediehen war. Fast bei jedem Schritt fand ich Hinweise, die mir erlaubten, klar zu erkennen, wie ich weitermachen sollte. Irgendwie war es, als wärest du da und zeigtest mir den Weg. Und es waren nicht nur deine Notizen. Häufig erinnerte ich mich zufällig an Gesprächsfetzen. Weißt du, was mir als Erstes einfiel, bevor ich etwas anfasste, nachdem ich das Archiv übernommen hatte? (So haben Frank und ich dein Studio getauft, als Hommage an Ben.) Als ich mich von deinen Papieren umgeben sah, kam mir der Tag in den Sinn, an dem du mir von Kafkas letztem Willen erzähltest. Er hatte sein ganzes Leben dem Schreiben gewidmet, und als er spürte, dass der Tod nahte, bat er seinen besten Freund, Max Brod, seine Schriften zu vernichten.

Das ist eine viel zu oft zitierte Anekdote, fügtest du hinzu, doch deswegen ist sie nicht weniger beeindruckend. Vergil tat etwas Ähnliches. Selbstverständlich sind uns nur die Fälle bekannt, in denen die Freunde nicht gehorchten. Wieviele wird es dagegen geben, die dem Willen des Toten folgten? Wieviele Kafkas und Vergils mögen verschwunden sein, ohne eine Spur ihres Lebens zu hinterlassen?

Diese Frage erinnerte mich an eine andere deiner Lieblingsanekdoten. Ich hatte gehofft, du hättest sie niedergeschrieben, um sie in deinem *Heft* zu verewigen, aber ich fand sie nicht unter deinen Papieren. Ich meine jenen englischen Dichter, der seine Gedichte auf Zigarettenpapier schrieb. Weißt du noch, wie du sie mir das erste Mal erzählt hast? Es war fast am Anfang, eines Morgens, als ich aus Chicago gekommen und direkt vom Flughafen ins Oakland gefahren war. Ich war gerade dabei, mich von Diana zu trennen, und hatte mich nicht getraut, zu Hause vorbeizugehen. Wir kannten uns noch nicht gut, obwohl du mir bereits von *Brooklyn* erzählt hattest, dem Buch, das schon so lange in deinem Kopf herumrumorte. Ich kann mich nicht erinnern, wieso und weshalb du mir von dem englischen Aristokraten erzähltest, der Gedichte auf Zigarettenpapier schrieb und bevor er sie anzündete, sagte: Von Bedeutung ist nur das Schaffen.

Ich habe es aus einem Interview mit Lezama Lima, hast du erklärt. Diese Anekdote, wie die des Todes von Kafka und Vergil, tauchte mehr als einmal in unseren Gesprächen auf und veranlasste mich immer dazu, die gleiche Frage zu stellen: Und du, Gal, warum hast du geschrieben? Einmal, als wir zur Halle von Jimmy Castellano liefen, um uns Viktors Kampf anzusehen, fragte ich ganz unvermittelt. Du hast mit den Schultern gezuckt und deine Schritte beschleunigt. Wir waren nur einen Häuserblock vom Luna Bowl und Cletus entfernt, der Pförtner hatte dich erkannt und winkte schon von Weitem. Ich war fest entschlossen, eine Antwort zu erhalten, trat dir in den Weg und wartete gespannt: Du hast mich ganz genau verstanden, Gal. Warum schreibst du? Du hast das Gesicht verzogen und gewartet, bis ich zur Seite gegangen bin. Ich habe dich um Verzeihung gebeten und das Thema nie wieder angeschnitten, aber du hast es nicht vergessen. Das musst du ein paar Tage darauf geschrieben haben. Es ist diese Art von Detail, die mir zu verstehen gegeben hat, dass du alles schon im Voraus geplant hattest:

3. April 1991

Néstors Frage hat mich an einen der spanischen Freunde von Ben erinnert, Antonio Ramos. Sie hatten sich 1938 kennengelernt, als Ben im Feldkrankenhaus gedient hatte. Eines Morgens, bei der Visite, hatte er einen Gefangenen aus dem Lager der Putschisten verarztet. Ich erinnere mich daran, wie Ben mit Nachdruck darauf bestand, dass er kein Faschist gewesen sei. Es war einfach so, dass sie viele an die Front schickten, ohne ihnen Gelegenheit zu geben, sich die Seite auszusuchen. Er hieß Antonio Ramos, dürfte achtzehn oder neunzehn Jahre alt gewesen sein und sagte, er sei Maler. Abgesehen von seinen schweren Verletzungen hatte er eine schwache Konstitution, und lange schwebte er zwischen Leben und Tod. Als er außer Lebensgefahr war, fing Ben an, sich mit ihm anzufreunden. Er war ganz besonders sensibel, und mein Vater fing bald an, ihn zu mögen. Nach der Visite kam er immer wieder zurück an sein Bett, um sich eine Weile mit ihm zu unterhalten. Es schien ihm, als ob dieser Junge etwas Besonderes an sich habe. Ramos hatte unter seinen Sachen eine Anthologie von Antonio Machado, aus der er gerne vorlas, denn er war der Meinung, dass man Poesie nicht genug wertschätzen könne, wenn man ihr nicht lauschte. Einmal, als Lucia nach Madrid kam, bestand Ben darauf, sie in das Krankenhaus mitzunehmen, damit sie Antonio kennenlernte. Nach der Entlassung verlegte man ihn in ein Militärgefängnis. Beim Abschied schenkte Antonio Ramos Ben die Anthologie von Machado und bat ihn um seine Adresse. Als er zusammen mit anderen Gefangenen von der Miliz im Lastwagen abtransportiert wurde, dachte mein Vater, dass er ihn niemals wiedersehen würde. Er irrte sich. Jahre nach dem Krieg kam in Brooklyn eine in Paris abgestempelte Ansichtskarte an. Antonio Ramos wohnte dort. Er hatte das Kunststudium in Madrid abgeschlossen und ein kleines Stipendium erhalten, nicht viel, aber genug zum Leben. Mein Vater schrieb zurück, und in den darauffolgenden Jahren schrieben sie sich sporadisch. Endlich, während einer seiner Reisen nach Europa, beschloss Ben, ihn zu besuchen. Es dürfte Anfang der Sechziger gewesen sein. Ein völlig ausgemergeltes Knochengerüst öffnete ihm die Tür, nachdem er geläutet hatte. Für einen Augenblick dachte er, er habe sich geirrt. Erst als diese Erscheinung ihn umarmte, spürte er, dass es sich um Antonio handeln musste. Ramos erklärte ihm, man habe ihm einen Lungenflügel entfernt, und der übriggebliebene funktioniere nicht richtig. Er wohnte in einer sehr einfachen Wohnung auf dem Boulevard Montparnasse, die Kälte hatte von seinem Körper Besitz ergriffen, so dass er sich trotz Heizung eine Decke überlegen musste, um zu malen. Er hatte eine Französin namens Nicole geheiratet, die als Dolmetscherin bei Gallimard arbeitete. Während des Besuchs war sie zunächst nicht zu Hause. Ben erkundigte sich nach Antonios Befinden, worauf er antwortete, der Arzt habe ihm wegen des Zustands seines verbliebenen Lungenflügels das Malen verboten, denn wenn er weitermalen würde, würden die giftigen Farbdämpfe ihm im Nu den Garaus machen. Ben sah einige noch unfertige Ölgemälde im Großformat, und ihm wurde klar, dass sein Freund die ärztliche Anweisung nicht befolgte, aber er sagte nichts. Ich weiß, was du denkst, aber du irrst dich, sagte Ramos. Dem Arzt habe ich das gleiche gesagt. Es ist gerade umgekehrt: Wenn ich nicht malen würde, würde ich sterben. Beide mussten lächeln. Keiner von ihnen wollte die Magie des Wiedersehens zerstören. Ramos hatte eine Flasche vom besten Burgunder im Schrank und Jahre auf die passende Gelegenheit gewartet, um sie zu öffnen. Als Nicole von Gallimard zurückkam, improvisierten sie ein Abendessen und machten dem großen Wein alle Ehre.

Deswegen also hast du geschrieben. Ich musste warten, bis du gestorben warst, um eine Antwort zu erhalten. Was die Falle betrifft, war der entscheidende Tag der 8. April. Wir waren im Oakland und plauderten, und plötzlich hast du mich gebeten, dich ins Studio zu begleiten. Ich war schon ein paarmal dort gewesen und hatte den Eindruck, dass alles etwas aufgeräumter aussah als sonst. Auf die Hefttürme deutend sagtest du:

Im Grunde genommen ist alles, was du da siehst, völlig unbedeutend. Ich habe es nur aufgehoben, weil es mein einziger Trost ist; manchmal schlage ich wahllos etwas auf, das ich geschrieben habe, und lese einige Seiten, die mich in eine andere Dimension von Zeit und Raum versetzen, und das reicht mir. Ich wäre schon zufrieden, wenn ich eine einzige Sache herausheben könnte, ich kann dir nicht genau sagen, warum. Wie Alston immer gesagt hat: Ein Buch reicht schon. Kannst du dich an meinen Freund Alston Hughes erinnern, den Dichter? Der Alkohol hat ihn umgebracht, und genau so wird es mir ergehen. Eines Nachts, am Vortag einer Lesung seiner Gedichte, ist er zu mir gekommen, damit ich ihm bei der Auswahl helfe. Er hat einen Stapel Papier aus der Tasche gezogen, mindestens 100 Seiten. Das war alles, was er im Laufe seiner 63 Jahre geschrieben hatte. Sehr langsam hat er Seite für Seite durchgeblättert, und als er fertig war, hat er wie zu sich selbst gesagt: Was für eine Schande, so viel geschrieben zu haben! Es hat ihn überhaupt nicht gejuckt, ob er etwas veröffentlicht hatte oder nicht. Er las zusammen mit zwei anderen Dichtern, einem Chilenen, dem ehemaligen Sekretär von Neruda, und einer sehr süßen, zurückhaltenden Frau, ich glaube Peruanerin. An ihre Namen erinnere ich mich nicht, obwohl beide etliche Bücher veröffentlicht hatten. Alston war der einzige Unbekannte. Niemand hatte auch nur die geringste Ahnung, wer er war, man hatte ihn nur eingeladen, weil ich den Veranstalter dazu gedrängt hatte, ihn mit an den runden Tisch zu setzen. Es war nicht einfach gewesen, sie zu überzeugen, aber am Ende hatten sie auf mein Wort vertraut. Seine Lesung war schaurig. Die Fachleute wussten nicht, was sie denken sollten, sie hatten kein passendes Raster, um ihn einzuordnen; sie schwankten zwischen Verwirrung und Verachtung. Die Jüngeren dagegen reagierten völlig anders: Unmittelbar nach der Veranstaltung drängten sie sich um ihn und fragten, wo man seine Bücher kaufen könne. Mit einem zufriedenen Lächeln hat Alston gesagt: Nirgendwo. Und mit einem vergnügten Lachen hinzugefügt: Ich habe niemals etwas veröffentlicht und werde es auch niemals tun. Jetzt, nachdem er gestorben ist, glaube ich, arbeitet jemand in Paris an einer Veröffentlichung. Sollte ich von Alston etwas gelernt haben, dann gerade das. Dann hast du die rechte Hand gehoben, auf einen unbestimmten Punkt im Raum gezeigt und hinzugefügt:

Hier gibt es alle Sorten von Manuskripten, Texte, deren Autoren im Laufe der Jahre darauf bestanden haben, dass ich sie annahm. Einige stammen von Freunden, andere von Leuten, die ich kaum kenne. Fast alles Missgriffe, aber ab und an gerät mir etwas Interessantes zwischen die Finger. Das bewahre ich dann dort auf, hast du gesagt und dabei nach oben, auf zwei Türen über einem Einbauschrank, gezeigt.

Weißt du, wie ich diesen Ort nenne? Du bist in schallendes Gelächter ausgebrochen, und nach einer langen Weile hast du gesagt:

Die letzte Ruhestätte! Soll ich dir die letzte Ruhestätte zeigen, Ness?

Ich verstand nicht. Ohne meine Reaktion abzuwarten, hast du eine Leiter geholt und mich gedrängt:

Geh rauf!

Du hast darauf bestanden, dass ich die Türen zur letzten Ruhestätte öffnete, und in dem Augenblick, da ich es tat, kamen sie mir vor wie zwei Grabtafeln.

Schau genau hin! Siehst du, was da ist? Vor ein paar Monaten, als ich gerade dabei war, ein Manuskript herauszusuchen, fühlte ich mich plötzlich wie ein Totengräber, der dabei ist, ein Grab zu öffnen, um die Überreste umzubetten. Genau da habe ich sie so getauft. Schau mal rein, schau rein, dann wirst du es selbst sehen!

Ich tat, wie geheißen; es handelte sich um einen breiten, tiefen Raum mit Betonwänden. Drinnen schwebten Lichtpartikel inmitten einer Staubwolke; der weißliche Abglanz der Manuskripte erinnerte an einen Haufen Knochen, die verstreut in einem offenen Grab liegen. Es roch ein wenig modrig. Ehrlich gesagt beunruhigte mich dieser Anblick, also stieg ich schnell wieder runter. Ich habe nichts angefasst, obwohl du nicht aufgehört hast, mich dazu zu drängen. Sofort hast du die höchste Sprosse der Leiter erklommen und mit theatralischer Geste deklamiert:

Ein Manuskript-Friedhof! Mit beiden Armen hast du in den Papieren herumgewühlt, unfähig, mit dem Lachen aufzuhören. Dutzende und Aberdutzende von Manuskripten! Hier gibt es alles, Ness: Romane, Märchen, Theaterstücke, Essays, Memoiren, unerträgliche Texte, die überhaupt niemanden interessieren. Unglaublich, nicht wahr, sie haben alle eines gemeinsam: Niemand wird sie jemals lesen, und niemals wird einer von ihnen eine Druckerei von innen sehen. So viele Träume: Ruhm, Geld und Eitelkeit. Das sind die Dinge, von denen all diejenigen träumen, die unbedingt etwas veröffentlichen wollen. So viel Mühe, so viel Arbeit, wofür? Wieviel Bitterkeit, wieviel Frust, wieviel unerfüllte Hoffnungen? Lass sie mich dir zeigen!

Von der Leiter herunter hast du mir einige Titel vorgelesen. Dabei hast du schallend gelacht, aber mich hat es geschaudert. Wie konntest du so etwas tun? Deine Inszenierung hat mir körperliche Schmerzen bereitet. Es war deine finstere Seite, und die war für mich in diesem Moment unerträglich. Glücklicherweise dauerte dein Auftritt nicht lange. Schlagartig hast du aufgehört zu lachen, die Türen der letzten Ruhestätte zugemacht (behutsam, das Detail ist mir nicht entgangen), bist von der Leiter gestiegen, hast sie zusammengeklappt und zurück in die Küche gebracht.

Du weißt ja, dass ich in meinem Studio nie was zu trinken habe. Ich gehe schnell zum Schnapsladen und komme gleich wieder.

Als du zurückkamst, war ich gerade dabei, die Bücher in deiner Bibliothek zu betrachten. Du hattest eine Flasche Wodka dabei, einen Zwei-bis-drei-Dollar-Flachmann, und zwei Gläser. Du hast eingeschenkt und gesagt: Nimm alles mit, was du willst, ich habe aufgehört zu lesen. All diese Namen, die mir einst so viel bedeutet haben, sagen mir heute nichts mehr. Schon eine ganze Weile langweilen mich Bücher. Bis vor Kurzem habe ich immer wieder Sachen gelesen, die ich schon kannte, aber jetzt nicht einmal mehr das. Ich spüre das Ende nahen, und ich bin müde. Ich dachte schon immer, dass Alston Hughes recht hatte. Ein postumes Buch zu hinterlassen, Ness? Manchmal frage ich mich, ob ich es in der absurden Hoffnung geschrieben habe, dass Nadja es lesen würde. Oder glaubst du, ich hätte es für mich geschrieben …? Verdammt noch Mal, Ness! Ich habe mein ganzes Leben darin investiert, ohne zu wissen warum.

Dann bist du auf die Papiertürme zugegangen und hast gesagt:

Hier hast du es, Ness, *Brooklyn*, mein Buch, verstreut über die Seiten dieser Hefte. Na ja, technisch gesehen ist es noch nicht fertig, aber es fehlt nicht mehr viel. In diesem Augenblick könnte man sagen, es sei ein Rennen gegen die Zeit. Wenn ich noch ein Weilchen lebe, schaffe ich es vielleicht. Wenn aber nicht … Weißt du, dass Nadja diejenige war, die mir die Augen geöffnet hat? Ich habe mit ihr so viel über das Buch gesprochen, das ich schreiben wollte. Ich habe ihr erklärt, wie es sein würde, und mit ihr Details der Struktur besprochen. Ich habe ihr die möglichen Titel aufgezählt, die mir dafür eingefallen waren, und sie gefragt, welcher ihr am besten gefiel. Ich habe ihr die Geschichten erzählt, die ich vorhatte einzubauen, viele von ihnen habe ich nie geschrieben … Eines Tages hat sie gefragt, wann ich gedenke, fertig zu werden. Niemals, habe ich in vollem Ernst geantwortet. Nadja, die meine Art kannte, war dieses Mal offenbar ehrlich verwirrt …

…

Ich versteh' dich nicht.

Da gibt es nichts zu verstehen, es ist, wie es ist.

Aber warum?

Ich weiß es nicht, es ist wie verhext.

Das kann nicht sein.

Warum?

…

Weil es nicht von dir abhängt, Gal, das Buch gibt es schon, obwohl es über die ganzen Hefte verstreut ist.

Aber ich bin mir nicht sicher, ob ich in der Lage bin, es zu erlösen.

In diesem Fall wird es jemanden geben, der es für dich tut.

…

Von einem deiner Hefte abgeschrieben. Du erinnerst dich, nicht wahr? Du selbst hast es geschrieben. Das war nicht Teil des Pakts? Wir fangen ja schon gut an, findest du nicht? Zurück zu jenem Tag: Die Gläser mit dem Wodka waren noch immer unangetastet. Du hast die Vorhänge geöffnet. Unbarmherzig strömte das Morgenlicht ins Zimmer, worauf du sagtest:

Sieh mal, dieses Licht, Néstor. Es ist das Licht, über das Louise in ihrem Gedicht spricht. Das Licht Brooklyns.

Du hast die Vorhänge wieder zugezogen, als wäre es dir unmöglich weiterzusprechen, solange uns dieses Licht umhüllte.

Was ich damals zu Nadja gesagt habe, ist wahr. Etwas in mir hindert mich daran, dem, was ich schreibe, eine endgültige Form zu geben. Aber auch sie hatte recht: Über die Bündel verteilt existierte das Buch schon.

Obwohl der Zettel, den ich später fand, dich verriet, hast du vergessen, das Detail hinzuzufügen, dass Nadja hellsichtig genug war, um zu wissen, dass *jemand es für dich tun würde*. Es war aber auch nicht nötig, weil der Pakt bereits geschlossen war, auch wenn ich das damals noch nicht wusste. Dann hast du mir deinen Zimmerschlüssel gegeben und bist aufgestanden. Du hast nichts mehr gesagt, ich auch nicht, aber es war auch nicht nötig. Schon viel früher, lange bevor du mich zu dir eingeladen hattest, war das Los gezogen. Du hast mir nicht mal die Gelegenheit gegeben, mit dir anzustoßen. Auf deinem Gesicht erschien jener Schatten, den ich so gut kannte. Du warst weit weg, allein, hattest dich in dir selbst verlaufen, nahmst kaum mehr Notiz von dem, was dich umgab. Ohne auf mich zu warten, hast du das Glas genommen und es in einem Zug geleert. Dann hast du einen Blick zu den Vorhängen hin geworfen, als hättest du Angst, das Licht könne sich hereinschleichen, und mit leicht zittriger Hand hast du auch mein Glas genommen und es ausgetrunken. Anschließend, als wäre ich nicht da, bist du zur Tür gegangen, ohne dich von mir zu verabschieden. Ich bin dir nicht gefolgt, habe die Hand unbewusst in die Jackentasche gesteckt und mit dem Schlüssel gespielt, den du mir gegeben hattest.

Es war das letzte Mal, dass ich dich lebend gesehen habe.

Am 9. April bin ich nach New Mexico gefahren. In der Nacht des 14., als ich in Taos ins Hotel zurückkam, fand ich eine Nachricht von Frank Otero vor, in der er mich bat, ihn möglichst schnell im Oakland anzurufen. Ich tat es, und ohne Umschweife kam er direkt zur Sache:

Schlechte Nachrichten, Ness, Gal ist heute Morgen gestorben, im Lenox-Hill-Krankenhaus. Er lag drei Tage im Koma. Ich hab dich in der Redaktion angerufen. Bruce Randall hat mir erklärt, wo ich dich finden könnte. Er hat mir gesagt, dass du heute Abend zurückkommst, du kommst also noch rechtzeitig. Die Beerdigung findet am 16. in Fenners Point statt. Ich warte noch auf die Genehmigung, aber ich bin sicher, dass sie rechtzeitig kommen wird, ich hab' Beziehungen.

Bis dahin hatte ich noch nie von Fenners Point gehört, aber ich habe keine Fragen gestellt, denn es war nicht der richtige Zeitpunkt für Erklärungen. Als alles vorbei war, habe ich Frank erzählt, dass du mir den Schlüssel für dein Zimmer gegeben hattest, und ihn gebeten, mich nach oben zu begleiten. Alles war genau so wie das letzte Mal, als ich mit dir dort gewesen bin. Dann habe ich ihm ausführlich von unserem letzten Gespräch erzählt.

Ich habe nicht die Absicht, es zu vermieten, war alles, was er gesagt hat. Mach, was du für richtig hältst, mit dem, was du hier findest.

Es hat zwei Jahre gedauert, Gal, zwei Jahre, in denen ich es nach und nach geschafft habe, Ordnung in die enorme Menge an Material zu bringen, die du hinterlassen hast, indem ich verschwinden ließ, was nicht dazu bestimmt war, in *Brooklyn* einzugehen. Dort, umgeben von deinen Fotos, deinen Briefen und Erinnerungen, war es so, als wärest du bei mir. Als die Arbeit nach und nach Form annahm, verbrachte ich viele Nächte im Studio, schlief dort, und nach ein paar Monaten beschloss ich dort einzuziehen, damit mich nichts von der Arbeit abhalten könnte. Wenn ich etwas von dir las, konnte ich ganz deutlich deine Stimme hören. Mehrmals, wenn ein Möbel oder der Holzboden knarzte, fuhr ich herum, weil ich dachte, du wärest im Zimmer und wolltest mir etwas sagen.

Eines Nachmittags, kurz nach meinem Einzug, machte ich mich daran, die letzte Ruhestätte auszuräumen, doch ich wagte nicht in den Manuskripten zu blättern. Ich bat Frank um Hilfe. In Pappkartons verstaut, brachten wir sie zusammen runter und verbrannten sie einzeln im Kamin des Oakland. Als ich sie brennen sah, konnte ich nicht aus dem Kopf bekommen, was du über Texte zu sagen pflegtest, die geboren würden, um vergessen zu werden. Wie der Pfarrer und der Barbier, sagte Frank, nur dass wir kein Einziges am Leben lassen. Es gelang ihm, mich zum Lachen zu bringen.

Das war nur der Anfang. In Erfüllung deiner Wünsche habe ich die Lücken gefüllt, die du gelassen hast. Ich habe alles sorgfältig geprüft: die Briefe, die Notizblöcke, die Hefte, die Mappen, deine Tagebücher und Nadjas Tagebücher. Am Ende des Tages bin ich runtergegangen, um das Material zu verbrennen, das ich nicht mehr brauchte. Ich war die Verlängerung deines Schattens geworden. Ja, es hat zwei Jahre gedauert, in denen ich einer Stimme folgte, die nicht verstummen wollte, einer Stimme, die mich seit dem Tag, an dem ich dich kennenlernte, dazu gebracht hat, nur dieses eine zu tun, obwohl ich das alles erst verstand, nachdem du gegangen warst. Wir sind fertig, wir haben es geschafft, du und ich, Gal. Hier hast du deinen verdammten Roman: *Brooklyn*. Nadja hatte recht, das Buch existierte schon. Du warst der Schöpfer und außerdem das einzige Hindernis. Man musste dich aus dem Weg schaffen; um es zu retten, war jemand nötig, der deiner Stimme hörig war, aber dafür warst du nicht geeignet, weil deine Stimme dich gelähmt hat. Es war nicht einfach. Darin stecken Hunderte und Aberhunderte von stillen und einsamen Stunden, Stunden, in denen ich mein Schreiben in den Dienst deines Schreibens stellte. Als ich endlich fertig war, wurde mir bewusst, dass, wenn überhaupt jemand Schuld trägt, ich es bin. Wenn ich wiederlese, was wir geschaffen haben, fällt es mir oft schwer, deine Stimme von meiner zu unterscheiden. Obwohl es in Wirklichkeit nur eine Stimme gibt, deine: Jedes Mal, wenn ich eingreifen musste, versuchte ich mir vorzustellen, wie du es gemacht hättest. Es war eine lange Lehre, aber ich bin dankbar dafür. Dir habe ich es zu verdanken, dass ich ein Schriftsteller bin. Davor hatte ich immer das Gefühl, dass das Wort zu groß für mich war.

Dem habe ich nichts hinzuzufügen. Alles steht im Buch. Oder doch: Das muss gefeiert werden. Ich habe eine Flasche

Wodka mitgebracht, dieselbe, die du an jenem Tag mitgebracht hast, einen 32-Unzen-Flachmann, genau so einen, wie du ihn so gerne auf die Altäre der Werft stelltest. Ich werde ihn zusammen mit dem Buch in die Nische stellen, damit sie dir Gesellschaft leisten. Aber vorher muss ich dich noch an den Drink erinnern, den ich an dem Tag nicht trinken konnte, an dem wir den Pakt geschlossen haben. Oder dachtest du, das würde ich vergessen?

ZWEI

Deauville

Er ist auf keiner Karte verzeichnet, wie alle wahren Orte.

HERMAN MELVILLE,
Moby Dick

Deauville, 13. Oktober 1973

Noch vor der Morgendämmerung wachte ich mit einem Gefühl der Beklemmung auf. Obwohl ich mich nicht an den Traum erinnern konnte, wusste ich, dass er mit Sam Evans zu tun gehabt hatte. Ich stand auf, ging in die Küche, zündete mir eine Zigarette an, und während ich auf den Kaffee wartete, las ich nochmal die Postkarte von Louise. Sie trug das Datum vom Freitag, und es stand nichts Besonderes darin, aber als ich die Karte zu Ende gelesen hatte, überkam mich das merkwürdige Gefühl, dass sie irgendwie mit dem Alptraum zusammenhing, den ich in der Nacht gehabt hatte. Ich beschloss, sofort nach Deauville zu fahren, und konnte nicht mal die Geduld aufbringen, mir eine zweite Tasse Kaffee zu machen. Ich stopfte ein paar Sachen in eine Umhängetasche und ging zu Fuß zum Port-Authority-Busbahnhof. Als ich ankam, war der Bahnhof wenig bevölkert. Ich kaufte eine Rückfahrkarte und ging runter zum Bussteig an der 40. Straße. Gerade war ein Bus angekommen, und die Fahrgäste waren noch dabei auszusteigen. Als der letzte Fahrgast ausgestiegen war, schloss der Fahrer die automatischen Türen, machte sich noch ein paar Notizen auf dem Lenkrad und nach einigen Minuten ging er weg. Alleine am Bussteig, schaute ich auf die Uhr und sah, dass es bis zur nächsten Abfahrt noch eine halbe Stunde war. Ich lehnte mich mit dem Rücken an die Backsteinmauer, und als ich meinen Blick nach vorne wandte, konnte ich in der Glastür mein Spiegelbild sehen. Ich betrachtete das Spiel des Lichts auf der Scheibe. Es war ein grauer Tag; hinter mir erhob sich die Silhouette einiger Gebäude und ein riesiges Stück Himmel. Der Wind trieb die dunklen Wolken zum Hudson hin.

Ich schlug das Heft auf und steckte mir eine Zigarette an. Es gab kaum noch leere Seiten. Ich würde mir ein neues Heft besorgen müssen, bevor ich wieder nach New York zurückkam. Aufs Geratewohl blätterte ich im Heft herum, und als ich auf das heutige Datum stieß, überkam mich ein überwältigendes Gefühl der Unwirklichkeit. Genau nach einem Jahr kehrte ich nach Deauville zurück. Ich kann nicht erklären, warum, aber irgendwie brachte ich dieses Zusammentreffen in Verbindung mit der Unruhe, die Louises Postkarte in mir ausgelöst, und mit dem Alptraum, der mich geweckt hatte. Erneut versuchte ich mich an den Inhalt meines Traumes zu erinnern, aber die Bilder waren noch fragmentarischer und flüchtiger als zuvor; das einzige, was ich aus meinem Gedächtnis retten konnte, waren Bruchstücke meines letzten Gesprächs mit Sam Evans. Als wäre dort der Schlüssel zu finden, suchte ich nach dem, was ich vor einem Jahr über ihn geschrieben hatte.

Deauville, 13. Oktober 1972

Wie immer bat ich den Fahrer, mich an der Ranch von Stewart Foster, eine halbe Meile vor der Kreuzung nach Deauville, aussteigen zu lassen. Mich fasziniert das Schauspiel der Vollblüter auf der Koppel, das Geheimnis ihrer Existenz, diese seltsame Mischung aus Verletzlichkeit und Kraft, die nahezu menschliche Hilflosigkeit ihres Blicks, die Anmut und Eleganz ihrer Bewegungen. Stewart ist 76 Jahre alt und hat sein ganzes Leben der Zucht von Rennpferden gewidmet. Jedes Mal, wenn der Bus in unmittelbarer Nähe seines Anwesens anhält, streckt der alte Foster den Kopf aus der Veranda, um zu sehen, wer da aussteigt. Es gefällt ihm, wenn die Leute seine Tiere bewundern. Diesmal erkannte er mich sofort; er hob den rechten Arm zum Gruß und ging wieder rein. Ich näherte mich dem Zaun. Da graste eine Stute mit ihrem neugeborenen Fohlen. Die Mutter hob den Kopf und, ohne die Stellung ihres Körpers zu verändern, wandte mir den Blick zu, um sich dann, gefolgt von ihrem Fohlen, zu entfernen. Ich kann Stunden damit zubringen, die Bewegungen der Pferde zu studieren, aber an diesem Morgen braute sich ein Unwetter zusammen, und so entschied ich mich, zur Straße zurückzukehren, um zur Tankstelle weiter zu laufen, mit der Absicht, Sam zu sehen, bevor es zu regnen begann. Es macht mir große Freude, mit Sam zu sprechen; ich glaube, meine Besuche in Deauville werden ganz anders sein, sollte er eines Tages nicht mehr da sein. Niemand weiß etwas Genaues über seine Geschichte. Er ist ein blinder Schwarzer; sehr alt. Er kam vor Jahrzehnten nach Bogalusa, ein Dorf in Louisiana, um als Feldarbeiter sein Geld zu verdienen, aber er fühlte sich dort gut behandelt, und so beschloss er nach dem Ende der Saison, zu bleiben. Bald hatte er sich einen Ruf als verantwortungsvoller und ehrlicher Arbeiter erworben, so dass die Leute anfingen, sich an ihn zu wenden, damit er alle möglichen Aufträge erledigte. Es fehlte ihm nie an Arbeit, bis er, vor etwa fünfzehn Jahren, bei einem Unfall sein Augenlicht verlor. Seither verbringt er den Tag auf einem Schaukelstuhl sitzend, mit Lux, seinem belgischen Schäferhund, zu seinen Füßen. Es ist mir nicht gelungen, herauszufinden, wie Sam es schafft, mich zu erkennen, sobald ich den Fuß auf den Kiesweg setze, der zu ihm führt. Es kann sein, dass jeder von uns eine eigene, unverwechselbare Art hat aufzutreten und dass für einen Blinden das Geräusch der Kieselsteine, die gegeneinander schurren, so unverkennbar ist wie die Gesichtszüge für jemanden, der sehen kann. Auf jeden Fall entfernt sich Sam praktisch den ganzen Tag über nicht vom Eingang des Ladens. Dort befindet sich sein Arbeitsplatz, und das ist ihm heilig. Er hat sich nie dazu erniedrigt zu betteln, so dass er nach dem Unfall vor der Herausforderung stand, einen würdigen Beruf zu erfinden. In der Tat fiel ihm am Ende ein originelles Geschäft ein, und, wie er selbst sagt, um es ordentlich ausüben zu können, benötigt man künstlerische Begabung. Er meint, wenn man sechzig Meilen von der Hauptstadt von Louisiana entfernt geboren wurde, wird alles viel einfacher. Er hat völlig recht. Im Grunde ist er ein Straßenkünstler; tatsächlich verdankt er seine Idee den Straßenmusikern und Stepptänzern, denen er in den Straßen des Französischen Viertels von New Orleans so oft zugesehen hat. Die Leute wissen sein Talent zu schätzen, und mit dem, was er bekommt, hat er genug zum Überleben.

Wenn ihn das Wetter nicht daran hindert, setzt er sich vor dem Eingang des Ladens an einen dreibeinigen, runden Tisch mit einem geblümten Tischtuch. Darauf legt er eine zerfledderte Bibel mit einem Einband aus schwarzem Leder und ein Körbchen aus geflochtener Kordel. In der Mitte des Tisches, sorgfältig beschriftet und gefaltet, steht ein weißes Kartonschild, auf dem in dicken, schwarzen Lettern zu lesen ist:

SAM EVANS
MEMORISATOR VON GOTTES WORT

Sein Leben könnte nicht einfacher sein: Er schläft in einem Schuppen hinter der Werkstatt, wofür Rick, der die Tankstelle betreibt, eine winzige Miete verlangt; das Essen bringt man ihm vom Imbiss. Kim, ebenfalls aus dem Süden, aus Atlanta, bereitet es zu; gegen einen kleinen Obolus kümmert sie sich auch um seine Wäsche. Um sich zu waschen, benutzt er die Waschbecken in der Tankstellen-Toilette. Sein Tagesablauf wandelt sich im Einklang mit den Jahreszeiten, einem Rhythmus folgend, der sich im Laufe seines Lebens nie geändert hat: arbeiten von Sonnenaufgang bis Sonnenuntergang. Seine Methode könnte nicht schlichter sein, und außerdem ist sie unfehlbar. Rick leidet an einer sehr fortgeschrittenen Arthritis und kann deshalb beim Tanken nicht bedienen. Wenn ein Kunde zum Tanken kommt, sieht er als Erstes ein Schild, auf dem steht, dass der Treibstoff im Voraus im Laden zu bezahlen ist. In dem Moment, in dem der Neuankömmling sich anschickt, die Ladentür zu öffnen, steht Sam auf, denn darauf hat er gewartet, und hält ihm mit ausgestrecktem Arm die Bibel vor die Nase. Keiner hat Zeit zu reagieren; bevor man weiß, wie einem geschieht, findet man sich mit dem Buch in den Händen wieder und Sam drängt einen dazu, es irgendwo aufzuschlagen. Die Situation ist so absurd und überraschend, dass niemand in der Lage ist, diese Aufforderung zu ignorieren.

Man soll nicht versuchen, den Zufall zu beeinflussen, sagt er, sobald er das Blättern von Seiten vernimmt. Am besten sollte man gar nicht nachdenken und die Sache einfach dem Buch selbst überlassen.

Er weiß immer, wann die Suche zu Ende ist, und ohne seinem unfreiwilligen Kunden eine Atempause zu gönnen, fordert er ihn dazu auf, ihm Titel und Vers vorzulesen, auf die sein Blick gefallen ist. Ich kann mich nicht erinnern, in meinem ganzen Leben jemals die Bibel aufgeschlagen zu haben, bevor ich zum ersten Mal nach Deauville kam und Sam mich dazu aufforderte. Als ich später darüber nachdachte, kam mir die Situation komisch vor, aber Tatsache ist, dass er nicht lockerlässt, sobald er dich einmal erwischt hat. Am merkwürdigten ist jedoch, dass niemand protestiert oder auch nur den geringsten Widerstand leistet. Später habe ich sehr oft versucht zu verstehen, warum ich seine Anweisungen strikt befolgte; in der Tat war es so, dass ich, als er mich fragte, auf welche Stelle ich gestoßen sei, artig antwortete: Hesekiel, Kapitel XXXIV. Ich durfte nicht weiterlesen. Er unterbrach mich und begann mit tiefer, feierlicher Stimme zu deklamieren: Die schlechten Hirten und der rechte Hirt. Und des HERRN Wort geschah zu mir und sprach: Du Menschenkind, weissage wider die Hirten Israels, weissage und sprich zu ihnen: So spricht Gott der HERR: Wehe den Hirten Israels, die sich selbst weiden! Sollen nicht die Hirten die Herde weiden? Aber ihr esset das Fett und kleidet euch mit der Wolle und schlachtet das Gemästete; aber die Schafe wollt ihr nicht weiden. Erstaunt wartete ich, bis er die ganze Passage rezitiert hatte. Bevor ich ging, übertrug ich sie vollständig in mein Tagebuch und legte einen Zehndollarschein in den Korb. Ich hatte die Absicht, das ganze Fragment auswendig zu lernen und Sam im Kleinen zu imitieren. Jener schwarze Blinde erschien mir als eine Art Prophet. Was er aus der Bibel machte, erinnerte mich an das *Yijing*, und ich entschied, dass es am besten wäre, diese Botschaft unverändert weiterzutragen. Ich bin immer noch überzeugt, dass wir alle, die wir ihm über den Weg gelaufen sind, einen verborgenen Blick auf die Zukunft erhaschen durften.

Ich habe Sam sehr oft in Aktion gesehen, und er irrt niemals. Normalerweise reagieren alle so wie ich: Wir beeilen uns, das, was wir hören, mit dem zu vergleichen, was der Text sagt. Bisher hat ihn niemand bei einem Fehler ertappt. Immer wieder stellen seine Kunden erstaunt fest, dass die Übereinstimmung perfekt ist, Wort für Wort. Fast niemand zweifelt an der Wahrhaftigkeit seiner Methode, wenn ihn aber doch jemand fragt, wo der Trick sei, bricht Sam in lautes Lachen aus und erklärt, dass es keinen Trick gebe; es sei einfach so, dass er die Bibel auswendig kenne. Wenn sie ihm das Buch zurückgeben, ist niemand so knickrig, kein großzügigeres Trinkgeld zu hinterlassen. Bei schlechtem Wetter lässt sich Sam mit dem Einverständnis seines Freundes Rick neben der Theke nieder.

Zum Teufel, Gal!, sagte er, als er mich heute sah. Wenn er das Wort an mich richtet, benutzt er immer dieselbe Formel. Darf man wissen, was in der Küche der Hölle gekocht wird? Haben sie dich rausgeworfen oder ist dir jetzt endgültig dein Kleinhirn weggeschmort, dass du schon so lange die Stadt nicht verlassen hast? Give me five! Wahrscheinlich weil er schon so lange lebt, besteht sein Leben aus einer Reihe von Wiederholungen. Für jeden seiner Bekannten hat er eine feste Grußformel. Unabhängig davon, wie lange der Abstand zwischen meinen Besuchen ist, ist dies die Formel, die mir zugedacht ist, und er wiederholt sie immer im gleichen Ton, ohne ein einziges Wort hinzuzufügen oder wegzulassen.

Diesmal betrachtete ich nicht so sehr ihn selbst, als vielmehr seinen Hund Lux. Ein weiteres von Sams Geheimnissen besteht darin, dass er immer erraten kann, in welche Richtung sein Gegenüber gerade blickt.

Ich fürchte, ihm bleibt nicht viel Zeit, Gal. Noch vor dem Sommer werde ich ihn zum Tierarzt bringen, damit er ihn einschläfert. Ich schiebe es immer wieder vor mir her, aber ich denke, er wird nicht mehr lange durchhalten.

Lux wandte den Kopf seinem Herrn zu.

Es tut mir leid. Wie du wohl weißt, kann ich da nichts tun, sagte der Blinde zu dem Tier und streichelte dabei seinen Kopf. Lux richtete sich auf, ließ die Zunge heraushängen und begann an mir herumzuschnuppern. Diese Dinge haben ihre Zeit, sprach Sam weiter. Man muss auf das Zeichen achten. Wenn das Leid größer wird als der ganze Rest, bedeutet das, dass wir gerade dabei sind, länger zu leben, als uns zusteht. Das ist nicht gut, Gal. Das Leben irrt sich nie. Ich verstehe nicht, warum die Leute sich weigern, das zu akzeptieren. Ich bot ihm eine Zigarette an. Er nahm sie und führte sie mit zittrigen Fingern zum Mund. An sich fiel mir an Lux nichts Besonderes auf, eher war Sam derjenige, der ziemlich mitgenommen aussah. Er ist in den letzten Monaten sehr gealtert, und die Parkinsonsymptome sind alarmierend. Er tat einen kräftigen Zug, spuckte zur Seite aus, streckte den Hals und hielt konzentriert inne, als würde er

> versuchen, auf etwas zu lauschen. Lux hatte die Ohren gestreckt und war genauso angespannt. Sekunden später entlud sich ein ausgedehnter Donner und es begann heftig zu regen.

Ich klappte das Tagebuch zu und sah mich um. Der Bussteig war eingezwängt zwischen zwei Backsteinmauern. Mir fiel auf, dass der Bus unten breiter war als oben, so dass er leicht geneigte Flanken hatte. Er hatte die Schnauze auf die Neunte Straße gerichtet; zu meiner Linken, in Richtung Achte Straße, hatte sich eine Schlange von etwa zwanzig Personen gebildet. Plötzlich wurde ich von einem Lichtstrahl geblendet, der von der geneigten Oberfläche der Glasscheibe reflektiert wurde, und als ich meinen Blick zur Tür wandte, überraschte mich die Spiegelung meiner Silhouette; über meinem Kopf erhob sich die Backsteinmauer, darüber schwebten die Umrisse der Wolkenkratzer vor einem bewölkten Hintergrund. Der Fahrer stieg von der Gegenseite aus ein und aktivierte sofort den Schließmechanismus der Tür; die Türblätter bewegten sich geräuschlos auf mich zu; als die Scharniere ihre Endposition erreicht hatten, entfalteten sie sich zur Seite hin. Mein Spiegelbild wurde wie durch Zauberei in zwei Hälften gespalten, die unter den Himmelsfragmenten verschwanden. Als ich gerade einsteigen wollte, erschien in der Türöffnung die Silhouette einer jungen Frau, die eine schwer wirkende Reisetasche trug. Der Bus stand bereits über eine Viertelstunde, und ich wunderte mich, dass jemand so lange drinbleiben konnte. Ohne Zweifel war sie eingeschlafen.

Den Fahrer schien das nicht sonderlich zu stören. Nachdem er sich kurz nach ihr umgedreht und ihr etwas zugerufen hatte, bat er uns, sie aussteigen zu lassen. Das Gepäck schien der Unbekannten zu schwer zu sein, so dass sie von einer Hand zur anderen wechselte, um leichter aussteigen zu können. Auf der Höhe meiner Augen erschien ein undeutlicher Schatten, der kurz darauf wieder verschwand. Die Ledertasche blieb an der

Rockfalte hängen und entblößte die Schenkel des Mädchens. Die Erscheinung dauerte kaum einen Moment. Mit einer brüsken Bewegung ihrer freien Hand beeilte sie sich, den blauen Stoff ihres Rockes wieder zu glätten, und dabei hätte sie fast das Gleichgewicht verloren. Sie schaffte es, nicht zu stürzen, indem sie die Tasche von sich schleuderte und sich an einer Eisenstange festhielt.

Ich erwischte das Ding mitten im Flug. Taumelnd spürte ich, wie mir eine Niete die Wange aufriss; gleichzeitig bekam ich einen heftigen Schlag gegen die Brust. Als ich das Gleichgewicht wiedererlangt hatte, sah ich sie einen Schritt weit weg von mir auf der Straße. Die Haare verbargen ihr Gesicht, bis sie sie brüsk zurückwarf. Sie hatte weiße Haut, grüne Augen, und sie dürfte nicht viel älter gewesen sein als zwanzig. Für einen Augenblick kreuzten sich unsere Blicke. Ohne auf meine Reaktion zu warten, entriss sie mir die Tasche und entfernte sich mit schnellen Schritten Richtung Terminal. In meinem Rücken spürte ich den Druck der Leute, die mich zum Einsteigen drängten. Mit großen Schritten durchquerte ich den Gang, fand meinen Sitz und ließ mich benommen hineinfallen.

Meine rechte Wange pochte heftig, mein Puls raste und ich bekam kaum Luft. Als ich mit der Fingerkuppe über meinen Wangenknochen streifte, stellte ich fest, dass sie blutverschmiert war. Ich lockerte meinen Hemdkragen, um das Erstickungsgefühl zu lindern, und schaute durch die getönten Fensterscheiben auf den Bussteig. Da sah ich ihre unbewegte Gestalt, sehr aufrecht, während sie die Rolltreppe hochfuhr. Kurz vor dem Erreichen des Terminals bückte sie sich, um die Tasche aufzunehmen, schaute für einen Augenblick zurück, bevor sie zur Ausgangstür lief und verschwand. Ein Gefühl der Hilflosigkeit überkam mich. Der Anblick ihrer nackten Beine, bis dahin eine flüchtige und verschwommene Wahrnehmung, begann jetzt klarere Konturen anzunehmen. In den nächsten Wochen würde diese Vision unzählige Male wiederkehren. Mehr als eine Erinnerung, die jäh zurückkehrt, war jene Vision dabei eine schrittweise Offenbarung. Mit absoluter Klarheit entdeckte ich plötzlich Einzelheiten, von denen ich nicht einmal wusste, dass ich sie wahrgenommen hatte. Ich machte nicht den Versuch, meine Gefühle zu ordnen, bis viel später die Notwendigkeit, jene Unbekannte zu finden, zur Besessenheit wurde. In jenen Momenten gab ich mich der seltsamen Verwirrung hin, die das Wiederaufkeimen der Erinnerung an die Farbe und Textur ihrer Haut, die Form ihrer Schenkel und die Schamhaare, die ihr Geschlecht nicht vollständig bedeckt hatten, in mir auslöste. Dies war die einzige Entdeckung, die ich verbal zum Ausdruck bringen musste, nämlich die Tatsache, dass die Unbekannte keine Unterwäsche getragen hatte. Als sich das Bild verlor, spürte ich den Blitz des Verlangens.

Wie auf Befehl stand ich auf, schlängelte mich durch den Gang und lief zum Ausgang. Ich rannte zu den Rolltreppen, nahm drei der geriffelten Stufen auf einmal, und ohne anzuhalten durchquerte ich die Tür zum Terminal. Erst dann blieb ich stehen. Der Terminal zeigte sich völlig anders als noch vor einer halben Stunde. Ein ununterbrochener Menschenstrom ging ein und aus; vor den Schaltern hatten sich lange Schlangen gebildet und bei den Fahrplänen tummelten sich Gruppen von Reisenden. Ich wanderte ziellos umher, ohne zu wissen, wo ich mit der Suche nach ihr beginnen sollte, und stolperte gegen jene, die versuchten, sich einen Weg durch die Menge zu bahnen. Als über die Lautsprecher die Abfahrt nach Deauville angekündigt wurde, hatte ich das Gefühl, dass nicht ich es war, der diesen Augenblick erlebte, und dass die Frau aus meiner Vision in Wirklichkeit niemals existiert hatte.

Mit der Absicht, zum Bus zurückzukehren, machte ich kehrt, und da sah ich sie. Sie stand mit dem Rücken zu mir und kaufte an einem Kiosk eine Schachtel Zigaretten. Wie in Gedanken zündete sie sich eine Zigarette an und setzte sich langsam in

Bewegung. An einer Gruppe von Holzbänken ließ sie ihre Tasche fallen und setzte sich hin. Zum ersten Mal konnte ich sie in Ruhe betrachten. Sie trug schwarze Schuhe mit niedrigen Absätzen, einen Jeansrock und ein graues Shirt, unter dem sich deutlich die Form ihrer Brüste und die Konturen ihrer Brustwarzen abzeichneten. Mit leicht geöffneten Beinen saß sie da, holte eine Zeitschrift aus der Tasche und begann darin zu blättern. Es gab sie also doch. Um jeden Preis musste ich mit ihr sprechen, auf keinen Fall konnte ich zulassen, dass sie für immer aus meinem Leben verschwand. Ich kam nicht dazu, den ersten Schritt zu tun. Hinter einer Säule tauchte eine Gestalt auf, die sich entschieden auf das Mädchen aus dem Bus zubewegte. Sie erkannte ihn und erhob sich lächelnd. Der Neuankömmling war schlank, etwas größer als sie, etwa im gleichen Alter, mit langen, glatten, schwarzen Haaren. Sie lief ihm entgegen und sie umarmten sich. Als sie sich wieder voneinander lösten, bemerkte die Unbekannte meine Gegenwart, sah aber sofort wieder weg. Ihr Freund nahm die Tasche, während sie ihren Rock glattstrich und sich mithilfe eines kleinen Spiegels etwas zurechtmachte; als sie fertig war, warf sie, mit einer Geste die mir schon ein wenig vertraut erschien, ihre Haare zurück. Sie hakten sich unter und verließen lachend den Terminal. Ich folgte ihnen mit den Augen, bis sie in der Menge verschwanden. Kurz darauf sah ich die doppelte Silhouette ihrer beiden Köpfe im Gegenlicht schwimmen; die Morgensonne prallte mit voller Kraft auf die Fensterfront des Terminals. Die Flügel der Drehtür schluckten zuerst sie, dann ihn, und sie verloren sich in der Menschenmenge der 42. Straße.

Das alles war viel zu schnell geschehen. Die Uhr des Terminals zeigte drei Minuten vor acht. Unbewusst lenkte ich meinen Blick auf den Platz auf der Holzbank, den ihr Körper eingenommen hatte. Die Zeitschrift, die sie in ihren Händen gehalten hatte, war noch da; ich lief hin, um sie zu holen, und ging zurück zum Bus. Als ich ankam, lief der Motor bereits; die Tür stand offen. Er wartete auf mich. Kaum hatte ich mich hingesetzt, startete der Bus mit einem Ruck. Wir peilten eine kurvenförmige Rampe an und gelangten auf die Avenue; Manhattans Straßen strotzten nur so vor Leben. Als wir in den Lincoln-Tunnel einfuhren, überließ ich mich meinem Gefühlschaos. Als Erstes sah ich Sam Evans Gesichtsausdruck kurz bevor der Donner explodierte; gleich darauf begannen sich die realen Ereignisse nach und nach mit Traumfragmenten zu vermischen. Ich sah die Wiese, auf der Fosters Pferde weideten, die Holzhäuser, die den Fluss und die Station einrahmen, wo ich in meinem Tagebuch gelesen hatte. Danach, sehr langgezogen, der Augenblick, in dem sich der Rock der Unbekannten geöffnet hatte, bis das Sonnenlicht mich blendete, in dem Moment, in dem wir wieder aus dem Lincoln-Tunnel hinaustauchten.

Wir waren in New Jersey angekommen, einem Labyrinth aus Autobahnen, Industriegebäuden und Parkplätzen mit Hunderten identischer Wagen, die sich in den Horizont hinein verloren. Auf der Höhe der Frachtterminals des Flughafens von Newark hörte ich auf, aus dem Fenster zu schauen, und begann in der Zeitschrift zu blättern, ohne auf den Inhalt zu achten. Plötzlich rutschte ein kleiner, wattierter Briefumschlag aus den Seiten. Neugierig hob ich ihn auf und sah einen mit Tinte geschriebenen Namen und daneben eine Nummer:

Zadie (212) 719-1859

In einem ersten Impuls wollte ich den Umschlag öffnen, aber ich riss mich zusammen. Wenn ich mich klug anstellte, würde mich diese Telefonnummer wahrscheinlich zu ihr führen. Nach der Vorwahl zu urteilen wohnte sie in Manhattan. Ich legte den Briefumschlag zwischen die Seiten meines Tagebuchs und steckte die Zeitschrift in das Netz an der Rückenlehne des Vordersitzes. Erst da fiel mein Blick auf das Titelblatt des Magazins: ein amerikanischer Indianer mit einer Narbe im Gesicht und Sonnenbrille, elegant gekleidet, an der Tür eines Casinos mit einer ledernden Aktentasche in der rechten Hand; in weißen Buchstaben die Kopfleiste des *New York Times Magazine*, versehen mit dem heutigen Datum, 13. Oktober 1973.

Ich begann, Mutmaßungen über die Unbekannte anzustellen. Wie würde sie wohl heißen? Hatte sie den Bus in Deauville genommen oder war sie irgendwo zugestiegen? Ich stellte mir vor, wie ich selbst diese Zadie anriefe, wer auch immer sie war, mit ihr oder mit einem Unbekannten spräche oder eine Nachricht auf einem anonymen Anrufbeantworter hinterließe und dabei unzusammenhängende Erklärungen an jemanden ohne Gesicht abgäbe.

Ich weiß nicht, wann ich anfing, schläfrig zu werden. Das Schaukeln des Busses versetzte mich in einen Dämmerzustand. Das letzte Bild, an das ich mich erinnere, bevor ich die Vorhänge zuzog, um mich vor der Sonne zu schützen, ist das eines Holzhauses, halb verborgen hinter einem Ahornhain.

Als ich aufwachte, hatten wir die Endhaltestelle erreicht, und fast alle Fahrgäste waren schon ausgestiegen. Ich beeilte mich, die Tasche von der Gepäckablage zu nehmen, und beim Aussteigen konnte ich nicht umhin, innerlich über mich selbst zu lachen, denn mir wäre fast dasselbe passiert wie der Unbekannten. Es ärgerte mich, dass ich das Ritual meiner Ankunft unwillkürlich zerstört, das Schauspiel der Pferde verpasst, den Pflichtbesuch bei Sam versäumt hatte. Stewart Fosters Vollblüter konnten ruhig warten, aber etwas sagte mir, dass ich auf der Stelle zu Ricks Tankstelle gehen sollte. Ich hatte so eine Ahnung, dass, einmal dort, sich das Rätsel von selbst lösen würde, das mich seit dem Alptraum, der mich vor der Morgendämmerung überfallen hatte, wie ein Schatten verfolgte. Am Ausgang der Station sah ich mich um. Vom Wegesrand aus konnte man mit bloßen Augen das Tankstellenschild, *Texaco*, erkennen, das ihre Lage anzeigte, aber die Beleuchtung war ausgeschaltet. Es war nicht mehr als eine halbe Meile über die Bundesstraße bis zu der Stelle, wo sie die Landstraße kreuzte. Ich warf die Tasche über die Schulter und lief los, begleitet von einem unerklärlichen Gefühl der Schwermut. Mein Blick fixierte das Neonschild.

An keinem Punkt der Strecke konnte ich einen Hinweis auf Leben ausmachen. Kein einziges Fahrzeug kam mir entgegen. Niemand kam raus, um mich zu begrüßen, und niemand winkte mir von ferne. Als ich ankam, war nicht eine Seele in der alten Tankstelle zu sehen. Ohne die Anwesenheit von Sam und seinem treuen Lux vor der Ladentür hatte der Ort etwas Gespenstisches. Jemand hatte das Schild heruntergerissen, das die Autofahrer darauf hinwies, dass der Treibstoff im Voraus im Laden zu bezahlen sei; an seiner Stelle hing an einer rostigen Kette, die den Weg zum Eingang versperrte, ein Holzschild, auf dem ohne weitere Erklärungen zu lesen war:

TANKSTELLE GESCHLOSSEN

Türen und Fenster waren mit Holzlatten vernagelt. Unweigerlich drängte sich mir eine sehr konkrete Ahnung auf. Ich betrat den Kieselsteinweg, der zum Schuppen meines Freundes führte, lauschte aufmerksam auf das Geräusch meiner Schritte und versuchte dabei herauszufinden, was der alte Sam dem bloßen Laut hatte entnehmen können. Der Schuppen war leer: kein einziges Möbelstück, kein Werkzeug, keine Spur seiner Gegenwart. Instinktiv begab ich mich zu dem kleinen Garten, neben dem Bach, der sich in unmittelbarer Nähe der Tankstelle befand. Ich brauchte nicht lange, um das bestätigt zu bekommen, was ich befürchtet hatte. Jenseits des Zaunes sah ich einen kleinen, grauen Stein mit einer schlichten Inschrift:

1958 – 1973
Et Lux Perpetua

Ich streichelte die Grabschrift, etwas verwundert darüber, dass jemand wie Sam diesen Spruch verwendet hatte. Lux. Er hat sich also das Tier angeschafft, nachdem er das Augenlicht verloren hat, und seine biblische Deutung der Existenz hat ihn dazu geführt, es so zu taufen, dachte ich. Der Hund war wortwörtlich das Licht gewesen, das seinen Augen gefehlt hatte. Ja, wie seine Abwesenheit mich schon hatte befürchten lassen, war wohl auch er gestorben, man würde ihn auf dem Friedhof der Anabaptisten-Kirche in Deauville begraben haben. Ich versuchte mir seine eigene Grabschrift vorzustellen und dachte dabei, dass niemand das würde übertreffen können, was er an dem Tag, da er sich für seinen neuen Beruf entschieden hatte, über sich selbst geschrieben hatte: *Sam Evans, Memorisator von Gottes Wort.* Ruhe in Frieden, sagte ich laut, und betrachtete dabei den Kreis aus kleinen, weißen Steinen, die den Platz einrahmten, an dem Lux begraben war.

Ich ging zurück zur Vorderseite der Tankstelle. Auf dem Weg dorthin sah ich einen Lieferwagen näher kommen, der das Tempo drosselte und schließlich anhielt. Der Fahrer öffnete die Tür, richtete sich auf und gab mir per Hutzeichen zu verstehen, dass ich doch näher kommen möge. Ich erwiderte den Gruß und lief hin. Es war ein Mann in den Fünfzigern mit einer sehr schmutzigen Jeanslatzhose. Als ich neben ihm stand, erklärte er:

Die Tankstelle ist geschlossen.

Das habe ich schon bemerkt. Was ist passiert? Ist Rick oder Sam etwas zugestoßen? Wenn Sie von hier sind, werden Sie die beiden wohl kennen.

Ja klar. Rick geht's gut, aber der alte Evans ist vor ein paar Wochen gestorben. Ich habe gehalten, weil ich gesehen habe, dass Sie keinen Wagen haben. Was führt Sie nach Deauville? Soll ich Sie irgendwohin mitnehmen?

Ich sagte ihm, ich sei ein Freund von Louise Lamarque. Jeder kannte die Malerin aus Manhattan, die immer wieder längere Zeit allein in dem Haus an der Mühle verbrachte.

Wenn Sie möchten, kann ich Sie hinbringen, es liegt auf dem Weg.

Ich nahm das Angebot an, bedankte mich für seine Freundlichkeit und stellte meine Tasche zwischen uns beide auf den Vordersitz.

Dann erzählte ich dem Mann mit der Latzhose, dass ich Lux' Grab gesehen hatte.

Das arme Tier hätte es noch eine Weile schaffen können, aber um nicht zu warten, bis er selbst stirbt, hat Sam ihn zum Tierarzt gebracht.

In meinem Gedächtnis hallte die klangvolle Stimme des Schwarzen wider:

Die schlechten Hirten und der rechte Hirt. Und des HERRN Wort geschah zu mir und sprach: Du Menschenkind, weissage wider die Hirten Israels, weissage und spricht zu ihnen: So spricht Gott der HERR: Wehe den Hirten Israels, die sich selbst weiden! Sollen nicht die Hirten die Herde weiden?

Ein guter Mensch, dieser Sam, sagte ich. Eigentlich komme ich nicht häufig hierher, aber ich kann mir Deauville ohne seinen Stand einfach nicht vorstellen.

Was ihm den letzten Schlag verpasst hat, war die neue Tankstelle, die im Ort aufgemacht hat. Rick wurde zwar eine gute Abfindung angeboten, aber er hat darum gebeten, die Tankstelle weiter betreiben zu dürfen, und das wurde ihm gewährt, aber aus Mitleid. Es kam nicht infrage, ihn in der neuen Tankstelle anzustellen, und schon gar nicht, dass er dort die Bude aufstellte, wie Sie sie nennen. Die Leute sind sehr beschäftigt, die Nachfrage nach Treibstoff ist sehr stark angestiegen, und man darf die Kundschaft nicht mit solch unangebrachtem Firlefanz belästigen. Alle wussten es: Der einzige Grund, warum Rick weiter dort arbeitete, war Sam. Wenn er ginge, würde er seinem Freund die einzige Überlebenschance nehmen, aber die ganze Situation war absurd: Ab und an hielt ein alter Bekannter, um ihn zu grüßen, ich selbst hab' es auch getan, aber meistens waren Rick und Sam zwei einsame Schatten in einer verlassenen Tankstelle. Nach ein paar Wochen beschloss Sam, Lux zum Tierarzt zu bringen. Er sei zu alt. Er selbst bestand darauf, weiterhin im Schuppen zu wohnen, und es war nicht möglich, ihn davon abzubringen. Endlich hörte Rick auf zu arbeiten, aber er kam weiterhin einmal am Tag zur Tankstelle. Er brachte ihm das Essen, das Kim zubereitete, und gelegentlich frische Wäsche. Er blieb immer eine Weile dort und leistete ihm Gesellschaft, aber das konnte auf Dauer nicht so weitergehen. Er bot ihm an, ihm ein Zimmer im Ort zu bezahlen, aber Sam war viel zu stolz, um sowas anzunehmen.

An einem Sonntagmorgen, als Rick ihn zum Gottesdienst abholen wollte, stand er nicht an der Ladentür. Er fand ihn tot auf seiner Matratze. Der Arzt konnte keine konkrete Todesursache feststellen. Er starb eines natürlichen Todes, war, was er sagte. Gut; wenn es so war, dass er an Altersschwäche starb, ohne zu leiden, war es nicht so schlimm. Hoffentlich geht es uns allen so, wenn unsere Stunde kommt.

Wir waren bei der Kreuzung angekommen, die zur Mühle führte. Der Mann mit der Latzhose hielt an und gab mir die Hand. Wir hatten uns nicht vorgestellt.

Walker Martin, zu Ihren Diensten, sagte er.

Gal Ackerman, erwiderte ich und bedankte mich.

Keine Ursache. Bevor er den Motor wieder anließ, fügte er hinzu: Falls Sie mit Rick sprechen wollen, Sie finden ihn bei seiner Schwester Sarah in der Red Creek, direkt neben dem Eisenwarenhandel. Einen schönen Tag noch, mein Freund, und es tut mir leid, derjenige gewesen zu sein, der Ihnen die schlechte Nachricht überbracht hat.

Keine Sorge, es hat mich nicht so überrascht, wie Sie denken. In der Tat bin ich zur Tankstelle gegangen, weil ich eine Vorahnung hatte.

Als der Lieferwagen sich entfernte, warf ich meine Tasche über die Schulter und machte mich auf den Weg zur Mühle. Die Tür war zu, aber im Studio brannte Licht. Wütend trat ich auf die Erde ein und dachte dabei, dass niemals wieder jemand mich allein am Geräusch meiner Schritte erkennen würde.

DREI

Abe Lewis

9. März 1964

Ich spürte den Aufprall des Fahrgestells im Magen und sah aus dem Fenster. Die Sonne war noch nicht aufgegangen. In der Dunkelheit wirkte Barajas wie ein gespenstisches Dorf. Eine doppelte Lichterkette lief entlang der Grenzen der Landebahn ins Nichts. Dicht über dem Boden schwebten Nebelfetzen, die die Leuchtfeuer einhüllten. Als die Boeing die Richtung änderte, konnte ich die Umrisse anderer Flugzeuge erkennen. Vor dem Hintergrund des Hangars wirkten sie wie schlafende Monster. Endlich stoppte die Maschine. Benommen stand ich auf und begab mich mit den anderen Fluggästen in Richtung Ausgang. Draußen schlug mir ein eisiger Wind ins Gesicht. Auf einem Neonschild, verschwommen im Nebel, konnte ich den Schriftzug entziffern: AEROPUERTO DE MADRID-BARAJAS. Jenseits des Zaunes schwebte ein sanfter Schimmer über dem offenen Feld. Es hatte geschneit. Verschlafen bestiegen wir den Bus, der am Fuße der Landungstreppe mit laufendem Motor auf uns wartete. Ich setzte mich in die Nähe des Busfahrers und stellte meine Uhr vor, in Einklang mit der Madrider Zeit. Es war kurz vor sieben.

Alle rauchten im Terminal. Ein Polizist prüfte meinen Reisepass und gab ihn mir wieder zurück. Bei der Gepäckkontrolle am Ende der Halle stand eine Gruppe von Guardias Civiles, die mich an die Fotos erinnerten, die Ben im Archiv aufbewahrte. Am Ausgang sah ich eine Reihe schwarzer Taxis mit einem roten Streifen an der Seite. Ich ging auf das erste zu; der Taxifahrer nahm meine Tasche und stellte sie in den Kofferraum. Wo wollen Sie hin?, fragte er mich, als wir beide im Taxi saßen. Zum Bahnhof Atocha, erwiderte ich. Der Taxifahrer, ein schlaksiger Kerl mit schmalem Schnurrbart, düsterem Blick und gelblicher Haut, signalisierte stumm sein Einverständnis, wischte mit dem Jackenärmel über die beschlagene Scheibe und betätigte den Hebel des Taxameters. Ihn nachahmend, wischte auch ich über die Fensterscheibe auf meiner Seite. Nachdem der Dunst verschwunden war, konnte ich zusehen, wie es über der verschneiten Landschaft langsam hell wurde. In regelmäßiger Folge und durch weite Brachfelder voneinander getrennt erschienen auf beiden Seiten der Straße Industriehallen, Villen, alte Backsteingebäude, Wohnhäuser und Haine. Wir erreichten die Stadtgrenze, als hinter einer Reihe niedriger Häuser gerade als seifenförmiger Fleck die Sonne hervorkam.

Wir fuhren durch ein elegantes Wohnviertel, vorbei an Villen, fünf- bis sechsstöckigen Wohnhäusern, Balkonen und Terrassen. Die Läden waren noch zu, aber die Straßen wurden langsam belebter. Mir wurde klar, dass der Schnee für die Madrilenen eine ungewohnte Erscheinung darstellte, die den Rhythmus des Alltags behinderte. Ich hatte so oft die Fotos und Dokumentarfilme gesehen, die Ben in seinem Archiv aufbewahrte, dass mir viele Orte vertraut erschienen, aber ein Name kam mir erst in den Sinn, als der Taxifahrer an einer Ampel wenige Meter vor dem Cibeles-Platz anhielt. Der Anblick des steinernen Brunnens weckte in mir eine lebhafte visuelle Erinnerung: Ich war fünfzehn und Ben hatte mich ins Brooklyner Archiv mitgenommen. Mein Vater zeigte mir Fotos aus dem Madrid der Republik. Auf einem Foto sah man eine Gruppe von lächelnden Milizionären, die vor Sandsäcken posierten, die sie vor dem Denkmal aufgestapelt hatten, um es vor den Bomben der Faschisten zu schützen. Die Ampel wechselte auf grün, und das Bild schmolz zusammen wie ein brennender Zelluloidstreifen. Das Taxi umfuhr das Rondell in der Mitte des Platzes, als schlagartig die Straßenbeleuchtung erlosch und die Stadt in einem vagen Licht versank. Wir holperten weiter auf einer Straße mit Kopfsteinpflaster, die weiter zu einem zweiten Rondell führte, mit einem zweiten Brunnen, in dessen Mitte eine Neptun-Statue präsidierte, die ich ebenfalls erkannte, genauso wie die Umrisse des Prado-Museums auf der anderen Seite des Boulevards. Die Promenade mündete in einen gigantischen Vorplatz, der von einer Art Achterbahn beherrscht wurde, die die umliegenden Gebäude verdeckte. Nachdem das Taxi in eine der Abzweigungen eingebogen war, ging es eine Rampe hinunter, die zu einem Seiteneingang des Bahnhofs führte. Atocha, wir sind da, sagte der Mann mit dem Schnurrbart, stellte den Hebel des Taxameters zurück und stieg aus, um die Tasche aus dem Kofferraum zu holen. Ich sagte ihm, er solle das Wechselgeld behalten, und er bedankte sich, ohne mich eines Lächelns zu würdigen. Ich warf meine Tasche über die Schulter und mischte mich unter die Menge der Passanten, die vor dem Bahnhof hin und her eilten. Es war ein ungastlicher Morgen, und die Windböen schleiften schmutzige Schneeschuppen hinter sich her. Ich erklomm die Stufen einer Treppe, die hinauf zum Platz führte. So, mit den Füßen auf dem Boden, schien mir das Rondell noch merkwürdiger als vom Taxi aus. Die Tentakel der riesigen Metallkrake beanspruchten den ganzen Vorplatz und drangen in sämtliche umliegenden Straßen ein, die mit qualmenden Fahrzeugen verstopft waren. In einem großen Bogen gelangte ich auf die andere Seite und verlor mich in einem Labyrinth aus ansteigenden Gassen, ohne dass ich sehr darauf geachtet hätte, wohin mich meine Schritte führten. Im Vorbeigehen las ich die Schilder an den Gasthäusern und Pensionen, die die Gehwege flankierten, ohne mich dafür zu entscheiden, eines von ihnen zu betreten. Ich hatte es nicht eilig, und dem ungastlichen Wetter zum Trotz genoss ich das Bummeln durch dieses Viertel. Nachdem ich eine Weile so herumgelaufen war, fiel mir an einer Abbiegung ein Schild mit der Aufschrift *Pension Moratín: 3. und 4. Stock* ins Auge, und ohne besonderen Grund beschloss ich, dort mein Glück zu versuchen. Die Pension überblickte einen winzigen, dreieckigen Platz. Ich drückte das halboffene Tor auf und fand mich in einer dunklen Vorhalle wieder; eine Holztreppe führte mich in den dritten Stock. Vor einer Tür mit der Aufschrift *Eintreten ohne zu klopfen* kam ich zum Stehen, öffnete sie und betrat einen Empfangsraum, in dem eine etwa 40-jährige Frau saß und eine Zeitung las, deren Name mir auffiel: *Ya*. Als sie mich sah, hörte sie auf zu lesen und legte die zusammengefaltete Zeitung auf die Theke. Nachdem sie meine Personalien aufgenommen hatte, begleitete sie mich auf mein Zimmer, das ein Stockwerk weiter oben lag. Das Zimmer war groß und hatte einen Balkon zum dreieckigen Platz hin. Als ich es sah, kam mir in den Sinn, dass es vielleicht nicht viel anders aussah als jenes, das Ben ausgesucht hatte, als er meine Mutter in die Pension von Cuatro Caminos mitgenommen hatte, wo er sich während seiner Genesung vor fast dreißig Jahren aufgehalten hatte. Unter dem Bett befand sich ein Porzellannachttopf, und in einer Ecke, neben einem eingerollten und mit einer Schnur zusammengebundenen Teppich, fand ich ein merkwürdiges Objekt, das sich nach einer Inspektion als Heizstrahler entpuppte. Ich steckte ihn mit einem gewissen Misstrauen ein und achtete dabei darauf, dass er weit genug vom Bett entfernt stand. Dann zog ich die Schuhe aus und legte mich angezogen aufs Bett, auf eine weiße, ausgefranste Strickdecke mit einem verblassten grünen Muster. Ich schloss die Augen und versank in Reiseerinnerungen, unterbrochen vom verzerrten Echo von Bens Stimme, der mir einbläute, welche Orte ich in Madrid auf keinen Fall verpassen durfte. Als mich die Müdigkeit übermannte, träumte ich, ich wäre im Archiv von Brooklyn. Das Licht der Abenddämmerung strömte ungehindert durch das Fenster zum Garten und umhüllte die Gestalt meines Vaters. Stehend, mit dem Rücken zum Licht, erzählte mir Ben von einer Bar namens Aurora Roja.

Die Bar befand sich beim Rondell von Cuatro Caminos. Der Besitzer hatte diesen Namen gewählt, weil er ein leidenschaftlicher Leser von Baroja war. Ich sage, dass sie sich befand, weil ich annehme, dass die Bar nicht mehr existiert, sollte es aber nicht so sein, bin ich sicher, dass sie entweder den Namen oder den Besitzer gewechselt hat.

Ben kam näher und zeigte mir ein sehr altes Foto. Genau da habe ich deine Mutter kennengelernt. Ich nahm das Foto sehr vorsichtig an mich, aber als ich es eben genauer betrachten wollte, hatten sich die Bilder verflüchtigt. Das Papierviereck hatte sich in ein Flugzeugfenster verwandelt. In der Ferne glitt die Sonne über einen Teppich von strahlenden Wolken. Ich spähte zum Horizont, aber es war nicht möglich, inmitten dieser von unauslöschlichem Licht durchdrungenen Landschaft irgendetwas Genaueres zu erkennen.

Als ich aufwachte, brauchte ich eine Weile, um mich zu erinnern, wo ich mich befand. Ich stand auf, öffnete die Fensterläden zum Balkon und schaute auf den Platz hinunter. Zu allen Seiten hin erstreckte sich ein Panorama aus verschneiten Dächern. Ganz nah begannen die Glocken einer Kirche zu läuten, und ein überwältigendes Gefühl der Unwirklichkeit überkam mich. Ich konnte mich nicht damit abfinden, dass ich hier geboren war. Ich kehrte ins Zimmer zurück, holte frische Unterwäsche und meinen Kulturbeutel aus dem Koffer und ging im Badezimmer auf dem Gang duschen. Als ich zurückkam, war es immer noch zu früh, um den Mann anzurufen, mit dem ich in Madrid verabredet war. In der Absicht, in der Situation, in die ich mich hineinmanövriert hatte, einen Sinn zu finden, setzte ich mich in einen Sessel mit völlig verschlissenem Bezug und machte mich daran, noch einmal Abraham Lewis' Brief zu lesen. Namentlich war der Brief an Ben und Lucia Ackerman gerichtet, aber der eigentliche Adressat war ich.

Sarzana, 6. Oktober 1963

Seid gegrüßt, Genossen,

mein Name ist Abraham Lewis, Abe für meine Freunde, und ich komme aus Florence in Alabama. Genauso wie Ihr habe ich mich damals freiwillig zu den Internationalen Brigaden gemeldet. Ich kam im Oktober 1937 nach Albacete, und nach der Zeit der Grundausbildung wurde ich als Sanitäter eingesetzt, zuerst in der Nachhut der Ebroschlacht und später in einem Lazarett in der Nähe von Gerona. 1938 wurde ich zusammen mit dem Gros der Brigadisten zwangsrepatriiert. Nach einer gewissen Zeit, im Jahr 1940, meldete ich mich erneut freiwillig. Ich wurde nach Italien geschickt, ein Umstand mit wichtigen Folgen, wie Ihr gleich feststellen werdet. Seit dem Ende des Krieges verbringen wir jeweils etwa die Hälfte des Jahres in Sarzana, da meine Frau von hier ist, und den Rest in den Vereinigten Staaten. Ich würde mir wünschen, dass es anders gekommen wäre, denn dann hätte ich diese Kröte nicht schlucken müssen, aber der verfluchte Zufall, oder was auch immer, musste ausgerechnet mich auswählen. Aber gut, genug der Vorreden. Wer sein Wort gibt, sollte es möglichst bald einlösen, so ist es besser für alle. Ich komme also zur Sache: Der Grund meines Schreibens ist, dass mir vor etwa drei Monaten Umberto Pietri über den Weg gelaufen ist, oder vielmehr ich ihm.

Ich wandte meine Augen vom Papier ab. Es spielte keine Rolle, dass ich diesen Brief schon unzählige Male gelesen hatte. Es tat mir weh, den Namen zu sehen. Jedes Mal, wenn ich zu der Stelle kam, wo Lewis Pietri erwähnte, hatte ich das Gefühl, man würde mir mehrmals einen Dolch in die Eingeweide rammen und ihn umdrehen. Als wäre sie in Gift getaucht, mied ich die entsprechende Passage und las weiter:

> Meine Frau und ich waren Mitte Juli in der Toskana unterwegs. Eines Abends, wir waren in einem Dörfchen namens Certaldo, beschloss Patrizia (meine Frau) ins Hotel zurückzugehen, doch ich wollte vor dem Abendessen noch einen Spaziergang machen. Auf dem Hauptplatz wimmelte es von Menschen, die auf den Terrassen saßen. Ich schlenderte ziellos herum, aber als ich an einem Tisch vorbeilief, geschah etwas, das mich zwang, wie angewurzelt stehen zu bleiben. Es war nur ein kurzer Augenblick, ein paar Sekunden; der Typ, der da am Tisch saß, pfiff ein Lied der Brigadisten vor sich hin. Das konnte nicht wahr sein. Ich spürte, wie mir das Blut in den Adern gefror. Ich sah ihn an, und sofort hörte er auf zu pfeifen. Es war ein Mann in meinem Alter, alleine, in Hemdsärmeln. Es war ein gegenseitiges Erkennen; was ich damit sagen will, ist, dass er genau wusste, was in mir vorging. Es war nicht das erste Mal, dass mir ein Brigadist über den Weg lief, sicher habt auch Ihr euch mehrmals in einer solchen Lage befunden. Später habe ich darüber nachgedacht, und wahrscheinlich war ihm selbst nicht bewusst, was er da pfiff. Ich streckte ihm die Hand hin und nannte ihm meinen Namen und den meiner Einheit. Abraham Lewis, Brigade Lincoln. Ohne Anstalten zu machen, sich zu erheben, was mich irritierte, nannte er mir seinen Namen: Umberto Pietri.
>
> Damit wisst Ihr, warum ich Euch schreibe.
>
> Da er mir seine Einheit nicht verriet, was an sich selbstverständlich gewesen wäre, blieb mir nichts anderes übrig als ihn zu fragen. Trotzdem zögerte er mit der Antwort. Endlich spuckte er es aus: Centuria Malatesta, auch bekannt als Bataillon des Todes, und blickte mich an, als würde er auf eine Reaktion von mir warten. Als er sah, dass von mir nichts kam, erklärte er, dass es sich strenggenommen nicht um einen Teil der Internationalen Brigaden gehandelt habe.

Ich weiß nicht, was Ihr über Pietris Brigade wisst. Möglicherweise habt Ihr es vorgezogen, nicht nachzuforschen. Ich selbst habe gleich nach dieser Begegnung eigene Nachforschungen angestellt. Es ist ein sehr dunkles Kapitel. Das Bataillon des Todes war eine Idee von Diego Abad de Santillán, einem CNT-Angehörigen, der dem Generalstab in Katalonien vorschlug, eine Einheit aus italienischen Anarchisten zusammenzustellen. Ich habe Fotos gesehen. Sie trugen sehr auffällige Uniformen, und anscheinend veranstalteten sie in Barcelona bombastische Paraden. Sie gaben sich sehr pompös, und ihr Ruhm eilte den Kämpfen voraus. Die Ironie ihrer Geschichte besteht darin, dass sie bereits bei der ersten Begegnung mit den Falangisten aufgerieben wurden. Verzeiht mir diese Detailfülle, aber es kann sein, dass Ihr nicht auf dem Laufenden seid, was diese Dinge angeht, sie sind aber wichtig, um zu verstehen, was geschehen ist.

Was ihn selbst betrifft und in wenigen Worten zusammengefasst, erklärte mir Pietri, er sei aus Certaldo und dass er nach der Rückkehr und seiner Erfahrung als Brigadist das Dorf nicht mehr verlassen habe, außer während des Zweiten Weltkriegs, eine Zeit, für die er, ohne auf weitere Einzelheiten einzugehen, erzählte, dass er sich versteckt gehalten habe. Er sprach angespannt, offensichtlich hatte er mir etwas sehr Wichtiges mitzuteilen. Tatsächlich suchte er seine Geldbörse, zog ein Foto heraus und legte es auf den Tisch. Just als er das tat, verkrampfte sich sein Gesicht, als würde er einen akuten Schmerz verspüren. Er schloss die Augen, und sein Kopf kippte nach vorne. Alarmiert erhob ich mich, weil ich dachte, dass er zusammenklappen würde, aber sofort schlug er die Augen wieder auf und starrte mich benommen an. Mit der Hand gab er mir zu verstehen, ich solle warten, bis er sich erholt habe. Und als er sich erholt hatte, sagte er mir, er sei sehr krank. Als hätte das, was vorgefallen war, keine Bedeutung, bestand er darauf, dass ich mir das Foto genau anschaute, was ich auch tat.

> Es war eine Milizionärin, sehr jung, fast kindlich, mit großen Augen. »Teresa Quintana, meine Freundin«, sagte er. Es beeindruckte mich sehr, wie er das sagte, trocken und schnörkellos, ohne jede Pathetik. Er hatte mir noch nicht gesagt, was er wollte, aber es war ihm gelungen, mich zu beunruhigen.
>
> …

Punkt zwölf begannen mit großem Getöse die Glocken der Kirche zu läuten (das Angelus, erklärte mir die Frau an der Rezeption); ich dachte, es sei nun Zeit, Lewis anzurufen. Ich steckte den Brief wieder in den Umschlag und lief in den dritten Stock hinunter. Die Angestellte sagte mir, dass das Telefon nur mit Marken funktioniere, und gab mir eine. Sie hatte Größe und Form einer Peseta, trug aber nicht das Konterfei des Diktators und hatte zwei tiefe Riffel. Die Frau suchte in einem Telefonbuch ohne Deckel die Nummer des Hotels Florida und schrieb sie auf einen Zettel. Ich ging zum Telefon, steckte die Marke in den Schlitz und sah zu, wie sie durch eine Schiene glitt und am Ende des schwarzen Kastens hinter einer Glasscheibe zum Stehen kam. Der Telefonist verstand mich nicht, als ich ihm sagte, dass ich mit Abraham Lewis sprechen wolle, ich musste ihm den Namen buchstabieren. Nach ein paar Sekunden hörte ich am anderen Ende der Leitung eine tiefe Stimme mit eindeutigem Südstaaten-Akzent. Das und das Lachen, mit dem er die Worte begleitete, führten dazu, dass ich mich etwas weniger weit entfernt fühlte von der Welt, die ich vor vierundzwanzig Stunden hinter mir gelassen hatte. Lewis bestellte mich in eine Bar in der Nähe des Cibeles-Platzes.

Sie heißt Cerveceria de Correos und befindet sich links am Beginn der Steigung in Richtung Puerta de Alcalá. Die findest du leicht. Falls dir die Kälte nichts ausmacht, ist es ein schöner Spaziergang. Was meinst du, so gegen halb zwei?

Ja gut; wie werden wir uns erkennen?

Ich bin vierundfünfzig, rasierter Schädel, einsneunzig, breite Schultern, und sollte das nicht reichen: Ich bin schwarz.

Er ließ ein lautes Lachen vernehmen. Erneut vermittelten mir seine Stimme, seine Art zu sprechen und sein Lachen ein Gefühl der Ruhe. Eine Viertelstunde später verließ ich die Pension, durchquerte das Labyrinth von Gassen, die sie umgaben, und gelangte zum Paseo del Prado. Auf der anderen Seite des Boulevards gab es statt Häusern einen Zaun und dahinter einen Garten. Ich beschloss, rüberzulaufen. Ein eisiger Wind wehte, aber immerhin schneite es nicht. Ich bewegte mich langsam, in Gedanken versunken, ohne richtig wahrzunehmen, was mich umgab, und die Gefühle der Gegenwart vermischten sich mit sehr fernen Erinnerungen. Am frühen Morgen – als wäre es gestern gewesen – hatte ich die Stadt gesehen, ohne mich von ihrer Realität anstecken zu lassen, als wäre das Taxi eine sterile Blase gewesen, die mich vor dem direkten Kontakt mit den Dingen bewahrt hatte. Jetzt, da ich mich unter die Menschen mischte, die Pflastersteine auf der Straße betrat und die verschiedenen Gerüche einatmete, die in der Luft schwebten, schien mir alles anders zu sein. *Madrid.* Die Stadt drang in mich ein durch die Augen, die Poren, die Nasenlöcher. Die Fotos, die Filme, die Dokumentarfilme, die ich so oft in Bens Archiv gesehen hatte, die Erzählungen meines Vaters, schienen jetzt einer anderen Dimension anzugehören. Es war so, als wäre ich aus einem seltsamen Traum erwacht, um zu erfahren, dass die Realität noch seltsamer war. Falls mich plötzlich jemand zwicken sollte, um mir klarzumachen, dass ich auf dem Mond spazierenging, um mir dann zu sagen, dass ich dort geboren sei, wäre es mir nicht unwirklicher erschienen. Ein paar Stunden zuvor, als die Frau am Empfang, nachdem sie meine Personalien in das Registerbuch eingetragen hatte, mir meinen Reisepass zurückgegeben und gesagt hatte: Aber Sie sind doch von hier! Wer hätte das gedacht? Mit diesem Namen!, hatten ihre Worte mich nachdenklich gestimmt, und als ich alleine im

Zimmer gewesen war, hatte ich den Reisepass aufgeschlagen und gelesen:

Geburtsort: Madrid, Spanien

Madrid, Spanien. Diese zwei Wörter, jedes für sich, bargen eine Welt. Das M, wie eine Säge, die Berge, wo Ben gekämpft hatte; der Fließlaut S, den die Spanier nicht aussprechen können, ohne ihn mit einem e einzukleiden, dasselbe Labyrinth wie der Kampf. Das Profil beider Buchstaben zusammengenommen erweckte in mir das Echo endloser Geschichten. Ben würde vierzehn Jahre brauchen, um es mir zu sagen, aber ich war Spanier. Vierzehn weitere Jahre später, zum ersten Mal, nachdem Ben mich nach Amerika gebracht hatte, als ich gerade mal wenige Wochen alt gewesen war, befand ich mich physisch in der Stadt, in der ich geboren worden war. In meiner Kindheit war der Strom von Exbrigadisten in unserem Haus in Brooklyn nie versiegt. Alle hatten mir gegenüber eine ganz besondere Zuneigung gezeigt, weil sie gewusst hatten, dass ich von *dort* war, als Einziger unter all jenen Menschen, die in ihrem Gedächtnis die lebendige Erinnerung trugen an die Monate oder Jahre, die sie in meinem Land verbrachten hatten. Wegen des Ausgangs des Krieges war Spanien für sie eine schmerzliche Erinnerung, aber auch voller wunderschöner Momente. Darin waren sich alle ohne Ausnahme einig. Ben und Lucia wurden nicht müde zu wiederholen, dass jene Erfahrung die außergewöhnlichste ihres Lebens gewesen sei. Und ich, mit meiner dunklen Haut und meinen mediterranen Gesichtszügen, die mich so anders aussehen ließen als die Ackermans, beide von unverwechselbar angelsächsischem Aussehen, war der offenkundige Beweis dafür, dass jene *Tragödie* (um das gleiche Wort zu verwenden, das Lewis in seinem Brief verwendet hatte) kein Traum gewesen war.

Ich warf einen letzten Blick durch den Zaun des Botanischen Gartens (damals wusste ich noch nicht, was dieser Garten war, ich sah lediglich einen geheimnisvollen Park, in halb verlassenem Zustand, aber durchdrungen von einer besonderen Magie, wie so viele Winkel des Boulevards). Der Schnee bedeckte die Beete und unbetretenen Wege, blieb an den Stämmen der Bäume haften und zeichnete ihre Silhouette nach, ebenso wie die der Sträucher. Ich lief weiter in Richtung Prado und stellte mir dabei vor, dass auf der Rückseite der nischenbewehrten Wände, in denen Statuen unbekannter Göttinnen standen, die Räume leer sein würden, weil die Stammbesucher aufgrund der Kälte vorübergehend fernblieben. Ich kannte viele der Werke gut, die dort Aufnahme gefunden hatten. Ben schätzte einen Katalog sehr, der zur Zeit der Republik veröffentlicht worden war. Als ich ein Kind gewesen war, hatte er Freude daran gehabt, mir die Abbildungen zu zeigen, was er gerne mit Erläuterungen und Anekdoten garnierte, die mein kindlicher Kopf in Geschichten voller Magie und Phantastik verwandelte. Später, als ich ein Jugendlicher geworden war, hatten die Erzählungen eine technischere Färbung angenommen. Die Kunstgeschichte war eine der frustrierten Leidenschaften meines Vaters. Mit großem Nachdruck hatte er bekräftigt, dass ich, sollte ich je in Madrid sein, diesen außergewöhnlichen Ort besuchen müsste. Jetzt stand ich ganz nah bei den Originalwerken und verspürte ein seltsames Gefühl. Sehr bald werde ich sie mir anschauen, sprach ich laut zu mir selbst, als könnte Ben mich hören.

An der Ecke zum Hotel Ritz blieb ich stehen, betrachtete den Neptunbrunnen, und ein Titel kam mir in den Sinn: *Stein und Himmel.* Wer war der Autor? Sicher einer der Dichter, die Ben so gerne las. Ich beschloss, eine Erzählung mit diesem Titel zu schreiben. Ausschließlich von der Magie geleitet, die in einem Titel widerhallte, ohne die leiseste Ahnung, wohin mich die Phantasie führen würde, habe ich mehr als einmal zu schreiben begonnen.

Dass jemand mich am Mantel zog, weckte mich aus meiner Versunkenheit. Vor mir stand ein etwa zehnjähriger Junge mit ernster Miene, der mir wortlos eine Zeitung hinstreckte. Ich sah riesige Schlagzeilen und seitlich in roter Farbe den Namen der Zeitung: *Diario Pueblo*. Das Exemplar war ziemlich zerknittert, als hätte der Junge es gerade auf dem Boden gefunden und aufgehoben. Ich gab ihm die erste Münze, die ich in meiner Tasche fand, aber das Exemplar wollte ich nicht. Der kleine Verkäufer zuckte mit den Schultern und rannte davon.

Ein paar Schritte weiter blieb ich vor einem steinernen Denkmal stehen. Davor, am Fuß des mit einem Zaum umgebenen Monoliths, brannte eine Flamme. Ich las die Inschrift. Sie erinnerte an die Helden des 2. Mai, und ich musste an eines von Bens Lieblingsbildern denken, die *Erschießung der Aufständischen* von Goya. Diese Assoziationen hatten etwas Beunruhigendes. Sie zwangen mich, an einer Geschichte beteiligt zu sein, an der ich mich weigerte, teilzuhaben. Gleichzeitig war ich ungeduldig, endlich zu erfahren, was Abe Lewis mir zu erzählen hatte; deswegen war ich gekommen. Wieder fragte ich mich, warum ich mich nach so langem Zögern doch dazu entschlossen hatte, zu einem Treffen mit einem Unbekannten auf der anderen Seite des Atlantiks zu eilen, und wie immer entglitt mir die Antwort. Du hast die Pflicht, das zu tun, nicht so sehr unsretwegen, für Lucia und mich, sondern deinetwegen, hatte Ben bis zur Erschöpfung wiederholt. Ich empfand es nicht so. Ich hatte achtundzwanzig Jahre gelebt, ohne etwas über jenen Mann zu wissen, von dem es hieß, er sei mein Vater, und ich hatte keine Notwendigkeit, nicht einmal Neugier verspürt, dessen Geschichte zu erfahren.

Ben noch einmal:

So vehement du dich auch weigerst, das zu akzeptieren: Du hast eine offene Rechnung mit deiner Vergangenheit. Nur indem du nach Madrid gehst, kannst du diese Rechnung anständig begleichen. Nur wenn du das tust, wirst Du sagen können, dass dir dein Leben vollständig gehört. Auch der Ort ist wichtig. Selbstverständlich könntest du warten, bis Lewis hierher kommt, aber es wäre nicht dasselbe. Du musst zurück, Madrids Boden betreten, um jene Sprache zu hören und lebendig zu halten, die Lucia und ich so hartnäckig versucht haben, dir beizubringen. Aber vor allem solltest du unter deinen Leuten sein, letzten Endes ist das der Ort, an dem du geboren bist.

Nach Monaten des Zweifelns hatte ich mich schließlich dazu durchgerungen, nach Spanien zu reisen, und die Erleichterung, die sich in Bens Gesicht abgezeichnet hatte, hatte mich spüren lassen, dass ich das richtige tat. Aber jetzt, da ich dort war, allein, gab es etliche Momente, in denen mir dieses Unterfangen vollkommen absurd erschien.

Von der Spitze eines Inselchens inmitten des Boulevards aus betrachtete ich ausgiebig das Standbild der Cibeles. Auf einer von Löwen gezogenen Karosse thronte die Göttin der Erde, und Mutter Neptuns (plötzlich hatte ich die Erleuchtung, was die beiden Skulpturen miteinander verband), und sah in die Ferne. In ihrem Gefolge spielten zwei Kinder aus Granit mit einem Krug, aus dem Wasser strömte. Um den Brunnen herum bildeten Paläste und Gärten einen Kreis, der dazu bestimmt schien, das Bild der Göttin zu schützen, großartig in ihrer Einsamkeit. Ich lief weiter in Richtung Kommunikationspalast und erreichte eine breite, ansteigende Straße. Oben, zu meiner Rechten, sah ich die Bögen der Puerta de Alcalá, gegenüber, auf der anderen Seite des Zebrastreifens, die Cerveceria Correos.

Das Lokal war überfüllt, und es roch nach Sägemehl. Eine dreifache Menschenkette machte es unmöglich, sich bis zur Theke vorzudrängen. Ein Kellner fragte mich von Weitem, was ich wollte. Ich bestellte ein Bier und fand mich augenblicklich an einem winzigen Platz wieder, den der Kellner auf wundersame Weise für mich freigeschaufelt hatte, vor einem Zinkkrug mit gläsernem Boden auf einem dicken Korkuntersetzer. Noch vor dem ersten Schluck sah ich ihn, an einem Marmortisch im ersten Saal auf der linken Seite. Obwohl ich am Telefon mein Aussehen nicht beschrieben hatte, erkannte er mich ebenfalls. Mit erhobenem Kopf verfolgte er aufmerksam meine Bewegungen. Ohne mich aus den Augen zu lassen, stand er auf und gab mir per Handzeichen zu verstehen, dass ich näher kommen möge. Als ich vor seinem Tisch stand, begrüßte er mich mit einem kräftigen Händedruck.

Endlich sehen wir uns, sagte er und musterte dabei mit unverhohlenem Interesse mein Gesicht. Wie war die Reise?

Wenn ich ehrlich sein soll, weiß ich nicht, was ich hier mache, antwortete ich brüsk. Ich habe es Ben zuliebe getan, aber ich überlege schon den ganzen Morgen, ob es nicht ein Riesenfehler war, hierher zu kommen. Ich fühle mich, als würde ich im Raum schweben, ohne zu wissen, wohin ich meine Füße setzen soll.

Das ist normal, gib dir etwas Zeit.

Zeit, wofür? Es fiel mir schwer zu sprechen. Was geht mich dieser Mensch an, Pietri?, gelang es mir zu fragen. Bis zu dem Tag, an dem Ben mir deinen Brief gegeben hat, wusste ich überhaupt nichts von ihm. Muss ich schon wieder die Koordinaten meines Lebens ändern, wie damals, als ich vierzehn wurde? Und du, der du jetzt auf einmal damit rausrückst, wer zum Teufel bist du denn? War es wirklich nötig, das zu schreiben? Ich hatte die Hand in die Jackentasche geschoben und hielt ihm den Brief vor die Nase. Warum seid ihr euch alle so verdammt sicher, dass ihr das richtige tut?

Wen meinst du?

Ihr Brigadisten mit Eurem unfehlbaren Sinn für Gerechtigkeit.

Lewis ließ den Wolkenbruch über sich ergehen, als hätte er geahnt, dass es so kommen könnte. Als ich mit meinen Vorwürfen fertig war und den Brief zurück in die Tasche gesteckt hatte, sah er mir in die Augen, legte mir Hand auf die Schulter und drückte sie fest mit seinen kräftigen Fingern.

Hast du schon gegessen?

Essen?, fragte ich, als wüsste ich nicht, was dieses Wort bedeutete.

Ich bestelle was, sagte er und winkte den Kellner herbei.

Auch wenn du es nicht gerne hörst, hub er an zu sprechen, nachdem der Kellner die Bestellung aufgenommen hatte und wieder gegangen war, Ben hat recht. Deshalb habe ich mich erdreistet, darauf zu bestehen. Er ist wirklich ein ganz besonderer Mann, du hast großes Glück.

Was willst du damit sagen?

Es ist nur so ein Gefühl, ich kenne ihn nur aus ein paar Briefen. Ich würde gerne mehr über ihn erfahren.

Was denn?

Seine Geschichte.

Der Kellner stellte die Teller auf den Tisch und ging wieder. Abe Lewis begann zu lachen.

Worüber lachst du?

Du überquerst den Atlantik, weil du voraussetzt, dass ich etwas Entscheidendes zu erzählen habe, und das Erste, was mir einfällt, nachdem ich dich sehe, ist dir vorzuschlagen, dass du mich unterhältst, indem du mir Geschichten erzählst.

Macht nichts, du hast recht, was Ben angeht. Er ist ein ganz besonderer Mann. Und ich möchte mich für das entschuldigen, was ich vorhin über die Brigadisten gesagt habe, ich war nicht ganz bei mir.

Wieder lachte Lewis.

Gut, lass uns was futtern, vielleicht bekommen wir dann bessere Laune.

Plötzlich ging die Tür zur Straße auf, und eine lärmende Menschenmenge strömte herein. Ihre Mäntel und Schals waren mit Schnee gesprenkelt. Mit ihnen schlich sich ein eisiger Windhauch hinein, der bis zu unserem Tisch hin wehte. Die Neuankömmlinge mischten sich unter die Leute, die sich um die Theke herum tummelten; für einen Augenblick wurde das Unwetter von der Türöffnung eingerahmt. Es schneite nun heftiger; die Schneeverwehungen, die der starke Wind aufhäufte, reflektierten den Lichtschein der Laternen. Ein beleibter Mann füllte mit seiner Gestalt den Türrahmen aus, bevor die Tür wieder zuging.

Hier ist es zu laut, sagte Lewis. Lass uns nach nebenan gehen. Gleich um die Ecke gibt es den perfekten Platz zum Reden. O.k. für dich?

Ich zuckte mit den Achseln, was nach dem Code, den wir auszuarbeiten begonnen hatten, ja bedeutete.

Der Schnee peitschte gegen die rötliche Marmorfassade. Ich hob den Blick und konnte die goldenen Buchstaben aus Metall nur erahnen: *Lion D'Or.* Eine doppelte Glastür bildete eine Luftkammer, die die Wärme des Lokals bewahrte. Drinnen hing dichter Qualm, der das Atmen fast unmöglich machte, mit seinem bitteren Geruch an den Wänden haften blieb und die Spiegel vernebelte. Rote Samtvorhänge und Sesselbezüge, marmorne Tische mit einem gusseisernen Fuß. Unwirklich schwebte der Lampenschein im Dämmerlicht.

Wir setzten uns in eine Fensterecke, schwiegen eine Weile und gewöhnten uns aneinander. Ein Kellner mit rötlichem Teint und monumentalem Schnurrbart, schleppender Stimme und Pferdeschwanz fragte uns von oben herab, ob wir was wünschten.

> …
>
> Beim Betrachten des Schneetreibens. Gefangen in einem seltsamen Netz geometrischer Überschneidungen. Die Scheinwerfer der Autos, die die Straße von Alcalá hinauf und hinunter fuhren, schnitten schräge Kegel aus Licht in den Vorhang aus Schnee. Ebenso wie die Tischkante, der Bürgersteig und der Boden der Cafeteria einen spitzen Winkel bildeten. Unten berührte der Fensterrahmen fast den Boden.
>
> …

Woher stammt der Name Ackerman? Ist er jüdisch?

Das fragen mich viele, genauso wie bei meinem Namen, Gal. Weder der eine noch der andere sind es zwangsläufig. Ackerman ist ein deutscher Nachname. Die Familie meines Urgroßvaters kam aus dem Elsass, obwohl er selbst in Brooklyn geboren wurde, 1858. Er hat in Bensonhurst eine Bäckerei eröffnet. Mein Großvater, David Ackerman, hat sein ganzes Leben lang für den *Brooklyn Eagle* gearbeitet, eine große Zeitung, die beste, die Brooklyn je hatte. Walt Whitman war einer ihrer illustresten Mitarbeiter, aber nicht der einzige. Die Zeitung wurde 1955 eingestellt, nach 123 Jahren. Der Tod einer Zeitung ist etwas sehr Trauriges, findest du nicht? Mit siebzehn hatte mein Großvater dort als Lehrling begonnen und es schließlich bis zum Korrektor gebracht. Weiter schaffte er es nicht, aber mit der Zeit erlaubte man ihm das eine oder andere zu schreiben, und kurz vor seiner Pensionierung hatte er eine eigene Wochenkolumne.

Was hat er denn geschrieben?

Politische Kommentare, Anekdoten, Meinungskolumnen, Notizen über dies und das und vor allem Geschichten über Brooklyns Bezirke. Er kannte Brooklyn wie seine Westentasche.

Hast du seine Artikel noch?

Na klar, und dazu Hunderte von Karteikarten zur Geschichte Brooklyns. Er hatte die vage Idee, ein Buch über das Viertel zu schreiben.

War er Kommunist?

Anarchist, wobei er nie darüber sprach. Er hatte eine tiefe Abneigung gegen jede Art von Bekehrungseifer, außerdem war er ein Einsiedler.

Und deine Großmutter?

Ihr Mädchenname war Gallagher, *May* Gallagher. Unterschiedlicher hätten sie nicht sein können, meine Großeltern. Ihre Familie stammte aus Pennsylvania. Sie waren Anfang des Jahrhunderts nach Brooklyn ausgewandert, als sie sechzehn oder siebzehn Jahre alt gewesen war. Alle Welt nannte sie Schwester May; sie hatte etwas Nonnenhaftes. Eine fromme, großzügige Frau, aber mit einem starken Charakter. Sie hatte David auf einem Straßenfest kennengelernt, nicht lange, nachdem sie in Bensonhurst angekommen war, und sie heirateten vier Monate später. Sie bekamen zwei Kinder, ein Mädchen, das ein paar Tage nach der Geburt starb, und Ben.

Und wann geschah das alles?

Warte mal: Ben wurde 1913 geboren und May, ich weiß nicht genau, aber ich schätze um 1915 herum, sie waren etwa gleichalt.

Hast du dich gut mit ihm verstanden?

Mit Großvater David? Wunderbar. Ich habe ihn abgöttisch geliebt. Mein Großvater und ich hatten eine ganz besondere Beziehung. Es machte ihm große Freude, mich sonntags abzuholen und mir Brooklyn zu zeigen. Vor allem machte es ihm große Freude, irgendwohin zu gehen, wo wir außer Spaß zu haben noch etwas dazulernten. Was die Geschichte Brooklyns anging, war er ein Fanatiker. Ich habe noch immer sehr lebhafte Erinnerungen an die Besuche, die wir der Werft, dem Botanischen Garten, dem Prospect-Park, dem Museum der Schönen Künste, der Öffentlichen Bibliothek, Red Hook und noch vielen anderen Orten abstatteten. Zu meinen liebsten Ausflügen gehörten die Spaziergänge durch Brooklyn Heights. Er kannte Details aus der Geschichte jedes einzelnen Gebäudes. Er war Mitglied in der Brooklyner Historischen Gesellschaft. Da hatte er das Material her, das er dann für seine Artikel im *Eagle* verwendete. Aber das Wunder aller Wunder war es, wenn er mit mir nach Coney Island fuhr. Er nannte mich seinen »Forschungsassistenten« und wir verbachten zwei ganze Sommer damit, jede Woche mehrmals dorthin zu fahren. Es ist wirklich jammerschade, dass er nie dazukam, dieses Buch zu schreiben, nachdem er all diese Informationen zusammengetragen hatte. Warst du schon mal in Brooklyn, Abe?

Lächelnd schüttelte er den Kopf: Nein, aber nach dem heutigen Tag habe ich keine Ausrede mehr.

In der Tat handelt es sich um einen unglaublichen Kosmos.

Und du sagst, dass er nie mit dir über Politik gesprochen hat?

Nicht im Traum. Ich wusste, dass er Anarchist war, weil alle es sagten, aber ich hatte keine besonders klare Vorstellung davon, was dieses Wort bedeutete. Er war besessen von Kultur und Fortschritt. Es gefiel ihm, mich zu jeglicher Art kultureller Veranstaltung mitzunehmen: zu Konzerten, Vorträgen, manchmal gingen wir ins Kino oder ins Theater. Nur ein einziges Mal nahm er mich mit zu einer Versammlung.

Wie alt dürftest du da gewesen sein?

Fünfzehn, aber ich erinnere mich noch sehr gut daran. Mein Großvater und ich redeten über viele Dinge, aber auch wenn es seltsam klingt, waren es die langen Momente des Schweigens, die wir miteinander teilten, die uns am engsten miteinander verbanden. Wir verstanden uns ausgezeichnet, ohne zu sprechen. Immer wieder, in der Subway oder in der Straßenbahn, wenn der Lärm überhandnahm, statt die Stimme zu erheben, unterbrach mein Großvater seine Erzählung und schwieg. Sehr schnell gewöhnte ich mich an sein Schweigen. An jenem Tag nahm er mich, als wir aus der Subwaystation kamen, statt auf den Markt in Fulton zu gehen, ohne weitere Erklärungen mit nach Boerum Hill. In der Mitte des Blocks sahen wir eine Menschenmenge, die vor der Tür eines Theaters wartete. Wenn mich nicht alles täuscht, existiert es immer noch. Wie dem auch sei, wir schlossen uns der Menge an und standen Schlange, um reinzugehen. Ich erinnere mich daran, dass es in der Lobby drei hohe Türen gab, aber mein Großvater nahm mich an die Hand und führte mich zu einer Seitentreppe. Im ersten Stock saßen schon fünf oder sechs Leute in einer Loge und warteten auf den Beginn der Veranstaltung. Ich schaute runter. Im Parkett sah ich ein immenses Meer von Köpfen, aber auch in den Gängen und in den verschiedenen Stockwerken des Theaters waren Menschen. Plötzlich erloschen die Deckenlichter und ein Raunen ging durch die Menge. Scheinwerfer beleuchteten die Bühne, auf der ein langer Tisch und mehrere Stühle standen. Eine Gruppe von Personen bestieg der Reihe nach die Bühne und besetzte nach und nach die Stühle, während die Menschenmenge in einen ohrenbetäubenden Applaus ausbrach. Eine Frau um die fünfzig ging zum Podium und wandte sich an das Publikum. Ich achtete kaum auf das, was sie sagte. Andere Details fesselten mich mehr. Im ganzen Theater waren rotschwarze Wimpel zu sehen, und auf der Bühne war ein Plakat aufgestellt. Ich achtete nicht auf das, was sie sagte, denn ich war nicht in der Lage, meinen Blick von dem abzuwenden, was zu beiden Seiten der Bühne zu sehen war: die Porträts von zwei Männern in zweifacher Lebensgröße, in groben Zügen und schrillen Farben. Wie Karikaturen auf einem Kinoplakat. Kein Jackett und aufgeknöpfte Hemden. Die Hose des einen war braun, die des anderen dunkelblau. Im Vergleich zum Körper waren ihre Köpfe unverhältnismäßig groß. Es waren die Augen, die mir am meisten Angst machten; trotz der grellen Farben erschienen sie mir sehr real und beunruhigend. Mir schien es, als würden sie ausschließlich mich ansehen, als würden sie mich kennen und wegen etwas Ominösem anklagen. Erst als ich mich an die Blicke gewöhnt hatte, schaffte ich es, mich auf das zu konzentrieren, was auf dem Plakat stand. Jetzt ist es mir nicht mehr möglich, diese Namen unvoreingenommen zu hören, aber als ich sie damals las, entbehrten sie jeglichen Sinns:

Sacco und Vanzetti (1927 – 1952)

Die Redner erklommen in regelmäßigen Abständen das Podium. Alle sprachen exaltiert und mit erhobener Stimme. Ab und an wurden die Reden durch Hochrufe und Applaus unterbrochen. Obwohl ich neben ihm saß, schien es, als würde mein

Großvater meine Anwesenheit nicht bemerken. Während der ganzen Veranstaltung sprach er nicht mit mir und sah mich kein einziges Mal an. Was mich an seinem Verhalten am meisten verwunderte, war, dass er als Einziger in der Loge, und wohl im ganzen Theater, weder etwas rief noch applaudierte, obwohl ich genau seine Gemütsbewegungen nachvollziehen konnte, da ich sah, wie er die Fäuste ballte oder die Stirn runzelte. Die Veranstaltung war ziemlich lang und zum Teil langweilig. Wahr ist jedoch auch, dass die Begeisterung der Menge ansteckend war und ich nach einer gewissen Zeit, ich wusste selbst nicht, warum, jedes Mal, wenn die Zuschauer applaudierten oder Appelle brüllten, eine seltsame Mischung aus Aufregung und Angst verspürte.

Am Ausgang verabschiedete sich mein Großvater hastig von seinen Freunden, und wir beeilten uns, nun doch nach Fulton auf den Markt zu kommen. Niemals ließ er auch nur die leiseste Anspielung auf die Versammlung fallen. Nach einer kurzen Weile, als wären Minuten und nicht Stunden vergangen, nahm er die Geschichte wieder auf, die das Getöse der Subway erstickt hatte. In Fulton führte er mich direkt zu den Schuhständen und half mir, ein Paar Schuhe auszusuchen. Naja, in Wirklichkeit hat er sie ausgesucht, als er merkte, dass ich mich nicht entscheiden konnte. Als wir zu Hause ankamen, bestand er darauf, dass ich die Schuhe anzog, damit die anderen sehen konnten, wie gut sie mir standen. Danach ging er in die Küche, um mit den Erwachsenen Kaffee zu trinken, am frühen Nachmittag kam er zu mir, um mir einen Kuss zu geben, und verabschiedete sich. Ben und ich begleiteten ihn bis zur Veranda. Bevor er um Ecke bog, wandte sich mein Großvater um und winkte. Die Sonne stand sehr tief und tauchte die Fassade unseres Hauses in strahlendes Licht.

Wer waren Sacco und Vanzetti?, fragte ich Ben.

Plötzlich merkte ich, wie eng die Schuhe saßen, und bückte mich, um die Schnürsenkel zu lockern.

Zieh doch die Schuhe aus, bevor du Blasen bekommst, höre ich Ben noch sagen.

Mit den Schuhen in der Hand ging ich ins Haus und direkt in mein Zimmer, gefolgt von meinem Vater. Wir setzten uns auf die Bettkante.

Wo hast du über Sacco und Vanzetti sprechen hören?, fragte Ben, und ich erzählte ihm von der Versammlung in Boerum Hill, an der ich teilgenommen hatte.

Es ist seine Art, dir zu verstehen zu geben, dass er dich schon für einen Mann hält, sagte er, als ich fertig war. Mit mir hat er sowas Ähnliches gemacht.

VIER

Brooklyn Heights

19. Juni 1990

11:29 Uhr auf der Tankstellenuhr. Das Metallgitter des Oakland, geschlossen. Mein Koffer mitten auf dem Bürgersteig, wo der Sikh ihn abgestellt hat. Der Chrysler entfernt sich, eine gelbe Wolke, die um die Ecke verschwindet, als würde sie von einer unsichtbaren Kraft angesaugt. Die Uhren scheinen schneller zu ticken, seit ich Queens betreten habe. Der Flug vom O'Hara- zum LaGuardia-Flughafen kam mir deutlich kürzer vor als der von New York nach Chicago. Innere Zeit, meine Zeit, subjektiv. Das Gefühl, dass die Dinge anfangen, kürzer zu dauern, als sie sollten. Äußere Zeit, Weltzeit, unfassbar. Ich bemühe mich darum, die Verbindung nicht abreißen zu lassen. 9:43 Uhr. Mein Koffer erscheint auf dem Förderband, der erste und fast eine Minute lang der einzige. Ankunftshalle. 9:45 Uhr nach der Marlboro-Reklame. An der Bushaltestelle; ein Typ mit einem safranfarbenen Turban reißt mir buchstäblich den Koffer aus der Hand und nötigt mich, in sein Taxi einzusteigen. 10:07 Uhr nach der Digitalanzeige auf dem Armaturenbrett auf der anderen Seite der Plexiglasscheibe. Der Sikh lächelt und wartet auf Anweisungen. Hicks, Ecke Atlantic, Brooklyn Heights, sage ich, und der Sikh macht einen Kavalierstart. Die Reifen quietschen gewaltig, als sie auf dem Asphalt durchdrehen. Wir schlängeln uns durch, weichen Lastwagen, Lieferwagen und Schulbussen aus. Der Morgenverkehr in seiner ganzen Pracht auf dem BQE-Highway. Der Taxifahrer gefällt mir. Aus irgendeinem Grund habe ich kein Problem mit seiner aggressiven Fahrweise. Ich mache es mir auf dem Rücksitz bequem. Auf seiner gelben Taxilizenz lese ich seinen Namen, Manjit Singh. Als wäre er meinem Blick gefolgt, legt der Sikh die rechte Hand an den Turban und lächelt mich über den Rückspiegel an. Etwa zweiundzwanzig, schwarzer Bart, Zähne und Zahnfleisch rot vom Betel. Nachdem wir den Highway verlassen haben, entspannt er sich. Das verringerte Tempo macht ihn gesprächig. Er entriegelt das Sicherheitsfenster. Mit dem Finger zeigt er mir die Steinvillen, herrschaftliche Bauten, die Straßen flankieren, die Namen von Obstbäumen tragen. Er will wissen, ob ich in Brooklyn Heights lebe. Ich besuche einen Freund, erkläre ich. Er nickt. Ein gutes Viertel, sehr elegant, sagt er. An der Ecke Atlantic Avenue nimmt Manjit Singh den Fuß vom Gas und lässt den Chrysler weiterrollen, bis er in einer perfekten Linie zum Bordstein, direkt vor dem Oakland, zu stehen kommt. Er bittet mich auszusteigen, öffnet und schließt mit sparsamen Bewegungen den Kofferraum und stellt meinen Koffer mitten auf den Bürgersteig. Bevor er wieder ins Auto steigt, verabschiedet er sich, indem er den Kopf neigt und die Hände auf der Höhe des Herzens faltet. Wieder macht er einen Kavalierstart, genauso wie am Flughafen. Er verlässt die Bühne und hinterlässt eine Rauchwolke, die nach Benzin und verbranntem Gummi riecht.

Hinten brennt Licht. Ich stecke die Faust durch die Rauten des Gitters und klopfe mit den Knöcheln gegen die Scheibe. Ich höre das Klimpern der Schlüssel, die innen am Türschloss hängen, kurz darauf sehe ich eine Silhouette, die sich mit zögernden Schritten nähert. Es ist nicht Ernie und auch nicht Frank … Ich erkenne Gal Ackerman. Ihn hatte ich nicht erwartet. Sein

Gesicht nähert sich der Glasscheibe, er erkennt mich, dreht den Schlüssel im Schloss und öffnet die Tür einen Spalt breit.

Es ist niemand da, alle sind abgehauen, nach Teaneck, um das neue Haus von Raúl zu besichtigen. Ernie wird erst am Nachmittag aufmachen.

Er zieht nochmals an der Zigarette, die er in der Hand hält, und obwohl sie praktisch noch ungeraucht ist, wirft er sie auf den Boden und zertritt sie. Es ist offensichtlich, dass etwas nicht stimmt. Er zuckt mit den Schultern und macht kehrt, ohne sich zu verabschieden. Ich habe noch Zeit, hastig meine Hand durch den Türspalt zu stecken und ihn am Ärmel zu packen.

Bitte Gal, lass mich rein, ich komme direkt vom Flughafen.

Er zuckt erneut mit den Schultern, zieht den Schlüsselbund aus dem Schloss und reicht ihn mir durch das Gitter hindurch.

Die haben mich eingesperrt, ohne es zu merken. Und mit einer Art Lächeln erklärt er: Ich krieg' die Tür auf, aber an das Gitter komm' ich nicht ran. Man kann es nur von außen aufschließen. Nimm, es ist einer von den kleinen Schlüsseln, schau mal nach.

Wie war es in Chicago?, fragt er, als ich drinnen im Oakland bin.

Es wundert mich, dass er über meine Reisen auf dem Laufenden ist.

Gut, antworte ich … Ehrlich, es tut mir leid, dass ich dich stören muss, aber … Fast rutscht mir raus, warum ich statt zu mir nach Hause vom Flughafen aus direkt ins Oakland gefahren bin, aber ich kriege gerade noch die Kurve. Naja, es ist zu früh, um in die Redaktion zu fahren, sage ich unsinnigerweise.

Gal zeigt auf die Theke, auf der eine dampfende Kaffeekanne steht.

Ich hab' gerade Kaffee gemacht, sagt er.

Ich stelle den Koffer ab, gieße mir eine Tasse Kaffee ein und setze mich zu ihm. Auf dem Tisch liegt, in der Mitte zusammengefaltet, eine Seite der *New York Times*.

Sieh dir das mal an, sagt er und deutet auf die Überschrift. Er schiebt die Zeitung in meine Richtung, damit ich besser lesen kann. Die Meldung ist vom 21. Februar.

FREISPRUCH FÜR EINEN MANN,
DER BESCHULDIGT WIRD,
SEINE MITBEWOHNERIN GETÖTET
UND DIE LEICHE GEKOCHT ZU HABEN

Ein nervöses Lächeln stiehlt sich in sein Gesicht.

Was amüsiert dich so?, frage ich ihn. Er führt den Zeigefinger an die Lippen, stützt die Ellbogen auf den Holzrahmen, mit dem das Marmorrechteck eingefasst ist, zieht die Zeitung wieder zu sich her und liest still weiter. Nach einer Weile sagt er:

Daniel Rakowitz. Es ist so, dass ich den Typen kenne. Ich habe ihn oft in der Gegend um den Tompkins Square Park gesehen, als Louise in der Zwölften Straße wohnte. Kacke, jetzt, wo ich drüber nachdenke, glaube ich, dass Louise ihm mal Gras abgekauft hat. Erinnerst du dich an die Konzerte, die sie Anfang Mai im Park veranstaltet haben?

Ja.

Er liest weiter, und als er fertig ist, sagt er: Ich erinnere mich genau an ihn. Du musst ihn auch mal gesehen haben. Kommt dir die Nachricht nicht bekannt vor? Oder warst du im Februar nicht in New York?

Gal …

Erinnerst du dich nicht an einen Typen, der mit einem Huhn an der Leine im East Village spazierengegangen ist, als wäre es ein Chihuahua? Das arme Vieh ist hinter ihm hergetrottet, als wäre es das Natürlichste von der Welt, während sein Herrchen um den Park herum Gras-Tütchen für fünf Dollar das Stück verkauft hat.

Irgendwie kommt mir das bekannt vor.

Er war aus Texas und kam 1985 nach New York. Einer der Zeugen, ein gewisser Nicolaus Mills, ein Obdachloser aus dem Tompkins Square Park, hat ausgesagt, dass Daniel Rakowitz manchmal mit einem Kessel und einem Schöpflöffel im Park erschien und eine Schüssel Eintopf, Kartoffeln mit Fleisch oder sowas, an die Hungernden verteilte, die dort herumhingen. Also, es ist so, dass nach Aussage von Mills eines Tages, als er und ein paar andere Junkies gerade den Eintopf mampften, den ihnen Rakowitz gebracht hatte, einer von ihnen einen menschlichen Finger in der Schüssel fand, mit Nagel und allem, was dazugehört. Das ist, was hier steht.

Ich spucke den Kaffee aus, den ich im Mund habe.

Ich habe seine Karteikarte fertig für das *Heft des Todes*, mit Foto und allem Drum und Dran. Name: Daniel Rakowitz. Alter: 30 Jahre. Des vorsätzlichen Mordes angeklagt. Es folgt das Aktenzeichen und jetzt, in dieser Meldung, das Urteil. Da hast du es: Sie haben ihn gerade freigesprochen. Was sagst du dazu? In der Tat mangelt es dem Typen nicht an Sinn für Humor. Als er dem Richter vorgeführt wurde, erklärte er, nachdem er von einem Team von Psychiatern untersucht worden war, dass er das Gefängnis dem Irrenhaus vorziehe, weil er begriffen habe, wie schädlich Drogen seien, und dort, im Gefängnis, würden sie einen wenigstens nicht mit irgendwelchen Tabletten irre machen. Lies selbst, wenn du mir nicht glaubst.

Gal hält die *Times* für einen Augenblick hoch, dann nimmt er sie langsam wieder runter bis auf den Tisch, streicht sie glatt und liest die Meldung stumm zu Ende. Als er durch ist, gibt er mir eine kurze Zusammenfassung.

Er wohnte in der Neunten Straße, Nummer 615 Ost, mitten in Alphabet-City, und arbeitete gelegentlich als Küchenjunge im Sahak, einem armenischen Restaurant in East Village … Sag mal, Ness, ist es schon zwölf?

Ich antworte, indem ich auf die Wanduhr zeige. Der Minutenzeiger steht kurz davor, den höchsten Punkt des Zifferblatts zu erreichen. Als Gal hinschaut, verschmelzen die zwei Zeiger zu einem einzigen.

Perfekt. Es ist Zeit. Meine innere Uhr irrt sich nie.

Zeit wofür?

Zeit, die Dämonen zu tränken. Jemand muss sich um sie kümmern.

Er holt eine Flasche Wodka aus einer braunen Papiertüte, die unter dem Tisch versteckt war, und schüttet sich einen kräftigen Schluck in den Kaffee.

Er hat ein Mädchen aus der Schweiz getötet, die an Martha Grahams Akademie modernen Tanz studierte, eine gewisse Monika Beerle. Was sagst du dazu?

Beerle. Der Nachname klingt holländisch.

Kann sein. Der Reporter meint, Rakowitz hat sich selbst zum »Gott des Marihuana« ausgerufen.

Er überlegt eine Weile. Gut, fährt er fort.

Der Punkt ist, dass Rauschgiftfahndern, die die Gegend überwachten, das Gerücht zu Ohren kam, ein gewisser Rakowitz habe eine Leiche gekocht. Und jetzt erzähl mir bitte nicht, dass das nicht zum Schreien komisch ist. Du bist doch Journalist, also erklär mir mal, wie man sich das vorzustellen hat: *das Gerücht, er habe eine Leiche gekocht*. Stell dir mal vor, wie ein Junkie im Park zum anderen sagt: Hör mal, die Schweizerin hab ich schon länger nicht mehr gesehen, ich glaub', der mit dem Hühnchen hat sie umgebracht und die Leiche gekocht!

Ja, schon.

Wieder bricht er in Lachen aus, aber als er sieht, dass ich nicht mitlache, hört er auf.

Gal …

Schon gut, schon gut, jetzt hab' dich doch nicht so! Es ist schon allein ein Hammer, wie es berichtet wird: Also, zwei Polizisten in Zivil suchen Rakowitz mit einem Haftbefehl in seiner Wohnung auf. Sie nehmen ihn zum Verhör mit aufs Polizeirevier und er bestreitet kategorisch, der Mörder zu sein. Er habe die Leiche gefunden, und ja, er gibt zu, sie vor dem Kochen zerlegt und in Lauge eingelegt zu haben. Hi, hi, hi, dazu muss man schon ziemlich verrückt sein! Er habe auf diese Weise die Knochen desinfizieren wollen. Trotz seiner widersprüchlichen Aussagen verhören sie ihn gründlich weiter. Darauf sagt er, der Schädel sei im Port-Authority-Busbahnhof zu finden. Als sie ihn hinbringen, führt er sie direkt zu einem Fass, in dem sich in der Tat ein Frauenschädel befindet, eingewickelt in Zeitungspapier und in fortgeschrittenem verwesten Zustand. Anscheinend hat die Lauge nicht besonders gut gewirkt.

Wieder bricht er in Lachen aus.

Warte, das ist noch nicht alles, das Beste kommt zum Schluss. Weißt du, was Rakowitz gesagt hat, als der Richter ihn gefragt hat, ob er etwas zu sagen habe, bevor er selbst das Urteil verkünde? Ich werde es dir vorlesen, sonst denkst Du, dass ich übertreibe: *Der Angeklagte behauptete, die Geschworenen seien voreingenommen, was ihn aber nicht weiter beunruhige, weil er sicher sei, dass sie ihn für unschuldig erklären würden und er das Gebäude gleich als freier Mann verlassen werde. Sobald er wieder draußen sei, so versicherte er, werde er sich dem Verkauf von Marihuana widmen und mit dem Geld, das er dadurch einnehme, eine private Untersuchung einleiten, um die wahren Mörder vor Gericht zu bringen.* Hi, hi, hi. Aber das Beste hast du noch nicht gehört: Der Richter hörte sich die Erklärung an, ohne mit der Wimper zu zucken, und als er fertig war, richtete er einen regelrechten Vortrag an die Geschworenen und schickte sie zur Beratung fort. Das Gericht kam zwei Tage später erneut zusammen; die Geschworenen erklärten Rakowitz für unschuldig und der Richter sprach ihn mangels Beweisen frei. Was sagt du dazu?

Ich weiß nicht, Gal.

Was zum Teufel willst du damit sagen? Ich habe dir alles von

Anfang bis Ende vorgelesen, und jetzt hast du keine Meinung dazu?

Wenn es nicht genügend Beweise gibt, können sie ihn nicht verurteilen. Es könnte auch ein anderer gewesen sein.

Du machst es noch schlimmer: In diesem Fall läuft der wahre Schuldige hier noch völlig ungestraft in der Gegend rum.

Gal, du solltest nicht so früh mit dem Trinken anfangen.

Ich wusste nicht, dass du dir solche Sorgen um meine Gesundheit machst.

Er unterstreicht seine Worte, indem er einen Schluck direkt aus der Flasche nimmt, bevor er hinzufügt:

Der Stein im Schuh, der mir keine Ruhe lässt, ist das Schicksal des Mädchens, Monika Beerle. Es stört mich, dass der Artikel praktisch nichts über sie sagt. Kein einziges Detail über ihre Familiengeschichte. Nicht mal ihr Alter wird erwähnt. Es ist fast so, als wäre sie nur ein Accessoire für den Fall.

Entschuldige Gal, was du trinkst oder nicht trinkst, geht mich nichts an. Danke, dass du mich reingelassen hast, und für das Gespräch. Jetzt muss ich in die Redaktion. Wenn es dir nichts ausmacht, werde ich meinen Koffer in Franks Büro lassen. Solltest du ihn vor mir sehen, sag ihm, dass ich den Koffer am Nachmittag abholen werde.

Als einzige Antwort zieht er einen Kugelschreiber aus der Hemdtasche und vertieft sich in seine Papiere.

Am späten Nachmittag fegt ein zäher Wind über den Boulevard. Ich weiß, dass Frank noch nicht zurück ist, weil der Plymouth noch nicht vor dem Oakland parkt. An der Theke liest Ernie die *New York Post*, mit der Pfeife zwischen den Zähnen. Ich vermisse Gal. Kann sein, dass ich heute Morgen nicht besonders nett zu ihm war.

Ernie, wo steckt Gal?

Er legt die Zeitung beiseite, nimmt die Pfeife aus dem Mund und antwortet:

Weiß der Teufel! Als ich gegen drei Uhr herkam, war keine Sau da. Und du? Wo hast du dich rumgetrieben? Seit Tagen keine Spur von dir.

In Chicago. Dann weißt du nichts von Gal?

Ich hab' dir schon gesagt, dass nicht. Heute Morgen haben wir ihn mit einem Satz Schlüsseln zurückgelassen, aber als ich kam, um die Bar aufzumachen, war er ausgeflogen. Es geht mich nichts an, was das Personal macht, verstehst du? Ich hab' schon genug mit meinem eigenen Kram zu tun.

Wie ging es Gal in den letzten Tagen?

Ich hab' nicht darauf geachtet. Ich weiß wirklich nicht, warum du dir Sorgen um ihn machst.

Und wenn ihm etwas zugestoßen ist?

Was meinst du mit etwas?

Jetzt wirst du zynisch. Du weißt genau, was ich meine.

Vergiss Gal, er kann für sich selbst sorgen.

Hat er in letzter Zeit viel über Nadja gesprochen?

Ernie schnaubt.

Geht das schon wieder los? Ich weiß es nicht, und es interessiert mich auch nicht. Übrigens, wenn wir es gerade von Frauen haben, ganz oben ist eben eine wahre Schönheit eingezogen. Kaum zwanzig dürfte sie sein.

Die Bemerkung überrascht mich. Das Motel ist tabu im Oakland, und wenn jemand das weiß, ist es Ernie Johnson. Wäre Frank dabeigewesen, hätte er es nicht gewagt, eine solche Bemerkung fallenzulassen.

Pass auf, was du sagst, Ernie.

Er fragt mich, ob ich was trinken möchte, und lacht dabei in sich hinein. Ich bestelle ein Heineken. Er stellt eine eiskalte Flasche vor mich hin, nuschelt etwas Unverständliches und verschwindet hinter seiner Zeitung. Ich steuere den Tisch an, wo ich am Vormittag mit Gal saß, den Tisch des Kapitäns. Als ich das Bier auf dem Marmor abstelle, erscheint sein Bild vor meinen Augen, wie er mir die Meldung über den Prozess von

Rakowitz vorliest, aber sofort legt sich eine viel fernere Erinnerung darüber.

(Gar nicht so schlecht, oder Gal? Die Dialoge ohne Anführungszeichen, verwoben mit der Handlung, so, wie es dir gefiel. Und jetzt werde ich etwas tun, das ich ebenfalls von dir gelernt habe: Fragmente meines Tagebuchs einfügen. Ich hatte niemals Gelegenheit, es dir zu sagen, aber so habe ich dich kennengelernt:)

> Dylan Taylor erzählte mir, dass in der alten Kirche Saint Anne in der Montague Street der Film *Der Hirschpark* von Norman Mailer gezeigt werde. »Willst du nicht drüber schreiben? Vielleicht erscheint Mailer selbst, er wohnt da um die Ecke. Warum gehst du nicht hin?«
>
> »Mailer wohnt in Brooklyn Heights?«
>
> »Jawohl. Direkt an der Promenade. Der letzte einer alten Sippe. Es ist unverzeihlich, dass du das Viertel noch nicht kennst. Warte mal kurz.«
>
> Er verließ meine Kajüte und kam eine halbe Minute später wieder zurück, mit einem Buch in der Hand, das er auf den Tisch warf. *Die Hunde bellen* von Truman Capote.
>
> »Und jetzt?«
>
> »Wirf mal einen Blick auf das Kapitel mit dem Titel ›Ein Haus in Brooklyn Heights‹. Was Mailer betrifft: Was Kurzes würde schon reichen, sagen wir so 300 Wörter. Wir können es am Samstag bringen.«
>
> Den Text von Capote zu lesen dauert weniger als zwanzig Minuten. Dylan hat recht: Thomas Wolfe, W. H. Auden, Hart Crane, Mariane Moore, Richard Wright, Los Bowles und Truman Capote selbst, neben anderen, die ich mir nicht gemerkt habe, haben in den Heights gelebt. Mailer erscheint nicht, weil er ein Unbekannter war, als Capote die Liste zusammenstellte.

Ich sagte Dylan, dass ich nach der Vorstellung noch einen Spaziergang durch das Viertel machen würde.

Einige Eindrücke meiner Ausbeute: Die Gaslaternen in der Hicks Street; ein Fensterrahmen, der das stumme Bild eines Geige spielenden Mädchens einrahmt wie ein Standbild in einem Stummfilm, die Grace-Court-Gasse wie ein Gemälde von Vermeer, mit Kopfsteinpflaster, die riesigen Türen der alten Kaleschen und die Haken, an die das Heu gehängt wurde, als Futter für die Zugpferde; die Flachreliefs an den großen Metalltüren der Maroniten-Kirche unserer Jungfrau des Libanon, gefertigt aus dem Eisen des Ozeandampfers Normandie.

Als ich an der Kreuzung Hicks, Atlantic Avenue um die Ecke bog, sah ich die Leuchtschrift. OAKLAND BAR & GRILL stand auf dem rot-weißen Neonschild über einem Erkerfenster aus matt geschliffenem Glas. Die Tür war aus Eisen, das man schwarz angestrichen hatte. Mit einiger Anstrengung drückte ich sie auf. Dahinter ein langer, hoher Gang, an seinem Ende ein Vorhang aus rotem Samt. Das Gefühl, das mich beim Auseinanderschieben des Vorhangs überkam, war genau das Gegenteil von dem, das ich beim Aufwachen verspüre: Mir wurde schwummrig, ich ließ die Welt der Wachen hinter mir und betrat einen Traum. Das Lokal war bis oben hin vollgestopft mit Menschen in Kostümen. Es kam mir vor wie ein Maskenball in einem alten Kabarett oder der Tanzsaal eines Kreuzfahrtschiffes. Die rechte Wand war bedeckt mit einem Fischernetz, aus dessen Falten ein Bullauge herauslugte.

Die Theke befand sich links, als Fortsetzung eines Holzpaneels, das von der Decke herabhing und mit allerlei Utensilien beladen war, die mit der maritimen Welt zu tun hatten: Takelwerk, Bojen, Rettungsringe, Schiffslaternen, ein Steuerrad … In der Mitte ein Spiegel, auf dessen Oberfläche jemand in Kreuzform die Flaggen von Dänemark, den Vereinigten Staaten und

Spanien aufgemalt hatte. An der Wand Reihen von Flaschen, flankiert von weiteren Objekten aus der maritimen Welt, einem Miniatur-Leuchtturm, der Büste einer Meerjungfrau und eines Schiffskapitäns, einem auf einen Mast gesteckten Lichtspiel. Am Ende der Bar, rechts, neben einer Musikbox, zwei Telefonzellen mit Holzwänden und Glastüren. Decke und Säulen waren mit grellbunten Papiergirlanden geschmückt. Zwei von ihnen bildeten einen Bogen und wiesen so den Weg zur Tanzfläche. An den Wänden hingen Fotos und Poster (ich erinnere mich an das Poster eines Stierkampfs in der Arena des Strandbads von Sada aus dem Jahre 1910) sowie in unterschiedlicher Höhe angebrachte Regale mit Massen von Schiffsmodellen, manche ziemlich groß, in Glasflaschen.

Dann sah ich ihn. Ein Mann um die fünfzig, fünfundfünfzig, der Einzige im ganzen Lokal (außer mir), der weder Maske noch Verkleidung trug. Er saß in einer Ecke, seltsamerweise völlig unbeeindruckt von dem, was um ihn her geschah, und schrieb in einem Heft. Ihn umwaberte eine Rauchwolke, die noch dichter schien als die, die im Rest des Lokals hing, als hielte ihn eine Glasglocke von den anderen Gästen isoliert. Von Zeit zu Zeit hielt er inne, um an seiner Zigarette zu ziehen oder zu trinken.

Plötzlich packte mich jemand in einem schwarzen Federumhang mit einer Kauz-Maske am Arm und zog mich zur Theke. Er tauchte einen Plastikbecher in eine Schüssel mit einer roten Flüssigkeit und forderte mich auf Spanisch auf zu exen. Ich tat, wie geheißen. Es war ein unheimlich starkes Gesöff; es trieb mir die Tränen in die Augen, und ich musste husten. Der Typ lachte laut auf, überreichte mir eine Maske, genauso monströs wie die, die er selbst trug, und gab keine Ruhe, bis ich sie aufsetzte.

Als ich ihn losgeworden war, kehrte ich zu der Stelle an der Bar zurück, von wo aus ich den schreibenden Mann gesehen hatte, aber er war verschwunden. Auf dem Tisch, neben einem leeren Glas, qualmte noch ein Zigarettenstummel im Aschenbecher. Ich suchte überall und musste dabei auf Schritt und Tritt Leute abwehren, die mich unbedingt zum Tanzen bringen wollten, aber ich fand ihn nicht. Vielleicht hatte ihn jemand dazu gezwungen, eine Maske aufzusetzen, wie mich auch. Benommen von dem Gesöff, das ich hatte trinken müssen, und von dem stürmischen Durcheinander von Eindrücken, war es gar nicht so leicht, das Lokal wieder zu verlassen. Am Ende fand ich die roten Vorhänge und den Ausgang. Als die schwarze, eiserne Türe hinter mir ins Schloss fiel, erschien mir die Stille der Nacht wie ein Wunder.

Taumelnd machte ich mich auf den Weg, bis ich plötzlich in einem Schaufenster eine Gestalt erblickte, die mich zusammenfahren ließ. Es war mein eigenes Spiegelbild. Ich riss die Maske herunter und lief weiter zu den Docks, wie es von Anfang an meine Absicht gewesen war. Ich weiß nicht, wie lange ich bis zum Hafen brauchte. Ein seltsames Unbehagen hatte sich meiner bemächtigt, dessen Ursache ich nicht ergründen konnte.

Obwohl ich immer wieder daran dachte, vermengt mit alldem, was ich bei meinem ersten Besuch in Brooklyn Heights gesehen hatte, vergingen Monate, bevor ich wieder ins Oakland ging. Es war mir alles ziemlich seltsam erschienen, angefangen mit dem Theaterbesuch bis hin zum Spaziergang durch die sonderbarsten Winkel des Viertels. Aber alle Eindrücke wurden überlagert von jenem, den der Maskenball in dieser merkwürdigen Seemannsbar bei mir hinterlassen hatte, und immer, wenn ich mich daran erinnerte, erschien in meinem Kopf das Bild jenes Mannes, der in seinem Heft schrieb, völlig unbeeindruckt von den Maskierten, die das Lokal verstopften.

Ich will gerade ein weiteres Bier bestellen, als ich Frank und Viktor auf mich zukommen sehe.

Mensch, wenn das nicht unser Freund, der Journalist ist, sagt Frank, während er die Golfmütze abnimmt und seinen Platz am Kapitänstisch einnimmt. Viktor schenkt mir ein Lächeln zum Gruß und geht zur Theke, um mit Ernie zu plaudern.

Ernie! Bring mir bitte ein eisgekühltes Bier!, ruft Frank rüber. Ness, was möchtest du? Übrigens dachte ich, du wärst in Chicago.

Ich bin heute früh zurückgekommen, und weiß nicht, warum, aber plötzlich hatte ich Lust, direkt vom Flughafen hierher zu fahren, aber ich hatte Pech, die Bar war geschlossen.

Ernie stellt zwei eisgekühlte Heineken auf den Tisch, an denen die Kältetropfen abperlen.

Raúl hatte heute Schlüsselübergabe.

Das hat mir Gal gesagt, zum Glück war er da. Übrigens, ich war so frei, meinen Koffer in deinem Büro abzustellen, ich hoffe, das ist okay für dich.

Junge, das Oakland ist dein Zuhause, das solltest du doch wissen.

Danke, Frank. Übrigens hatte ich heute Morgen den Eindruck, dass Gal in einer komischen Stimmung war. Hast du ihn noch gesehen?

Er ist im Lokal herumgelungert, aber da wir es eilig hatten, habe ich mich nicht weiter um ihn gekümmert. Ernie hat ihm die Schlüssel gegeben. Was beunruhigt dich?

Er hat schon früh angefangen zu trinken, um zwölf, was er schon lange nicht mehr getan hat. Und es wundert mich, dass ich ihn jetzt hier nicht sehe, denn an sich ist es doch die Zeit, zu der er am liebsten schreibt. Es sei denn, er hätte seine Gewohnheiten geändert, während ich in Chicago war.

Du hast recht, es ist das erste Mal seit Langem, dass ich ihn hier um diese Zeit nicht sehe. Wer weiß, vielleicht gibt es einen interessanten Kampf im Luna Bowl, obwohl mich das wundern würde. Viktor hätte mich um Erlaubnis gebeten, hinzugehen. Viktor!, ruft er laut. Tu mir den Gefallen, ruf von meinem Büro aus bei Jimmy Castellano an, und frag', ob jemand weiß, wo Gal steckt.

Es war im Luna Bowl, dem Box-Studio, das Jimmy Castellano in der Nähe der Docks betreibt, wo Gal seinem Adlatus begegnete (wie er ihn manchmal nennt), nachdem der Puertoricaner, kurz nach seiner Ankunft in Brooklyn, dort zu trainieren begonnen hatte. Eines Nachmittags hatte ihm der Trainer eines gewissen Ricky Murcia, ein Mammut im Ring mit mehr als 120 kg, der nach New York gekommen war, um an einem Schaukampf im Madison Square Garden teilzunehmen, 50 Dollar geboten, wenn er in einem Acht-Runden-Kampf gegen seinen Schützling den Sparringspartner gab. Murcia hatte gnadenlos auf ihn eingedroschen, bis er am Ende der fünften Runde das Bewusstsein verloren hatte. Gal hatte sich gewundert, dass Viktor sich bereiterklärt hatte, sich einer solchen Prügelei auszusetzen, denn gewichtsmäßig lag er mindestens zwei Klassen unter Murcia. Cletus hatte ihm erklärt, dass Viktor das Geld brauche, und außerdem habe er keinen Manager. Neugierig geworden, hatte Gal beschlossen, mit ihm zu sprechen. Das Gespräch endete damit, dass er den Puertoricaner davon zu überzeugen versuchte, dass er nicht zum Boxer taugte. Es war keine Frage der körperlichen Eignung, sondern eine Frage der Persönlichkeit. Der Junge war ein Idealist, viel zu sensibel für einen solchen Beruf. Gal sagte ihm, dass ein Freund eine Aushilfe suche, und gab ihm eine Karte des Oakland.

Sein Nachname war Báez, er war groß und schlank, 25 Jahre alt, hatte lockige Haare und grünliche Augen. Obwohl er schon lange boxte, war sein Gesicht unversehrt, abgesehen von einer Narbe auf der rechten Wange. Er ist schnell, hat eine starke Rechte, seine Beinarbeit könnte nicht flinker sein, und er ist hart im Nehmen, sagte mir Gal. Technisch fehlt ihm nichts, das Problem ist, dass er nicht ehrgeizig genug ist. Ihm fehlt jede Spur von Tücke. Als er ihm vorgestellt wurde, verstand Frank sofort, was er gemeint hatte. Er hat eine Künstlerseele, sagte er, nur leider ist er arm und schwarz geboren. Aber mach dir keine Sorgen, ich kümmere mich um ihn. Innerhalb weniger

Wochen war er unverzichtbar geworden. Es war nicht leicht, aber am Ende haben es Gal und Frank Otero geschafft, dass er sich den Gedanken an eine professionelle Boxkarriere aus dem Kopf schlug. Es ist ihnen aber nicht gelungen, zu verhindern, dass er sich immer noch von Zeit zu Zeit bei Amateurkämpfen zeigt.

Gal ist nicht im Luna Bowl, Chef, der alte Cletus sagt, dass er sich dort schon seit Wochen nicht hat blicken lassen.

Er wird doch nicht in der Werft sein?, fällt es mir ein zu fragen.

Frank und Viktor wechseln einen alarmierten Blick. Gal besucht die Gegend um die Werft nur in seinen dunkelsten Stunden. Das letzte Mal, als er verschwand, fand man ihn bewusstlos in einer der Schutthalden.

Hoffen wir, dass es nicht so ist, sagt Frank.

Ich gehe mal vorbei, nur für alle Fälle, sage ich. Wenn ich ihn nicht finde, werde ich höchstwahrscheinlich direkt nach Manhattan fahren, ohne vorher nochmal hier vorbeizukommen. Macht es dir was aus, wenn ich meinen Koffer noch bis morgen bei dir stehenlasse?

Frank ist so in Gedanken vertieft, dass er die Frage nicht hört.

Auf dem Weg zur Werft denke ich an das erste Mal, als mich Gal ins Luna Bowl mitgenommen hat. Ich weiß noch genau, wie seine Augen zu leuchten begannen, als die Boxer in den Ring stiegen. Fassungslos fragte ich mich, was er an einem solchen Ort suchte. Es war offensichtlich, dass ihn das Spektakel faszinierte, aber warum? Was brachte es ihm, Zeuge eines solchen Gewaltschauspiels zu sein? Gleich sollte Viktors Kampf beginnen, und als die Glocke die erste Runde einläutete, hörte ich für ihn auf zu existieren. Was mich am meisten erstaunte, war die Unmenge von Menschen, die ihn nach dem Kampf begrüßen kamen. Neulinge, alte Haudegen, die Angestellten, alle mochten ihn. Schon am Eingang, gleich nachdem wir angekommen waren, war mir aufgefallen, dass der Pförtner, ein Schwarzer von fast achtzig Jahren namens Cletus Wilson, sich weigerte, Eintritt zu verlangen. Als ich das Frank erzählte, sagte er, dass er das nur bei Gal machen würde. Es kann sein, dass ich mir das nur einbilde, aber ich glaube, es ist etwas an ihm, das anderen das Gefühl gibt, eine unbestimmte Gefahr schwebe über ihm. Es ist das, was ich dachte, als ich ihn zum ersten Mal sah: ein verletzliches Wesen, seltsamerweise durch eine Glasglocke abgekapselt von seiner Umgebung. Möglicherweise ist das, was die Menschen spüren, die ihm begegnen, seine Sensibilität gegenüber dem Leid anderer. Nie habe ich jemanden kennengelernt, dem es so wichtig gewesen wäre, keinem anderen Schaden zuzufügen. Gal ist nur fähig, sich selbst zu schaden. Nie habe ich erlebt, dass er etwas Verletzendes oder Beleidigendes über jemanden gesagt hätte, auch nicht in betrunkenem Zustand. Und er verliert niemals seine Würde. Seine Fähigkeit, sie bis zum höchsten Grad der Trunkenheit zu bewahren, ist erstaunlich. Sogar physisch. Für mich grenzt es an ein Wunder, wie er es schafft, seine Bewegungen auch dann noch zu koordinieren, wenn er sich am Rande der Bewusstlosigkeit befindet.

Es dämmert schon. Einsam strahlt die Venus über den Hafenkränen. Der Himmel verdunkelt sich so langsam, dass ich sehen kann, wie nach und nach die einzelnen Sterne zu leuchten beginnen. Ich lasse die Geschehnisse des Tages Revue passieren: die Taxifahrt vom La-Guardia-Flughafen bis zum Oakland, Gal, wie er mir die Geschichte von Rakowitz erzählt, sechs Stunden in der Redaktion, das Gespräch mit Frank. Es ist nicht nur so, dass ich mir Sorgen um Gal mache. Ich bin auch auf dem Weg zur Werft, weil ich ihn sehen muss. Seit heute Morgen verfolgt mich einer seiner Sätze: Jemand muss sich um die Dämonen kümmern. Er meinte seine eigenen, aber wenn ich ihn finde, wird er sich auch um meine kümmern.

Cletus Wilson kommt hinter der Kasse hervor, um mich zu begrüßen. Bevor ich den Mund aufmache, sagt er mir, dass er Gal seit Wochen nicht gesehen hat. Ich sage ihm, dass ich das weiß, dass ich neben Frank gesessen habe, als Viktor vom Oakland aus angerufen hat. Was machst du dann hier?, fragt er, und ich antworte, dass ich mich bei der Werft umsehen will. Cletus reißt die Augen auf, als er mich das sagen hört. Nur um mich zu beruhigen, erkläre ich. Bevor ich gehe, plaudere ich noch eine Weile mit ihm, unter dem grünen Baldachin, der den Eingang markiert.

Es ist jetzt ganz dunkel geworden. Neben dem Wasserdepot steht eine Telefonzelle ohne Dach und Tür. Ein paar Schritte weiter sehe ich einen Haufen Eisenschrott und mittendrin ein intaktes Schild, als hätte man abgerissen, ohne es beschädigen zu wollen. Überrascht stelle ich fest, dass das Telefon funktioniert. Obwohl ich weiß, dass es keinen Sinn hat, beschließe ich zu Hause anzurufen. Ich weiß, dass Diana nicht da sein wird. Ich bin sicher, dass sie noch an dem Tag ausgezogen ist, an dem ich nach Chicago geflogen bin. Ich habe ihr nichts vorzuwerfen. Ich weiß, dass sie so gehandelt hat, um die Sache leichter zu machen. Ich werde einen Zettel suchen, aber keinen finden, weil kein Zettel nötig ist, wie es auch völlig sinnlos ist, anzurufen. Es ist alles gesagt. Trotzdem, nachdem ich in Chicago ins Hotel eingecheckt hatte, habe ich als Erstes sie angerufen. Wie ich vermutet hatte, sprang der Anrufbeantworter an. Jeden Abend nach Feierabend habe ich diese unnütze Geste wiederholt. Das Einzige, was heute anders ist, ist, dass ich zurück in New York bin. Es ist nur eine halbe Stunde bis zu unserem Appartement, ein paar Subwaystationen weiter, nachdem man den Tunnel unter dem Fluss durchfahren hat, der Brooklyn von Manhattan trennt.

Ich bin gerade dabei zu wählen, als eine seltsame Melodie die Nachtluft durchdringt. Die Stimme einer Frau. Ich brauche ein paar Sekunden, bis mir klar wird, dass die Stimme nicht natürlich klingt. Jemand muss eine Platte aufgelegt haben, aber wo? Das Einzige, was sich in der Umgebung der Werft befindet, sind Trümmerfelder. Die Stimme, sehr süß, singt eine Klagemelodie und hat einen orientalischen Klang. Beim Versuch, die Quelle ausfindig zu machen, stelle ich fest, dass das Geräusch aus einer Gasse kommt, deren Eingang ich von meiner Position aus nur erahnen kann. Dort gibt es eine albanische Einwanderer-Bar. Von der Musik verzaubert, beschließe ich hinzugehen. Ich folge meinem Schatten, der an der Mauer der Gasse entlanggleitet. Aus einer Öffnung fast am Ende der Mauer fällt gelbliches Licht, das ein helles Quadrat aufs Pflaster wirft. Als ich dort bin, schiebe ich die bunten Plastikstreifen auseinander, die in der Tür hängen. Drinnen sitzt ein alter Mann mit einer roten Wollmütze auf einem Schaukelstuhl. Ich erinnere mich so genau daran, weil ich später oft mit Gal dort gewesen bin, ebenso wie an die Frau hinter der Theke, eine Frau um die sechzig, die ihren Kopf mit einem Schal umwickelt und einen blauen Streifen auf ihr Kinn tätowiert hat. An einem Tisch sitzen ein paar Typen, in meinem Alter, die Karten spielen und ihre Blicke kurz auf mich richten. Der Alte winkt mir zu, ich möchte reinkommen. Ich begrüße ihn und laufe, noch hypnotisiert von dem Lied, Richtung Musikbox. Als es aus ist, lege ich ein paar Dollar auf die Theke und laufe zurück zur Telefonzelle.

Ich nehme den Hörer ab; durch den rechteckigen Ausschnitt, der sich über meinem Kopf öffnet, kann ich die Sterne leuchten sehen. Es ist merkwürdig, hier zu sein und zwischen vier Glaswänden zum Himmel hinauf zu schauen. Ein Netz pulverisierten Lichts verschleiert die Umrisse der Sternbilder. Die Kälte des Kunststoffs und das klägliche Rauschen der Telefonleitung dringen in meinen Gehörgang ein. Ich wähle, und dabei stelle ich mir vor, wie das akustische Signal unter dem East River hindurchfließt, ein Rohr entlang, in dem sich Kabelbündel aneinander drängen: ein Rohr der Stille, durch das meine Ängste transportiert werden. Das Signal erreicht innerhalb von Sekundenbruchteilen Manhattan; nach mehrfachem Läuten ein langer Pfeifton und unmittelbar danach meine entstellte Stimme und die Einladung, eine Nachricht zu hinterlassen, danach Stille. In dem Moment, in dem ich auflege, sehe ich das flüchtige Aufleuchten einer Sternschnuppe.

Ich weiß nicht, wann das offene Feld angefangen hat, sich mit Schemen zu füllen. In einer Ecke postiert, beobachtet ein schlanker Typ mit einer alten schwarzen Lederjacke aufmerksam, was in dem Block vor sich geht. Von Zeit zu Zeit kommt jemand zu ihm und ein schneller Austausch findet statt. Heroin, nehme ich an. Die Schatten einer Prostituierten und ihrer Kunden huschen über die Brache. Ich folge ihnen mit den Augen, bis sie sich hinter einer verlassenen Fabrikhalle verlieren. Immer noch kann ich mich nicht dazu entschließen, die Telefonzelle zu verlassen. Ich weiß nicht, wieviel Zeit vergangen ist, als ein schriller Pfiff ertönt, der den Schrei eines Raubvogels nachahmt, und die Straße sich wieder leert. Ein paar Sekunden später sehe ich das Aufblitzen rot-blauer Lichter. Kurz darauf die Scheinwerfer eines Autos, die über den Asphalt huschen. Das Polizeiauto bewegt sich langsam die Straße hinauf auf mich zu. Die bunten Lichter spiegeln sich in den Glaswänden der Telefonzelle. Man hört ein statisches Knistern, das Rauschen von Stimmen in einem Funkgerät. Ich spüre Augen auf mir, die mich anstarren. Das Fahrzeug wird langsamer, als es an der Telefonzelle vorbeifährt, bleibt aber nicht stehen. Am Trockendock biegt es rechts ab und verschwindet genauso leise, wie es aufgetaucht ist.

Gal ist nicht da. Es hat keinen Sinn, dass ich noch länger hierbleibe. Ich überquere mehrere offene Flächen und lasse die Welt der Werft hinter mir. Über einen spärlich bewachsenen

Hang gelange ich auf eine verlassene Straße, die am Fluss entlang führt. Als ich um eine Ecke biege, erscheint vor mir die gewaltige Pracht der Wolkenkratzer, die die südliche Spitze Manhattans zieren, eine schwarze Gebirgskette mit ungleichen Gipfeln, zerschnitten von unendlichen Rechtecken aus Licht. Ein Tankwagen der Stadtverwaltung reißt mich aus meiner Versunkenheit. Ich folge ihm in der Mitte der Straße und betrete die Lichtkaskade, die er hinterlässt, bis ich von ferne das beleuchtete Schild eines Taxis sehe und es herbeiwinke. Etwas wackelig steige ich ein und gebe dem Taxifahrer meine Adresse. Die Uhr am Watch Tower zeigt 1:06 Uhr, als wir über eine Seiteneinfahrt auf die Brooklyn-Bridge fahren.

FÜNF

Zadie

Hell's Kitchen, 23. Oktober 1973

In meinem Traum ertönte hartnäckig immer wieder dasselbe Geräusch, Sirenengeheul oder der Schrei einer Möwe, doch als ich aufwachte, waren die entsprechenden Geräusche der wirklichen Welt, die über den Filter des Traumes diesen Effekt hervorgerufen hatten, verstummt. Das Einzige, was noch zu hören war, war ein undefinierbares Summen, wie von einem elektrischen Motor unten auf dem Hof. Das Zifferblatt des Weckers leuchtete in der Dunkelheit. Zehn nach sechs, aber an welchem Tag? Noch halb im Schlaf ging ich raus zum Treppenabsatz und holte die *New York Times*, es war also Sonntag. Ich ging wieder rein und zündete mir eine Zigarette an. Die Flamme beleuchtete mein zerknautschtes Gesicht, unrasiert, im Spiegel; Bruchstücke der letzten Nacht mit Marc und Claudia im Chamberpot geisterten durch meinen Kopf. Ohne das Licht einzuschalten, wärmte ich mir den Kaffee vom Vortag wieder auf. Die Zeitung warf ich auf den Tisch. Vor meinen Augen tanzte für einen Augenblick Nixons Foto, neben Schlagzeilen, die mir nicht wirklich ins Bewusstsein drangen. Ich war, stellte ich verwirrt fest, nach dem Chamberpot mit zu Claudia nach Hause gegangen. Der erste Schluck Kaffee half mir, die Fakten zu rekonstruieren. Ich sah ihren nackten Körper, ihre Lippen, die mein Geschlecht suchten, mich, wie ich in sie eindrang. Jetzt war ich wieder hier, alleine, in meiner Wohnung in Hell's

Kitchen. Das erste Morgenlicht, ein Licht aus zweiter Hand, schmutzig und blass, schlich sich durch das Fenster zum Hof. Um die Backsteine nicht sehen zu müssen, zog ich die Vorhänge zu und knipste eine Lampe an. Ich platzierte die Underwood auf dem Küchentisch, der beste Platz, um zu schreiben.

Ich klemmte ein Kohlepapier zwischen zwei Seiten und drehte an der Walze. Ich betrachtete das leere Blatt: Man hätte einen Zauber gebraucht, um das Wunder zu ermöglichen. Mein Geist war genauso leer wie das Blatt Papier. Die Underwood, einem Strudel von Möglichkeiten ausgeliefert, Gewitterwolken über einem Horizont von stufenförmig angeordneten runden Tasten, jede mit ihrem Buchstaben oder Satzzeichen, geschützt durch einen glänzenden Rand aus Metall. Eine Idee, ein Satz, ein Wort reichen, um die latente Magie zu zerstören. Oder um sie herauszufordern. Marc sagt, dass man mit einem Kater viel besser schreiben kann, mit sauberen Fühlern und empfindlichen Antennen, emotional aufgeladen, aber ich hatte noch nicht damit begonnen. Ich streichelte das Gehäuse der Underwood, kalt, schwarz, und in diesem Moment erhaschte mein Blick eine Ecke des Briefes, die seitlich aus einem Papierhaufen herausragte. Ich hatte den Brief zwischen die Seiten des Heftes gesteckt, das ich in Deauville gekauft hatte, als ich Louise besuchte. Zwischen den Seiten herausblitzend, fesselte das kleine Papierdreieck meine Aufmerksamkeit. Das Heft war noch unbenutzt und die Buchdeckel steif. Ich zog an der Ecke, die da herausragte. Nachdem ich den Umschlag einmal geöffnet hatte, am Morgen nachdem ich ihn in der Sonntagsbeilage der *New York Times* gefunden hatte, in Port Authority, vor mehr als einer Woche, hatte ich mich nicht dazu entschließen können, ihn wieder zu verschließen. Unzählige Male hatte ich den Inhalt betrachtet. Das Polaroidfoto hatte ich mir so oft angesehen, dass es schon etwas abgegriffen war. Ich betrachtete es ein letztes Mal, bevor ich die Laschen wieder zuklebte und den Umschlag endgültig verschloss. Mir gefiel seine raue und gleichzeitig sanfte Textur und die etwas übertriebene Schwere. Mit der Fingerkuppe streichelte ich den Schriftzug, liebkoste den Namen, die Telefonnummer, Buchstabe für Buchstabe, Ziffer für Ziffer. Eine ausladende, rundliche Schrift, etwas kindlich. Ich las laut, als würde ich so eine zusätzliche Information erhalten:

Zadie (212) 719-1859

Es ist besser, morgen, am Montag, anzurufen. Ich weiß nicht warum, aber ich bin zu dem Schluss gekommen, dass die Nummer die ihrer Arbeitsstelle ist, obwohl es keine Indizien gibt, die ein solche Annahme begründen würden. Es ist nur so ein Gefühl, genauso wie meine Reaktion, als der Umschlag im Bus aus der Zeitschrift rutschte und ich ihn instinktiv verbarg, als hätte ich ihn gestohlen und hätte Angst, jemand könnte mich dabei erwischen. In Deauville hatte mich die Nachricht von Sam Evans Tod den Brief für ein paar Stunden vergessen lassen, aber am Abend, alleine in meinem Zimmer, als ich in meinem Tagebuch schreiben wollte, bin ich über den Umschlag gestolpert und alles, was in Port Authority geschehen war, kam mir wieder in den Sinn. Ich dachte, es wäre das Beste, den Umschlag vorsichtig zu öffnen und ihn dann, je nachdem, was ich darin finde würde, vielleicht wieder zu verschließen. Ich beschloss also, ihn am nächsten Tag in der Küche mit Dampf zu öffnen, während Louise oben im Studio malte. Noch so eine irrationale Überlegung: Warum Louise sowas verheimlichen? Und auch der Plan, den Umschlag mit Dampf zu öffnen, hatte etwas Absurdes. Ich glaube, sowas Ähnliches habe ich schonmal in einem alten Schwarz-Weiß-Agenten-Film gesehen. Als ich damit begann, war ich fasziniert davon, wie sich die Umschlagklappe zuerst wellte und dann Millimeter um Millimeter öffnete, als würde sich eine Wundnaht Stich für Stich lösen. Was ich nicht vorausgesehen hatte, war das Unbehagen, das sich meiner beim Entnehmen des Inhalts bemächtigte. Als Erstes zog ich ein Blatt Papier heraus, von derselben Art wie der Umschlag. Aus dem gefalteten Blatt rutschte ein Polaroidfoto, das an der Tischkante abglitt und mit der Rückseite nach oben auf dem Boden landete. Ich drehte es um. Es war ein unscharfes Foto von schlechter Qualität, aber es war sie, das Mädchen aus Port Authority. Als ich sie erkannte, spürte ich einen Kloß im Hals, genauso wie an den Tag, an dem ich sie leibhaftig gesehen hatte. Auf dem Foto sah sie anders aus, etwas förmlicher gekleidet, mit kurzem Haar; dem Gesicht und den Augen, die aus der Nähe so lebendig gewirkt hatten, fehlte jetzt jeder Ausdruck. Das Foto war so unscharf, dass man sie nur erahnen konnte. Das Bild zeigte beide an einem Seehafen. Der Mann, der auf dem Foto neben ihr stand, war der gleiche, der sie in Port Authority abgeholt hatte. Er hatte ihr den Arm um die Schulter gelegt, und beide lächelten. Die gesamte Oberfläche des Polaroids war mit leuchtenden Punkten gesprenkelt, so dass es schwierig war, etwas Genaues zu erkennen. Der Brief lautete:

> Lieber Sascha,
> obwohl es jetzt noch etwas länger dauern wird, bis Du deine Nadja wiedersehen wirst, freue ich mich so, dass Du eine neue Arbeit hast: Täusche ich mich oder nicht? Ich hoffe, ja und dass Du bald in New York vorbeikommst. Da Du nicht schreibst und dich nicht meldest, schicke ich Dir dieses Foto, damit es dich begleitet. Mit meinem Geigenunterricht bin ich sehr zufrieden, ich hänge mich voll rein für die Vorbereitung von drei Konzerten, nur für den Unterricht. Außerdem habe ich angefangen zu arbeiten. Na ja, drei Tage die Woche, im Archiv der Öffentlichen Bibliothek im Lincoln-Center. Das Gute ist, dass es direkt neben dem Juilliard-Konservatorium ist. Zentraler geht's nicht. Damit und mit dem Stipendium komme ich dieses Semester klar und vermutlich noch etwas länger. Seit sie einen Freund hat, kommt Zadie kaum noch nach Brooklyn. Ich habe die Wohnung also praktisch für mich alleine. Die Fahrt mit der Subway dauert mir

viel zu lang, vor allem am Abend, aber das Viertel an sich gefällt mir sehr. In Brighton Beach sind fast alle Russen, und Englisch braucht man fast gar nicht, lustig, oder? Der Komplex ist riesig und gefällt mir gar nicht, außer, stell Dir vor, ich wohne im dreißigsten Stock. Der Blick aufs Meer ist fantastisch, und man kann die ganze Küste sehen, bis nach Coney Island und weiter. Am Morgen ist es im Esszimmer, als fresse dich das Licht auf. Keiner verlangt von Dir, dass Du schreibst, aber Du könntest mindestens ab und zu anrufen. Bitte lass nicht immer so viel Zeit verstreichen, ohne dass wir uns sprechen, und lass nicht immer mich anrufen. Erzähl mir, wie es Dir geht. Und wenn Du nur anrufst, um mir zu sagen, dass es Dir gut geht. Hat sich Boston sehr verändert? Ich weiß gar nicht, warum ich dich das alles frage: Du hörst ja doch nicht auf mich. Du kannst es wahrscheinlich nicht mehr hören, aber mindestens sollst Du wissen, dass ich dich sehr vermisse und gernhabe,

Deine Schwester Nadj

24. Oktober
10.00 Uhr

Leichliter Associates, guten Morgen, womit kann ich dienen?

Guten Morgen, könnte ich bitte mit Zadie sprechen?

Zadie Stewart?

Professionelle Stimme. Ich merke mir den Nachnamen.

Ja, bitte.

Um was geht es bitte?

Um etwas Persönliches.

Einen Augenblick Stille.

Dürfte ich wissen, wer anruft?

Gal Ackerman.

Einen Augenblick bitte.

Zwei kurze Töne, gefolgt von einem Klick. Eine andere Stimme.

Ja, bitte?

Fräulein Stewart?

Am Apparat, was kann ich für Sie tun, Herr Ackerman?

Na ja, genaugenommen ist das kein geschäftlicher Anruf … aber es wäre auch nicht richtig zu sagen, dass es sich um einen privaten Anruf handelt.

Könnten Sie bitte konkreter werden?

(Der Ton wird ungeduldig)

Verzeihung. Ich komme gleich zur Sache. Der Grund meines Anrufs besteht darin, dass ich Ihnen etwas zurückgeben möchte, das Ihnen gehört, bzw. jemandem, den Sie kennen. Vor zehn Tagen … elf um genauer zu sein, am 13., habe ich in Port Authority ein Magazin gefunden, das jemand auf einer Bank liegengelassen hatte. Als der Bus New York verlassen hatte, fing ich an, darin zu blättern, und fand dabei einen Briefumschlag mit einem Namen, Zadie, und der Telefonnummer, die ich eben gewählt habe. Ich wusste nicht, wen ich anrief, und kannte auch Ihren Familiennamen nicht, jetzt weiß ich ihn von der Dame am Empfang: Zadie Stewart, nicht wahr?

Und?

Ich bin erst am Samstag nach New York zurückgekommen und beschloss, mit dem Anruf bis Montag zu warten. Ich habe nicht die leiseste Ahnung, was in dem Umschlag steckt, aber ich dachte, es könnte sich um etwas Wichtiges handeln, das ist alles.

Entschuldigen Sie, ich weiß nicht, ob ich Sie richtig verstanden habe: ein Umschlag mit meinem Namen und meiner Telefonnummer?

Genau. Er steckte in der Sonntagsbeilage der *New York Times*, die ich auf einer Bank gefunden habe.

Verstehe. Vielen Dank, das ist sehr freundlich. Habe ich Sie richtig verstanden, als Sie sagten, dass Sie nicht so neugierig waren, den Brief zu öffnen?

Natürlich war ich neugierig, sehr sogar.

Aber Sie haben ihn nicht geöffnet.

(Ich zögere einen Augenblick, bevor ich antworte.)

Nein.

(Stille: Miss Stewart hat gemerkt, dass ich sie angelogen habe.)

Ich verstehe. In diesem Fall können Sie mir nicht mehr sagen, als Sie mir schon gesagt haben.

(Klippe umschifft. Erleichterung auf meiner Seite.)

So ist es. Wenn Sie nichts dagegen haben, Fräulein Stewart … Zadie, darf ich Sie so nennen? … kann ich Ihnen den Briefumschlag gerne persönlich vorbeibringen. (Stille.) Tatsächlich wohne ich mitten in Manhattan. Ich bin freischaffend, habe also sehr flexible Arbeitszeiten …

(Fürchterliche Ausrede, noch unterstrichen durch ein nervöses Kichern.)

Das ist sehr freundlich, Herr Ackerman, aber die Mühe müssen Sie sich nicht machen. Sie haben schon genug getan, indem Sie mich angerufen haben. Ich wäre Ihnen sehr verbunden, wenn Sie den Briefumschlag zu meinen Händen an Leichliter Associates schicken würden. Die Adresse lautet, für den Fall, dass Sie sie nicht kennen: 61. Straße, 25E, die Postleitzahl ist 10028.

Sind Sie sicher, dass Sie nicht möchten, dass ich ihn persönlich vorbeibringe …?

Ja, ganz sicher, wirklich, es ist nicht nötig, Danke nochmal, Herr Ackerman. Ihnen noch einen schönen Tag.

(Sie legt auf, das Summen der Telefonleitung).

13.00 Uhr

Seltsame, intensive letzte zehn Tage, wie ein Tunnel zwischen zwei Alpträumen, buchstäblich, einer vor meiner Fahrt nach Deauville und der andere in der ersten Nacht in Hell's Kitchen. Ich muss nachdenken, die Geschehnisse Revue passieren lassen, ich hatte kaum Zeit, sie aufzunehmen. Wie immer, trotz des unerwarteten Schlages, den mir Sams Tod versetzt hat, tat es mir gut, in Deauville zu sein. Ich habe kaum geschrieben, nicht einmal in meinem Tagebuch, meine Zeit mit Spazierengehen, Lesen, Nachdenken, Plaudereien mit Louise verbracht. Ihr geht es sehr gut. Sie versteht mich, wie sonst keiner, und überlässt mich die meiste Zeit mir selbst. Sie ist pausenlos am Arbeiten. Sie bereitet gerade eine Ausstellung vor, und ihr steht das Wasser bis zum Hals. Am Ende des Tages – sie hört immer auf zu arbeiten, wenn es kein natürliches Licht mehr gibt – hat sie es gerne, wenn ich ins Studio hochkomme. Sie schenkt sich einen Whiskey ein – für mich einen Wodka –; rauchend zeigt sie mir, ohne groß was zu sagen, was sie geschaffen hat. Danach gehen wir in die Küche runter, und während des Abendessens sprechen wir unablässig miteinander. Sie hat mich nach meinen Erzählungen gefragt. Ich habe ihr vom *Atlantic Monthly* erzählt und ihr dann das letzte gegeben, was ich geschrieben hatte. Ich hatte es am Tag vor der Fahrt nach Deauville fertig geschrieben. Es heißt *Die Lichter der Synagoge*, die Geschichte eines sephardischen Juden aus Granada, der eines Tages beschließt, ins Jüdische Viertel nach Brooklyn zu gehen und sich dort auf die Suche nach seiner Exfrau zu machen. Es stimmt nicht ganz, dass ich während meines Aufenthalts in Deauville nichts geschrieben habe. Ich habe ein Porträt über Sam geschrieben, eine Erinnerung, im Tonfall eines Nachrufs, nicht mal eine Hommage. Es ist mir sehr schwergefallen, es zu schreiben. Solange ich mich in seinem Revier aufgehalten habe, war seine Abwesenheit sehr real. Eines Morgens habe ich Rick besucht, und es ergab sich zufällig, dass Kim, die Frau, die für Sam das Essen zubereitet und die Wäsche gewaschen hatte, dort erschien. Danach bin ich zu Fuß bis zu Stewart Fosters Farm gelaufen. Er hat mich zu den Ställen geführt und mir dabei ausführlich von seinen Neuerwerbungen und den letzten Geburten erzählt. Er bestand darauf, dass ich zum Mittagessen blieb, und selbstverständlich war Sam Teil des Gesprächs. An diesem Nachmittag, während Louise malte, habe ich über Sam geschrieben. Aber seit ich zurück bin in Hell's Kitchen verflüchtigt sich die Erinnerung an ihn. Die Begegnung in Port Authority, der Brief, das Foto, überlagert alles. Ich weiß nicht, warum mich das alles so sehr beschäftigt, es ist völlig absurd, denn es handelt sich um jemanden, den ich überhaupt nicht kenne, aber Tatsache ist, dass ich mir diese Frau, Nadja, nicht aus dem Kopf schlagen kann.

14.30 Uhr

Als ich am Samstag nach Hause kam, hatte ich eine Nachricht von Marc auf dem Anrufbeantworter, der mich fragte, ob ich nicht um acht im Chamberpot vorbeikommen wolle. Er wollte da mit seiner Clique etwas trinken und Billard spielen. Ich habe mich sehr gefreut, ihn zu sehen. Die Sache mit Claudia kann ich mir nicht so recht erklären. Sie hatte mich gebeten, sie nach Hause zu begleiten, und als wir dort ankamen, fragte sie mich, ob ich zu einem Drink mit raufkommen wolle. Ich sagte ihr, ich sei müde, aber sie hat darauf bestanden. In der Morgendämmerung bin ich aufgewacht, ziemlich durcheinander, und dachte, ich sei noch in Deauville. Eine Zeitlang habe ich versucht, wieder einzuschlafen, geraucht, in Büchern geblättert, und als mir klar wurde, dass der Schlaf nicht mehr kommen würde, habe ich ihr einen Zettel hinterlassen und bin hierher zurückgekommen.

21.30 Uhr

Marc, endlich erwische ich dich, ich habe mehrmals versucht, dich anzurufen.

Ich war auf Long Island und bin gerade erst zurückgekommen. In was für einem Schlammassel steckst du? Pass auf, du weißt doch, was gestern in Midtown passiert ist.

Ich habe keine Ahnung.

Hast du nicht Zeitung gelesen? Die Westies haben einen Kerl auf offener Straße gelyncht. Als ich das Foto gesehen habe, hab' ich ihn erkannt. Du kanntest ihn auch. Er war regelmäßig im McCourt's. Es ist schon der dritte in dieser Woche, die verstehen keinen Spaß!

Ich hatte keine Ahnung. Seit Tagen mache ich mir nicht die Mühe, Zeitung zu lesen.

Das solltest du aber, das mit den Westies ist besser als ein Roman.

Aber auch nichts Neues. Was ganz Anderes, wir müssen reden.

Über die Frau auf dem Foto?

Woher weißt du das?

Weil es das Einzige ist, was du im Kopf hast? Nichts Anderes interessiert dich, wie du soeben bewiesen hast. Gestern Abend hast du über nichts anderes gesprochen.

Es gibt Neuigkeiten, deshalb rufe ich an.

Ach echt? Erzähl, erzähl!

Gerade eben habe ich endlich die Nummer auf dem Umschlag gewählt und mit einer gewissen Zadie gesprochen. Sie arbeitet für eine Firma namens Leichliter, ich habe nicht gefragt, um was für eine Firma es sich handelt, aber es sieht so aus, als wäre es eine Immobilienfirma oder sowas Ähnliches. Ich habe die Adresse, es ist nicht weit von meiner Wohnung, aber obwohl ich darauf bestanden habe, den Umschlag selbst vorbeizubringen, hat sie abgelehnt. Ich brauche deine Hilfe.

Meine? Was soll ich denn tun?

Ich wollte dich bitten, mit mir zu ihrer Firma zu gehen. Ich habe nicht vor, ihr den Brief mit der Post zuzuschicken. Ich habe mir gedacht, dass du ihr den Brief persönlich überreichen könntest, als wärst du ich. Ich werde im nächsten Café auf dich warten. Du redest mit ihr, und dann erzählst du mir, wie sie aussieht. So werde ich ihr folgen können, ohne dass sie es merkt, und sie wird mich zu ihrer Freundin führen.

Zu der Frau aus dem Bus.

Zu wem sonst? Sie heißt Nadja.

Ja, ja, ich habe es nicht vergessen. Das hast du mir schon zwanzigmal erzählt. Und wann willst du, dass wir hingehen?

Möglichst bald. Heute geht's nicht mehr. Kannst du dich morgen freimachen? Bitte. Es ist wichtig für mich.

Das habe ich schon gemerkt. Du hast Glück. Ich kann morgen kurz vor Mittag kommen, so gegen halb zwölf. Passt dir das?

25. Oktober

Alles geschah mehr oder weniger genau so, wie ich es mir vorgestellt hatte. Fast direkt gegenüber von Leichliter gibt es eine Cafébar namens Next World Lounge. Ich setzte mich an einen Fenstertisch und verfolgte leicht angespannt Marcs Bewegungen. Zu dieser Zeit war Midtown voller Menschen. Mit übertriebenem Pathos überquerte er die Straße und wedelte mit dem Umschlag in meine Richtung. Einige Fußgänger drehten sich nach ihm um. Dann machte er eine tiefe Verbeugung, näherte sich einem Briefkasten und tat so, als wolle er den Umschlag einwerfen. Er legte die Hand an die Augenbrauen, als würde er zum Horizont spähen, dann wedelte er wieder mit dem Brief, und als ginge es um sein Leben, fuhr er sich mit dem Zeigefinger über die Kehle und lief zur Eingangstür von Leichliter Associates. Jetzt war ich derjenige, der die Augen zusammenkniff, um zu sehen, was auf der anderen Straßenseite vor sich ging. Von Weitem konnte ich erkennen, wie er mit einer Empfangsdame sprach und wartete. Gleich darauf näherte sich ihm ein Botenjunge, und Marc verschwand in den Innenräumen der Firma. Nach kaum fünf Minuten erschien er mit einer Allerweltsmine in der Next World Lounge.

Wie war's?

Wer? Zadie? Eine Schönheit. Wir haben uns für heute Abend zum Essen verabredet. Schade, dass ich mich nicht für Frauen interessiere.

Kannst du mal ernst sein, Marc?

Naja, die Empfangsdame sagte mir, dass ich ihr den Brief überlassen könne, aber ich habe ihr erklärt, dass ich Anweisungen hätte, ihn persönlich zu übergeben, und so hat sie den Botenjungen gerufen, der mich bis zum Büro von Zadie Stewart im dritten Stock begleitet hat. Es ist dort, wenn ich mich nicht täusche.

Er zeigte auf ein Fenster, auf dem in Bogenform der Firmenname zu lesen war. Das Einzige, was man von unten vom Innenraum sehen konnte, waren die Spiegelungen der Neonröhre.

Und?

Miss Zadie Stewart ist eine gewöhnliche leitende Angestellte, die aber anders gekleidet nicht ganz unattraktiv wäre. Das ist alles, Gal, du kannst es drehen und wenden, wie du willst, mehr gibt's nicht zu sagen. Sie schien sehr beschäftigt zu sein, und trotz deiner Befürchtungen, und ihren Verpflichtungen zum Trotz, störte es sie nicht besonders, dass Herr Ackerman gegen ihre ausdrückliche Anweisung persönlich erschien, um ihr den Brief zu überreichen.

Was hast Du gesagt?

Dass ich keine Viertelstunde von hier weg wohne, dass ich den ganzen Morgen ohne Unterlass geschrieben habe und mir die Füße vertreten musste, und nachdem ich ihre Stimme gehörte hatte, konnte ich der Versuchung nicht widerstehen, sie persönlich kennenzulernen. Lach nicht, genau das habe ich erzählt.

Und sie, was hat sie gesagt?

Sie hat sich bedankt, den Botenjungen gerufen und ihn gebeten, mich freundlicherweise zum Ausgang zu begleiten. Bevor ich gegangen bin, habe ich ihr die Hand gegeben, und sie hat gelächelt. Leicht.

Wie ist sie?

Sie scheint eine intelligente Frau zu sein.

Und wie sieht sie aus? Schließlich muss ich sie gleich verfolgen.

Schwarzes Haar, bräunlicher Teint, sie könnte Italienerin sein oder sowas Ähnliches. Groß, schwarze Brille, grauer Rock und Jackett.

Wann macht sie Schluss?

Ach sieh mal einer an, ich habe nicht daran gedacht zu fragen. Wenn du willst, gehe ich wieder rein und hole es nach. Ich fürchte, du musst warten, mit etwas Glück kommt sie zur Mittagspause raus, und nachdem es so nah ist, kommt sie vielleicht sogar hierher. In diesem Fall wäre es besser, wenn ich mich aus dem Staub mache, nicht dass sie uns zusammen sieht. Ich meine es ernst Gal, ich haue ab. Ich kann nicht den ganzen Tag Detektiv spielen.

Danke Marc. Bist du heute Abend im Chamberpot?

Nein, ich bin mit Zadie in der Cote Basque zum Abendessen verabredet. Mein Lebenstraum, im Lieblingsrestaurant von Truman Capote Abend zu essen. Jetzt kann ich mir solchen Luxus leisten, ich hab eine Gehaltserhöhung bekommen und vergessen, es dir zu sagen. Also, viel Glück mit deiner Nadja. *Au revoir.*

Vielen Dank, Marc, ehrlich, ich danke dir.

Für dich tu ich alles, *Baby*.

Zadie Stewart verließ das Büro nicht zum Mittagessen. Gegen halb eins begann ein heftiger Platzregen, so dass kaum Gäste kamen. Ich bestellte etwas zum Essen. Danach, um die Zeit herumzukriegen, bestellte ich einen Kaffee nach dem anderen. Nachdem ich den vierten Kaffee bestellt hatte, erbarmte sich die Kellnerin meiner; wenn sie niemanden zu bedienen hatte, kam sie her und unterhielt sich mit mir. Gegen drei wollte ich aufgeben. Ich verlangte die Rechnung und erklärte der Kellnerin, dass ich verabredet wäre, aber anscheinend hätte die andere Person mich vergessen. Manchmal passiert sowas, sagte die Kellnerin lächelnd. Ich gab ihr ein großzügiges Trinkgeld und verabschiedete mich. Ich war entschlossen zu gehen, aber in der Tür besann ich mich anders. Als die Kellnerin sah, dass ich mich wieder an den gleichen Tisch setzte, kam sie lachend zu mir und brachte mir einen Cappuccino. Der geht auf's Haus, sagte sie. Um fünf, als sämtliche Büros gleichzeitig damit begannen, ihre Büroangestellten auszuspucken, beschloss ich meine Warterei auf die Straße zu verlegen und stellte mich auf die gegenüberliegende Straßenseite von Leichliter Associates. Um zwanzig nach fünf setzte ich meiner Warterei eine Frist, dann noch eine und noch eine. Es kostete mich Einiges, mich selbst davon zu überzeugen, dass es absurd gewesen wäre, nach einer so langen Wartezeit das Handtuch zu werfen, zumal ich sicher war, dass sich Zadie Stewart immer noch im Gebäude befand. Kurz nach sechs sah ich sie in Begleitung eines elegant gekleideten Mannes das Gebäude verlassen. Genau so, wie Marc sie beschrieben hatte, gertenschlank, bräunlicher Teint. Sie war auch im Kostüm und trug eine schwarz geränderte Brille. Zadie und ihr Begleiter blieben noch eine Weile vor der Fassade von Leichliter Associates stehen, um zu plaudern. Ich überquerte die Straße, wohl wissend, dass sie in Bezug auf mich keinen Verdacht schöpfen konnte, und stellte mich gefährlich nah bei den beiden vor ein Schaufenster. Es dauerte nicht lange, bis sie sich voneinander verabschiedeten.

Ich war erleichtert, als ich sah, dass Zadie Stewart sich zu Fuß auf den Weg machte. Wenn sie ein Taxi genommen hätte, hätte ich sie bei dem ganzen Verkehr sicher aus den Augen verloren, abgesehen davon, dass ich nicht genügend Geld dabei hatte.

Und wohin würde sie gehen? Nach Brighton Beach? Und wenn sie nicht dorthin gehen würde, wie sollte ich dann Nadja finden? Wäre es nicht vielleicht besser, sie gleich anzusprechen? Nach langem Hin- und Herüberlegen beschloss ich, zu warten, wie die Dinge sich entwickeln würden. An der Ecke 60. Straße zog sie die hohen Schuhe aus und Turnschuhe an. In der Lexington Avenue ging sie runter zur Subway. Der Bahnsteig war voller Menschen, so dass sie mich nicht bemerkte. Ich folgte ihr im Schutz der Menschenmassen. Sie stieg zweimal um, einmal in der 51. und einmal im Rockefeller-Zentrum. Ja, sie fuhr nach Brooklyn. Ich setzte mich, mit der Zeitung in der Hand, ans andere Ende des Wagens und las die Story, von der Marc heute Morgen gesprochen hatte. Noch einmal umsteigen. Endlich kamen wir in Brighton Beach an. Bevor sie nach Hause ging, holte sie noch einen Anzug von der Reinigung ab und ging in einen Supermarkt. Ihre Endstation war ein Riesen-Apartmenthaus ohne Pförtner in der Neptune Avenue. Sie schloss die Haustür auf und verschwand in einem Gang. Ich merkte mir die Hausnummer sah auf die Uhr. Beinahe halb acht. Ich spürte, wie mich der Mut verließ. Endete hier die Verfolgung? Ich überquerte die Straße und betrachtete von da aus den riesigen Block, ohne zu wissen, welche Wabe in jenem Bienenkorb ihre sein könnte. Es war dunkel geworden. Ich fragte mich, ob Nadja mit ihr in der Wohnung war. In diesem Fall würden sie vielleicht zum Abendessen ausgehen. Nach fünf oder zehn Minuten erschien am Ende des Ganges ein altes Paar. Ich näherte mich der Tür und sorgte dafür, dass ich in dem Moment den Eingang erreichte, in dem die Tür aufging. Die Frau schimpfte auf Russisch, ich bedankte mich und lächelte. Ohne mich groß um den Unmut des Paares zu scheren, zog ich die Schultern hoch und betrat das Gebäude. Ich wählte den rechten Gang, wie es auch Zadie Stewart getan hatte, und stieß an seinem Ende auf eine Wand, die von oben bis unten mit Blechbriefkästen gepflastert war. Nicht alle trugen einen Namen. Ich begann, die Schilder systematisch zu durchforsten. Als mir das langsam zu blöd wurde, fand ich endlich, was ich suchte: Auf einem gelblichen, maschinengeschriebenen Schild las ich »Zadie Stewart« und darunter, mit Hand geschrieben, »Nadja Orlov«. Die Nummer des Apartments war 30-N.

Ich ließ die Briefkästen hinter mir und betrat einen rechteckigen Raum. Dort gab es drei Aufzugtüren, aber nur einen Knopf. Ich betätigte ihn. Die mittlere Tür ging auf, ich betrat die Kabine und drückte auf den Knopf für den 30. Stock. Der Aufzug setzte sich leicht keuchend in Bewegung. Nach einer nicht enden wollenden Minute gelangte ich auf einen Treppenabsatz, der in einen schmalen Gang mündete, flankiert von Türen in einer undefinierbaren Farbe, zwischen grau und blau, acht auf jeder Seite. Gleich vorne, auf der rechten Seite, befand sich ein enormes Fenster, das den Blick freigab auf ein gewaltiges Panorama. Ich blieb stehen, um es zu betrachten, folgte mit den Augen der Strandlinie, die im Lichtermeer von Coney Island endete. Dann schritt ich langsam den Gang entlang, bis ich vor der Tür des Apartments N stand. Zu meinen Füßen ein Lichtspalt. Ich spitzte die Ohren. Nach kurzer Zeit konnte ich das gedämpfte Murmeln eines Fernsehers identifizieren, das war alles.

Nachdem ich mich eine Weile auf dem Gang herumgedrückt hatte, entschied ich, dass es das Beste wäre, wieder auf die Straße hinunter zu gehen. Ich bezog erneut Stellung vor der Fassade und wusste nicht genau, wie ich meine Nachforschungen fortsetzen sollte. Ich rief die 411 an. Telefonische Auskunft, womit kann ich dienen?, sagte eine Frauenstimme. Mit gekreuzten Fingern nannte ich ihr den Namen und die Adresse von Zadie Stewart. Es tut mir leid, aber unter dieser Adresse erscheint niemand mit diesem Namen, erklärte die Telefonistin. Ich bedankte mich und legte auf. Es wäre viel zu leicht gewesen. Oder im schlimmsten Fall: Alles auf einen Telefonanruf zu setzen, hätte die Suche endgültig zunichtemachen können. Schließlich machte ich mich auf in Richtung Brighton Avenue, die voller russischer Restaurants und Spelunken ist, und betrat auf gut Glück das erstbeste Lokal. Auf einer Bühne stand ein dicker Sänger mit Krawatte und Paillettensakko, der sich selbst mit einer elektrischen Orgel begleitete, während einige Paare mittleren Alters auf der Tanzfläche tanzten. Es gab keine Theke, lediglich eine Reihe Biertische, die das Ambiente eines sowjetischen Stolowaja verströmten. Der Kellner stellte sich mir mit Handschlag vor. Er war kein Russe, sondern Pole, hieß Metodi und sprach praktisch kein Englisch. Ich bestellte Blinis und Wodka (Stogram). Hier bestellte man nach Gewicht, gelang es Metodi, mir klar zu machen; die Idee gefiel mir. Der Alkohol half mir, alles in die richtige Perspektive zu rücken. Nach dem Abendessen drehte ich eine Runde entlang des *boardwalk*: der Holzsteg, der dem Verlauf der Küste folgt, was mich tief berührte, denn es erinnerte mich an die Spaziergänge in Coney Island zusammen mit meinem Großvater David, als ich noch ein Kind war. An diesem Abend begegnete ich dort vielen Menschen jeglichen Alters. In der Ferne die Lichter der Schiffe auf dem Meer. In der Tat, wie Nadja in ihrem Brief geschrieben hatte, gab es hier Viele, die kein Englisch sprachen. Nachdem ich den Vergnügungspark passiert hatte, sah ich eine Subwaystation. Aus dem Fenster des letzten Waggons betrachtete ich die Silhouette von Coney Island, beherrscht vom Riesenrad, dem Cyclone, der Achterbahn meiner Kindheit, und dem Fallschirmsprungturm, wie ein Atompilz, der sich in der Höhe öffnet. Um elf Uhr nachts kam ich in Manhattan an. Zu Hause fand ich zwei Nachrichten auf dem Anrufbeantworter vor, eine von Louise und die andere von Claudia.

»Nadja Orlov«, sagte ich laut und setzte mich an den Küchentisch. In der Underwood steckten noch immer die zwei Seiten mit dem Kohlepapier dazwischen, ich hatte vergessen, sie rauszunehmen. Ich tippte den Namen und betrachtete die Buchstaben. Entweder ich schrieb unter irgendeinem Vorwand einen Brief an Nadja Orlov und provozierte damit eine Begegnung … oder ich engagierte einen Privatdetektiv. Ich musste lachen, als ich an mein kurzes Gastspiel in diesem Beruf dachte. Kann du dir das leisten, Gal Ackerman, oder ist das nur wieder eines deiner Hirngespinste?, fragte ich mich. Die Antwort steckte in meiner Tasche. Instinktiv griff ich hinein und streichelte den 500-Dollar-Scheck. Es war die erste Erzählung, die ich verkauft hatte. Und es war nicht einmal meine eigene Idee gewesen. Marc hatte sie unter meinem Namen eingereicht, denn er hatte genau gewusst, dass ich mich nie dazu durchgerungen hätte. Entscheidend war, dass ich damit die erste Anzahlung würde leisten können.

Am besten die Gelben Seiten befragen. Meine neuesten sind drei Jahre alt, aber ich entscheide, dass sie es trotzdem tun werden. Nicht jeder wird gleichzeitig umziehen und seine Telefonnummer ändern. Ich überblättere mehrere Buchstaben, bis ich zu dem komme, den ich suche. Er zieht sich über mehrere Seiten. Ich gehe verschiedene Berufe und Aktivitäten durch, Dentisten, Diamanten, Designer – aber keine Detektive. Ich konsultiere den alphabetischen Index am Ende des Telefonbuchs. Dort finde ich: Detektive, Dienste … siehe … und zwischen verschiedenen Hinweisen, endlich: Investigative Dienste. Es ist, als würde man in einer Enzyklopädie nachschlagen … Zwischen Hotels und Juweliere finde ich eine sehr lange Liste. Ohne Grund bleibe ich an manchen Namen hängen. Als ich über Meyerson Associates, Inc., stolpere, muss ich plötzlich an Leichliter denken und mache mich daran, den Namen zu suchen, für den Fall, dass es sich um eine Agentur handelt, die Investigative Dienste anbietet. Das wäre ein lustiger Zufall, aber natürlich erscheint dort kein Leichliter. Der nächste Name ist Lincoln … Lincoln Controls Inc. Nachdem ich kein Auswahlkriterium für eine bestimmte Firma habe, fange ich an, mit den Möglichkeiten zu spielen, die mir zufällig begegnen. Einige Entdeckungen sind sehr ulkig. Zum Beispiel folgende, in Großbuchstaben und fett gedruckt:

PINKERTON CONSULTING &
INVESTIGATION SERVICES

Eine Firma mit historischem und literarischem Prestige. Ich fahre mit dem Zeigefinger an der Linie entlang, um die Adresse zu finden: Wall Street No. 30. Könnte sein, dass das gar nicht ungünstig liegt. In einer anderen Spalte, etwas bescheidener angezeigt, lese ich:

HOLMES DETECTIVE BUREAU, INC.
GEGRÜNDET 1928

Apropos literarisches Prestige … Ich beschließe, weiter zu suchen. In einem schwarzen Rahmen in der oberen Ecke der rechten Seite lese ich CLARK. Der Name weckt keine Assoziationen, aber plötzlich sehe ich etwas, das mich diese Firma auswählen lässt: das Logo, eine Lupe und im Zentrum des Vergrößerungsglases, als wäre er in flagranti erwischt worden, der Buchstabe C. Was mich aber dazu bringt, in lautes Gelächter auszubrechen, ist der Schatten, den die Lupe wirft. In der Mitte des Kreises ist ein Klecks, der alles Mögliche darstellen könnte. Ich schaue genauer hin, um herauszufinden, um was es sich handelt. Es könnte eine Fliege sein, doch am ehesten ähnelt das Ding einem Schamhaar. Ich lese weiter: *Nachweislich 20 Jahre Erfahrung. Wachdienstspezialisten. Bewaffnete und unbewaffnete Agenten. Diskretion und Professionalität. Vernünftige Honorare.* Es folgt eine Telefonnummer, aber keine Adresse. Ich blättere zurück zur alphabetischen Suche und werde in der entsprechenden Spalte fündig. Das Logo finde ich so lustig, dass ich es rausreiße und in mein Tagebuch lege, nachdem ich alle Daten abgeschrieben habe, die ich brauche.

Clark Investigation & Security Services, Ltd.
34–10, 56 Woodride, Manhattan (212) 5148741
Siehe unsere Anzeige auf der nächsten Seite.

26. Oktober

Ein schäbiges Büro. Es erinnerte mich an die Kanzlei eines Immigrantenanwalts oder die Praxis eines Zahnarztes in einem Armenviertel. Im Warteraum saßen mehrere Klienten: zwei Frauen, die wie Mutter und Tochter aussahen, und ein Weißer um die Vierzig, im Anzug, mit einer getupften Fliege, der einen Geigenkasten dabei hatte. Im Magazinständer standen verschiedene ältere Exemplare von *National Geographic* und *Sports Illustrated*. Auf Anweisung der Empfangsdame füllte ich einen vierseitigen Fragenbogen aus. Einige Fragen waren so merkwürdig, dass sie mich zum Lachen brachten, aber ich füllte ihn folgsam aus und übergab ihn der Dame an der Theke.

Pro Beratung werden 50 Dollar fällig, sagte sie. Benötigen Sie einen bewaffneten Detektiv?

Ich lachte.

Ich denke nicht, dass das nötig sein wird.

Detektiv Bob Carberry wird gleich für Sie da sein. Nehmen Sie bitte Platz.

Ich warf einen Blick in den Warteraum. Der Typ mit der Geige war verschwunden; die Mutter und die Tochter (vorausgesetzt, dass sie es waren) waren gerade dabei, ein Büro zu betreten. Etwa zehn Minuten später sah ich eine blonde Frau aus einem Büro herauskommen. Die Empfangsdame begleitete sie bis zur Tür, kam dann zu mir und bat mich, ihr zum Büro zu folgen, aus dem die Frau gerade herausgekommen war. Sie ließ mich vorgehen, betrat das Zimmer unmittelbar nach mir und übergab dem Detektiv das Formular, das ich zuvor hatte ausfüllen müssen.

Herr Ackerman, Spezialagent Robert Carberry wird sich um Ihr Anliegen kümmern, sagte sie, verließ das Büro und schloss geräuschlos die Tür.

Carberry stand auf, reichte mir die Hand und bat mich, Platz zu nehmen. Mit übertriebener Aufmerksamkeit und grotesken

Lippenbewegungen las er die Antworten, die ich ins Formular eingetragen hatte, für sich durch. Während er das tat, unterstrich er die Zeilen mit dem Zeigefinger und gab dabei völlig unverständliche Laute von sich, als würde er summen oder auf seine Weise mit sich selbst sprechen – bis ich verstand, dass es sich um eine Technik handelte, die ihm beim Denken half. Ab und an unterbrach er seine Lektüre, versank für einen Augenblick in Gedanken und bedachte mich mit einem prüfenden Blick.

Während er den Fragebogen las, betrachtete ich ihn gründlich. Für den Beruf, den sich Agent Bob Carberry ausgesucht hatte, war sein Äußeres nicht gerade diskret. Mit seinem Krötengesicht und seiner gesamten Gestalt erinnerte er mich an eine Comicfigur, auf deren Namen ich aber nicht kam. Aufgedunsen, einsfünfundsiebzig groß, fahle Haut, gesprenkelt mit Sommersprossen, ein riesiges Doppelkinn, Pausbacken, raspelkurz geschnittenes Haar, fast kahlgeschoren. Er trug ein weißes Hemd, kurzarmig, und seitlich verschoben eine Krawatte mit Blumenmuster. Sein Alter schätzte ich auf etwa achtunddreißig, sein Gewicht auf um die hundert Kilo. Hinter den Brillengläsern konnte man ein paar Schweinsaugen erahnen, blau, und als sei es damit nicht genug, schielte der Spezialagent Carberry auch noch. Er stand auf, um sich aus einem Behälter in einer Ecke neben dem Fenster einen Becher Wasser zu holen. Trotz seiner Leibesfülle bewegte er sich mit bemerkenswerter Gewandtheit.

Er brauchte fast zehn Minuten, um das Formular bis zum Ende durchzulesen. Als er fertig war, stützte er sich mit den Ellbogen auf den Schreibtisch und sagte:

Was halten Sie davon, wenn wir zur Sache kommen, Herr Ackerman? Er nuschelte und seine Stimme hatte einen schmierigen Unterton. Ich zog eine Zigarettenschachtel aus der Tasche und bot ihm eine an, aber er lehnte ab und zog gleichzeitig ein Plastikmundstück, sichtlich zerbissen, aus der Hemdtasche, das er sich rasch zwischen die Lippen steckte.

Danke, ich bin gerade dabei, aufzuhören.

Ich erklärte ihm mein Problem. Carberrys fette Finger hefteten sich wie Saugnäpfe an einen kleinen Notizblock, in dem er sich hektisch Notizen machte. Ich fragte ihn, ob ich langsamer sprechen sollte.

Lieber schneller, Herr Ackerman, antwortete er. So gewinnen wir beide. Zeit und Geld.

Als ich zu sprechen aufhörte, legte er den Notizblock auf den Tisch und sagte:

So, so, ein Schriftsteller, und was schreibt Herr Ackerman?

Von allem ein wenig.

Die Art und Weise, wie er mich anschaute, erlaubte es mir, sein Spiel zu durchschauen. Er fühlte sich sicherer, wenn er den Idioten gab. Einen Augenblick später war er wieder ganz der Alte.

Nadja Orlov, sagte er und zog den Namen genüsslich in die Länge. Dann biss er kräftig in sein Mentholmundstück. Es ist ein simpler Fall, fast lächerlich einfach. Ich will die Firma, für die ich arbeite, ja nicht um ihren Lohn bringen, schließlich lebe ich davon, aber sind Sie sicher, dass Sie für so etwas Geld ausgeben wollen? Nun, wenn Sie hier sind, gehe ich davon aus, dass es so ist. Ich habe das so gesagt, weil ich gehört habe, dass Schriftsteller ärmer sind als Kirchenmäuse, wobei ich Sie damit nicht beleidigen will, aber nun, manchmal trügt der Schein. Lassen Sie uns sehen. Ich gehe davon aus, dass ich Ihnen nächsten Montag einen abschließenden Bericht liefern kann. Ich würde sie gerne übers Wochenende beobachten, so werden Sie mehr von Ihrem Geld haben.

Wie hoch ist Ihr Honorar?

500 Dollar. Die 50 Dollar für die Beratung sind im Gesamtbetrag enthalten. Den Rest können Sie bezahlen, wenn Sie den Bericht bekommen.

Erleichtert dachte ich an den Scheck vom *Atlantic Monthly*.

SECHS

Bens Archiv

Die Katze lässt das Mausen nicht, fuhr Ben fort, um nach kurzer Überlegung hinzuzufügen: Gehen wir ins Archiv. So nannten wir zu Hause sein Arbeitszimmer. Es war ein geheimes Zimmer, immer sorgfältig verschlossen, ein magischer Ort, heilig, ein Tempel, den man mir aufgrund meines Alters bisher vorenthalten hatte. Für einen Augenblick dachte ich, ich hätte nicht richtig gehört. Dort bewahrte mein Vater seine Papiere auf, dort lag sein Bücher-Schatz. Dort stapelten sich die Karteikästen, vollgestopft mit Briefen, Fotos und allen Arten von Dokumenten. Und dort fanden auch die heimlichen Treffen mit seinen Freunden statt. Im Laufe der Jahre hatte ich eine Ahnung davon bekommen, was sich im Archiv verbarg; manches Mal war ich sogar drinnen gewesen, aber immer nur kurz und niemals allein. Diesmal war es anders; zum ersten Mal wurde das Archiv nur für mich geöffnet. Ich erinnere mich noch genau daran, wie aufgeregt ich war, als mein Vater die Tür aufdrückte und zur Seite trat, um mich hineinzulassen. Das Zimmer war abgedunkelt, und es roch nach abgestandener Luft. Ben knipste eine Glühbirne an, die von einem Balken herunterbaumelte. Die Wände waren nicht zu sehen, denn von der Sockelleiste bis zum Stuck war jeder Winkel ausgefüllt mit Regalen. Die einzelnen Regalbretter quollen über vor Büchern und Papieren. Das Zimmer hatte nur ein Fenster zum Garten hin. Ben zog den Vorhang zurück, den Rollladen hoch und öffnete die Fensterläden. Schlagartig wurde der abgeschlossene Raum des Archivs erfüllt von Luft und Sonnenlicht, und für einen Moment war ich geblendet. Als ich die Augen wieder öffnete, schwebte vor mir eine Staubwolke aus Tausenden goldener Pünktchen. Ben setzte sich auf den Fenstersims, und vom Licht der Abenddämmerung umhüllt, wiederholte er, was er ein paar Minuten zuvor zu mir gesagt hatte, als ich dabei gewesen war, andere Schuhe anzuziehen:

Das soll heißen, dass er dich für einen Erwachsenen hält, nur als ich dran war, ging es viel härter zu. Sacco und Vanzetti lebten noch. Dein Großvater kam sehr aufgeregt nach Hause und verkündete: Wir gehen nach Manhattan, mein Sohn, mach dich bereit. Nach Manhattan? Wozu?, fragte ich. Zu einer Demonstration. Beil' dich, wir haben nicht viel Zeit. Unterwegs erkläre ich es dir. Zieh' leichte Klamotten an, denn wir werden rennen müssen.

Auf seine Art versuchte er tatsächlich, mir zu erklären, was los war. Auch in diesem Sinne kann man sagen, dass ich mehr Glück hatte als du. Dein Großvater sagte nie was, er wartete darauf, dass jeder seine eigenen Schlüsse zog. Doch an jenem Tag sprach er etwas mehr als gewöhnlich. In knappen Worten erklärte er mir, wer Sacco und Vanzetti waren, den Prozess, den man ihnen gemacht hatte, dessen juristische Unwegsamkeiten und letztendlich das Todesurteil, das Tage zuvor gegen sie ausgesprochen worden war. Eine Welle der Empörung wütet durch die ganze Welt, erzählte er mir. In zahllosen Städten wurde zu Demonstrationen aufgerufen, um zu verhindern, dass dieses vollkommen unverhältnismäßige Urteil vollstreckt wird. Ich werde hingehen, und ich möchte, dass du mitkommst, schließlich bist du jetzt fast schon ein Mann.

Wir verließen die Subway an der Rector Street. In vielen der Gassen, die zum Broadway führen, patrouillierten Polizisten, sowohl zu Fuß als auch zu Pferde. Das Gros der Demonstranten hatte sich im Bowling Green, in der Nähe der Wall Street, versammelt. Es war ein grauer Tag, und eine gewaltige Anspannung lag in der Luft. Wir wichen den Uniformierten aus und schlossen uns erwartungsvoll der Menge an. Es war nicht einfach, sich innerhalb dieser Menge zu bewegen. Dein Großvater sagte mir, ich möge mich an seiner Jacke festhalten und solle sie auf keinen Fall loslassen.

Plötzlich, ich weiß nicht wie und warum, setzte sich die Menge in Richtung Broadway in Bewegung. Zuerst waren einzelne Schreie zu hören; Sekunden später wurden wir, dein Großvater und ich, von einem ohrenbetäubenden Massengebrüll überspült. Mein Herz hämmerte wie wild in meiner Brust, und der Puls dröhnte in meinen Schläfen. Die berittenen Polizisten trieben ihre Tiere an. Am Anfang gingen sie nicht direkt auf uns los, sondern preschten an uns vorbei, ohne uns zu berühren, als würden sie nur erreichen wollen, dass wir auseinander gingen. Von da an war ich so von Angst überwältigt, dass ich mich lediglich an einzelne Bilder erinnern kann. Einmal sah ich wahre Wolken von Steinen, die von den Demonstranten geworfen wurden. Bald brach auch unter den Pferden Panik aus, und auf die Order eines Offiziers hin ging die Polizei entschieden auf die Menge los, die in alle Himmelsrichtungen davonstob. Man hörte Schreie, dumpfe Schläge, das Klackern der Hufeisen auf den Pflastersteinen, Menschen, die niedergeschlagen wurden und zu Boden gingen. Ich sah zerbrochene Schaufenster, umgekippte Fahrzeuge. Irgendwo loderten Flammen auf, sodass die Pferde scheuten und erschreckt davonliefen, ohne dass ihre Reiter sie hätten halten können. Ich sah Leute mit blutigen Gesichtern, Frauen, die auf Polizisten einschlugen, die auf dem Boden lagen. Es ist ein Wunder, dass uns nichts passierte. Ich weiß nicht, wie viel später, rannten wir über die Gräber des kleinen Friedhofs, der die Sankt-Paul-Kirche umgibt. Dein Großvater hob mich hoch und warf mich über die Hecke, als wäre ich ein Sack. Sofort sprang er hinterher, und zusammen mit der Menge der Flüchtenden rannten wir weiter.

Erst als wir die Ausläufer von Chinatown erreichten, vorbei an Little Italy, ebbte das latente Gefühl von Gewalt auf den Straßen ab.

Die Demonstration brachte natürlich nichts. Nicht diese und auch nicht die anderen, die in anderen Städten der Vereinigten Staaten und anderen Städten der Welt stattfanden. Nie werde ich den Tag der Hinrichtung vergessen. Bis zum letzten Augenblick hofften wir, dass sie sie wegen der Proteste aussetzen würden, aber als der festgelegte Tag kam, der 17. Mai 1927, wurden die zwei Anarchisten hingerichtet, obwohl es an schlüssigen Beweisen für ihre Schuld fehlte. Ein paar Tage zuvor hatte mein Großvater David einen flammenden Artikel im *Brooklyn Eagle* veröffentlicht. Mehr als einmal habe ich ihn sagen hören, das sei das Beste gewesen, was er je geschrieben habe. Es kann sein. Fest steht, dass der Artikel viel Aufmerksamkeit erregte; in verschiedenen Zeitungen wurden Ausschnitte abgedruckt, sogar in der *New York Times*. In der Redaktion des *Eagle* gingen zahlreiche Unterstützerbriefe ein, die dazu beitrugen, die ohnehin gereizte Stimmung gegen die richterliche Entscheidung noch mehr aufzuheizen. Trotz der Protest-Communiqués aus aller Welt mit der Aufforderung, den Fall erneut zu prüfen, fand die Hinrichtung statt, was eine unaufhaltsame Welle der Gewalt zur Folge hatte. In New York gab es mehrere Anschläge. Als Folge des Artikels, der vor Anklagen gegen das juristische System unseres Landes nur so strotzte, erschien die Polizei mit einem Haftbefehl gegen David Ackerman, in dem man ihn der Anstiftung zur Gewalt beschuldigte. Sie verhörten ihn nach allen Regeln der Kunst, ohne zimperlich zu sein, aber als sie nach 72 Stunden, nachdem die Habeas-Corpus-Frist verstrichen war, einsehen mussten, dass sie nichts aus ihm herausbringen würden, und nachdem keinerlei Beweise für irgendein Delikt vorlagen, wurde er freigelassen. Er blieb ein Anarchist, bis zum Ende seiner Tage, aber er blieb auch bei seiner Abneigung gegenüber jeder Art von

Bekehrungseifer. Niemals versuchte er anderen seine Überzeugungen einzutrichtern.

Vielleicht war das der Grund dafür, fuhr ich fort, dass Ben die Ideologie seines Vaters nicht übernommen hat. Er war ein sozial wohlmeinender Intellektueller, links, versteht sich, aber ohne konkrete politische Zugehörigkeit. Man könnte ihn als Philokommunisten bezeichnen oder vielleicht noch eher als eine Art späten Vertreter des utopischen Sozialismus. Was mich betrifft, hat mich trotz meiner Familiengeschichte Politik nie groß interessiert.

Lewis nickte.

Meine Kinder auch nicht. Jede Generation folgt in ihrem Weltverständnis ihren eigenen Regeln.

Der Zusammenhang zwischen der Demonstration in Süd-Manhattan und der Kundgebung in Boerum Hill ist entscheidend: Jedes dieser Ereignisse für sich bedeutete jeweils den Moment, in dem David Ackerman der Meinung war, dass sein Sohn und sein Enkel die Volljährigkeit erreicht hatten. Die Versammlung, an der ich mit meinem Großvater teilnahm, war eine Hommage an die zwei Anarchisten, die fünfundzwanzig Jahre vorher legal ermordet worden waren.

Als ich später darüber nachdachte, verstand ich, dass dieser öffentliche Akt in Boerum Hill, an dem er mich teilhaben ließ, zwei symbolische Bedeutungen hatte: Erstens, David, mein Großvater, hieß mich in der Welt der Erwachsenen willkommen und kam dadurch meinem eigenen Vater zuvor; zweitens, und für mich viel wichtiger, als Konsequenz dieser Geste wurde mir Zugang zum Archiv gewährt. Es war wie ein Schlüsselereignis: Ich tauschte ein magisches Feld gegen ein anderes; ich verließ das Paradies der Kindheit, das ich noch nicht ganz verlassen hatte, um das der Bücher zu betreten, das ich nie mehr verlassen sollte.

Zwei Jahre später, im Jahr 1954, erteilte mir Ben die Erlaubnis, das Archiv mehr oder weniger frei zu betreten. In jener Zeit begann ich auch damit, meine eigenen Papiere zu stapeln, alles zu datieren, alles zu dokumentieren, mit dem Unterschied, dass während er nichts Eigenes schrieb, ich den Zwang verspürte, schriftliches Zeugnis von allem abzulegen, was mir geschah. Andererseits begann ich auch die tiefsten Abgründe meines Vaters zu verstehen.

Die 50er Jahre waren sehr schwer für Leute wie ihn, aber das muss ich dir sicher nicht sagen. McCarthy war an der Macht und tobte, und die Exbrigadisten hatten es nicht einfach. Das Schlimmste, dass sie dadurch dazu gezwungen waren, ihre Erlebnisse zu verschweigen. Über Nacht verwandelte sich ein edles Ideal, auf das sie mit Recht stolz waren und für das sie ihr Leben aufs Spiel gesetzt hatten, in einen verbrecherischen und beschämenden Akt, den es nun zu verbergen galt.

Die Ereignisse von 1927 – die Demonstration am Bowling Green, die Hinrichtung von Sacco und Vanzetti, die beängstigende Festnahme meines Großvaters – bedeuteten für meinen Vater eine Offenbarung. Sie säten in seinem Bewusstsein den Samen. Zunächst aber kehrte alles wieder ins gewohnte Fahrwasser zurück, und Ben konnte ein ebenso normales Leben führen wie die meisten Jungen und Mädchen seines Alters. Nach der Highschool arbeitete er den Sommer über als Förster in Vermont, und im Herbst wurde er in die Ingenieursfakultät der Universität von Pittsburgh immatrikuliert. Er war ein sehr guter Student. Als der Spanische Bürgerkrieg begann, hatte er gerade mit ausgezeichneten Ergebnissen als Zweiter seines Jahrgangs abgeschlossen. Die Nachricht vom Putsch der Faschisten überraschte ihn mitten im Sommer, während er ein Praktikum beim *Brooklyn Yard* absolvierte. Was danach in Spanien geschah – auch daran brauche ich dich wohl kaum zu erinnern –, löste in den liberalen Kreisen der Vereinigten Staaten ein Erdbeben aus. Es gab eine überwältigende Reaktion zugunsten der republikanischen Seite, sowohl unter den aufgeklärten Arbeitern als auch unter den Intellektuellen. Ben hat es sich nicht zweimal überlegt. Er war 23 und führte ein ziemlich geordnetes Leben. Bis dahin hatte das Studium seine ganze Zeit und Energie beansprucht. Immer wieder hat mir Ben erzählt, dass das, was damals in Spanien geschah, zum Katalysator für sein politisches Bewusstsein wurde, das so lange Zeit in ihm geschlummert hatte. Während der ersten Monate verfolgte er die Ereignisse über die Presse, mit großer Anspannung und Unruhe. Ein langes Jahr nachdem der offene Bürgerkrieg ausgebrochen war, begann es für die Republikaner richtig schlecht auszusehen. Im Oktober 1937 erfuhr er aus dem *Brooklyn Eagle* von einer Veranstaltung, die in einem Hotel in Manhattan stattfinden sollte, und beschloss hinzugehen, alleine. Dafür hatte er einen guten Grund: Er hatte den Entschluss gefasst, sich den Internationalen Brigaden anzuschließen, und gedachte dieses in die Tat umzusetzen, ohne seine Familie um Rat zu fragen. Der Hauptredner war der britische Autor Ralph Bates, ich nehme an, du weißt, von wem ich spreche.

Lewis klopfte sich auf die Schenkel und brach in lautes Gelächter aus:

Ob ich weiß, wer Bates ist? Aber selbstverständlich! Wer sollte nicht von *El Fantástico* gehört haben? Ein genialer Typ.

Dann wirst du dich wohl auch daran erinnern, dass die Regierung der Republik ihn damit beauftragt hatte, eine Tour durch verschiedene Städte Nordamerikas zu veranstalten, um Männer zu rekrutieren und Geld für den Kampf gegen die Putschisten zu sammeln. Ben ging also im Oktober 1937 zu einer seiner Veranstaltungen in einem Hotel in Manhattan. Naja, was meinen Vater angeht, traf Bates' Predigt auf einen bereits Bekehrten. Die Idee, sich den Brigaden anzuschließen, hatte ihn eine ganze Weile beschäftigt, aber als er die Rede des Engländers hörte, war seine Entscheidung schon gefallen.

Es ist merkwürdig, wie sich unsere Wege verschlingen, sagte Abe. Ich lernte Ralph viel später kennen, nach dem Ende des Krieges, 1951, auf einer Versammlung der Internationalen

Brigaden in New York, in ihrem Hauptsitz am Broadway. In den Vereinigten Staaten war Bates als Romancier bis 1936 recht bekannt gewesen. Er hatte verschiedene Kurzgeschichten und Romane veröffentlicht, in denen es um Spanien ging, wobei die Literatur nur eine seiner Interessen war. Hast du was von ihm gelesen?

Ich nicht, aber ich weiß, dass Ben ihn sehr mag. In Spanien gibt es Leute, die seine Texte mit denen von Malraux oder Hemingway vergleichen, wobei das natürlich absurd ist. Im Archiv stehen auch einige seiner Bücher: *Sierra*, *Lean Men*, *The Olive Field* … und noch ein paar andere, die mir gerade nicht einfallen. Hast du was von ihm gelesen?

Ich lese keine Romane. Genau das habe ich zu Bates gesagt, als er mir vorgestellt wurde, um zu rechtfertigen, dass ich keines seiner Bücher gelesen hatte. Ein paar Tage später bekam ich per Post ein Exemplar von *The Dolphin in the Wood*, mit Widmung. Es ist keine Fiktion, stand in der Widmung, und tatsächlich, es handelte sich um seine Biografie. Es war eine schöne Geste, und ich muss sagen, dass die Lektüre mich beeindruckt hat. Das Leben dieses Mannes ist faszinierend.

Was ist aus ihm geworden?

Er ist in Vergessenheit geraten. Ich glaube, dass er einen Teil des Jahres mit seiner Frau auf Naxos verbringt und den Rest in Manhattan. So ähnlich wie ich auch. Soweit ich weiß, unterrichtet er an der New Yorker Universität.

Hat er aufgehört zu schreiben?

Als ich ihm begegnete, hatte er schon lange beschlossen, nichts mehr zu veröffentlichen. Er gab mir eine sehr seltsame Begründung dessen, was mit ihm geschah: In dem Maße, in dem sein politisches Interesse abnehme, nehme auch seine literarische Kreativität ab. Vor dem Krieg war er sehr produktiv gewesen. Nach Francos Sieg hatte er Zuflucht in Mexiko gesucht, wie so viele andere auch. Er hatte ja nicht gewusst, was für ein schrecklicher Schlag noch auf ihn wartete: die Nachricht, dass Stalin mit Hitler paktiert hatte. Als er das erfuhr, verlor er fast vollständig den Glauben an seine Mitmenschen. Er zerriss seinen Parteiausweis, den Ausweis einer Partei, der er angehört hatte, seit er 24 Jahre alt gewesen war. Trotzdem brachte er noch den Mut und die Energie auf, um *The Fields of Paradise* zu Ende zu schreiben. Das war 1940; danach folgten zehn Jahre Stille. Als ich ihn am Broadway traf, sagte er mir, dass *The Dolphin in the Wood* seinen endgültigen Abschied vom Schreiben bedeute. Es sollte noch schlimmer kommen, der Gnadenschuss fehlte noch, die Epoche des McCarthyismus. Und so endet die Geschichte von Ralph Bates als öffentlicher Person. Seine Spur verliert sich Anfang der 50er Jahre.

Das kann nicht sein.

Aber so ist es. Punkt, Absatz. Er verlor den Glauben an die Welt, an die Politik, an die Mitmenschen, an die Literatur und verschwand von der Bildfläche. Das ist die nackte Wahrheit. Sonst hätten wir wieder von ihm gehört; da kannst du sicher sein.

Es hatte aufgehört zu schneien, und es begann dunkel zu werden. Die Räume des Lion D'Or waren immer noch gerammelt voll, obwohl einige Grüppchen andere waren als die, die wir bei unserer Ankunft angetroffen hatten.

Bevor wir die Geschichte ändern, müssen wir die Bühne anpassen, sagte Lewis. Ich schlage vor, dass wir das Gespräch an einem etwas originelleren Ort fortsetzen, du wirst dann schon sehen, warum. Wahrscheinlich weißt du nicht, wer Chicote ist.

Nein.

Keine Angst, da hast du nichts verpasst. Ein kleines Licht des Regimes. Einige behaupten, dass in seiner Bar die besten Cocktails von Madrid gemixt werden. Sie ist in der Gran Via, ein paar Schritte vom Hotel Florida, wo ich später noch hinwollte. Wenn du willst, können wir dort vorbeischauen.

Ehrlich gesagt, ist es mir ziemlich egal.

Vergiss die Cocktails. Bei diesem Wetter ist es doch viel besser, einen Carajillo runterzukippen. Ich weiß nicht, warum mir das nicht früher eingefallen ist. Weißt du, was das ist?

Die Straße war praktisch leergefegt. Wir überquerten den Cibeles-Platz, genau spiegelbildlich zu meinem Weg vorher, als ich zu meiner Verabredung mit Abe Lewis gegangen war, mit dem Unterschied, dass jetzt die Dämmerung hereinbrach. Es hatte aufgehört zu schneien, die Luft war klar und ein schneidender Wind blies uns ins Gesicht. Just in dem Moment, in dem wir Recoletos überquerten, gingen die Strahler an, die die Fassaden der umliegenden Gebäude beleuchteten. Ich musste an diesen Morgen denken, als ich im Taxi vorbeigefahren war und das entgegengesetzte Ritual erlebt hatte, als die Laternen erloschen waren. Mein Weg durch das Herz von Madrid markierte also exakt den Beginn und das Ende eines Zyklus, nämlich die Dauer des Tageslichts. Beleuchtet erschien mir die Stadt fast noch schöner. Die breite Allee, auf der wir gerade liefen, teilte sich in zwei Arterien, die von der Basis eines Gebäudes ausgingen, das in der Figur eines geflügelten Gottes gipfelte. Zwei Lichtströme verloren sich in der Ferne. Am Himmel trieben heftige Windstöße die Wolken vor sich her. In der Ferne entflammte ein zuckender Blitz. Wir gingen langsam, sprachen kaum ein Wort und ließen uns berauschen von dem Geheimnis, das die Luft dieser Stadt durchdrang.

Bei Chicote brachte uns der Kellner zwei dampfende Gläser auf einem Tablett und stellte es auf den Tisch. Dabei mahnte er uns, die Gläser nicht zu berühren.

Es sei denn, sie haben aus irgendeinem Grund den Wunsch, sich zu verbrennen, fügte er hinzu.

Ich suchte in seinem Blick die Andeutung eines Scherzers, fand aber keine. Neben die Gläser stellte der Kellner ein zweites, kleines silbernes Tablett mit der Rechnung.

Ben schiffte sich 1937 mit einem der ersten Brigadisten-

Kontingente ein, die von New York aus in See stachen, fuhr ich fort zu erzählen. Von Albacete aus schickte man ihn an die Front nach Guadalajara, wo er bei einer der ersten Schlachten verwundet wurde. Er wurde in einem Krankenhaus in Madrid behandelt und freundete sich dort mit einem amerikanischen Arzt namens Bernhard Maxwell an. Während er sich erholte, lernte er eine Amerikanerin kennen, die für ein paar Tage in Madrid war, Lucia Hollander. Lucia konnte außer Spanisch auch Katalanisch, weshalb sie nach Barcelona beordert worden war, um dort für den Geheimdienst der Brigaden zu arbeiten. Sie traf meinen Vater bei einem Fest, das ein gewisser Mirko Stauer in seinem Haus gab, ein adliger Künstler aus Montenegro und Mitglied der Kommunistischen Partei. Ben und Lucia verliebten sich auf der Stelle ineinander, und mitten im Krieg heirateten sie.

So wie ich mit dem Wort Vater nur Ben Ackerman in Verbringung bringen kann, existiert für mich als Vorstellung von einer Mutter nur die Gestalt von Lucia Hollander. Und trotzdem, seit mein Vater zum ersten Mal mit mir über Teresa Quintana gesprochen und mir ihr Foto gezeigt hat, als ich 14 war, ist kein Tag vergangen, an dem ich nicht an sie gedacht habe. Am Anfang, als meine Phantasie unablässig um das Foto der Milizionärin kreiste, hämmerten Tausende von Fragen in meinem Kopf: Wie war sie gewesen? Wie hatte ihre Stimme geklungen? Lebte vielleicht noch jemand aus ihrer Familie? Wie war ihr Leben in jenem Dorf in Valladolid verlaufen, dessen Namen Ben nicht mehr wusste? Und wie war wohl der junge Mann gewesen, der da auf dem Foto neben ihr stand? In der Nacht, vor dem Einschlafen, sprach ich laut und immer wieder ihren Namen aus, als könnte ich so ihre Erscheinung herbeirufen oder irgendeine Erinnerung hervorzaubern. Das eine genauso unmöglich wie das andere. Irgendwie gelang es meinen Ängsten, sich den Weg zu Lucia zu bahnen, und sie erschien in meinem Zimmer, setzte sich auf die Bettkante und versuchte mich zu trösten. Aber es war Ben, der sie gekannt hatte, als sie noch lebte, und es war er, den ich, wenn wir alleine in seinem Büro waren, immer wieder bedrängte, er möge mir noch einmal erzählen, wie sie sich kennengelernt hatten. Tausendmal bat ich ihn, mir die Geschichte erneut zu erzählen, und er tat es, obwohl es zu dem, was er mir beim ersten Mal erzählt hatte, nichts hinzuzufügen gab. Letztendlich erfuhr ich sehr wenig über sie, Abe, und das Wenige lässt sich in wenigen Worten zusammenfassen.

Ben und Teresa lernten sich in Madrid kennen. Lucia, wie ich dir erzählt habe, arbeitete in Barcelona; sie waren noch nicht verheiratet, und die Kommunikation zwischen ihnen beschränkte sich auf Telefongespräche, die sie ab und zu von der Arbeit aus führen konnte, mit etwas Glück einmal in der Woche. Trotz des Krieges ging das Alltagsleben in Madrid sehr rege seinen Gang. Ben hat mir immer wieder erzählt, Madrid sei die heiterste Stadt der Welt. Er logierte in einer Pension nicht weit von Cuatro Caminos. Als er eines Morgens gerade einen Kaffee in der Aurora Roja trank, sah er ein Mädchen hereinkommen, das ihm wegen ihrer Blässe und der Mischung aus Traurigkeit und Entschlossenheit auffiel, die er glaubte, ihrem Blick entnommen zu haben. Das Mädchen setzte sich einige Tische weiter hin und bestellte eine große Tasse Milch mit Madalenas. Typisch Ben, mal übersieht er das Offensichtliche, und mal merkt er sich die unwichtigsten Details. Das war alles. Nach einer Weile ging das Mädchen wieder, aber aus irgendeinem Grund blieb ihre Gestalt ihm im Gedächtnis haften. Das geschieht uns allen hin und wieder, und wenn es geschieht, neigen wir dazu zu denken, vor allem wenn es sich um jemanden handelt, der uns auf eine besondere Weise anzieht, nicht notwendigerweise sexuell, dass wir diese Person niemals wiedersehen werden. Sowas Ähnliches muss auch Ben gedacht haben, deshalb erstarrte er fast zu Stein, als er sie ein paar Stunden später im Hauptsitz der Internationalen Brigaden wiedersah. Das

Mädchen unterhielt sich gerade mit jemandem, der mit einem starken britischen Akzent sprach. Sie war sehr aufgeregt, und der Brigadist versuchte sie zu beruhigen. Die schwarzen Augen des Mädchens verweilten für einen Moment auf Ben, ohne ihn wahrzunehmen. Obwohl er etwas entfernt von ihr stand, bekam er etwas von dem Gespräch mit. Der Engländer erzählte der Milizionärin, dass die Einheit, in der ihr Freund diente, bei der Kapelle von Santa Quiteria vollständig aufgerieben worden sei und er keine Nachrichten über irgendwelche Überlebenden habe. Darüber weißt du mehr als ich.

Ben sah, wie das Mädchen den Engländer stehen ließ und verstört alleine auf die Straße ging. Er verspürte den Drang, ihr hinterher zu laufen, aber er traute sich nicht. Dieses Mal hatte er das gegenteilige Gefühl von dem im Café: Er war sich sicher, dass er sie wiedersehen würde.

Was Ben von dem Gespräch mitbekommen hatte, ließ ihm keine Ruhe, und als Lucia ihn einige Tage später in der Pension anrief, erzählte ihr Ben von der Milizionärin mit den schwarzen Augen. Er fragte sie, ob sie schon mal vom Bataillon des Todes gehört habe, und Lucia erzählte ihm, dass es sich um eine Einheit von italienischen Anarchisten handle. Sie versprach ihm, unter ihren Geheimdienstkameraden Erkundungen einzuholen, und dass sie ihm beim nächsten Mal, wenn sich die Möglichkeit ergäbe, ihn anzurufen, berichten würde, was sie in Erfahrung gebracht habe. Als sie das tat, bestätigte sie alles, was er nebenbei mitbekommen hatte: Die Expedition war eine Katastrophe gewesen, die Mitglieder des Bataillons waren gefallen wie die Fliegen, ausgelöscht in einer Kapelle in den Bergen bei Huesca, und es gab keine Hinweise auf Überlebende.

Bens Vorahnung erwies sich als richtig. Tage später sah er das Mädchen wieder, in der Aurora Roja. Dieses Mal bemerkte Ben sofort, als sie das Café betrat, dass sie schwanger war. Ihr Zustand war so eindeutig, dass er sich fragte, wie er das bei den anderen Gelegenheiten hatte übersehen können. Teresa bestellte einen Milchkaffee und setzte sich hin. Von Zeit zu Zeit sah sie ungeduldig zur Wanduhr auf, als würde sie auf jemanden warten, der sich verspätete. Kurz darauf kam ein Italiener zur Tür herein. Diesmal hatte Ben keine Mühe, dem Gespräch zu folgen. Der Neuankömmling benahm sich etwas affektiert, sicherlich homosexuell; mindestens war das der Eindruck, den er auf meinem Vater machte. Das Mädchen nannte ihn mehrere Male beim Namen: Alberto. Er nahm ihre Hand, und jener Alberto beteuerte, dass er es von Herzen bedaure, aber er könne ihr nichts Neues sagen. Die Katastrophe des Todes-Bataillons hatte in den republikanischen Kreisen für Wut und Empörung gesorgt. Laut seinen Quellen schienen zwei Sachen klar zu sein: Erstens, das Geschehene war nur durch irgendeine Art von Verrat zu erklären; und zweitens vermutete man, dass es doch Überlebende gegeben hatte. In dem Gespräch tauchte immer wieder ein Name auf: Umberto. So hieß also wohl der Freund der Milizionärin, wobei der Italiener kein einziges Mal seinen Familiennamen nannte. Mit viel Tamtam erzählte ihr jener Alberto, dass man nichts von ihm wisse, und betonte, dass es am besten sei, jetzt keine Vermutungen anzustellen und auf gesicherte Nachrichten zu warten. Was ihn betraf, hatte er gerade erfahren, dass er der Einheit von Luigi Longo zugeteilt worden war. Als sie das hörte, brach das Mädchen in Tränen aus. Der Italiener versuchte sie zu beruhigen, so gut er konnte, und schaffte es auch einigermaßen. Nach einer halben Stunde verabschiedete er sich schließlich. Sie vereinbarten, sich am nächsten Tag unbedingt wieder zu treffen. Als Ben sah, dass sie alleine zurückgeblieben war, näherte er sich ihrem Tisch und bat um die Erlaubnis, sich zu ihr zu setzen. Sie warf ihm einen trostlosen Blick zu und wies ihn nicht ab, sicherlich weil, abgesehen davon, dass sie schutzbedürftig war, Ben die Uniform der Brigadisten trug; außerdem sprach er mit fremdländischem Akzent.

An diesem Punkt angelangt, musste Ben immer lachen. Die erste Frage, die sie stellte, war die, ob er Italiener sei. Amerikaner, sagte Ben und nahm dabei einen Schluck von dem Kaffee, den er von seinem Tisch mitgebracht hatte. Und du, wie heißt du?

Teresa.

Wie alt bist du?

Neunzehn.

Kommst du aus Madrid?

Nein, ich komme aus einem Dorf in Valladolid.

Am rechten Ringfinger trug Ben einen breiten, goldenen Ehering.

Bist du verheiratet?, fragte sie.

Verlobt, sagte er, ihrem Blick folgend.

Und deine Verlobte, ist sie Spanierin?

Nein, aus Amerika, wie ich.

Wie heißt sie?

Lucia.

Und du?

Ben, auf Spanisch Benjamín. Und du, bist du verheiratet?

Nein, sagte Teresa mit einem Lächeln. Nein, aber ich werde ein Kind bekommen. Mein Freund heißt Umberto. Er ist Italiener.

Vom Todes-Bataillon?

Das Mädchen sprang auf. In ihrem Blick gewahrte Ben einen Anflug von Panik.

Wie kannst du das wissen? Du bist doch nicht etwa ein Spion?

Nein, nein, erwiderte er vergnügt. Es ist so, dass ich neulich im Hauptquartier war, als du den englischen Offizier um Informationen gebeten hast. Und ich habe gehört, wie du mit deinem italienischen Freund gesprochen hast. Ich weiß also, was du gerade durchmachst, deswegen habe ich dich gefragt, ob ich mich zu dir setzen darf. Ich würde dir gerne helfen.

Und warum? Du kennst du mich doch überhaupt nicht.

Lucia, meine Verlobte, sie ist Spionin. Aber eine von uns. Wie ich es sage, klingt es nach einem Scherz, aber es ist die Wahrheit. Sie arbeitet in Barcelona für den Geheimdienst. Dort werden sie etwas mehr wissen.

Den Tränen nahe, senkte Teresa den Blick, aber dann nahm sie sich wieder zusammen.

Aber wenn man doch gar nichts weiß. Mein Freund, Alberto Fermi, der Italiener, der gerade gegangen ist, sagt, dass das Bataillon ausgelöscht worden ist. Er meint, dass nicht auszuschließen ist, dass dabei Verrat im Spiel war. Das hat er mir erzählt.

Auch ich habe sowas läuten hören, aber die Nachrichten sind so verworren, dass es voreilig wäre, Schlüsse zu ziehen. Andere meinen, dass es Überlebende gibt und nicht alle gefangengenommen wurden; also ist es nicht unmöglich, dass dein Umberto mit dem Leben davongekommen ist. Ich sage das nicht nur, um dich zu trösten, glaube mir.

Du musst dich nicht anstrengen, um mich zu überzeugen. Ich weiß, dass er lebt, sagte Teresa.

Ben sah sie leicht verwundert an:

Es ist möglich.

Nein, es ist nicht nur möglich, ich weiß es.

Warum bist du so sicher?

Ich kann es dir nicht erklären, ich weiß es einfach.

Dann hast du doch allen Grund, dich zu freuen.

Da ist noch was, Benjamín, irgendwas daran ist komisch.

Etwas daran ist komisch? Was meinst du damit?

Ich habe keine Ahnung, es ist nur so ein Gefühl.

Sie war sehr blass geworden.

Ist dir nicht gut?

Mir ist schwindlig, und ich fühle mich sehr schwach.

Wo wohnst du?

In einer Pension in der Calle Luchana.

Möchtest du, dass ich dich hinbegleite?

Nein; das ist das letzte, was ich möchte. Ich werde erst heute Nacht hingehen, wenn mir nichts anderes mehr übrigbleibt. Keine Sorge. Es wird schon vorbeigehen. Lieber möchte ich ein bisschen bummeln.

Aber warum? In deinem Zustand solltest du dich ausruhen.

Du verstehst das nicht. Es geht mir dort nicht gut. Ich fühle, dass sie mich verachten; sie können mich nicht leiden, weil ich pleite bin. Ich weiß nicht mal mehr, wieviele Tage ich ihnen schulde. Die dulden mich nur, weil der Besitzer in der Partei ist und weil ich schwanger bin, aber seine Frau macht mir das Leben zur Hölle. Sie hat mich gezwungen, in ein Zimmer ohne Fenster zu ziehen, wo kaum mehr als die Pritsche reinpasst. Dafür muss ich in der Küche helfen und putzen. Und wenn es nichts zu tun gibt, erfindet sie was. Das tut sie nur, um mich zu quälen. Sie kann mich nicht ausstehen.

Ben bot ihr an, ihr ein Zimmer in seiner Pension zu bezahlen, aber das lehnte sie rundweg ab. Doch in Sachen Hartnäckigkeit ist mein Vater kaum zu schlagen. Es hat lange gedauert, sie zu überreden, aber am Ende ist es ihm gelungen. Er begleitete sie, damit sie ihre Sieben Sachen holen konnte, und besorgte ihr ein Zimmer neben seinem. Als er sah, wie schwach sie war und wie weit ihre Schwangerschaft schon fortgeschritten war, brachte er sie nach einigen Tagen ins Amerikanische Krankenhaus, damit ein befreundeter Arzt sie untersuchte. Der Arzt diagnostizierte eine sehr fortgeschrittene Anämie und verordnete ihr absolute Ruhe und eine angemessenere Ernährung.

In den darauffolgenden Tagen wich Ben nicht von Teresas Seite und kümmerte sich um sie, als wäre sie seine kleine Schwester. Sie redeten, lasen, gingen spazieren oder ins Kino. Was ihm Sorgen machte, war, dass meine Mutter mit dem Herannahen des Geburtstermins immer schlechter aussah. An einem der ersten Tage fragte er sie, wie sie ihr Kind nennen wolle, und sie antwortete, ohne darüber nachzudenken, Gal.

Und wenn es ein Mädchen ist?

Es ist ein Junge, erwiderte sie vollkommen überzeugt.

Woher willst du das wissen?

Und sie gab zurück: Es gibt Sachen, die kann man nicht erklären. Ich weiß es und basta.

Die Gerüchte bestätigten sich bald. Das Bataillon des Todes war vernichtet worden, und man wusste nicht, ob es Gefangene gegeben hatte oder jemand hatte fliehen können, obwohl man doch zu der Vermutung neigte, dass beides zutraf. Als Kriegshandlung war die ganze Aktion ein solches Desaster gewesen, dass eine Untersuchung eingeleitet wurde, um die Verantwortlichen entsprechend zur Rechenschaft zu ziehen. Obwohl sie sich bemüht hatte, hatte Lucia es nicht geschafft, irgendwelche vertrauenswürdigen Informationen über Umberto Petri einzuholen.

Dann fragte Ben sie, wie sie denn auf einen solchen Namen gekommen sei.

Du findest es sicher albern, aber mir ist es wichtig, erwiderte Teresa und lachte dabei. Im nächsten Moment wurde sie sehr ernst und erzählte die Geschichte meines Namens.

Kurz nach meiner Ankunft in Madrid war ich bei der Beerdigung eines hohen Brigadisten. Den Vorsitz über die Zeremonie hatte der Kommandant seiner Einheit, ein polnischer General namens Josef Gálicz, alias Gal. Er wird wohl ein großer Krieger gewesen sein, aber an diesem Tag, bei der Beerdigung seines Kameraden, sah ich ihn weinen.

Jemand hatte einen Strauß roter Nelken auf das Grab gelegt. General Gálicz blieb lange in Gedanken versunken und mit dem Rücken zu den Teilnehmern dort stehen. Schließlich bückte er sich, um die Erde zu berühren, nahm eine Nelke und drehte sich um. Ich stand genau hinter ihm. Für einen Augenblick kreuzten sich unsere Blicke. Da verstand ich, warum er so lange gebraucht hatte, um sich umzudrehen: Er hatte geweint. In seinen Augen standen noch Tränen, aber er machte keine Anstalten, sie wegzuwischen. Er hielt meinem Blick ein paar Sekunden lang stand, überreichte mir die Nelke, die er in der Hand hielt, und setzte sich mit hocherhobenem Kopf in Bewegung. Da bemerkte ich, dass auf seiner Uniformjacke mit schwarzem Garn der Name *GAL* eingestickt war.

Ben kamen die Geschichten in den Sinn, die man sich über die Grausamkeit des polnischen Generals erzählte. Er brauchte eine Weile, um zu fragen:

Aber du weißt, wie er in Wirklichkeit ist?

Teresa verneinte, und Ben erzählte ihr, dass der General für seine Blutrünstigkeit berüchtigt war.

Es kann natürlich sein, dass es sich nur um Geschwätz handelt. Du weißt, wie diese Dinge laufen.

Ich weiß es nicht, und es interessiert mich auch nicht. Ich hatte ihn davor nie gesehen und auch danach nicht mehr. Was ich an jenem Tag gesehen habe, reicht mir voll und ganz.

Als die Fruchtblase platzte, war sie im achten Monat. Man brachte sie ins Maudes-Krankenhaus am Cuatro Caminos. Die Entbindung war langwierig und kompliziert. Ben war auf einem Sofa im Wartesaal eingeschlafen, als eine Hebamme mit ernster Miene ihn weckte. Neben ihr stand der behandelnde Arzt. Aus der Art, wie der Arzt sich an ihn wandte, schloss Ben, dass er ihn für Teresas Ehemann hielt.

Manchmal, sagte der Arzt, hat man die Wahl zwischen dem Leben der Mutter und dem Leben des Neugeborenen. In diesem Fall war es nicht so.

Alarmiert bat Ben den Arzt, ihm genau zu erklären, was passiert war.

Dem Kind geht es gut, aber die Mutter ist tot, sagte der Arzt ohne Umschweife. Bitte glauben sie mir, dass es mir leid tut.

In jenen Tagen, in denen der Tod allgegenwärtig war, wurde dem Verlust eines Lebens keine übermäßige Bedeutung beigemessen. Ben machte sich schnell ein Bild von der Lage. Er wusste, dass niemand kommen würde, um die Leiche einzufordern. Teresa hatte auf eigene Faust beschlossen wegzulaufen, um sich der Miliz anzuschließen, und wenn Ben sich nach ihrer Familie erkundigt hatte, war sie ihm immer ausgewichen. Ihm ging die Idee durch den Kopf, sich mit ihrem besten Freund in Verbindung zu setzen, Alberto Fermi, dem Italiener aus dem Aurora Roja, der zur Brigade von Longo versetzt worden war. In der Tat schrieb er Alberto einen Brief, von dem er bis heute nicht weiß, ob er ihn erreichte, aber was hätte er von ihm erwarten können? Das Schicksal des Neugeboren lag in seinen Händen. Er musste sich nicht mit Lucia beraten; was er tat, war das, was sie auch von ihm erwartet hätte. Angesichts der Umstände gab es nur eine Alternative: Er erklärte, dass Teresa seine Partnerin gewesen sei und dass das Kind, das sie zur Welt gebracht hatte, sein Kind war.

Er wurde in ein Büro gebracht, wo ein Funktionär der UGT saß. Ben überreichte ihm seine und Teresas Papiere. Als er sagte, dass sie nicht verheiratet gewesen seien, warf ihm der Typ einen komplizenhaften Blick zu und erklärte mit einem grimmigen Grinsen:

Ohne Bund der Ehe bist du nicht verpflichtet, das Kind anzuerkennen, Genosse, du musst selbst wissen, was du tust.

Ich komme nicht nur, um die Geburt des Kindes zu melden. Die Mutter ist bei der Geburt gestorben. Was meinen Sie, was ich tun soll? Ihnen das Kind hierlassen und abhauen?

Der Typ lehnte sich zurück und begann an seinem Schnurrbart herumzuzupfen.

Du hast einen ausländischen Akzent, wo kommst du her? Bist du Engländer?

Bei der Hure von Mutter, die dich geboren hat!, fuhr Ben ihn an. Ist mein Spanisch gut genug für dich?

Der Funktionär bat ihn um Verzeihung, ließ ihn in verschiedenen Büchern unterschreiben und überreichte ihm jeweils eine Kopie des Totenscheins und der Geburtsurkunde. Die sterblichen Überreste von Teresa Quintana wurden am nächsten Tag zum Friedhof von Fuencarral gebracht. Ihr Koffer stand noch in der Pension. Ben überprüfte den Inhalt und behielt nur ein paar Erinnerungsstücke, kaum was.

Für Benjamin Ackermann war die Wahrheit eine Religion, und es war ihm die ganze Zeit über klar, dass er kein Recht hatte, sie Teresa Quintanas Sohn vorzuenthalten. Was er mir nie erklärte, war, was ihn dazu bewegt hatte, mir die Geschichte meiner Herkunft genau an meinem 14. Geburtstag zu erzählen. Wir waren im Archiv, zusammen mit Lucia. Wie du dir vorstellen kannst, war ich nicht auf das vorbereitet, was mich erwartete. Es gibt vielleicht keinen richtigen Weg, um jemanden auf eine solche Offenbarung vorzubereiten. Ich kann mich nicht an die Worte erinnern, die er gebrauchte, lediglich daran, was sie bei mir anrichteten.

Ich erlebte eine unbeschreibliche Erschütterung, die Welt geriet ins Taumeln und begann mir zu entgleiten. Ich hatte das Gefühl, als hätte jemand die Fesseln durchgeschnitten, die mich an die Realität gebunden hatten. Ich fing an, im Raum zu schweben. Meine Verbundenheit mit ihnen gewann noch an Bedeutung, als ich den Grund dafür erfuhr, dass sie keine weiteren Kinder hatten: Lucia war unfruchtbar. Sie hatte es meinem Vater gesagt, als er ihr den Heiratsantrag gemacht hatte, und obwohl Ben Kinder liebte, hatte er nicht auf sie verzichten wollen. Selbstverständlich beschränkte sich mein Leben nicht auf das, was sich zu Hause abspielte. Meine Welt war Brooklyn und seine Straßen. Einmal, als ich irgendein Formular für die Schule hatte ausfüllen müssen, hatte ich mit Befremden festgestellt, dass ich in Spanien geboren worden war, obwohl das letztlich gar nicht so etwas Besonderes war. Die Schüler aus meiner Klasse kamen von überall her, aus fernen Staaten der USA, sogar aus anderen Ländern, es gab Kinder italienischer Emigranten, von Iren und Polen. An sich kann ich mich über nichts beklagen, Abe, es wäre nicht fair. Ben und Lucia haben mir alle Liebe gegeben, die sie mir geben konnten; sie haben dafür gesorgt, dass ich eine anständige Ausbildung erhielt. Nach der High School habe ich mich an der Brooklyner Universität eingeschrieben. Es waren glückliche Tage, mindestens in meiner Erinnerung. Und während ich dir das erzähle, Gott weiß warum, taucht die Gestalt meines Großvaters vor mir auf. An jenem Nachmittag war er nicht im Archiv, und das, was ich jetzt gerade erzähle, hat mit ihm nichts zu tun. Aber aus irgendeinem Grund, der sich mir entzieht, bringe ich jetzt und immer schon jenen Nachmittag im Archiv mit etwas in Verbindung, das viel später geschah, als ich bereits mit der Universität fertig war. Vielleicht rührt diese Verbindung daher, dass ich damals verstand, dass ich mich alleine mit der Welt auseinandersetzen musste. Tatsache ist, dass ich nicht die geringste Ahnung hatte, was ich mit meinem Leben anfangen sollte, aber bei der Abschlusszeremonie, als mein Großvater mich fragte, was ich mit dem Rest des Lebens anfangen wolle, erwiderte ich entschlossen, dass ich Schriftsteller werden wolle. Weiß der Teufel, was mich zu dieser Antwort geführt hat. Ich habe es gesagt, ohne groß nachzudenken, aber als ich in jener Nacht gründlich darüber nachdachte, merkte ich, dass ich die Wahrheit gesagt hatte.

Zurück zum Faden meiner Geschichte. Ich weiß nicht, wohin meine Gefühle mich trugen. Irgendwann hörte ich Bens Stimme, aber wie von ganz weit her. Und plötzlich verstand ich, was er mir sagen wollte: Er wollte mir ein Foto meiner Eltern zeigen. Er hatte es all die Jahre aufbewahrt, und endlich war der Tag gekommen, es mir zu zeigen. Ich zögerte, bevor ich ihm sagte, dass ich Angst davor hatte, es zu sehen. Ich wollte nicht, dass dieser Abgrund sich vor mir öffnete, aber Ben bestand darauf, dass er es mir zeigen müsse. Es sind deine Eltern, sagte er. Lucia drückte ganz fest meine Hand. An der Wahrheit kannst du nichts ändern, ob sie dir gefällt oder nicht. Es nützt dir nichts, dich ihr zu verweigern. Am Ende stimmte ich zu, zwischen Furcht und Neugierde. Ich wollte weinen, aber ich konnte nicht. Nach einer Ewigkeit entschied ich mich dazu, die Hand auszustrecken.

Auf dem Bild ist ein Paar zu sehen. Beide sehr jung. Sie ist gerade neunzehn, höre ich Ben sagen. Er etwas älter, vielleicht zwanzig, höchstens einundzwanzig. Aus einer unendlichen Distanz betrachte ich das Bild. Beide erscheinen mir sehr attraktiv und voller Leben. Er trägt die Uniform der Miliz und sie hält ihn am Arm. Ein schlanker Junge, dunkelhäutig, mit scharfen Zügen und gerader Nase, ziemlich gutaussehend. Vielleicht ist das nur meine Einbildung, aber sie wirken sehr verliebt, besonders sie. Sie ist sichtlich schwanger. Mit mir. Ihre Augen sind groß und schwarz, etwas traurig, und eine Hand ruht auf ihrem Bauch. Er hat das eine Bein auf eine Brunnenbank aus Stein gestützt, auf der zu lesen ist: Spanische Republik 1934.

Das sind nicht meine Eltern, sagte ich, indem ich Ben und Lucia ansah, ihr seid meine Eltern. Nachdem ich das gesagt hatte, fühlte ich mich sehr ruhig, und der Drang zu weinen verschwand. Ich bin sicher, dass es den beiden in diesem Moment sehr viel schlechter ging als mir. Ich gab Ben das Foto zurück, denn ich wusste nicht, was ich damit anfangen sollte. Es war offensichtlich, dass er mir das Foto gegeben hatte, damit ich es behielt, aber er traute sich nicht, es auszusprechen. Endlich sagte er:

Es gehört dir, ich habe Jahre darauf gewartet, es dir zu geben. Ich bitte dich, es anzunehmen.

Ich konnte einfach nicht. Ich hatte Angst davor, das Foto auch nur zu berühren. Ich rührte mich nicht, sagte kein Wort.

Gut, wie du willst, sagte Ben. Für ihn war das auch eine bittere Pille. Ich werde es im Archiv lassen, auf Lager, wie bis jetzt auch. Sein Pflichtbewusstsein zwang ihn dazu hinzuzufügen: Mit oder ohne Foto, Teresa Quintana ist deine Mutter, das kann niemand ändern. Er legte die Kuppe seines Zeigefingers auf das matte Papier. Über dem Halboval seines Fingernagels lugte das Gesicht der Milizionärin hervor. Ben bewegte den Finger leicht nach rechts, und einen Augenblick lang dachte ich, dass er noch hinzufügen würde: und Umberto Pietri dein Vater, aber er sagte nichts. Erneut verspürte ich den Drang zu weinen, aber die Tränen kamen immer noch nicht. Mein Hals fühlte sich staubtrocken an und kratzte, als hätte ich Sand geschluckt.

Auf dem Boden des Glases war noch ein Rest Carajillo, ich wollte ihn austrinken, aber er war kalt. Lewis nahm die Zigarettenschachtel vom Tisch, bot mir eine Lucky Strike an und zog auch eine für sich selbst heraus. Nachdem wir die beiden Zigaretten mit einer gewissen Feierlichkeit angezündet hatten, tat er einen so tiefen Zug, dass sein Kopf für einen Augenblick im Rauch verschwand.

Tatsache ist, dass ich Ben und Lucia so oft bekniet habe, mir die Geschichte von Teresa Quintana zu erzählen, dass sie sich mir ins Gedächtnis eingebrannt hat. Aber über deinen Umberto Petri, Abe, habe ich so gut wie nichts erfahren, ich habe es nicht einmal geschafft, mir den Namen zu merken. Das einzige, was ich wusste, war, dass er sich mit dem Bataillon des Todes in Rauch aufgelöst hatte. Das war alles, seine Spur verlor sich in Santa Quiteria. Nicht, dass mich das besonders gekümmert hätte. Ich nahm einfach an, er sei tot.

SIEBEN

Das Heft des Todes

Wenn du der Tod bist, warum weinst du?

ANNA ACHMATOWA

7. Januar 1990

Ich setzte mich an den Tisch, an dem ich dich so oft schreiben sah, den Tisch des Kapitäns (die Kommandobrücke des Oakland, pflegte Frank zu sagen), und ließ meine Blicke über das Lokal schweifen. Du hattest recht. Von dort aus hat man sämtliche Winkel der Bar im Blick. Vorne an der Theke saß Álida, die puertoricanische Kellnerin, auf einem Barhocker und telefonierte. Die ellenlange Spirale des Kabels zeichnete eine gerade Linie zwischen ihr und dem Telefonanschluss am anderen Ende der Theke. Die Tanzfläche lag im Dunkeln, bis auf den schwachen Lichtschein vom Gang auf der anderen Seite der Drehtür. Der Billardsaal auf seiner Linken sah aus wie ein riesiges Aquarium. Boy und Orlando, Schützlinge von Viktor aus dem Luna Bowl, machten gerade ein Spiel. Ihre Gestalten bewegten sich lautlos, getaucht in den Schein des Neonlichts, dem der Wandanstrich eine grünliche Färbung verlieh. Hinter der Registrierkasse kauerte Raúl, der Adoptivsohn von Frank und Carolyn. (Seine Eltern, erzähltest du mir eines Tages, starben bei einem Autounfall, als er noch ein Kind war. Er ist fünfunddreißig Jahre alt und knapp 1,40 groß. Alle nennen ihn Raúl den

Zwerg, was ihm anscheinend nichts ausmacht. Er ist Buchhalter, und mittwochs kommt er ins Oakland, um sich um die Bücher seines Vaters zu kümmern.) Der einzige, den ich bis dahin noch nie gesehen hatte, war ein alter Albino, der am Ende der Theke auf einem Barhocker saß und mit dem Rücken an der Glasbausteinwand Manuel dem Kubaner lauschte (später werde ich von ihm erzählen). Sowie sie mich bemerkten, begrüßten sie mich alle, sogar die Boxer, obwohl sie ein ganzes Stück entfernt waren. Manolito ließ den Alten allein an der Theke, wählte auf der Wurlitzer einen Bolero aus und ging auf die Toilette. Raúl hob die rechte Hand, auf seine typische Art, um mir zu verstehen zu geben, dass er mich auf einen Drink meiner Wahl einlud. Álida legte die Hand über den Hörer, schickte mir einen Kuss und lief zur Kellnerluke. Das Telefonkabel folgte ihr, als wäre sie selbst an die Wand angeschlossen. Sie zog an dem Metallring, klappte die Luke auf und verschwand im Keller. Als er das sah, erhob sich der Alte und lief mit raschen Schritten zur Musikbox.

Ein infernalischer Lärm brachte die Fundamente der Bar zum Erzittern, als hätte jemand eine Bombe gezündet. Der Albino hatte die Lautstärke voll aufgedreht, indem er einen versteckten Schalter auf der Rückseite der Wurlitzer betätigt hatte. Er kugelte sich vor Lachen wegen des ohrenbetäubenden Lärms und hielt sich dabei den Bauch, als würden gleich seine Gedärme platzen. Álida stürmte aus dem Keller und brachte das Getöse schlagartig zum Verstummen. In die plötzliche Stille hinein begann der Greis krampfhaft gestikulierend einen Dirigenten nachzuahmen, mit jedem Mal langsamer werdend, bis er schließlich in der Bewegung erstarrte wie eine mechanische Puppe, die darauf wartet, dass man sie wieder aufzieht. Mit einem stoischen Gesichtsausdruck ging Manuel der Kubaner zu ihm, half ihm auf den gleichen Barhocker wie zuvor und blieb bei ihm, um auf ihn aufzupassen. Mit einer Geste gab mir Raúl zu verstehen, dass er sich jetzt zum Arbeiten in das Büro seines Vaters zurückziehen werde.

In diesem Augenblick huschte ein Lichtstrahl über die Tanzfläche. Jemand kam durch die Drehtür an ihrem Ende, durchquerte den dunklen Raum und blieb im Bogen stehen, der die Tanzfläche vom Rest der Bar trennt. Du warst es. Du tauschtest eine stumme Begrüßung mit Manuel dem Kubaner aus und kamst auf mich zu. Dann hast du ein Heft auf den Tisch gelegt. Ohne dass du sie bestellt hättest, brachte Álida eine Flasche Wodka und ein Glas.

Kennst du ihn?, hast du gefragt und dabei auf den Albino gedeutet.

Nein.

Wenn man ihn so sieht, würde keiner vermuten, dass er bereits mit 25 erster Offizier eines dänischen Frachters war, hast du gesagt. Mit einer Grimasse hast du dir einen Wodka eingeschenkt und ihn in einem Zug runtergekippt. Ich stehe auf seltsame Weise in seiner Schuld. Seine Geschichte war der Ausgangspunkt für das *Heft des Todes*. Du hast das Heft gestreichelt. Claussen kam schon lange vor mir ins Oakland. Er ist mir gleich aufgefallen; er saß immer auf dem gleichen Platz, als wäre er Teil des Inventars, aber in all den Jahren war es niemals dazu gekommen, dass ich ein Wort mit ihm gewechselt hätte, höchstens ein leichtes Nicken. Eines Nachmittags kam er völlig unerwartet zu mir an den Tisch. Mit einer Stimme, die so klang, als würde sie nicht ihm gehören, bat er mich darum, sich zu mir setzen zu dürfen. Ich war bass erstaunt: Die offizielle Version lautete, dass er den Verstand verloren hatte. Für mich war er immer ein Wesen ohne Leben gewesen. Es war, als würde man zusehen, wie jemand aus der eigenen Asche wiedergeboren wird.

Du bist Schriftsteller, nicht wahr?, fragte er mich.

Ich sah ihn an und wollte nicht glauben, was da gerade geschah. Zum ersten Mal nahm ich ihn als menschliches Wesen wahr, zum ersten Mal sah ich seine Gesichtszüge, seinen Blick, hörte den Klang seiner Stimme; zum ersten Mal stellte ich fest, dass er ein Gesicht, Augen und eine eigene Stimme hatte. Ich nehme an, dass ich zustimmte, in der Tat kann ich mich nicht daran erinnern. Woran ich mich aber genau erinnere, ist das, was er danach tat. Er steckte die Hand in die Innentasche seines blauen Mantels und zog einen Zeitungsausschnitt hervor. Vermutlich betrachtete ich eine Weile seine schmutzigen Fingernägel, das zerknitterte, fettige Papier, bis ich es endlich an mich nahm. Er bat mich erneut um Erlaubnis, sich zu mir zu setzen, ohne dass ich mich an seine Gegenwart hätte gewöhnen können, jetzt, da ich sah, dass er in der Lage war, sich fast normal auszudrücken. Ich las, was er mir gegeben hatte. Jener Zeitungsausschnitt und das, was er mir während der wenigen Minuten erzählte, die er zurechnungsfähig war, brachten mich dazu, damit anzufangen. Wieder hast du das Heft gestreichelt. Es war schwarz, großformatig, mit festem Einband und gelben Rändern, der Länge nach von einem Gummiband überspannt. Du hast dir einen zweiten Wodka eingeschenkt und ihn mit der gleichen Gier hinuntergekippt wie den ersten. Es machte mir Angst, wie du mich ansahst, es machte mich irgendwie schwindelig, als würdest du mir Zutritt zu einem unzugänglichen Bereich deiner Welt verschaffen.

Ich kann verstehen, dass jemand alles für eine Frau aufgibt, die er gerade erst kennengelernt hat. Was ich nicht verstehe, ist, dass man dafür einen solchen Preis zu bezahlen hat. Immer. Da gibt es etwas, das sich mir entzieht, Chapman …

(Dachtest du dabei an Nadja?)

Du hast tief Luft geholt, das Glas von dir weggeschoben und gesagt:

Nachher werde ich dir zeigen, was er mir gegeben hat, aber lass mich dir zunächst die Geschichte erzählen.

Etwa zehn oder fünfzehn Jahre, bevor er das Oakland eröffnet hat, hatte Otero eine Bar in den Docks. Sie hieß Frankie's und befand sich in einem Bereich, wo immer wieder dänische Frachter anlegten. (Übrigens gibt es meines Wissens keine

Regel, nach der Schiffe nach Nationalitäten sortiert anzulegen haben.) Der Punkt ist, dass, als er die Bar zumachte, um hier in der Atlantic Avenue ein neues Lokal zu eröffnen, die Dänen sich zusammentaten und geschlossen mit ihm gingen. Das war 1957. Einer jener Dänen war ein gewisser Knut Jansson, Kapitän eines mittelgroßen Frachters. Sein erster Offizier, Niels Claussen, ist der Alte, der gerade die Nummer mit der Musikbox abgezogen hat. Komm, ich will dir was zeigen.

Auf einem der Rettungsringe, die an der Wand hingen, stand AALVAND. In den Leerraum, den der weiße Ring umschloss, hatte Frank ein Foto gehängt, auf dem die Besatzung des Schiffes in Uniform an Deck posierte. Kapitän Jansson, sagtest du und deutetest dabei mit dem Zeigefinger auf eine Gestalt, die an ihren Abzeichen unschwer zu erkennen war. Es war nicht nötig, mir zu sagen, wer Niels Claussen war. Sein Albinokopf stach heraus, als wäre ein Tropfen Säure auf die Oberfläche des Bildes gefallen. Du hast kurz innegehalten und eine Weile stumm das Bild betrachtet, bevor du zum Tisch zurückgekehrt bist.

Die Aalvand legte durchschnittlich zweimal im Jahr in Brooklyn an. Das Bild haben sie gemacht, als die Bar gerade eröffnet worden war. Jansson und seine Leute liefen am Vorabend des Labor Days ein, der, wie du weißt, immer auf den ersten Montag im September fällt. Das ganze Viertel feierte. Die Latinos veranstalteten ein Musikfestival. Vom Eastern Parkway runterkommend spielten Wägen mit Musikbands Reggae und Calipso. Rundherum ging die Party weiter, und die Seeleute feierten auf ihre Art mit. Frag mich nicht, wohin sie Claussen geschleppt hatten. An sich hätte er mit ein paar Seeleuten zur Parade gehen sollen, aber nachdem sich alle wieder im Oakland versammelt hatten, bevor sie aufs Schiff zurückwollten, verbreitete sich die Nachricht, dass der erste Offizier eine grünäugige Mulattin kennengelernt hatte, die ihn um den Verstand gebracht habe.

Sie wird ihn wohl noch um etwas mehr gebracht haben, hörten wir Frank sagen. Wir waren so ins Gespräch vertieft gewesen, dass keiner von uns beiden bemerkt hatte, dass er gekommen war. Guten Tag, die Herren. Du hast dir noch einen Wodka eingeschenkt. Álida ist zu ihrem Chef gekommen, um ihm zu sagen, dass sein Sohn Raúl ins Büro gegangen sei, um die Buchhaltung zu machen. Tut mir leid, sagte Frank, dem erst jetzt bewusst wurde, wie brüsk er uns unterbrochen hatte. Keiner von uns war in der Lage, etwas zu erwidern.

Das ist also die Geschichte vom Albino und der Mulattin …, sagte er etwas verlegen. Sein Blick glitt zu dem alten Dänen hin, der gerade in Begleitung von Manuel dem Kubaner in Richtung Billardsaal ging. Und das da?

Von der Theke her gab Álida Frank per Handzeichen zu verstehen, dass sein Sohn nach ihm verlangte.

Entschuldigt mich einen Augenblick, ich bin gleich wieder da.

Frank gerät immer ein wenig aus der Fassung, wenn es um Niels' Geschichte geht. Tatsächlich hatte er mir bis zu dem Tag, an dem der Däne zu mir kam, nichts erzählt. Danach hat er mich selbst mit den neuesten Informationen versorgt. Ich kann verstehen, warum er zunächst gezögert hat; die Geschichte dieses armen Seemannes tut jedem weh, der sie hört.

Ich weiß nicht, hat Frank gesagt, als er wiedergekommen ist, und sich am Ohr gekratzt. Er konnte sich nicht dazu entschließen, sich hinzusetzen. Ihr wirkt so vertieft, dass ich euch nicht stören möchte.

Seine Worte haben dich wieder in die Gegenwart zurückgeholt. Du hast einen Stuhl nach hinten geschoben, ihn gebeten, sich zu setzen, und gesagt:

Du bist an deinem Tisch, Kapitän.

Frank hat sich hingesetzt.

Und wie kommt ihr dazu, über Niels zu sprechen?

Weil Néstor ihn bis heute nicht gesehen hatte.

Ah, stimmt; na, er war eine Weile krank. Und nachdem er sich erholt hatte, hat ihn Manolito mit nach Florida genommen, um dort ein paar Monate mit ihm und seiner Mutter zu verbringen. Obwohl der Däne zwanzig Jahre älter ist als er, kümmert er sich um ihn, als wäre er sein eigener Sohn. Manuel der Kubaner, den kanntest du aber schon, oder?

Ja, vom Sehen.

(Auch einer von den Stammgästen. Schwul, ein richtiges Plappermaul, immer wie aus dem Ei gepellt mit seinen Leinenhemden, Leinenhosen, seinen weißen Schuhen und der Sonnenbrille, die er nie absetzt, damit niemand merkt, dass er ein Glasauge hat.)

Es war nicht einfach für dich, den Faden wieder aufzunehmen. Trotz seiner Zerknirschung war Frank in einer heiteren Stimmung, während die von dir erzählte Geschichte dabei war, in deutlich finsterere Gefilde abzudriften. Schließlich nicktest du und fuhrst fort:

Sie hieß Jaclyn Fox und war Jamaikanerin. Ich habe kein Foto von ihr gesehen, und deshalb kann ich dir nicht sagen, wie sie aussah …

Ich habe sie mit eigenen Augen gesehen, und ich kann dir sagen, Ness, du hast nichts verpasst, unterbrach ihn Frank. Ich meine damit nicht ihr Äußeres, das ist Geschmackssache. Ich mochte ihren Blick nicht und auch nicht ihre Art, sich als unterwürfiges Weibchen zu präsentieren. Ich traute ihr nicht, und das hat sie gemerkt. Wenn sie mich ansah, loderte der Hass aus ihren Augen, wohlwissend, dass sie mich nicht täuschen konnte. Niels tat mir leid. Er hatte kaum Erfahrung in Sachen Frauen und ist ihr in die Krallen geraten wie ein Lämmchen.

Der springende Punkt an der Geschichte ist, hast du eingeworfen, dass Claussen sie sich nicht mehr aus dem Kopf schlagen konnte, nachdem er mit ihr zusammengewesen war. Es war so, als hätte sie ihn mit einer Krankheit angesteckt und vergiftet, ihn süchtig gemacht nach einem Stoff, den nur sie ihm verabreichen konnte. Er war besessen. Schon die Vorstellung, von ihr getrennt zu sein, löste bei ihm Schweißausbrüche aus. Seine Kameraden von der Aalvand zogen ihn damit auf. Sie lachten ihm offen ins Gesicht und erklärten ihm, dass alle Frauen das besäßen, was die Jamaikanerin besitze. Claussen ließen derlei Kommentare völlig kalt. Alles, woran er denken konnte, war, dass, wenn die Aalvand ablegte, es sechs Monate dauern würde, bis er sie wiedersehen würde, und sechs Monate sind eine zu lange Zeit, um eine Frau darum zu bitten zu warten, abgesehen davon, dass ihm klar war, dass in diesem Fall das Dilemma nur immer wieder von vorne beginnen würde.

Es tut mir leid, Gal, es war Frank, der jetzt sprach, aber diese ganze Romantik ist hier vollkommen fehl am Platz. Diese Geschichten von verliebten Seeleuten sind nicht nur immer die gleichen, sondern sie haben auch mit der Wahrheit nichts zu tun. Die Wahrheit ist, dass sie heiraten wie jeder andere auch, und ob ihre Angetrauten ihnen die Treue halten oder nicht, ist einfach nur Glücksache. Und was sie selbst betrifft: Die allermeisten von ihnen suchen sich eine Nutte, sobald sie einen Fuß an Land setzen. Das weißt du doch so gut wie ich, du brauchst bloß eine Runde durch die Spelunken am Hafen zu drehen. Oder durch die Gassen um das Oakland. Und genau das hatte Claussen gemacht, er hatte sich eine Nutte geschnappt.

Sie war keine Nutte, hast du gesagt, sie hatte eine ordentliche Arbeit und …

Wenn sie keine professionelle Nutte war, hat sie sich wie eine verhalten, aber sei's drum, erzähl' weiter.

Die Aalvand legte im März wieder in Brooklyn an …

Februar, entschuldige. Ich weiß es, weil es arschkalt war. Auf den Straßen lag der Schnee von mehreren Wochen. Echte Berge aus schmutzigem Eis.

Also gut, Februar, fünf Monate, nicht sechs. Fünf Monate sind eine lange Zeit, aber in diesem Fall hatten sie nicht ausgereicht, um die Sucht, die Jaclyn Fox in ihm entfacht hatte, aus seinem Gedächtnis zu tilgen. Die Aalvand war zurückgekehrt und mir ihr Claussen. Der Aufenthalt dürfte wie immer etwa eine Woche gedauert haben. Jeden Abend kamen die Matrosen ins Oakland, um Frank die Ehre zu erweisen. Am Vorabend des Abschieds kam Niels in Begleitung seines Kapitäns. Sein Schiff sollte früh am nächsten Morgen ablegen.

Deshalb, sagte Frank, indem er dir ins Wort fiel, blieb mir fast die Spucke weg, als ich am nächsten Tag, am frühen Nachmittag, sah, wie Niels Claussen meine Bar betrat.

Er schwieg und wartete darauf, dass du weiter erzähltest.

Er hatte eine Reisetasche dabei und trug keine Uniform mehr, sein Schiff war vor wenigen Stunden ausgelaufen. Man musste nicht unbedingt ein Luchs sein, um zu kapieren, was los war. Der erste Offizier der Aalvand hatte die Segel gestrichen. Das erste, was Frank ihn fragte, war, wo er denn nun die Jamaikanerin gelassen habe. Claussen erwiderte, dass sie draußen warte. Er stellte die Leinentasche, in der er seine Sachen hatte, auf einen Stuhl und fragte Frank, ob irgendeines seiner Zimmer oben frei sei.

Die Frage ging mir so dermaßen auf den Sack, das könnt ihr euch kaum vorstellen. Ich sagte ihm, dass ich nicht wisse, wovon zum Teufel er spreche, und wer ihm gesagt habe, dass ich irgendwas mit irgendeinem beschissenen Motel zu tun habe. Ich war selbst erschrocken über meine Heftigkeit, also riss ich mich zusammen und fügte hinzu, dass er das nicht persönlich nehmen solle und dass er im Oakland immer willkommen sei. Aber er ließ sich nie wieder blicken. Außer, dass sie kaum Zeit hatten, ihr gemeinsames Leben zu genießen, erfuhr man nie viel vom Leben der Beiden. Niels was schon immer wortkarg. Sicher war nur, dass sie geheiratet hatten und in der Nähe von Fort Green lebten.

Jansson allerdings, hast du den Faden wieder aufgenommen, blieb seiner Gewohnheit treu und kam seinen Freund Frankie Otero jedes Mal besuchen, wenn die Aalvand den Hafen anlief;

als sie also einige Monate darauf in Brooklyn anlegte, stand ihr Kapitän sofort im Oakland auf der Matte. Dabei war er nicht gekommen, um irgendwas in Erfahrung zu bringen. Es war nicht nötig, dass Frank oder sonstwer ihm erzählte, was geschehen war. Er wusste, dass Claussen alles wegen einer Frau aufgegeben hatte.

Die Mischung aus Wut, Schmerz und Verachtung, mit der er mit mir über seinen ehemals besten Freund sprach, hat mich überrascht, sagte Frank. Natürlich zeigte sein Ausbruch, wie sehr ihn der Verrat getroffen hatte. Nach ihm hatte die Jamaikanerin ihn wie eine läufige Hündin in ihren sexuellen Bann gezogen. Zu seinem eigenen Besten, sagte er und meinte damit Niels, hoffe ich, dass ich ihn nie wieder hier im Oakland antreffe!

Darauf vergingen einige Monate, sechs oder sieben, richtig, Frank? Schließlich wurde bekannt, dass Niels nicht mehr mit der Jamaikanerin zusammenlebte.

Sie hatte sich mit dem Albino zu Tode gelangweilt und war mit einem anderen abgehauen. So erzählten es mir meine Kunden. Man munkelte, dass sie jetzt mit einem Iren zusammenlebte. Sie stand wohl auf Weiße, wenn dieser Weiße auch sicher nicht ganz so weiß war wie der Däne. Armer Teufel! Mit dem Tag, an dem er seine Uniform auszog, hat er schon angefangen, sie zu verlieren.

Und was hat er dann getan?, fragte ich.

Jaclyn und ihr Ire, erwiderte Frank, wohnten in der Nähe des Prospect Park. Mit der Absicht, auf Distanz zu gehen, zog Niels ausgerechnet nach Bedford-Stuyvesant. Wie Manolito ganz richtig sagt, war er vermutlich der einzige Weiße im ganzen Viertel.

Eines Tages, völlig aus dem Nichts, kam ein Lebenszeichen von Niels, begannst du zu erzählen, aber Frank schnitt dir schnell das Wort ab:

Ich war gerade im Büro, als meine Frau Carolyn mit ernster Miene reinkam und mir erzählte, dass ein komischer Typ nach mir gefragt habe. Sie konnte ihn nicht so richtig einordnen. Gespannt ging ich raus und lief dem Albino in die Arme. Er war magerer und blasser als je zuvor. Ob Jansson immer noch ins Oakland komme, wenn er in Brooklyn anlege, wollte er wissen. Ja, warum? Was willst du von ihm?, hab' ich gefragt. Er hatte wohl ein schlechtes Gewissen bekommen wegen seiner Fahnenflucht. Ihm war aufgegangen, dass er, indem er Janssen im Stich gelassen hatte, nicht nur seinen Kapitän, sondern auch seinen besten Freund verraten hatte. Für meinen Teil muss ich sagen, dass sich meine Einstellung gegenüber dem Albino völlig gewandelt hat nach dem, was dann passierte.

Soweit sind wir noch nicht, Frank.

Darf man wissen, wovon ihr redet?, fragte ich.

Von dem Zeitungsausschnitt, den mir Niels Claussen am Tag seiner Auferstehung zeigte. Jetzt, da du den Hintergrund der Geschichte kennst, kann ich ihn dir zeigen, hast du gesagt. Indem du das Gummiband zur Seite zogst, das dein schwarzes Heft verschloss, öffnetest du die erste Seite, langsam genug, damit ich lesen konnte:

HEFT DES TODES

Du hast im Heft herumgeblättert, endlich einen uralten Zeitungsausschnitt rausgezogen und ihn mir gegeben.

> LEICHE EINER BRUTAL ERMORDETEN FRAU IM PROSPECT PARK GEFUNDEN
>
> *The Brooklyn Eagle*, 23. September 1957
>
> Am frühen Freitagmorgen, 5:27 Uhr, wurden die Behörden über den Notruf über einen Leichenfund im Prospect Park informiert. Am angegebenen Ort fand die Polizei die Überreste einer Frau um die 20. Die Leiche zeigt …

Du hast mir das Heft aus der Hand gerissen, ohne mich zu Ende lesen zu lassen. Das ist es, hast du gesagt, was Claussen mir unbedingt geben wollte, als er an dem Tag zu mir kam, um mit mir zu sprechen. Wie du dir vorstellen kannst, war ich genauso verstört wie du jetzt. Ich dachte, dass mir gleich der Kopf platzt, als ich hörte, wie er mir mit einer Stimme, die klang, als sei sie nicht von dieser Welt, sagte:

Das Opfer war meine Ex-Frau.

Ich sah zuerst Frank an und dann dich.

Wollt ihr damit sagen, dass …?

Dass die Frau, die brutal ermordet im Park aufgefunden wurde, beeilte sich Frank zu erwidern, Jaclyn Fox war …

Aber wer war's?

Der Ire. Sie wollte mit ihm dasselbe Spielchen treiben wie mit Niels, aber diesmal hatte sie sich verkalkuliert. Mit dem Iren konnte man keine Spielchen treiben. Die Nachricht verbreitete sich wie ein Lauffeuer in den Hafenkneipen und in all den schmierigen Spelunken, in denen sich Matrosen herumtreiben. Und die Schiffe, die ablegten, trugen die Nachricht weiter. Als Jansson wieder nach Brooklyn kam, wusste er alles über das Schicksal der Frau, für die Claussen sein Leben auf den Kopf gestellt hatte.

Um weitererzählen zu können, brauchtest du noch einen Wodka. Du hast uns gefragt, ob wir dir dabei Gesellschaft leisten wollten, und dich umgedreht, um Álida um zwei weitere Gläser zu bitten, aber wir haben abgelehnt.

Wie betäubt von der Eröffnung des Greises, sagtest du, nachdem du das Glas hinuntergekippt hattest, starrte ich ihn an wie ein Idiot. Sein Gesicht erinnerte mich an eine rissige Kalklandschaft. Die farblosen Haare klebten ihm an Stirn und Wangen. Seine Augen waren durchsichtig und leer, die Pupille fast ein senkrechter Strich. Ich wollte ihm den Zeitungsausschnitt zurückgeben, doch er hob die Hand und wiederholte die Frage, die er mir zu Anfang gestellt hatte:

Du bist doch Schriftsteller?

Ich gab keine Antwort. Die Frage verlangte keine.

Ich konnte ganz deutlich sehen, wie sein Verstand sich wieder im Nebel verlor. Bevor er aufstand, um an seinen Platz in der hinteren Ecke zurückzukehren, hatte er sich wieder in die lebende Leiche verwandelt, zu der er geworden war, nachdem Frank ihn gerettet und wieder hergebracht hatte. Nur während der fünfzehn oder zwanzig Minuten, die er mit mir verbracht hatte, war er Mensch gewesen. Ich nahm den Zeitungsausschnitt mit nach oben und steckte ihn in eine Mappe, ohne zu wissen, was ich damit anstellen sollte.

Du hast eine Pause gemacht, gereizt nach der Flasche gegriffen, das Glas bis zum Rand gefüllt und es in einem Zug runtergekippt. Als du wieder sprechen konntest, hast du gekeucht, als würde es dir die Kehle zuschnüren.

Mach du weiter, Frank, hast du gesagt.

Da hatte ich also diesen armen, unglücklichen Mann vor mir, setzte der Galizier die Erzählung fort, auf meinem Territorium, völlig hilflos und ohne dass er mir hätte erklären können, warum er gekommen war. Ich bat ihn, sich zu setzen, fragte ihn, ob er etwas brauche oder ob ich ihm irgendwie helfen könne. Statt einer Antwort zog er den Zeitungsausschnitt aus der Tasche. Er trug diesen Zeitungsausschnitt ständig mit sich herum und zeigte ihn jedem, so wie jemand, der die Fotos seiner Kinder herumzeigt. Zweifelsohne handelte es sich schon um die ersten Anzeichen von Wahnsinn.

Hast du das gesehen Frankie?, hat er mich gefragt.

Ich hab' ihm gesagt, er solle das nicht überall wie eine Trophäe herumzeigen, und dabei versucht, seine Gefühle nicht zu verletzen. Reumütig hat er den Ausschnitt wieder eingesteckt und gesagt, er habe aus der Zeitung davon erfahren. Die Situation begann eine absurde Färbung anzunehmen. Ich hab' ihn nochmal gefragt, warum er gekommen sei, und ihm gesagt, dass ich ihm sehr gerne helfen würde, wenn es irgendetwas gäbe, das ich tun könne. Da sagte er mir, dass er Jansson einen Brief geschrieben habe, und bat mich um den Gefallen, ihm den Brief zu überreichen, sowie die Aalvand wieder in Brooklyn anlegte, was nach seinen Berechnungen bald der Fall sein werde. Überhaupt kein Problem, sagte ich, und dass ich Jansson den Brief überreichen würde, sobald er in der Bar auftauchte. Er gab ihn mir, bedankte sich überschwänglich und ging. Und auch ich muss ich euch jetzt verlassen, meinte Frank abrupt, als würde er eine Ausrede suchen, um sich aus der Affäre zu ziehen. Mein Sohn Raúl verlangt nach mir.

Du hast lange gebraucht, bis du wieder gesprochen hast. Du hast Zeit gebraucht, um die Vertrautheit wieder herzustellen, die sich am Anfang des Gesprächs zwischen uns eingestellt hatte, bevor Frank gekommen war. Als du dich bereit fühltest, hast du wieder das Glas an die Lippen geführt.

Was Claussen mit diesem Brief erreichen wollte, werden wir nie erfahren. Darüber hat er mit mir nicht gesprochen. Aber das einzige, was er damit erreichte, war eine weitere Demütigung. Von außen her betrachtet wirkt es so, als habe Jansson grausam gehandelt, aber ich gebe zu, wenn ich mich in seine Lage versetze, kann ich ihn verstehen.

Du hast nach dem Gummiband gegriffen und das Heft wieder verschlossen.

Frank hat sein Wort gehalten und Janssen bei der ersten Gelegenheit gesagt, dass Niels Claussen einen Brief für ihn dagelassen habe. Der Kapitän der Aalvand hat nur den Kopf geschüttelt und beteuert, dass er von seinem ehemaligen Offizier nichts mehr wissen wolle. Otero hat genickt und keine einzige Frage gestellt. Die beiden haben nie mehr über die Sache gesprochen. Es dauerte nicht lange, bis Claussen anrief, um Frank zu fragen, ob er Jansson den Brief überreicht habe. Der Galizier hat ihm erzählt, dass er sich geweigert habe, ihn anzunehmen.

An diesem Punkt der Geschichte angelangt, hast du aufgehört, so viel zu trinken. Dir war wohl klar, dass du einen

Grad der Klarheit erreicht hattest, den du sonst nicht würdest halten können. Du hast das Glas nicht mehr in einem Zug ausgetrunken, sondern nur noch genippt, wie um damit die Sätze zu bekräftigen.

Jansson war schon die vierte Nacht in Brooklyn, als Niels im Oakland auftauchte. Das hätte er nicht tun sollen. Janssons Haltung ließ keinen Zweifel zu. Aber die Dummheit des Menschen kennt keine Grenzen, und Niels tat genau das, was er als Letztes hätte tun sollen. Er betrat das Oakland in Uniform. Es war eine völlig surreale Szene, die Frank wohl niemals wird vergessen können. Es war später Abend, und das Oakland war gerammelt voll. Franks Bar ist eine kleine Welt für sich. Allen war klar, wer dieser Albino war, und alle wussten ganz genau, was geschehen war. Als sie also sahen, wie er in Uniform das Oakland betrat, senkte sich eine Totenstille über das Lokal. Niels suchte seinen alten Kapitän mit den Blicken und ging auf seinen Tisch zu. Nach ein paar Schritten blieb er stehen, ohne zu wissen, was er tun sollte. Janssons Miene verfinsterte sich, er stand auf und bat Otero, ihm den Brief zu geben. Als er ihn in der Hand hatte, ging er zu seinem alten Untergebenen und versuchte, ihm den Umschlag zurückzugeben. Statt ihn anzunehmen, salutierte Claussen.

An das, was anschließend geschah, erinnert sich Frank wie an einen Traum. Janssons rechte Hand begann zu zittern, und nach einem nicht zu Ende gehen wollenden Augenblick ließ der den Brief auf dem Boden fallen. Weiß Gott, was ihm durch den Kopf ging. Wahrscheinlich kränkte es Jansson, dass Claussen die Kühnheit besaß, sich in der Uniform zu zeigen, die er entweiht hatte. Seine Hand begann immer heftiger zu zittern. Einen Augenblick lang dachte Frank, dass er den Gruß erwidern wolle, aber stattdessen holte Jansson aus und verpasste Claussen eine schallende Ohrfeige, die wie ein Peitschenhieb durch die Stille hallte. Niels geriet in Wanken, fing sich wieder und stand weiter stramm. Es war ein erbärmlicher Anblick, inmitten von Menschen, die nicht in der Lage waren, ihren Blick von ihm abzuwenden. Er sah aus wie eine Marionette, die von ihrem Puppenspieler im Stich gelassen wurde. Jeder Muskel in seinem Gesicht war gespannt. In seinem Mundwinkel erschien ein Blutstropfen. Jansson kehrte ihm den Rücken zu und sprach weiter mit Frank, als sei nichts geschehen. Niels blieb noch eine Weile so stehen, versuchte die Tränen zurückzuhalten, bis er die Demütigung nicht länger ertragen konnte. Er ließ den Arm fallen, und mitten in die unerträgliche Stille hinein bückte er sich, hob den Brief vom Boden auf, machte auf dem Absatz kehrt und verließ das Lokal so, wie er gekommen war. Auf ein Zeichen von Frank hin lief Ernie Johnson zur Musikbox. Das Getöse der Wurlitzer war wie ein Unwetter, das mit seinem Donner die Erinnerung an das übertönte, was geschehen war.

Langsam strichst du mit der Fingerkuppe am Rand des Glases entlang, wie um den Moment hinauszuzögern, in dem du das Glas zum Trinken in die Hand nehmen würdest, als sei dir bewusst, dass du an einem Punkt angelangt warst, der genau zwischen Klarheit und Trunkenheit lag. Der Pegel des Wodkas in deinem Glas schien die Grenze zwischen den zwei Zuständen zu markieren.

Hat Jansson Frank irgendwann seine Beweggründe erklärt?

Dazu war keine Gelegenheit mehr. Er hat sich davongemacht. Ist verschwunden. Er hat darum gebeten, von der Nord-Atlantik-Route entbunden zu werden, und sie haben sich nie wiedergesehen. In den Jahren danach hat man über dänische Matrosen, die nie aufhörten, zu den Stammgästen der Bar zu gehören, das eine oder andere gehört. Er ist 1964 in den Ruhestand gegangen. Ende der Siebziger, nachdem man viele Jahre lang nichts von ihm gehört hatte, kam ein Telegramm mit der Nachricht, dass der alte Kapitän der Aalvand gestorben war. Es war eine amtliche Mitteilung, von jemandem unterschrieben, den niemand kannte.

Und Niels?

Alle dachten, er wäre nach Dänemark zurückgegangen, aber das stimmte nicht. Das letzte, was man von ihm gehört hatte, war, dass er sich in der Gegend von Bedford-Stuyvesant herumtrieb, aber das war schon vor dem Mord gewesen. Eines Tages erzählte ein Bekannter Frank, dass er ihn in der Gegend von Red Hook gesehen habe, bettelnd und verwirrt. Aus weiteren Nachrichten wurde klar, dass er in einem Winkel eines Parks hauste, neben einer Müllhalde, zusammen mit einer Handvoll Bettler. Frank ging persönlich hin, um ihn von dort wegzuholen, und hat ihn sofort erkannt. Was er vorfand, war ein stinkender Obdachloser, der Dosen, Flaschen und Kunststoffbehälter sammelte, die er in einem Supermarkt gegen einen jämmerlichen Betrag eintauschte. Aber seine Statur, sein Haar und seine Hautfarbe waren unverwechselbar. Es war der Albino.

Und Niels, hat er ihn auch erkannt?

Damals hatte er schon den Verstand verloren. Er war schon in dem Zustand, in dem er jetzt ist. Aber jetzt kümmert sich Manuel der Kubaner um ihn. Er hat keinerlei Erinnerung an das, was geschehen ist. Du kannst ihn über seine Vergangenheit fragen, was du willst, er zeigt keine Reaktion. Einmal haben wir ihm das Foto gezeigt, auf dem er zusammen mit der ganzen Besatzung an Deck der Aalvand zu sehen ist, und er hat angefangen zu kichern wie ein Idiot, als hätten wir ihm ein Foto von sich paarenden Affen gezeigt, nur so als Beispiel. Deswegen wollte Frank mir auch nicht glauben, als ich ihm erzählt habe, dass Niels zu mir gekommen war, um mit mir zu sprechen. Er hat mir erst geglaubt, als ich ihm den Zeitungsausschnitt gezeigt habe. Und wenn wir schon dabei sind, hast du gesagt und dabei den Zeigefinger auf das Heft gelegt, der Ausschnitt über Jaclyn Fox war nur der erste. Wenn ich seither eine Nachricht wie diese in der *New York Times* entdecke, schneide ich sie immer aus. Ich habe es jahrelang getan, ohne zu wissen wozu, bis ich eines Tages auf die Idee kam, aus einer der Nachrichten eine Erzählung zu machen. Ich dachte, dadurch würde sich vielleicht ein Sinn ergeben. Und so begann ich mir Notizen in einem Heft zu machen, das anders sein sollte als alle anderen, die ich hatte. Ich brauchte nicht lange nach einem Namen zu suchen. Es war klar, dass der gemeinsame Nenner all dieser Geschichten der Tod war. Aber ich hatte noch nicht entschieden, welche Form ich ihm geben wollte. Nach und nach habe ich einige Erzählungen geschrieben, die aus den Zeitungsmeldungen entstanden sind, die ich gesammelt habe. Aber nicht die von Niels, denn er ist ja noch da.

Wir sahen uns in die Augen, wahrscheinlich um zu vermeiden, mit den Blicken nach ihm zu suchen, obwohl er gerade nicht da war, er war ja in den Billardsaal gegangen, um Boy und Orlando beim Spielen zuzusehen. Du hast mir das Heft zugeschoben und mich aufgefordert, es aufzuschlagen. Mir fiel auf, wie sorgfältig es strukturiert war. Ein wahrer Katalog der Grausamkeiten, deren das menschliche Wesen fähig ist, etwas, mit dem wir leben, ohne es zu merken, obwohl es Tag für Tag in der Zeitung steht. Die Monstrositäten wiederholten sich mit einer Regelmäßigkeit, in der etwas Hypnotisches steckte. Es war seltsam, sehr seltsam, das zu tun. In jenen Zeitungsausschnitten hatte sich viel zu viel Schmerz angesammelt. Ich blätterte in den Seiten, ohne dass ich es wagte, etwas zu lesen, und beschränkte mich darauf, die Überschriften zu überfliegen. Sie kamen mir vor wie Fenster, die das Böse einließen. Dieser Satz stammt nicht von mir, du hast ihn gesagt, aber nicht damals.

Du hast eine Pause gemacht, um einen endlosen Schluck runterzukippen. Das Feuer des Alkohols hat deine Augen zum Leuchten gebracht. Von da an hattest du deine Stimme nicht mehr richtig unter Kontrolle. Du hast die Worte mehr ausgespuckt als ausgesprochen.

Verstehen, nur verstehen, wie es möglich ist, dass solche Grausamkeiten begangen werden, hast du gesagt und dabei die Silben hinter dir hergezerrt.

In deinem Inneren nahm ich etwas wahr, das mir erst wiederbegegnen sollte, als ich mit dir bei der Werft war, eine Art Feuer, das ich nicht zu greifen bekam, aber wenn ich es bemerkte, versuchte ich fernzubleiben. Raúl war aus dem Büro zurückgekommen, aber er kam nicht näher, und ich war sicher, dass Frank drinnen geblieben war, um dich nicht in diesem Zustand sehen zu müssen. In dieser Verfassung löstest du bei Anderen eine Form von Respekt aus, die schon an Angst grenzte. Raúl setzte sich zu Niels, der im Billardsaal friedlich eingeschlummert war. Wie er da auf der Armlehne des Sessels thronte, sah er aus wie ein Wasserspeier. Manuel der Kubaner saß neben ihm, mit der Hand an seinem Rücken.

Wie auch immer, nimm mich nur nicht zu ernst, Ness.

Das war der letzte Satz, den du herausgebracht hast, und für den musstest du dich schon schwer zusammenreißen. Es ist dir gelungen, aufzustehen. Du hast versucht, *Das Heft des Todes* an dich zu nehmen, aber du hast es nicht geschafft, ich musste es dir geben. Dann hast du noch versucht, dir einen weiteren Wodka einzuschenken, aber das einzige, was du damit erreicht hast, war, dass die letzten Tropfen, die noch in der Flasche waren, auf dem Tisch landeten. Alle Augen in der Bar folgten gespannt deinen Bewegungen. Mit erstaunlich festem Tritt bist du in Richtung Tanzfläche gelaufen, in die Düsternis hineingestolpert und dann stehen geblieben. Ich habe Licht gemacht und gewartet, bis du den leeren Raum durchquert hattest. Du hast es bis zur Drehtür geschafft und bist im Hausflur verschwunden. Die Glasscheiben haben sich noch ein paar Sekunden lang weitergedreht, und als sie endlich zum Stillstand kamen, gewahrte ich eine Silhouette, die sich in ihnen spiegelte. Ich habe eine Weile gebraucht um zu bemerken, dass dieser verlorene Fleck im Gaukelspiel der Tanzflächenlichter ich selbst war, und wenn nicht Álida gerade in diesem Moment nach mir gerufen hätte, wäre es mir unmöglich gewesen zu sagen, in welchem Raum-Zeit-Kontinuum ich mich gerade befand.

ACHT

Do you know who you are dating?

Clark Investigation & Security Services, Ltd.
34–10, 56 Woodride, Manhattan. Tel. (212) 514-8741
FALL #233-NH (AKTENNR. 08-1)
VERTRAGSDATUM: 27. Oktober 1973
NAME DES KLIENTEN: Gal Ackerman
Bericht erstellt durch Spezialagenten Robert Carberry, Jr.

OBSERVIERTES SUBJEKT: Nadja Orlov. Alter: 23 Jahre, geboren am 1. Juni 1950 in Laryat, Sibirien. Tochter von: Mikhail und Olga, Atomphysiker. Das Ehepaar Orlov beantragte und erhielt 1957 politisches Asyl in den Vereinigten Staaten von Amerika. Gastprofessoren am Technologischen Institut in Massachusetts. Mikhail Orlov starb 1965 an Bauchspeicheldrüsenkrebs; seine Witwe arbeitet weiterhin als Dozentin und lebt noch in der Wohnung der Familie in Boston. Ein Sohn, Bruder der Beobachteten: Alexander Orlov, alias Sascha, Industrieingenieur, 26 Jahre alt, ebenfalls wohnhaft in Boston. Nach dem Abschluss am Smith College wurde Nadja Orlov in die Juilliard School of Music in Manhattan aufgenommen, wo sie momentan im dritten Jahr studiert. Aktueller Wohnsitz: 16–62 Ocean Avenue, Apartment 30-N, Brighton Beach, Brooklyn. Sie teilt die Wohnung mit Zadie Stewart, stellvertretende Leiterin der Marketingabteilung von Leichliter Associates.

ERGÄNZENDE ANGABEN: Das observierte Subjekt arbeitet drei Tage die Woche (Montag, Dienstag und Donnerstag) im

Musikarchiv der öffentlichen Bibliothek des Lincoln Centers, jeweils von 3 bis 6 Uhr nachmittags (Dienstags von 5 bis 8 Uhr). Samstags und Sonntags kellnert sie im New Bedford Bistro in der Avenue N, Nr. 764, in Brooklyn. Kein Eintrag im polizeilichen Führungszeugnis. Während der Beobachtungszeit konnte kein Hinweis auf eine emotionale Bindung festgestellt werden. Wochenendaktivitäten: Sie betrat das Bistro gegen fünf Uhr nachmittags, verließ es nach Mitternacht und kehrte per Taxi nach Brighton Beach zurück. Nichts Auffälliges an ihrem Verhalten: Einkäufe, ein Besuch bei der Post, am Samstagnachmittag ein Konzert in der Carnegie Hall, am Sonntagmorgen ein Spaziergang auf Coney Island, alleine. Ihre Mitbewohnerin Zadie Stewart erschien während des ganzen Wochenendes nicht in der Wohnung …

Guten Morgen, Herr Ackerman. Carberry betritt sein Büro und schließt die Tür. Entschuldigen Sie bitte, dass ich Sie habe warten lassen. Na, so hatten Sie wenigstens Zeit, den Bericht zu überfliegen.

Ich will aufstehen, aber Carberry bittet mich, sitzen zu bleiben, und reicht mir die Hand. Er hat die Plastikzigarette im Mund, was seine Aussprache behindert.

Nehmen Sie es mir nicht übel, sagt er und stützt dabei seine Ellbogen auf den Schreibtisch, aber wahrscheinlich ist dies der harmloseste Fall, den ich in diesem Jahr bearbeitet habe. Ich hatte Sie ja gewarnt, aber nun, jeder kann mit seinem Geld machen, was er will. Das einzige Detail, das etwas untypisch ist, ist das Alter der observierten Person. Es handelt sich um die Art von Auftrag, die häufig von Ehepaaren ab einem gewissen Alter erteilt wird, wenn einer der Eheleute aus purer Langeweile eine unbegründete Eifersucht zu hegen beginnt. Wie ich schon sagte: Es ist eine von vielen Arten, sein Geld zum Fenster hinauszuwerfen, obwohl es im Allgemeinen tatsächlich funktioniert: Wenn die Kunden den Bericht lesen, werden sie in der Regel ruhiger, was nicht immer der Fall ist, wenn sie einen Psychiater aufgesucht haben. Also, wie Sie schon selbst feststellen konnten, ist nichts Geheimnisvolles am Leben dieses Mädchens.

Er steckt den knappen Bericht in einen grauen Umschlag.

Ich habe auch ein paar Fotos gemacht, fährt er fort und hört auf, auf dem Mentholmundstück herumzukauen. Hauptsächlich um mich zu beschäftigen. Vom professionellen Standpunkt aus sind die Fotos vollkommen irrelevant, aber wenn ich mir eine frivole Bemerkung erlauben darf, so lässt sich nicht leugnen, dass sie eine attraktive Frau ist.

Er überreicht mir einen zweiten Umschlag von derselben Farbe. In diesem Augenblick summt die Gegensprechanlage. Carberry drückt auf einen Knopf. Eine verzerrte Frauenstimme meldet sich.

Danke, Tracy. Leg ihn bitte in die Warteschleife auf Leitung zwei. Entschuldigen Sie, da muss ich drangehen. Nun, der Fall ist abgeschlossen. Ich wünsche ihnen viel Glück, Ackerman, es würde mich sehr freuen, wenn ich Ihnen irgendwie behilflich sein konnte. Es war mir ein Vergnügen.

Spezialagent Robert C. Carberry steht auf und reicht mir die Hand.

Gleichfalls, gelingt es mir noch zu sagen, doch in dem Augenblick, in dem er den Telefonhörer in die Hand genommen hat, habe ich für ihn aufgehört zu existieren. Bevor ich den Türknauf aus Bronze in die Hand nehme, lese ich auf der Türscheibe den Schriftzug:

CLARK INVESTIGATION AND SECURITY SERVICES

Als ich die Tür zumache, bekommt der Name der Agentur, der dort in goldenen Buchstaben prangt, seinen natürlichen Sinn zurück. Die Empfangsdame, die mich am ersten Tag begrüßt hat, hört auf zu tippen und kommt lächelnd an die Theke. Vorne an ihrer Bluse steckt ein Plastikschild mit ihrem Namen: Tracy Morris. Ich gebe ihr einen ausgefüllten und unterschriebenenen Scheck, den sie kurz prüft. Dann gibt sie mir eine Quittung und begleitet mich zur Tür. Danke, Herr Ackerman, danke, dass Sie unsere Dienste in Anspruch genommen haben. Ich wünsche Ihnen einen schönen Tag.

Der Treppenabsatz ist leer. Während ich auf den Aufzug warte, betrachte ich die Umschläge. Auf einem ist CLARKS Logo aufgedruckt, mit der Lupe und dem Fleck, von dem man nicht weiß, ob es sich um ein Insekt oder um ein Büschel Schamhaare handelt. Der andere, steifere Umschlag hat keinen Aufdruck. Darin sind die Fotos. Auf beiden klebt ein weißer Aufkleber, auf dem in Maschinenschrift der Name Robert C. Carberry, Jr. steht. Als ich sein Porträt in eines meiner Hefte schrieb, habe ich ihn Kröte genannt. Ähnlich wie der Spitzname eines Boxers: Die Kröte. Es tut mir leid, Carberry, denke ich, während ich die Fotos aus dem Umschlag nehme. Ich habe versucht, für dich einen andern Spitznamen zu finden, aber ich fürchte fast, dass du mit diesem Namen auf die Welt gekommen bist.

Die Morgensonne scheint friedlich über dem Süden Manhattans. Die Straßen sind voller Leben, die Menschen sind sommerlich gekleidet und genießen die frische Luft. Ich würde gerne nach Hause laufen, aber ich muss einen Auftrag von McGraw-Hill abschließen, und so entscheide ich mich für den Bus. Marc fällt mir ein, ich muss ihn unbedingt mit allen Details aus dem Bericht versorgen, ihm Carberrys Fotos zeigen, damit er sehen kann, wie Nadja aussieht. Nadja. Ich gehe nochmal alle Fotos durch und studiere sie sorgfältig, eins nach dem anderen. Es sind großformatige Vergrößerungen, in schwarzweiß, die sich leicht biegen, als ich sie herausnehme. Als Fotos lassen sie doch sehr zu wünschen übrig, obwohl sie natürlich um Einiges besser sind als die Polaroid-Aufnahme. Tatsächlich gibt es nur ein wirklich Gutes. Nachdem ich die Serie durchhabe, nehme ich mir nochmal dieses Bild vor. Carberry hat genau den Moment erwischt, da Nadja die Bibliothek des Lincoln Centers verlassen hat. Der linke Arm ist verwackelt, in der Hand hält sie einen Gegenstand, den ich nicht sofort identifizieren kann, der sich bei genauem Hinsehen aber als Sonnenbrille entpuppt. Sie schwingt sie wie einen Revolver. Manchmal passiert das, sogar bei schlechten Fotos: Zufällig erwischt die Kamera einen magischen Moment und friert ihn für die Ewigkeit ein. In Nadjas Augen, wie sie in die Kamera starren, steht ein Gefühl der Beunruhigung. Mir kommt das Bild eines Rehleins in den Sinn, das in der Stille des Waldes plötzlich die Gegenwart des Jägers spürt. Die Muskeln angespannt, aber noch vollkommen unbeweglich, ein Tier, das in einem Scheitelpunkt der Zeit schwebt, Bruchteile einer Sekunde, bevor es zur Flucht ansetzt. Auch Nadja spürt, dass irgendwo eine unbestimmte Gefahr lauert. Ich verweile bei der Zeichnung ihrer Lippen, auf ihrem Blick, der eine Tiefe ausstrahlt, die mir den Atem raubt. Man kann ihre Unruhe förmlich spüren. Der Moment, in dem sich die Überraschung in Zorn verwandelt. Instinktiv will ich sie beschützen, aber sie bedarf keines Schutzes, sie ist umgeben von einer Aura der Stärke. Ihr Ausdruck erscheint mir vertraut: Es ist derselbe, den ich schon in Port Authority gesehen habe, als sie mir die Reisetasche ins Gesicht geworfen hat. Ich bin so versunken in die Betrachtung des Schnappschusses, dass ich den Bus nicht kommen sehe. Als er direkt vor mir mit quietschenden Bremsen zum Stehen kommt, fahre ich zusammen. Obwohl ich der Erste in der Schlange bin, gehe ich zur Seite und warte, bis alle anderen eingestiegen sind. Ich stecke die Fotos ein und besteige den Bus, unruhig, weil ich nicht weiß, welchen Schritt ich als nächsten unternehmen soll, nachdem ich jetzt über den Alltag von Nadja Orlov auf dem Laufenden bin. Ich werfe ein paar Münzen für das Ticket auf das Stahlbrettchen des Busfahrers und lausche dem gedämpften Schmatzen der Türdichtung, während sich die Tür hinter mir schließt und die Außenwelt aussperrt.

Nach dem strahlenden Sonnenschein auf der Straße kommt mir meine Wohnung vor wie ein schwarzes Loch, aber ich schalte das Licht nicht ein. Ich ziehe es vor zu warten, bis meine Augen sich an das Dämmerlicht gewöhnt haben. Ich lege die Umschläge auf den Tisch und rufe Marc bei der Arbeit an. Beim ersten Klingeln geht er ran. Es tut gut, seine Stimme zu hören, und hastig beginne ich ihn mit Details aus Carberrys Bericht zu überschütten.

Gal!

Ich höre nicht auf zu reden.

Gal! Was ist mit dir los?

Mir wird klar, dass ich ihn mit meinen Problemen belagert habe, ohne mir mindestens die Mühe zu machen, ihn zu begrüßen.

Entschuldige bitte, Marc, ich bin etwas durcheinander.

Stille am anderen Ende der Leitung und dann das Gemurmel einer weiter entfernten Stimme. Jemand muss in sein Büro gekommen sein.

Ich muss mit dir sprechen.

Es tut mir leid, ich kann jetzt nicht, ich muss zu einem Geschäftsessen. Marcs Stimme klingt anders, mechanisch, professionell. Für den Rest des Tages werde ich nicht mehr im Büro sein. Warum kommst du nicht heute Abend im Chamberpot vorbei, und dann reden wir?

Um wieviel Uhr?

So ab acht. Es tut mir leid, Gal, aber ich muss aufhören.

Ein Lichtstrahl schleicht sich durch das Fensterglas. Hinter einem der Wolkenkratzer, die mein Haus vierundzwanzig Stunden am Tag in der Dämmerung halten, steigt die Mittagssonne auf. Für fünfzehn Minuten. Das ist alles. Um diese Jahreszeit gibt es in meiner Wohnung für ganze fünfzehn Minuten am Tag natürliches Licht, genau jetzt. Für fünfzehn Minuten, bei klarem Himmel, scheint die Sonne mit voller Kraft, während sie die Strecke zwischen den beiden Wolkenkratzern zurücklegt, die den Innenhof meines Gebäudes einrahmen. Auf dem Küchenboden erscheint ein Viereck aus Licht. Ich gehe zum

Fenster, schließe die Augen und warte, bis die Sonne mir voll ins Gesicht strahlt, bevor sie wieder verschwindet. Als ich durch meine Augenlieder hindurch wieder den Schatten spüre, lasse ich den Vorhang fallen und setze mich an den Tisch.

Ich kann mich nicht damit abfinden, dass die Suche zu Ende ist. Nach so großen Erwartungen ist alles viel zu schnell gegangen. Ich habe das Mädchen auf dem Foto ausfindig gemacht, ich weiß, wo sie wohnt, wo sie arbeitet und was sie an jedem Tag der Woche macht. Ich kenne die Koordinaten ihres Alltags, und wenn ich wollte, könnte ich in ihr Leben eindringen, aber etwas sagt mir, dass ich es noch nicht tun soll. Es ist, als hätte ich die Grenze eines Nebelgebiets erreicht. Ich habe dem Zufall ein Schnippchen geschlagen und bin dabei, in gefährliche Gewässer einzutauchen. Aber halt. Ich schiebe die Zweifel beiseite und überschlage schnell im Kopf: Ich habe noch Zeit, die Druckfahnen fertig zu korrigieren und sie bei McGraw-Hill abzugeben, bevor ihre Schicht in der Bibliothek zu Ende ist.

Es ist ein heißer Nachmittag. Seit Mitte September ist das Wetter quasi immer das gleiche: eine unnatürliche, krebsgeschwürartige Verlängerung des Sommers. Ich gehe bei McGraw-Hill vorbei, zu Fuß weiter die Sixth Avenue entlang; am unteren Ende des Central Park angekommen, biege ich links ab, in Richtung Columbus Circle. Ich mag diesen Weg, weil auf der Seite, die am Park entlangführt, eine lange Reihe von Pferdekutschen mit eingespannten Pferden steht. Ich gehe sehr gerne an ihnen vorbei und genieße das Mysterium, das sie umgibt, nicht einmal der herbe Geruch, den ihre Exkremente ausströmen, stört mich. Ich laufe weiter zum Broadway, bis ich in die Gegend des Lincoln Center komme. Es ist schon lange her, dass ich dort war. Kurz nach der Eröffnung bin ich häufig hingegangen. Als es vor mir erscheint, auf der Höhe der 62. Straße, überrascht mich die nüchterne Waghalsigkeit seiner Architektur aus Glas und Beton, als würde ich sie zum ersten Mal sehen. Ich erklimme die

Stufen mit Blick auf das Rondell mit dem Brunnen auf dem Hauptplatz. Der Lärm der Stadt scheint hinter mir zurückgeblieben zu sein, dringt nur noch gedämpft an meine Ohren. Ich bleibe stehen und beobachte das Spiel der Wolken am Himmel, eine Prozession aus länglichen Gebilden, die gemächlich gen Osten ziehen. Das Licht hat eine intensive Färbung bekommen, ein metallisches Blau, das sich perfekt ins Profil der Gebäude fügt. Gegenüber, im Foyer des MET, kann ich von hier aus die Chagalls erkennen, die an den Wänden hängen. Zwei gigantische Wandteppiche, bevölkert von surrealen Wesen, die schwerelos in einem unwirklichen Raum schweben. Zu meiner Linken tritt ein uniformierter Portier aus dem Schatten der Säulen vor der Philharmonie. Er muss wohl gesehen haben, dass ich rauche, und kommt, um mich um Feuer zu bitten. Ein junger Latino mit einem gepflegten Bärtchen, der mich auf Englisch anspricht; ich antworte auf Spanisch. Er lächelt, als er seine Sprache hört, neigt sich mir zu und streckt den Hals. Er hält seine Zigarette an meine und zieht kräftig, so dass sich die Glut überträgt.

Danke, *it's a beautiful day*, nein?, sagt er nach einem tiefen Zug und verschwindet wieder zwischen den Säulen des Gebäudes, nachdem er die Hand zum Abschied an die Mütze geführt hat.

Ich gehe weiter zum zweiten Platz, dem nördlichen, zu meiner Rechten. Die zwei rechteckigen Räume teilen sich eine imaginäre Flanke. Wenn ich vom einen zum anderen laufe, nehme ich so etwas wie eine unsichtbare Barriere wahr und dass auf der anderen Seite alles anders ist, sogar die Luft. Nahe beim Becken gibt es einen Hain. Auf dem gepflasterten Boden stehen Marmorwürfel, aus denen jeweils ein junger Baum wächst. Die Blätter sind schon dabei, sich zu verfärben, hängen aber noch. In den Baumkronen leuchten die kräftigen Farben des Herbstes, eine Flamme, die die ganze Palette von Ocker bis Rot und Gelb durchläuft. Im Hintergrund ist die Fassade der öffentlichen Bibliothek zu sehen, eingekesselt zwischen einem Seitenflügel des MET und den Arkaden des Vivian-Beaumont-Theaters. Gen Norden, etwas nach oben versetzt, das Gebäude der Juilliard School of Music. Ich stelle mir einen unsichtbaren Faden vor, der beide Orte miteinander verbindet, an denen Nadja Orlov einen Großteil ihrer Zeit verbringt. Bewusst langsam schreite ich am Becken entlang. Die Oberfläche ist wie ein graues Laken, vollkommen glatt, das die Reflexion der Bäume, der Gebäude, der Wolken aufsaugt, die ihre spiegelverkehrten Abbilder in die Tiefe des Wassers meißeln. In der Mitte, halbversunken, die beiden Teile von Henry Moores kolossaler Plastik, ruhig und beunruhigend zugleich. Ich gehe die Freitreppe hoch, die zum Konservatorium führt, und das Erste, was ich sehe, als ich oben ankomme, ist die Bibliothek. Um das Juilliard herum tummeln sich Gruppen von Studenten. Ich mische mich unter sie und betrachte mit besonderem Interesse die Mädchen in Nadjas Alter. Ich versuche mir vorzustellen, wie wohl ihr Leben aussieht. Welche Geheimnisse würde ich aufdecken, wenn ich auf die Idee käme, eine Armee von Carberrys zu beschäftigen, um in ihrem Alltag herumzustöbern?

Als die Uhr zehn Minuten vor sechs anzeigt, beschließe ich wieder runter zu gehen. Auf dem Treppenabsatz begegne ich einer Studentin, die einen Cellokasten umarmt und mich anlächelt. Die Sonne hat ihren Sinkflug begonnen, der Raum der Nord-Plaza beginnt sich mit Schatten zu füllen. Als ich den Beckenrand erreiche, hebe ich den Blick und sehe, wie die letzte Glut des Tageslichts am Himmel verglimmt. Ich setze mich auf eine Bank neben einem Baum. Von da aus habe ich den Eingang der Bibliothek im Blick, aber ich bin zu früh dran. Kaum habe ich mich hingesetzt, sehe ich sie kommen. Instinktiv stehe ich auf und suche Schutz hinter dem Baum, als könnte der Baumstamm, der kaum dicker ist als mein Arm, meine Gestalt verdecken. Flott setzt sie sich in Bewegung. Ich folge ihr. Auf der Höhe des Hauptplatzes verliere ich sie für einen

Moment aus den Augen. Dort angekommen sehe ich, dass die Lichter des Brunnens angegangen sind. Auf der anderen Seite des Wasserstrahls erhasche ich ihre Gestalt. Ich warte noch, bis sie verschwunden ist. Für heute ist es genug.

Ich gehe zurück zur Bibliothek, um mich mit dem Ort vertraut zu machen, an dem sie arbeitet. Ein sehr großzügiges Foyer. Am seinem Ende wartet eine Gruppe von Menschen auf den Aufzug. Ich schließe mich ihnen an. Gemächlich erkunde ich die drei Etagen des Gebäudes, indem ich die Treppe von einer zur nächsten nehme. Im Erdgeschoss suche ich nach dem Archiv, wo sie nach Carberrys Bericht arbeitet. Es gibt eine Theke, einige leere Stühle und ein Schild, auf dem zu lesen steht: Nur für Personal. Ich schlendere zwischen den Regalen herum und gelange in einen Lesesaal. Ich betrachte die Besucher, die an den Schreibpulten sitzen, setze mich an einen x-beliebigen Platz und beschließe, morgen wiederzukommen. Für heute ist es genug, sage ich noch einmal zu mir selbst. Das war genau die Zeit, die ich brauchte: Gerade genug, um sie wiederzusehen. Nachdem ich das endlich geschafft habe, muss ich feststellen, dass die unerklärliche Unruhe, die sich meiner bemächtigt hat, seit ich ihr in Port Authority begegnet bin, immer noch da ist. Morgen werde ich der Spirale entfliehen, die mich seitdem gefangen hält. Es hat keinen Sinn, die Wunde noch länger offen zu halten.

Abends im Chamberpot zeige ich Marc die Fotos. Er blättert den Stapel durch und betrachtet sie interessiert.

Nadja, Nadja, Nadja!, sagt er. Und meine Freundin Zadie Stewart? Ist sie auf keinem drauf?

Er sieht kurz zu mir auf, grinst und fährt fort, die Fotos zu betrachten. Nachdem er alle angeschaut hat, zieht er dasselbe Foto raus, das auch mir aufgefallen war, und betrachtet es genauer.

Wie findest du sie?, frage ich ihn.

Er drückt seine Zigarette in einem dreieckigen Aschenbecher aus Metall aus.

Willst du die Wahrheit wissen?

Die Wahrheit.

Er dreht mir das Foto zu und sagt:

Es ist, als hätte man sie für dich geschaffen.

Wir verbringen ein paar Stunden mit Trinken und Reden. Billard interessiert mich nicht, aber Marc liebt es. Von Zeit zu Zeit, wenn er spürt, dass jemand bereit ist, fordert er ihn zu einer Partie heraus, aber heute findet sich kein Gegner. Keiner von uns beiden hat gemerkt, dass Claudia gekommen ist. Sie hält ein Whiskyglas in der Hand und schreibt ihren Namen an die Tafel, was vollkommen unnötig ist, denn niemand anders hat sich für ein Spiel angemeldet. Wir winken ihr beide gleichzeitig. Sie zwinkert uns zu und kommt zu uns an die Bar. Nur wir und ein paar zwielichtige Gestalten neben der Tür sind noch da, sonst ist niemand mehr im Lokal. Marc schlägt vor, ins Keyboard zu gehen, eine neue Spelunke in der der 46. Straße.

Ich trinke aus und sage:

Ich nicht, morgen habe ich viel zu tun.

Wie jeder andere auch, sagt Marc. Claudia lacht.

Es geht um einen wichtigen Auftrag für McGraw-Hill. Sie brauchen den Text bis zum Mittag, ich kann sie nicht im Stich lassen, und außerdem zahlen sie gut.

Wie du meinst, sagt Marc und zuckt mit den Schultern.

Also, was ist? Spielen wir, oder spielen wir nicht?, fragt er Claudia.

Ok, aber nur ein Spielchen, dann gehen wir ins Keyboard, um zu gucken, was da los ist.

Marc sieht mir tief in die Augen, verneigt sich, als wären wir in Versailles, indem er einen imaginären Hut zieht, und geht zum Billardtisch. Claudia bleibt noch einen Augenblick allein bei mir.

Alles in Ordnung?, fragt sie und streichelt mir dabei sanft über die Wange.

Ich lächle, sie geht zum Billardtisch und schickt mir von dort aus einen Kuss. Ich sehe zu, wie sie alles für die Partie vorbereiten. Marc zieht am Hebel. Ich höre, wie die Elfenbeinkugeln durch die Kanäle im Inneren des Tisches rollen. Marc holt sie raus, und nachdem er die Kugeln mithilfe des Holzrahmens auf dem Tisch angeordnet hat, gibt er Claudia ein Zeichen. Sie neigt sich über den Tisch und versetzt der Kugel einen kräftigen Stoß mit dem Queue. Das vielfarbige Dreieck zerbirst mit einem trockenen Knall, der in mehrfachen Echos im Raum widerhallt.

Draußen spiegelt sich das Licht der Laternen auf dem Asphalt, als hätte es gerade geregnet. In der Ferne sehe ich die Rückleuchten eines Lastwagens. Die Straße ist leer. An der Ecke zur Neunten Straße liegt ein alter Mann in einem Pappkarton unter einer Decke. Er ist wach und führt leise Selbstgespräche. Als ich an ihm vorbeilaufe, steigt mir ein übler Geruch in die Nase, und mit abgewendetem Blick gehe ich weiter. Richtung Lincoln Tunnel herrscht ziemlich dichter Verkehr. Es ist eine klare, mondlose Nacht, und vom Hudson her weht ein kalter Wind.

Den Dienstagvormittag verbringe ich damit, den dringenden Auftrag des Verlages zu Ende zu bringen. Gegen Mittag gehe ich zu McGraw-Hill, liefere meine Arbeit ab und begebe mich von dort aus direkt zum Lincoln Center, indem ich genau den gleichen Weg nehme wie gestern. Ich überquere die Straßen an derselben Stelle, biege um dieselben Ecken, als würde ich mich mit einem Tag Verspätung selbst verfolgen. Ich genieße das Ritual, meinen eigenen Spuren zu folgen, obwohl heute alles schneller vonstatten zu gehen scheint, da ich im Gegensatz zu gestern weiß, dass ich sie am Ende dort finden werde. Nachdem ich meinen Weg durch sämtliche Winkel und Ecken des Lincoln Center absolviert habe, setze ich mich, bevor ich die Bibliothek betrete, auf die gleiche Bank wie gestern am Rand des Beckens und versuche mir vorzustellen, was geschehen wird. Unmöglich. Ich sehe nichts. Ich schüttle den Kopf und mache mich festen Schrittes auf in Richtung Bibliothek. Ich gehe direkt ins Archiv. Am Publikumsschalter steht der gleiche Angestellte wie gestern. Aber mein Pult ist besetzt. Ich setzte mich an ein anderes am Ende des Saals, neben der Fensterfront mit Blick auf die Tenth Avenue. Über eine halbe Stunde vergeht, ohne dass sie auftaucht, vielleicht ist sie heute nicht zur Arbeit gekommen, denke ich, aber der Gedanke hat noch keine konkreten Formen angekommen, als sie plötzlich zwischen zwei Regalen hervorkommt. Sie trägt eine Mappe, die überquillt von Papieren. Sie legt den Haufen auf den Tisch und beginnt damit, die Aktenbündel in verschiedene Stapel zu sortieren. Nach einer ganzen Zeit kommt jemand zu ihr, um etwas zu fragen. Seit ich sie am Ende des Ganges entdeckt habe, kann ich keine Sekunde den Blick von ihr abwenden.

Ich bin so in ihre Bewegungen vertieft, dass ich nicht merke, dass mein ganzer Körper unter Spannung steht und ich eine absurde Position eingenommen habe, weder sitzend noch stehend. So, wie ich sie anstarre, grenzt es an ein Wunder, dass niemand mein seltsames Verhalten bemerkt. Sie selbst, Nadja, hat auch nichts bemerkt. Sie ist so versunken in ihre Arbeit, dass ihr nicht auffällt, dass da am Ende des Lesesaals jemand ist, der jede ihrer Bewegungen beobachtet, als ginge es um sein Leben. Ein Besucher, um die fünfzig mit einer Jeansjacke, läuft zum Schalter und verstellt mir den Blick. Erst da spüre ich die Anspannung in meinen Muskeln, lasse mich auf den Stuhl fallen und versuche mich zu entspannen. Über der Ausgangstür hängt eine Uhr, die zwanzig nach fünf anzeigt. Die Bibliothek schließt heute zwei Stunden früher als gestern, um sechs, genau dann, wenn sie Feierabend hat. Um die Zeit rumzubringen, blättere ich in einem Buch, das ich willkürlich aus einem der Regale gezogen habe. Bis jetzt hatte ich nicht einmal den Titel bemerkt, der mir jetzt ins Auge springt. *Die Stille* von John Cage. Zerstreut blättere ich den Band durch. Als ich fertig bin, klappe ich den Deckel zu, lege das Buch neben mich auf den Tisch und hole das Buch und das Heft, das ich immer bei mir trage, aus der Tasche. Ich könnte es ebenso gut lassen, denn mir ist klar, dass ich jetzt unmöglich etwas schreiben oder lesen kann. Der Typ mit der Jeansjacke geht zurück zu seinem Pult, und Nadja steht auf. Wieder saugen sich meine Augen an ihr fest. Sie geht zur hinteren Wand und steigt auf eine kleine Leiter, um ein Buch aus einem der höheren Regale zu holen. Da ich sie nun ganz sehe, stelle ich fest, dass sie den gleichen Rock trägt wie in Port Authority. Sie steigt wieder herunter, legt das Buch zwischen die Papiere auf dem Schreibtisch und verschwindet in den Tiefen des Archivs. Das Bild ihrer nackten Oberschenkel drängt sich mir mit der gleichen Macht auf wie damals, als ich sie im Bus aus Deauville gesehen habe. Kurz darauf kommt sie mit einem Bündel Dokumente zurück, die von einem roten Band zusammengehalten werden, und setzt sich an ihren Schreibtisch.

Eine Glocke macht die Leser darauf aufmerksam, dass die Bibliothek demnächst schließt. Es ist mir gelungen, ein wenig zu lesen. Als würde ich aus einem Traum erwachen, schaue ich Richtung Schalter und bemerke, dass sie, Nadja, mich beobachtet. Ich fühle mich völlig fehl am Platze, hilflos, lächerlich, wie ein Kind, das bei einem Fehler ertappt wurde. Die Zeiger der Uhr stehen genau auf sechs. Der zweite Hinweis, dass die Bibliothek gleich schließt, erklingt. Die Aufseher laufen von Tisch zu Tisch und läuten dabei mit ihren Glöckchen, um die verspäteten Leser zur Eile zu mahnen. Für einen Augenblick bleiben wir alleine zurück im Saal und beobachten einander aus der Distanz. Ich schaffe es nicht, meine Augen von ihr abzuwenden, und sie ihre auch nicht von mir, bis sie mit einer brüsken Bewegung ihre Sachen zusammenrafft und sich Richtung Ausgang entfernt. Ich stecke das Buch und das Heft in meine

Tasche und erhebe mich vom Pult. Ich bin der Letzte, der das Archiv verlässt und vermutlich das ganze Gebäude. Ein blau uniformierter Aufseher, der an der Tür steht, bittet mich, meine Tasche zu öffnen. Ich zeige ihm den Inhalt, und als er mir sein Ok gibt, eile ich zur Tür. Ich will sie nicht verlieren, ich habe Angst, dass sie eine andere Richtung einschlagen könnte als gestern. Mit den Blicken suche ich die nördliche Plaza ab, aber ich finde sie nicht. Ich laufe weiter, renne fast, doch kaum bin ich beim MET um die Ecke gebogen, bleibe ich wie angewurzelt stehen. Da steht sie, neben dem Brunnen, mit leicht gespreizten Beinen, und wartet auf mich.

Brooklyn, 30. Oktober 1973

Unmöglich, meine Gedanken und Gefühle zu ordnen. Ich war unheimlich nervös und fühlte mich völlig fehl am Platze. Es war lächerlich, wie ich mich benahm, in meinem Alter. Als ich sie da vor dem Brunnen stehen sah, wollte ich davonlaufen. Außer ihr war dieser Teil des Platzes völlig leer, sie stand da ganz alleine, sehr real. Hinter ihr, auf der anderen Seite des Vorhangs aus Wasser, sah ich winzige Silhouetten, die sich bewegten. Mir kam ein Vers aus der Elegie in den Sinn, die ich gerade gelesen hatte: der Gott, der im trüben Strom des Blutes seine Runden dreht. Jetzt befahl mir dieser Gott, geradewegs zu ihr zu gehen. Mit den Augen streichelte ich ihre Erscheinung. Da stand sie, die Beine leicht gespreizt, kurze Haare, graue Augen, den Kopf etwas zur Seite geneigt, und starrte mich herausfordernd an. Sie sprach als Erste.

Verfolgst du mich?

Nein. Ja.

Das war das Einzige, was ich herausbrachte.

Darf man wissen, seit wann, ich meine, abgesehen von der Bibliothek.

Seit fünfzehn Tagen.

Sie verzog kaum merklich den Mund, verharrte bewegungslos und hörte nicht auf mich anzustarren.

Es ist nicht so, wie du denkst, sagte ich.

Und was denke ich?

Wahrscheinlich verhalte ich mich wie ein pubertierender Teenager, aber in Wirklichkeit ...

Ich kenne dich, sagte sie und fing plötzlich an zu lachen.

Ich wusste nicht, was ich sagen sollte.

Vom Port Authority, vor zwei Wochen. Ich bin im Bus eingeschlafen, und als die Türen aufgingen, bin ich aufgewacht. Als ich aussteigen wollte, bin ich mit der Warteschlange kollidiert. Noch nie habe ich jemanden so erschrocken schauen sehen wie dich, als ich dir die Tasche ins Gesicht geschleudert habe. Ein wenig so wie jetzt gerade.

Instinktiv führte ich meine Hand an die Wange, zu der Stelle, wo mir die Niete einen Kratzer verpasst hatte.

Bist du der, der Zadie aufgesucht hat?

Zadie Stewart? Deine Mitbewohnerin? Ja. Ich meine, nein.

Bist du Gal Ackerman?

Ja. Hat dir das deine Freundin gesagt?

Wer denn sonst? Nur war die Person, die sie mir beschrieben hat, ganz anders.

Einen Moment lang wünschte ich mich weit weg, um klar denken zu können, die passenden Worte zu finden, um wenigstens den Anschein von ein wenig Intelligenz zu erwecken. Ich sah hoch zu den Wolken, betrachtete die Gebäude, die uns umgaben, und dann sah ich wieder sie an. Sie starrte mich immer noch an, ohne etwas zu sagen. Mir fiel nichts Besseres ein als zu fragen:

Und was machen wir jetzt?

Was immer du willst, erwiderte sie.

Der entschiedene, fast schneidende Ton, in dem sie ihre Antwort vorbrachte, überraschte mich.

Ich schlug vor, ins Café Geneva zu gehen. Ich weiß nicht, warum. Eigentlich gehe ich nie dorthin. Wir machten uns zusammen auf den Weg. Von da an begannen sich meine Worte und Gefühle nach und nach in geordneteren Bahnen zu bewegen.

Was weißt du von mir?, fragte sie.

Vieles.

Was zum Beispiel?

Nicht, dass du es mir übel nimmst …

Was denn?, fragte sie barsch, und dann: Ich glaube, ich habe jedes Recht zu fragen.

Ich weiß, dass du in Sibirien geboren bist, in Laryat, dass deine Eltern hierher kamen, als du noch ganz klein warst, und dass du am Juilliard studierst …

Alarmiert blieb sie stehen.

Wie ist das möglich?

Sie machte eine Bewegung, als wolle sie weglaufen, und instinktiv griff ich nach ihrem Handgelenk.

Es tut mir leid … Wenn du nicht böse wirst, werde ich dir alles beichten. Mir wurde klar, dass sie nicht vorhatte wegzulaufen. Versprich mir, dass du nicht böse wirst.

Sie entriss mir ihren Arm. Sie hatte Kraft. Ich zog den Umschlag mit den Fotos aus der Tasche. Etwas ging zwischen uns beiden vor, für das ich keine Worte finde. Ich schlug vor, weiterzugehen. Ein Hauch von Bedeutsamkeit lag auf unseren Worten, unseren Schritten. Eine Art jäher Rausch der Gefühle, zumindest bei mir. Es war, als hätte ich Jahrhunderte lang auf etwas gewartet, und plötzlich war es da, direkt neben mir, und das überforderte mich derart, dass ich meine Gefühle nicht mehr unter Kontrolle bekam. Und ich war sicher, dass nicht nur ich so fühlte, sondern wir uns beide in derselben Lage befanden, der eine der Gnade des anderen ausgeliefert. Ich steckte die Fotos wieder in den Umschlag.

Du solltest anfangen, mir etwas über dich zu erzählen. Sie sprach akzentfrei, aber in ihrer Aussprache schwebte etwas Eigenes, Scharfes, als würde sie nicht die Geduld aufbringen, die Sätze zu Ende zu bringen.

Wo soll ich anfangen?, fragte ich.

Ich weiß nicht. Was machst du so?

Ich bin selbständig, arbeite für Verlage, lese Korrektur, mache Übersetzungen, und ich schreibe auch selbst.

Was schreibst du?

Alles Mögliche, Artikel, auch mal Essays, Erzählungen, persönlichen Kram.

Hast du schon was veröffentlicht?

Ich musste an die Kurzgeschichte denken, die Marc ohne mich zu fragen an den *Atlantic Monthly* geschickt hatte.

Noch nicht.

Wir kamen nie im Café Geneva an. Ich glaube, keiner von uns beiden wusste so recht, was wir tun sollten. Als wir an Coliseum Books vorbeigingen, konnte ich nicht anders als stehen zu bleiben, um mir die Bücher anzusehen. Ich tat das, ohne nachzudenken. Wir blieben eine Weile stumm, dann schlenderten wir den Broadway runter, bis wir ins Lichtermeer des Times Square eintauchten, gerade in dem Moment, als die Sonne zu sinken begann. Wir waren an der Schwelle meines Reviers angelangt, an der Grenze zu Hell's Kitchen.

Ich habe Durst, sagte sie.

Erneut kam mir der Vers von vorhin in den Sinn. Wir hatten die Eighth Avenue erreicht. Hier floss ein weiterer trüber Strom, der der Spelunken, in denen Marc gerne verkehrt. Fast alle hatte ich zusammen mit ihm entdeckt, in jenen Nächten, in denen wir, wie Marc sich ausdrückte, losgezogen waren, um die Höhlen von Manhattan unsicher zu machen. Trotzdem führte ich sie nicht in eines dieser Lokale, sondern in ein griechisches Café, in dem ich noch nie zuvor gewesen war. Sie bestellte einen Eistee. Jetzt im Nachhinein fällt es mir schwer, die konzentrischen Kreise nachzuvollziehen, die unsere Worte beschrieben. Sie erzählte mir von Musik, von den Stücken, die sie gerade einstudierte, von dem Essay, den sie über Bachs Violinsonaten schrieb, von ihren Eltern und ihrem Bruder Sascha, der in Boston lebte. Als Kinder waren sie unzertrennlich gewesen, und als die Welt plötzlich vollkommen unverständlich geworden war, nachdem sie in die Vereinigten Staaten gekommen waren, war er ihre einzige Stütze gewesen, vor allem in der Schule. Sie konnte keine Worte finden dafür, wie sehr sie ihn vermisste. Ich fragte sie, ob sie noch Erinnerungen an Sibirien habe. Ja, sagte sie, aber diese Erinnerungen seien so fern, als seien es nicht ihre eigenen, sondern als habe ihr jemand ein Buch über Sibirien vorgelesen.

Wir schwiegen für einen Moment. Sie hatte auffallend weiße Hände, zarte Finger, kleine Fingernägel, überzogen mit einer Schicht durchsichtigen Nagellacks, in dem sich die Lichter des Cafés spiegelten. Als sie wieder sprach, erzählte sie mir, dass sie für die Musik und durch die Musik lebe, um sie zu interpretieren, sie zu studieren. Nur das habe ihr die Kraft gegeben, sich von ihrer Mutter und ihrem Bruder zu trennen. Während sie sprach, stellte ich sie mir vor, wie sie ein Stück auf der Geige spielte. Ich dachte, wie gerne ich ihr zuhören würde, wenn sie spielte, aber ich sagte nichts.

Was hast du eben in der Bibliothek gelesen?, fragte sie plötzlich.

Ach, das. Es ist nicht die Art Buch, die ich normalerweise lese.

Zeig es mir.

Ich gab es ihr. Sie öffnete es, indem sie an dem grünen Seidenband zog, das die Seite markierte, und einen Augenblick lang las sie still, für sich. Dann las sie laut den Vers vor, den ich unterstrichen hatte.

… und im trüben Strom des Blutes wohnt ein Gott.

Sie klappte das Buch zu, betrachtete kurz das Cover und gab es mir wortlos zurück. Ihre Hand ließ sie auf dem Tisch liegen, mit leicht gespreizten Fingern. Ich schob meine viel dunklere

Hand an ihre heran, ein zitterndes Tier, das sich zögerlich einem anderen nähert. Dann drückte ich ihre Hand leise und stellte ihr die gleiche Frage, die ich ihr gestellt hatte, als wir vor dem Brunnen gestanden hatten.

Und was machen wir jetzt?

Was immer du willst, erwiderte sie genauso schnell wie vorhin und lächelte dabei mit den Augen.

Wir gingen die Holztreppe hoch, ganz langsam, wie in Trance von der Macht unseres gegenseitigen Verlangens. Wir sprachen kaum, als wären wir in eine Art heilige Zone geraten, in der das schrille Echo der Worte von den Wänden widerhallte.

Das Treppengeländer ist blau, ebenso wie die Türen. Als wir den dritten Stock erreichten, erklang ein einsames Bellen. Theo, der Hund einer armenischen alten Frau, der ich gelegentlich helfe, den Einkauf hochzutragen. Das Tier beruhigte sich, als es meinen Geruch erkannte, und kam winselnd an die Tür.

Wir betraten meine Wohnung. Auf der beschlagenen Oberfläche des Spiegels erhaschte ich einen flüchtigen Blick auf meine Silhouette hinter der ihren. Sie interessierte sich nicht besonders für die Wohnung. Die Vorhänge im Wohnzimmer waren nicht zugezogen, so dass man die Backsteinwand des Gebäudes gegenüber sehen konnte. Sie ging zum Fenster.

Der Blick gefällt mir, sagte sie mit einem Lächeln.

Ich zog die Vorhänge zu. Nur im Flur brannte Licht. Ich fragte sie, ob sie etwas trinken möge, und sie verneinte. Wie ich da vor ihr stand, bevor ich sie küsste, gestand ich ihr, dass mir seit dem Tag, als ich sie am Busbahnhof gesehen hatte, der Anblick ihrer Beine durch den Kopf geisterte. Sie ließ ihren Rock fallen, den gleichen wie damals, und sehr langsam entledigte sie sich ihrer Unterwäsche. Der Puls hämmerte in meinen Schläfen, in meinem Mund breitete sich ein erdiger Geschmack aus. Sie selbst öffnete meinen Gürtel und führte mich ins Schlafzimmer, ohne meine Hand loszulassen.

Es gibt ein Bild, das sich für immer in mein Gedächtnis gebrannt hat und das kein anderes je wird überlagern können. So etwas geschieht nur ganz selten. Im Zimmer war es dunkel, und durch das Fenster schlich sich die Reflexion eines einsamen Mondstrahls, ein eiskaltes Licht, das mit seltsamer Präzision die Konturen ihres Körpers nachzeichnete. Sie lehnte sich zurück, ganz langsam, und bot mir ihren Hals zum Kuss. Die ganze Zeit über hielt sie meine Hand fest in der ihren. Ihre Augen leuchteten im Dämmerlicht. Sie zog mich langsam an sich, sehr zärtlich, ohne ihren Blick von meinem zu wenden. Ich war noch nicht in sie eingedrungen, ihr Mund war noch nicht an meinem Penis. Später würde sie ihn mit ihrer Zunge liebkosen, die lebendige Haut ihres Mundes um ihn herum spannen. Es war nicht der Augenblick, da die Feuchtigkeit ihrer Scheide mich dazu einlud, in sie zu gleiten. Es war der Augenblick davor. Die Kontur ihrer Brüste zeichnete sich in einer Vollkommenheit ab, als wären sie mit Kohlestift gezeichnet. Sie ließ meine Hand los, die Hand, über die sie zuvor alle Bewegungen meines Körpers gesteuert hatte, und griff mit unendlicher Zärtlichkeit nach meinem Penis. In diesem Moment begann ich zu schweben, auf dem Weg zu ihrem Körper. Die Wärme ihrer Haut schmiegte sich an meine. Es war dieser Temperaturunterschied, der von ihr auf mich überging, Zelle für Zelle, von ihrer Haut auf meine. In diesem Moment, das habe ich später begriffen, band sich mein Schicksal für immer an ihres.

NEUN

Umberto Pietri

Umberto Pietri war nicht gestorben, sondern in seine Heimat zurückgekehrt. Und ausgerechnet ich musste über ihn stolpern. Ich habe es mir nicht ausgesucht, aber nur ganz wenige von den Dingen, die uns passieren, haben wir uns ausgesucht. Nachdem ich ihm über den Weg gelaufen war, lud er die ganze Last seiner Geschichte auf mir ab. Er hatte schon seit Jahrzehnten auf eine solche Gelegenheit gewartet, und am Ende hatte er die Hoffnung schon aufgegeben. Aber die Dinge passieren nicht so, wie wir es uns vorstellen. Pietri hat mir Dinge erzählt, die er bis dahin noch niemandem erzählt hatte, in zwei Teilen, weil es so viel zu erzählen gab, dass wir uns zweimal trafen. Als ich mit meiner Frau darüber sprach, war es ihr sofort genauso klar wie mir: Ich musste mit Ben Ackermann in Kontakt treten, ihm sagen, dass Umberto Pietri noch lebte, und ihm vorschlagen, mich mit dir in Madrid zu treffen. Ich mit dir, weil letztlich du der Adressat der Geschichte warst. Der Ort ist wichtig, weil sich hier deine Eltern kennengelernt haben (Umberto und Teresa; Ben und Lucia) und weil du hier geboren bist. Und weil es hier ist, wo so viele Freiheitsträume so vieler Menschen für immer begraben wurden. Und weil es hier war …

Ich hob die Hand, um ihn daran zu hindern, den Satz zu Ende zu sprechen. Ich wusste, was jetzt kommen würde, und wollte es nicht hören, aber es war unvermeidlich.

… wo deine Mutter gestorben ist.

Ich wurde von einem Schwindel erfasst, der es mir schwer machte, mich auf den Beinen zu halten. Er kam von ganz tief unten aus dem Magen, stieg über die Brust nach oben und brachte meinen Kopf zum Bersten.

[Es folgt ein großer Leerraum. Als er den Erzählfaden um das Gespräch mit Abraham Lewis wieder aufnimmt, scheint Gal sich an einem Brief zu orientieren, den er an Ben Ackerman schrieb. Ich habe das Original im Archiv nicht gefunden, sondern kenne nur Fragmente daraus, die Gal selbst in den Heften festgehalten hat.]

Als wir das Chicote verließen, war es schon ziemlich spät. Ich genoss es, durch die elegante Allee mit den leuchtenden Schaufenstern zu bummeln. Nach einigen Minuten erreichten wir den Red de San Luis. Das war auch etwas, das mir an Madrid gefiel: die Magie der Namen. Ein uniformierter Portier hielt uns die Tür auf. Lewis ließ mich vorgehen und erzählte mir dabei, dass während des Krieges ausländische Journalisten gerne im Hotel Florida abgestiegen waren.

Hier hatte Hemingway sein Hauptquartier, sagte er. Wenn ich ihn mir vorstelle, sehe ich ihn zu jeder Tages- und Nachtzeit an der Bar sitzen. Es ist völlig klar: Was Kneipen betrifft, gibt es auf der ganzen Welt keine Stadt, die es mit Madrid aufnehmen kann. Findest du nicht, Gal? Denk an all die Orte, an denen wir heute gewesen sind. Kein einziges Mal kamen wir in die Verlegenheit, uns zu überlegen zu müssen, wo wir hingehen sollten.

Wir betraten den Aufzug und fuhren bis zur obersten Etage. Oben angekommen, erwartete uns hinter einer Flügeltür aus Glas ein geräumiges Lokal mit einer schwach beleuchteten Bar, Teppichboden und zahlreichen kleinen Tischen, jeder mit einer Lampe, die großzügig über den Raum verteilt waren. An der hinteren Wand gab eine Fensterfront den Blick auf die Gran Via frei. Ein Kellner, der anscheinend gewusst hatte, dass wir kommen würden, führte uns in eine Ecke, wo zwei Ledersessel vor einem Kamin standen, in dem ein Holzscheit verglühte, weitab vom Lärm der Bar. Ohne weiteres Vorgeplänkel nahm Abe den Faden an genau der Stelle wieder auf, an der wir im Chicote stehengeblieben waren.

Jedes Mal, wenn ich mich an jene Nacht erinnere, erscheint als Erstes der Mond vor meinem inneren Auge, rund und riesengroß über dem Marktplatz von Certaldo. Umberto Pietri steckte das Foto der Milizionärin wieder zwischen die Seiten des Buches, das er in seiner Jackentasche trug, und sprach weiter. Als er die Order erhielt, sich dem Bataillon des Todes anzuschließen, war Teresa Quintana im sechsten Monat schwanger. Ein gemeinsamer Freund, Alberto Fermi, versprach ihm, sich um sie zu kümmern, nur musste auch er damit rechnen, jeden Augenblick zu seiner Einheit abberufen zu werden. Pietri wollte es Fermi nicht sagen, aber er war sich absolut sicher, dass er seine Freundin nach der Trennung niemals wiedersehen würde, und so war es ja dann auch.

Auf dem Tisch stand eine Flasche Mineralwasser. Pietri führte sie an die Lippen. Er trank mühsam, wobei sich sein Adamsapfel hektisch auf- und abbewegte. Ich fragte ihn, ob es ihm gutgehe. Meinen Blick meidend, erwiderte er, dass man bei ihm Leberkrebs diagnostiziert habe und er vielleicht noch ein paar Monate zu leben hätte. Er schwieg eine Weile, bevor er sagte, dass ihm, seit er diese Nachricht erhalten habe, der Gedanke im Kopf herumspuke, sich mit seinem Sohn in Verbindung zu setzen.

[Mit dickem, blauem Stift, durchgestrichen, aber perfekt lesbar, die Notiz: *mit mir*]

Damit er zumindest weiß, was geschehen ist, sagte er mit kaum hörbarer Stimme, wobei es möglicherweise jetzt gar nicht mehr wichtig ist. Aber es geht nicht nur um ihn. Bevor ich krepiere, muss ich mir das alles von der Seele reden, und sei es nur dieses einzige Mal.

[...]

Nachdem der Krieg zu Ende war, sagte Pietri, habe ich nichts mehr von Teresa oder Alberto oder sonst jemandem gehört, was mir gelegen kam, wie du sicher zu gegebener Zeit verstehen wirst. Das heißt, ich habe nichts mehr gehört, bis zu dem Tag, als plötzlich Alberto Fermi hier in Certaldo auftauchte.

Wann war das?

Im Oktober 46. Das genaue Datum weiß ich nicht.

[Eine Lücke im Text]

Nachdem er die Order bekommen hatte, sich der Brigade von Luigi Longo anzuschließen, traf sich Alberto Fermi mit Ben Ackerman und Teresa Quintana in der Aurora Roja. Beim Abschied tauschten Ben und Alberto Adressen aus. Solche Gesten haben in Kriegszeiten fast nie einen Sinn, trotzdem schrieb Ackerman, sobald er in Brooklyn angekommen war, an Fermi, um ihm zu berichten, was geschehen war, nachdem sie auseinandergegangen waren. Er wollte ihn wissen lassen, dass Teresa bei der Entbindung gestorben, das Kind aber gerettet worden war und alle im Krankenhaus ihn, Ben Ackerman, für den Vater gehalten hatten und er selbst nichts unternommen habe, um das Missverständnis aufzuklären. Als Folge sei nun er im Standesamt als Vater eingetragen. Er besitze eine rechtsgültige Geburtsurkunde. Kurz darauf habe er Lucia Hollander geheiratet. Als die Brigaden repatriiert wurden, hätten sie, Lucia und er, das Baby mit in die Vereinigten Staaten genommen, wo es aufwachse, als wäre es ihr eigener Sohn.

Pietri mobilisierte seine letzten Kräfte, und die Fakten, die er mir lieferte, wurden immer erstaunlicher. Er sagte, dass er sich darüber freue, dass jenes Kind, das er mit Teresa gezeugt habe, ein Familie gefunden habe. Über viele Jahre habe er praktisch nie an es gedacht. Doch indem die Zeit vergangen sei, habe ihn die Erinnerung an jenes Kind eingeholt, und er habe sich gefragt, wie es wohl wäre. All das blieb aber eine reine Gedankenspielerei, er war nicht wirklich daran interessiert, es kennenzulernen. Erst jetzt, wo er den Tod nahen fühlte … Und es ging nicht nur um seinen Sohn, beteuerte er weiter. Er musste einfach loswerden, was mit dem Bataillon des Todes passiert war. Weswegen er mein Erscheinen als eine Art Zeichen deutete.

Ich bin mir nicht sicher, ob ich Abraham Lewis' Worte getreu wiedergebe. Falls irgendetwas unlogisch erscheint, ist es meine Schuld, denn er berichtete mir die Fakten vollkommen klar und der Reihe nach. Es kann sein, dass die Gefühle, die Lewis' Erzählung in mir weckte, seine Worte überlagerten. Tatsächlich war es so, als wir da in jener Hotelbar saßen, dass sich seine Stimme immer wieder im Nebel verlor, genauso wie jetzt, da ich versuche, sie in diesem Heft festzuhalten. Immer wieder schwand sogar er selbst aus meinem Blick, nicht nur seine Stimme. Aber es geht hier nicht um meine Gefühle, sondern nur darum, alles schriftlich festzuhalten.

Während ich ihm zuhörte, fiel mir etwas zunehmend auf, sagte Lewis. Warum geriet er jedes Mal in solche Aufregung, wenn er das Bataillon des Todes erwähnte? Schließlich beschloss ich, ihn geradeheraus zu fragen, was genau in der Kapelle von Santa Quiteria geschehen war. Pietri fuchtelte mit der rechten Hand herum, als versuche er ein Spinnennetz herunterwischen, und fixierte mich mit Augen, aus denen der Tod starrte. Dann spuckte er folgende Worte aus:

Ich habe sie verraten, Lewis. Die Einheit war von vornherein verloren. Alle wurden getötet … Ich habe meine Haut gerettet, und im Gegenzug wurden sie alle abgeschlachtet wie die Kaninchen. Ich bin ein Feigling und ein Verräter. Deshalb bin ich noch am Leben.

Ich hatte mich selbst betrogen. Es ging doch um meine Gefühle. Als Abe mir dieses Geständnis überbrachte, geriet etwas in mir ins Wanken. Ich spürte, wie mein Blick sich zu trüben begann. Ich schaute mich um und versuchte, das Zwielicht der Bar um uns herum zu durchdringen. Wieder bemächtigte sich meiner jenes Gefühl, das mich immer wieder überkommen hatte, seit ich Madrids Boden betreten hatte. Ich wollte nicht hier sein. Ich fühlte mich zu Tode erschöpft.

Was … wieviel Uhr ist es, Abe?

Der Brigadist neigte sich mir zu. Ich bin noch nicht fertig, Ackerman, sagte er mit fast unhörbarer Stimme, aber wenn du willst, lasse ich es sein.

Ich ergab mich in das Unvermeidliche und sagte:

Jetzt ist es zu spät, mach weiter, bis zum Ende.

Pietri brach der Schweiß aus. Es wirkte, als würde er eine Schlacht gegen sich selbst austragen. Endlich hob er den Kopf, bat mich um Entschuldigung und sagte, dass es besser sei, es dabei zu belassen. Aus seinem Blick sprach eine solche Hilflosigkeit, dass ich ihm sagte, er möge doch bitte alles erzählen, was er wolle, ich sei ganz und gar bereit, ihm zuzuhören.

Er stand auf, legte einen Geldschein auf den Tisch und murmelte, mehr zu sich selbst:

Das Beste, was ich tun kann, ist abzuhauen. Allerdings freue ich mich, dass unsere Wege sich gekreuzt haben, Sergeant Lewis.

Aber er ging nicht, er stand immer noch da, mit völlig abwesendem Blick, und seine Anspannung übertrug sich auf mich.

Was ich soeben gebeichtet habe, sagte er endlich, hatte ich bisher noch niemandem erzählt. Es ist nicht so, dass ich es bereue, ich habe nur etwas ganz tief Verborgenes ans Licht gezerrt. Und jetzt, da ich angefangen habe, merke ich, dass ich es gerne hätte, wenn Sie mir bis zum Schluss zuhörten. Andererseits bin ich mir dessen bewusst, dass ich kein Recht habe, etwas Derartiges von Ihnen zu verlangen. Die Tatsache, dass wir beide Brigadisten waren, gewährt mir kein Privileg.

Pietri stützte sich auf den Tisch und fragte mich, ob wir, meine Frau und ich, bei Castelfiorentino zum Kloster San Vivaldo hochgestiegen seien. Ich schüttelte den Kopf, und er erklärte mir, dass das Kloster sich südöstlich des Dorfes befinde, hinter dem Ort Montaione, in einem Wäldchen.

Als hätten wir uns bereits für den nächsten Tag verabredet, erklärte er mir, wie man mit dem Auto hinkam, und meinte, dass er gegen acht Uhr dort sein werde, bevor es richtig heiß werde. Es gebe sehr viel, das auf seinem Gewissen laste, sagte er und beteuerte, dass er es verstehen würde, wenn ich nicht zur Verabredung käme. Er reichte mir nicht die Hand, als er ging und dann mit unsicheren Schritten den Platz überquerte.

Zurück im Hotel, konnte ich nicht einschlafen. Das, was Pietri angefangen hatte zu erzählen, stieß mich im tiefsten Inneren ab, trotzdem war ich sicher, dass ich letzten Endes zu der Verabredung gehen würde. Ich las, was über die Dörfer Certaldo, Montaione und Castelfiorentino im Reiseführer stand. Für dich als Schriftsteller dürfte es interessant sein, dass Boccaccio die letzten dreizehn Jahre sein Lebens in Certaldo verbracht hat, und zwar in einem Ort Namens Castello, von dem man sagt, dass er der Schauplatz des *Dekamerone* ist. Die Geschichte von Castelfiorentino ist auch nicht ohne, was mich am meisten beeindruckt hat, war die Beschreibung eines Labyrinths von Kapellen in der Nähe des Klosters San Vivaldo.

Am frühen Morgen erzählte ich Patrizia in groben Zügen von meinem Treffen mit Pietri und beichtete ihr, dass ich beschlossen hatte, die Geschichte bis zum Ende zu verfolgen. Wir verabredeten uns für den Mittag im Hotel. Es war eine sehr kurze Fahrt mit dem Auto. Ich erreichte den Garten mit seinen jahrhundertealten Zypressen, in dem Pietri auf mich warten wollte. Da saß er auf einer steinernen Bank neben einer halbverfallenden Mauer mit einem gotischen Fenster, durch das man das ganze Tal überblickte, und wartete auf mich. Er trug ein weißes Hemd mit hochgekrempelten Ärmeln, schwarze Hosen und Sandalen.

Sie wissen nicht, wie dankbar ich Ihnen bin, Lewis, dass Sie gekommen sind, sagte er, als ich zu ihm trat. Ich war mir nicht ganz sicher.

Mehr konnte er nicht sagen. Plötzlich verkrampfte sich sein Gesicht zu einer gewaltigen Grimasse des Leidens, und er musste würgen. Auf den Fenstersims gestützt, versuchte er vergeblich, sich zu übergeben, aber aus seinem Mund kam nur ein blutiger Speichelfaden. Ich wollte ihm helfen, was er mit einer entschiedenen Geste abwehrte. Nach einigen Minuten wischte er sich die Lippen mit einem Taschentuch ab, und an die Säule gestützt, die das Fenster in der Mitte teilte, zeigte er auf einen Punkt im Tal.

Ich lebe in Certaldo, aber ich arbeite in Castelfiorentino. Sehen Sie die Halle mit dem roten Dach bei der Brücke mit den vielen parkenden Autos? Das ist meine Werkstatt.

Als er wieder zu Kräften gekommen war, schlug er mir vor, einen Rundgang durch die Kapellen zu machen. Er zeigte sie mir, erzählte Anekdoten, aber betrat keine einzige von ihnen. Endlich kamen wir an eine von Efeu überwucherte Mauer, er schob die Blätter zur Seite und eine Öffnung kam zum Vorschein.

Die ganze Gegend ist voll von solchen Verstecken. Als Kinder kamen wir häufig zum Spielen hierher. Denken Sie nur: Was könnte faszinierender oder geheimnisvoller sein? Ich würde sogar wagen zu behaupten, dass ich in jedem Winkel dieses Waldes eine Erinnerung hinterlassen habe. Es ist ein symbolischer Ort. Hier habe ich sehr vieles zum ersten Mal getan. Damals waren noch alle Kapellen intakt. Als ich nach dem Krieg zurückkam in den Wald von San Vivaldo, war die Hälfte zu

Ruinen verkommen. Irgendwie habe ich mich darüber gefreut. Die Vergangenheit kann man nicht ändern, und die Wunden dieser Steine erinnern mich an meine eigenen Wunden. Folgen Sie mir.

Im Inneren herrschte Finsternis. Kaum ein Lichtstrahl drang durch die Spalten. Umberto zog eine Taschenlampe aus der Hosentasche und knipste sie an. Er tastete sich vorsichtig voran und strahlte dabei die Wände an. Sie waren zum größten Teil abgeblättert, doch an manchen Stellen konnte man etwas erahnen, was einmal ein altes Fresko gewesen sein könnte. Vor der hinteren Mauer, am Ende der Kapelle, blieben wir stehen. Pietri ließ den Kegel der Taschenlampe über sie schweifen.

Das Tabernakel der Verurteilten, sagte er. Können Sie es erkennen, Lewis?

Große Flecken verblasster Farben lösten sich im Raum auf und wurden eins mit der Finsternis.

Wer hat das gemalt?

Es ist eine Kopie von Benozzo Gozzoli. Die ganze Gegend ist voll von Gemälden des Meisters. Das Original befindet sich in der Kirche von Santi Tommaso e Prospero, in Certaldo. Wenn sie können, sollten Sie mit Ihrer Frau hingehen, es ist sehr in Mitleidenschaft gezogen, aber immer noch erstaunlich.

Er ging mit der Taschenlampe etwas näher ran.

Das habe ich selbst gemalt, sagte er. Ich habe Jahre dafür gebraucht. Künstlerisch ist es nichts Besonderes. In diesen Dingen war ich schon immer ganz gut. Zu Hause habe ich viele Kopien von Meisterwerken, aber das Tabernakel ist etwas anderes. Normalerweise versuche ich, ihre ursprüngliche Vollkommenheit wiederherzustellen. Hier ging es mir darum, das Verfallsstadium des Originals so gut wie möglich zu reproduzieren.

Pietri fuhr mit dem Leuchtkegel über sämtliche Winkel und Ecken des Freskos.

Aus den Gesichtern der Verurteilten, fast intakt, sprach die Intensität ihres Leidens. Etwa in der Mitte begann sich bei manchen Figuren des Tabernakels die Farbe zu verlieren. Der untere Teil mit seinen Grau- und Rosétönen erinnerte an eine vom Krebs zerfressene Haut. Pietri hatte recht, die seltsame Attraktivität des Gemäldes war das Resultat des Zerfalls.

Als wir in den Garten zurückkehrten, erzählte er mir, in großen Zügen, die Geschichte des Ortes, an dem wir uns befanden.

Vivaldo war ein Einsiedler, ursprünglich aus San Gimignano. Der Legende nach lebte er in einer hohlen Kastanie. Eines Tages fand man ihn tot, in Gebetsstellung. Um ihn zu ehren, gründeten die Franziskaner ein Kloster. Etwa zweihundert Jahre nach seinem Tod hatte dann ein Ordensbruder den Einfall, auf diesen Hügeln ein neues Jerusalem zu errichten. Man baute insgesamt 34 Kapellen, die für die Passionsorte standen. Damit den Pilgern die symbolische Reise noch authentischer erschien, wurden die Innenräume mit polychromen Terrakottafresken und anderen Materialien ausgekleidet. Heute ist nur noch die Hälfte dieser Kapellen erhalten.

Es folgte ein langes Schweigen. Die Blicke auf das Tal gerichtet, sagte Pietri schließlich:

Ich weiß schon, dass ich mir die Ähnlichkeit nur einbilde, aber der Blick, den man von hier aus hat, erinnert mich an Santa Quiteria. Oft, wenn ich keinen Schlaf finden kann, fahre ich mit dem Lieferwagen hier hinauf, und es ist so, als würde ich jene Nacht noch einmal durchleben.

[...]

Wir hatten schon etwa drei oder vier Tage bei der Kapelle ausgeharrt, als wir in der Umgebung Truppenbewegungen bemerkten. Im Morgengrauen schickten wir ein Überfallkommando und nahmen fünf Faschisten gefangen. Bevor wir sie erschossen, erzählten sie uns, dass sie einem Kontingent angehörten, das Richtung Huesca unterwegs war. In dieser Nacht hielt ich zusammen mit einem gewissen Salerno, einem Neapolitaner, Wache, der mir gestand, dass er sein Geburtsdatum gefälscht hatte, um sich einschreiben zu können. Er war siebzehn, zwei Jahre jünger als ich. Wir beide standen allein auf einem mit Büschen bewachsenen Hügel. Von dort aus konnte man jede Bewegung im Umkreis von mehreren hundert Metern erfassen. Salerno war ein nervöser Typ. Überall sah er Feinde; jedes Geräusch, das Rauschen des Flusses, das Rascheln der Blätter in den Bäumen, ein Windstoß, ließ ihn befürchten, dass der Feind nahte. Am Ende gelang es ihm, auch mich mit seiner Nervosität anzustecken. Als schließlich der Mond aufging und sein silbriger Glanz sich über den Bäumen ausbreitete, wurde Salerno noch nervöser, wenn das überhaupt noch möglich war. Jedes Gebüsch schien ihm lebendig. Nach einigen Stunden nahmen wir dann ein echtes Geräusch wahr. Hinter einen Felsen gekauert, sahen wir zu, wie zwischen den Büschen eine feindliche Kolonne vorrückte.

Wir mussten Alarm schlagen, uns mit dem nächsten Posten in Verbindung setzen, der etwa zweihundert Meter von unserem entfernt stand, damit dieser seinerseits die Feldwache alarmierte, und so weiter bis zur Hauptgarnison. So würde der Überraschungseffekt vereitelt, und falls es sich um eine größere Einheit handelte, könnte man über Funk weitere Einheiten zur Unterstützung anfordern. Salerno drängte mich durch Handzeichen, zur nächsten Stellung zu laufen, während er versuchen wollte, von hinten anzugreifen. Aber in meinem Kopf war nur Platz für einen einzigen Gedanken: meine eigene Haut zu retten. Ich ging von hinten auf Salerno zu, legte ihm die Hand über den Mund, und mit einem einzigen Schnitt meines Bajonetts durchtrennte ich ihm die Kehle. Er zappelte noch eine lange Weile, aber ich hielt ihn fest, bis ich merkte, dass er seinen letzten Atemzug getan hatte, dann ließ ich ihn los. Ich war in Blut gebadet. Kaum wahrnehmbar, hallten die Geräusche der Nacht in meinen Ohren noch tausendmal lauter, als Salerno es sich eingebildet hatte. Schließlich habe ich es geschafft, mich zusammenzureißen. Die schwachen Lichtreflexionen, die wir wenige Minuten zuvor bemerkt hatten, tanzten immer noch zwischen den Büschen auf und ab und kamen immer näher: eine Schnalle, ein Helm, ein Geschirr. Die faschistische Kolonne pirschte sich auf einem Pfad an die Kapelle heran, der es ihr ermöglichte, sie von hinten zu erreichen, ohne entdeckt zu werden. Es war offensichtlich, dass sie mit dem Gelände vertraut waren. Vielleicht hatte eine Patrouille wie die, die wir heute Morgen überrascht hatten, unbemerkt die Umgebung von Santa Quiteria ausgekundschaftet und war ebenso unbemerkt wieder zurückgekehrt. Alles muss innerhalb von Minuten passiert sein. Ich wartete, bis sie vorbei waren, und als sie weit genug weg waren, nahm ich eine Abkürzung, die direkt zum Fluss führte. Es dauerte nicht lange, bis Granatenexplosionen und das Rattern von Maschinengewehren zu hören waren. Sie müssen sie niedergemetzelt haben wie die Kaninchen, aber ich habe mich einfach davongemacht, ohne jegliche Gefahr …

Als Pietri zu mir sprach, war er schon auf der anderen Seite, sagte Lewis. Er erzählte mir, dass er schon dreißig Jahre mit diesem Eiter lebe, der seine Seele verrotten lasse und ihn von innen her zerfresse. Es ist mächtiger und widerlicher als die Krallen des Krebses, der an meinen Eingeweiden nagt, sagte er. Ich habe kein besonders gutes Gedächtnis, Ackerman, aber das sind Worte, die man nicht so einfach vergessen kann. Mir wurde klar, dass jener Augenblick ein monströses Paradox enthielt: Jetzt, da er keine Chance mehr hatte, dem Tod zu entkommen, gelang es Umberto Pietri zum ersten Mal im Leben, etwas Tapferkeit zu zeigen.

Ich konnte kaum Abraham Lewis' Gesichtszüge erkennen, nur das Schimmern in seinen Augen, ein fiebriges, krankes Schimmern, das ihm die Kraft gab, weiter zu sprechen. Das war das Beklemmendste: Obwohl Umberto Pietri für mich kein Gesicht hatte, war seine Stimme da, umhüllt von der des Brigadisten Lewis, monoton, unerbittlich, und erzählte von immer neuen Gräueltaten, wie jemand, der eine unendliche, tödliche Litanei herunterleiert. Obwohl die Worte, die ich hörte, mir Schmerzen verursachten, klammerte ich mich an ihnen fest. Aus irgendeinem Grund hatte ich Angst, dass Abe Lewis zu reden aufhörte. Die Welt sollte von mir aus zugrunde gehen, aber diese monotone Stimme sollte bleiben und mich weiter im Inneren zerreißen. Allerdings nur für dieses eine Mal, damit ich seine Worte festhalten konnte, wie ich es jetzt gerade tue. Ich weiß, dass ich mich nie wieder mit dem auseinandersetzen werde, was ich gerade niederschreibe. Es wird hierbleiben, gefangen im Papier, aber mein Gedächtnis wird danach rein sein. Was ich in der Bar des Hotels Florida zu hören bekam, wird dann nur noch eine Halluzination gewesen sein, ein böser Traum, bei dem ich die Notwendigkeit verspüre, ihn in seiner Gesamtheit festzuhalten, jetzt, da er noch frisch ist. In dem Versuch, mich wieder in der Wirklichkeit zu verankern, warf ich einen Blick durch die große Fensterfront, die auf die Madrider Nacht hinaussah. Draußen schwebten die Neonlichter der Gran Via, die mich zur Flucht einluden, aber ich wandte meinen Blick von ihnen ab, um zu dem zurückzukehren, was Abe mir gerade erzählte:

Es wird Ihnen nicht schwerfallen sich vorzustellen, in welcher Hölle ich gelebt habe, Lewis, sagte der Italiener. In meinem Leben war kein Platz für etwas anderes. Was ich getan habe, kann man nicht wiedergutmachen. Es gibt keine Strafe, die einer solchen Tat angemessen wäre. Doch jetzt ist nicht die Zeit, um große Reden zu schwingen. Sie sind intelligent genug, um zu wissen, dass ich weder von Ihnen noch von irgendjemandem sonst Mitleid erwarte. Mir reicht es, dass Sie zugehört haben. Es ist das erste Mal, dass ich irgendjemandem die Wahrheit erzählt habe. Er bedankte sich nochmals für mein Kommen. Jetzt habe ich tatsächlich nichts mehr hinzuzufügen,

Sie sollten lieber gehen. Pietri verstummte. Er war sehr blass. Plötzlich musste er wieder würgen, und endlich gelang es ihm, sich zu übergeben.

Er hat die zwei Monate nicht mehr geschafft, die er geglaubt hatte, noch schaffen zu können. Knapp drei Wochen später erreichte mich in Sarzana das Telegramm, das er angekündigt hatte. Der kurze Text auf Italienisch, in Großbuchstaben, blassblau, auf einem weißen Papierstreifen. Er lautete: UMBERTO PIETRI STARB 3. AUGUST RIP. Er war unterschrieben mit C. P., was ich für die Initialen seiner Frau hielt. Noch in jener Nacht begann ich den Brief, den du in deiner Tasche hast.

[Der Text geht weiter auf mehreren in der Mitte gefalteten Blättern, die aussehen, als wären sie aus einem anderen Heft gerissen. Ein Tintenklecks verdeckt einen Großteil der ersten Seite und Teile der nächsten und macht sie stellenweise unleserlich. Die Rekonstruktion des ersten Absatzes stammt von mir.]

Abe Lewis bestand darauf, mir ein Taxi zu rufen, aber ich sagte, dass ich es vorziehen würde, zu Fuß in die Pension zurückzugehen. Es war spät und sehr kalt, aber ich sehnte mich danach, die eisige Luft zu atmen, die Frische zu spüren, die nach dem Schneefall in der Luft lag. Mir gefiel jene Stadt, in die ich, da war ich mir inzwischen sicher, niemals zurückkehren würde.

[Ab hier ist der Text wieder problemlos lesbar.]

Wir standen gleichzeitig auf, Lewis war viel größer und breiter als ich. Er breitete seine Arme aus und entfaltete dabei seine ganze Spannweite. Der intensive Geruch seines Körpers umfing mich. Ich erwiderte seine Umarmung. Schließlich legte er mir die Hände auf die Schultern und sagte mit seiner tiefen Stimme:

So, das war's. Auftrag erfüllt. Die Kröte, die du schlucken musstest, hast du geschluckt.

Ich sagte ihm, dass ich eine Weile alleine sein wollte, und ging zu einer der Türen, die auf den Balkon führten, der auf die Gran Via hinaussah. Ich konnte keine Stimme mehr hören, keine weitere Geschichte, ich musste eine Weile mit mir selbst alleine sein, für einen Augenblick vergessen, dass er da war und warum er da war. Vor meinen Augen entfaltete sich eine verspielte Architektur mit Simsen, Statuen von Göttinnen und Kriegern in Wagen, die von mythologischen Tieren gezogen wurden. Der verhangene Himmel begann aufzureißen und gab den Blick frei auf eine Vielzahl von Wolkenlöchern. Ich hob meinen Blick zum Himmel, der seit meiner Ankunft verdeckt gewesen war, und wurde Zeuge eines wunderschönen atmosphärischen Schauspiels. Hinter dem Turm des Gebäudes der Telefongesellschaft erschien ein gigantischer Lichthof. Minuten später waren jegliche Spuren des Unwetters verschwunden, außer der trockenen Kälte und dem Wind, der in der Finsternis über Madrid hinwegpfiff, über eine unvergleichliche Landschaft aus Dächern und Terrassen. Auf der anderen Seite der Gran Via begann hinter einer orientalischen Kuppel der volle Mond aufzusteigen, rein und rund, und seine Strahlen auf die Dachluken, Dachziegel, Spitzen und Statuen zu werfen, die die Gebäude dieser seltsam schönen Stadt krönten. Ich schloss die Augen, um weiter sehen zu können, und sah in meiner Phantasie die Sierra, unter dem Baldachin der Nacht, und gleich dahinter die Felder Kastiliens. Mir kam in den Sinn, was ich in Bens Büchern über diese Stadt, Magerit, gelesen hatte, die die Araber gegründet hatten. Vor meinem inneren Auge erschienen Bilder von Palastverschwörungen und Volksaufständen. Es ist schwer zu beschreiben, was ich fühlte. Alles, nicht nur diese unheimliche, herrschaftliche Mansardenlandschaft, verbreitete eine Aura des Irrealen.

Ich wartete, bis ich mich etwas beruhigt hatte, bevor ich in die Innenräume des Hotels zurückkehrte.

Lewis wartete neben dem erloschenen Kamin auf mich.

Geht's dir gut?, fragte er mich, als ich wieder neben ihm stand.

Ich nickte.

Jetzt, nachdem es uns gelungen ist, das alles hinter uns zu lassen, hörte ich ihn irgendwann sagen, können wir unsere Aufmerksamkeit leichteren Dingen zuwenden. Morgen werde ich dich abholen, und dann gehen wir in den Prado. Bens Idee. Du hast mir gesagt, dass deine Pension in der Calle Moratin ist. Gib mir die genaue Adresse, und ich hole dich morgen gegen elf Uhr ab, was meinst du?

Wir gingen zum Aufzug und fuhren in die Lobby runter. Abe Lewis begleitete mich bis zum Ausgang und reichte mir wortlos die Hand. Ich überquerte die Montera und drehte mich noch einmal um. Die imposante Silhouette des schwarzen Brigadisten hob sich von der Marquise des Hotels ab. Ich verschlang sie förmlich mit den Augen, um sie mir für immer ins Gedächtnis einzuprägen.

[Im Flugzeug, gleich nach dem Start]

Auf dem Balkon des Hotels Florida hatte ich mich fehl am Platze gefühlt, hinauskatapultiert aus den Koordinaten meiner eigenen Geschichte, als ob nichts von dem, was ich gehört hatte, etwas mit mir zu tun hätte. Ich war in Madrid, hätte aber genauso gut im Bagdad von Tausendundeiner Nacht sein können. Ich war mit einem regulären Flug der TWA hergekommen, es hätte aber genauso gut ein fliegender Teppich sein können. Wer zum Teufel war Umberto Pietri? Was hatte er mit mir zu tun? Die Personen und Orte der Geschichte, die Abraham Lewis mir enthüllt hatte, erschienen vor mir, genauso unwirklich wie das nächtliche Bild dieser Stadt oder die Spiegelung der Lichter dieser mondänen und eleganten Allee im Süden Europas. Nein, ich fühlte mich nicht verbunden mit der Geschichte dieses Mannes, der sich in einem Labyrinth von Kapellen verlieren musste, in dem Versuch, eine schändliche Tat zu büßen. Was Abraham Lewis betrifft, wusste ich nicht genau, was ich über ihn denken sollte. Ben hatte ihn »als guten Menschen« bezeichnet, »nur der Stimme seines Gewissens treu«. Aber er hatte etwas Seltsames, fast Zwielichtiges an sich. War es wirklich nötig gewesen, mir all das weiterzugeben, was Pietri ihm erzählt hatte? Die Frage war müßig, es gab kein Zurück. Was mir jener Mann erzählt hat, werde ich nie aus meinem Gedächtnis löschen können.

[Nach einem Dutzend durchgestrichener Zeilen steht da, in kräftiger, fester Schrift, zu lesen:]

Wegen der Zeitverschiebung wachte ich sehr früh auf. Ich hatte eine Verabredung mit Abraham Lewis, doch mir war gleich klargewesen, dass ich sie nicht wahrnehmen würde. Ich packte meine Sachen, zahlte die Rechnung und ging auf die Straße. Beim Bahnhof Atocha nahm ich ein Taxi zum Flughafen Barajas, obwohl ich nicht einmal wusste, wann das nächste Flugzeug nach New York gehen würde.

[...]

Was soll ich Ben erzählen?

Dasselbe, was ich Teresa erzählen würde, wenn sie noch am Leben wäre. Das heißt, alles außer der Wahrheit. Ich werde eine heldenhafte Vergangenheit für Umberto Pietri erfinden.

Aber vielleicht erzähle ich ihm auch die Wahrheit.

ZEHN

Dialog der Toten

1. Juni 1992

Meine erste direkte Begegnung mit den atmenden Seiten von *Brooklyn* fand an einem 1. Juni statt, jenem Datum, dem in Gals geheimem Kalender die größte symbolische Bedeutung zukam. Ich war gerade dabei, in der Court Street in ein paar gebrauchten Büchern zu blättern, als mir jemand auf die Schulter klopfte.

Er war es.

Ich begrüßte ihn überschwänglich, aber sein schwermütiger Blick brachte meine Stimmung sofort zum Kippen.

Ist was los, Gal?

Ich wollte mit dir reden, und da Mittwoch ist, dachte ich, du würdest vielleicht bei Fuads vorbeigehen.

In der Tat gehe ich am Flohmarkttag gerne dort vorbei. Fuad kommt aus Beirut, ist um die sechzig, hat lange in Panama gelebt und kann deshalb ein paar Brocken Spanisch. In seinem Stand, verborgen unter den verschiedenartigsten Objekten, die man sich vorstellen kann, steht immer eine Kiste mit alten Büchern. Wenn man sich die Mühe macht, darin herumzustöbern, kann man eine Überraschung erleben, schon alleine, weil viele der Bücher einen spanischen Titel tragen. Kurz nach unserem Kennenlernen, hatte mir Gal von Fuads Büchern erzählt, und nicht selten trafen wir uns mittwochs am Stand des Libanesen. An jenem Tag war ich gerade auf eine mexikanische Ausgabe von Valle Incláns *Wunderlampe* gestoßen. Das Buch war so alt, dass die ockerfarbenen Seiten mir beim Blättern fast zwischen den Fingern zerbröselten. Ich wollte Gal meine Entdeckung zeigen, doch er packte mich am Ärmel und sagte eindringlich:

Du weißt doch, was heute für ein Tag ist, oder?

Ich musste kurz überlegen.

Der erste Juni, warum?

Und, fällt der Groschen?

Warum?

Na, es ist Nadjas Geburtstag.

Nadjas Geburtstag?

Schon klar, warum solltest du das auch wissen? Es ist nur so, dass ich beschlossen habe, ihr zu gratulieren. Als Überraschung.

Ich sagte nichts. Seit drei Jahren hatte Nadja kein Lebenszeichen mehr von sich gegeben. Sie war spurlos verschwunden.

Ich meine es ernst, ich werde sie anrufen.

Wo denn?

In Las Vegas.

In Las Vegas, wiederholte ich.

Da ich nichts weiter zu sagen wusste, gab ich ihm das Buch, drehte ihm den Rücken zu und tat, als würde ich weiter in der Kiste stöbern. Nach ihrem Verschwinden hatte Nadja einige Monate lang nichts von sich hören lassen. Dann war ein Brief von ihr im Oakland angekommen. Gal hatte gedacht, dass es sich um eine einmalige Geste handelte, aber nach einigen Wochen war ein zweiter Brief gekommen, und weitere waren gefolgt. Am Anfang hatte sie nur sporadisch geschrieben, aber nach einem Jahr hatte sie angefangen, regelmäßig zu schreiben, ein-, manchmal zweimal im Monat. Die Briefe trugen keinen Absender, so dass Gal sie weder beantworten noch zurücksenden konnte, aber diese Briefe ließen ihn wissen, dass Nadja lebte, dass sie an ihn dachte, dass sie ihn brauchte, wie er selbst es mir einmal gestanden hatte. Gegen Ende des zweiten Jahres waren die Briefe seltener geworden, und eines Tages waren sie ganz versiegt. Zum letzten Mal hatte sie Anfang 87 geschrieben, eine Postkarte, ausgerechnet aus Las Vegas. Von da ab gab es keine Nachrichten mehr von ihr.

Woher weißt du, dass sie in Las Vegas ist?, fragte ich, noch mit dem Rücken zu ihm. Da er keine Antwort gab, drehte ich mich zu ihm um.

Er blätterte in dem Buch von Valle Inclán. Ich begriff, dass er nicht reden wollte, und so drängte ich ihn nicht. Ich dachte darüber nach, was Frank mir erzählt hatte. Nadjas Schweigen war zu einem Rätsel geworden, das die ganze Atmosphäre des Oakland geprägt hatte. Der Galizier hatte mir gestanden, dass er die Dienste einer Detektei in Anspruch genommen hatte, nicht nur, weil er Gal noch nie so niedergeschlagen erlebt hatte, sondern auch, weil er selbst neugierig geworden war. Es hatte nichts gebracht und ihm auch noch dreitausend Dollar aus der Tasche gezogen. Mir kam der Bericht in den Sinn, den Bob Carberry in Gals Auftrag verfasst hatte, als der es sich in den Kopf gesetzt hatte, sie ausfindig zu machen, gleich nachdem sie ihm über den Weg gelaufen war. Hätte er ihn nun darum gebeten, den Bericht zu Nadja Orlov zu vervollständigen, hätte Carberry nur vier Worte gebraucht: *Von der Karte ausradiert.* Dabei erschien es mir nicht völlig unmöglich, dass Nadja wieder ein Lebenszeichen von sich gegeben hatte, auch nach so langer Zeit. Im Gegenteil, es wäre sogar typisch für sie gewesen. Wenn ich trotzdem sicher war, dass das nicht passiert war, lag es daran, dass Gal sich völlig anders verhalten hätte, wenn sie hätte von sich hören lassen. Ich wusste nicht, woher er die Schnapsidee hatte, nur, dass sie völlig aus der Luft gegriffen war. Er klappte das Buch bedächtig zu und betrachtete den Umschlag.

Nicht schlecht.

Gefällt es dir? Ich schenke es dir.

Du glaubst mir nicht, stimmts? Du denkst, ich spinne. Er legte das Buch zurück in die Kiste. Du liegst falsch. Ihr liegt alle falsch. Ihr denkt, dass ich schon lange nichts mehr von ihr weiß, aber das ist nicht wahr. Ihr könnt es nicht wissen, weder du noch irgendjemand sonst, aber ich habe eine unfehlbare Methode, um mit Nadja in Kontakt zu treten. So ist es, mit Nadja und mit … den anderen, mit all den anderen. Das hat niemand von euch gewusst.

In den Tiefen seinen Blicks erhaschte ich einen Funken Härte, der neu für mich war und den ich nicht zu deuten wusste.

Gal, ich würde gerne weiter mit dir plaudern, doch ausgerechnet heute hat Dylan ein Abteilungsmeeting angesetzt. Ich darf nicht zu spät kommen, aber wenn du später im Oakland bist, können wir uns dort sehen.

Es war das, worüber ich mit dir sprechen wollte. Heute Nachmittag kann ich nicht, aber wenn du vorhast, hinzugehen, möchte ich dich um einen Gefallen bitten.

Ja klar, um was geht's denn?

Er zeigte mir eine grüne Pappmappe.

Gib sie Frank, oder irgendjemandem, der heute dort arbeitet. Ich werde sie später abholen.

In Ordnung.

Ness …

Ja?

Wenn du willst … Naja, alles was hier drinnen ist, sind Manuskripte von mir … Du verstehst mich schon, du bist ja auch Schriftsteller.

Mach dir keine Sorgen, sie sind in guten Händen.

Er machte weiter keine Anstalten zu gehen. Er war offenbar noch nicht fertig.

Darum geht es nicht. Was ich sagen möchte, ist … Also, wenn du willst, kannst du einen Blick auf das werfen, was drinnen ist. Vielleicht kannst du mich dann besser verstehen.

Ich sah ihm prüfend in die Augen, auf der Suche nach einer versteckten Absicht; falls es eine gab, ist sie mir entgangen. Als ich die Mappe in meinen Händen hielt, bedankte er sich und verschwand in Richtung Montague Street.

Ich war wie benommen. Was hatte das zu bedeuten? Was beabsichtigte Gal Ackerman damit, dass er mir seine Texte anvertraute? Wollte er mich auf die Probe stellen? Oder vielleicht …? Ich konnte mich des Gefühls nicht erwehren, dass er mir mehr anvertraut hatte als eine Handvoll Texte. Ich schob diesen Gedanken beiseite und steckte meine Hand in die Kiste, um den Fang des Tages zu retten. Als ich vor ihm stand, führte Fuad seine Hand ans Herz und grüßte mich wärmstens auf Spanisch.

Viel gut, Habibi!, sagte er und warf einen höchst flüchtigen Blick auf das Buch. Und unser Freund Gal? Wohin gehen er so eilig? Ich zuckte mit den Schultern und fragte ihn, wieviel er denn nun für die *Wunderlampe* haben wolle.

Gut Sache, viel alt, sagte er und streichelte den Umschlag. Für dich nur ein Dollar, Habibi.

Erst ein paar Stunden später fielen mir Gals Texte wieder ein. Das Meeting, das Taylor einberufen hatte, war ziemlich kurz gewesen. Ich ging zurück in meine Kajüte und fing an, eine ziemlich lange Reportage abzutippen. Wenn ich diese Art von Arbeit verrichte, schalte ich auf Autopilot und lasse meiner Phantasie freien Lauf. Ich war fast fertig, als durch die Luke direkt über meinem Schreibtisch die pralle Mittagssonne drang und meine Kajüte überflutete. Ich las die Schlusssätze schnell nochmal durch und erklärte den Artikel für abgeschlossen. Als könnte er hellsehen, steckte Dylan den Kopf durch die Glastür:

Na, wie sieht's aus? Gehen wir was essen?

Mein Blick fiel auf die grüne Mappe.

Heute passt es mir nicht, ich will mir noch was anschauen. Macht es dir was aus, mir irgendein Sandwich mitzubringen?

Ich gab ihm einen Fünfdollarschein.

Ok, sagte Dylan, nahm das Geld und verschwand.

Das Licht, das durch die Luke strahlte, begann schwächer zu werden. Ich löste die Gummibänder, die die Mappe zusammenhielten, klappte den Deckel auf und erklärte:

Alles klar, Gal, lass uns mal schauen, ob ich dich dann besser verstehe!

In der Mappe steckten drei Schnellhefter in unterschiedlichen Farben. Ich musste lächeln. Obwohl aller Wahrscheinlichkeit nach gar keine Logik dahintersteckte, schien mir Gal einen persönlichen Farbencode zu benutzen, indem er für seine Korrekturen, Unter- und Durchstreichungen Bleistifte und Tinten unterschiedlichster Art benutzte, ebenso wie seine Hefte und Mappen, die er auch noch nach Farben zu taufen pflegte (Schwarzes Heft, Graue Mappe ...), eine beträchtliche Variationsbreite aufwiesen, wobei es auch andere Kriterien der Namensgebung gab, vor allem bei den Heften. Ich legte die drei Hefter auf den Tisch und bildete dabei eine Art Fächer: Einer war blau, ein anderer gelb, der dritte aus durchsichtigem Plastik. Der erste war mit einem Etikett versehen, auf dem zu lesen stand:

HEFT DES TODES

Ich fing an zu lesen.

29. April 1991
Grand Army Plaza

In New York geschehen an einem Tag so viele Dinge, dass es unmöglich ist, auch nur einen Bruchteil davon in den Heften festzuhalten. Soll ich Todd Andrews spielen und die flüchtige Oper des Lebens in einem umhertreibenden Stapel Papier bannen? Man muss seine Phantasie gar nicht unnötig anstrengen, es reicht schon, nach dem Zufallsprinzip Meldungen aus den Tageszeitungen zu sammeln. Ich habe den Morgen damit verbracht, in der öffentlichen Bibliothek an der Grand Army Plaza die Tagezeitungen durchzublättern. Die Nachricht habe ich zuerst in der *Post* gefunden, dann auch in den anderen Tageszeitungen. Alle halten sich strikt an die Fakten. Am Ende habe ich mich für die schauderhafte Nüchternheit der *New York Times* entschieden.

Direkt danach eine mit Bleistift geschriebene Notiz, *Transcription verbatim*, gefolgt von einem mit Kugelschreiber geschriebenen Text, der Kopie einer Nachricht aus einer Tageszeitung.

IM MÜLL: EIN KURZES LEBEN
UND EINE LIEBESBOTSCHAFT

Am vergangenen Montag, 29. April, um 13.30 Uhr ging im 83. Bezirk in Brooklyn ein anonymer Anruf ein mit der Meldung des Fundes eines Neugeborenen in einem Abfallcontainer in Bushwick, einem der ärmsten Bezirke Brooklyns. Der Anruf kam aus einer Telefonzelle auf der gegenüberliegenden Straßenseite von Nr. 12 Cornelia Street, einem dreistöckigen Haus. Unmittelbar darauf beorderte Lt. Nicholas J. Deluise die Beamten Kenneth Payumo und Maureen Smith zum Tatort. In dem Container befand sich eine gelbe Plastiktüte. Beim Öffnen fanden die Agenten den leblosen Körper eines neugeborenen Mädchens vor. »Der Körper war mit größter Sorgfalt eingewickelt worden«, erklärte Smith, der zudem bestätigte, dass der Verantwortliche »makellose« Arbeit geleistet habe. Das Mädchen trug einen geblümten Schlafanzug und hatte eine Windel an. Es war in eine rosafarbene Decke gewickelt, an der mit einer Sicherheitsnadel eine Notiz befestigt worden war. »Bedauerlicherweise erhalten wir viele Hinweise dieser Art«, bemerkte Lt. Deluise. »Sowas passiert«.

(R. Miller, *NYT*)

Was Gal als *Transcription verbatim* bezeichnet hatte, war in der Tat seine eigenhändige Übertragung der Nachricht, die er in der *Times* gelesen hatte, eindeutig wortwörtlich. Die Nachricht selbst befand sich nicht in dem Heft, aber ein Ausschnitt mit einer Fotografie der Notiz, die an der Decke befestigt gewesen war, die den Körper des Mädchens bedeckt hatte. Gal hatte den Ausschnitt direkt unter seine handschriftliche Abschrift geklebt. Zwei Sätze erschienen auf Englisch, die Großbuchstaben hatte er hervorgehoben, genau wie auf dem Foto:

__B__itte kümmern __S__ie sich um meine __T__ochter.
__S__ie wurde am 26. __A__pril geboren, um 12:42 Uhr.
__I__hr __N__ame ist __A__pril __O__livia.

__I L__ove __H__er very much
__T__hank __Y__ou

__S__ie starb um 10:30 __U__hr.
__A__m 29. __A__pril 1991.
__E__s tut mir leid.

Im zweiten Heft fand ich eine Art Skizze der Gegend, die Gal die Werft nannte, bei den alten Brooklyner Docks. Als ich sie betrachtete, regte sich eine vage Erinnerung in den Tiefen meines Gedächtnisses an das eine Mal, da ich mit ihm dort gewesen war. Am Rand, neben der Skizze, las ich einige Namen, die ich kannte: *Atlantic Avenue*, *Luna Bowl*, *Oakland*. Vom ersten Namen zeigte ein Pfeil ins Zentrum der Avenue, die beiden anderen Orte, zu denen ebenfalls Pfeile hinführten, waren durch blaue Kreuze gekennzeichnet. Ich verweilte bei den Orten innerhalb der eigentlichen Werft, die auf der Skizze markiert waren. Sie kamen mir irgendwie bekannt vor, weil ich sie von Gal gehört hatte, ohne zu wissen, was sie für ihn bedeuteten. Ich las die Namen wieder und wieder, als würden sie mir etwas verraten können: *Trockendock*, *Runder Turm*, *Wasserspeicher*. Anderswo hatte Gal die Worte *Tempel* und *Altar* hingeschrieben. Verstreut über die ganze Fläche der Werft gab es mehrere Orte dieser Art. Ich hatte keine Ahnung, was die vielen unterbrochenen

Linien zu bedeuten hatten. Manche von ihnen verbanden verschiedene Punkte der Karte miteinander, während andere in Bereichen zu schweben schienen, die nicht genauer bezeichnet waren. Unten auf dem Blatt stand das Datum, 1. Juni 1989. Die Karte der Werft war also zwei Jahre alt. Bevor ich sie wieder in den Ordner zurücklegte, betrachtete ich sie lange, und je länger ich mich mit ihr befasste, umso deutlicher wurden die Bilder von jenem Tag, an dem ich mit Gal an den Docks entlanggelaufen war. Seine phantastische Geografie war mir nicht völlig fremd. Die Tempel, die Altäre … Ich war mit Gal dort gewesen. Er hatte mir diese Plätze gezeigt und mir deren Sinn erläutert. Ich war vor den Grabmälern gestanden, die er auf seine eigene Art geschmückt hatte. Ich war auch die Treppe jenes zerfallenen gelben Backsteingebäudes hochgestiegen, das er als *Den Tempel der Zeit* bezeichnete.

Im dritten Heft befand sich der Durchschlag eines Briefes von Nadja, den Gal sorgfältig abgetippt hatte. Genau wie bei dem Brief, den Abe Lewis an Ben Ackerman geschrieben hatte, um ihm von seiner Begegnung mit Pietri zu berichten, konnte ich bis heute weder das Original des Briefes noch der Abschrift finden.

20. Januar 1980

Lieber Gal,
ich bin in Coney Island, und ich schreibe dir, weil ich nicht weiß, was mit mir los ist. Ich möchte weinen, aber ich kann nicht. Erinnerst Du dich, wie ich Dir, wenn ich mich so fühlte wie jetzt, manchmal sagte, dass mir Bilder vom Meer erschienen, wie um mich zu retten? Du hast gelacht, aber genau das ist es, was mir gerade passiert. Eben habe ich eine sehr leise, schwache Stimme vernommen, fast unhörbar. Nein, es handelt

sich nicht um eine meiner Verrücktheiten, lass es mich dir auf meine Art erzählen. Ich war es, es war meine Stimme als kleines Mädchen in Laryat. Du musst mir glauben. Ich habe es überprüft. Ich habe die Augen zugemacht und alles wiedergesehen, den opalen Himmel und einen See. Nein, es ist nicht in Laryat, und es ist auch kein See, es ist das Meer, und ich bin vier Jahre alt, weil auf der Straße, die zum Strand führt, Papas blauer Mustang steht, und als wir nach Amerika kamen, war ich vier Jahre alt, das werde ich nie vergessen. Es ist in Nantucket, denn dort haben wir den ersten Sommer am Strand verbracht. Ich bin allein mit meinen Eltern, ich weiß nicht, warum mein Bruder Sascha nicht dabei ist. Meine Eltern sind sehr jung, jünger, als ich es jetzt bin. Diese Feststellung erfüllt mich mit Unruhe, aber ich halte die Erinnerung fest. Ich sehe den Körper meines Vaters, athletisch, männlich; er trägt eine Badehose, enganliegend, mit einem weißen Streifen auf jeder Seite. Lächelnd kommt er näher, hebt mich hoch und küsst mich. Meine Mutter sitzt am Strand. Sie trägt eine Sonnenbrille und reibt sich die Beine mit einer weißen Flüssigkeit ein. Glaubst Du, Gal, dass es möglich ist, sich mit einer solchen Klarheit an etwas zu erinnern, das ich mit vier Jahren erlebt habe?

Mein Vater setzt mich auf mein kleines Handtuch und rennt zum Ufer. Als ihm das Wasser bis zur Hüfte reicht, taucht er gekonnt ein, und meine Mutter widmet sich wieder ihrem Buch. Die Wellenkronen rücken in geordneten Reihen vor, und dabei bilden sich Mulden, in denen die Gestalt meines Vaters auftaucht und wieder verschwindet. Ich kann meinen Blick nicht von seinem Kopf abwenden, der immer kleiner wird, bis er schließlich ganz verschwindet. Der Gedanke, dass er nicht mehr zurückkommen könnte, dass das Meer ihn verschluckt haben könnte, versetzt mich in panische Angst. Ich sehe zu meiner Mutter hinüber, aber an ihr ist nicht die geringste Beunruhigung zu bemerken, was mich beruhigt, wobei sie etwas gespürt haben muss, denn sie nimmt die Sonnenbrille ab und lächelt mir zu, als würde sie mir sagen wollen, dass alles gut sei. Ich habe ein Foto von ihr genau an diesem Strand, sie sieht in die Kamera, mit der Sonnenbrille in der Hand, in dem gleichen geblümten Badeanzug mit den Anemonen, die sich von ihrer Haut abheben. Ihre Zehnägel sind knallrot lackiert, ein Rot, das ich klar und deutlich vor mir sehe, obwohl das Foto schwarz-weiß ist. Papa ist nicht ertrunken, sein Kopf taucht wieder auf; ich erkenne die rhythmische Bewegung seiner Arme beim Ein- und Auftauchen, die Schaumspur, die er hinterlässt. Als ich gewahr werde, dass er näherkommt, beginne ich vor Freude zu jauchzen. Unfähig, mich im Zaum zu halten, renne ich ihm entgegen, damit er mich in seine Arme nimmt. Das Wasser ist kalt, und ich schaudere, aber ich liebe es. Wir gehen zu meiner Mutter, die aufhört zu lesen, das Buch in den Korb neben sich steckt und aufsteht. Von da an gibt es nur noch sie. Sie zieht die Bademütze an, steckt ihre Haare mit einer schnellen Bewegung darunter, nur die Nackenhaare schauen noch raus, und schiebt sich das Gummiband unters Kinn.

Sie macht alles ganz anders als er. Sie taucht nicht plötzlich ein; als das Wasser ihr über die Knie reicht, bückt sie sich und bespritzt sich vorsichtig die Schultern und die Brust mit Wasser, dann geht sie weiter, bis sie nicht mehr stehen kann. Sie ist eine feine, elegante Schwimmerin, und sie schwimmt nicht aufs Meer hinaus, sondern parallel zum Ufer. Bei ihr habe ich keine Angst, dass sie ertrinken könnte, erstens, weil ich sie die ganze Zeit sehen kann, aber vor allem weil sie weiß, dass ich sie nicht aus den Augen lasse, und mir daher immer wieder von Weitem zuwinkt.

Papa liest nicht so gerne, stattdessen erfindet er immer wieder neue Dinge. Er nimmt mich an die Hand und erzählt mir alles Mögliche zu den Dingen, die uns über den Weg laufen. Ich liebte es, seinen Erklärungen zuzuhören, alle so präzise, jene Worte aus seinem Munde zu hören, die nur er kannte und die ich wiederholen musste, bis ich sie auswendig kannte. Es waren sehr viele. Weißt Du noch, dass ich sie Dir manchmal aufsagte? Die Steine am Wellenbrecher waren Tetrapoden. Es gab ein Wort, das ich nie aussprechen konnte, weil ich anfangen musste zu lachen, das Wort *Coelenteraten*. Ich liebte diese Spaziergänge, über die mein Vater sagte, sie seien dazu da, um Worte zu suchen. Das Spiel endete in dem Moment, in dem meine Mutter wieder in Richtung Ufer schwamm und wir ihr entgegen liefen.

Etwas später, als wir alle drei zusammen im Sand saßen, sahen wir, wie in der Ferne das Wasser zu brodeln begann. Mein Vater erklärte mir, dass es sich um einen Schwarm Delfine handelte, noch ein neues Wort. Ein paar Tage später, auf der Fähre, sah ich direkt neben dem Schiff einen solchen Tumult. Wir standen an der Reling, und ich fragte meine Mutter, ob das Haie seien. Sie lachte und schüttelte den Kopf. Nein, Nadj, Schatz, es sind Delfine, die gleichen, die wir vom Strand aus gesehen haben, erinnerst du dich nicht? Sie sagte es so, dass klar war, dass sie sie sehr gerne hatte. Du magst sie, nicht wahr, Mama? Und als ich sie fragte, warum, gab sie mir eine Antwort, die ich nie vergessen werde. Weil sie so sind wie du, es sind Kinder, Nadj. Die Delfine haben Kinderseelen. Und Papa erklärte uns, dass uns die Delfine außerdem so viel Freude machten, weil sie lachten, auch wenn wir sie nicht hören könnten. Sie schwammen lange neben dem Schiff her, als würden sie sich dafür interessieren, worüber wir sprachen.

Einmal sah ich einen von Nahem, im Hafen von Boston. Er war sehr klein und tot, mit weit aufgerissenem Maul. Er tat mir unendlich leid, weil er noch ganz jung gewesen war. Ich fragte meine Mutter, warum man sie tötete, und sie erklärte mir, dass das keine Absicht sei, sie würden sich in den Netzen verfangen, aber trotzdem, ich weiß nicht warum, dachte ich weiter, dass es doch Absicht sei.

Wie seltsam, ohne Dich in Brighton Beach zu sein. Als ich ankam, haben mich die Erinnerungen überfallen, als hätten sie auf mich gewartet, die meisten hatten mit Dir zu tun. Seit Jahren war ich nicht hier gewesen. Die Wohnung ist schon halb ausgeräumt. Zadie hat geheiratet und will sie verkaufen. Du kannst dir nicht vorstellen, wie traurig mich das macht. Ich würde Dich so gerne sehen, Dich hier bei mir haben, aber noch ist es nicht soweit. Ich brauche noch Zeit für mich allein, um den Schmerz des Verlustes zu verarbeiten. Ich weiß doch, was mit mir los ist. Die Ironie besteht darin, dass ich es ausgerechnet Dir erzählen möchte. Es ist nicht fair, aber ich kann nicht anders: Gal, ich habe wieder eine Fehlgeburt gehabt. Bitte nicht noch eine, habe ich gesagt, als die Gynäkologin mir erklärte, was passiert war. Die Wahrscheinlichkeit, die Schwangerschaft auszutragen, wird mit jedem Mal geringer. Zuerst dachte ich, dass ich sterben wollte, so überwältigend war der Schmerz. Ich bilde mir ein, dass ein Tod durch Ertrinken nicht so quälend sein kann, im Gegenteil, ich stelle mir vor, dass es ein sehr süßer Tod sein muss, langsam einschlafen, bis es vorbei ist. Entschuldige Gal, ich rede dummes Zeug, aber ich weiß nicht, was ich tun soll, um meine Qual zu lindern. Und diese Qual ist keine Einbildung: Ich werde wahrscheinlich niemals Kinder bekommen können.

Es gibt Zufälle, von denen ich nicht weiß, wie ich sie deuten soll. Wahrscheinlich sind sie nichts als Zufälle. An dem Tag, an dem ich in Klinik ging, bin ich 29 geworden. Es kommt mir unglaublich vor. Wo ist nur die Zeit geblieben? Da gehst du um die Ecke und stellst fest, dass du alt geworden bist. Nimm meine Mutter, schon 61; es ist für mich unvorstellbar, dass sie die strahlende Schönheit, die sie besaß und wegen der sich die Leute auf der Straße nach ihr umdrehten, verloren hat. Jeden Morgen, wenn ich aus der Dusche komme, betrachte ich meinen Körper, prüfe die Verwüstungen der Zeit in meinem Gesicht, ich habe Falten um die Augen, um die Lippen, niemand sieht sie, niemand kann sie sehen, nur ich. Aber ich will mich nicht beklagen, das ist es nicht. In Wirklichkeit macht mir das Altern nicht so viel aus. Es ist so offensichtlich, dass der Versuch, es zu vertuschen, sinnlos ist. Aber vor allem, Gal, vor allem kümmert mich das Altern nicht, weil ich keine Angst davor habe, was auf mich zukommt. Ich habe jede Hoffnung verloren, und ich sage das nicht, weil ich einfach genug habe. Ich versuche mir nichts vorzumachen. Ich nähere mich der Zukunft wie einem Abgrund. Am Grund der Schlucht gibt es nichts, was mich erwartet. Ich gebe mich mit dem zufrieden, was mich umgibt. Manchmal finde ich Schönheit in Augenblicken, in Orten und in den Menschen, die ich kenne. Aber ich bin nicht fähig, mich auf die Dinge einzulassen, mich jemandem hinzugeben, Gal, Du weißt das alles nur zu gut. Niemand kennt mich so gut wie Du. Etwas zwingt mich, weiter zu suchen, ohne genau zu wissen, nach was ich suche. Ob das der Grund dafür ist, dass ich mich so nach einem Kind, einer Tochter, gesehnt habe? Oder hatte diese Sehnsucht gar keinen tieferen Grund? Vielleicht war es auch nur die Stimme der Natur, wobei ich viele Frauen kenne, die schon der bloße Gedanke zum Schaudern bringt. Ein Kind, Gal, eine Tochter. Ich werde mich damit abfinden müssen. Deshalb gebe ich mich zufrieden mit der bescheidenen Schönheit einiger rarer Momente. Das Einzige, was mir Kraft gibt, ist die Schönheit, auch wenn es sich so oft um eine traurige Schönheit handelt. Es gibt Menschen, die wissen, was sie wollen, und zu allem bereit sind, um es zu erreichen. Aber ich, ich weiß es nicht, habe es nie gewusst. Ich versuche nicht, der Welt meinen Willen aufzuzwingen: Ich versuche die Dinge so zu nehmen, wie sie mir begegnen, und wenn man den Schleier lüftet, der über ihnen liegt, erlebt man ein kleines Wunder, ein Wunder des Friedens oder ein Wunder der Schönheit. Wir sollten uns damit zufriedengeben. Das ist vielleicht der Sinn, der im Altern steckt. Es ist wie der Herbst, der Auftakt zum Tod der Dinge. Wie der Schnee, wie das Feuer. Dinge, die einfach nur schön sind. Aber ich kann nicht umhin, dass sie für mich auch traurig sind. Ich schreibe das alles und denke dabei, dass Du es eines Tages lesen wirst; beim Schreiben spüre ich, wie meine Gedanken klarer werden, wenn ich das tue, beginne ich manche Dinge besser zu verstehen. Wenn ich mit Dir zusammen war, konnte ich nie so mit Dir sprechen: Das geht nicht, wenn jemand Dir so nah ist. Wenn der Abstand so klein ist, kann man sich nur mit dem Körper verständigen. Das hast Du auch immer gesagt. Wenn ich Dich hier bei mir hätte, würde ich Dich gerne berühren, Dich beißen, zärtlich oder auch zornig, aber dann gewinnt die Begierde die Oberhand. So, so weit von Dir entfernt, schreibe ich Dir, während die Nacht hereinbricht, die Worte, die damals nicht geboren werden konnten. Hier sind sie, hier schreibe ich sie für Dich nieder, damit nur Du sie liest.

Gal, ich habe für ein Augenblick aufgehört zu schreiben, bin zum Telefon gegangen, und ohne abzuheben habe ich mehrmals die Nummer des Oakland gewählt. Und jedes Mal, wenn ich es tat, habe ich mir gesagt: Und wenn ich ihn wirklich anrufe? Aber das darf ich nicht. Ich habe gewartet, bis die Wählscheibe sich zurückgedreht hatte, und als sie stillstand, bin ich zum Brief zurückgekehrt, falls daraus ein Brief wird, denn wahrscheinlich werde ich ihn niemals abschicken. Weißt Du, als ich in der Klinik wieder zu mir kam, habe ich mit der Krankenschwester, die für mich zuständig war, einen Augenblick Russisch gesprochen. Sie war aus der Ukraine, aus Kiew, und hieß Inna. Ich habe sie gefragt, ob das Geschlecht des Fötus bekannt sei. Sie hat mich vorwurfsvoll angesehen, weil ich nach etwas gefragt hatte, was ich schon wusste. Ich war bereits in der siebten Woche schwanger gewesen. Aber als sie sah, dass ich weinte, sagte sie mir, dass es ein Mädchen war. Und was ist aus dem Fötus geworden? Sie drehte sich um und ließ mich stehen. Aber was machen die damit, Gal? Was machen sie mit den Kindern, die tot geboren werden? Mir kam etwas Fürchterliches in den Sinn: Sie verwenden sie für Kosmetik. Sie haben so eine zarte Haut, die sie für diejenigen gebrauchen können, die nicht alt werden wollen. Es war ein Mädchen, und ich musste daran denken, wie du mir sagtest, dass wir eines Tages eine Tochter haben würden, der wir den Namen Brooklyn geben würden. Brooklyn, was für ein Einfall. Entschuldige bitte. Wie seltsam diese Notwendigkeit ist, mit Dir zu sprechen, obwohl ich doch weiß, dass Du mich nicht hören kannst. Wie seltsam, dass das die einzig mögliche Form ist, mit Dir zu sprechen. Mir wird klar, dass es besser wäre, Dir diesen Brief nicht zu schicken, in dem ich nichts tue, als ziellos umherirrende Gedanken niederzuschreiben. Sicher werde ich es nicht tun, und ich weiß, dass es Dir nicht gleich ist. Aber ob ich ihn Dir nun schicke oder nicht, das Schreiben allein hat mir schon gut getan. Mir reicht es zu wissen, dass Du existierst. Ich bilde mir ein, dass diese Gedanken Dich erreichen, indem ich sie aufs Papier schreibe. Ich kann sogar Deine Stimme hören, die mich beruhigt, die mir sagt, dass alles in Ordnung ist, ich soll doch schlafen gehen. Du hast mir immer gesagt, ich sei sehr zerbrechlich, aber da irrst Du dich. In Wirklichkeit bin ich stark. Du bist schon immer viel schwächer gewesen als ich. Jetzt verlasse ich Dich, weil ich sehr müde bin, ich habe eine Tablette genommen, und ich weiß nicht mehr, was ich da schreibe.

Einen Seelenkuss von Deiner

Nadja

Nach der Lektüre von Nadjas Brief lieferten sich die Bilder in meinem Kopf einen wilden Kampf. Als könnte ich damit die Bilder vertreiben, klappte ich die Mappe zu. Ich fühlte mich fast wie im Fieber. Alles, die Geschichte von April Olivia, die Erinnerungen, die die Karte der Werft in mir hatte aufsteigen lassen, das heutige Datum und jetzt Nadjas Worte, die sie mir zum ersten Mal als reale Person erscheinen ließen und nicht wie eine gespenstische Projektion von Gals Phantasie, erfüllte mich mit Unruhe. Wie eine ungewisse Vorahnung, die nichts Gutes verhieß.

Dank Dylan, der seinen Kopf in meine Kajüte steckte, gelang es mir, in die Wirklichkeit zurückzukehren.

Ich habe dir das Sandwich des Tages mitgebracht. Hier hast du dein Wechselgeld.

Danke Dylan. Hör mal, etwas Unvorhergesehenes ist passiert, und ich muss überraschend weg.

Und das Sandwich?

Mir ist der Appetit vergangen.

Und die Reportage?

Ist fertig. Naja, am Ende war ich etwas sehr in Eile.

Non ti preocupare de niente … Ich werde einen letzten Blick darauf werfen, hör mal, du bist ja total durcheinander, was ist passiert? Geht es dir gut?

Mir schon, es ist wegen Gal.

Ist ihm etwas zugestoßen?

Ich glaube nicht, ich weiß es nicht. Frag mich nicht, Dylan. Morgen werd' ich es dir erklären.

Zu Befehl, Chef, verzeihen Sie …

Er wollte mir noch etwas sagen, aber ich schoss wie der Blitz an ihm vorbei und runter zur Garderobe. Auf der Straße hielt ich ein Taxi an und bellte den Fahrer an, er solle mich nach Brooklyn Heights bringen.

Frank stand an der Theke und plauderte gemütlich mit Viktor Baez. Hastig berichtete ich ihm vom heutigen Treffen mit Gal an Fuads Stand. Er hörte aufmerksam zu, und als ich fertig war, hob er die rechte Hand zum Zeichen, dass ich mich beruhigen solle. Dann bat er seinen Assistenten, im Luna Bowl anzurufen. Von meiner Unruhe angesteckt, stürzte Viktor in die Kabine neben der Musikbox.

Jimmy selbst war dran, Chef, sagte er, nachdem er aufgelegt hatte. Er ist auch in Alarmbereitschaft. Es sieht so aus, als hätte der alte Cletus Gal gegen zwei in der Nähe der Halle herumstreifen sehen, aber bis zur Tür hat er es nicht geschafft. Cletus meinte, dass er sehr durcheinander gewirkt habe. Er ist hingegangen, um ihn zu fragen, ob alles in Ordnung sei, aber Gal hat sich umgedreht und ist in Richtung Docks davongetrottet, wobei er anscheinend wild gestikuliert hat. Cletus sagt, er sei ein paarmal gestolpert und fast hingefallen.

Otero nahm die Golfmütze ab und kratzte sich am Kopf.

Was ist heute für ein Tag, Ness?

Der 1. Juni.

Aber natürlich, das ist es! Wieso ist mir das nicht früher eingefallen?

Das ist die Mappe, die ich dir geben soll, sagte ich. Er hat darauf bestanden, dass ich einen Blick auf die Papiere werfe, die drinnen sind. Alles dreht sich um Nadja, das heutige Datum und die Docks.

Ich gab ihm die Mappe. Tief in Gedanken, gab Frank sie an Viktor weiter.

Bring das in mein Büro, bitte.

[Aus meinem Tagebuch abgeschrieben; 6. August 89. Notizen zu einer Pastiche-Parodie à la Gal]

›Wie Néstor Oliver-Chapman zum ersten Mal von einem Ort sprechen hörte, der Werft genannt wurde‹
(Stark verkürzter Bericht)

Eines Tages erschien unerwartet die Polizei im Oakland. Anscheinend hatten einige Jungs, die zum Zeitvertreib zur Müllhalde der Trockendocks gegangen waren, um mit einem Luftgewehr auf Ratten zu schießen, in einem der Docks einen bewusstlosen Mann gefunden. Das, was am Ehesten zur Identifizierung beitragen konnte, war eine Karte mit Franks Namen, deshalb war die Polizei gekommen.
Franks Stimme:

Es waren zwei große Typen, einer dunkelhäutig, wahrscheinlich ein Italiener, der andere Bulle mit einem Schnurrbart, der aussah wie der Lenker eines Fahrrads, blond, mit blauen Augen, Ire, wie die Metallplakette mit seinem Namen verriet, Kerrigan.

Er führte die Hand zum Ledergürtel, der wegen des Gewichts der Pistole, die er im Halfter trug, etwas schief hing. Indem er den Gürtel enger schnallte, sagte er, er komme vom Hafen. Ein Krankenwagen habe den Unbekannten abgeholt und ins Long Island College Krankenhaus gebracht. Die Karte, die sie gefunden hätten …

Frank unterbrach ihn, um zu sagen, dass er genau wisse, um wen es sich handle, und gab ihnen die entsprechende Auskunft: wie er hieß, dass er ihm seit 85 ein Studio vermietet hatte, in dem er lebte … (der Ire notierte alles in einem Heft). Wiederholt längere Abwesenheiten. Schriftsteller, Lektor, Übersetzer, all dieses Zeug. Natürlich sagte ich ihm, dass ich mich um ihn kümmern würde.

Der Beamte Kerrigan erklärte sich bereit, mich mit dem Polizeiauto ins Krankenhaus zu fahren.

Ja, natürlich fuhr ich hin. Akute Alkoholvergiftung.

Nein, Ness, es war nicht das erste Mal, dass man ihn bewusstlos aufgefunden hat, aber das erste Mal, dass es in der Werft passiert ist.

Am besten sollte ich mich mal bei den Docks umschauen. Er muss dort sein, meinst du nicht, Frank?

Soviel ist sicher, die Frage ist nur, in welchem Zustand. Ich weiß nicht, ob ich dich alleine hingehen lassen soll. Er zog noch einmal an seiner Zigarre und legte sie zurück in den Aschenbecher. Wenn er wieder rückfällig geworden ist, wirst du Hilfe brauchen. Aber keine Eile, es gibt keinen Anlass zu befürchten, dass etwas Schlimmes passiert ist. Lass es uns so machen: Es ist noch früh, geh du schon mal vor. Du hast Zeit, bis es anfängt zu dämmern. Wenn du bis dahin kein Lebenszeichen von dir gegeben hast, schicke ich dir die Jungs.

Wen denn?

Boy und Orlando. Du kennst sie. Die beiden Boxer, die fast jeden Nachmittag zum Billard spielen herkommen.

Ah ja, klar. Perfekt, Frankie.

Zehn Minuten später stand ich vor Jimmy Castellanos Boxhalle. Cletus, der Pförtner, war nicht am Schalter, aber ich wollte auch gar nicht zu ihm. Das, was Jimmy Viktor erzählt hatte, reichte mir. Bevor ich runterging, betrachtete ich einen Augenblick lang die Werft, auf die man den besten Ausblick hat, wenn man direkt vor dem Luna Bowl steht. In Wirklichkeit handelt es sich um eine Reihe von Brachen, strotzend vor Müll, die Gal in seiner Phantasie verklärt hat. Nach dem Stand der Sonne schätzte ich, dass mir noch etwa zwei Stunden Tageslicht blieben. Ich wusste nicht genau, wo ich mit der Suche anfangen sollte. Als er mich damals mitgenommen hatte in sein Revier, waren wir auch von der Boxhalle gekommen. Ich versuchte den damaligen Weg zu rekonstruieren, aber es war sehr schwierig, weil die Docks sich alle ähneln. Die Brachen unterscheiden sich kaum voneinander, und es gibt keine Pfade, außer denen, die Gal zu sehen behauptete. Außerdem verändert sich das Erscheinungsbild der Trümmerhaufen, je nachdem, ob Schutt abgetragen oder neuer aufgeschüttet wurde. Was mir von unserem Streifzug am deutlichsten in Erinnerung geblieben war, war ein gelbes Ziegelgebäude, das sich auf einer steinernen Plattform erhob und mit einem eisernen Gitter umgeben war. Es sah aus wie eine verlassene Lagerhalle.

Es war nicht besonders groß. Im vorderen Teil erhob sich eine Veranda über der Plattform. Zum Meer hin war die Fassade gekrönt von einem Giebel, der ihr ein griechisches Flair verlieh. Gal nannte dieses Gebäude den Tempel der Zeit.

Der Rest der Werft ist nichts als eine Aneinanderreihung von Müllhalden. Ich suchte die Plätze, die Gal auf der Karte mit einem Namen versehen hatte. Von den Docks aus führen Rampen hinunter ins trübe Wasser. Schon vor Jahren wurden sie endgültig stillgelegt. Im Trockendock warten keine Schiffsrümpfe darauf, instandgesetzt zu werden, hier gibt es nichts als eine kümmerliche Vegetation, die mit den Resten der Metallwand verschmilzt. Das Wasserbecken ist eine riesige Zisterne, mit rissigen Wänden, auf deren Rand sich die Möwen reihen. Der Runde Turm ist eine Konstruktion aus angegrautem Holz, deren Fenster mit vermoderten Holzlatten vernagelt sind.

Über die ganze Länge der Werft erstreckt sich ein umgestürzter Stacheldrahtzaun, der einst ihre Außengrenze markierte. Nur die Betonpfosten, die einmal den Zaun hielten, stehen noch. Ich stieg über den am Boden liegenden Stacheldraht, bahnte mir einen Weg durch die Büsche, die am Wegesrand wucherten, und kletterte über einen erdigen Abhang hinab. Irgendetwas schwebte in der Luft, das ich nicht zu fassen bekam, als hätte ich mich wirklich in eine Parallelwelt begeben, in einen Raum, der sich auf rätselhafte Weise von der Realität unterschied. Je näher ich dem Mittelpunkt der Senke kam, wo ein Haufen Fässer vor sich hin rostete, desto klarer wurde die Erinnerung an jenen Tag, an dem ich mit Gal dort gewesen war. Plötzlich knirschte etwas unter meinen Füßen, und als ich den Fuß hob, sah ich, dass es ein Möwenschädel war. Zwei große Möwen mit schmutzigweißem Gefieder flogen an mir vorbei, setzten sich auf eines der Fässer und flogen dann schrill kreischend wieder davon. Als sie in der Ferne verschwanden, meinte ich Gals Stimme zu hören, sein besoffenes Gegröle, als wäre es wahr, was er immer sagte, dass an diesem Ort seltsame Dinge geschahen, Dinge, die in der normalen Welt nicht geschehen:

Alles ist hier, Ness, alles, hatte er damals gesagt. Der ganze Scheiß und auch ein paar gute Dinge. Das Gute und das Schlechte, aber vor allem meine Leute. Wir sind von Geistern umgeben. Kannst du sie nicht spüren? Hier ist es mir manchmal gelungen, nicht immer, es hängt nicht nur von mir ab, mit meiner Mutter Teresa in Verbindung zu treten, aber es ist nicht einfach, glaube mir, häufig dringt ihre Stimme nicht klar genug zu mir herüber. Aber das macht nichts. Ich weiß, dass sie es ist und dass sie mit mir spricht, und das reicht mir. Und auch mit Nadja.

Wobei sie viel besser zu verstehen ist, sicher, weil sie noch nicht gegangen ist. Sie ist immer noch hier, während Teresa, Teresa starb, als sie mich gebar, wusstest du das? Wir nehmen immer etwas mit, von den Orten, an denen wir waren, von den Menschen. Bruchteile, Fetzen von Menschen, die wie Splitter in uns steckenbleiben. Und manchmal tut es weh, manchmal tut es sehr weh, so wie jetzt bei mir. Aber das ist nicht so wichtig, wichtig ist, dass sie jetzt gerade hier sind. Ich höre ihre Stimmen, ich höre sie ständig, ich höre, wie sie reden, was sie sagen, wenn sie schreien. Hörst du gar nichts? Es ist wichtig, denn so weiß ich, was mit ihnen los ist, was sie fühlen, wie sie sich darüber beklagen, dass die Dinge nicht anders gelaufen sind. Weißt du, dass sie manchmal sogar singen? Raben, Möwen, Meerjungfrauen. Hier sind sie, hier habe ich ihre Schreie. Sieh sie dir an, sieh sie dir gut an, siehst du sie, oder siehst du sie nicht? Keiner fehlt, sie sind alle da, Männer und Frauen. Es sind auch Leute dabei, die ich nicht kenne. Ich sehe Gesichter, Silhouetten, aber ich kann dir ihre Namen nicht sagen, denn sie hören uns zu, und vielleicht würde es ihnen nicht gefallen. Oft versammeln sie sich hinter dieser Mauer. Sie brauchen etwas Reales, an dem sie sich festhalten können. Dreh dich nicht um, sprich weiter, als wäre nichts. Dort drüben steht Nadja. Sie starrt mich an und bittet mich um Verzeihung. Sie hat sich sehr verändert, aber nach so langer Zeit ist das normal. Er fällt mir sogar schwer, ihre Stimme zu erkennen, das ist nicht die Stimme, an die ich mich erinnere. Dann sind da noch die Spinnen und die Leguane, die um mich herumwuseln und mich auslachen … Schau mal da: Gal! Gal!

Die letzten Sätze schrie er förmlich. Danach verstummte er abrupt. Seine Stirn war schweißnass, und er zitterte. Als ich ihn in diesem Delirium sah, sagte ich sanft, in dem Versuch, seine Gefühle nicht zu verletzen:

Lass uns gehen, Gal. Siehst du nicht, dass hier nichts ist? Nur kaputte Felgen, gebrauchte Kondome, leere Crackkapseln, Unkraut und Möwengerippe. Oder siehst du das nicht? Bitte Gal, lass uns gehen.

Wage es nie wieder, mir so etwas zu sagen! Niemals! Hörst du mich, du Arsch? Wenn du es nicht verstehst, alles klar. Niemand muss das verstehen. Aber wage es nie wieder zu sagen, dass hier nichts ist, denn das ist nicht wahr! Aber du siehst es nicht, du kannst es nicht sehen, denn dir fehlt der Glaube. Ich hätte dich nicht mitnehmen sollen. Du solltest nicht hier sein, du hast kein Recht dazu. Das hat mit dir nichts zu tun! Wir kommen zum Tempel der Zeit, hier hast du ihn. Glaubst du mir jetzt? Ein Tempel, der aufs Meer hinausschaut, dieses dreckige Meer, total verölt, alles, was vom weingeschwängerten Hellespont übriggeblieben ist. Sie wissen es alle und kommen deshalb hierher; wie kann es sein, dass du nicht spürt, dass sie hier sind? Und weißt du, warum sie kommen? Um mit mir zu sprechen. Ich habe diese Gräber und Altäre für sie errichtet, um sie zusammenzurufen, sie haben den Ruf vernommen, und alle sind gekommen, Ness. Alle. Die Toten und die noch Lebenden, wie sie. Das ist ein guter Platz. Er gefällt mir. Bald werde ich sterben, aber bevor das geschieht … Egal. Wichtig ist nur, dass ich jeden hierherrufen kann, den ich will, meine Mutter, Teresa Quintana, meinen Großvater David und sogar Umberto Pietri, den ich nie kennengelernt habe. Du weißt, wer sie sind, nicht wahr? Weißt du es, oder weißt du es nicht? Habe ich noch nie mit dir über sie gesprochen? Bald werde ich es tun. Jetzt sind sie meine Gespenster, aber bald werden sie auch die deinen sein. Sogar die kleine Brooklyn, das Mädchen, das Nadja auf die Welt bringen wollte, aber es ist ihr nicht gelungen. Weißt du, dass ich sie Brooklyn nennen wollte? Brooklyn. Es war meine Idee. Gefällt dir dieser Name für ein Mädchen nicht, Ness? Ness …

Für einen Augenblick war ich vollkommen durcheinander. Alles fühlte sich so unwirklich an, als wäre ich tatsächlich an jenen fernen Nachmittag versetzt worden. Ich konnte Gals Worte förmlich hören, mindestens schien es mir so, als würde er sie in ebendiesem Moment aussprechen, und sie würden auf irgendeine Weise zu mir gelangen. Ich musste mich sehr zusammenreißen, um nicht völlig die Orientierung zu verlieren. Das Echo von Gal irrsinnigem Geschrei hallte noch in meinem Kopf wider, als ich ihn plötzlich sah. Genauso, wie ich es vermutet hatte, saß er im Tempel der Zeit vor dem Hauptalter, vor sich eine Unmenge von leeren Flaschen in allen Größen und Formen. Während er sie alle der Reihe nach aufstellte, gab er jeder von ihnen eine Nummer, die er feierlich verkündete. Immer wieder verzählte er sich und fing mit der Nummerierung irgendwo wieder an, wie Kinder, die noch nicht zählen können. In jenem absurden Ritual war etwas, das mir Respekt abnötigte. Plötzlich bemerkte er meine Anwesenheit, drehte sich um und begrüßte mich. Er war ganz ruhig. Als ich den Treppenabsatz erreichte, sprach er mich an, als wären wir den ganzen Nachmittag zusammengewesen und er hätte mich irgendwohin geschickt, um etwas für ihn zu erledigen. Nachdenklich betrachtete er die Flaschenreihe, als würde er eine komplizierte Kopfrechnung machen oder abwägen, ob er sein Einverständnis zu den getroffenen Vorbereitungen geben könne. In manche Flaschen hatte er Zweige und Unkrautbündel gesteckt, die wie Blumengestecke aussahen. Anscheinend war das Arrangement zu seiner Zufriedenheit, denn er stand auf, setzte sich auf die Treppe und klopfte mit der Hand auf den Betonboden, damit ich mich zu ihm setzte.

Eines Tages, begann er zu erzählen, erschien Nadja gutgelaunt bei mir im Studio und sagte, dass sie mir ein Geschenk mitgebracht habe. Es sollte eine Überraschung sein, aber man musste kein Luchs sein, um zu erkennen, was sie mir mitgebracht hatte. Die Silberfolie hatte unverkennbar die Form einer Flasche. Ein blaues Band war darumgewickelt. Als ich das Band löste, sah ich eine kleine Flasche mit einem violetten Gebräu.

Parfait Amour, verriet das Etikett. Ich habe sie wegen des Namens gekauft, sagte sie mir, denn sowas kann es doch gar nicht geben, und wenn doch, wäre es nur für uns reserviert. Typisch sie. Vom Wortspiel abgesehen, muss ich gestehen, dass ich mir kaum ein ekligeres Gesöff vorstellen kann; aber der Einfall gefiel mir, und ich trank es mit ihr zusammen. Das Zeug schmeckte Nadja, da sie kaum Alkohol trank, mochte sie vor allem süße Liköre, aber ich hätte fast gekotzt. Es war keine große Sache, ich riss mich zusammen und leerte die Flasche. Sie hat auch getrunken, glaub mir. Wir mussten kichern. Ich hab' keine Ahnung, ob der Name etwas damit zu tun hatte. Ich wäre nie auf die Idee gekommen, dass es ein Aphrodisiakum sein könnte, aber Tatsache ist, dass wir uns wie wild liebten. Kannst du dir vorstellen, einen halben Liter *Parfait Amour* auf nüchternen Magen zu trinken? Eines kann ich dir sagen, ich habe das Zeug nie wieder getrunken. Trotzdem gibt es Leute, die das kaufen. Der Beweis ist, dass ich da draußen eine leere Falsche davon gefunden habe, die ich hier auf den Altar gestellt habe. Siehst du sie? Genau in der Mitte.

Er steckte die Hand in die Jackentasche und zog eine Flasche des billigen Wodkas raus, den er am liebsten trank, einen Viertelliter. Sie war noch fast voll, aber er leerte sie in einem einzigen langsamen, langen Zug. Als er fertig war, sprang er auf, holte tief Luft und atmete keuchend wieder aus. Fast unmittelbar darauf krümmte er sich zusammen. Ich eilte ihm zu Hilfe, aber er stieß mich weg, presste die Hände in den Magen und kotzte die Flüssigkeit wieder aus, die er gerade getrunken hatte. Als nichts mehr kam, stolperte er zähneknirschend und nach Luft schnappend zum Altar. Plötzlich versteifte er sich, verlor das Gleichgewicht und brach über dem Flaschenaltar zusammen, als hätte jemand ihn aus der Ferne erschossen.

In diesem Moment begann die Sonne unterzugehen. Ich verspürte ein intensives Gefühl der Beklemmung, das nicht nur meines sein konnte, sondern das er mir übertragen haben musste und das die ganze Umgebung erfüllte. Für einen kurzen Moment wusste ich nicht, was ich tun sollte. Ich lehnte meine

Hand an den Rücken meines gefallenen Freuendes, als könnte ich so sein Leiden lindern, und in der Stille des Spätnachmittags konnte ich nicht umhin, die außerordentliche Schönheit des Sonnenuntergangs zu bewundern, der einen rotgelben Vorhang aus Feuer über die Wolken warf, die am Himmel über New Jersey und dem Hudson schwebten. Dann warf ich einen letzten Blick auf das Flaschengewimmel, die nun zur Hälfte auf dem Boden des Tempels verstreut waren, und wuchtete mir Gals Körper auf die Schultern. Er war sehr schwer, und bei den Fässern musste ich Halt machen, um wieder zu Kräften zu kommen. Vom Hügel her hörte ich Stimmen. Zwei Gestalten kamen den Hang heruntergelaufen, genau auf uns zu. Es waren Boy und Orlando, die Boxer aus dem Luna Bowl. Bei mir angekommen, nahmen sie mir Gals leblosen Körper ab und trugen ihn lachend den Hügel hoch, als wäre es nichts. Ich sagte den beiden, dass man ihn bis zum Oakland tragen müsse. Da kommen wir her, Frank hat uns geschickt. Er hat gesagt, dass es dringend sei, und uns nicht mal die Partie zu Ende spielen lassen.

Viktor wartete vor der Tür auf uns. Als Frank sah, dass Orlando und Boy Gal auf dem Rücken trugen, schnitt er eine schwer zu deutende Grimasse. Die Boxer begrüßten ihn lachend und fragten, was sie denn nun mit dem Sack machen sollten. Er bat die beiden, ihn in sein Büro zu bringen, wo sie ihn auf dem Sofa abluden. Als sie rauskamen, bestellten sie bei Álida ein Mineralwasser. Frank bediente sie höchstpersönlich und gab jedem einen Zwanzigdollarschein. Er starrte mich eine Weile an, ging dann ins Lager und kam mit einer Decke zurück. Er wollte Gal damit zudecken, als er es sich plötzlich anders überlegte. Es ist besser, wenn wir ihn in sein Zimmer hochbringen. Warst du schon mal oben?

Ich schüttelte den Kopf.

Auch das ist heiliges Gebiet, erwiderte er. Auf eine andere Art.

Viktor trug Gals Körper ohne die geringste Mühe die Treppe hoch.

Álida schloss die Tür mit dem Generalschlüssel auf. Sie alle betraten das Studio, aber ich wagte es nicht, die Schwelle zu überqueren. Die Fensterläden waren geöffnet, auf dem Tisch lagen Bücher, Papiere und eine Schreibmaschine. Frank legte die grüne Mappe dazu.

Als wir wieder unten waren, bestand Otero darauf, dass ich etwas zu mir nehmen sollte, aber es war mir schlicht nicht möglich, auch nur einen Augenblick länger im Oakland zu bleiben.

Ich danke dir Frank, aber ich muss mich ausruhen. Es war ein heftiger Tag. Wir sehen uns morgen. Glaubst du, dass es Gal gut geht?

Der Galizier nahm die Golfmütze ab und kratzte sich am Kopf.

Mach dir seinetwegen keine Sorgen, Néstor. Das ist nichts Neues. Morgen früh wird er sagen, dass er sich an nichts erinnert. Zum Zeichen des Abschieds klopfte er mir auf die Schulter und fügte noch hinzu: Besser gesagt, er wird gar nichts sagen.

ELF

Coney Island

Als ich ein Kind war, endete die Welt in Coney Island. Dieser Strand am äußersten Ende von Brooklyn war unser Finisterre. Alles begann im Sommer 48. David schickte dem Chefredakteur seiner Zeitung eine Handvoll Artikel. Die gefielen ihm so gut, dass er ihn zu sich rief, um ihm eine wöchentliche Kolumne anzubieten. Es war nicht das erste Mal, dass etwas von ihm veröffentlicht wurde, aber dieses Mal war es anders. Er arbeitete schon seit über dreißig Jahren für den *Brooklyn Eagle*, wo er allerhand Hilfsarbeiten verrichtet hatte, bis er es zum Chefsetzer gebracht hatte, aber im Geheimen hatte er immer vom Schreiben geträumt. Als sich zu meinem Geburtstag die ganze Familie versammelt hatte, nutzte er die Gelegenheit, um es uns zu erzählen. Seine Idee bestand darin, die Hunderte von Geschichten, die in den verschiedenen Bezirken Brooklyns ihrer Entdeckung harrten, ans Tageslicht zu befördern. Was er dem Chefredakteur hatte zukommen lassen, war nur eine Probe gewesen; er hatte noch eine ganze Menge mehr auf Lager. Da es so viel zu erzählen gab, würde er jedem Bezirk eine Reihe widmen und mit Coney Island beginnen. Während er das sagte, legte er seine Hand auf meine Schulter, sah meine Eltern an und fügte hinzu: Ich werde einen guten Feldadjutanten brauchen. Großmutter May lief in die Küche und kam mit einer Himbeertorte mit zehn brennenden Kerzen zurück.

Die Fahrten begannen mit Ferienbeginn. Meine Aufgabe bestand im Wesentlichen darin, ihm Gesellschaft zu leisten, ihm zuzuhören und mir gelegentlich in einem kleinen Heft Notizen zu machen, deren eigentliche Funktion, wie mir heute klar wird, darin bestand, zu verhindern, dass ich mich nutzlos fühlte. Bei sich zu Hause hortete David eine Ansammlung von Karteikästen, in denen er das Material über den jeweiligen Bezirk sammelte. Nie nannte er sie beim Namen; stets benutzte er Spitznamen. Ich kann mich noch genau an sie erinnern: Coney Island war die »Insel der Träume«, Brooklyn Heights eine »Enklave von Schriftstellern, elegant und herrschaftlich«. Weißt du Iacchus, fragte er mich eines Tages (später werde ich den Ursprung dieses Namens erklären, den er mir gegeben hatte), dass dort die Erstausgabe von *Grashalme* veröffentlicht wurde? Er zeigte mir ein Exemplar, das Whitman selbst ihm gewidmet hatte. »Für David Ackermann (fälschlicherweise mit zwei N geschrieben), herzlich, von seinem Freund«, und darunter die feinsäuberliche Unterschrift des Dichters. Wenn wir nach Red Hook kamen (»griesgrämig und gespenstisch, vollgestopft mit geheimnisvollen Bars und übersät mit schwärzlich gepflasterten Gassen«), ging er gerne am Hafen spazieren. Und so bei jedem einzelnen Bezirk. Er konnte weder den Namen von East New York erwähnen, ohne »schäbig und blutig« hinzuzufügen, noch von Brownsville, ohne es zum zigsten Mal »Das Hauptquartier des berüchtigten Verbrechersyndikats« zu nennen. Ihn faszinierte die Geschichte jener Verbrecherbande, der Lucky Luciano, Meyer Lansky und Frank Costello angehört hatten. Noch mehr Bezirke. Williamsburg war nicht einfach nur Williamsburg, sondern »das kunterbunte Williamsburg«. Dem folgte unweigerlich ein erläuternder Kommentar (»Dort leben Menschen aus aller Herren Länder; um nur ein Beispiel zu nennen, zählt man dort zwanzig verschiedene chassidische Sekten«). Am Abschluss seiner Geschichten stand stets ein feierlicher Sinnspruch. Hier mein Lieblingsspruch: »Nun, jeder

Bezirk hat seine eigene Welt, und Brooklyn ist ihr Universum.« Wir waren uns nicht immer einig, natürlich hatte er seine Vorlieben und ich die meinen, aber es gab etwas, worüber wir stets einer Meinung waren: Das Beste von allem, den anderen um Lichtjahre überlegen, war Coney Island.

Die Fahrt mit der Subway dauerte etwa anderthalb Stunden. David kam sehr früh, um mich abzuholen. Bevor wir am ersten Tag losgingen, faltete er einen Stadtplan auf, legte seinen Zeigefinger auf einen orangefarbenen Streifen in der Form eines Fahrradsitzes, fuhr langsam über den Namen und brachte so einen Buchstaben nach dem anderen zum Vorschein:

C – O – N – E – Y I – S – L – A – N – D

Nach der Seventh Avenue fuhr die Subway nicht mehr unterirdisch. Es war wunderschön, die Stadtlandschaft von der Hochbahn aus zu betrachten. Auf der Höhe von Brighton Beach bogen wir ab und hatten das Meer jetzt auf der linken Seite. Die Aussicht auf den Strand war überwältigend: Tausende und Abertausende von Badegästen, die auf dem Sand umherschwirrten, bildeten ein bewegliches Magma, das auf die Wellen zuwogte. Der Höhepunkt erfolgte nach dem Überqueren einer Steinbrücke, wenn die unwirkliche Architektur des Vergnügungsparks vor uns erschien: Kuppeln, Spitzen, Minarette, die gigantischen Riesenräder, die Silhouette der Achterbahnen und alles überragend die Stahlkonstruktion des Fallschirmturms.

Das erste Gefühl, nachdem wir angekommen waren, war blanker Horror. Um aus der Subway rauszukommen, musste man einen sehr langen, kaum beleuchteten Gang durchqueren, in dem diabolisches Automaten-Gelächter widerhallte. Ich drückte ganz fest die Hand meines Großvaters, und er, der für jede Gelegenheit etwas aus der griechischen Mythologie parat hatte, sagte mir, dass ich keine Angst zu haben brauche: Wir befinden uns vor den Toren des Hades, verkündete er und begann damit seine erste Erläuterung. Früher, vor vielen, vielen Jahren, gab es hier eine künstliche Grotte, die man das Höllentor nannte. Ein gigantischer Teufel mit ellenlangen Flügeln bewachte den Eingang und beäugte dabei die Menschen, die Schlange standen, um hineinzukommen. Die Erläuterung war nicht gerade beruhigend, aber als wir wieder ans Tageslicht kamen, erwartete uns eine Explosion von Leben und Farben, die alles veränderte.

Die Aussicht, nach so vielen Jahren nach Coney Island zurückzukehren, hat mich in eine sehr nostalgische Stimmung versetzt. Ich habe Nadja gebeten, mit mir in Bens Studio zu gehen, um die Reportagen für den *Brooklyn Eagle* zu holen. Wenn ich sie lese, werde ich zu Iacchus, dem Jungen, der an der Hand seines Großvaters eine Phantasiewelt erkundete; gleichzeitig, ohne deswegen aufzuhören, David mit den damaligen Augen zu betrachten, nähere ich mich ihm von Mann zu Mann. Vor allem den Schriftsteller habe ich in ihm entdeckt.

Ich muss feststellen, dass mein Verhältnis zu Coney Island sich gewandelt hat, und das nicht nur, weil ich mit Nadja zusammen bin. Alles ist anders: die Menschen, die Straßen und, vielleicht mehr als alles andere, das Licht. Jetzt ist Winter, die Tage sind sehr kurz, und es herrscht kaum Trubel. Morgens begleite ich sie zur Subway, und dann laufe ich allein durch die Straßen von Brighton Beach, setze mich zum Lesen oder Schreiben in ein Café. Wenn Nadja nicht ins Juilliard muss, bleiben wir lange im Bett, und wenn das Wetter nicht zu ungastlich ist, zeige ich ihr Orte, die ich zusammen mit meinem Großvater entdeckt habe. Wenn sie Davids Reportagen liest, sehe ich ihr gerne zu. Häufig lese ich sie selbst, nachdem sie mit einer fertig ist, und versuche mir dabei vorzustellen, was sie empfunden haben könnte:

> Coney Island, eingerahmt von einer Promenade aus soliden Holzplanken, blickt aufs Meer. Der Strand ist ein Streifen aus feinem weißen Sand, immer derselbe, auch wenn die Schilder

> die aufeinanderfolgenden Streckenabschnitte unterschiedlich bezeichnen: gen Osten, Manhattan Beach; gen Süden, Brighton Beach, und endlich gen Westen, der Strand von Coney Island. Seit undenklichen Zeiten heißt es, dass ein Schiff erst dann New York erreicht hat, wenn es auf der Höhe von Sea Gate angelangt ist. Coney Island lag außerhalb dieser Bucht, wie ein rastloser, sturmerprobter Vorposten mit Blick auf den Ozean. Von der Größe her ist es relativ unbedeutend: eine halbe Meile breit, zweieinhalb Meilen lang. Zwei Erdvorsprünge schützen seinen Hafen vor dem Ansturm des Meeres. Als der Entdecker Henry Hudson an Bord der *Halve Maen* das Gebiet erreichte, das eines Tages New York werden sollte, landete sein Schiff am Strand von Coney Island. Zwei Theorien streiten sich um das Recht am Ursprung des Namens für diesen Hügel, der damals nur aus Sand und Sümpfen bestand, und beide berufen sich auf ein anderes Totem. Die Canarsie, der Algonkin-Stamm, der den englischen Siedlern dieses Stück Land verkaufte, sagen, dass der Name des Ortes ursprünglich *Konoh* lautete, was ›Bär‹ bedeutet. Die zweite Theorie beruft sich auf ein niederländisches Wort, *Konijn*, das in der Sprache der ersten europäischen Siedler ›Kaninchen‹ bedeutet.

Niedergeschrieben, riefen Davids Worte dieselben Gefühle in mir hervor, wie wenn ich seiner Stimme lauschte, wenn er mir seine Geschichten erzählte. Gestern bin ich über eine Reportage gestolpert, und plötzlich fand ich mich wieder auf einem unserer ersten Spaziergänge. Mein Großvater hatte mich gebeten, die Namen aller Alleen aufzuschreiben, die wir in einem bestimmten Abschnitt der Promenade passierten. Als wir um eine Ecke bogen, las ich:

NAUTILUS AVENUE

Das Schiff von Kapitän Nemo!, rief ich fasziniert aus. Mein Großvater blieb lächelnd stehen und streichelte mir über den

Kopf. Ein solches Detail reichte, um seine Fabulierkunst in Gang zu setzen. So begann die Reportage, die er zur Würdigung meiner kleinen Entdeckung schrieb:

Offener Brief an meinen Enkel

Lieber Iacchus: Der Nautilus gehört der Gattung der Weichtiere an, so wie die Venusmuschel und die Auster, zum Beispiel, nur dass seine Schale eine viel originellere Form hat, und vor allem, Iacchus, zeigt er sich sehr selten. Sein natürlicher Lebensraum sind die Meere des Südens, insbesondere der Indische Ozean und in geringerem Maße der Pazifik. Der Nautilus lebt in einer spiralförmigen Kammer, deren Innenwände mit Perlmutt verkleidet sind. Besonders interessant ist die Art (oder Unterart), die unter dem Namen ›Papierboot‹ bekannt ist und zur Gattung der Argonauten gehört. Du musst wissen, dass die weiblichen Exemplare (anders als die männlichen) im Inneren einer Hochzeitskammer leben, deren Textur eine frappierende Ähnlichkeit mit der von Papier aufweist. Vielleicht weißt du nicht, woher der Name Argonauten stammt. Also: Er stammt wie so vieles aus der griechischen Mythologie. Es ist hier nicht der geeignete Ort, um diese Geschichte zu erzählen, aber sie bezieht sich auf die Seefahrt des heldenhaften Iason auf der Suche nach dem Goldenen Vlies. Irgendwann werde ich sie dir erzählen. Also, Nautilusse sind elegante Fahrzeuge, die ihre Insassen zu den tiefsten Abgründen des Meeres transportieren. Kein Wunder, dass Jules Verne diesen Namen wählte, der außerdem sehr schön klingt, um ihn dem U-Boot zu geben, in dem der von dir bewunderte Kapitän Nemo seine Reise vollzog, Zwanzigtausend Meilen unter dem Meer.

Einer der Orte, bei denen ich am meisten darauf brannte, sie wiederzusehen, war Cooper's Corner. Diesmal nahm ich Nadja nicht mit, denn ich hatte Angst, der Ort könnte sich sehr verändert haben oder gar nicht mehr existieren. Für meinen Großvater war es immer vollkommen klar gewesen, dass es einfach unmöglich war, nach Coney Island zu fahren, ohne dort vorbeizuschauen. Tatsächlich sucht der Ort seinesgleichen: Wo sonst gibt es so viel Spielzeug, so viele Comics, so viele Schmuckstücke, Süßigkeiten und alles, was man sich vorstellen kann, um Kinderträume zu wecken und zu befriedigen. Nirgends sonst habe ich etwas Ähnliches gesehen. Wie damals war der Laden vollgestopft mit einer lärmenden Ansammlung von Kindern, alle eifrig damit beschäftigt, einen der Schätze zu ergattern, die sich dort türmten. Mein Gott, die Flut von Erinnerungen, die auf mich einstürmte, als ich sah, dass Cooper's Corner sich nicht verändert hatte. Mir kam ein Tag in den Sinn, an dem ich gerade damit beschäftigt war, etwas Bestimmtes auszuwählen (mir wurde nur eine Trophäe pro Besuch zugestanden), als David mit einem leuchtenden Yo-Yo in Form einer Meerjungfrau zu mir kam. Er zeigte es mir und sagte, dass es sich um das Wahrzeichen der Insel handle. Wenn wir wieder draußen seien, solle ich mal auf die Unzahl von Figuren von Meerjungfrauen achten, die überall herumständen. Das Yo-Yo sollte den Laden nicht verlassen (die Schlacht gewann ein Comicheft), aber ich sah, dass mein Großvater recht hatte, Coney Island war voll von Meerjungfrauen: gezeichneten, gemalten, geschnitzten, welchen aus Kunststoff, aus Holz, aus Neon, in den Bars, in den Schaufenstern, auf Werbeplakaten und in den Vergnügungsschuppen. Die Entdeckung des Yo-Yos lieferte ihm das Thema für die nächste Reportage. Wenn er während unserer Erkundungsspaziergänge ein bemerkenswertes Detail entdeckte, holte er sein Heft aus der Jackentasche und notierte sich etwas dazu. Wenn er schließlich meinte, wir hätten genug Stoff gesammelt, nahm er mich mit zu Dalton's, dem Biergarten in der Surf Avenue. Als wir dort auf der Terrasse saßen und mein Großvater ein Bier vor sich stehen hatte, fragte er mich:

Weißt du, woher die Meerjungfrauen kommen?

Ins Dalton's ging ich dann doch mit Nadja. Ich war nie außerhalb der Saison dort gewesen. Die Fenster waren verriegelt, Terrasse und Garten verwaist. Es war hier gewesen, wo David mir den Mythos von den Meerjungfrauen erzählt hatte. Vom Biergarten aus hat man eine gute Sicht aufs Meer. Für einen Augenblick stellte ich mir ein Meer voller Meerjungfrauen vor. Da ich mich daran erinnerte, dass mein Großvater mir erzählt hatte, dass die Nautilusse in den Meeren des Südens lebten, hatte ich ihn gefragt, wo die Meerjungfrauen lebten. Er hatte mich befremdet angesehen, und nachdem er sich von den Spinnweben seiner Gedanken befreit hatte, gesagt:

Du weißt doch sicher, dass nur das existiert, was man wissenschaftlich beweisen kann.

In seinen Geschichten wimmelte es nur so von Zyklopen, Zentauren, Amazonen, Schimären, Harpyien, Gorgonen und weiteren wundersamen Wesen, die Liste war unendlich. Wollte er mir zu verstehen geben, dass ich niemals eine Meeresjungfrau, einen Nautilus oder ein anderes dieser Wesen zu Gesicht bekommen würde, über die wir die ganze Zeit sprachen?

Nach einem angedeuteten Lächeln erklärte er es mir. Die Nautilusse beispielsweise gab es wirklich, die Amazonen gewissermaßen auch … Oder mindestens hatten sie in einer fernen Vergangenheit existiert. Danach hatte die Volksphantasie sie in fabelhafte Wesen verwandelt. Die Meerjungfrauen könnte man als Grenzfall betrachten. Das heißt, es gab bestimmte Meerestiere (Ursprung der Legende), die ihnen sehr ähnlich sahen (die Rundschwanzseekühe), aber so, wie sie dargestellt wurden (Frauen mit Fischschwänzen), gab es sie nicht. Was die Zentauren, Schimären und andere betraf, handelte es sich um rein imaginäre Wesen. Die hatten nie wirklich existiert.

Wir saßen an einem Tisch in diesem Biergarten, die Kellnerinnen waren wie Walküren angezogen, sangen auf Deutsch und animierten die Kunden zum Trinken. An jenem Nachmittag gab mir mein Großvater den Spitznamen Iacchus, den er nur gebrauchte, wenn wir alleine waren. Wie immer bestellte er, was man im Dalton's einen kleinen Krug nannte, mir aber riesig erschien (später erfuhr ich, dass es Literkrüge waren). Wenn ich mein Mineralwasser ausgetrunken hatte, erlaubte er mir normalerweise, an seinem Bier zu nippen, was ich liebte. Einen zweiten Krug hatte ich ihn nie bestellen sehen, so sehr die Walküren ihn auch gedrängt hatten. An diesem Nachmittag wurde er aus irgendeinem Grund schwach. Bis zur Hälfte trank er weiter mit Genuss, danach bekam er Probleme, den Rhythmus beizubehalten. Sonst hatte er meinem Nippen Einhalt geboten, wenn es zu viel wurde, aber an jenem Tag ließ er mich so oft nippen, wie ich wollte. Mir wurde klar, dass mein Großvater angetrunken war, als er nach einem kräftigen Schluck den Krug vor mich hinstellte und mich aufforderte, auszutrinken. Er amüsierte sich köstlich, als ich aufstand, den Krug nahm und den Rest des zwei bis drei Finger hohen Inhalts austrank. Er stieß einen Freudenschrei aus, klopfte mir auf die Schulter, legte mir zwei Finger auf die Stirn, als würde er mich segnen wollen, und sagte dann mit schleppender Stimme:

Sohn des Weingottes, ab heute werde ich dich Iacchus nennen.

Unter den Hunderten von Karteien, die ich im Archiv fand, gab es eine, auf der stand:

> Iacchus – eine der Epiphanien des Dionisios. Es ist gleichzeitig ein Name und eine rituelle Anrufung, so wurde der Kindgott während der Mysterien in Eleusis begrüßt. Iacchus und Bacchus waren zwei Erscheinungsformen derselben Gottheit, wobei andere davon ausgehen, dass Bacchus mit Dionisios nicht identisch ist. Was Iacchus betrifft, war er der Sohn von Persephone und außerdem der Liebhaber der Demeter. Nach den orphischen Geschichten war er ein geheimnisvolles Kind, das im Bauch seiner Mutter Baubo ein bedrohliches Lachen ausstieß.

Es gibt so viel, von dem ich nicht weiß, was daraus geworden ist. David hat kein schriftliches Zeugnis von unseren Besuchen in der öffentlichen Bibliothek an der Mermaid Avenue (in der auch Cooper's Corner war) oder in den Archiven des *Brooklyn Daily* und der *Coney Island Times*, den zwei Zeitungen der Insel, hinterlassen. Er hat auch nirgends die Miss-Brooklyn-Schönheitswettbewerbe erwähnt, die jeden Sommer im Atlantis-Club stattfanden und ausgerechnet vom *Brooklyn Eagle* veranstaltet wurden. Ich gehe davon aus, dass ich viele Dinge vergessen habe, von anderen sind nur noch Bruchstücke vorhanden. Ich nehme Nadja mit an Orte, die eine Bedeutung für mich hatten, die aber nicht mehr existieren. Ich bleibe vor einem Hochhaus, einem Supermarkt oder der Zweigstelle einer Bank stehen und erzähle ihr, was früher dort gestanden hat.

Es kann auch passieren, dass die Vergangenheit plötzlich wieder aufersteht, ohne dass ich nach ihr gesucht hätte. Als ich gestern Abend mit Nadja spazieren ging, hörte ich ein Lachen, das sich im Laufe der Jahre kein bisschen verändert hatte. Der Tunnel des Schreckens, sagte ich zu Nadja, zeigte auf den Eingang zu einer der wenigen Attraktionen, die das ganze Jahr über in Betrieb sind, und erzählte ihr vom ersten Mal, als ich mit meinem Großvater dort gewesen war. Das verstärkte Automaten-Gelächter hallte durch das Gewölbe und wurde von den Tunnelwänden zurückgeworfen. Durch eine der Luken drang das schummerige Licht, in dem wir gerade noch die Silhouetten der Urheber des Gelächters erkennen konnten. Wir saßen schon einige Minuten in einem der Wagen, als aus der Finsternis plötzlich ein Clown in einem schwarzgetupften Anzug mit einem dreieckigen Hut auf dem Kopf auftauchte und mit spastischen Schritten zwischen den Gleisen auf uns zulief, dass die Metallgelenke quietschten. Als unser Zug ihn erreichte, stieß er einen schrecklichen Schrei aus. Ich dachte, wir hätten ihn überfahren, aber kurz darauf, nach einer makabren Stille, ertönte wieder sein gruseliges Gelächter in einer unendlichen Kadenz, in immer derselben Tonfolge. Ich packte Nadja am Arm. Das Echo von etwas, das mich vor Jahren in Panik versetzt hatte, ließ mir die Haare zu Berge stehen.

In jenem Sommer machte ich eine wichtige Entdeckung, die Zeit brauchte, um konkrete Gestalt anzunehmen. Eine Folge von einzelnen Episoden offenbarte mir nach und nach, was mit mir los war. Eines Abends sahen wir von der Kuppe eines Hügels aus zahlreiche Pärchen, die an der Anlegestelle eines künstlichen Sees Schlange standen. Die Pärchen bestiegen Boote, die sie zu einem Felsen in der Mitte des Sees brachten. Nachdem das letzte Pärchen eingestiegen war, entfaltete sich eine grüne, tunnelartig geformte Plane über der Reihe von Booten, die die Liebespaare vor indiskreten Blicken schützte. Der Tunnel der Liebe, bemerkte David, als die Pärchen vor unseren Augen verschwanden, und erzählte mir, dass es, als er jung gewesen sei, in Coney Island eine Replik des Moulin Rouge gegeben habe, das er als berühmtes Pariser Lokal beschrieb, das sich den Lüsten widme, »ein Tempel des Fleisches« war, was er sagte. Du bist noch zu jung, um diese Sachen zu verstehen, sagte er, und wir verließen unseren Beobachtungsposten.

Er lag nicht ganz so richtig, wie er glaubte. Ich hatte ihm nichts sagen wollen, aber Anfang August war etwas geschehen, das es mir erlaubte, das Unbehagen zu orten, das mich manchmal ergriff und dann lange brauchte, bis es wieder verschwand. Aufgrund von Dingen, die ich bei den Erwachsenen gesehen oder gehört oder in Büchern gelesen hatte, wurde mir eines Tages klar, dass ich mich verliebt hatte. Es war völlig unverhofft geschehen. Ich hatte nichts gesagt, nicht einmal meinem Großvater, weil ich mich schämte. Ich war gerade mal zehn Jahre alt und hatte keine konkrete Vorstellung von sexueller Begierde, obwohl ich schon mehrmals gesehen hatte, was einige Paare unter der Promenade taten.

Viele Nachmittage waren mein Großvater und ich an einer Bude vorbeigegangen, in der Pferderennen im Miniaturformat veranstaltet wurden. Die Leute drängelten sich, um das Spektakel zu sehen und um zu wetten, aber wir waren immer nur vorbeigegangen, bis David mich eines Tags gefragt hatte, ob ich spielen wolle, und ich ja gesagt hatte. Während der Ansager das Publikum zum Wetten animierte, ließ ich meine Augen auf einer Puppe ruhen, die mir irgendwie besonders erschien. Sie war lebensgroß, mit blonden Haaren, blauen Augen und einer sehr hellen Haut, trug ein grünes Röckchen, Stöckelschuhe und sollte wohl aussehen wie ungefähr Achtzehn. Es war eine mechanische Puppe. Ihre Bewegungsfähigkeit war begrenzt: Sie beschränkte sich darauf zu lächeln und ihre Augen zu bewegen, und ab und an senkte sie ihre Arme, um ihren Rock zu glätten. Wenn ein Rennen begann, erstarrte sie. Alle achteten nur auf die Pferde, außer mir, der ich den Blick nicht von der blonden Puppe abwenden konnte. Kaum war das Rennen zu Ende, gingen wir, aber während des ganzen Nachmittags schaffte ich es nicht, mir die Puppe aus dem Kopf zu schlagen.

Ich sorgte dafür, dass ein Zwischenhalt an der Bude zum Ritual wurde. Wir wetteten zwar nicht, aber ich bestand darauf, dass wir uns wenigstens ein Rennen ansahen, und David willigte immer ein. Während er das Rennen verfolgte, klebten meine Blicke an der Puppe mit dem grünen Kleid, völlig versunken in die Betrachtung ihrer Gestalt, der Konturen ihrer Arme und ihrer Beine, ihrer Augen, ihrer Lippen, all ihrer Züge, die sicher ziemlich rudimentär waren, aber mir erschienen sie sehr zart. Mein Großvater verstand nie so ganz, warum ich immer zu dieser Bude gehen wollte, und er merkte auch nicht, dass es nicht das Pferderennen war, was mich interessierte. Ich verstand ja selbst nicht so ganz, was mit mir los war. Es reichte mir, wenn ich sie betrachten durfte, wenn auch nur für die paar Minuten, die das Rennen dauerte. Die Puppe hatte keinen Namen, und sobald wir uns wieder auf den Heimweg machten, wurde sie von anderen Gedanken in den Hintergrund gedrängt, obwohl stets ein Gefühl übrigblieb, das niemals ganz verschwinden wollte. Nachts hatte ich sogar erotische Träume, die sich um die Puppe drehten, vage und unschuldig, aber doch von Begierde geschwängert. Meine Liebesgeschichte dauerte nur wenige Wochen. Als die Sommersaison vorbei war, hörten wir auf, nach Coney Island zu fahren, jenes Gefühl verflog nach und nach, bis es schließlich ganz erlosch. Der Herbst und der Winter vergingen, und während dieser Zeit dachte ich kaum noch an die Puppe, und wenn doch, waren diese Erinnerungen nicht intensiver als die an die anderen Attraktionen der Insel. Trotzdem, als wir im nächsten Jahr wieder nach Coney Island fuhren, war das Erste, was ich tat, meinen Großvater zu der Bude mit dem Miniaturpferderennen zu schleppen.

Alles war genau gleich: Der Ansager mit der Melone und den schwarzen Hosenträgern rief mit der gleichen kratzigen Stimme wie im letzten Sommer die Wetten aus. Die Pferde waren die gleichen, und die bunten Jockeys, die auf ihnen ritten, waren nicht älter geworden. Die Bude war mit den gleichen Mustern und in denselben Farben angemalt. Das einzige, was fehlte, war sie, die namenlose Puppe. Auf ihr altes Podest (einen hölzernen Kegelstumpf, blau und gesprenkelt mit glitzernden Sternen) hatte man eine Statue von Sherlock Holmes gestellt.

In den Reportagen aus dem zweiten Sommer erkundet David die Action-Welten von Coney Island: die Faszination der Kegelbahnen, der Schießbuden, des Peitschenkarussells, der Liebestonnen und Riesenräder. Und natürlich widmet er den Achterbahnen und ihrer Geschichte ein spezielles Kapitel. Bis ins Detail geht er alle durch, die inzwischen abgebaut wurden, und das sind viele. Ob vergangen oder gegenwärtig, sie alle unterscheiden sich beträchtlich in ihren Besonderheiten, in Geschichte, Höhe, Anspruch und Länge. In einer Reportage zählt er sie alle auf, mit einer Feierlichkeit, die ans Epische grenzt. Auch mich brachte er dazu, ihre Namen herzusagen: Tornado, Thunderbolt, Cyclone, Jumbo Jet, Wild Mouse, Bobsled … Sein Liebling war der Tornado, meiner der Cyclone. Als Nadja und ich ihn bestiegen, war der Cyclone bereits Teil von Astroland, des letzten großen Freizeitparks auf Coney Island.

Der Cyclone hatte einen natürlichen Gefährten: den Fallschirmsprungturm, die gefährlichste aller Attraktionen auf Coney Island. Sie stehen nicht weit voneinander, und die Fotografen suchen immer einen Winkel, von dem aus die beiden großen Wahrzeichen der Insel gemeinsam zu sehen sind.

> Das Erste, was man sieht, wenn man sich Coney Island nähert, sei es auf dem See- oder auf dem Landweg, ist die Stahlkonstruktion des Fallschirmturms. Seine Silhouette erinnert an Eiffels Konstruktionen, obwohl er auch eine gewisse Ähnlichkeit mit einem Ölförderturm aufweist. Die Stahlblüte, die ihn bekrönt, gibt ihm das Aussehen eines Atompilzes. Aus der breiten Art-Deco-Basis wächst ein Stahlstamm, der sich nach oben hin verjüngt und sich schließlich in zwölf kurvenförmigen Auslegern entfaltet. In jedem dieser Ausleger steckt ein sorgfältig zusammengefalteter Fallschirm aus Seide. In den dreißiger Jahren für die Luftwaffe entworfen, war dies der letzte Test, dem die Rekruten sich zu stellen hatten, bevor sie mit dem Fallschirm aus dem Flugzeug sprangen. Nachdem man sie auf der New Yorker Weltausstellung (1939/40) gezeigt hatte, wurde die gesamte Konstruktion zerlegt und nach Coney Island transportiert, um sie dort dauerhaft aufzustellen, wo sie einen privilegierten Platz erhielt. Der Fallschirmsprung funktioniert folgendermaßen: Den Fallschirm auf den Rücken geschnallt, setzt man sich in einen Sicherheitskäfig an der Basis des Turms, von wo aus man mithilfe von sechs Führungskabeln in die Höhe befördert wird. Wenn der Käfig den höchsten Punkt des Turms erreicht hat, wird ein Auslöser betätigt, der den freien Fall bewirkt. Nach einigen Sekunden in der Luft entfaltet sich ein weiß-orangener

> Pilz. Der Fall wird außerdem durch die Führungskabel gebremst. Obwohl ein ausgeklügeltes System, das unterhalb der Plattform installiert ist, den Aufprall dämpft, fühlt es sich wirklich fast so an, als wäre man aus einem Flugzeug gesprungen. Es ist ein gefährliches Vergnügen, bei dem alle möglichen Zwischenfälle und unvorhersehbaren Pannen passieren. Nicht selten verfängt sich ein Fallschirm im Gestell, so dass die Fallschirmspringer in der Luft hin und her geschleudert werden, bis die Sicherheitsleute hinklettern, um sie zu befreien. Auch diese Rettungsaktionen sind gefährlich, und da auch sie in aller Öffentlichkeit durchgeführt werden, ist es verständlich, dass unter den Zuschauern nur wenige den Mut aufbringen, ihr Glück zu versuchen.

Unter den Jungs in meiner Klasse galt es als ausgemacht, dass aus einem Jungen, der bis zu seinem 11. Geburtstag den Cyclone nicht bestiegen hatte, nie ein Mann werden würde. Dasselbe galt für diejenigen, die mit zwölf noch nicht den Fallschirmsprung gewagt hatten. Ein Schild an der Kasse wies darauf hin, dass der Zugang erst ab dem 10. Lebensjahr erlaubt war, aber da Alter ein schwer festzustellendes Kriterium ist, hatte man einen Metallpfosten mit einer Kerbe aufgestellt, die in der Stunde der Wahrheit das einzige Kriterium war, um zu bestimmen, ob der Anwärter einsteigen durfte oder nicht. Obwohl ich besagtes Alter schon erreicht hatte, kam die Frage im ersten Sommer aus irgendeinem Grund gar nicht erst auf, aber am Ende des zweiten Sommers sagte ich David, dass ich es gerne versuchen wollte. Die Zeit drängte, und ich wollte nicht länger warten, um meine Männlichkeit zu beweisen, und sei es nur vor mir selbst. Obwohl ich meinem Großvater nichts von meinen Beweggründen sagte und er mich immer gewarnt hatte, wie gefährlich es sei, willigte er ein. An der Kasse kam ein Mitarbeiter in Militäruniform auf uns zu, lächelte, presste mich gegen den Pfosten, nahm Maß und gab sein Ok. Er half mir dabei, den Fallschirm aufzuschnallen und mich richtig in den Sitz aus verschlissenem Segeltuch zu setzen, schließlich sicherte er den Ledergurt mit einer Metallschließe. Von den übrigen vier Sitzen waren drei besetzt. Als der Mitarbeiter befand, dass ich sicher saß, zog er an einem Hebel, und ein holpriger Aufstieg begann. Ein paar Sekunden darauf sah ich David aufsteigen. Ich spürte ein Kribbeln im Bauch, während die Kabel uns gen Himmel zogen. Zu unseren Füßen wurden die Menschen immer kleiner, die Kakophonie der verschiedenen Attraktionen immer gedämpfter, bis sie ganz vom klagenden Quietschen der Kabel übertönt wurde. Der Vergnügungspark schrumpfte zusammen, die Leute verwandelten sich in eine Masse aus schwarzen Punkten, die Mole und Strand vollständig bedeckte. Die Ekstase verwandelte sich in Panik, als ich kurz vor dem höchsten Punkt des Turms sah, wie neben mir die Gestalt eines Fallschirmspringers senkrecht im freien Fall hinabstürzte, und dann noch eine und noch eine, doch ich erholte mich schnell von dem Schreck. Oben angekommen, ohne genau zu wissen, was ich fühlte, überwältigte mich der Anblick Coney Islands in seiner ganzen Pracht. In das Hochgefühl des Rausches platzte ein metallisches Klicken direkt unter meinem Sitz. Mir schien es, als würde das Leben und das ganze Universum stillstehen, und ich spürte, wie sich um mich herum das Schweigen verdichtete. Es folgte eine trockene Explosion und der unbeschreibliche Schock des Wissens, dass ich mich im freien Fall befand. Ich dachte an den Tod, und nach einer zeitlosen Zeit fühlte ich mich von den feuchtwarmen Ausdünstungen und schrillen Schreien der Zuschauer umhüllt, die unseren freien Fall verfolgten. Ich werde es nie vergessen: Der Boden kam auf mich zu, und die Flecken, die Gesichter waren, kamen immer näher, wie ein Meer von ausdruckslosen Masken. Ich krachte auf die Federn an der Basis, wurde zurückgeschleudert, einmal, zweimal, dreimal, vielleicht sechsmal. Der gleiche Mitarbeiter, der meinen Gürtel festgezurrt hatte, eilte mir zuhilfe. Er streichelte mir über den Kopf und fragte: Geht es dir gut, mein Sohn? Meine Beine zitterten, und ich konnte kaum laufen, aber wenn es für mich zu viel gewesen war, weil ich noch ein Kind war, wie war es dann wohl für David, der doch schon ein alter Mann war? Aber das war eben der Männlichkeits-Kodex von Coney Island. Mein Großvater war bleich. Ohne ein Wort zu sagen, legte er mir den Arm um die Schulter und führte mich zur Mole, wo wir lange Zeit das Meer betrachteten.

Anfang August bestellte der Chefredakteur des *Brooklyn Eagle* David zu sich, um ihm, sehr zu seinem Bedauern, mitzuteilen, dass die Kolumne ab September eingestellt werde. Eine Frage der Neustrukturierung, die rein gar nichts mit der Qualität der Beiträge zu tun habe. Er ließ die Türen offen für eine mögliche Wiederaufnahme der Kolumne in der Zukunft. Mein Großvater nahm es ihm nicht übel, aber die unerwartete Nachricht stellte ihn vor ein Problem, das er nicht einkalkuliert hatte: Welche Geschichten sollte er nun auswählen unter den vielen, die er gerne noch veröffentlicht hätte. Seine Reportagen erschienen immer samstags. Er hatte also nur noch Zeit, um drei zu veröffentlichen. Ich habe sie hier bei mir, ich wollte sie alle nacheinander lesen, und am Ende angekommen, verspürte ich keine Nostalgie, wie ich gedacht hatte, sondern Freude darüber, etwas, das für mich so wichtig war, mit Nadja geteilt zu haben.

Die vom 16., »Ein Spaziergang durch das West End«, ist eine Meditation über das Schicksal der großen Hotels von früher, von denen zu dem Zeitpunkt, da er die Reportage schrieb, kaum eines mehr übriggeblieben war. Auf der Höhe der 29. Straße bleibt der Autor des Artikels auf dem Bürgersteig vor einem sichtlich heruntergekommenen Gebäude (mit immer noch majestätischen Formen) stehen, das während des Zweiten Weltkrieges zum Marinekrankenhaus umfunktioniert wurde und dem nach einem Entscheid der Stadtverwaltung wegen mangelnder Funktionalität der Umbau zu einem Altersheim bevorsteht. Wissen die Leute, die hier vorbeigehen, dass dieses Gebäude einst eines der geschichtsträchtigsten Hotels von Coney Island beherbergte?, fragt sich der Autor, bevor er mit der Beschreibung des *Hotels Halve Maen* in seiner Blütezeit beginnt, als Leute von Welt aus Manhattan hierher kamen, um in seinen Salons Galaabende zu zelebrieren. David erzählt von der Eleganz der Frauen, der Opulenz der Dekoration, der Kühnheit des architektonischen Designs mit der ottomanischen Kuppel, vollständig überzogen mit farbigen Email-Mosaiken und bekrönt von einer Reproduktion von Henry Hudsons Schiff, nach dem das Hotel benannt wurde.

In »Kid Twist«, veröffentlicht am 23. August, kehrt David Ackerman zurück zu einem seiner Lieblingsthemen, der goldenen Epoche der Verbrechersyndikate, als die Gangster von Brownsville in ganz Brooklyn ihre eigenen Gesetze einführten und die Behörden, die gegenüber den Machenschaften der gewitztesten und blutrünstigsten Gangsterbande in der Geschichte New Yorks völlig machtlos waren, an der Nase herumführten. Die Reportage schließt mit einem Vorfall, der das *Hotel Halve Maen* auf sämtliche Titelseiten im Land brachte.

> So pedantisch organisiert wie ein großes Finanzunternehmen, war es dem Syndikat beschieden, durch Verrat zu Fall gebracht zu werden. Einer seiner Rädelsführer, der gefeierte Verbrecher Abe Reles, alias Kid Twist, entschied sich dazu, mit den Behörden zusammenzuarbeiten. Er hatte so viel zu erzählen, dass die New Yorker Polizei 75 Hefte mit Notizen füllte, die 76 Morde belegten, die im Auftrag jeglicher Couleur von Kunden durch die Berufskiller des Syndikats verübt worden waren. Verhört wurde Kid Twist in einem Raum, der unter dem Namen ›Ratten-Suite‹ traurige Berühmtheit erlangt hat. Er wurde nicht nur äußerst sorgfältig bewacht, um zu verhindern, dass seine ›Mieter‹ auf die Idee kommen könnten, Selbstmord zu begehen, oder Opfer eines Attentats wurden; seine Fenster gingen außerdem auf den Ozean hinaus. Im Fall von Abe Reles waren all diese Vorsichtsmaßnahmen freilich vergeblich. Eines Morgens wurde

> Kid Twist leblos aufgefunden. Ob er Selbstmord verübt hat oder ermordet wurde, ist eine ungeklärte Frage. Die Bettlaken, mittels derer er aus seinem goldenen Käfig fliehen wollte, werden im Manhattener Polizeiarchiv in der Chambers Street Nr. 32 aufbewahrt, ebenso wie die 75 Hefte, die ihn das Leben kosteten.

Auf meinem Tisch liegt der letzte Artikel, »Die Insel der Träume«, datiert auf Samstag, den 30. August 1948. Das Thema ist Dreamland, der Vergnügungspark, der für David alles vereinigte, was Coney Island ihm bedeutete. Wie typisch, dass er nicht den legendären Luna Park oder Steeplechase ausgesucht hat, die beiden charakteristischsten Parks von Coney Island. David hat es vorgezogen, in seiner letzten Reportage die Geschichte eines Scheiterns zu erzählen. Dreamland hatte sich vorgenommen, der großartigste aller Vergnügungsparks zu werden, und am Ende wurde er der kurzlebigste.

Äußerst knapp fasst der Chronist die wesentlichen Daten zusammen: Gegründet im Jahr 1904, wurde der Park sieben Jahre später, 1911, von einem Feuer förmlich ausradiert. Das Feuer war beim Höllentor ausgebrochen, genau an dem Ort, von dem er mir immer erzählte, wenn wir die Subway verließen. Der Artikel berichtet davon, wie das Feuer das sagenhafte Liliput, eine Miniaturstadt, bewohnt von dreihundert Zwergen und ausgestattet mit den modernsten städtebaulichen Errungenschaften der Epoche, dem Erdboden gleichmachte. Aus unerfindlichen Gründen schreibt mein Großvater nichts über das Schicksal der Liliputaner, ebensowenig wie über das der unzähligen Frühchen, die in den Brutkästen des legendären Dr. Courtney zur Schau gestellt wurden.

Mitte September fing die Insel der Träume an sich zu entvölkern. Innerhalb weniger Tage wurden die meisten Installationen abgebaut, die Badehäuser geschlossen, die Mole war schon halb verwaist, der Strand praktisch verlassen. Die Neonreklamen hörten auf zu blinken. Die Türen und Fenster von Hunderten und Aberhunderten von Holzbuden verschwanden hinter grauen Holzplanken, die ihre Besitzer davornagelten, um sie zu versiegeln. Im Oktober war nur noch eine Handvoll Läden offen, und der menschliche Faktor beschränkte sich auf die wenigen festen Bewohner. Bevor ich Nadja kennenlernte, war ich kaum je außerhalb der Saison hier gewesen. In meinem Gedächtnis bewahre ich einige winterliche Bilder eines gespenstischen, vom eisigen Wind gefegten Coney Island, aber niemals zuvor war ich Zeuge des außergewöhnlichen Schauspiels des schneebedeckten Strandes.

Sogar mitten im Winter sind Menschen auf der Promenade. Am Samstag schien die Sonne, und wir gingen spazieren. In den Solarien sahen wir Leute, die sich mithilfe von Aluminiumlamellen bräunten. Eine Gruppe russischer Badegäste, Männer und Frauen um die fünfzig, stapften runter zum Strand. Nach einigen Aufwärmübungen gingen sie ins Wasser und schwammen, ohne sich von den Eisschollen stören zu lassen, die auf den Wellenkronen tanzten. Wir spazierten weiter in Richtung Westen. Nadja sollte das Hotel Kensington sehen (in den Reportagen wird es nicht erwähnt), das so viele Schicksalsschläge überstanden hatte. Das Gemäuer war noch intakt, direkt unter den Eisenträgern des Thunderbolt. Als diese Achterbahn gebaut worden war, hatten die Ingenieure darauf geachtet, dass sie das Gebäude des Hotel Kensington in keinster Weise gefährdete. Wir gingen weiter, immer am Ufer entlang, bis nach Sea Gate. Beim Totenfelsen, wo im Laufe der Jahre viele Badende ertrunken sind, sahen wir das verrottete Gerippe einer auf Grund gelaufenen Fähre. Ich begleitete Nadja zur Subway (sie hatte Generalprobe im Juilliard) und wanderte weiter bis um vier Uhr Nachmittags, als es zu dämmern begann.

Es ist Mitternacht, und Nadja schläft. Vom Wohnzimmer aus betrachte ich den Ozean. Es ist die Sicht, die mir als Kind gefehlt hat: die Leuchttürme, die flimmernden Schiffe in der Ferne, das Meer, von der Dunkelheit umhüllt. Im Westen funkelt das rote Lichtchen des Leuchtturms von Norton's Point. Weiter entfernt, Richtung Süden, blinzeln drei weitere Leuchttürme, die ich nicht orten kann. Ich bräuchte David neben mir, damit er mir die Namen der Dinge nennt. Es ist eine klare Nacht, und die sich kreuzenden Lichter auf dem Wasser, mit Booten am Ufer und weiteren auf offener See, bewirken, dass mir das Meer wie die Reproduktion einer Sternenkarte erscheint. Ich denke an Nadja, die im Zimmer nebenan schläft, und kann nicht aufhören darüber zu staunen, dass sie sich, als sie nach New York kam, von all den gottverlassenen Orten in den fünf Gemeinden dieser Stadt ausgerechnet Brighton Beach zum Wohnen ausgesucht hat. Es müssen mindestens zehn Jahre vergangen sein, seit ich zum letzten Mal hier war. Als ich die Adresse auf dem Bericht las, den Carberry über sie verfasst hatte, dachte ich, dass ich mich verlesen haben müsste.

Diese Rückkehr zu meinen kindlichen Phantasien ist eine so intensive Erfahrung, dass ich die Notwendigkeit verspüre, dass Nadja etwas Ähnliches mit mir teilt. Immer wieder bitte ich sie darum, mir etwas über ihre Kindheit zu erzählen, und manchmal tut sie es, obwohl es nicht leicht ist für sie. Sie war gerade vier geworden, als sie in den Vereinigten Staaten ankam, und es war, als hätte sich eine Tür geschlossen und die Erinnerung an Sibirien im Dunst verschwinden lassen. Sie sagt, dass ihr manchmal eine Handvoll unzusammenhängender Bilder in den Sinn kommen: das Haus in Laryat, das Schlafzimmer ihrer Eltern, ein Gemeinschaftsgarten mit violettem Kohl und Schneeblumen an den Fensterscheiben. Das Deck eines Schiffes auf hoher See, wo ihre Mutter auf einem Segeltuchstuhl sitzt und liest; der Hafen von Boston, die ansteigenden Straßen der Stadt, ruhig und ordentlich, flankiert von Bäumen. Ein Teeladen, ihr Bruder Sascha und sie spielend in einem kleinen Park. Wenn sie kann, schweigt sie: Sie hat es lieber, wenn ich rede.

Als wir vor ein paar Tagen durch die Hampton Road spazierten, sind wir über den Lebensmittelladen von Chuck Walsh gestolpert, ein anarchistischer Freund meines Großvaters. Immer, wenn wir reingingen, schenkte mir Chuck ein Päckchen Ingwerbonbons. Als die dunkelblaue Holzfassade vor mir erschien, wurde ich von Gefühlen überwältigt. Natürlich gingen wir rein. Der Verkäufer war ein junger Mann ohne jede physische Ähnlichkeit mit Chuck. Er fragte, womit er uns helfen könne, und ich drehte mich zu Nadja um. Sie sah sich um und zeigte auf eine Kiste mit Orangen, die einzeln in Seidenpapier gewickelt waren. Sie bat den Verkäufer um eine Orange, und als er sie ihr gab, steckte sie sie in ihre Tasche, als würde es sich um ein wertvolles Objekt handeln. Auf der Straße erzählte sie mir, dass sie zum ersten Mal in ihrem ganzen Leben auf einem Markt in Boston eine Orange gesehen und bis heute nicht vergessen habe, wie es sich anfühlte, als ihre Mutter ihr einen Schnitz zum Probieren gab.

ZWÖLF

Néstor

Sie hat ihn um den Verstand gebracht …

Frank wollte noch etwas hinzufügen, als Álida den Hörer auflegte und zu ihm ans Ende der Theke kam, um ihm ein paar Worte ins Ohr zu flüstern. Der Galizier nickte und wartete, bis die Kellnerin sich wieder entfernt hatte, um den Satz zu beenden.

… buchstäblich. Man kann es nicht anders sagen, Ness. Sie hat ihn um den Verstand gebracht.

Er nippte an seinem Heidelbeersaft und fügte hinzu:

Reden wir lieber im Büro weiter. Übrigens habe ich eine Überraschung für dich. Ich weiß nicht, ob ich dir schon erzählt habe, dass Larsen hier ist. Sein Schiff ist gerade aus Havanna eingelaufen.

Wir gingen in sein Büro, wo er eine Stehlampe einschaltete.

Auf dem Tisch stand eine Kiste mit Cohibas.

Immer wenn Larsen in Cuba anlegt, denkt er an seinen alten Freund Frankie Otero. Eine nette Geste. Naja, ich bin ja auch ganz nett zu ihm. Viktor!, rief er plötzlich.

Guten Tag, Chef, erwiderte sein Assistent, der eben auf der Schwelle erschienen war.

Sieh mal, was wir uns gerade genehmigen wollten. Du scheinst die förmlich zu wittern! Komm rein!

Der Puertoricaner begrüßte mich mit einem Kopfnicken und lehnte sich hinter Otero an die Wand, wie ein Bodyguard.

Frank riss das Siegel auf und drückte mit den Daumen den Blechverschluss auf.

Mach bitte das Fenster auf, sagte er zu Viktor gewandt, damit frische Luft reinkommt.

Der Mulatte zog die Jalousie hoch und klappte die Fensterläden nach außen. Zum Vorschein kam eine feuchte, stockfleckige Backsteinmauer, übersät mit Kabeln und Rohrleitungen. Das Licht, das über den Hinterhof hereindrang, war so schwach, dass Frank die Stehlampe eingeschaltet ließ. Vorsichtig hob er den Holzdeckel ab und sog mit halb geschlossenen Augen den Duft ein, der aus der Kiste strömte. Er betastete die erste Schicht Zigarren, und nachdem er ihre Textur für zufriedenstellend befunden hatte, wählte er eine aus und bot sie mir an.

Ich danke dir, Frankie, sagte ich, aber er wäre pure Verschwendung. Ich kann sowas nicht ausreichend würdigen.

Es geht mir nicht in den Kopf, dass es wirklich Leute gibt, die bei diesem Duft nicht sofort der Versuchung erliegen. Na gut, dein Pech.

Man hörte das Zünden eines Feuerzeugs. Báez' goldener Zahn blitzte im Zwielicht. Frank führte seine Zigarre an die Flamme. Durch die Saugkraft seiner Lungen drang das Feuer in die Ritzen zwischen den zusammengerollten Tabakblättern ein und bildete an der Spitze einen flackernden Glut-Kreis. Eine Wolke aus blauem Qualm hüllte Frank Oteros Gestalt ein, dann zerfiel der Rauch zu Lamellen, die durch den Luftzug zum offenen Fenster hinausgezogen wurden.

Viktor, warum schaust du nicht bei Raúl vorbei, um nach dem Camaro zu sehen? Ich weiß nicht, was zum Teufel heute Morgen mit ihm los war, aber er wollte einfach nicht anspringen. Er hat es mir eben erzählt, und da hier bis zum Nachmittag sowieso nichts los ist, dachte ich, dass du ihm damit helfen könntest. Und mach nicht so ein Gesicht, Frankie hat dich schon nicht vergessen. Also los, nimm eine für dich und noch eine für meinen Sohn.

Das wär' doch nicht nötig gewesen, Chef, aber ich weiß es zu schätzen.

Er steckte beide Zigarren in die obere Jackentasche, bevor er zu mir gewandt hinzufügte:

Nehmen sie es leicht, Chapman.

Dann verschwand er.

Frank zog bedächtig an seiner Cohiba.

Wo soll ich anfangen?, nuschelte er schmauchend.

In den Heften bin ich über eine Lücke gestolpert, und ich habe Schwierigkeiten, den Teil der Geschichte zu rekonstruieren, an dem ich gerade arbeite. Ich weiß nicht, ob das Material verlorengegangen ist oder ob Gal es bewusst vernichtet hat. Tatsache ist, dass ich, obwohl ich ein paar Spuren gefunden habe, das Gefühl habe, mich im Nebel zu verlieren. Du wirst es nicht glauben, aber auch wenn noch ein paar Fragen offen sind, spüre ich zum ersten Mal, seit ich hier im Studio arbeite, wie *Brooklyn*, der Roman, den Gal im Kopf hatte, endlich Gestalt anzunehmen beginnt.

Welchen Teil der Geschichte meinst du?

Die Zeit, als beide in Brighton Beach lebten. Danach verliert sich die Spur.

Und was willst du von mir?

Ehrlich gesagt, weiß ich es nicht. Reden. Dass du mir Dinge erzählst, an die du dich erinnerst. Da kommt sicher was dabei raus.

Sei dir nicht so sicher, damals habe ich ihn kaum gekannt. Na schön, ich werde tun, was ich kann.

Wann genau ist er im Oakland aufgetaucht?

Genau ein Jahr nach der Zeit, von der du sprichst. 74. Er kam meistens nachmittags. Ich sehe ihn noch, wie er da in der Ecke saß, vor sich einen Wodka-Orange, und schrieb, ohne mit jemandem ein Wort zu wechseln. Beim zweiten oder dritten Mal bin ich zu seinem Tisch gegangen, habe mich als Inhaber des Lokals vorgestellt und ihm einen auf's Haus spendiert.

Kam er manchmal auch mit Nadja?

Fast nie. In der ersten Zeit, vor ihrer Reise, habe ich sie insgesamt vielleicht drei- oder viermal gesehen. Oft übernachtete Gal nicht in seinem Zimmer. Ich nahm an, dass er in Brighton Beach geblieben war.

Von welcher Reise sprichst du? In den Heften steht nichts von einer Reise. Wohin sind sie denn gefahren?

An verschiedene Orte, aber dieses eine Mal sind sie nach Oaxaca gefahren. Gal war öfters dort. Es gefiel ihm sehr.

Nach Oaxaca?

Dort war er immer wieder für längere Zeit gewesen, bevor er sie kennengelernt hatte. Vor allem der Sprache wegen. Er war auch anderswo in Lateinamerika, aber Oaxaca gefiel ihm ganz besonders, weil dort das ganze Jahr über ein angenehmes Klima herrscht und da viele Exilanten leben. Unter ihnen fühlte Gal sich wohl. Er sagte immer, es seien die einzigen Menschen, die er möge, aber der Hauptgrund, dass er hinfuhr, war die Sprache. Hat er dir das nie erzählt?

Die Sprache?

Für ihn war es sehr wichtig, sein Spanisch lebendig zu halten. Es war seine einzige Verbindung zur Vergangenheit. Hat er wirklich nie mit dir darüber gesprochen?

Nein.

Und hat es dich nie gewundert, dass er akzentfrei sprach?

Wie so viele andere, wie du, wie Raúl, der hier geboren ist, aber spricht, als sei er eben aus Galizien eingetroffen. Wenn ich euch *Americaniards* sprechen höre, denke ich manchmal, dass ihr eine Sprache sprecht, die in Spanien längst ausgestorben ist. Wobei natürlich auch klar ist, dass Gal ein besonderer Fall war, seine Adoptiveltern waren Amerikaner und seine erste Sprache Englisch, die einzige Sprache, die er als Kind gehört hat …

Entschuldige bitte, aber nicht die einzige und möglicherweise nicht einmal die erste.

Was meinst du damit?

Dann weißt du auch nichts von Leonor?

In Ermangelung einer Mutter aus Fleisch und Blut, Milch und Knochen, bekam er zwei Mütter, sagte Frank nachdenklich. Er fand es seltsam, dass Gal mir nie von dieser Frau erzählt hatte. Ich musste ihn daran erinnern, dass jeder, der ihn so sprechen hörte, denken müsse, dass wir vertraute Freunde gewesen seien, während ich ihn in Wirklichkeit gerade erst kennengelernt hatte, als er starb. Abgesehen davon, dass sie eine entscheidende Rolle bei Gals Erziehung gespielt hatte, wusste Frank nicht viel von dieser Leonor. Nicht einmal ihren Familiennamen, nur dass sie aus Salamanca stammte, Tochter von republikanischen Flüchtlingen, die in New York gelandet waren, nachdem sie eine Zeit im mexikanischen Exil verbracht hatten, Professoren glaube ich. Sie wurden enge Freunde von Ben und Lucia und gingen bei ihnen zu jeder Tages- und Nachtzeit ein und aus. Gal hat dieses Mädchen wohl förmlich angebetet.

Es war Lucias Idee, sie war die Linguistin in der Familie, sprach vier oder fünf Sprachen, sogar Katalanisch, das sie gelernt hatte, bevor sie sich den Internationalen Brigaden angeschlossen hatte. Gal hat mir erzählt, dass Lucia diejenige war, die darauf bestand, dass er perfekt Spanisch sprechen sollte, und so schickte sie ihn von klein auf bei Leonor in die Lehre. Leonor war während der Republik in Salamanca Grundschullehrerin gewesen und hatte den Beruf der Lehrerin im Blut. Sie unterrichtete Kinder von spanischen Auswanderern und Exilanten.

Lebt sie noch? Ich würde gerne mit ihr sprechen.

Sie ist nach Mexico zurückgegangen, keine Ahnung, wann. Ich meine sogar, dass Gal sie ein-, zweimal dort besucht hat. Ich weiß nicht genau, woher ich das habe, aber ich bilde mir ein, dass sie gestorben ist. Es tut mir leid, Ness, wenn ich mehr wüsste, würde ich es dir sagen. Aber halt, ich habe sie einmal gesehen.

Na, das erscheint mir aber doch wichtig.

Es war eine sehr flüchtige Begegnung.

Und wo hast du sie gesehen?

Hier im Oakland.

Im Oakland?

Sie ist mit Lucia hier aufgetaucht. Übrigens auch das einzige Mal, dass ich sie gesehen habe. Sie waren gekommen, um Gal zu besuchen, der gerade eine schlimme Zeit durchmachte. Eine jener Phasen, in denen er sich im Studio einsperrte und von nichts und niemandem etwas wissen wollte. Als Gal für einen Moment mit seiner Adoptivmutter alleine sein wollte, erzählte Leonor mir Geschichten von seiner Zeit als ihr Schüler. Lucia war so besessen davon, Gal Spanisch beizubringen, dass sie sogar seine Einschulung verschob.

Erzähl mir mehr davon.

Sie wollten, dass Gal auf Spanisch lesen und schreiben lernte, bevor er es auf Englisch lernte. Selbstverständlich sprach er perfekt Englisch, aber dank Leonor verlor er nie seine leibliche Beziehung zum Spanischen, wie er selbst es gerne ausdrückte. Auch während der Grundschule unterrichtete Leonor ihn weiter, ein paar Stunden jeden Nachmittag, so behielt er den Anschluss ans Spanische. Und als Ben und Lucia ihm an seinem 14. Geburtstag die Wahrheit über seine Herkunft eröffneten, bekam die Frage der Sprache noch einmal eine besondere Bedeutung. Von da an musste ihn niemand mehr dazu zwingen, er bemühte sich selbst darum, sein Spanisch zu fördern. Unabhängig davon, dass die Sprache das Einzige war, was ihn noch mit Spanien verband, sagte er immer, dass sie die schönste aller Sprachen sei und sie bis zur Perfektion zu beherrschen für ihn Verpflichtung wie Privileg sei. Deshalb fuhr er so oft nach Mexiko, und einmal auch weiter runter nach Mittelamerika, deshalb ist er Übersetzer geworden, und deshalb war es für ihn so wichtig, auf Spanisch zu schreiben … Und vor allem zu lesen, du hast ja seine spanische Klassikersammlung gesehen.

(… Er schrieb in beiden Sprachen, aber es war offensichtlich, dass er sich im Englischen wohler fühlte. Trotz allem habe ich keinen einzigen Text aus seiner Jugend gefunden, weder auf Englisch noch auf Spanisch. Der einzige Hinweis auf eine Veröffentlichung besteht darin, dass er erzählt, dass er das Honorar von *Clark Services* mit dem Scheck vom *Atlantic Monthly* beglichen habe. Obwohl ich überall gesucht habe, konnte ich die Erzählung nicht finden. Die Redaktionssekretärin, mit der ich gesprochen habe, sagte mir, dass es das Wahrscheinlichste sei, dass sie unter Pseudonym veröffentlicht wurde. Nicht er selbst hatte die Geschichte an die Zeitschrift geschickt, sondern sein Freund Marc Capaldi. Was die Hefte betrifft, so sind neunundneunzig Prozent davon auf Spanisch. Es gibt ein paar Randnotizen auf Englisch, alles in allem nicht mal fünfzehn Seiten, wobei ich über das verschwundene Material natürlich nichts sagen kann. Allerdings habe ich in Bens Archiv englische Texte gefunden, dazu kommen die Texte, die er Louise Lamarque geschickt hat. Daneben gibt es ein paar Einzeltexte, wie zum Beispiel das Lermontov-Porträt, aber sie gehören nicht zur Welt von *Brooklyn*. Ungewiss bleibt, wieviel er vor seinem Tod vernichtet hat. Ich vermute, dass er den Vernichtungsprozess beschleunigt hat, als er spürte, dass das Ende nahte, vor allem der englischen Originaltexte, aber wie bei so vielem anderen bin ich mir auch da alles andere als sicher …)

Franks Gesicht war wieder einmal hinter einer Rauchwolke verschwunden.

Wo waren wir stehengeblieben?, fragte ich.

Gal erzählte mir, dass er gerade aus Oaxaca zurückgekommen sei, wo er mit Nadja ein paar Monate verbracht habe, und wollte wissen, ob eines der Zimmer oben frei sei.

Hatten sie sich getrennt?

Ich weiß nicht, ob man von Trennung sprechen kann, denn das würde bedeuten, dass sie irgendwie miteinander gebrochen hätten, und sie hatten ein sehr eigenartiges Verhältnis. Was ich dir auf jeden Fall sagen kann, ist, dass sie in der Zeit nach der ersten Reise regelmäßiger ins Oakland kam als zuvor. Wenn ich vom Oakland spreche, meine ich das Studio, die Bar hat sie praktisch nie betreten. Das blieb einige Monate lang so, vielleicht drei oder vier. Eines Tages kam Nadja nicht mehr, und es dauerte nicht lange, bis Gal wieder aus New York abhaute. Ohne jede Erklärung. Er packte einfach seine Sachen und verschwand. Tatsächlich blieb er so lange verschwunden, dass ich schon sicher war, dass ich ihn nie wieder sehen würde, aber ich irrte mich. Nach zwei Jahren tauchte er wieder hier auf und fragte, ob ich mich an ihn erinnern könne. Ich brach in Gelächter aus. Er wollte ein Zimmer mieten. Da kam ich auf die Idee, ihm Raúls Studio anzubieten, das ich bis dahin noch nie vermietet hatte, seit er in die Wohnung in Queens gezogen war, die ich ihm gekauft hatte, so dass er keine andere Wahl gehabt hatte, als auszuziehen. Gal schien das Studio perfekt zum Schreiben, und er sollte es nicht mehr verlassen. Am meisten fiel mir auf, wie sehr er gealtert war, als wären zehn Jahre vergangen und nicht zwei. Als er gegangen war, hatte er noch wie ein junger Mann ausgesehen, aber der Zurückkehrte war ein anderer. Vielleicht hat er deshalb gefragt, ob ich mich noch an ihn erinnerte. Er wusste, wie sehr er sich verändert hatte, und nahm an, dass die anderen es auch merkten. Und er hatte sich nicht nur physisch verändert, sondern auch im Charakter: Er war mürrischer geworden und abweisender; er war viel in sich gekehrter als früher. Es war, als sei seine Jugend verpufft. Der zurückgekehrte Gal war ein reifer Mann, mehr noch, er sah aus wie ein vom Leben Gezeichneter. Ganz seltsam.

Hat er viel von Nadja gesprochen?

Von Zeit zu Zeit. Er bekam sie nie aus dem Kopf, das schon. Manchmal war er gesprächig, dann wieder fast krankhaft verschlossen. Wenn er mir von ihr erzählte, betrachtete ich seine Geschichten immer unter Vorbehalt. Ich meine nicht, dass er log, Gal war unfähig zu lügen, nur dass er seine Erinnerungen modifizierte, genauso wie er die Realität modifizierte. Ist es nicht das, was ihr Schriftsteller alle tut?

Gestern hat sie mich begleitet, um ein paar Bücher abzuholen, die Marc für mich bei Mad Hatter hatte zurücklegen lassen. Dort in der Nähe, direkt neben dem Gefängnis, an der Kreuzung Boerum Place, Schermerhorn, hatte sich vor einem sehr nüchtern wirkenden Gebäude eine Menschenmenge versammelt. Neben der Tür hing ein Schild, auf dem Folgendes zu lesen war:

FRIENDS MEETING HOUSE

So nennen die Quäker sich selbst: Freunde. Ein großer Kerl bemerkte uns und kam auf uns zu: Falls sie zur Trauerfeier von Alice Keaton wollen, sagte er mit einem starken slawischen Akzent, ihr Bruder empfängt die Trauergäste im Vorraum. Nadja und ich sahen uns in die Augen. Wir hatten beide denselben Gedanken gehabt. Wir gingen hinein. Der Bruder von Alice Keaton war ein Rotschopf um die vierzig. Er trug einen schwarzen Anzug ohne Krawatte. Das Pärchen, das gerade mit ihm sprach, gab ihm die Hand und ging die Treppe hoch. Nadja und ich folgten ihnen. Im ersten Stock führte eine Flügeltür in einen sehr geräumigen, rechteckigen Saal mit sehr hohen Decken. Zwei der Wände hatten große Fenster, die auf einen begrünten Innenhof hinaussahen. Die beiden anderen Wände waren weiß und kahl. Holzbänke bildeten Reihen wie in einem Theater. Mitten im Raum stand ein Pult mit einer Bibel darauf, daneben ein mit rotem Samt überzogener Hocker, auf dem ein offener Kasten mit einer Geige lag. Die Trauergäste nahmen auf den Bänken Platz, mal zu zweit, mal zu dritt oder auch einzeln, wobei sie genügend Abstand zwischen sich ließen. Der Mann in Schwarz empfing die verspäteten Gäste. Als niemand mehr kam, setzte er sich in die erste Reihe. Es war ein ungemütlicher, trüber Nachmittag.

Es folgte eine lange Stille.

Diese Art, die Verstorbene zu ehren, bewegte mich tief. Als ich es Marc erzählte, erklärte er mir, dass das Schweigen keine Pflicht sei; jeder könne aufstehen und das Wort ergreifen, bloß an jenem Tag tat es niemand. Es war eine fesselnde, handfeste, endlose Stille, und es fiel mir schwer, mich an sie zu gewöhnen. Im Gegensatz zu mir war Nadja völlig ruhig. Sie saß da am Rand der Bank, und ihre Blicke verloren sich jenseits des Fensters in der Ferne. Irgendwann habe ich es endlich geschafft, mich der Stille hinzugeben und mich in Raum und Zeit zu verlieren. Ich spürte, wie ich in mir selbst zu schweben begann. Mein Kopf trug mich mit sich fort an andere Orte und durch verschiedene Zeitebenen. Wenn ich zwischendurch wieder zu mir kam, sah ich Nadja an, die immer noch ganz in Gedanken versunken war. Nach ich weiß nicht wie langer Zeit bemerkte ich, dass ihr Gesicht sich veränderte. Sie runzelte die Stirn, als hätte sie eine Entscheidung getroffen, stand auf und lief ins Zentrum der Kapelle und weiter bis zu dem Platz, wo Alice Keatons Bruder saß. Dort zeigte sie auf die Geige. Der Rothaarige nickte zustimmend. Draußen hatte es zu nieseln begonnen, und der Regen trommelte leise an die Scheiben. Nadja nahm die Geige aus dem Kasten und spielte eine sanfte Melodie, die wie die Verlängerung der Stille klang. Die Leute zeigten keinerlei Reaktion, und als die Musik verklungen war, war es so, als sei die Stille nie unterbrochen worden. Als sie an ihm vorbeiging, stand Alice' Bruder auf und reichte ihr die Hand. Statt zu mir zurückzukommen, ging Nadja zum Ausgang und wartete dort auf mich.

Draußen hatte der Regen bereits alle Kraft verloren, und nach einigen Minuten hörte er ganz auf. Ich fühlte mich gereinigt, ihr sehr nah, und ich brauchte lange, bis ich sie wieder ansprach. Als ich es tat, war es, um sie zu fragen, was sie gespielt hatte. Eine Schubert-Sonate, erwiderte sie mit fast unhörbarer Stimme, und dann waren wir wieder still. Während unseres Aufenthalts in der Quäkerkapelle war die Zeit stehengeblieben, und jetzt fiel es ihr schwer, neu zu starten. Die Luft roch nach feuchter Erde, und die Bäume strahlten dieses herbe Aroma aus, das nach einem Gewitter typisch ist, wenn die Spannung noch in der Luft liegt. Wir machten einen langen Spaziergang bis nach Columbia Heights.

Auf der Promenade setzten wir uns auf eine Bank, um die Skyline von Manhattan zu betrachten. Nach dem Regen war es ein einigermaßen klarer Nachmittag. Der Blick aufs Meer war wunderschön. Man konnte alle Arten von Schiffen sehen, manche vor Anker, andere durchfurchten das Wasser: Öltanker, die in der Ferne ankerten, Schlepper, mit Müll beladene Barkassen, Fähren, mit Touristen überfüllte Kreuzfahrtschiffe, Polizeiboote, Yachten, Segelboote, Überseeschiffe und sogar eine chinesische Dschunke, weiß Gott, was sie hierher verschlagen hatte. Nadja betrachtete vor allem die hoch aufragenden Masten der Segelboote, die alten Schoner im South Street Seaport, bis ihre Blicke schließlich an den Frachtern hängen blieben, die in den Docks von Brooklyn ankerten.

Genau dort legen die dänischen Frachter von Frank Oteros Freunden an, sagte ich zu ihr und erzählte, dass dort vor vielen Jahren das erste Oakland gestanden hatte. Frank hat es einem Dänen abgekauft, und so begann die ganze Geschichte.

Es folgte ein magischer Augenblick. Die Sonne schmuggelte sich zwischen zwei Wolkenketten hindurch, und der Sonnenuntergang tauchte den Himmel in ein blutiges Orange. Wir schwiegen und betrachteten das Farbenspiel der Dämmerung. Dann fragte ich sie, ob sie mich heiraten wolle.

Ihre Blicke ruhten weiter auf dem Horizont, ohne jede Regung. Das metallicblaue Meer färbte sich jetzt Dunkelviolett. Als die Sonnenkugel hinter den Häusern von New Jersey verschwand, fragte sie:

Gehen wir?

Ich bat sie, noch etwas zu warten, denn ich wollte den Einbruch der Dunkelheit miterleben.

Indem der Himmel sich verdunkelte, poppten an den Flanken der Wolkenkratzer in unregelmäßiger Folge leuchtende Quadrate auf, als würde jemand ein Puzzle aus weißem Licht zusammensetzen.

Reihen vielfarbiger Strahler zeichneten die Konturen der Brücken nach. Als am Nachthimmel die ersten Sterne aufleuchteten, erhoben wir uns und wanderten langsam, Hand in Hand, über die Montague Street in Richtung Subway. Während der Fahrt schwiegen wir. In ihrer Wohnung zerrte sie mich ins Schlafzimmer, und als wir uns liebten, war es nicht wie sonst. Was aber die Frage anging, die ich ihr auf der Promenade gestellt hatte, hat sie nie ein Wort dazu gesagt. Es war, als hätte ich die Frage nie gestellt.

Warum sind sie nie zusammengezogen?

Die Wahrheit ist, dass alles viel zu schnell ging. Wie ein Schuss in der Dunkelheit. Nach Gal war Nadja zu freiheitsliebend; schon die leiseste Andeutung einer Bindung versetzte sie in Angst und Schrecken. Aber es war gerade das, was Gal so anzog. Was er an Nadja am meisten liebte, war das, was ihm am meisten wehtat. Sie verkörperte für ihn die Anziehungskraft des Abgrunds; ich weiß nicht, wieviele Male ich diesen Satz von ihm gehört habe.

Vor ein paar Stunden, im Café Astroland, habe ich sie wieder gefragt, und sie hat wiederholt, dass sie nicht wolle, dass zwischen uns irgendeine Art von Verpflichtung bestehe. Sie wolle sich an niemanden binden, hat sie wiederholt. Sie sagt das mit einer solchen Endgültigkeit, dass kein Raum bleibt für eine Erwiderung. Bevor ich sie nicht schwarz auf weiß in diesem Tagebuch gelesen hatte, war mir nicht bewusst, wie absurd die Dinge sind, die ich zu ihr gesagt habe.

[…]

Ich habe sie gefragt, ob sie mich liebt. Sie hat mich angestarrt und lange gebraucht, um zu antworten:

Ich verstehe ehrlich nicht, was diese Worte bedeuten.

Da gibt es nichts zu verstehen und auch nichts zu erklären. Sag es einfach.

Sei bitte so gut, stell mir keine Fragen, die ich nicht beantworten kann.

Wieder dieses Schweigen, bloß war es jetzt anders, weil ich spürte, wie in ihrem Inneren eine Zustimmung aufblitzte. Sie war noch nicht hörbar. Ich stellte mir ein einsilbiges Wort vor, das eine Treppe hinunterläuft, aber niemand weiß, wohin sie führt. Sie ließ ihre großen grauen Augen auf mir ruhen und streichelte dabei meine Hand. Vermutlich habe ich die Frage wiederholt, weil ich sie sagen hörte:

Du weißt doch, dass ich es tue.

Ich habe ihr nochmal die gleiche Frage gestellt wie auf der Promenade. Sie hat ihre Hand zurückgezogen, entnervt die Augen geschlossen und gesagt:

Gal …

Ich habe meinen Zeigefinger an die Lippen geführt.

Verstanden. Keine Fragen mehr, Euer Ehren. Das Verhör ist beendet.

Sie ist abrupt aufgestanden, hat mich am Arm gepackt und aus dem Café geschleppt, bis zum Sockel des Astroland-Turmes. Da Dienstag war, gab es eine enorme Schlange, weil alle die Gelegenheit wahrnehmen wollten, vom Glasaufzug aus, der hundert Meter in die Höhe steigt, das Feuerwerk zu sehen. Ich hätte darauf verzichten können, aber Nadja war offenbar wild entschlossen, auf den Turm hinauf zu fahren. Keiner von uns beiden war je zuvor im Astroland gewesen. Ich erkannte sie kaum wieder. Sie war aufgeregt wie ein Teenager, zeigte begierig auf dies und jenes und steckte die Leute mit ihrem Enthusiasmus an. Während wir inmitten von Unbekannten hinauffuhren, ihr Körper an meinen gepresst, warf ich einen Blick auf den Park und musste an den Tag denken, als ich mit meinem Großvater den Sprungturm hochgefahren war: Zu unseren Füßen wurde jene Phantasiewelt immer kleiner, und wir drangen ein in ein Gebiet, das anderen Gesetzen zu gehorchen schien. Ich dachte an meinen Großvater David, den die grausame Zeit mir für immer entrissen hatte. Er hatte das Astroland nicht mehr gekannt (er starb 58, und der Park wurde 63 eröffnet), wobei diese Ästhetik nicht die seine gewesen wäre. Fast alles bezog sich auf die Ära der Raumfahrt. Wir erklommen den Turm in einem gläsernen Aufzug, der wie eine Wendeltreppe in die Höhe stieg und damit den Blick in alle vier Himmelsrichtungen zuließ. Zu unseren Füßen standen die Menschen Schlange, um in den Mercury Capsule Ride einzusteigen und eine simulierte Reise in einer Raumkapsel zu erleben. Über den Köpfen der Zuschauer schwebte ein Panorama von Raketen und Satelliten, die an Seilen befestigt durch den Weltraum kreisten. Selbstverständlich hatten auch Attraktionen aus den alten Zeiten überdauert. Über allem thronten die vorwitzigen Gipfel des Cyclone. Etwas weiter entfernt, jenseits der Grenzen des Parks, wie eine Verneigung vor der Vergangenheit, die Silhouette des Fallschirmturms. Dahinter die schwarze Fläche des Meeres, gesprenkelt vom Widerschein des Feuerwerks.

Sie bekam, was sie wollte, wir blieben lange oben und betrachteten das Finale des Feuerwerks. Auch auf dem Weg hinab war Nadja noch immer sehr aufgeregt. Sie nahm mich fest bei der Hand und sagte, dass wir noch mit dem Cyclone fahren sollten. Ich folgte ihr wie in Trance, ohne ganz genau zu wissen, warum ich es tat. Es war eine brutale, absurde Fahrt, umgeben von Menschen, deren hysterisches Kreischen uns in den Ohren dröhnte. Als die Alptraumfahrt vorüber war, zitterte ich etwas, aber sie hatte immer noch Energie übrig. Rennend durchquerten wir den Park; sie zog mich an der Hand hinter sich her. Beim Ausgang an der Neptun Avenue hielt sie ein Taxi an, und wir fuhren nach Brighton Beach. Als wir uns in ihrer Wohnung liebten, fühlte ich mich ihr völlig ausgeliefert. Ich konnte ihre Verzweiflung spüren. Einmal fertig, zwang sie mich, wieder von Neuem anzufangen. Ich weiß nicht, wo ich die Kraft dazu hernahm. Nur mit ihr habe ich das erlebt. Zum zweiten Mal an diesem Tag war die Zeit stehen geblieben. Ich vergaß die Welt und meine Angst. Endlich schlief sie ein, unerreichbar, sehr, sehr weit weg von mir.

Ich ging runter auf die Straße und machte einen langen Spaziergang, bis nach Coney Island. Auf einer Bank auf der Promenade sitzend, dachte ich nach über den Austausch von Gedanken, von Gefühlen, von Schweigen zwischen Nadja und mir, und mir wurde klar, dass es ihre Seele war, die sich mir entzog, so sehr sie sich auch meines Körpers bemächtigte und so oft sie mir ihren schenkte.

Ihr Körper,
aber
nein:
Es ist
zu schwer,
die Worte,
die Begriffe
an diese Stelle zu setzen, an die sie gehören.

Deshalb
muss ich schreiben
über sie/über dich.

Ich muss über dich in meinem Tagebuch schreiben, denn hier und nur hier kann ich ohne Umschweife sagen, was ich sagen will. Wenn ich mit dir zusammen bin, kann ich es nicht, ich spüre deine Anspannung, und am Ende ziehe ich es vor zu schweigen. Deshalb warte ich, bis ich alleine bin, um in das Papier die Worte einzuprägen, die ich nicht sagen kann, wenn ich bei dir bin. Ich gebe zu, dass niemand ganz genau weiß, was sie bedeuten. Es ist schon möglich, dass sie nichts bedeuten, aber ich brauche sie trotzdem. Ich brauche sie, um zu verstehen, was mit mir passiert. Mit dir. Was mit meiner Seele passiert, wenn ich mit dir zusammen bin, was mit mir passiert, wenn ich in deinem Körper bin, und was mit dir passiert, was du mir überträgst, was ich dir übertrage. Ich, der ich nie das geringste Interesse an Religion hatte, spüre, dass unsere sexuellen Begegnungen etwas Vergleichbares sind. Du erlaubst es mir nicht, das zu sagen. Ich habe begriffen, dass es für dich etwas anderes ist, oder wenn es dasselbe ist, ziehst du es vor, nicht darüber zu sprechen. Darin bist du anders als ich, ich muss alles betasten, mit Worten umhüllen, sie niederschreiben und dabei jedes einzelne von ihnen liebkosen. Wir haben eine solche Angst davor, die Dinge beim Namen zu nennen. Trotzdem ist das, was ich jetzt schreibe, nichts als die Wahrheit. Und wenn ich es für irgendwelche Augen bestimmt habe, so sind es deine. Vielleicht wirst du es eines Tages lesen. Glaube ja nicht, dass es mir leichtfällt; obwohl ich es wage, die Dinge beim Namen zu nennen, kann ich nicht umhin, mich dabei sehr verletzlich zu fühlen. Eines Tages werde ich dem Geschriebenen eine Form verleihen. Durch das Geschriebene werde ich dir das zurückgeben, was du mir im Überfluss gegeben hast. Ich wusste nicht, warum ich schrieb, aber jetzt weiß ich, dass es einen Wert hat, deinetwegen. In meinem Kopf schwirrt die Idee herum, etwas über Brooklyn zu schreiben. Ich weiß nicht, welche Arte von Buch es werden wird, aber ich werde es tun. Ich weiß nicht, nach was ich suche, ich weiß nur, dass es sich hinter den Tausenden von Wörtern verbirgt, die ich nicht aufhören kann zu schreiben. Ich weiß nicht, was es ist, was es sein kann, aber ich würde es gerne herausfinden und ihm eine

Form verleihen, nur für dich. Für dich werde ich dieses Buch schreiben, *Brooklyn. Brooklyn* wird dank dir geboren werden, deinetwegen.

Was ihn am meisten verletzt hat, sagte Frank, war, als er erfuhr, dass sie sich in einen gewissen Eric verliebt hatte … Gal hat mir ein bisschen was über ihn erzählt, aber nicht viel. Es tat ihm sehr weh, darüber zu sprechen. Wie hieß er nochmal mit Nachnamen …? Rosoff, glaube ich. Eric Rosoff, genau, so hieß er. Er war Jude und Nadjas Kommilitone in der Juilliard School of Music. Er kam aus Boston, sehr zerbrechlich, beinahe feminin, etwas jünger als sie. Pianist. Er trug Tag und Nacht weiße Handschuhe, um seine zarten Hände zu schützen. Alle hielten ihn für ein Genie mit einer großen Zukunft. Er war jünger als sie, kaum älter als 20, schätze ich. Und Gal war 36, so ganz nebenbei. Nadjas Geschichte mit dem Pianisten warf den Schuppen, den er sich zurechtgezimmert hatte, um. Bis dahin war es ihm gelungen, die Täuschung aufrechtzuerhalten. Er hatte im Kopf das Drehbuch für sie beide geschrieben und glaubte felsenfest daran. Dem Geist seines Drehbuchs folgend, hatte er es geschafft, sich selbst davon zu überzeugen, dass Nadja sich einfach nicht ändern konnte. Es ist ihm nicht leichtgefallen, aber es ist ihm gelungen, sie so zu nehmen, wie sie war. Sie konnte keinem Mann gehören, weder ihr Kopf noch ihr Herz funktionierten auf diese Weise. Sie war temperamentvoll, genoss ihre Unabhängigkeit und Freiheit, und das mochte Gal am meisten an ihr, selbst wenn der Preis, den er dafür zu zahlen hatte, darin bestand, auf sie verzichten zu müssen. Ich muss zugeben, dass es mir gefallen würde, wenn sie die meine wäre, sagte er immer und immer wieder, aber es kann eben nicht sein. Es war nicht leicht, aber schließlich habe ich gelernt, es zu akzeptieren. Am Anfang dachte ich, ich werde verrückt, aber jetzt ist es gut. Inzwischen bin ich froh, dass es ist, wie es ist. Es ist mir nicht mehr wichtig. Er sprach über sie, als würde er sie besser kennen als sie sich selbst, aber in Wahrheit verstand er nicht wirklich, was da passierte. Es war eine sehr verwirrende Zeit, in jeder Hinsicht. Was Nadja angeht, war es offensichtlich, dass es Sachen gab, die nicht mit Gals Bild übereinstimmten, aber natürlich wollte Gal sie nicht sehen. Eines machte für ihn alles andere wett: Was auch geschah, am Ende kehrte Nadja immer wieder zu ihm zurück. Sie brauchte ihn einfach. Punkt. Und in gewissem Sinne hatte er auch recht. Bloß tat sie es nicht aus den Gründen, die er ihr gerne unterschob. Die Dinge, wie soll ich sagen, waren nicht in dem Ausmaß für die Ewigkeit geschaffen, wie er es gerne gehabt hätte. Sagen wir mal, dass das Drehbuch bis zur Mitte des Films einigermaßen stimmig war, um es irgendwie zu erklären, aber danach passte es nicht mehr. Für ihn war es schwierig, weil Nadja, nachdem sie für eine Weile verschwunden war, früher oder später immer wieder auftauchte. Auf der Suche nach ihm tauchte sie hier auf, und wenn er nicht da war, wartete sie auf ihn. Sie schlief in seinem Zimmer und wich über Tage, manchmal sogar Wochen, nicht von seiner Seite. Sie machten eine Reise, und die Schleife begann wieder von vorne: Nadja hörte auf ihn zu brauchen, verließ ihn wieder und verschwand. Wenn er sie nicht mehr um sich hatte, verfiel er in Düsternis, wurde schlecht gelaunt, sogar feindselig. Er ließ sich volllaufen. Über lange Zeit wiederholte sich dieses Drehbuch zyklisch, ohne große Variationen. Aber das mit dem Pianisten war anders. Als Eric Rosoff die Bühne betrat, änderte sich das Drehbuch.

Warum?

Sagen wir mal, dass Gal akzeptiert hatte, dass Nadja ihren Körper auch anderen überließ, wie er es auszudrücken pflegte … Das war etwas, das er relativ früh lernen musste. Aber die Sache mit dem Pianisten wurde ernster. Sie verliebte sich in ihn, und damit hatte Gal nicht gerechnet. Nach dem Drehbuch war Nadja nicht fähig, sich zu verlieben, sie stand über dieser Leidenschaft, an der die Normalsterblichen leiden. In seinen Augen verlieh ihr diese Unabhängigkeit eine Aura der Überlegenheit; für ihn war sie eine Art Göttin, auf deren Liebe er als Sterblicher kein Recht hatte. Gemäß der Fiktion, die er sich zusammengezimmert hatte, war Nadja eine von Grund auf freie Seele. Die Wirklichkeit zerschmetterte diese Fiktion. Gal hat versucht, die Augen davor zu verschließen, aber es war schwierig, die Täuschung aufrechtzuerhalten. Nadja war nicht die Göttin, für die Gal sie gehalten hatte. In der Gegenwart jenes Männleins schrumpfte sie zusammen, sie fühlte sich mit ihm wie Gal mit ihr. Sie zog mit dem Pianisten zusammen, was sie mit Gal nie gemacht hätte, und als er es ihr antrug, heirateten sie, noch ein Detail, das im Drehbuch nicht vorgesehen war. Er hatte immer geglaubt, dass Nadja die Vorstellung einer Ehe in Angst und Schrecken versetzte. Noch ein Nadelstich für Gal: Von Anfang an hatte Nadja bei jeder möglichen und unmöglichen Gelegenheit erklärt, dass sie die Institution der Ehe verabscheue. Gal erzählte das mit einem solchen Enthusiasmus, dass es schon fast lächerlich wirkte. Und eines schönen Tages, zack, heiratete sie, als wäre es das Normalste von der Welt. Sie teilte es ihm persönlich mit. Das hat Gal niemals verschmerzen können. Alles an seinem Verhältnis zu ihr quälte ihn, selbst ihre schreckliche Frustration, als sie erfuhr, dass sie keine Kinder bekommen konnte, etwas, das sie sich so sehnlich wünschte. Nur dass … in der großen Farce, die er um Nadja herum inszeniert hatte, immer ein Körnchen Wahrheit steckte, und damit rechtfertigte er seine Treue, seine Hoffnung.

Was meinst du damit?

Ich meine, dass es für sie wohl tatsächlich unmöglich war, sich endgültig von ihm zu trennen. Auf ihre Art brauchte sie ihn weiterhin. Und auch wenn sie sich nicht mehr sahen, hat sie ihm immer weiter geschrieben. Sie erzählte ihm von ihren intimsten Sorgen. Das Erste was sie tat, als sie sich von dem Pianisten trennte, war, Gal zu schreiben.

Wann war das?

Kaum ein Jahr nach ihrer Hochzeit. Die Geschichte mit dem Pianisten war nichts anderes als eine große Täuschung. Das war es, was Gal dachte. Nadja ist dieselbe geblieben, deshalb war diese Ehe nicht von Dauer. Demnächst wird sie hier auftauchen, du wirst schon sehen, sagte er, und in der Tat, eines schönen Tages erschien sie im Oakland. Wir waren alle total von den Socken, außer Gal …

Diesen Teil der Geschichte habe ich in den Heften gefunden.

Sie ist zurück. Ich wusste es. Ich wusste, dass sie kommen würde. Sie ist aus demselben Grund gekommen wie sonst auch: weil sie weiter sie selbst sein will, lebend, forschend, um herauszufinden, was die Welt noch für sie bereithält … Sie hat getan, was sie tun musste, sie ist in die Welt hinausgezogen, und nun ist sie zurück. Sie hat mich angerufen, um mich zu fragen, ob sie ins Oakland kommen dürfe, um mich zu sehen. Ich habe ihr gesagt, dass sie mich niemals um Erlaubnis bitten müsse, dass sie hier jederzeit ohne Vorwarnung auftauchen dürfe. Sie ist gekommen und ins Studio raufgegangen. Ihre Schönheit hat mich so überwältigt, dass ich sie zunächst nicht verstanden habe; als ich mich wieder gefasst hatte, wurde mir klar, dass sie etwas wiederholte, was ich schon so oft gehört hatte: Sie ist zurück, weil sie mich braucht, weil sie sich sicher fühlt an meiner Seite, weil die Welt voller Fallen und Bosheit ist und sie weiß, dass ich sie nicht enttäuschen werde. Ihre Worte verschwanden im Nebel, indem ich versuchte, mich nur auf ihre Gestalt zu konzentrieren. Irgendetwas war anders. Die Frau, die da mit mir sprach, war nicht die Nadja, die ich gekannt hatte. Mir wurde klar, dass zwischen dem, was sie sagte, und dem, was bei mir ankam, eine tiefe Schlucht klaffte. Ich bat sie, nicht solche Dinge zu mir zu sagen … Jetzt war ich derjenige, der bestimmte Worte einfach nicht hören wollte. Die Reinheit und Authentizität, von der sie da sprach, existierten nicht auf dieser Welt, sie waren Ausdruck ihrer Sehnsucht nach ihnen, und da sie sie nicht fand, unterstellte sie sie mir. Ich sagte ihr, dass das, was sie da erzählte, völliger Unsinn sei. Als ich sie bat, mir von sich selbst zu erzählen, und sie das tat, wurde mir klar, was es war, das hier nicht stimmte: Sie ist nicht meinetwegen gekommen. Sie braucht mich, aber nicht so, wie ich es gerne hätte. Sie ist gekommen, weil sie verletzt wurde. Ich habe sie weiterreden lassen und gewartet, bis sie sich beruhigt hatte, und dann habe ich sie gebeten … ich habe sie gebeten zu gehen, mich in Ruhe zu lassen, ihr Leben weiterzuleben. Sie hat mich schweigend angesehen und gesagt: Bis dann, Gal, und ich habe dankbar die Augen geschlossen.

Ich habe mich gewundert, sie in der Bar zu sehen, sagte Frank. Sie wirkte ziemlich verstört. Als ich sie nach Gal gefragt habe, hat sie nur gesagt, dass es ihm gut geht. Ich habe sie zur Tür begleitet, und beim Abschied habe ich es gewagt, sie zu fragen, warum sie jetzt schon wieder ginge, sie war doch gerade erst gekommen. Wir waren an sich nicht so vertraut miteinander, dass ich das Recht gehabt hätte, eine solche Frage zu stellen, aber sie nahm es mir nicht übel. Völlig ruhig erwiderte sie, dass es nicht ihre Entscheidung gewesen sei, vielmehr habe Gal sie gebeten zu gehen. Das Ulkige war, dass er diesen Teil, obwohl er ja selbst aus dem Drehbuch ausgebrochen war, schnell wieder vergaß oder sich zumindest nicht so an ihn erinnerte, wie er tatsächlich geschehen war. Aber es stimmt, er hat sie gebeten zu gehen, und zwar für immer, sie möge bitte nie mehr kommen, sie möge sich nie wieder an ihn wenden. Sie erfüllte alle seine Wünsche, Punkt für Punkt, außer einem: Obwohl er sie darum gebeten hatte, es nicht zu tun, schrieb sie ihm doch.

Wie lange?

Bis 86. Allerdings ziemlich unregelmäßig. Am Anfang versuchte sie Gals Willen zu respektieren. Es gab eine relativ lange Pause von eigenen Monaten, aber dann fing sie an zu schreiben, zuerst nur sporadisch und dann immer regelmäßiger. Nach einer gewissen Zeit lief die Sache umgekehrt: Ihre Briefe wurden immer seltener, bis sie schließlich ganz ausblieben. Und nach einer elend langen Zeit ganz ohne Briefe kam dann die berühmte Postkarte aus Las Vegas. Ich sage berühmt, weil Gal mir so oft davon erzählt hat. Er hat die Postkarte eine Weile mit sich herumgetragen und sie mir immer wieder gezeigt. Die muss in den Heften sein, ganz sicher. Falls du sie noch nicht gefunden hast, wirst du sie bald finden. Das war das letzte Mal, dass sie schrieb. Aber darüber haben wir schon mehrmals gesprochen, oder nicht?

(Auf der Karte sieht man ein Kasino mit einer irren Beleuchtung über einer unmöglichen architektonischen Kakophonie. Im Hintergrund, über einer byzantinisch anmutenden Kuppel, entfaltet sich ein Neonbogen mit dem Schriftzug: Coney Island. Dahinter ragt eine Achterbahn auf. Auf der Rückseite eine kurze Notiz auf Englisch. Es ist das einzige Muster, das ich von Nadjas Handschrift gefunden habe, mit ausladenden, rundlichen Buchstaben, etwas zittrig und kindlich. Sie ist datiert auf den 12. Januar 1986. Gals Übersetzung befindet auf einem gesonderten Blatt.)

> Lieber Gal: Gestern habe ich von dir geträumt. Wir waren im Astroland und sind zusammen auf den Fallschirmturm gestiegen. Du hast mich aufgefordert zu springen, aber ich hatte Angst. Am Ende hast du mich geschubst … Da endet der Traum, aber ich weiß, woher er kommt. Ich habe wieder mein Kind verloren. Ich bin hier nur auf dem Sprung, was für ein absurder Ort, nicht wahr? Las Vegas erinnert mich an Coney Island, aber ohne Seele, wie du sagen würdest. Ich vermisse dich sehr.
>
> N.(G.)

Inmitten des von Nadja geschriebenen Textes ist ein Kaffeefleck. Um das G der Unterschrift hat Gal mit roter Tinte einen Kreis gezogen. Ich strich mit der Fingerkuppe über den Buchstaben. Sie hatte die Angewohnheit, ihrer Unterschrift den Anfangsbuchstaben ihres Familiennamens hinzuzufügen. Nadja O.

Nadja R. Aber woher kam das G? Ich stellte mir vor, wie Gal die gleichen Mutmaßungen anstellte wie ich, doch es war kein großes Rätsel. Nadja Orlov, dann Nadja Rosoff und jetzt Nadja G. Es war nicht von Bedeutung, dass weder Gal noch ich wussten, wem dieses G gehörte.

Sie hatte wieder geheiratet.

DREIZEHN

Der Würgeengel (*Brooklyn*-Fragmente)

MIHRAB

[März 1969]

Montag. Anruf von Louise. Die Sache mit dem Chelsea hat geklappt. Sylvie hat schon im Hotel eingecheckt. Am Mittwoch hat sie einige Freunde zu einer Einweihungsparty eingeladen. Endlich werde ich ihre Freundin kennenlernen, aber zuerst muss ich ihr einen Gefallen tun. Ob ich sie und Mussifiki in ein Antiquariat in Brooklyn Heights begleiten könne? Du weißt doch, wer Mussifiki ist, oder? Mussifiki Mwanassali, du hast ihn nie getroffen, aber ich habe dir schon von ihm erzählt. Kunstkritiker, Historiker, Professor an der NYU und Autor eines Buchs über kurdische Teppiche. Der Groschen fällt nicht. Doch, das letzte Mal, als du in Deauville warst, hast du sein Buch durchgeblättert. Irgendwas klingelt bei mir, sage ich ihr. Louise macht eine Pause, während derer ich das Klicken eines Feuerzeugs höre. Naja, es sieht aus, als habe Mussifiki wieder eine seiner Entdeckungen gemacht. Beim Durchstöbern der Läden in Brooklyn Heights ist er über einen kurdischen Teppich gestolpert und hat es sich in den Kopf gesetzt, dass ich ihn kaufen soll. Er hat gesagt, ich würde es verstehen, sobald ich den Teppich gesehen hätte. Also, wir haben uns für morgen um drei verabredet, und wenn du kannst, würde ich mich freuen, wenn du mitkämest. Passt dir die Zeit, Gal? Ja, passt. Am Mittwoch wird es toll werden. Moreau wird auch kommen, Robert Moreau, der Dichter. Er ist eben aus Paris eingetroffen. Aber zurück zum Teppich, Mussifiki Mwanassali hat nicht alle Tassen im Schrank, aber ich bin mir sicher, dass es sich um etwas Besonderes handelt. Eigentlich ist es sehr aufmerksam von ihm. Er hat Angst, der Teppich könnte irgendeinem Trottel in die Hände fallen, der unfähig ist, ihn richtig zu schätzen. Wenn er könnte, würde er ihn selbst nehmen, aber weder bei ihm zu Hause noch im Büro gibt es einen Zentimeter ohne Teppich, Wände und sogar die Decken eingeschlossen. Ich möchte ihn Sylvie schenken, als Glücksbringer für das Chelsea.

Dienstag. Um Punkt drei bin ich am Smyrna-Basar. Louise spricht gerade mit einem großen Mann, schlank, sehr dunkle Haut, mit gepflegtem Schnurrbart. Auf dem Kopf hat er einen granatroten Fez mit einem goldenen Fransenbommel, der offensichtlich Teil seiner Arbeitskleidung ist. Hallo Gal, pünktlich wie immer, wenn nur alle so wären wie du. Louise wirkt verärgert. Ich möchte dir Jair vorstellen. Wir geben uns die Hand. Er kommt aus Alexandria, lebt seit sechs Monaten in New York und spricht wesentlich besser Englisch als ich. Ich bin ein hoffnungsloser Fall. Um das Lob runterzuspielen, erklärt der Angestellte, dass er als Kind die Amerikanische Schule besucht habe. Louise erklärt mir, warum sie sich ärgert: Mussifiki hat soeben angerufen, um durchzugeben, dass er sich verspäten wird. Es ist immer das gleiche. Der Teppich ist die Verspätung wert, sagt Jair und bietet uns an, im Hinterzimmer einen Tee zu trinken. Er solle sich keine Umstände machen, sagt Louise. Es sind keine Umstände, sagt der Verkäufer. Fünf Minuten später sitzen wir alle auf Puffen aus rotem Leder, vor uns ein Damaszenertisch, auf den der Ägypter ein Kupfertablett mit einer Teekanne, zwei

Gläsern und einem Teller mit Pistazienkeksen stellt. Das Büro sieht aus wie eine Illustration aus *Tausend und eine Nacht*. Von der Decke hängen Lampen aus buntem Glas, und die Wände sind mit Brokatstoffen verkleidet. Überall sieht man Spiegel, Musikinstrumente, verschiedene Gegenstände aus Holz und Bronze. Ich stelle mir vor, dass das Büro von Mwanassali ähnlich aussehen wird. Jair lässt uns allein. Louise steckt sich eine Camel an, bietet mir auch eine an und erzählt mir die Geschichte ihrer Liebe, Sylvie Constantine.

Sie war mit sechzehn nach New York gekommen. Ihre Mutter war einige Monate zuvor bei einem Verkehrsunfall in der Nähe von Lausanne ums Leben gekommen, und beide, sie und ihr Vater, waren außer sich gewesen vor Schmerz. Bernard Constantine war Industrieingenieur, und als ihn die Tragödie ereilt hatte, hatte ihm sein Chef, der gleichzeitig sein bester Freund war, geraten, die Leitung des New Yorker Büros zu übernehmen, dessen derzeitiger Leiter schon lange wieder in die Schweiz zurückwolle. Es sei das Beste, was er tun könne: Er würde 60 Stunden die Woche arbeiten müssen und deshalb keine Zeit zum Grübeln haben. Das und die Entfernung von allem, was ihn an seine Frau erinnere, würde ihm helfen, mit dem Verlust fertigzuwerden. Monsieur Bernard und seine Tochter zogen in eine Maisonette-Wohnung in der Upper West Side. Sylvie besuchte die UNIS, die Internationale Schule der Vereinten Nationen, wo sie ihr Abitur machte. Danach schrieb sie sich ins Vassar College ein. Im letzten Jahr ihres Studiums besuchte sie ein Seminar von Demetria Martin, der berühmten Fotografin aus Harlem. Sylvie verliebte sich hoffnungslos in sie, aber Demetria lenkte die Leidenschaft ihrer Schülerin auf ihr eigentliches Objekt, die Fotografie, um. Ihr letztes Jahr verbrachte sie mit einer Arbeit über die Schwarzen in New York. Sie fotografierte alles, was auch nur das Geringste mit dem Thema zu tun hatte. Sie besuchte Konzerte, Buchpräsentationen, Ausstellungen, Demonstrationen, Gerichtsverhandlungen, fotografierte Hochzeiten, Messen, die Schauplätze von Morden, Raubüberfällen, Bränden, Unfällen. Sie porträtierte ihre Wohnviertel, ihre Märkte, ihre Sitten, ihre Läden, ihre Restaurants, ihre Gesichter, ihre Körper. Sie machte Tausende von Aufnahmen, die sie mit Demetrias Hilfe auf dreißig reduzierte und anschließend in *The Tribes*, einer Galerie im Lower East Side, ausstellte. Nach dem Abschluss bot Demetria ihr einen Posten als Assistentin bei einem Projekt an, bei dem es darum ging, in Harlems Bestattungsinstituten Leichen zu fotografieren; Tote jeden Alters, in ihrer besten Festkleidung, sorgfältig geschminkt, mit gelassenen, leeren Zügen, eingezwängt in gepolsterte, farbig ausgekleidete Särge; Krankenschwestern, Briefträger, Basketballspieler, Musiker, Bankangestellte, Subwayfahrer, Polizisten; Krebsopfer, Ermordete, Mädchen in weißen Kleidern, Jugendliche mit bunten Krawatten, feierliche Gesichter mit versiegelten Augenliedern und steifen Lippen. Am Ende veröffentlichten sie ein großformatiges Buch, mit dem sie großen Erfolg hatten. Unter jedem Schnappschuss stand der Name des Toten, Alter, Beruf, falls vorhanden, Todesursache. Ab da konnte sich Sylvie vor Aufträgen kaum retten. Als Bernard Constantine sich schließlich stark genug fühlte, um in die Schweiz zurückzukehren, beschloss seine Tochter, in New York zu bleiben. Die Aussicht, in Europa zu leben, machte ihr Angst. In Manhattan gab es alles, was ihrem Leben Sinn verlieh. Die Vorstellung, woanders hinzuziehen, war für sie unerträglich. Und das war nicht besser geworden, nachdem sie Louise kennengelernt und eine Suite im Hotel Chelsea gefunden hatte.

Hinter dem orangenfarbenen Vorhang, der als Tür fungierte, erscheint der Kopf von Jair, der Mussifikis Ankunft verkündet. Wir verlassen das Zelt. An der Theke lehnt ein Mann um die fünfzig. Seine Haut ist matt-schwarz, sehr dunkel, mit einem Stich ins bläuliche, er hat grünliche, mandelförmige Augen und fleischige, violette Lippen. Er muss es gewöhnt sein, so angestarrt zu werden, wie ich es tue, denn er sagt ungefragt: Meine Mutter ist Chinesin, aus Macao, und mein Vater ein Zulu. Er reicht mir die Hand, läuft ohne weitere Umschweife zu einem Stapel Teppiche und zieht mit einem sicheren Ruck einen der untersten Teppiche heraus. Ich verdiene nichts bei diesen Geschäften, sagt er und hält ein Ende des Teppichs fest, während der Rest sich auf dem Boden entrollt. Ich tue es nur, weil es mir Freude bereitet zu wissen, dass jemand, den ich kenne, so etwas in seinem Haus hat. In gewissem Sinne ist es, als würde der Besitzer den Geist des Teppichs mit mir teilen. Zufrieden betrachtet er den Teppich. Fantastisch, oder? Wir alle stimmen ihm zu. Ich werde euch seine Geschichte erzählen, sagt er und holt einmal tief Luft. Morgen, Mussifiki, unterbricht ihn Louise, wenn wir ihn Sylvie bringen … Eine ausgezeichnete Wahl, urteilt Jair, während er den Teppich wieder einrollt. Die Stimme des Alexandriners hat einen kläglichen Unterton, als würde er sich selbst dafür tadeln, dass er nicht gemerkt hat, wie groß das Interesse seiner Kunden an diesem Artikel war. Der Preis wurde schon an dem Tag festlegt, an dem Mwanassali den Teppich entdeckt hat, und jetzt ist es zu spät, um ihn noch zu erhöhen. Sie haben Glück, dass niemand sonst ein Auge auf ihn geworfen hat, kommentiert er resigniert. Ich werde ihn mit nach Hause nehmen, um einiges auszubessern, sagt Mussifiki und nimmt das Paket entgegen.

Wann treffen wir uns im Chelsea, Louise?

Mittwoch. Ich bin schon sehr oft am Chelsea vorbeigegangen, aber drinnen war ich noch nie. Die Suite 1006 befindet sich im zehnten Stock, dem letzten, links vom Aufzug. Man muss eine Flügeltür durchqueren und den Mut aufbringen, sich in einen düsteren Korridor zu wagen, der sich bis zum äußersten Ende des Westflügels erstreckt, und schließlich eine knarrende Holztreppe erklimmen, die zu den Penthäusern führt. In Sylvies Suite stehen kaum Möbel. Durch das Glasfenster an der hinteren Wand kann man eine schmale Treppe sehen, die auf die Dachterrasse hinaufführt. Werfe mal einen Blick rauf, du wirst begeistert sein, sagt Louise. Ich finde mich wieder inmitten einer surrealen Landschaft, umgeben von einem Gewirr aus Gauben, verglasten Studios, windschiefen Kaminen, Dachgärten und Blumentrögen, aus denen alle erdenklichen Arten von Pflanzen wachsen, ganze Büsche und sogar Obstbäume. Du musst nachts herkommen, sagt Sylvie. Louises Freundin finde ich entzückend. Sie hat sehr große blaue Augen, ist zierlich, blond, zerbrechlich, attraktiv, mit einer Weiblichkeit, die den perfekten Gegenpart zu Louises Männlichkeit bildet. Wenn sie mit jemandem redet, sieht sie ihm nie direkt in die Augen. Louise schleicht um ihre Geliebte herum wie ein Raubtier, das eine eben erlegte Beute bewacht. Auch Robert Moreau, der Dichter, Louises Freund, hat mir sehr gut gefallen. Er sieht aus wie Picasso, obwohl er es satthat, das ständig zu hören. Er hat einen ganz besonderen Sinn für Humor, der sich wie eine Verteidigungswaffe entfaltet, hinter der seine Persönlichkeit verborgen bleibt. Er ist wegen Louises Vernissage im Westways nach New York gekommen. Im Katalog steht ein Text von ihm. Mwanassali wiederholt das Spiel vom Vortag im Smyrna-Basar. Kurz vor der vereinbarten Zeit ruft er an, um zu sagen, dass er sich verspäten wird. Genau eine halbe Stunde darauf platzt er in die Suite, ohne anzuklopfen. Louise stellt schnell alle vor, weil Mwanassali darauf brennt, uns den Teppich zu zeigen. Er hat ihn in blaues Papier gewickelt und es mit einem feinen Bindfaden zusammengebunden, den er flink aufknotet, um dann den Teppich auf dem Holzboden auszubreiten. Er kniet sich hin und lächelt zufrieden, bevor er zu sprechen beginnt:

Nach meiner Einschätzung ist er etwa hundert Jahre alt, vielleicht etwas weniger. Er stammt aus der Region um Gaziantep, im Südwesten der Türkei, an der Grenze zu Syrien. Die

Farben und das Muster verraten seine nomadische Herkunft. Er dreht ihn auf die Rückseite. Dieses symmetrische Geflecht wird Türkischer Knoten genannt. Es besteht aus 60 bis 70 Knoten pro Quadratzoll. Mit seinen langen, schwarzbläulichen Fingern streichelt er sanft über den unteren Rand des Teppichs, um dann mit dem ausgestreckten Zeigefinger auf das Viereck in der Mitte zu deuten. Das ist der *Mihrab*, was Nische bedeutet, erklärt Mwanassali. Es ist die Entsprechung zu den Öffnungen, die in den Moscheen in Richtung Mekka zeigen. Mwanassali liebkost den Stoff, als handelte es sich um die Flanken eines Lasttiers. Sieht er nicht wie neu aus trotz seines Alters? Das kommt daher, dass er ausschließlich zum Gebet ausgerollt wurde, sonst wurde er sorgfältig verwahrt. Diese Art Teppich ist relativ schwer zu finden, weil sie nicht zum Verkauf bestimmt sind; Mwanassali steht auf. Es sieht aus, als würde ihn die Trennung von dem Teppich traurig machen. Still bewundern wir alle seine Schönheit. Früher hat die reine Betrachtung des Teppichs die Phantasie der Menschen auf Reisen geschickt, sagt Mwanassali endlich. So wie eine Tür, die sich jederzeit öffnen und einen in eine andere Dimension versetzen kann. Ein wunderbares Geschenk, das Sie für immer begleiten wird, Sylvie. Wieviele Orte wird er schon durchwandert haben, bevor er in diesem Basar in Brooklyn landete, wo ich ihn fand, wieviele Besitzer wird er schon gehabt haben, wie sah das Leben aus von jenen, die ihn betreten haben? Eines ist sicher: Die Handwerker, die ihn gewebt haben, sind tot und ebenso seine ersten Besitzer und vielleicht auch die darauffolgenden. Mwanassali sieht in die Runde. Wenn wir alle, die wir hier in diesem Zimmer versammelt sind, in ein besseres Leben übergegangen sein werden, wird er noch an Schönheit gewonnen haben, und wer weiß, wo er dann sein wird, wer und wie sein nächster Herr sein wird.

DAS PERISKOP

[Undatiertes Fragment. Vermutlich verfasst im April 1969.]

Der Schlachtruf der Bruderschaft der Inkohärenten war *Es lebe Don Quichote!* (dasselbe Motto, das Hughes, Alzandúa und Moreau ihren Versammlungen in Paris gaben, weiter unten werde ich über sie sprechen). Ihre Versammlungen fanden statt im Periskop, einem Lokal im Lower East Side; die fünf Gründungsmitglieder waren: David Ackerman (mein Großvater), Felipe Alfau, Jesús Colón, Aquilino Guerra (alias der Einäugige) und Henry Martínez, auch bekannt als Professor Gin. Obwohl sie manchmal auch unter sich blieben, brachten die Inkohärenten normalerweise einen oder mehrere Begleiter mit. Zu bestimmten Anlässen luden sie Gastredner ein oder hielten selbst Vorträge. Außerdem veranstalteten sie Seminare zu ganz verschiedenen Themen. In unterschiedlichem Ausmaß hatten die Inkohärenten alle einen Bezug zur Literatur: Alfau war Romancier, Dichter und Märchenerzähler, aber er verdiente seinen Lebensunterhalt als Dolmetscher bei einer Bank; Colón war ein sehr talentierter Journalist, doch um sein Leben zu bestreiten, musste er verschiedenen Berufen nachgehen; schließlich mein Großvater als Typograf beim *Brooklyn Eagle*. Die literarischen Versuche von Aquilino Guerra und Henry Martínez waren wesentlich bescheidener. Guerra war der Inhaber eines spanischen Lebensmittelladens in der 14. Straße. Wer bereit war zuzuhören, dem erzählte er, dass seine Importartikel sehr geschätzt wurden; vor allem für die scharfen Chorizos bekomme er Bestellungen aus allen Ecken der Vereinigten Staaten. Außerdem war er Erfinder (er hatte verschiedene Patente angemeldet, eines absurder als das nächste) und schrieb gereimte Theaterstücke. Professor Gin war Dozent an einer Armenuniversität auf Long Island. Er schrieb Texte in einer von ihm selber erfundenen literarischen Gattung, die er »Stellvertreter-Reiseliteratur« getauft hatte. Sie bestand darin, dass er bestehende Reisebücher und Reiseberichte umschrieb, indem er die Protagonisten der Originalerzählung durch sich selbst und seine Freunde ersetzte. Er besaß eine Liste mit vierzig oder fünfzig Lesern, Freunden und Bekannten, denen er seine Werke ungefragt per Post zukommen ließ. Niemand beschwerte sich darüber, auch wenn nicht viele von ihnen sich die Mühe machten, diese aberwitzigen Geschichten tatsächlich bis zum Ende zu lesen. Einmal bat ihn einer seiner Stammtischkumpel darum, ihn aus dem Verteiler zu streichen. So schnell, wie du schreibst, können wir nicht lesen, warf er ihm genervt an den Kopf, aber Martínez nahm es ihm nicht übel. Die Inkohärenten hatten eine Zweigstelle in Paris mit vier Mitgliedern: Alston Hughes, Robert Moreau, Jesús Anzaldúa und einem Ehrenmitglied, einem gewissen Gilgamés, von dem ich kaum etwas weiß bzw. nur, dass er ein professioneller Plagiator war. Hughes und Moreau waren Dichter; der erste kam aus Panama, der zweite war Franzose. Beide waren Übersetzer, ebenso wie Jesús Anzaldúa aus Navarra, der in Barcelona lebte und häufig nach Paris reiste. Anzaldúa war das perfekte Gegenstück zu Martínez: Er war in der ganzen Welt herumgekommen, aber er schrieb nicht. Er sagte von sich, dass er sich in einem Zustand poetischer Wachsamkeit befinde, in Erwartung der Muse. Es liegt an ihr, sagte er, wenn man ihn fragte, ob er bei der nächsten Versammlung etwas vorlesen würde. Wenn sie kein Interesse hat, habe ich auch keines; ich habe schon genug mit meinen eigenen Dingen zu schaffen. Was die Inkohärenten in New York betrifft, waren drei ihrer Gründungsmitglieder Americaniards (Alfau, Guerra und Martínez). Alfau war mit vierzehn mit seiner Familie an Bord eines Überseedampfers nach Manhattan gekommen, ein Katalane aus

Barcelona, der sich aber für einen Basken hielt. Colón war als blinder Passagier auf einem Handelsschiff angekommen; er war Puertoricaner. Guerra stammte aus einem Dorf in Murcia, und Martínez war in Dos Hermanos, in der Nähe von Sevilla, geboren. Der einzige Ureinwohner war mein Großvater, Brooklyner der dritten Generation. Ihr politisches Spektrum beinhaltete sämtliche Extreme: Der Puertoricaner war Mitglied der Kommunistischen Partei, sogar mit Parteibuch, mein Großvater gehörte einer anarchistischen Gewerkschaft an; Martínez und Guerra waren linksgerichtet, ohne genauere Klassifizierung. Als Alfau ihn während eines Stammtischabends dazu drängte, erklärte sich Martínez zum utopischen Sozialisten; Guerra wusste nicht genau, was das alles hieß, und sagte vorsichtshalber nichts, aber nach der Veranstaltung bat er Colón, ihm doch bitte zu erklären, was Henry gemeint habe. Als er es endlich verstand, beschloss er, sich als wissenschaftlichen Sozialisten zu bezeichnen, mehr um sich abzugrenzen, aber er musste die nächste Versammlung abwarten, um es Alfau mitzuteilen. Alfau selbst war ein Rechter, was in seinem Verhältnis zu den anderen Inkohärenten immer wieder für Probleme sorgte, doch wenn es kritisch wurde, schaffte es Jesús Colón meistens, die Kastanien aus dem Feuer zu holen. Ben und mein Großvater, wenn auch weniger (er sprach nicht übermäßig gerne über die Bruderschaft), haben mir von den Aktivitäten der Inkohärenten erzählt. Im Archiv gibt es ein Foto, auf dem alle acht zu sehen sind, die fünf aus Manhattan und die drei von der Pariser Zelle (es fehlt der mysteriöse Gilgamés). Alfau ist ein Weißer, groß, mager, grobschlächtig, mit dem Schnurrbart eines mexikanischen Filous. Colón ist schwarz und kahlköpfig, mit dem wachen Blick und offenen Lächeln eines guten Menschen. Henry Martínez hat eine prächtige Haartolle, silbergrau, nach hinten gekämmt. Er hat kleine Augen und eine spitze Nase, trägt einen schwarzen Umhang und ein weißes Halstuch. Guerra ist klein, rundlich, kahlköpfig; auf dem Foto trägt er eine Art Kittel. Hughes ist ein kleiner Mulatte, der mit herausforderndem Blick in die Kamera schaut. Aus irgendeinem Grund, den Ben mir nicht erklären konnte, ist er als Arawak-Indianerin (nicht Indianer) verkleidet, mit Zöpfen und Röckchen. Anzaldúa ist sehr groß, gutaussehend, mit dem Gesicht eines Basken. Moreau hat kaukasische Züge, aristokratische Allüren und eine glänzende, runde Glatze, umgeben von einem dichten Haarkranz, der vom Scheitelbein bis in den Nacken reicht. Auf dem Foto posiert er im grauen Anzug mit schwarzen Streifen, die Daumen in der Westentasche. Die Gruppe Die Inkohärenten zu nennen, scheint Alfaus Idee gewesen zu sein, obwohl es bezüglich der Urheberschaft offenbar immer wieder Meinungsverschiedenheiten gab.

In Bens Archiv gibt es das eine oder andere Schriftstück der Inkohärenten, neben verschiedenen Dokumenten, die im Zusammenhang mit den Aktivitäten der Bruderschaft stehen. Die literarischen Texte stammen von Felipe Alfau und Jesús Colón. Die Texte meines Großvaters David liegen woanders, zusammen mit seinen journalistischen Arbeiten. Colón schrieb mit einer unglaublichen Anmut. Seine Texte erschienen in kleineren Zeitungen, die heute keiner mehr kennt, und es ist schade, dass niemand auf die Idee gekommen ist, sie gesammelt in einem Buch zu veröffentlichen, denn sie sind meisterhaft. Von Alfau sind zwei Bücher und mehrere Manuskripte erhalten, einschließlich einer Kopie seines ersten Romans auf Kohlepapier und des Originals eines Briefes von Mary McCarthy. Ben erzählte mir, dass Alfau eines Tages im Periskop erschienen sei und den Inkohärenten den Brief gezeigt habe. Darin lobt sie überschwänglich das Manuskript, das Alfau ihr geschickt hatte. Es trug den Titel *Verrückte* und wurde im Juni 1936 veröffentlicht, drei Wochen vor Beginn des Bürgerkriegs. Alfau sprach ein makelloses Spanisch, leicht archaisch, aber er schrieb auf Englisch und pflegte eine avantgardistische Ästhetik. Spanien war sein einziges Thema. Sein erster Roman, oder was es auch sein mag, denn es ist nicht ganz klar, was es ist, gefiel den Inkohärenten, die ihn einander kapitelweise vorlasen, sehr gut. Er spielt in einem imaginären Café in Toledo, dem Café der Verrückten. Colón ist was ganz anderes, aber nicht weniger talentiert, eine Art karibischer Fígaro: kritisch, intelligent und sehr komisch, und im Gegensatz zu seinem spanischen Vorbild enthalten seine Texte immer eine Spur Optimismus. Ich habe mir die Mühe gemacht, alles zu überprüfen, was Ben mir von Jesús Colóns Texten erzählt hat, und alles stimmt bis ins Kleinste, einschließlich der Pseudonyme und dem Erscheinungsdatum der Artikel. Ben hat an mehreren Versammlungen teilgenommen und hat eine lebhafte Erinnerung an das erste Mal, als sein Vater ihn ins Periskop mitgenommen hat. Nach Davids Tod hat Ben sogar dessen Mitgliedsausweis geerbt. Was ich jetzt erzählen werde, geschah im tiefsten Winter. Moreau und Hughes kamen in Begleitung von zwei sehr jungen Künstlerinnen ins Lokal, eine davon war keine Geringere als Louise Lamarque. Die Inkohärenten veranstalteten immer wieder avantgardistische Performances, und an jenem Nachmittag hatten sie zu einem poetischen Akt eingeladen, der zum Ziel hatte, Vicente Blasco Ibañez durch den Kakao zu ziehen. Dem Romancier aus Valencia ging es in Hollywood sehr gut, aber die Inkohärenten behaupteten, er habe sich verkauft, was für sie eine unverzeihliche Sünde war. An der Wand am hinteren Ende des Saals hatten Guerra und Martínez ein Plakat mit seiner Karikatur aufgehängt, über dem zu lesen stand: VOLL AUF DIE NASE. Die französischen Künstlerinnen hatten Blasco Ibañez eine Zielscheibe in den Farben der Republik auf die Nase gemalt. Der Bürgerkrieg änderte alles. Alfau kam nicht mehr zum Stammtisch und sollte Jahre brauchen, um wieder teilzunehmen. Aus Spanien kamen beunruhigende Nachrichten. Das Blatt begann sich gegen die Republikaner zu wenden. Ben ging zu einer Veranstaltung mit Ralph Bates in einem Hotel in Manhattan. Als er die Veranstaltung wieder verließ, hatte er die unumkehrbare Entscheidung getroffen, sich der Lincoln-Brigade anzuschließen.

MISTER TUTTLE, ALIAS DER SCHATTEN

[Ursprünglich entstand der Text im Laufe der 1970er Jahre, wobei das genaue Datum unbekannt ist. Korrigiert und überprüft am 6. Januar 1991.]

Alfau lernte Mr. Tuttle zufällig kennen. Er saß in einer Kneipe, nur ein paar Häuserblocks vom Periskop entfernt, am Fenster und wollte gerade den ersten Schluck von seinem Pfefferminztee trinken, als er sah, wie sich auf dem gegenüberliegenden Gehweg, an der Ecke Christie, Stanton, langsam ein Eisengitter hob. Mit der Tasse auf halbem Weg zum Mund sah Alfau zu, wie eine schwarze Zwergin in Gummistiefeln und gelbem Lackledermantel aus den dunklen Tiefen auftauchte. Die Zwergin sah sich vorsichtig um und gab dann durch die Luke jemandem unten ein Zeichen, dass die Luft rein sei und er rauskommen könne. Einige Sekunden darauf stand ein Mann in Gehrock und Zylinder mitten auf dem Bürgersteig. Wie durch Zauberei verschwand die Frau, und das Gitter schloss sich genauso langsam, wie es kurz zuvor aufgegangen war. Der soeben Erschienene glättete seinen Anzug, rückte seine Fliege zurecht, sah auf seine Taschenuhr und lief dann unbekümmert los. Alfau hatte das Gerücht gehört, dass dies einer der Eingänge zu einer perfekt organisierten unterirdischen Stadt mit Tausenden von Einwohnern sei, aber die Feststellung, dass etwas, das er bisher für eine reine Legende gehalten hatte, der Wahrheit entsprach, war für ihn doch ein ziemlicher Schock. Er ließ seinen Tee unangetastet stehen, verließ die Kneipe und folgte der Erscheinung, die ihm eher wie eine Figur aus einer seiner Geschichten erschien, als wie ein Wesen aus Fleisch und Blut.

Der Typ im Gehrock brauchte nicht lange, um zu bemerken, dass es verfolgt wurde, und sah sich ein paarmal um. Auf Höhe der Hudsonstreet blieb er schließlich stehen und fragte Alfau wütend, ob er nichts Besseres zu tun habe, als ihn zu verfolgen. Der Americaniard, der die ganze Zeit nach einem Vorwand gesucht hatte, um mit ihm ins Gespräch zu kommen, sah den Moment gekommen und schnauzte zurück: Wie wär's mit einem Kaffee? Ich lade sie ein, da werden sie ja wohl jetzt nicht nein sagen, oder? Der andere nahm den Zylinder ab, kratzte sich am Kopf, er hatte dichte, lockige Haare, und nahm die Einladung an, unter der Bedingung, dass sie ins Veniero gingen, denn dort bekomme man die besten Cannoli, und noch dazu habe er heute Geburtstag. *Herzlichen Glückwunsch*, sagte Alfau und schüttelte ihm herzlich die Hand. Und warum nicht eine Torte mit Kerzen und allem Drum und Dran? Das gehört sich doch am Geburtstag. Dem Unbekannten schien die Idee zu gefallen, und so sie liefen zusammen zum Veniero und sprachen über Gott und die Welt. Dort angekommen, suchte sich Mr. Tuttle eine Obsttorte aus und bat die Bedienung, diese mit drei Kerzen zu schmücken. Irritiert begann Alfau zu überschlagen, wie vielen Jahren wohl eine Kerze entsprach. Als die Torte da war, fragte Alfau seinen Gast, warum es gerade diese Anzahl von Kerzen sein sollte und keine andere. Wissen Sie, erwiderte der Geehrte, ich habe die Angewohnheit, die Geburtstage rückwärts zu feiern. Alfau sah ihn erstaunt an, und sein Gesprächspartner fühlte sich verpflichtet, Folgendes zu erklären:

Wir alle sind uns der Unausweichlichkeit des Todes bewusst, obgleich nur wenige wissen, wann genau er sie aufsuchen wird. Ich bilde eine Ausnahme, denn ich weiß mit Sicherheit, dass ich an meinem fünfzigsten Geburtstag sterben werde. Er sah Alfau erwartungsvoll an, für den Fall, dass er etwas einzuwenden hätte, aber dieser lauschte gespannt seinen Worten, und Mr. Tuttle setzte seine Rede fort: Aus diesem Grund habe ich an meinem 35. Geburtstag beschlossen, meine Geburtstage rückwärts zu feiern, das heißt, statt die Jahre zu feiern, die ich schon gelebt habe, feiere ich die, die ich noch zu leben habe. Entsprechend verringert sich die Anzahl der Kerzen auf der Torte, statt sich zu erhöhen. Als ich 36 Jahre alt wurde, habe ich 14 Kerzen ausgeblasen, im darauffolgenden Jahr 13, danach 12, und so weiter bis heute. Am heutigen Tag, dem 16. März 1964, erklärte Mr. Tuttle, werde er 47 Jahre alt, so dass er drei Kerzen auszublasen habe. In der Tat, fügte er hinzu, habe er bereits eine Torte für den heutigen Nachmittag bestellt, aber zwei seien besser als eine, nicht wahr, mein Herr?

Alfau nickte und fragte, ob ihm die Torte schmecke. Ausgezeichnet, vielen Dank, erwiderte Mr. Tuttle. Keine Ursache, sagte Alfau und räusperte sich, bevor er bemerkte, dass sie sich noch gar nicht einander vorgestellt hätten. Das ist leicht nachzuholen, sagte Mr. Tuttle. Wie heißen Sie denn? Felipe Alfau, sagte Felipe Alfau, und Sie? Mr. Tuttle entgegnete, in der unterirdischen Stadt kenne man ihn als Mr. Tuttle, während die wenigen Menschen, mit denen er auf der Oberfläche (der oberflächlichen Welt war, was er genau sagte) zu tun gehabt habe, ihn den Schatten nannten, aber er könne sich aussuchen, bei welchem Namen er ihn selbst nennen wolle. Angenehm, Mr. Tuttle, sagte Alfau. Ganz meinerseits, Mr. Alfau, erwiderte der Schatten. Wohnen Sie ständig in den Tunnels der Lower East Side?, fragte Alfau. Mr. Tuttle bestätigte das, doch an seinem Geburtstag pflege er die Nacht im Hotel Chelsea zu verbringen. Eine einzige Nacht im Jahr?, fragte Alfau, um sich zu vergewissern, dass er richtig verstanden hatte. Genau, mein Herr, bestätigte der Schatten.

Alfau fragte ihn, wohin er jetzt gehen würde, und Mr. Tuttle erwiderte, selbstverständlich ins Hotel Chelsea, da er das Zimmer ab Mittag reserviert habe. Nach diesen Worten sah er auf seine Taschenuhr und sprang auf. Alfau tat es ihm nach und fragte, ob er ihn begleiten dürfe. Mr. Tuttle hatte keine Einwände. Auf dem Weg, den sie gemeinsam zu Fuß zurücklegten, erklärte ihm der Schatten kurz, was für ein Leben er in den Tiefen von Manhattan führte, und Alfau erzählte ihm ebenso knapp, wer die Inkohärenten waren und was sie taten. Sehr interessant, meinte Mr. Tuttle vor der Tür des Hotels angekommen. Zufällig haben wir heute Nachmittag eine Versammlung. Wir treffen uns im Periskop, vielleicht kennen Sie es, es ist nicht weit von dem Eingang zur unterirdischen Stadt, den sie heute benutzt haben. Den Inkohärenten wäre es eine Ehre, Sie begrüßen zu dürfen. Es sei denn, Sie haben andere Pläne, fügte er noch hinzu, da er sich erinnerte, dass der Schatten ihm erzählt hatte, dass er bereits eine Torte bestellt habe. Haben Sie vor, Ihren Geburtstag mit irgendjemandem zu feiern? Ich bin mir nicht sicher, gab Mr. Tuttle zurück, bei den Frauen weiß man ja nie. Ich verstehe, sagte Alfau und klopfte ihm sanft auf die Schulter. Er zog einen Zettel aus seiner Tasche, schrieb die Adresse des Periskops darauf und übergab ihn ihm. Sei es, wie es wolle, sollten Sie alleine sein und Lust haben, hier sind wir. Wir treffen uns im Stockwerk direkt über der Bar, hinter der grauen Tür. Die Parole, sagte Alfau noch, bevor er ging, ist *Es lebe Don Quijote!* Mr. Tuttle las die Adresse, nickte, sagte, man werde schon sehen, reichte ihm die Hand und durchquerte, umgeben von einer Aura der Melancholie, die Lobby.

Alfau teilte den Inkohärenten mit, dass an diesem Nachmittag vielleicht ein ganz besonderer Gast im Periskop erscheinen würde, und machte sich daran, ihnen von der eigenartigen Begegnung zu erzählen, deren Protagonist er ein paar Stunden zuvor selbst gewesen war. Die Versammlung begann gemäß der Tagesordnung, in der für diesen Tag eine Diskussion über die Vor- und Nachteile des sowjetischen Kommunismus angesetzt war. Im Eifer des Gefechts vergaßen die Inkohärenten (vor allem Alfau, der als fanatischer Antikommunist in der Minderheit war), dass möglicherweise ein Fremder auftauchen würde, der mit dem amtierenden Präsidenten der Bruderschaft (das Amt war rotierend) Freundschaft geschlossen hatte. Sie waren kurz davor, handgreiflich zu werden; das Echo der letzten herausgebrüllten Beschimpfungen zweier Gegner schwebte noch in der Luft (Du bist ein Scheißfaschist!, hatte Aquilino Guerra Felipe Alfau entgegengeschleudert. Und du ein stalinistischer Mörder!, so der Angesprochene, den Jesús Colón an den Armen gepackt hatte, um ihn zurückzuhalten), als ein Klopfen an der Tür zu vernehmen war. Könnt ihr zum Teufel nochmal die Klappe halten!, gebot Henry Martínez. Hört ihr nicht, dass jemand an der Tür klopft?

Das Geschrei verstummte auf der Stelle. Alfau beruhigte sich, machte sich von Colón los, tat drei lange Schritte und öffnete das Guckloch. *Es lebe Don Quijote!*, sagte jemand auf der anderen Seite der Tür zögerlich, und Alfau ließ ihn herein. Der Besucher trug Gehrock und Zylinder sowie eine Fliege mit roten Tüpfeln (die Fliege, die er am Morgen getragen hatte, war schwarz gewesen) und bewegte sich sehr vorsichtig, da er eine Torte mit drei unangezündeten Kerzen trug. Es wird nicht viel für jeden geben, sagte er mit betrübter Miene. Sie war für zwei gedacht, aber die andere Person ist nicht erschienen. Mit ernstem Gesicht klopfte Alfau ihm auf die Schulter (zum zweiten Mal an diesem Tag). Kommen Sie bitte rein, sagte er, fühlen Sie sich wie zu Hause. Der Schatten stellte die Torte auf den Tisch und nahm den Hut ab. Aquilino nahm den Zylinder und hängte ihn über den Messingständer. Alfau eilte hinunter in die Bar und kam mit einer Flasche González Byass und Sherrygläsern für alle zurück. Rogelio Santana, den Jesús Colón mitgebracht hatte, zündete die drei Kerzen an. Bevor er sie ausblies, bat Mr. Tuttle darum, nicht irgendein lächerliches Lied zu singen. Entsetzt schüttelten die Inkohärenten und ihre Gäste die Köpfe, um zu bekunden, wie abwegig es sei, so etwas von ihnen zu denken. Als sie mit der Torte fertig waren, schlug Alfau vor, darüber abzustimmen, ob dem soeben erschienenen

Gast die Ehrenmitgliedschaft angetragen werden solle. Die fünf Gründungsmitglieder zogen sich in eine Ecke zurück, um darüber zu beraten, und ließen Mr. Tuttle mit den anderen Gästen für ein paar Minuten allein. Wieder zurück am Tisch, teilte der auf Lebenszeit amtierende Sekretär der Bruderschaft, Martínez, den Anwesenden mit, dass der Antrag einstimmig angenommen worden sei. Auf Colóns Vorschlag hin wurde beschlossen, die politische Diskussion nicht wieder aufzunehmen, und von da an bewegte sich das Gespräch in ruhigeren Fahrwassern. Bei der Verabschiedung traf man die förmliche Entscheidung, Mr. Tuttle dazu zu ermuntern, die Geburtstage, die ihm noch blieben, sämtlich im Periskop zu feiern. Es sind noch zwei, sagte Mr. Tuttle mit dem Anflug von Schwermut, der ihm eigen war, und hob zwei behandschuhte Finger in die Luft, bevor er sich noch einen Sherry einschenkte. Weder Alfau noch ein anderer der Inkohärenten würde ihn je an einem anderen Datum sehen.

Am 16. März 1965 erschien Mr. Tuttle mit einer Torte und zwei Kerzen im Periskop. Im darauffolgenden Jahr hatte die Torte nur eine Kerze. Er war immer wortkarg gewesen und ein erklärter Gegner von Trinksprüchen, aber zu jenem Anlass sagte Mr. Tuttle, bevor er die einsame Kerze ausblies, die auf der Torte brannte: Danke, meine Freunde. Es war mir eine Ehre, euch kennengelernt zu haben und ein Ehrenmitglied der Bruderschaft zu sein. Nach einem Seufzer fügte er hinzu: Wir werden uns nie wiedersehen. Am 16. März 1967 war im Periskop Tag der offenen Tür, und es war proppenvoll. Die Inkohärenten stritten mit der gleichen Vehemenz wie immer über Politik, doch je weiter die Zeit voranschritt, desto stärker machte sich ein unterschwelliges Gefühl des Unbehagens breit, das das Gespräch zum Stocken brachte, bis es schließlich ganz versiegte. Um kurz vor sieben begannen alle wie gebannt auf die Wanduhr zu starren, eine Festina mit großen, schwarzen Zahlen auf einem blassgelben Zifferblatt. Ein paar Zentimeter über dem Loch für den Aufziehschlüssel befand sich ein blaues Viereck in Form einer Doppeltür. Der Sekundenzeiger passierte den niedrigsten Punkt des Zifferblatts. Eine halbe Minute bis sieben, verkündete ein Gast. Die Inkohärenten, die an einem quergestellten Tisch saßen, der ihnen als Vorstandstisch diente, hielten den Atem an und starrten geschlossen auf die Uhr. Der dünne Zeiger durchquerte mit nervenaufreibender Langsamkeit die linke Hemisphäre der Uhr. Im Periskop konnte man nur noch das Gluckern der Heizungsrohre und die Darmgeräusche von Aquilino Guerra hören, der Bohnen mit Muscheln gegessen hatte. Als der Sekunden- und der Minutenzeiger sich begegneten, öffneten sich die blauen Türchen und eine Feder mit einem Kuckuck an der Spitze, so klein, dass man ihn eher für einen Kolibri hätte halten können, sprang heraus. Das schmächtige Vögelein tirilierte sieben Mal hintereinander und verschwand dann mit einem trockenen Knall wieder in dem Kästchen, aus dem es entwichen war. Die Inkohärenten richteten ihre Augen von der Festina auf die Tür, aber niemand klopfte. Martínez war der Erste, der das Schweigen brach, indem er ans Ende des Raumes lief und dabei die Fingerknöchel knacken ließ; Guerra zündete sich einen Zigarillo an und warf dann die Schachtel in die Mitte des Tisches, damit jeder, der wollte, dasselbe tun konnte; Colón begann in der *New York Times* zu blättern, die er schon am Vormittag von vorne bis hinten durchgelesen hatte, und auch die Übrigen suchten sich, jeder für sich, eine Beschäftigung, um die Zeit totzuschlagen, auch Rogelio, Guerras Cousin, der einen Nagelzwicker aus der Tasche holte, sich vor einen Papierkorb stellte und anfing, sich die Nägel abzuknipsen. Die Gäste verfolgten die Beschäftigungen ihrer Gastgeber, als wären sie Zuschauer in einem Puppentheater. Um viertel nach sieben öffnete Alfau eine Flasche Gonzalez Byass, schenkte ein, einschließlich eines Glases für das abwesende Ehrenmitglied, das er demonstrativ an die Stirnseite des Tisches stellte. Martínez schlug einen Trinkspruch vor, aber Alfau erinnerte ihn daran, dass Mr. Tuttle Trinksprüche hasste. Als Guerra zu einer Schweigeminute anregen wollte, nannte Jesús Colon ihn einen Schwarzseher. Mein Großvater meinte, dass man versuchen solle, in Erfahrung zu bringen, was geschehen sei, worauf Martínez ihn fragte, wie er das anzustellen gedenke. Alfau hielt es für das Beste, die Versammlung fortzuführen, als sei nichts geschehen, aber das erwies sich als unmöglich. In der Luft lag eine Schwere, die sie daran hinderte, sich auf irgendetwas zu konzentrieren. Gegen neun begriffen sie, dass es Zeit war zu handeln. Irgendjemand schlug vor, eine Delegation der Inkohärenten mit dem Taxi ins Chelsea zu schicken. Nach vielem Hin und Her wurde entschieden, dass Alfau sich seine Begleiter aussuchen sollte. Er wählte Colón und meinen Großvater. Im Hotel angekommen, wandten sie sich direkt an den Mann an der Rezeption, der zurückfuhr, weil die drei so aufgeregt waren. Alfau zeigte ihm ein Foto von Mr. Tuttle. Der Rezeptionist legte die Stirn in Falten, machte ein ernstes Gesicht, bat sie, in den Sesseln der Lobby Platz zu nehmen, und machte sich dann mit dem Foto in der Hand auf die Suche nach dem Direktor. Der Direktor kam, stellte sich vor sie hin und zwirbelte mit viel Brimborium die langen, spitzen Enden seines Schnurrbarts, bevor er sie mit dem Blick auf das Foto gerichtet fragte, ob der Gast ein Verwandter von ihnen sei. Mein Großvater verneinte. Freunde, Bekannte, Arbeitskollegen? Jesús Colón ergriff das Wort, um zu erklären, dass sie ihn nur daher kannten, dass sie einmal im Jahr am selbigen Tag, also dem 16. März, mit ihm seinen Geburtstag zu feiern pflegten.

Genauso wie ich, sagte der Hoteldirektor, obwohl er nichts von seinem Geburtstag wusste. Die Buchung erfolgte immer sehr lange im Voraus, besser gesagt, er hatte eine feste Reservierung, die er ein paar Monate im Voraus telefonisch bestätigte. Er buchte immer eines der günstigsten Zimmer. Auch in diesem Jahr. Der Direktor bat den Rezeptionisten, das Reservierungsbuch zu holen. In der Tat, er ist hier. Zimmer 305. Die Buchung wurde am 16. Januar bestätigt.

Es folgte ein unbehagliches Schweigen.

Na, stehen Sie doch nicht so rum wie ein Idiot! Sagen Sie ihm, dass seine Freunde aus dem Periskop gekommen sind, um ihn zu sehen!, sagte Alfau bestimmt.

Bewahren Sie Ruhe, mein Freund, Ruhe und Haltung. Sie haben ja schon vom Rezeptionisten gehört, dass er nicht ans Telefon geht, also wird er wohl nicht auf seinem Zimmer sein …

Was ist denn das für eine Logik?, fiel ihm Alfau ins Wort. Wenn ihm etwas zugestoßen ist, wird er wohl nicht ans Telefon gehen können, egal, wie oft Sie anrufen. Unser Freund hier, sagte Alfau und zeigte mit dem Finger auf den Rezeptionisten, hat bestätigt, dass er ihn hat reinkommen, aber nicht rausgehen sehen. Zumal er, bevor Sie dazukamen, auch noch gesagt hat, dass der Zimmerschlüssel nicht im Fach sei.

Die Gäste nehmen sehr oft ihren Hotelschlüssel mit, wenn sie das Haus verlassen, sagte der Direktor und strich sich dabei über die rechte Seite seines Schnurrbarts.

Sie wissen sehr gut, dass Mr. Tuttle auf seinem Zimmer ist, nur wollen Sie uns nicht helfen, und das ist ein sehr riskantes Spiel.

Wieso riskant?

Vielleicht ist ihm etwas passiert, und wenn wir noch länger warten, kann es sein, dass es zu spät ist.

Was zum Teufel reden Sie denn da, Mann?, fragte der Direktor. Das Wahrscheinlichste ist, dass er sich in seinem Zimmer aufhält und Gott weiß was tut und einfach keine Lust hat, ans Telefon zu gehen.

Wir haben gewichtige Gründe, um anzunehmen, dass etwas sehr Ernstes geschehen ist. Höchstwahrscheinlich ist sein Leben in Gefahr; deshalb sind wir gekommen. Noch schlimmer: Es kann schon zu spät sein. Warum ist es denn so schwer, hinauf zu gehen und an die Tür zu klopfen?, fragte Alfau und wurde dabei immer aufgeregter.

Ich bitte Sie, beruhigen Sie sich. Sie müssen verstehen, dass die Privatsphäre der Gäste heilig ist, vor allem in einem Hotel wie dem Chelsea. Ich setze voraus, dass Sie unseren Ruf kennen. Die Zimmer darf man nicht so ohne Weiteres öffnen, vor allem wenn feststeht, dass sich Gäste darin aufhalten, wie Sie ja selbst annehmen. Wer weiß, was wir vorfinden würden? Es tut mir aufrichtig leid, aber ich darf Ihrem Ersuchen nicht nachkommen.

Colón bezog hinter Alfau Position für den Fall, dass dieser die Geduld verlieren und es nötig sein würde, ihn zurückzuhalten. Mit blutroten Wangen erhob der Katalane die Stimme. Er war so aufgebracht, dass die Haltung des Direktors zu bröckeln begann.

Wie oft soll ich Ihnen noch sagen, dass jede Sekunde, die verstreicht, entscheidend sein kann? Ist Ihnen etwa das Leben Ihrer Gäste egal?

Colón hielt es für angebracht, seinen Freund an den Ellenbogen festzuhalten. Diese Geste stimmte den Direktor um. José, hol mir bitte den Zweitschlüssel für Zimmer 305, sagte er, indem er sich an den Rezeptionisten wandte.

Nachdem er über fünf Minuten lang immer vehementer an die Tür geklopft hatte, steckte er den Schlüssel ins Schloss.

Ben sagte mir, dass sein Vater niemals das Bild vergessen konnte, das sich ihnen jenseits der Tür bot. Es war ein kleines Zimmer mit einem schachbrettartigen Marmorboden und einem Fensterchen zum Innenhof. Das Mobiliar beschränkte sich auf einen einfachen Schrank, einen schmalen Tisch, einen Stuhl, auf dem er den Gehrock, den Zylinder und die Uhr gelassen hatte, sowie, unpassenderweise, ein Himmelbett mit grünen zugezogenen Vorhängen. In der Mitte des Zimmers lag ein umgekippter Hocker. Mr. Tuttle hing an einer getüpfelten Fliege, die er an einen Haken gehängt hatte, der aus einem der Deckenbalken ragte. Sein Gesicht war aufgequollen und blau angelaufen, die Zunge hing ihm aus dem Mund. Um den

Hosenschlitz herum sah man einen großen feuchten Fleck, der sich die Beine hinunter bis zum Hosenumschlag ausgebreitet hatte; auf den Marmorfliesen hatte sich eine gelbliche Lache gebildet. Aus irgendeinem Grund hatte sich Mr. Tuttle der Unterwäsche entledigt, die vollständig schwarz war, und sich dann wieder angezogen. Auf dem kleinen Holztisch neben dem Schrank lagen die Socken und der Body, gleichzeitig Unterhemd und lange Unterhose.

OPIUM

[Aus einem Heft aus dem Jahr 1972.
Überarbeitet im Januar 1991.]

Moreau erklärte mir, dass es mehrere Zugänge gebe, über die man in die Rauchhöhle gelangen könne, und dass sie sie alle paar Stunden austauschten.

Es gibt schäbige und luxuriöse, sagte er, aber ich weiß nicht genau, wovon es abhängt, welchen man zugewiesen bekommt. Ich vermute, dass die verschiedenen Häuser über ein Tunnelsystem miteinander verbunden sind. Die Polizei ist selbstverständlich gekauft, aber sie haben auch ihre eigenen Maulwürfe in der chinesischen Mafia, so dass das Ganze zu einer Art Spiegelkabinett geworden ist. Aus Sicherheitsgründen werden ständig neue Eintrittskarten ausgegeben.

Auf der Rückseite der Karte, die Moreau mir gab, war ein zimtfarbener Streifen. Nach dem Abrubbeln würden ein Codewort und die Adresse des aktuellen Eingangs zum Vorschein kommen. Beide würden anfangen sich aufzulösen, sobald sie mit der Luft in Kontakt kämen, und innerhalb von Minuten wären sie ganz verschwunden, mahnte Louises Freund. Außerdem, sagte er, könnte sich die Adresse ändern, wenn du nicht innerhalb von zwei Stunden am angegebenen Ort vorstellig wirst.

Und was dann?

Nichts. Es kann sein, dass du, wenn du hinkommst, einen Blumenladen oder ein Fachgeschäft für Kinderbekleidung vorfindest, und das einzige, was du dann tun kannst, ist, dir einen

Blumenstrauß oder ein Baumwollkleidchen zu kaufen. Oder ein Kilo Garnelen, wenn es ein Fischladen ist, fügte er lachend hinzu und täuschte eine Rechte in meinen Magen an. Auf jeden Fall sind die Adressen immer in Chinatown.

Er sagte mir nicht, wieviel er für die Karte bezahlt hatte, aber ich wusste von Louise, dass sie sehr teuer waren.

Einige meiner Freunde werden heute auch da sein, sagte er, ich weiß nicht, ob du sie kennst, außerdem Louise und Mussifiki. Also, Ackerman, viel Glück.

Soll ich die Adresse jetzt freirubbeln?

Wie du willst, solange du es schaffst, in zwei Stunden dort zu sein. Ich habe die Karte um zwölf abgeholt. Also, ich bin weg.

Ich rubbelte die Fläche mit einer 25-Cent-Münze frei.

Die Adresse lautete 120 Mott Street. Darunter stand ein Satz, der aus dem *Yijing* hätte stammen können: *Die Kraniche haben ihre Nester im verschneiten Garten gebaut.* Ich sah zu, wie die Zeichen auf der Karte verschwanden, und steckte sie in die Tasche. Mit der Subway fuhr ich bis zur Canal Street, um von Süden her in die Mott Street einzubiegen. Ich passierte ein buntes Gewimmel von Basaren, Straßenständen, Spielzeugläden, Gewürzbuden, Teestuben und einen Tempel mit einem riesigen goldenen Buddha, überquerte die Canal Street in nördlicher Richtung und ließ die letzten Fischläden, Obststände und Lager hinter mir. Nummer 120 befand sich ein Stück oberhalb der Grand Street. Die braun angestrichene Holztür war verschlossen. Ich läutete, und durch die Sprechanlage kam eine abgehackte Stimme. Ich verstand kein einziges Wort, doch als die Stimme verstummte, sagte ich laut und deutlich das Codewort. Die Kraniche haben ihre Nester im verschneiten Garten gebaut, sagte ich, während eine sehr junge Frau mit einem Kind in ihren Armen an mir vorbeiging, die mich nicht aus den Augen ließ, bis sie um die Ecke herum verschwand. Man hörte das Surren der Schließanlage, und ich betrat einen Raum, der aussah wie ein Laden, den man soeben geplündert hatte. Zwei

Wände hingen voll mit leeren Metallregalen. An der Wand zur Straße hin konnte man deutlich die Spuren von irgendwelchen Möbeln erkennen, die man vor Kurzem entfernt hatte, nachdem sie einige Jahre dort gestanden hatten.

Am Ende des Raumes, hinter einer Holztheke, sah ich eine schmächtige Gestalt mit grimmiger Miene, die aussah wie ein Sizilianer aus einem Film: Dreitagebart, schwarze Weste und schwarze Mütze, weißes Hemd ohne Kragen. Mit geballten Fäusten presste er die Knöchel auf die Theke und musterte mich wortlos. Hinter ihm war eine rote Tür.

Die Karte, sagte er, nachdem er sich an mir sattgesehen hatte.

Ich zog sie sofort aus der Tasche und legte sie mit der beschrifteten Seite nach oben auf die Theke. Die Vorderseite war violett, auf ihr prangte über einer Reihe chinesischer Schriftzeichen die Silhouette eines Kranichs. Der Typ warf einen schiefen Blick auf die Karte und klappte dann einen Teil der Theke hoch, um mich durchzulassen. Ich griff nach der Karte, in dem Glauben, dass ich sie mitnehmen dürfte, aber der Sizilianer, wenn er denn einer war, legte seinen Finger darauf und wies mit seinem Kinn auf die rote Tür.

Ich drückte sie auf und stand auf einmal in vollkommener Dunkelheit. Das einzige, was ich sehen konnte, war ein Lichtschlitz am Ende des Ganges. Ich tastete mich im Dunkeln an einer feuchten Wand entlang, bis ich den Lichtschalter fand. Weit hinten ging eine matte Glühbirne an. Der Boden war eine einzige Pfütze. Ein paar Meter weiter schien das Wasser ein Eigenleben entwickelt zu haben. Als ich platschend näher ranging, leuchteten plötzlich Dutzende von roten Punkten in der Dunkelheit auf, und der Gang füllte sich mit schrillen Schreien. Mir wurde klar, dass es Ratten waren, die ich gesehen hatte und die ich beim Verrichten irgendeiner Tätigkeit gestört hatte. Einen Augenblick lang dachte ich, sie würden über mich herfallen, aber ihre Schatten huschten in alle Richtungen durch den Gang und verschwanden. Einige schossen zwischen meinen Beinen hindurch. Ich machte einen Bogen um einen Haufen, der einen fürchterlichen Gestank verströmte. Ich wollte lieber nicht herausfinden, was es war, und ging weiter.

Meine einzige Orientierungshilfe war die Birne, die am Ende des Ganges ihr trübes Licht verströmte. Nachdem meine Augen sich an die Dunkelheit gewöhnt hatten, sah ich, dass die Wände mit braunen Flecken übersät waren, die mich an die Ausscheidungen der Fledermäuse in den Grotten der Maya von Palenque erinnerten. Schließlich erreichte ich die Tür am Ende des Ganges und drehte den Knauf. Ich hatte Angst, dass sie verschlossen sein könnte, doch sie ließ sich leicht öffnen. Ich stand am Fuß einer schmalen, steilen Treppe, über die ein Strom fauligen Wassers floss. Ganz oben sah ich einen weiteren Lichtschlitz unter einer Tür. Ich stützte mich auf den Handlauf und quälte mich die Stufen hinauf. Dann betrat ich einen Raum, kaum heller als die Treppe und der Gang, die ich hinter mir gelassen hatte.

Es gab keinen anderen Ausgang als die Tür, durch die ich gekommen war, aber obwohl das Zimmer nicht gerade der Beschreibung entsprach, die mir Moreau von dem Vorraum zur Rauchhöhle gegeben hatte, den er hatte durchqueren müssen, beruhigte es mich, dass ich bestimmte Objekte wiedererkannte, die er mir angekündigt hatte. Zu meiner Linken stand ein Waschtisch mit einer Waschschüssel, einem Handtuch und einem Stück Seife; die hintere Wand wurde vollständig von einem Glasschrank eingenommen. Ich streifte meine Schuhe an einer Strohmatte ab und begab mich zum Waschtisch. Die Seife verströmte ein zartes Jasmin- und Vanillearoma.

Während ich mir die Hände wusch, hatte ich den Eindruck, dass von den Glasscheiben am Schrank ein Schimmer ausging, der vorhin nicht dagewesen war. Ich sah genau hin und meinte neben meiner eigenen Spiegelung weitere Silhouetten zu erkennen. Ich drehte mich um, um festzustellen, dass außer mir niemand im Zimmer war, aber als ich wieder auf die Scheiben sah, waren die Silhouetten immer noch da. Als ich mit den Fingerkuppen über das Glas strich, kamen mir die Schranktüren mit einem leisen Knarren entgegen. Ich öffnete sie ganz und sah, dass sich da, wo die hölzerne Rückwand des Schrankes hätte sein sollen, eine Gardine befand, durch die sehr helles Lichtes drang.

Ich schob die Gardine zur Seite. Dahinter, in der Mitte des Raumes, dessen Eleganz im krassen Kontrast zu den Räumen stand, die ich gerade durchquert hatte, standen zwei Frauen, eine blinde Greisin und ein Mädchen von betörender Schönheit, die mich aufmerksam betrachtete. Die Greisin machte einen Schritt auf mich zu. Sie war groß, sehr schlank, mit ledriger Haut und langen, knochigen Fingern. Eine Art Psalmengebet summend, tastete sie sorgfältig mein Gesicht ab und verschwand in dem Schrank, aus dem ich soeben gekommen war. Die Frau, die bei mir im Zimmer geblieben war, dürfte um die zwanzig gewesen sein. Sie war größer als ich, verströmte einen äußerst angenehmen Duft und eine leicht androgyne Aura. Sie reichte mir ihre sehr weiße, zarte Hand und sagte in makellosem Englisch: Komm, deine Freunde warten schon eine ganze Weile auf dich.

Die folgende Szene erschien mir vertraut, ich hatte sie auf alten Fotos gesehen, in Büchern über den Opiumhandel, und im einen oder anderen Film. Männer und Frauen, die auf Liegen und Matten lagen, wurden von Dienern mit Opiumpfeifen versorgt. Das Ganze verströmte ein betörendes Flair von Sinnlichkeit und Entspannung. Die Frauen kümmerten sich nicht darum, ob ihre Schenkel oder Brüste bedeckt waren. Alle Rassen waren vertreten; es gab einige Asiatinnen, weniger Schwarze oder Mulattinnen. Die meisten waren weiß, mit europäischen Zügen. Alle waren luxuriös gekleidet, aber mit einer Lässigkeit, die erotischer war als der Anblick ihrer entblößten Körper.

Meine Begleiterin führte mich zu einem Separee, in dem sich tatsächlich Mussifiki und Louise befanden, aber auch andere, die mir bekannt vorkamen, obwohl ich nicht wusste, wann und wo ich sie getroffen hatte. Louises Augen begegneten für einen Augenblick meinen, aber sie schloss sie sofort wieder.

Sie hat dich nicht gesehen, sie träumt, sagte meine junge Begleiterin, ohne meine Hand loszulassen. Jetzt bist du dran, mach es dir bequem, ich mache dir eine Pfeife zurecht.

Ich lehnte mich in einer Liege zurück, nicht weit von Louise, und sah zu, wie das Mädchen im Kittel sich ihrer Aufgabe widmete. Mit außerordentlicher Geschicklichkeit knetete sie eine Opiumkugel, steckte sie in den Pfeifenkopf und zündete sie vorsichtig an.

Hör nicht auf zu inhalieren, sagte sie, während sie mir das Mundstück an den Mund führte, selbst wenn du denkst, dass dir die Brust platzt und du es nicht mehr aushalten kannst.

Ich tat, wie geheißen. Eine silberne Schneide schlitzte mir feinsäuberlich die Brust auf, aber es schmerzte nicht. Stattdessen fühlte ich, wie ein Vorhang aus weißem Licht vom Himmel herabfiel, bevor mich die Kräfte verließen.

Geht es dir gut?, fragte meine Begleiterin und streichelte mir dabei übers Haar. Ich nickte, und während ich stumm ihr göttliches Gesicht betrachtete, spürte ich, wie wir zusammen durch einen Spalt im Weltraum glitten, ohne zu wissen, wo er hinführte. Das Mädchen war immer noch über mich gebeugt, als mich eine unbeschreibliche Mattigkeit übermannte. Ihre Worte wiederholten sich, hallten tausendfach wider im Raum, während sie sich immer weiter entfernten und dabei ein gläsernes Echo hinterließen: Geht es dir gut? Sie streichelte meinen Kopf, mein Gesicht. Ich sah zu ihr auf und versuchte ihr Bild festzuhalten, aber es entzog sich mir. Sie ging neben mir auf die Knie. Ich spürte die Berührung ihres glatten, perlgrauen Gewandes an meiner Wange. Sie hatte dünne, sehr weiße, sehr zarte Beine. Ich versuchte, diese Beine zu streicheln, bevor ich mich der Mattigkeit hingab, die mich in die Bewusstlosigkeit zog. Fast unmerklich öffnete sich der Kittel. In mir war nicht die geringste Spur von Begierde, mein ganzes Lustpotential erschöpfte sich im Opiumrausch, aber ich betrachtete weiterhin die Konturen ihrer Schenkel und ließ meinen Blick bis zu ihrem Scheitelpunkt gleiten, auf der Suche nach ihrem Geschlecht, als mir klarwurde, dass meine Begleiterin keine Frau war. Sein Glied war aufgerichtet und steif. Dann führte er mir wieder die Pfeife an den Mund und forderte mich auf, zu inhalieren, und wie eine kosmische Explosion im Weltall sah ich die Flamme aufglühen.

MARGUERITE

[1973. Kurz bevor ich Nadja kennenlernte.]

Mit Louise, in ihrem Studio in Deauville, beim Trinken:

Es war am Korsarenstrand, in einer Höhle, der Höhle der Korsaren, naja, tatsächlich verdankt der Strand seinen Namen der Geschichte dieser Höhle. Um hinzukommen, musste man die Straße verlassen und am Rand der Weinfelder einen Feldweg runterlaufen. Als ich klein war, waren wir oft dort, wobei es zwei verschiedene Arten gab, dort zu sein: an den Sonn- und Feiertagen mit der Familie oder wenn wir Schule schwänzten ohne Erwachsene. Ich weiß nicht, warum, aber in letzter Zeit musste ich sehr oft an Marguerite denken, obwohl ich sie nicht mehr gesehen habe, seit sie nach dem Abitur zum Studieren nach Lille gegangen ist. Immer wieder habe ich mich gefragt, was wohl aus ihr geworden ist.

Sie schenkte sich einen weiteren Whisky ein und warf einen Blick auf ein noch unvollendetes Bild. Nach den großen Farbflecken zu urteilen, sollte es eine Seelandschaft werden. Es ist eine Hommage an Marguerite. Ich male es, um mich von dieser Nostalgie zu befreien. Vielleicht muss ich an sie denken wegen dem, was du mir über Sam Evans erzählt hast. Wer weiß das schon? Ich hoffe, dass ihr nichts zugestoßen ist, obwohl sie danach tatsächlich für mich aufgehört hat zu existieren. Ich habe nie wieder was von ihr gehört.

Sie wandte den Blick vom Bild ab und fuhr fort:

Ich war kaum dreizehn. Die Jungs wollten, dass wir mit ihnen in die Höhle gingen, damit wir uns in der Dunkelheit von ihnen küssen ließen und sie uns an verbotenen Stellen anfassen konnten. Ich weigerte mich. Sie verlangten von uns, die Unterwäsche auszuziehen. Einige gaben nach und zogen die Höschen runter. Ich ließ mich nicht einmal dazu hinreißen, die Höhle zu betreten. Aber dieses eine Mal gab ich nach, mit Marguerite war es etwas anderes. Sie fragte mich, ich willigte spontan ein, ohne zu überlegen, ohne Angst zu verspüren. Sie war drei oder vier Jahre älter als ich. Sie war schon in der letzten Klasse vor dem Abitur. Die anderen waren bereits in der Höhle, nur wir beide waren noch draußen. Sie nahm meine Hand und sagte, wir sollten reingehen, und ich ließ mich führen.

DIE WÜRFEL DES TODES

[Ende 1988]

Ich habe ein Telegramm aus Paris erhalten. Louise wies mit dem Finger auf ein blaues Papier, das zusammengefaltet auf dem Glastisch lag. Alston Hughes ist gestorben.

Alston Hughes?, wiederholte ich ungläubig und spürte, wie sich meine Sicht einzutrüben begann. Sylvie nahm meine Hand und drückte sie fest.

Setz dich hin, ich weiß, was das für dich bedeutet.

Willst du was trinken, Gal?, fragte Sylvie. Ich lehnte ab.

Das Telegramm ist von Moreau. Naja, ich habe kein so rasches Ende erwartet, aber eine Überraschung ist es auch nicht, oder Gal?

Ich sagte Louise, dass sie recht habe.

In seinem letzten Brief hatte Anzaldúa mir geschrieben, dass Alston in einem katastrophalen Zustand sei. Er pinkelte und kackte ins Bett, überschüttete Gott und die Welt mit Beleidigungen und verkündete in alle Winde, dass er den Nobelpreis bekommen würde. Seine Sucht brachte ihn dazu, nachts aufzuwachen und weiter zu trinken, und wenn er wieder besoffen genug war, fing er an zu singen oder rumzugrölen, bis es ihm zu dumm wurde und er sich hinsetzte, um zu schreiben. Er schrieb Gedichte, Briefe und Buchfragmente, in denen er vier Sprachen mischte. (Ich bin alloglott geworden!, hatte er jubilierend in einem Brief verkündet.) Er riss Seiten aus seinem Tagebuch und klebte sie an die Wände für eine Collage, ein Wandbild über das ganze Zimmer, für das er seine Freunde rund um den ganzen Globus bat, ihm Fotos zu schicken. Er war dabei, sich vom Leben zu verabschieden. Manchmal wollte er schreiben und schaffte es nicht, dann fing er an zu schreien wie ein kleines Kind, das nicht sofort bekommt, was es will. Das Erstaunliche war, dass er in einem solchen Zustand überhaupt noch in der Lage war zu schreiben. Mir schickte er fast jede Woche einen Brief, und dasselbe tat er mit vielen anderen. Er verfasste auch Gedichte, die abrupt endeten und sich in Wahnvorstellungen verloren. Sinnloses Gebrabbel. Sehr oft ergab das, was er schrieb, überhaupt keinen Sinn, aber manchmal gelangen ihm unerwartet Fragmente von eigenartiger, erschütternder Schönheit. Auch sein Privatleben lag in Trümmern. Er hatte sich mit Moreau, mit Anzaldúa, mit Gilgamés überworfen, also mit allen, die ihm in seiner Not beigestanden hatten. Und er prahlte damit. Er brüstete sich, die Hand desjenigen zu beißen, der ihm zu essen gab. Er verkündete es mit stolzgeschwellter Brust. Einen Teil seiner Nobelpreisprämie wollte er dem Kampf gegen Aids spenden.

Er ist vorgestern gestorben, sagte Louise. Am selben Tag kam ein Kuvert für dich im Chelsea an.

Ich weiß nicht, warum er es an mich geschickt hat. Sylvie holte das Kuvert und reichte es mir. Ich öffnete es. Drinnen lag ein ramponiertes Objekt, das wahrscheinlich einmal ein Buch gewesen war und jetzt nicht mehr war als ein Bündel stümperhaft zusammengenähter Papiere. Ich suchte nach einem Brief, nach einer Notiz, aber da war nichts. Louise, Sylvie und ich betrachteten eine Weile das Cover, eine miserable Kopie.

Uns hat er auch eins geschickt, sagte Sylvie. Ohne jede Nachricht, nur das Buch. Anscheinend hat ein Bekannter von ihm aus Paris, der in der Botschaft von Panama arbeitet, für eine kleine Gruppe von Freunden eine winzige Auflage gedruckt, insgesamt sechs oder sieben Exemplare.

Endlich hat er sich dazu entschieden, etwas zu veröffentlichen, sagte Louise lachend.

Es ist nicht das erste Buch von ihm, das gedruckt wurde, sagte ich. Anzaldúa hat mir weitere gezeigt.

Das stimmt, im Verlag seines Freundes Gilgamés, bestätigte sie.

Ja, er hat seinen Briefwechsel mit Maria Zambrano und eine Gedichtsammlung veröffentlicht. Ich hatte Gilgamés um beide gebeten, und er hatte mir gesagt, dass es jeweils nur noch ein Exemplar gebe, und zwar in der Casa Del Libro in der Gran Via in Madrid. Alzandúa hat sich die Mühe gemacht, sie zu besorgen, und sie mir mit der Post geschickt. Erneut betrachtete ich den Band, der eben eingetroffen war. Die Seiten waren nicht mal nummeriert, und auf dem jämmerlichen Cover fehlte sogar der Name des Autors. Das berühmte Stillleben von Harold E. Edgerton: ein Tropfen Milch, der beim Aufprall zur Krone wird. Alston hatte das Bild aus dem Buch *On Growth and Form* von D'Arcy Thompson herauskopiert. Die Fotokopie war so dunkel, dass die Milch wie Blut aussah.

Das schwarze Blut, das ihm das Herz vergiftet hat, sagte Louise in dem Versuch, mich zum Lachen zu bringen.

Noch an jenem Nachmittag las ich Alstons Buch. Ich weiß nicht, wie ich es nennen soll. Eine Art spirituelle Autobiografie. Als Memoiren ist es interessant, denke ich, nicht nur für mich, sondern auch für diejenigen, die noch nie von ihm gehört haben. Ich suchte etwas, das ich retten könnte, indem ich es in mein eigenes Buch integrierte, ein Fragment, das Bestandteil von *Brooklyn* werden könnte. Sofort wusste ich, was ich nehmen sollte. Eine außergewöhnliche Geschichte, zumal Alston niemals Fiktion schrieb. Der Titel lautet »Salsipuedes«. Ich habe auf die ungeraden Seiten des Buches rechts unten mit Bleistift die Seitenzahl geschrieben. Die Geschichte beginnt auf Seite 33 und ist sehr kurz. Ich brauchte eine Stunde, um sie abzuschreiben. Am Abend rief ich Chus in Barcelona an. Er war sehr betroffen und sagte, er werde etwas über Alston schreiben. Ich legte den Hörer auf und griff wieder nach dem Buch. Es ging mir nicht aus dem Kopf. Bevor ich es erneut aufschlug, sah ich mir das Cover genauer an. Es war so abgegriffen, dass an vielen Stellen weiße Risse zu sehen waren. Als ich es mir mit Louise und Sylvie angesehen hatte, hatte ich den Eindruck gewonnen, dass es sich um ein noch nicht fertig restauriertes Bild handelte. Der Kreis aus Blutstropfen erinnerte an eine Dornenkrone. Dahinter ein hohes Quadrat: die Nacht, mit scharfen Rändern, und darüber ein leuchtender Punkt: der Mond.

Es erinnert mich an etwas, aber ich weiß nicht an was, hatte ich Louise gesagt.

Es erinnert dich an Malewitschs mystische Quadrate.

Sie hatte recht. Es fasziniert mich immer wieder aufs Neue, was für einen scharfen Blick diese Frau hat. Weiß auf weiß, eine unsichtbare Fläche auf dem Nichts. Ich machte eine Kopie der Kopie, deckte damit die Seiten mit der Erzählung ab und schrieb »Die Würfel des Todes« darauf. Ich brauchte drei Tage, aber schließlich konnte ich weinen.

KADDISH & τπ

[Unter diesem enigmatischen Titel steht eine von Gal mit Kugelschreiber geschriebene Notiz, die lautet: *Erzählung aus dem* Atlantic Monthly*, übersetzen und hier einfügen. Gegenüberstellen? An Nadja schicken.* Trotzdem folgt im Heft nur ein leerer Raum. Ich habe beschlossen, die Lücke so stehen zu lassen, wie ich sie vorgefunden habe.]

Vollständiger Text des Vortrags des hochverehrten Herrn Felipe Alfau vom 1. April 1967, gehalten im Periskop, Sitz der Ehrenwerten Bruderschaft der Inkohärenten von Lower Manhattan, als Hommage an Mr. Tuttle, alias Der Schatten. Festgehalten von Professor Gin, Gründungsmitglied, Sekretär auf Lebenszeit und Stenotypist der Bruderschaft.*

Ordentliche und Ehrenmitglieder, Brüder und Stammtischkumpel, Schnorrer und geladene Gäste, Feinde und Freunde:

Wir haben uns hier versammelt, um zu feiern, ja doch, das ist das richtige Wort, um den Tod von Mr. Tuttle zu feiern, alias Der Schatten, Ehrenmitglied unseres illustren Ordens. Es steht fest, dass er im Untergrund lebte, aber wir haben keine Ahnung, seit wann. Wir wissen auch nicht, wo er geboren wurde und welchen Beruf er ausübte. Er war immer gleich gekleidet, mit fadenscheiniger Eleganz, aber ich werde nicht näher auf seine Garderobe eingehen, denn das hier ist kein Roman. Wir wissen, dass er einmal im Jahr, am 16. März, im Hotel Chelsea zu übernachten pflegte. Heute, am 1. April, dem Tag der Verrückten, dem Tag, an dem unsere Bruderschaft ihre Türen für das Publikum öffnet, ist es an mir, einen Vortrag zu halten, um das Andenken an unseren Freund zu ehren, und ich habe beschlossen, mich in diesem meinen Vortrag mit eben dem Ort zu befassen, an dem unser Freund beschloss, seinen Antigeburtstag zu feiern und sein Leben zu beenden. Meine Rede ist insbesondere den hier anwesenden Schülern der Schreibwerkstatt Don Miguel de Unamuno gewidmet, die am Ende meiner Rede ein Diplom erhalten werden, das sie als Schriftsteller akkreditiert, der Herr beschere ihnen hingebungsvolle Leser.

* Überarbeitet am 8. März 1991.

Bevor wir zur Sache kommen, möchte ich Don Miguels Beistand erbitten, der für mich in Fragen der Methodologie stets ein zuverlässiger Führer war. Damit will ich sagen, dass ich mit meinen Ausführungen nicht die Absicht verfolge, genaue und systematische Rechenschaft von der eigenartigen Geschichte abzulegen, die Gegenstand meiner Rede ist. Ich habe lediglich auf meine Art, die nichts Teutonisches an sich hat, sondern die vielmehr unamunianisch zu nennen wäre, einige Notizen zusammengetragen. Auf besagtes Adjektiv beziehe ich mich, um das Recht geltend zu machen, bestimmte Formalitäten beiseite zu lassen, die, in wissenschaftlicher Verkleidung, doch nichts anderes bewirken, als die objektive Wahrheit zu vertuschen, die sich doch niemals dort findet, wo man sie vermutet. Ich habe ferner mitnichten die Absicht, mich irgendeinem erzählerischen Faden unterzuordnen, geschweige denn einem chronologischen, und sollte es doch geschehen, dann unabsichtlich. Außerdem gedenke ich Daten, die mir nicht von Belang erscheinen, einfach wegzulassen. Und nun will ich endlich beginnen.

Das Appartementhaus, das wir heute unter dem Namen Hotel Chelsea kennen, wurde im Jahre 1884 errichtet, in der Glanzzeit der Barone und Magnaten, Leute vom Schlage der Carnegies, der Morgans, der Astors oder der Vanderbilts, neben anderem Lumpengesindel, einer Zeit der Dekadenz und der Korruption, die in hochdramatischen Ereignissen gipfelte, wie zum Beispiel als die Geliebte des Magnaten Jimmy Fisk ihm in der gemeinsamen Suite die Schädeldecke wegblies.

Der Stil besagten Gebäudes ließe sich als Viktorianische Gotik definieren, eine Mischung aus Queen Anne und Freistil-Klassizismus. Die Appartements waren (heute sind sie es nicht mehr) riesig, mit ausnehmend hohen Decken sowie schalldichten und feuerfesten Wänden. Das innere Treppengeländer, ebenso wie das Geländer der Balkone, war schmiedeeisern, der Handlauf aus feinstem Mahagoni führte von der Lobby bis hinauf zur roten Backsteinterrasse, einer riesigen, mehrgeschossigen Esplanade, ausgestattet mit Freitreppen, Lichthöfen, Kaminen, Studios, Aussichtsplattformen, Kabinetten, Blumenbeeten, Blumentrögen, Gärten und, wenn es auch schwer zu glauben ist, regelrechten Hainen.

Bevor ich sie mit weiteren Details verwirre, möchte ich anmerken, dass ich einen Großteil dieser Informationen meinem Forschungsassistenten, dem hier anwesenden Murphy, verdanke. Nicht so schüchtern, steh auf und hebe die Hand, damit alle dich sehen können. Einen Applaus für Herrn Murphy Burrell. Danke, danke, hör doch auf, dich zu verbeugen wie ein Epileptiker, Murphy, setz dich wieder hin, es ist genug.

Wir waren dabei, über den Stil zu sprechen. Zu Beginn der Geschichte des künftigen Chelsea ergänzte die Noblesse der Materialien die Eleganz der Möbel und Accessoires: Marmorböden, Stuckdecken, Türen und Schränke aus Mahagoni, Sessel aus reinem Samt. Die überdimensionalen Spiegelrahmen wurden zu einem der Markenzeichen. Die Zimmer hatten farbige, bleiverglaste Fenster. Zeitweise hatte das Hotel drei Speisesäle, einer davon geriet in den Besitz eines Americaniards, der ihm den Namen El Quijote gab; er ist bis heute in Betrieb.

Sein Ruf zog jegliche Art von Künstlercharakteren an, vorzugsweise geistig labile. Ich werde jetzt einige von ihnen Revue passieren lassen, angefangen mit Sarah Bernhardt. Die Schauspielerin pflegte stets mit eigener seidener Bettwäsche zu reisen und unter einer Federsteppdecke zu schlafen, die nach den Maßen des Sarges geschneidert war, in dem sie zu schlafen pflegte. Sollte Ihnen diese Gewohnheit als außergewöhnlich erscheinen, so irren Sie sich, denn im Chelsea war so etwas gewissermaßen an der Tagesordnung. Die Bernhardt war nicht die erste und nicht die letzte Bewohnerin des Hauses, die es sich in den Kopf gesetzt hatte, in einem Sarg zu schlafen. Murphy hat überzeugend nachgewiesen, dass es mindestens zwei weitere Fälle gegeben hat. Gewohnheiten wie diese illustrieren hervorragend den Geist und Stil jener Menschen, die das Chelsea im Laufe der Jahre als Unterkunft für einen Lebensabschnitt wählten, einschließlich des guten Mr. Tuttle.

Was die Schriftstellerzunft betrifft, zu welcher ich mich auch zähle, war der erste Name von Rang, der mit der Geschichte unseres Gebäudes verbunden ist, der von William Dean Howell, welcher 1888 eine Suite mit vier Zimmern belegte. Im selben Jahr schlug der Autor des amerikanischen *Quijote* dort seine Zelte auf, in dessen Erzählungen die Sümpfe der amerikanischen Südstaaten für die Mancha stehen, während die Breite des Mississippi eine wasserreiche Reinkarnation des flüchtigen Guadiana darstellt. Ich beziehe mich natürlich, was inzwischen auch den weniger Gewitzten unter euch aufgegangen sein dürfte, auf Samuel Clemens, besser bekannt als Mark Twain. Ob nüchtern oder betrunken, aber darauf wollen wir jetzt nicht näher eingehen, nicht selten torkelte der Autor des *Huckleberry Finn* dort in der Bar herum.

Zwischen 1907 und 1910, als das Chelsea bereits ein Hotel war, residierte in einem seiner Zimmer kein Geringer als O. Henry. Ah, diese großartige Abgerundetheit des Initials, frank und frei von jedem konsonantischen Ornament, der perfekte Vokal, reduziert zu einem Kreis, in Begleitung seines demütigen Knappen, eines fast unsichtbaren Tintenflecks, Spur ohne Masse, das bescheidenste aller diakritischen Zeichen: das i-Tüpfelchen, das auf den Boden gefallen ist wie eine Bocciakugel. Wenn es mir an dieser Stelle erlaubt ist, meine lieben Stammtischgenossen, Studenten und Freunde, eine persönliche Note einzufügen, so möchte ich erwähnen, dass ich die Ehre hatte, dem großen O. Henry *vis à vis* zu begegnen. Ja, Sie haben richtig gehört, es war im McSorley's, dem Pub im East Village. Er trug vier Bierkrüge, zwei in jeder Hand, während ich nur ein Paar trug, einen rechts, einen links. Meine beiden waren hell, seine dunkel. Mister Henry!, rief ich, vor Bewunderung zitterten mir die Knie, als er mir gegenüberstand, und ich war unfähig, noch etwas hinzuzufügen. Er sah mich vergnügt an. Kein Grund für Förmlichkeiten, warf er mir an den Kopf, nennen Sie mich O, einfach so, ohne den Punkt, machte auf dem Absatz kehrt und ließ mich mit meinen beiden Bierkrügen stehen. Niemals werde ich seine Augen vergessen, rund wie sein Name, die schwarzen Punkte seiner Pupillen auf meine fixiert. Ich fühlte mich wie der glücklichste Mensch Manhattans. Der herausragendste Erzähler der Stadt hatte sich herabgelassen, sein Wort an einen bescheidenen Bewunderer zu richten. Diese meine Erfahrung kann man nur als erhaben bezeichnen, auch wenn mein Assistent, Murphy Burrell, sie in den Schmutz zu ziehen sucht, indem er mich unablässig daran erinnert, dass O. Henry zu exzessiven Besäufnissen neigte und dabei den Kellnerinnen in den Hintern zu kneifen pflegte.

Aber nicht nur von der Prosa lebte das Chelsea. Durch seine Gänge hallten die Schritte von Dichtern vom Kaliber eines Hart Crane oder Edgar Lee Masters, dem Dichter des Todes, von dem ich jetzt sprechen möchte. Das letzte Mal, da Mr. Tuttle in diesem Lokal war, haben wir, die Inkohärenten, ihm ein Exemplar der *Toten von Spoon River* geschenkt, dieser großartigen Sammlung von Gedichten, die ihresgleichen sucht. Edgar Lee Masters war ein Autor, der, ehrlich gesagt, nur ein Buch hervorgebracht hat, das es zu lesen lohnt, aber was für ein Buch, meine Freunde! Was für ein Geniestreich: ein ganzes Buch, das aus nichts als Grabinschriften besteht! Und hinter jeder Inschrift eine Geschichte. Verrückte, Säufer, Mörder, Huren, alle sind dort versammelt und sprechen zu uns aus dem Grab.

Lassen Sie uns weitermachen … Wo zum Teufel habe ich bloß meinen Spickzettel gelassen? Hast du ihn vielleicht, Burrell? Ganz sicher nicht? Ah, nein, du hast recht, hier ist er, entschuldige bitte. Wer ist jetzt dran? Vladimir Nabokov? An sich wollte ich mir den bis zum Schluss aufheben. Das war Absicht, oder Burrell? Aber da hast du die Rechnung ohne den Wirt gemacht. Es ist mir ganz egal, was die Schlauköpfe sagen. Der

Nabokov ist völlig unverdaulich und damit Schluss. Also, machen wir hier ein wenig Ordnung. An sich hatte ich vorgehabt, eine saftige kleine Anekdote von Sinclair Lewis zum Besten zu geben. Bereit? Gut, also versuchen wir es. Der gute Sinclair war gerade dabei, sich auf einen Vortrag vor seinen Anhängern vorzubereiten … lasst uns mal sehen. Wieviele unter den hier Anwesenden haben die Absicht, eines Tages Schriftsteller zu werden? Nun? Heben Sie die Hand, bitte. Nein, Sie meine ich nicht, ich wiederhole nur das, was er damals gesagt hat, ich meine Sinclair Lewis. Murphy, runter mit der Hand, siehst du nicht, dass alle anderen die Hand schon wieder unten haben? Immer musst du aus der Reihe tanzen. Mehr als die Hälfte der Anwesenden hob damals die Hand, so wie ihr jetzt. Als er das sah, schlug Lewis mit der Faust auf das Podest und brüllte: Darf man wissen, was Sie dann eigentlich hier machen, statt zu Hause zu bleiben, um zu schreiben? Diese Anekdote illustriert eine große Wahrheit: Schreiben ist ein sehr harter Beruf. Äußerst hart. Wie dem auch sei, jetzt spreche ich mit euch, ihr lieben kleinen Schriftstellerlehrlinge, es gibt ein Gesetz, dass ihr nie aus den Augen verlieren dürft: Das letzte, was man tun darf, ist seine Leser zu langweilen. Ich weiß nicht, wie zum Teufel ich jetzt darauf komme, aber ich wollte es auf jeden Fall mal gesagt haben.

Jetzt muss ich über die Knotts sprechen, oder Murphy? Schon gut, danke. An sich hättest du mit mir auf die Bühne kommen sollen, denn daran haben wir gemeinsam gearbeitet. Und warum stehst du jetzt auf, zur Begrüßung? Die haben doch schon vorhin applaudiert, setz dich bitte wieder hin. Die Murphys, ich meine natürlich die Knotts, haben im zweiten Stock eine Bibliothek eingerichtet. Das war das einzig Gute, was sie getan haben. Aus ästhetischer Sicht haben sie das Hotel fast zerstört. Zuerst haben sie die Suiten unterteilt, um mehr Profit daraus zu schlagen, und wenn es im Zuge des Umbaus nötig wurde, etwas zu opfern, dann eben weg damit. Dass sie die Decken absenkten, hat dem Foyer fast den Garaus gemacht, naja, ich höre lieber auf … Mal sehen … die Jahre der Großen Depression … ich glaube, die überspringe ich lieber … die *Louisiana Story* … die auch nicht. Und was haben wir noch? Thomas Wolfe, den ja. Eines sonnigen Morgens im Jahre 1937 erschien Wolfe im Chelsea. Jemand hatte ihm von dem Hotel erzählt, und er ging hin, um sich selbst ein Bild zu machen. Das Schicksal wollte es, dass er ausgerechnet auf Edgar Lee Masters traf … Ed erkannte Tom, und Tom erkannte Ed. Ed wollte wissen, was Tom dort zu suchen hatte. Tom sagte ihm, dass er sich überlege, dort einzuziehen. Dann ist doch alles klar, natürlich bleibst du hier!, sagte Edgar Lee und stellte ihn dem Hoteldirektor vor, der ihm die mit Abstand prächtigste Suite des Hotels zuwies, mit Vorzimmer, Wohnzimmer, Arbeitszimmer und Badezimmer. Die Räume waren verschmutzt und höhlenartig, aber mit hohen Decken, was für den Riesen Wolfe den Vorteil hatte, dass er nicht mit dem Kopf gegen die Balken stieß. Im Bad, auf einem Podest mit Baldachin, stand ein eindrucksvoller Fäkalthron. Mir kommen die Tränen, wenn ich daran denke, übrigens danke für den Hinweis, Murphy, dass dort sein Meisterwerk, *Look Homeward, Angel*, entstanden ist. Wenn er mit einer Passage fertig war, steckte er sie in eine Schachtel, die eigens dafür neben dem Klo stand. Bald reichte die eine Schachtel nicht mehr. Zunächst hat er sie alle im Bad gestapelt; als es zu klein wurde, musste er auf die Küche und danach auf das Wohnzimmer ausweichen, bis alles vollgestopft war mit Schachteln, die vor Manuskriptseiten überquollen. Als er starb, hatten sich zehntausende von Blättern in den Schachteln angesammelt. Eines der Projekte, die mit ihm starben, war ein Buch über die Geschichte des Hotels.

1940 kaufte ein Ungar namens David Bard den Knotts das Chelsea für 50.000 Dollar ab. Bard setzte das unheilvolle Werk seiner Vorgänger fort, indem er die Suiten weiter verkleinerte und noch mehr Spiegel zertrümmerte. Aber das Chelsea ging nicht unter. Seine geheimnisvolle Aura zog weiterhin junge

Künstler an, frisches Blut, Musiker, Schriftsteller, Dichter und begabte Maler, in der Mehrheit Rauschgiftsüchtige oder Säufer, wenn nicht gar beides.

Was sagst du, Burrell? Sprich um Gottes Willen lauter, ich höre dich nicht. Arthur Miller? Nein, über den werde ich nichts sagen, den kann ich nicht riechen. Ach ja, stimmt, ich hatte es dir versprochen! Murphy will, dass ich einen Satz von Miller zitiere, der dem Hotel seiner Meinung nach gerecht wird. Also gut, hier ist er: *Das Chelsea ist das einzige mir bekannte Hotel, das keine Klassenunterschiede kennt.* So ein blöder Spruch! Na, zufrieden? Wenn hier ein Miller-Fan ist, soll er sich nur nicht entmutigen lassen. Der Dramatiker wohnt noch immer dort, das heißt, Sie können nach dem Vortrag hingehen und sich ein Autogramm holen.

Die Palme für den besoffensten Dichter gebührt zweifelsohne Mr. Dylan Thomas. Nachdem er sich so bestialisch besoffen hatte, dass er letztlich daran starb, wurde er mit geplatzter Leber in das nahegelegene Saint Vincents Hospital gebracht. Die letzten Worte des Walisers unmittelbar vor seinem Tod lauteten: 18 Whiskys, nicht schlecht. Bist du sicher, dass man ihm diese Anekdote nicht nur untergeschoben hat, Murphy? Die neueren Biografen des Dichters zweifeln an der Echtheit dieser Aussage. Was ist jetzt wieder los? Was soll dieses Gezappel? Warum hältst du diesen dummen Wecker in die Höhe? Du bist ein Clown, Murphy Burrell. Warum kannst du nicht wie jeder andere auch eine Armbanduhr tragen? Und warum wedelst du mit der roten Fahne da herum? Drehst du jetzt total durch? Ach klar, jetzt verstehe ich … Freunde, die Zeit ist zu Ende, ja, ich habe sogar überzogen, und das, nachdem ich mich so über das Nicht-Langweilen ausgelassen habe. Ich bitte um Verzeihung. Schade, ich hatte noch eine ganze Menge auf dem Zettel. William Burroughs, schade, wie gerne hätte ich über ihn gesprochen. Der Quälgeist von Nabokov … in diesem Fall ist es besser, dass wir keine Zeit mehr haben. Punkt, Absatz. Wir müssen nur noch eine Schweigeminute zu Ehren unseres Freundes Mr. Tuttle abhalten. Danke für eure Aufmerksamkeit. Bitte erhebt euch.

Requiescat in Pace. Amen.

[Es folgt ein großer Leerraum, mit dem der Stenotypist der Gesellschaft den 60 Sekunden Schweigen typografisch Ausdruck verleihen wollte.]

DER WÜRGEENGEL

[Originaltext von 1972. Am 9. Februar 1991 von Gal Ackerman überarbeitet.]

Samstag mit Marc Capaldi im Chamberpot. Colm Talbot, der Ex-Polizist, hat gerade neben dem Wilde Fire eine Bar eröffnet.

Weißt du, wie er sie genannt hat?, fragt mich Marc. The Green Snot. Diese Iren sind doch wirklich genial, was Namen betrifft.

Ich übersetze im Kopf: The Chamberpot, Der Nachttopf; The Green Snot, Der grüne Rotz.

Ich wette, du weißt nicht, woher der Name kommt?, fragt er weiter.

Genau in diesem Moment kommt ein stinkender Greis auf uns zu, um eine Zigarette zu schnorren. Die Kellnerin kommt hinter der Theke hervor, wild entschlossen, ihn aus dem Lokal zu werfen, aber Marc hält sie mit einer Handbewegung zurück und deklamiert laut, indem er den Zeigefinger zur Decke streckt:

Mein Gott, sagte er still, ist die See nicht genau was Algy sie nennt: eine graue, liebe Mutter?

Der alte Mann sieht ihn mit großen Augen an. Marc fährt unbeeindruckt fort:

Die rotzgrüne See. Die skrotumzusammenziehende See. *Epi oinopa ponton*. Ah, Daedalus, die Griechen!

Marc bricht in Gelächter aus, und der Greis lacht mit.

James Joyce, *Ulysses*, erste Seite, sagt Marc und gibt ihm eine fast volle Schachtel L & Ms. Die Kellnerin sagt dem Penner, er solle sich verpissen und nie wieder blicken lassen.

Na, wie sieht's aus?, fragt Marc. Gehen wir, oder gehen wir nicht?

Das Green Snot ist eine Schuhschachtel, eingeklemmt zwischen zwei anderen schmierigen Pinten, dem Mad Stork (Verrückter Storch) und dem Wilde Fire (Wildes Feuer). Im Mad Stork gibt es samstags Jazz, das Wild Fire ist ein verkappter Puff. An der Ecke steht eine Tankstelle vor einer Brache, auf der alles Mögliche passiert. Nach Mitternacht tummeln sich dort die Nutten und Transen. Als wir ankommen, steht ein Polizeiwagen mit eingeschaltetem Blaulicht vor der Tankstelle. Die Bullen haben die Fenster runtergekurbelt und plaudern ganz gelassen mit ein paar Typen. Einer von ihnen grüßt Marc von Weitem. Er meint, dass die Polizei Schutzgeld kassiert von den Zuhältern, Dealern und Barbesitzern. Sie bleiben eine Weile vor der Tankstelle stehen, dann lassen sie die Sirene einmal aufheulen und verschwinden.

Im Green Snot läuft Marc bis zum Ende durch und bleibt bei einer Gruppe sehr elegant gekleideter Schwarzer stehen. Ein großer Rothaariger wischt mit einem nassen Lappen das Stück Theke vor mir ab.

Dich kenne ich, sagt er, du bist ein Freund des Dichters, bist du mit ihm gekommen?

Ich nicke. Ich habe keine Ahnung, wie zum Teufel Marc es schafft, dass man ihn in solchen Spelunken so nennt.

Colm Talbot, sagt der Dicke zu mir und reicht mir die Hand. Entschuldige, aber ich kann mich nicht an deinen Namen erinnern.

Gal Ackerman.

Angenehm, bist du zum ersten Mal hier im Green Snot?

Ja, zum ersten Mal.

In diesem Fall geht der Drink aufs Haus. Was möchtest du trinken?

Marc verschwindet zusammen mit einem der elegant gekleideten Schwarzen in der Herrentoilette. Nach ein paar Minuten kommen sie beide zusammen lachend wieder raus, reiben sich die Nasen und verschwinden durch eine Tür, die auf die Brache hinausführt.

Hast du Feuer, mein Schatz?, fragt eine Frauenstimme hinter mir auf Spanisch mit karibischem Einschlag. Als ich mich umdrehe, sehe ich in die grünen Augen einer Mulattin, kaum älter als achtzehn. Vergeblich durchwühle ich meine Taschen.

Es tut mir leid, ich dachte, ich hätte Feuer dabei.

Und hier, hast du hier auch kein Feuer?, fragt sie und wölbt die Hand über meine Genitalien.

Pass auf, weißer Junge, wofür sie sich interessiert, ist dein Geldbeutel, nicht dein Schwanz, flüstert mir eine Stimme auf Englisch ins Ohr. Es ist Al Green, ein Freund von Marc, der im Mad Stork Kontrabass spielt. Er stößt mit seiner Schulter gegen meine und legt mir ein Tütchen Koks auf die Handfläche. Nein, Danke, sage ich. Al zwinkert dem Mädchen zu, gibt ihr Feuer und macht sich in Richtung Toilette davon.

Spendierst du mir einen Drink?, fragt sie mich.

Ich gebe Colm ein Zeichen, damit er sie bedient. Sie bestellt sich ein Budweiser. Sie heißt Esmeralda und kommt aus Spanish Harlem. Sie erzählt mir, dass man sie nach ihren Augen so genannt hat, und macht einen Augenaufschlag, damit ich die Farbe sehen kann. Ich bin froh, dass Marc nicht dabei ist. Er wäre fähig gewesen, ihr zu sagen, dass ihre Augen zum Namen der Bar passen. Ich schaue zur Tür, ein bisschen in Sorge, weil er so lange wegbleibt. Meine Sorge ist unbegründet, am Ende passiert Marc nie etwas. Als ich ihn vor Jahren kennenlernte, habe ich Folgendes über ihn geschrieben:

> Marc Capaldi, Italoamerikaner, Werbefachmann, 46, drei Gedichtbände veröffentlicht. Wir haben uns bei ihm zu Hause in der West Side kennengelernt. Als wir loszogen, hat er eines seiner Bücher in die Tasche gesteckt. Ich weiß nicht, warum er die Gewohnheit hat, seine Gedichte mitzuschleppen auf sei-

ne Streifzüge durch die schwarzen Brunnen der Einsamkeit, in denen er verzweifelt versucht, seinen Schmerz mit ein paar Kokainkristallen und den Liebesbröseln zu lindern, die von einem gekauften Samenerguss abfallen. Er steht auf abstoßende Typen, je abstoßender, desto besser, genauso wie bei den Spelunken, in denen er sich auf die Suche nach ihnen macht. Bevor wir losgezogen waren, hatten wir bei ihm zu Hause über Poesie geredet. In der vierten oder fünften Bar hat er mich angeblafft:

Dieses Gesindel, hat er gesagt, der Arsch der Welt. Blut und Scheiße, urbane Kloaken, der Abschaum der Menschheit. Schmutzige Engel, nicht wie die von deinem Rilke, die weder ein Geschlecht haben noch irgendwas über das Leben wissen.

Sein Ausbruch hatte etwas Pubertäres, und außerdem war er vollkommen blau, aber ich hatte in seinen Büchern geblättert, und seine Poesie ist genau so, besudelt mit Blut und Scheiße und bis zum Anschlag versunken in Trostlosigkeit und Fäulnis. Nur am Ende leuchtet merkwürdigerweise stets ein Lichtlein, das es erlaubt, sich an die Hoffnung zu klammern.

Und ob sie ein Geschlecht haben, sagte ich, aber wir werden jetzt nicht anfangen, über Poesie zu streiten.

Warum? Weil wir von Huren, Verbrechern und Schwuchteln umgeben sind und von einer Scheißbar in die nächste ziehen?

Nein, nicht deswegen.

Denn wenn es deswegen ist: Die Scheiße ist dazu da, um in ihr herumzuwühlen. Deshalb mag ich deine Dichter nicht. Nicht mal Blake, so viel er auch über die Hölle sprechen mag. Schon eher Leute wie Burroughs oder Bukowski. Wenn sie nämlich mit den Engeln sprechen, tun sie es nur, weil sie sie vögeln wollen, und danach wischen sie sich den Hintern mit ihren Federn ab.

Lassen wir das lieber, Marc.

Und wieso? Da findest du, nach was du suchst, und nicht bei Rilke und all diesen Dichtern, mit denen du dich vollstopfst.

Wir haben uns eben erst kennenglernt. Wie kannst du wissen, nach was ich suche?

Ganz einfach. Du suchst genau das gleiche wie ich, nur weißt du nicht, wo du suchen sollst.

Und wo bitteschön soll ich suchen?

Ich habe es dir schon gesagt. Im Dreck, indem du deine Seele damit besudelst. Nur so wirst du finden, was du suchst. Blut, Scheiße und Sperma, vergiss das nicht, wie wenn man dich in den Arsch fickt, was du ja nicht kennst, weil du nicht schwul bist. Und ein bisschen Koks. Vögeln und Schnüffeln ohne aufzupassen. Und wenn du dabei krepierst, was soll's?. Umso besser. Man verbrennt dich zu Asche, steckt dich in eine Urne und fertig. Was wollen denn die sogenannten anständigen Menschen? Mich glauben machen, dass ich daran krepieren werde, wenn ich einmal vögle? Von mir aus. Alles, was zählt, ist einen Blick auf die Ewigkeit zu erhaschen, und sei es nur für einen winzigen Moment. Sollen sie uns doch verbrennen. Gott juckt das nicht.

Der Barbesitzer winkte mich zu sich, um mir zu sagen, dass ich eine Minute hätte, um Marc aus dem Lokal zu bugsieren, sonst würde er die Rausschmeißer darum bitten. Er berührte mit der Hand eine Medaille, die er um den Hals trug. Wir sind hier alle gute Katholiken, und wir mögen dieses Gesindel nicht. Und wenn er seinen Rausch ausgeschlafen hat, sag diesem Hurensohn, dass er nicht auf die Idee kommen soll, seine Visage hier wieder blicken zu lassen.

Marc wollte was sagen, aber ich hielt ihm den Mund zu, schleppte ihn auf die Straße, stopfte ihn in ein Taxi, und weg waren wir.

Der Schwarze mit dem schicken Anzug kommt ohne Marc zurück. Ich gehe raus, aber keine Spur von ihm. Als ich wieder reingehe, sehe ich Esmeralda, die lächelnd an der Musikbox lehnt. Sie hebt die Hand mit dem Budweiser und winkt mich zu sich her. Nachdem das Lied vorbei ist, nimmt sie meine Hand und führt mich aus dem Lokal. In der Ninth Avenue verschmelzen die Schatten der Huren und Transen mit denen der Bäume und Straßenlaternen. Wir schlendern an Häuserblöcken und Brachen vorbei. Am Himmel schwebt ein schmutziger Mond. Nach einigen Häuserblocks merke ich, dass uns ein schmächtiger Typ mit einer Baseballmütze mit der Flagge von Puerto Rico folgt.

Esmeralda bückt sich und spuckt in den Rinnstein, einen langen, schleimigen Faden, der sich weigert, sich von ihren Lippen zu lösen, ein Wurm aus verrottetem Licht.

Was hast du dir reingezogen?, frage ich sie.

Was zum Teufel redest du da?, erwidert sie, immer noch gebückt, mit ihrem karibischen Akzent. Ihre Zähne glänzen im Laternenlicht. Sowas mache ich nicht.

Und was machst du?

Sie steht flink auf.

Ich bin keine Nutte, ist das klar?

Jetzt, als ihre Augen auf einer Höhe mit meinen sind, sehe ich, dass sie leicht schielt. Die Ampel schaltet auf grün. Wir starren sie an, als würde sie sich am anderen Ufer eines Flusses befinden, den wir unmöglich überqueren können. An einen Baum gelehnt, beobachtet uns der dürre Puertoricaner, er ist nicht nähergekommen. Esmeralda setzt sich in Bewegung, obwohl die Ampel wieder rot ist. Ein Auto rast ganz knapp an ihr vorbei. Man hört einen abgerissenen Schrei, gefolgt von einem wütenden Hupen, das sich in der Nacht verliert. Ich denke, dass sie mich völlig vergessen hat und sich allein auf den Weg gemacht hat zu irgendeiner Ecke an der 11. Straße, aber als sie drüben angelangt ist, winkt sie mich zu sich her.

Schweigend passieren wir einige Häuserblocks. An der Ecke 23. Straße bleiben wir erneut stehen. In der Ferne ist das rote Schild des Hotels Chelsea zu erkennen. Ich biege ab in Richtung Hotel, und sie folgt mir schweigend. Wir passieren das Quijote, und als wir die gestreifte Markise des Hotels erreichen, machen wir Halt.

Sollen wir reingehen?, frage ich.

Ein Funken Angst flackert in ihrem Blick.

Meinst du, dass sie uns reinlassen?

Keine Sorge, die kennen mich, sage ich und nehme ihre Hand.

Die Lampen, die Spiegel, der Marmorboden, die Bilder und Skulpturen, das alles scheint sie einzuschüchtern. Von der Decke hängt eine grün bemalte Pappmaché-Figur, ein Kojote, der zum Sprung ansetzt. Esmeralda lacht und drückt meine Hand. Der Mann an der Rezeption erkennt mich, aber als ich ihm einen guten Abend wünsche, antwortet er nicht. Wir betreten den Aufzug. Während der ganzen Fahrt wendet Esmeralda den Blick nicht von den roten Leuchtziffern ab, die in regelmäßigen Abständen nacheinander die verschiedenen Etagen anzeigen. Als die Nummer 10 aufleuchtet, ertönt ein metallisches Klicken, und wir steigen aus. Ich habe keine Ahnung, was ich jetzt tun soll. Bis jetzt habe ich mich so verhalten, als wolle ich in Sylvies Suite gehen, aber ab hier taugt das Drehbuch nicht mehr. Ich drücke die Flügeltüren auf und betrachte den langen, dunklen Gang. Zu meiner Linken sehe ich das Gemeinschaftsbad. Es war schon immer da, aber jetzt nehme ich es zum ersten Mal richtig wahr. Ich öffne die Tür. Esmeralda geht als Erste rein. Einmal drinnen, lehne ich mich an die Tür, bis ich höre, dass sie eingerastet ist. Ich sehe ihr in die Augen. Sie wirkt hilflos, entwaffnet. Ich frage mich, was sie in mir sieht.

Zuerst die Kohle, sagt sie.

Ich stecke die Hand in die Tasche. Heute Morgen habe ich hundert Dollar aus der Schublade in der Küche genommen. Ich sehe Zwanziger, Fünfer, Zehner, den einen oder anderen Dollar-Schein. Keine Ahnung, wieviel es ist. Ich gebe ihr das Geld ungezählt und wundere mich, dass sie das auch nicht tut. Sie öffnet ihre Tasche, winzig, bestickt mit roten Pailletten, stopft das Bündel rein und holt zwei zusammengeheftete Kondome raus. Die Deckenleuchte taucht den Raum in ein grünliches

Licht. Über das Emaille der Badewanne läuft eine Rostspur, vom tropfenden Wasserhahn bis zum Ablauf. Wie alt bist du?

Die Frage passt ihr nicht.

Neunzehn, sagt sie widerwillig und lehnt sich an die Wandfliesen.

Mit den Hüften ringend, fängt sie an, die Jeans runterzuziehen, dann das Höschen, bis sie von der Taille abwärts nackt ist. Sie öffnet die Beine und wartet. Ein leichter Flaum bedeckt ihre Schenkel. Sie trennt die Kondome mit der Hand, wirft eines ins Waschbecken, öffnet das andere mit den Zähnen und gibt es mir. Sie hilft mir beim Überstreifen und legt die Hand über meinen Hodensack, genauso wie vorher an der Theke, bloß jetzt nackt, Haut an Haut. Ihre Hand ist warm und rau, und schnell zieht sie sie wieder weg. Innen ist sie trocken. Ich spüre die Härte ihres Geschlechts, als ich in sie eindringe. Es tut ihr weh, und ich halte inne. Mach weiter, sagt sie, aber sie bewegt sich nicht. Ich weiß nicht, was sie vor sich sieht, wo sie mit ihren Gedanken ist. Einen Schatten in einem Operationsgang, einen Krater auf dem Mond, das Flimmern des Fernsehers nach Sendeschluss. Man hört das Wasser im Bidet gluckern. Ich suche unter mehreren Kleidungsschichten nach ihren Brüsten, und sie lässt es zu. Sie drückt mit den Handflächen gegen die Fliesen und presst ihr Becken an meines. Eine Fleischhöhle. Das Scharren eines blinden Tiers an einer Grottenwand. Ein Grunzen, ich weiß nicht, ob von mir oder von ihr. Es tut weh, als würde ich mir mit sandigen Fingern die Augen ausreiben. Das Blut pulsiert in meinem Glied. Auf diesem Weg wird die Krankheit eindringen, hoffentlich reißt das Kondom. Esmeralda, die in den Rinnstein spuckt. Was wird sie sich reingezogen haben? Heroin? Sie hat keine Einstiche in den Armen. Wahrscheinlich erhitzt sie es auf Alu und inhaliert den Dampf. Wer ist sie? Was hat sie für eine Geschichte? Wie ist ihre Mutter, hat sie Geschwister, mit wem hat sie zum ersten Mal geschlafen, wie alt war sie da? Das Geräusch von fallenden Bäumen, ein Wald, der von einer Kettensäge niedergemäht wird, Schritte auf dem gefallenen Laub, die blutunterlaufenen Augen eines Ebers. Schwere Atemzüge, ihre oder meine? Das Hecheln eines Tiers, meines? Ich kann nicht. Ich bahne mir den Weg durch einen Granitsteinbruch, atme Marmorstaub und Löschkalk. Warte, höre ich mich sagen, warte. In der Tasche der Flachmann mit dem Wodka. Willst du? Das Tier ist raus aus dem Bau, schon halb erschlafft, mit pulsierendem Knorpel wie von einer frischen Wunde. Es wird uns beiden guttun, willst du? Nein, erwidert sie. Was verbirgt sich hinter diesen so grünen Augen? Nichts, eine ungeheure, scheintote Stille, grenzenlos, ein Durchgang aus Licht, noch einmal. Wortlos streckt sie die Hand aus, raue Haut, scharfer Geruch. Mein Sperma? Ihre Vaginalflüssigkeiten? Sie trinkt einen Schluck und erschauert. Noch einen, nimm noch einen. Sie tut, was ich sage. Ihre Augen beginnen zu glänzen. Ein Tropfen Alkohol rinnt aus ihrem Mundwinkel. Jetzt ich. Wir betrachten einander von der Hüfte abwärts. Sie ohne jeden Anflug von Neugierde, aber gerade um Details wie dieses zu vergessen, kippe ich den Rest in einem Zug runter. Als hätte ich zwei Stufen auf einmal genommen. Oben der Venushügel, bedeckt von einem lockigen Flaum, eine Spalte aus lebendigem Fleisch, grell-rosig, grobkörnige Haut. Jetzt ja. Wolken, ich weiß nicht wo, in der Wüste. Jetzt ist sie feucht, ich kann leicht in sie eindringen. Nach oben stoßend, begrabe ich die Eichel in der Tiefe der Nacht. Heißer Schleim. Endlich fängt sie an, sich zu bewegen. Sie erbarmt sich meiner. Sie hilft mir. Sie klammert sich an mein Hemd, zieht mich an sich, gräbt die Nägel in meinen Rücken, in meinen Po, ihre Zähne in meinem Hals, streichelt mit der Hand meine Hoden. Unsere Bewegungen gleichen sich an in einem mechanischen Rhythmus. Das Mädchen ist zum Weib geworden, das aus der Tiefe eines Brunnens ein Heulen ausstößt. Sie versteht mich besser als ich mich selbst. Sie ergreift Besitz von meinem Körper, heilt mich von meiner Unbeholfenheit, überholt mich und zieht mich hinter sich her, die Muskeln in ihrer Vagina legen sich um den Schaft meines Penis. Sie führt mich, zieht mich tief in sich hinein und stößt mich weg, ohne mir zu erlauben, aus ihr zu gleiten, zieht mich wieder an sich und eröffnet mir eine Tiefe, die ich nicht erreichen kann. Sie sagt kein einziges Wort und wartet, bis ich auf ihren Brüsten zusammensacke, wie gekreuzigt, an die Leere genagelt, bis ich falle. Als mich die Kräfte verlassen, das Blut aufgehört hat zu pulsieren, kehrt ihre anfängliche Passivität zurück. Ganz weit weg, wartet sie reglos darauf, dass die Spannung in meinen Muskeln nachlässt und sie mich aus ihrem Körper werfen kann. Ihr Blick ist leer. Der grünliche Schein der Deckenlampe blendet mich. Das zweite Kondom liegt ungeöffnet im Waschbecken. Sie geht zum Bidet und spuckt, genauso wie vorher in den Rinnstein. Ihre Schenkel glänzen feucht, eine Mischung aus Schweiß und Sperma. Sie setzt sich rittlings auf das Porzellanfohlen und wäscht sich. Sie fragt, ob ich mich auch waschen möchte, und ich schüttle den Kopf. Die Viren, Vorboten des Todes, habe ich sie schon in mir? Ich muss an Marc denken. Treibt er es gerade mit irgendeinem Penner? Wo? In einer öffentlichen Toilette, so wie wir es gerade getan haben, unter freiem Himmel auf dem Parkplatz vor dem Green Snot, in seiner Wohnung? Ob er jetzt wohl gerade einem Analphabeten seine Gedichte vorliest, einem Obdachlosen, einem Lastwagenfahrer, einem zahnlosen Greis, einem jungen Stricher mit einem durchtrainierten Körper, der plant, ihm den Geldbeutel zu klauen und wenn nötig den Schädel einzuschlagen?

Beim Rausgehen wirft uns der Rezeptionist einen ärgerlichen Blick zu. Wir haben ihn getäuscht. Wir bleiben einen Augenblick vor der Vitrine links von der Rezeption stehen, ein Schaukasten mit Büchern und anderen Dingen, die mit der Geschichte des Hotels zu tun haben. Auf dem Cover eines Schundromans sind ein paar Luxusnutten abgebildet, mit sehr weißer Haut und weißblond gefärbten Haaren. Esmeralda liest den Titel vor: *Chelsea Girls*. Wovon handelt es?, fragt sie mich.

Von Mördern, sage ich. Liest du gerne?

Ich?

Draußen wird es langsam hell. Der Zuhälter hält die Stellung und lehnt an der Glasfront des El Quijote. Hinter ihm sieht man die Rüstung des Edelmannes, mit geöffnetem Visier, eine Lanze in der einen, das Tagesmenü in der anderen Hand. Ich verabschiede mich von Esmeralda und frage mich, ob sie mir soeben den Tod geschenkt hat, einen Tod, der ihr zuvor von jemand anderem geschenkt wurde. Vielleicht wird der Tod mich aber auch verschonen, oder sogar uns beide, so wie er auch Marc immer verschont. Mir wird schlecht. Hör zu Ackerman, warte, das ist real, erstklassiges Material, das in literarischen Schund verwandelt werden muss. Mach eine gute Geschichte draus, hart, rau, berechnend, der Stoff, aus dem die Literatur besteht, Träume von der Müllhalde. Wie wärs? Der Mond setzt sich auf eine Wolke wie ein Krummsäbel aus Asche. Der Rezeptionist kommt raus, um zu sehen, was los ist. Vier Gestalten in der ersten Morgendämmerung. Marc: Deine Dichter, bitte. Oder lieber meine? Ein Engel von Rilke oder einer von Bukowski? Nein, nein: Das hier ist echt, keine Literatur. Deshalb möchte ich, dass es drinnen bleibt, als Teil von *Brooklyn*. Unter anderem, weil ich nicht weiß, warum es passiert ist. Ich denke daran, wie Esmeraldas Geschlecht meines umhüllt hat, ihm einen Sinn verlieh. Und wenn es im Tod ist, sicher umhüllt. Ich denke an ihre grünen Augen, Esmeralda, Mulattin aus Spanish Harlem, ein Teenager, abhängig von Crack oder Heroin, ein armes Mädchen, das Hurensöhne wie mich ertragen muss, einen nach dem anderen, Nacht für Nacht. *Hurensöhne*. Die Sprache verrät mich. Mein Mund fühlt sich staubtrocken an. Vielleicht haben wir uns doch getroffen, obwohl wir in so verschiedenen Welten leben, und sei es nur für eine Sekunde, als ich mich in ihr im Kosmos verlor. Esmeralda!, rufe ich plötzlich. Beide kehren mir den Rücken zu und gehen zusammen weg, ihr Wächter und sie, der Zuhälter und die Hure. Ich mache ein paar

Schritte auf sie zu. Der Typ greift in die Tasche, aber sie hält ihn zurück. Ich suche ihren Blick, doch als mir klar wird, dass ich für sie niemals existiert habe, schweige ich. Man sieht sich, sagt sie und dreht sich weg. Sie laufen zusammen Richtung Achte Straße. Als sie die Kreuzung erreichen, wenden sie sich nach rechts, gen Norden.

BRYANT PARK

[5. März 1991]

Fast fünf Jahre sind seitdem vergangen. Damals konnte ich es noch nicht wissen, aber ich sollte Nadja nie wiedersehen. Das Datum hat sich mir ins Gedächtnis eingebrannt: der 1. Juni 1986, ihr Geburtstag. Sie blieb über Nacht bei mir im Oakland, doch sie war in einer seltsamen Stimmung. Wir wurden vom Tageslicht geweckt und verließen Brooklyn schon sehr früh, obwohl wir bis zur Abfahrt ihres Busses noch viel Zeit hatten. Sie wollte nach Boston, um sich von ihrem Bruder Sasha zu verabschieden, bevor sie den Flug von Washington nach Paris nehmen würde. Sie wusste nicht, wann sie zurückkommen würde, es konnte eine ganze Weile dauern. Sie hatte ein Stipendium bekommen, um im Nationalkonservatorium von Paris zu studieren, bei Bédier. Beim Flatiron schlug sie vor auszusteigen, um über die Fifth Avenue zu schlendern, von der 23. bis zur 42. Straße. Es fiel ihr sichtlich schwer, sich von mir zu trennen, vielleicht weil sie wusste, was ich noch nicht wusste: dass wir uns nie wiedersehen würden. Im Bryant Park sagte ich ihr, dass ich sie nicht bis zum Terminal begleiten würde. Sie nahm meine Hand und nickte zustimmend. Eine alte Frau mit slavischen Zügen beobachtete uns von ihrem kleinen Stand aus.

Wie wäre es mit einem Tee? Und ohne auf eine Antwort zu warten, lief sie zum Stand. Die Frau verstand kein Wort Englisch. Nadja versuchte es auf Russisch. Fehlanzeige. Mit Händen und Füßen bestellte sie uns zwei Tee. Auf die gleiche Art und Weise forderte uns die Verkäuferin auf, an einem der Tische im Park

Platz zu nehmen. Ein paar Minuten darauf kam sie mit zwei winzigen Porzellantassen zu uns. Der Tee verbreitete einen erfrischenden Duft, parfümiert. Als sie ausgetrunken hatte, betrachtete Nadja das Innere ihrer Tasse. Ich tat es ihr nach und neigte meine Tasse ebenfalls. An der Innenwand des Porzellans waren blassbraune Schatten zu sehen; der Satz schaukelte in der Restflüssigkeit. Er sah aus wie Algen. Die alte Frau kam zu uns.

Ob sie aus dem Teesatz die Zukunft lesen könne?, fragte Nadja.

Kann uns doch völlig egal sein, ob sie es kann, wir sprechen nicht dieselbe Sprache.

Die Frau räumte die Tassen ab, lächelte wissend, und verschwand. Im Himmel, über den Baumkronen, nahmen wir eine leise Bewegung wahr, etwas Weißes tanzte in der Luft. Wir sahen hoch. Der Platz war von Wolkenkratzern umgeben und wurde von Zeit zu Zeit von schnell dahinziehenden Wolken verdunkelt. Die Bäume warfen ihre zittrigen Schatten auf die Pflastersteine und an die Marmorwand der Bibliothek. Das weißen Etwas entpuppte sich als Papierfetzen, die jemand aus dem Fenster eines der Gebäude an der 42. Straße ins Leere geworfen hatte. Ganz langsam flatterten sie zu Boden. Einige fielen auf den Rasen, andere auf die Nebentische, wieder andere auf den Bürgersteig auf der anderen Seite des Zauns. Ein Fetzen Papier, lang und lockig, landete auf Nadjas Schoß. Sie nahm ihn vorsichtig in die Hand, glättete ihn und las, aber nur für sich.

Es sieht aus wie ein Liebesbrief, sagte sie und überreichte ihn mir.

In der Luft schwebten immer noch viele weiße Papierfetzen. Als keine mehr nachkamen, stand Nadja auf und sammelte die Schnipsel ein. Sie legte sie auf dem Tisch zusammen, bis sie zwei unvollständige, verknitterte Seiten vor sich hatte, Bruchstücke eines Puzzles. Silbe für Silbe rekonstruierte sie flüsternd ein paar Sätze. Es ist ein Liebesbrief, bestätigte sie, und sah mich an. Dann las sie laut die Fragmente vor, die sie wiederhergestellt hatte, bevor sie einen dieser länglichen Umschläge mit Sichtfenster aus der Tasche holte und die Fetzen einen nach dem anderen hineinsteckte.

Gib mir mal kurz das Heft, sagte sie, als sie fertig war, und steckte den Umschlag zwischen die Blätter. Sie klappte das Heft wieder zu und sah hoch zum Himmel, als würde vielleicht noch ein Papierfetzen nachkommen.

Damit musst du was machen, Gal.

Und was?

Du musst den Rest herausfinden, die Liebesgeschichte, die sich hinter diesem Brief verbirgt, rekonstruieren und niederschreiben. Warum nimmst du sie nicht in *Brooklyn* auf?

VIERZEHN

Zurück in Fenners Point

I once started out
To walk around the world
But ended up in Brooklyn.
LAWRENCE FERLINGHETTI
A Coney Island Mind

Brooklyn Heights, 17. April 2008

Ich denke immer häufiger an den Tod, Ness, ich weiß, dass es nervt, darüber zu sprechen, aber es ist nicht leicht, es nicht zu tun, wenn man zusehen muss, wie die Freunde um einen herum fallen wie die Fliegen, und du bleibst alleine zurück. Naja, in meinem Fall ist das der Lauf des Lebens. Weißt du, wie alt ich bin? Stimmt genau, sechsundachtzig, ich bin 22 geboren, keine Ahnung, warum du das noch weißt. Die Geschäfte gehen gut, die legalen und auch die anderen, es macht mir nichts aus, mit dir darüber zu sprechen, du gehörst ja quasi zur Familie. Da hast du Raúlito, um den ich mir immer solche Sorgen gemacht habe, und heute schwimmt er im Geld. Alle Welt geht zu ihm, weil sich rumgesprochen hat, dass er ein aufrechter, ehrlicher Kerl ist. Meinen Töchtern geht es gut, allen beiden. Camila hat ihren Mann verlassen und ist jetzt mit einem Bankangestellten zusammen. Sie wohnen in Tulsa. Wally war ein Riesenarschloch, da muss ich ihr rechtgeben. Die andere, Teresita, ist nicht verheiratet, sie hat wirklich was im Kopf. Sie ist Biologielehrerin in einer Privatschule in Baltimore. Du hast keine meiner Töchter kennengelernt, oder? Vincent aber schon, daran erinnere ich mich genau. Von ihm wollte ich dir erzählen. Da ich nicht mehr lange leben werde, habe ich mir Sorgen gemacht, was aus der Bar werden sollte. Es kam so weit, dass ich dachte, ich hätte keine andere Wahl als einen Pächter zu finden oder noch schlimmer zu verkaufen. Das hätte den Tod für das Oakland bedeutet, aber am Ende hat sich doch alles gefügt. Vincent wird es übernehmen, was meinst du dazu? Er hat sich auch scheiden lassen und beschlossen, nach Brooklyn zu ziehen. Es gibt nichts Schlechtes, das nicht doch für etwas gut wäre. Er hat sein Geschäft in Rochester aufgegeben, Ende der Vorstellung. Er wird das Oakland weiterführen, wenn ich nicht mehr da bin, denn das Oakland muss weitergehen, ebenso wie das Leben. Meine Frau Carolyn blüht wie eine Rose. Sie ist vierzehn Jahre jünger als ich, sie hat also noch Sprit für eine gute Weile. Schlimm ist, dass ich Viktor verloren habe, meinen Assistenten. Er ist nach Puerto Rico zurückgegangen, nach Ponce. Ach, das wusstest du nicht? Ich dachte, ich hätte es dir schon erzählt. Aber ja, da ist er, zu seinen Ursprüngen zurückgekehrt, völlig logisch. Übrigens hat er geheiratet und ein paar Kinder in die Welt gesetzt. Und weißt du, was er macht? Er hat eine Bar eröffnet. Und rate mal, wie er sie genannt hat? Ja, mein Sohn, ja, genau so: Oakland. Also, wie du siehst, hat auch meine Bar Nachwuchs bekommen. Wir werden sie jetzt nummerieren müssen, wie früher die Könige und jetzt die Magnaten, Carl V., Henry Ford III., Oakland II. Du kannst dir nicht vorstellen, wie sehr ich Viktor vermisse. Gal hat ihn entdeckt, das weißt du natürlich längst, verzeih, dass ich mich wiederhole, so sind die Alten, lästig sind wir. Naja, jetzt hab' ich einen anderen Assistenten, Danny, aber kein Vergleich, und das sage ich nicht, weil er ein Weißer ist, verzeih den Scherz. Ich sage es, weil er wirklich zwei linke Hände hat, warum um den heißen Brei herumreden, obwohl ich ihn ins Herz geschlossen habe und versuche, ihn so zu nehmen, wie er ist. So ist das Leben, mit der Zeit werden wir toleranter, und wenn nicht, dann eben nicht, wie schon das Sprichwort sagt: Niemand wird freiwillig erhängt. Das Oakland, naja, hat ein bisschen seine Seele verloren. Die üblichen Verdächtigen, ein Haufen Junkies, aber ich habe sie aufgenommen, als sie jung waren, da kann ich sie jetzt, da sie schrottreif sind, doch nicht auf die Straße setzen. Die haben nie eine Heimat gehabt, das Oakland ist die einzige Familie, die sie je hatten. Schau dir Niels an, der wird mit den Ellenbogen auf der Theke krepieren. Der wird uns noch alle überleben, wetten wir? Sag mal, Ness. Wann warst du eigentlich zum letzten Mal hier? Meine Güte! Dann muss ich dir noch ein paar Dinge erzählen, bevor wir zur Sache kommen. Lass uns mal sehen. Wer ist noch übrig aus deiner Zeit? Manolito, der Kubaner, ist in Beth Israel an Aids gestorben, ein schrecklicher Tod. Er wollte, dass seine Mutter ihn besuchte. Einmal sind Álida und ich ins Krankenhaus gegangen, um ihn zu besuchen, und kriegten Gänsehaut. Er hat herzzerreißend geschrien und nicht aufgehört, nach ihr zu rufen: Mama, Mama. Seine Schreie haben sich in unsere Köpfe gebohrt. Ich habe angeboten, der Mutter den Flug zu bezahlen. Ich fand heraus, dass sie in Tampa, Florida, lebte, und in der Tat lebt sie bis heute dort. Eine Schwester, die ich ausfindig machen konnte, sagte mir, dass die Mutter nicht kommen könne, Alzheimer. Kein Wort darüber, ob sie selbst kommen solle. Zunächst habe ich mich nicht getraut zu fragen, es ging mich ja an sich nichts an, aber irgendwann habe ich sie dann doch gefragt. Und sie sagte nein, dass zwischen den beiden unschöne Dinge vorgefallen seien, an denen man besser nicht rühren solle, also, ich habe nicht weiter darauf bestanden. Manolito hatte immer gesagt, er wolle in Kuba begraben werden, wenn Fidel tot sei, da hast du es. Schließlich haben wir ihn auf dem Woodside-Friedhof beerdigt, ja, dieser Riesenfriedhof, den man von der Autobahn aus sehen kann, genau dort. Ernie? Hat sich schließlich doch zur Ruhe gesetzt. Na gut, ich sage zur Ruhe gesetzt, um es irgendwie zu nennen. Arbeiten! Das war für ihn immer ein Fremdwort. Er hat nie auch nur einen Nagel reingeschlagen. Naja, ganz stimmt das nicht, es kann sogar sein, dass er heute mehr arbeitet als früher, weil er jetzt auf einmal Drinks serviert, wenn gar keine bestellt wurden, wo es früher doch schier unmöglich war, etwas von ihm zu bekommen. Wenn du bei ihm was bestellt hast, hat er dich angeschaut, als hättest du seine Mutter beleidigt. Sagen wir, dass er von der einen auf die andere Seite der Theke gewechselt hat, darin besteht im Grunde die Veränderung. Jetzt gehört er zur Meute der Säufer. Die Einzige, die sich überhaupt nicht verändert hat, ist Álida, ich weiß nicht, wie zum Teufel sie das macht, aber sie wird einfach nicht alt. In der Tat wird sie von Tag zu Tag jünger, mit mehr Schwung und Elan, sie erinnert mich an Celia Cruz. Tatsächlich gibt es unter meinen Bekannten niemanden, der nicht irgendwie mit der Bar zu tun hätte. Ich habe drei oder vier Freunde, die ich immer wieder anrufe, aber ehrlich gesagt immer seltener. Bei dir ist es anders, weil du es bist, der anruft. Louise? Ich sehe sie eigentlich so gut wie nie; nicht, dass das früher viel anders gewesen wäre. Sie war Gals Freundin, und ohne ihn haben wir uns nie gesehen. Wenn ich sage, dass wir uns so gut wie nie sehen, meine ich, dass wir uns mit etwas Glück einmal im Jahr oder alle anderthalb Jahre sehen. Noch so eine: Sieht genauso aus wie vor zwanzig Jahren. Normalerweise ist sie diejenige, die anruft, so wie bei dir. Ich habe sie immer gemocht, hart, so mag ich die Leute. Sie hat sich von Sylvie getrennt, das wusstest du, oder? Na, dann weißt du auch nicht, dass sie nach Europa zurückgegangen ist. Ja klar, Sylvie, Louise doch nicht. Die ist hier nicht wegzubewegen. Wer hätte das gedacht, nach so vielen Jahren? Nein, nicht in die Schweiz, sie ist in Paris, schwelgt im Glück, genießt ihren Ruhm, du siehst, auch sie hatte einen Sechser im Lotto. Hoffentlich steigt es ihr nicht zu Kopf. Nein, denk nichts Schlechtes über mich, ich freue mich für sie, wie könnte ich nicht? Louise hat sich damit abgefunden, letztendlich war sie es, die Schluss gemacht hat. Das letzte Mal war ich es, der angerufen hat, ich hatte gerade den Fernseher eingeschaltet, und plötzlich lief da eine Reportage über die Spanische Republik, klar, hab' ich mir gesagt, es ist doch der 14. April, und ich musste an Gal denken. Als die Sendung aus war, hab' ich sie angerufen, was gut war, denn sie sagte mir, dass sie schon den ganzen Tag an Gal denken müsse. Wir haben uns eine gute Weile unterhalten, und zum Schluss hat sie gesagt: Vergiss nicht, auf die Republik anzustoßen. Auf die Republik und auf Gal. Zum Teufel, hab' ich mir gesagt, und einen Abend aufs Haus zu Ehren von Gal Ackerman ausgerufen. Die Hälfte hatte keine Ahnung, wer Gal war, fand aber das mit den Freigetränken grandios. Ich hab' es ihnen nicht übelgenommen. Mir ging es darum, dass sie auf ihn anstoßen, zumal doch einige darunter waren, die ihn gekannt haben. Ich habe mich alleine an den Tisch des Kapitäns gesetzt, und mit den Drinks kamen auch die Erinnerungen zurück, wie Blitze. Vergiss nicht, dass Gal eine ganze Menge Jahre hier gewohnt hat. Auch an dich musste ich denken, denn du hast einiges durchgemacht, während du den Roman geschrieben hast. Wie lange hast du dafür gebraucht? Ein paar Jahre, ja. Es war ganz schön harte Arbeit, dich davon zu überzeugen, ein Honorar zu akzeptieren, erinnerst du dich? Jammerschade, dass du am Ende doch weg wolltest. Naja, das Wichtigste war, dass du das Buch zu Ende geschrieben hattest. Weißt du noch, ganz am Anfang, wie du mit den Kisten runterkamst und wir die unbrauchbaren Seiten ins Feuer geworfen haben? Als ich dir sagte, dass wir so aussähen wie der Pfarrer und der Barbier, und du lachen musstest? Gib zu, dass du es kaum glauben konntest, als ich dir sagte, dass ich den *Quijote* von Anfang bis Ende gelesen hatte. Gal hat sich genauso gewundert, denn das Lesen war nie meine Stärke. Es war der Wille meines Vaters, Don José Otero, möge er selig ruhen. Als er das Augenlicht verlor, bat er uns, ihm den *Quijote* vorzulesen. Wir wechselten uns ab, meine Mutter, meine Schwestern und ich. Am schönsten fand ich, wie er sich kaputtlachte, es war wirklich wunderschön. Und schließlich habe ich auch angebissen. Von mir aus hätte ich es wohl nie getan, aber als er im Sterben lag, musste ich ihm versprechen, dass ich ihn ganz lesen würde, und ich habe mein Versprechen gehalten. Ich besitze immer noch das Exemplar, das er mir geschenkt hat. Als du mich darum gebeten hast, dir mit den Kisten zu helfen, hat mich das an die Bücherverbrennung erinnert. Das ist das Geheimnis dieses Buches, dass man darin alles findet, was uns im Leben begegnet.

Welche Mücke hat wohl diesen Tattergreis gestochen, wirst du dich fragen, dass er ein Ferngespräch von der anderen Seite des Atlantiks anmeldet, was er nie zuvor getan hat, und dann anfängt von Büchern zu quasseln? Ja, ich weiß, dass du niemals so über deinen Freund Frank sprechen würdest. Jawohl, mein Herr, ich habe dich angerufen, um über Bücher zu sprechen, aber hab' ein bisschen Geduld, ich werde dir noch nicht sagen, warum. Lass mich dir die Dinge auf meine Art erzählen. Abgesehen vom *Quijote* ist das einzige Buch, das mich je interessiert hat, Gals. Naja, Gals und dein Buch, denn es ist euer beider Buch, und auch ein bisschen meines, zum Teufel nochmal, auch wenn ich nicht ein einziges Komma reingesetzt habe. Und das von noch mehr Leuten, denn schließlich handelt das Buch vom Oakland und seinen Leuten, also ist es so etwas wie unser aller Buch, oder etwa nicht? Also, genau deshalb habe ich dich angerufen. Ja, wegen des Romans. Geduld, Mann, gleich wirst du es verstehen. Es ist nämlich so: Als wir neulich telefonierten, ich meine am 14. April, kam ich auf die Idee, Louise zu fragen, ob sie vielleicht mal nach Fenners Point rausfahren wolle, ich würde ihr eine Limousine zur Verfügung stellen. Ich würde Viktor bitten, sie hinzufahren, und fertig. Nein, nicht Viktor, Danny natürlich, manchmal ist mein Topf ein bisschen undicht. Nachdem ich ihr den Vorschlag unterbreitet hatte, schwieg sie lange.

Sie schwieg so lange, dass ich fragen musste, Louise, sind Sie noch da? Ja, ja, sagte sie. Ich hatte den Eindruck, dass ihre Stimme rauer geworden war, was nicht heißen soll, dass sie vorher lieblich gewesen wäre. Sie hörte sich an wie ein Betonmischer. Sie hustete mehrmals, ein böser Husten, diese Frau wird teuer dafür bezahlen, dass sie so viel geraucht hat. Und siehe da, sie sagte nein, sie ziehe es vor, nicht hinzufahren. Und stell dir vor, mir blieb die Luft weg. Das hatte ich nicht erwartet. Mich überkam das Gefühl, dass wir Gal im Stich gelassen hatten, Blödsinn, ich weiß es, aber der Punkt ist, dass ich gleich am nächsten Tag, daran erinnere mich ganz genau, es war ein Freitag, Danny zu mir rief und sagte: Mach dich bitte bereit, wir fahren morgen nach Fenners Point. Das heißt, dass ich es ihm am Donnerstag gesagt habe, denn am Freitag sind wir gefahren. Er hatte keine Ahnung, wo das sein sollte, und das ist ja auch logisch, woher sollte er es denn auch wissen, es ist ein gottverlassener Ort. Also habe ich es ihm erklärt. Ich war danach kein einziges Mal dort gewesen, kein einziges Mal, und Achtung, jetzt spreche ich von mir. Kannst du mir folgen? Nein, gut, dann warte noch kurz, gleich wirst du es verstehen. Wir fuhren sehr früh los, um dem Wochenendverkehr zu entgehen, der schon um die Mittagszeit beginnt. Auf der Straße war keine Seele. Es ist so, dass man eine neue Autobahn gebaut hat, und auf der Landstraße fährt keine Sau mehr, sie ist obsolet geworden, wie Raúlito zu sagen pflegt, der immer so gekünstelt daherredet. Auch die Dörfer an der Küste sind völlig ausgestorben, früher haben sie von der Fischerei gelebt, aber heute haben alles die Fischereifabriken übernommen, und die Fische schmecken nach Radiergummi. Sie stehen alle auf einem Haufen im Osten, was ich gut finde, denn so verschandeln sie nicht die Küste. An dem Tag, an dem wir rausfuhren, war das Meer überwältigend schön. Die Ahornwälder waren eine wahre Pracht. Und ob du es glaubst oder nicht, das Schild mit dem Hinweis »Dänischer Friedhof« stand noch da. Als ich meinen Fuß auf den Weg setzte, der durch den Wald führt, kam mir auf einen Schlag die Erinnerung an jenen Nachmittag. Wir waren ganz wenige, weißt du noch? Kaum jemand, Louise, du, Viktor und noch eine Handvoll Freunde. Ich weiß noch, dass ich den Stadtrat von Deauville schmieren musste, damit er wegen der Beerdigung ein Auge zudrückte, denn wer bekommt schon innerhalb von 48 Stunden eine Genehmigung für sowas? Er schickte mir ein paar Bauarbeiter und sagte, ich solle mir keine Sorgen machen, gegen einen kleinen Obulus würde er den Papierkram regeln, und damit wäre allen gedient. Nachher fiel mir ein, dass das alles gar nicht nötig gewesen wäre, denn wer wusste denn noch von diesem Dänischen Friedhof? Das Konsulat hatte wegen des Schiffsbruchs das Nötige veranlasst; es war in allen Zeitungen erschienen, sogar die *New York Times* hatte auf der Titelseite ein Foto gebracht, aber das war schon alles. Allen voran sind es die Dänen selbst, die sich an das Ganze gar nicht mehr erinnern. Indem sie das Hinweisschild aufstellten, haben sie ihrer Pflicht Genüge getan. Sobald die Diplomaten ausgetauscht wurden, war die Sache vergessen. Naja, als ich mit Danny hinging, war es kalt und grau, es nieselte sogar. Es herrschte schwere See, und die Brandung umtoste die Riffe. Es war zum Fürchten. Dieser Platz hat was Höllisches, ich kann gut verstehen, dass man ihn die Teufelsgabel nennt. Aber halt, wir sind ja noch gar nicht oben. An einige Stellen war der Weg matschig, es war nicht leicht, zum Friedhof zu gelangen. Drinnen war alles unverändert, ich habe zumindest nichts bemerkt. Ich mag Fenners Point. Es sieht nicht aus wie ein Friedhof. Mit den weißen Steinen und den grasbewachsenen Gräbern erinnert es mich an den Japanischen Garten in Queens, in den du mich einmal mitgenommen hast. Weiß Gott, wie lange schon niemand mehr dort gewesen war. Ich ging direkt zu Gals Grab. Ich nahm den Hut ab und schwieg, in Gedanken versunken. Das ist die Art, wie ich die Toten würdige, weil ich das, was man beten nennt, nie gelernt habe, ich war nie religiös. Plötzlich bemerkte ich was Seltsames. Es war also doch jemand dort gewesen. Danny saß auf der Steinmauer. Ich rief ihn her und erzählte ihm, was ich bemerkt hatte. Weißt du noch, Ness, als ich die Nische in Auftrag gegeben habe, um das Buch reinzulegen? Na gut, selbst war ich damals nicht dabei, aber ich habe dafür gesorgt, dass alles glattlief. Ich habe nochmal meinen Freund den Stadtrat angerufen, und er sagte, ich solle mir keine Sorgen machen, eine kleine Aufmerksamkeit würde reichen, *No Problem*, alles wie gehabt. Die Bauarbeiter wurden nochmal hingeschickt. Ihr zwei seid hingefahren, Louise und du, Viktor hat euch hingebracht. Weißt du noch? Danach habe ich das Grab nur auf Fotos gesehen, ich habe noch das eine oder andere. Eine heikle Sache, weil der Grabstein an sich schon so dünn ist. Und dort ist das Buch geblieben. Und genau deshalb rufe ich an: Jemand hat es mitgenommen, Ness, du hast richtig gehört: Der Roman ist weg. Ein dicker Hund. Ich habe eine Weile gebraucht, um zu bemerken, dass das Buch weg ist, man hat versucht es zu vertuschen, aber die Scheibe war gesprungen, und das Schloss haben sie nicht wieder zugekriegt. Weiß der Teufel, wer das war! Jemand, der zufällig des Weges kam, was weiß denn ich, jemand, der es nicht eilig hatte, oder jemand, dem die Autobahnen nicht liegen, ein Fischer, ein Junkie, ein Umweltschützer … Was weiß ich … Es hat schon gereicht, dass jemandem, der vorbeikam, das Schild auffiel, damit haben wir die Scheiße! Ich habe nicht die geringste Ahnung, wann das passiert sein könnte, vor Wochen, vor Monaten, sogar Jahren, wir können es nicht wissen, wir gehen ja nie hin! Du kannst dir ja vorstellen, wie angepisst ich war. Ich habe Erkundigungen eingeholt über eventuell infrage kommende Täter. Die letzte, die da gewesen war, war Louise, aber das war schon Jahre her. Es kann auch sein, dass der Mistkerl mit Gal gar nichts zu tun hat. Wir werden es nie erfahren, obwohl das für mich eine schreckliche Vorstellung ist, denn das bedeutet, dass, wenn es jemand ist, der ihn gar nicht kannte, dieser Jemand jetzt all seine Geheimnisse kennt. Also, das wollte ich dir erzählen, mein Junge. Tut mir leid, dass ich so schlechte Nachrichten überbringe, ich würde gerne irgendwas unternehmen, aber mir fällt einfach nichts ein. Dir auch nicht, nein? Was will man machen? Da, wo es nicht juckt, braucht man nicht zu kratzen. Und wie geht es dir? Erzähl mir mal was von dir. Wann wirst mal wieder nach Amerika kommen? Überleg nicht zu lange, dem alten Frankie bleibt nicht mehr viel Zeit.

6. Mai 2008

Sag mal, Ness, erst haben wir über ein Jahr nicht miteinander gesprochen und jetzt alle zwei, drei Tage. Aber du wirst sehen, heute kommst du voll auf deine Kosten. Halt dich fest, jetzt kommt's: Stell dir vor, der Roman ist wieder aufgetaucht, verdammt noch mal! Verzeih meine Ausdrucksweise, ich weiß nicht was zum Teufel mit mir los ist, aber von Tag zu Tag kommen mir mehr Flüche über die Lippen. Carolyn sagt, dass sie es mit mir bald nicht mehr aushält. Was, wie? Na, das Buch kam mit der Post, du hast ganz richtig gehört, Heiland Sack! Ich stehe im Oakland an der Tür, als ich Peter den Briefträger kommen sehe. Er überreicht mir die übliche Post und bittet mich noch zu warten: Und siehe da, er holt ein Paket aus seinem blauen Wägelchen und gibt es mir. Ein großes Paket. Ich unterschreibe, gehe in mein Büro, setze mich gemütlich hin, öffne es, und da ist es: *Brooklyn*. Das ist ja wohl die Höhe! Nein, nein, in gutem Zustand, trotz der vielen Jahre, die vergangen sind. Es sieht aus, als hätte man es nie aus seiner Nische herausgeholt, es ist ziemlich gut erhalten. Eine Notiz lag dabei mit einer Entschuldigung an mich. Ja, an mich. Also gut, es sind zwei Notizen, die zweite ist für dich. Was draufsteht? Ich weiß es nicht, ich habe sie nicht gelesen. Sie steckt in einem verschlossenen Umschlag. Auf meiner steht nichts Besonderes. Eine handschriftliche Notiz, auf der der Verfasser sich entschuldigt. Die Person schreibt, dass sie, sobald sie mit dem Buch fertig gewesen sei, Erkundigungen eingezogen habe, ob das Oakland noch existierte. Weil es doch im Buch so oft vorkommt. Als feststand, dass wir hier wie eh und je Gewehr bei Fuß stehen, hat sie den Roman hergeschickt, per Einschreiben. An mich persönlich, ja klar. Jetzt kennt sie uns alle. Mir wird ganz anders, wenn ich daran denke. Unterschrieben? Nein, natürlich nicht, man verrät sich doch nicht selbst. Er oder sie hat schon genug getan, indem sie es zurückgeschickt hat. Wie sagst du? Per Einschreiben, ja. Ach, du hast recht! Ich habe noch gar nicht nach dem Absender geschaut. Wenn du willst, schau ich gleich nach, nein, nein, nein, ich habe es hier im Büro. Lass mich mal kurz schauen, hier ist es. Samantha Stevens, keine Ahnung wer das ist. P.O. Box, 221 New York, New York 10021. Ja, für dich lag auch eine Notiz dabei. Nein, Mann, natürlich nicht, deine hab' ich nicht gelesen, wie sollte ich? Ja, klar, deshalb hab' ich dich angerufen, warte mal kurz. Wo zum Teufel hab' ich den Brieföffner hingelegt? Ah, hier ist er. Bereit? Los geht's.

Freitag, 9. Mai 2008; 9.03 Uhr

An Herrn Néstor Oliver Chapman:
Ich danke Ihnen von ganzem Herzen, dass mir so schnell geantwortet haben. Ich war mir nicht sicher, ob Frank und Sie nach so vielen Jahren noch in Kontakt stehen. Die letzten Monate waren für mich sehr verwirrend und seltsam. Ich kann diese Zeit nicht in zwei Worten zusammenfassen und schon gar nicht per Mail. Aber ich muss Ihnen sagen, dass ich sehr erleichtert bin, dass ich Sie ausfindig machen konnte. Ich werde nicht wiederholen, was ich in meiner Notiz geschrieben habe. Wichtig ist, dass das Buch an den Ort zurückgekehrt ist, an den es gehört. Es fühlt sich für mich sehr merkwürdig an, dass ich so viel über Sie weiß, und von mir wissen Sie nicht mal meinen Namen. Ich weiß nicht, wo ich anfangen soll. Es fühlt sich an, als wäre ich mit einem hochexplosiven Gas gefüllt, das jeden Augenblick in die Luft gehen kann. Verzeihen Sie mir, dass ich so geheimnisvoll tue, aber ich kann noch nicht konkreter werden. Glauben Sie mir, ich würde gerne anders handeln. Bedauerlicherweise kann ich Ihnen nur wenig sagen. Ich werde Ihnen daher nur andeuten, dass ich von der Existenz des Romans erfuhr, weil ich einige Papiere von Gal Ackerman besitze. Ich werde Ihnen nicht sagen, wie ich zu ihnen gekommen bin, aber es geschah auf jeden Fall auf legitimem Wege.

Es war nicht so wie mit dem Buch! Gerade darüber möchte ich so gerne mit Ihnen sprechen, am liebsten persönlich. Es gibt Dinge, die man nur von Angesicht zu Angesicht besprechen kann. Das habe ich genau in dem Moment begriffen, in dem ich beschlossen hatte, Ihnen das Buch zurückzuschicken. Ich gestehe, dass es mir schwergefallen ist, aber Sie können sich nicht vorstellen, wie erleichtert ich mich danach gefühlt habe. Dadurch habe ich auch begriffen, dass es am besten wäre, wenn ich mich auch der restlichen Papiere entledigte. Es geht dabei nicht nur darum, dass sie direkt mit dem Buch zu tun haben. Vor allem habe ich begriffen, dass ihr Besitz mir wehtut. Und da ich es andererseits nicht über mich bringe, sie zu zerstören, sehe ich keine andere Lösung, als sie Ihnen zu übergeben. Nochmals, entschuldigen Sie bitte meine Geheimniskrämerei. Auch wenn ich mich wiederhole, glauben Sie mir bitte, dass es mir leid tut. Wenn Sie aber einverstanden sind, dass wir uns treffen, verspreche ich Ihnen, dass ich alles vollständig aufklären werde. Ich will Ihnen außerdem sagen, dass ich mich nicht nur um Ihretwillen so verhalte. Ich tue es vor allem für mich selbst. Das werden Sie verstehen, wenn es soweit ist. Was die Umstände einer persönlichen Begegnung betrifft, vorausgesetzt, dass Sie einem solchen Treffen zustimmen, wäre es für mich relativ einfach zu bewerkstelligen, da Sie ja in Madrid leben. Wir werden nur noch drei Wochen warten müssen. Ende des Monats werde ich nach Europa fliegen, genauer gesagt, nach Paris. Momentan stecke ich mitten im Semester-Abschluss-Chaos, und so kann ich es mir nicht leisten, mich auch nur kurz vom Studium ablenken zu lassen, aber danach habe ich alle Zeit der Welt. Von Paris aus nach Madrid zu kommen, wäre kein größeres Problem. Nehmen Sie sich die Zeit, die Sie brauchen, um über meinen Vorschlag nachzudenken, und nochmals Entschuldigung für meine Zurückhaltung. Ich verstehe, dass das für Außenstehende alles sehr seltsam klingen muss. Bitte vertrauen Sie mir. Es grüßt Sie herzlich (und verzeihen Sie, dass ich nicht unterschreibe),

Samstag, 10. Mai 2008; 9.07 Uhr

Sehr geehrter Herr Chapman,
als Erstes möchte ich mich dafür bedanken, dass Sie sich bereiterklärt haben, mit einer Unbekannten zu kommunizieren. Ich wusste, dass ich mit Ihnen rechnen konnte! Danke, tausend Dank.

Halten Sie mich nicht für einen Snob, ich spiele keine Spielchen, glauben Sie mir: Ich habe gewichtige Gründe, um über die Papiere noch Stillschweigen zu bewahren.

Was das Geheimnis des Absenders angeht, gibt es kein Geheimnis. Samantha Stevens ist meine Mitbewohnerin. Sie hat alles zusammen mit mir durchgestanden. Ich habe sie gebeten, das Einschreiben unter ihrem Namen zu verschicken, indem Sie ein eigens dafür vorgesehenes Postfach eröffnet. Es war notwendig, so zu handeln, um meine Identität zu schützen. Aber jetzt, da ich Sie ein wenig kenne, wird mir klar, dass ich mir keine Sorgen machen muss. Um Himmels willen, glauben Sie mir: Ich würde mich gerne klarer ausdrücken.

Sonntag, 11. Mai 2008; 6.13 Uhr

Es tut mir sehr leid, was Sie mir über Frank schreiben. Ich hoffe, dass er sich wieder erholt. Sich in New York zu treffen ist natürlich eine andere Möglichkeit, aber nochmals: Vor dem 21. werde ich es nicht schaffen. Bis zu diesem Termin kann ich mir keine Ablenkung erlauben, und erst recht nicht so eine. Ab dann (nur noch 10 Tage) ist alles klar.

Montag, 12. Mai 2008; 6.21 Uhr

Nein, das auch nicht, machen Sie sich keine Sorgen. Anders herum: In gewisser Hinsicht ist es eine Erleichterung. Wissen Sie noch, wie ich Ihnen schrieb, dass ich kurz vor dem Platzen sei? Die elektronische Post ist ein perfektes Ventil: Sie erlaubt es mir, mich abzureagieren, ohne den Kern des Problems zu berühren. Gewöhnlich lese ich meine Post einmal am Tag, morgens, sehr früh, ich stehe gerne früh auf, vor allem jetzt, wo es so früh hell wird.

Ihre Freundin (wenn ich mich so nennen darf)

Dienstag, 13. Mai 2008; 7.55 Uhr

Was Sie mir über Frank schreiben, macht mich traurig. Es geht mir mit ihm so wie mit Ihnen, wie mit Gal und den restlichen Personen des Romans, ich fühle mich schuldig, weil ich mehr weiß, als mir zusteht. Bitte halten Sie mich über Franks Zustand auf dem Laufenden. Wollen Sie ihn besuchen kommen? Darüber schreiben Sie nichts.

Dienstag, 13. Mai 2008; 9.31 Uhr

Geschätzter Freund,
Ich schreibe Ihnen, ohne Ihre Antwort auf meine letzte Mail abzuwarten, weil es Neuigkeiten gibt, die unseren Plan beeinflussen könnten. Mein Vater musste an sich nach London, aber jetzt hat er entschieden, einen Abstecher nach Spanien zu machen, nach Cádiz, um genau zu sein. Ein Freund von ihm stellt dort eine Ausstellung zusammen. Das ist neu für mich, die Entscheidung meines Vaters, nicht die Ausstellung.

Dienstag, 13. Mai 2008; 16.33 Uhr

Drei Mails an einem Tag, und das nach allem, was ich Ihnen geschrieben habe. Eine schöne Art der Zurückhaltung! Sie müssen ja denken, auf mich ist gar kein Verlass! Nur ganz auf die Schnelle, ich kann kaum schnaufen, bevor ich nicht mit diesem verfluchten *Paper* fertig bin, das kein Ende zu nehmen scheint. Ja, mein Vater ist über alles auf dem Laufenden. Sie sind als Einziger nicht im Bilde, vorerst. Mein Vater ist ein Kunst-Fanatiker, weil Sie wegen der Ausstellung gefragt haben, ein Freund von ihm, ein Ensor-Experte, ist der Kurator der Ausstellung. Ensor ist einer der Lieblingsmaler meines Vaters. Es soll eine sehr kleine, aber exquisite Ausstellung werden. Mein Vater hat vor, sich zuerst in der Tate Modern umzuschauen und danach zur Vernissage zu gehen, und dort sollen wir uns dann treffen.

Übrigens: Wie merkwürdig, was Sie über Cádiz schreiben! Ich hatte ja keine Ahnung. Wir können uns in Madrid treffen, wo mein Vater ein paar Tage verbringen will, und ich werde mitkommen. Weil ich sowieso hinmuss und wegen dem, was Sie über Ralph Bates' Vorfahren schreiben, können wir uns aber gerne auch in Cádiz treffen, wenn Ihnen das lieber wäre. Sie haben die Wahl. Und ich möchte Sie bitten, Ihre Mails zukünftig an diese andere Adresse zu senden, die der Universität prüfe ich seltener, denn dort sammelt sich so viel unnütze Post, und ich gerate unweigerlich in Versuchung, sie zu lesen.

Einen Gruß Ihrer namenlosen Freundin.

Mittwoch, 14. Mai 2008; 12.44 Uhr

Mein lieber Néstor,
über die guten Nachrichten von Frank habe ich mich sehr gefreut! Also, was werden Sie tun? Sehen wir uns in Madrid oder in New York? Wenn Sie weiterhin vorhaben, Frank zu besuchen, können wir uns hier treffen. Mein Vater wird am 28. in Madrid eintreffen. Ich werde mir einige Tage freinehmen, bevor ich abreise. Wahrscheinlich werde ich um den 25. herum fliegen.

Donnerstag, 15. Mai 2008; 7.11 Uhr

Nein, nein, was für eine Schnapsidee. Eine Begegnung mit Frank hat für mich überhaupt keinen Sinn, und ich habe kein Interesse daran, das Oakland kennenzulernen. Es ist mir wichtig, was aus ihm wird, aber für mich ist er eine Figur aus Papier. Wenn ich es so hinschreibe, klingt es zwar komisch, aber ich bin mir sicher, dass Sie mich verstehen. In Ihrem Fall ist es anders, für Sie ist er ein echter Freund mit einer eigenen Geschichte. Der Grund, aus dem ich Sie sehen muss, ist, dass Sie für mich das Ende meiner Flucht bedeuten.

Donnerstag, 15. Mai 2008; 6.26 Uhr

Das meinte ich nicht, als ich schrieb, dass Frank für mich eine Figur aus Papier sei. Wenn Sie die Sache aus diesem Blickwinkel betrachten, drehen Sie mir das Wort im Mund herum. Sie tun gut daran, mich daran zu erinnern, dass Sie es vorziehen, alles aus dem Blickwinkel der Literatur zu betrachten. Aber lassen wir das. Wenn Sie wollen, treffen wir uns in Cádiz. Alles für das Grab von Ralph Bates' Großvater. Nur ein Scherz. Ich weiß genau, dass Sie mich verstehen, wie auch ich Sie verstehe.

Es grüßt Sie herzlich Ihre namenlose Freundin.

Freitag, 16. Mai 2008; 7.07 Uhr

Oh, Néstor, Néstor! Mein Freund, ich dachte, zwischen uns sei alles klar. Gute Ausrede, aber sie sind dabei, den Pakt zu brechen. Nein, mit Bates hat das rein gar nichts zu tun. Mit Nadja Orlov schon. Können Sie wirklich nicht noch die paar Tage warten?

Freitag, 16. Mai 2008; 7.40 Uhr

Sie haben mich überzeugt, aber ich bitte Sie, hinterher nicht darauf zu bestehen. Ich meine es ernst. Ich werde Ihnen die Liste von zu Hause aus zuschicken, wenn ich in ein paar Stunden wieder dort bin, aber ich fürchte, bei Ihnen wird es dann schon ganz schön spät sein,

Freitag, 16. Mai 2008; 23.03 Uhr

Sie haben Glück! Ich bin gutgelaunt, weil ich eine Arbeit für die Uni abgeschlossen habe, die mich verrückt gemacht hat. Jetzt kann ich mich voll und ganz auf die letzte Arbeit konzentrieren, obwohl auch sie mich einiges kosten wird. Nun, hier haben Sie es: ein Bündel aus sieben Briefen, einschließlich des englischen Originals des Briefes, den Abraham Lewis an Ben Ackerman schrieb; und ja! Sie werden zufrieden sein: Der Entwurf mit dem merkwürdigen Titel TTT und *Kaddish*, die im Roman erwähnt werden, sind unter den Papieren. *Kaddish* heißt die Erzählung, die Gal Ackerman im *Atlantic Monthly* veröffentlicht hat (ich habe das aus der Zeitschrift herausgerissene Original und die Übersetzung ins Spanische). Was TTT angeht, besitze ich nur den spanischen Text (und ich habe ihn auch nicht gelesen). Am Ende hat uns Gal Ackerman alle zu dieser Sprache hingeschleift. Der Rest der literarischen Texte besteht aus:

1. Dem Anfang einer Erzählung mit den Titel *Columbarium* unter einem Ausschnitt aus der *New York Times*, in dem es um die Urnen mit der Asche der Insassen eines Irrenhauses in Oregon geht, die niemand reklamiert.
2. Der Erzählung von Alston Hughes mit dem Titel »Salsipuedes« (zweiter Sieg, Herr Präsident!).
3. Selbstverständlich, die süße Ausrede, die ihm dazu diente, mir eine Falle zu stellen, in die ich, blöd wie ich bin, hineintappte: der (übrigens sehr kurzen) Geschichte vom fliegenden Dampfer von Bates' Urgroßvater.
4. Drei Gedichten seines verehrten Felipe Alfau sowie einem anonymen, das von Gal Ackerman selbst zu sein scheint (ich habe es gelesen, ja, ein wenig seltsam, aber es gefiel mir).
5. Der Chronik einer Reise nach Patagonien, in Mimeographie (im meinem ganzen Leben hatte ich dieses Wort noch nicht gehört, der Bibliothekar der Cooper Union hat mir erklärt, was es bedeutet), unterschrieben von Henry Martínez, alias Professor Gin, Sekretär auf Lebenszeit der Bruderschaft der Inkohärenten.
6. Einem Lebensbild (ein wunderschönes Wort, das er selbst benutzt, an der Stirnseite des Blattes) von Jimmy Castellanos Boxhalle.
7. Noch einem Lebensbild (»Drei Rosen und eine Flasche Brandy«) anlässlich des Jahrestags von Poes Tod und seiner Grablegung (mit einem Foto).

So viel zu den literarischen Texten, die für mich eigentlich an zweiter Stelle kommen. Die wichtigsten Texte sind die rein persönlichen. Aber darüber werde ich erst etwas sagen, wenn wir uns von Angesicht zu Angesicht gegenüberstehen.

Samstag, 17. Mai 2008; 6.21 Uhr

Chapman, mein Freund! Erbarmen Sie sich meiner, ich flehe Sie an! Nein, ich habe mir die literarischen Texte nicht genauer angesehen und werde es auch nicht tun.

Samstag, 17. Mai 2008; 6.29 Uhr

Ich sehe schon: Wenn Sie etwas erreichen wollen, gibt es für Sie keine Hindernisse. Also gut, ich ergebe mich. Und was die Warnung angeht, machen Sie sich keine Sorgen. Ich glaube, ich werde es tun können, ohne dass es mich allzusehr berührt. Ich hoffe, dass ich dadurch die Schuld begleichen kann, in der ich bei Ihnen stehe, vielleicht mindestens teilweise. Übrigens, wie geht es Frank? *No news, good news*, nehme ich an.

Bis bald.

Samstag, 17. Mai 2008; 21.08 Uhr

Geschätzter Freund, es tut mir leid, aber Samantha ist erst vor Kurzem gekommen, und von diesen Dingen habe ich keine Ahnung. Ich nehme an, jetzt schlafen Sie. Sie werden es also morgen früh vorfinden, wenn Sie aufwachen. Bedanken Sie sich bei Samantha. Dank ihrer Geschicklichkeit, *le voilá*.

Ihre namenlose Freundin.

KADDISH

Titelseite der *New York Times*, Mittwoch, 25. Februar 1970:

MARK ROTHKO, KÜNSTLER
EIN SELBSTMORD, HIER, MIT 66

Direkt danach, einspaltig:

> Mark Rothko, ein Pionier des Abstrakten Expressionismus, der in Künstlerkreisen als einer der größten Maler seiner Generation galt, wurde gestern in seinem Studio in der Nr. 157 East Street mit durchgeschnittenen Pulsadern tot aufgefunden. Er wurde 66 Jahre alt. Die Gerichtsmedizin hat bestätigt, dass der Tod durch Suizid erfolgte …

Zwölf Zeilen darunter ein Verweis auf Seite 39, Spalte 3. Die letzten Worte des Nachrufs:

> … sein Tod erinnert uns daran, dass eine Ära der amerikanischen Kultur sich ihrem Ende zuneigt, was uns alle, nicht nur seine treuen Bewunderer, sondern auch diejenigen, die ernsthafte Zweifel an der Bedeutung seines Vermächtnisses hegen, ein wenig älter und leerer zurücklässt.

In der Spalte daneben, unter einem Ölbild aus dem Jahre 1959 mit dem Titel *Schwarz und Weiß* eine nüchterne, gesetzte Würdigung.

Malen ist ein Urschrei, der seinen Ursprung in den Fersen hat, die Fußsohlen erschüttert, in den Genitalien widerhallt und über die Wirbelsäule emporsteigt, bis er die Schädeldecke erreicht und dann über die Luke des Ateliers entweicht und im Himmel explodiert. Fast niemand versteht meine neueste Malerei. Ich hatte erwartet, dass meine Bilder die Menschen zum Weinen bringen würden, genauso wie mich die Fünfte Symphonie zum Weinen bringt, wenn ich sie höre. Schwarz über grau, Nuancen des Nichts, Farben, gefangen unter einer Tafel aus schwarzem Licht. Die Rahmen, Särge, die den Ausbruch in den Raum einfangen. Auf ein Signal warten, Ad, Arshile, Willem, Robert, Jackson, so viele weitere. Fragmente der Unendlichkeit, 60 auf 60 Zoll, kreuzförmige Stoffe aus einer unbekannten Welt, wie Reinhardt sagt, Bilder, die schwanger gehen mit einem Mystizismus, den ich nicht verspürte.

Upper East Side, einen Tag davor

Polizeidistrikt No. 19. 9.36 Uhr. Thomas Mulligan und Patrick Lappin machen sich zu Fuß auf den Weg zu einem Sandsteinhaus ein paar Häuserblocks südlich vom Polizeirevier. Leichenbeschauung bei einem mutmaßlichen Selbstmord. Die Detektive betreten einen höhlenartigen Raum, mit sehr hohen Decken, beherrscht von einem enormen Oberlicht. Über ein System aus Blenden, Seilen und Flaschenzügen kann der Einfall des Tageslichts kontrolliert werden. Vor einem Jahrhundert diente der Ort als Reitschule. Es gibt immer noch einen Innenbalkon, der auf den alten Hof hinausgeht, wo die Reitübungen stattfanden. An das Atelier von Mark Rothko grenzt das von Arthur Lidov, Industriemaler. Alles eine Sache der Perspektive: Nach Lidov sind Rothkos Bilder nichts anderes als teure Wandtapeten. Die Ateliers der beiden Maler sind durch eine sehr dünne Wand voneinander abgetrennt. Lidovs Arbeitstisch grenzt an Rothkos Toilette. Die Wand ist zu dünn, um das Geräusch der Toilettenspülung oder eines gelegentlichen Darmwindes zu dämpfen. Lidov hat seinen Nachbarn noch nie vögeln gehört. Vielleicht war er dafür schon zu gebrechlich. Spaß beiseite, was am häufigsten zu ihm hinüberdrang, war klassische Musik, vor allem Mozart, Schubert und Beethoven, in dieser Reihenfolge. Der Verstorbene pflegte zu sagen, dass die Akustik im Raum fabelhaft sei. Früher hatte er das Studio nur zum Arbeiten genutzt, aber seit dem 1. Januar vergangenen Jahres hatte er auch dort gelebt.

Wenn ich früher die Gläschen des Todes nebeneinanderreihte, musste ich immer daran denken, wie ich meinem Vater geholfen hatte, seine Giftfläschchen aufzuräumen. Ich bin in einer Apotheke aufgewachsen. Ich sehe dich vor mir, Jakob Rothkovich. Du warst ein Tyrann und nie zufrieden mit mir. Am Tag deines Todes, in Portland, Oregon, wurde mir der Boden unter den Füßen weggezogen. Du hast mich nicht ernst genommen, wenn ich dir sagte, dass ich Maler werden wollte. Ich musste mich ganz alleine ins Abenteuer stürzen, obwohl ich immer wusste, dass die Malerei nicht das Ziel war. Die Malerei war der Weg. Mell, meine Weggefährtin über 23 Jahre meines Lebens, Mutter meine Kinder, was hat uns so verzweifeln lassen? Ich trank gerne mit dir, um zu spüren, dass wir den Göttern näher waren. Kate ist auch ausgezogen. Sie lebt in Brooklyn. Kate Lynn, meine Tochter, ich habe dich nie verstanden, und jetzt bist du schon 19 Jahre alt. Und dieser Junge, den ich mit meiner ganzen Seele liebe. Christopher, mein Sohn, verzeih mir. Ich muss dich verlassen, dich deinem Schicksal überlassen. Du kamst zur Welt, als ich schon über sechzig war, ein unerwartetes Geschenk der Götter, ein Quell strahlender Freude, aber es war schon zu viel Lehm im Wasser, als dass es hätte weiterfließen können. Ich muss dich verlassen, ich mache mit dir, was der alte Jakob mit uns gemacht hat, als er aus Vitebsk abgehauen ist. Der Apotheker Rothkovich ging mit seinen zwei älteren Söhnen nach Portland und ließ seine Ehefrau und mich mit Sonia zurück. Als wir endlich alle in Portland wieder vereint waren, starb er genau sieben Monate darauf. Und jetzt verlasse ich dich ebenso. Verzeih. Du wirst ohne mich aufwachsen müssen. Wovon du wohl träumst? Bin ich Teil deiner Träume? Ich weiß nicht, was du aus deinem Leben machen wirst. Ich hoffe, dass du dich von meinem Schatten wirst befreien können.

Nach dem Abendessen in einem Deli in der Madison Avenue mit Rita Reinhardt geht Mark zurück nach Hause. Es ist eine sehr kalte Nacht. Er sichert peinlichst alle Zugänge zum Atelier, schließt Türen ab, die er normalerweise nicht einmal zumacht. Auf dem Plattenspieler liegt eine LP mit Schubert-Sonaten. Er betritt das Bad, streicht über die Gläser mit den Beruhigungsmitteln, klappt das Rasiermesser auf und zu, wunderbar elastisch. Das Telefon läutet. Er sieht auf die Uhr, neun Uhr. Es ist sein Bruder Albert, der aus Kalifornien anruft. Die Worte entfliehen dem Hörer, verteilen sich im Raum und lösen sich auf. Er weiß nicht mehr, wann er aufgelegt hat. Er zieht Schuhe, Hose und Hemd aus, legt die Brille auf den Nachttisch und geht ins Bett. Er trägt nur noch ein Unterhemd, lange Unterhosen und schwarze Socken, die bis zur Kniekehle hinaufreichen.

Sobald man meine Leiche findet, wird der Tanz der Millionen um mein Vermächtnis beginnen, Geld wird fließen bis zum Erbrechen. Weißt du noch Willem, wie es war, als wir gar nichts verkauften? Jetzt will jeder ein Stück vom Kuchen. Vom Tod aus hat man eine gute Sicht auf die Zukunft. Eines Tages wirst du Alzheimer bekommen, de Kooning, aber es wird niemanden kümmern. Trotz deiner engelsgleichen Zerbrechlichkeit, der Zerbrechlichkeit desjenigen, der bereits begonnen hat, sich vom Leben zu verabschieden, werden sie dich vor eine Leinwand setzen, umgeben von Pinseln, Pinseln und Pigmenten. Du wirst sie nicht erkennen, du wirst deine eigenen Kinder nicht erkennen, deine Frauen, sie sind es, die von hier aus zu dir sprechen: Male, verdammter Alter, mach noch mehr Geld, werden sie dir sagen. Du wirst schweigen, weil du sehen kannst, was sie nicht sehen können. Auf der Leinwand wirst du den weiblichen Körper entstehen lassen, Augen und Zähne, dieses bittere Lächeln, die Formen und die Farben, die sie am Anfang so beunruhigt haben und die sie lieben lernten, weil sie ihnen unermessliche Reichtümer bescherten. Wenn der Augenblick der Signatur näher rückt, werden sie nervös. Signiere, dummer Alter. Ich sehe dich sabbern, während sie die Leinwände wegnehmen, ihre Nummernkonten in der Schweiz, alles sehr bedächtig, weil schon der Gedanke an das, was sie verdienen werden, ihnen einen Orgasmus bereitet.

Das hast du davon, dass du so lange gelebt hast. Ich werde Nietzsches Rat befolgen. Ich werde verschwinden, bevor es zu spät wird.

Hinter dem Aschenbescher lugt eine Kakerlake hervor, klettert auf den Glasrand, neigt ihre Fühler zu den Aschebergen hinunter und krabbelt weiter zum Buch, das neben der Lampe liegt, läuft zwischen dem Vornamen und dem Familiennamen des Autors, William Gibson, hindurch und verschwindet hinter dem Lampenkabel. Rothko schaltet das Licht aus. Ein schwacher Schimmer schwebt im Atelier. Stunden später reißt ihn eine Polizeisirene aus seiner Betäubung. Er steht benommen auf, läuft im Atelier herum, sieht die Schachtel Chesterfield, aber er hat keine Lust zu rauchen. Wirft einen Blick Richtung Küche und läuft hin. Dreht den Hahn an der Spüle auf und zu und geht weiter zum Bad. Er sieht sich im Spiegel, dick, alt, glatzköpfig, die Haare stehen um die Glatze herum ab wie Insektenbeine. Hinter den dicken Brillengläsern geschwollene Augenlieder, die Augen eines Kurzsichtigen.

Ich kann meinen Körper nicht ausstehen. Dein Körper ist so schön und so jung, warum schenkst du ihn mir, Rita? Nach dem Aneurysma bin ich kaum noch in der Lage, dich zu lieben. Ich bin innerlich verfault, ich fange an, nach alt zu riechen. Dieser üble Geruch, der an den Laken und an den Wänden haftet, eine Dunstwolke, die die Schleimhäute der Menschen überfällt, die dich besuchen, der Geruch des Todes.

Dank *Sinequan* wird er ziemlich entspannt sein, wenn die Stunde der Wahrheit kommt. Er wird keinen Schmerz verspüren. Eine nagelneues Barbiermesser mit glänzendem Blatt und doppelter Schneide. Er umwickelt die eine mit einem Kleenex, um das Messer fest in der Hand halten zu können. Mit der rechten Hand führt er einen Probeschnitt durch, er sieht einen weißlichen Streifen auf der Haut, der sich sofort rot färbt. Er presst das Messer kräftig in die rechte Armbeuge und schneidet tief ein. Das Blut strömt reichlich, aber er spürt nichts. Eine Sekunde später lässt er wie ein Fechter das Messer von der einen in die andere Hand springen und macht einen zweiten Schnitt, mit der Kraft, die ihm noch bleibt, und die ist beträchtlich. Das Blut fließt nun symmetrisch und läuft in zwei dicken Strängen ins Waschbecken. Sein Blick ist noch nicht getrübt, er legt sich auf den Rücken und streckt die Arme aus.

Ich spüre, dass ich mich meiner Mutter nähere. Auf dem Ozeandampfer, während der Überfahrt in die neue Welt, als der Wellengang so heftig war, dass ich dachte, das Schiff würde untergehen, legte sie mir die Hand auf den Kopf und begann zu singen. Ich hatte nicht gedacht, dass es so sein würde, aber wer weiß schon etwas über den Tod. Plötzlich begann ich sie so zu vermissen, dass ich dachte, ich würde mich im Augenblick des Todes in einen schwarzen Pfeil verwandeln und in ihren Uterus zurückkehren. Irgendwo wartet sie auf mich, und wenn ich mich in ihrem Bauch wiederfinde und wieder das Schlagen ihres Herzens höre im Geflecht ihre Adern, in dem kosmischen Raum, der in ihr schwebt, werde ich die Welt durch ihre durchsichtigen Augenlider betrachten können, und ich werde ihn sehen, den Apotheker, der uns verließ, den Ehemann meiner Mutter. Wer wird für ihn den Kaddish singen, für dich, Mutter, für mich, für uns alle? Yisborach, v'yistabach, v'yispoar, v'yisroman, v'yisnaseh, v'yishador, v'yishalleh, v'yisshallol, sh'meh, d'kudsho, b'rich, hu … *Ich habe dir so gerne zugehört, Rita, ich bin wie zu Stein erstarrt, wenn du mir von deiner Mutter, deinem Vater, deiner kleinen Schwester erzähltest, die im Ver-*

nichtungslager starben. Manchmal hast du sie im Traum gerufen. Ich betrachtete deine weiße Haut, das milchige Licht, das dein Körper ausstrahlte. Um dich deiner Seelenangst zu entreißen, suchte ich dich, um dich zu lieben. In deinem Keuchen schwang ein Echo anderer Zeiten mit, anderer Männer, deine Lippen berauscht von meinem Schaum, und die Vögel, sehr spät im Juni, die einen seltsam kalten Morgen ankündigten.

Um 9.02 Uhr betritt der Assistent des Malers, Oliver Steindecker, das Atelier. Ein netter Kerl, dieser Oliver, etwas schüchtern. Er schließt mit dem Schlüssel die erste Tür auf, wundert sich, dass auch die zweite Tür verschlossen ist. Drinnen rührt sich nichts, er ruft. Keiner antwortet. Er zögert kurz, bevor er sich entscheidet reinzugehen. Von Weitem sieht er das ungemachte Bett. Als er den Raum betritt, der gleichzeitig Küche und Bad ist, sieht er Marc Rothkos Körper auf dem Rücken am Boden liegen. Ihm stockt das Blut in den Adern. Er eilt zu Lidovs Atelier und erstattet dessen Assistenten, Frank Ventgen, stockend Bericht. Sie führen zwei Telefongespräche, das erste mit der Polizei und das zweite, um einen Krankenwagen zu rufen. Der zweite Anruf erübrigt sich. Ein dort lebender Assistenzarzt aus dem nahegelegenen Krankenhaus Lenox Hill bestätigt den Tod des alten Mannes. Der Erste, der hinzukommt, ist Theodoros Stamos, ein junger Maler und ergebener Bewunderer des Meisters. Stamos zittert. Durch seine Wirbelsäule laufen magnetische Signale, die der Körper des toten Freunds aussendet. Er bittet Lidov um einen Fotoapparat. Man sollte es nicht glauben, aber der Typ hatte eine ziemlich raffinierte Ausrüstung. Genau der richtige Moment, bevor die Polizei eintreffen würde. Es hätte ein unvergessliches Foto werden können. Eine illustre Leiche für die Ewigkeit. Aber Lidov weigert sich. Anne Marie und Steindecker verständigen seine Frau Mell, die mit dem Taxi ins Atelier fährt. Die Beamten haben wenig zu untersuchen, ganz normale Typen, die an ihre Arbeit glauben. Iren, Jungs aus dem

Viertel, die das, was man vom Leben lernen muss, in den Straßen von Brooklyn gelernt haben. Sie sind genauso überflüssig wie der Sanitäter. Für sie hat der Tag gerade erst angefangen. Momentan werden sie bei ihrem Tagesgeschäft von einem gewissen Paul Wilkes begleitet, der eine Reportage für die Sonntagsausgabe der *New York Times* schreibt. Wenn sie veröffentlicht werden wird, am 19. April, wird der Journalist die Geschehnisse der letzten drei Wochen darstellen, als hätten sie sich an einem einzigen Tag ereignet. Der Zufall wollte es, dass er ausgerechnet am Tag des Selbstmordes nicht mit dabei war. Pech gehabt, denn ein Ereignis dieses Kalibers hat schon fast etwas Literarisches. Lappin liest gerne, was Wilkes für interessant hält. In seiner Reportage wird er erzählen, dass der Beamte in dieser Zeit *Der Pate* gelesen hat. Vor Kurzem hat er *Haus aus Morgendämmerung* von N. Scott Momaday gelesen, den letzten Pulitzer, und *Aufstieg und Fall des Dritten Reichs*. Lappin wirft einen Blick auf die Titel, die auf den Tischen verstreut herumliegen. Er sieht *Die Totenmesse* von William Gibson. Der Titel weckt seine Aufmerksamkeit, und er klappt das Buch auf. Die Kapitelüberschriften ahmen die Abfolge einer Messe nach: Introitus. Offertorium. Requiem. Ein merkwürdiges Buch, eine Meditation über den Tod, vermischt mit persönlichen Erinnerungen und Gedichten. Er liest den Beginn eines Gedichts, aber gibt nach wenigen Zeilen auf. Im Wohnzimmer liegt ein großformatiges Buch, Arshile Gorkys Biografie. Er blättert darin, betrachtet die Farbtafeln und verharrt bei der Reproduktion eines Bildes, auf dem der junge Künstler mit seiner Mutter zu sehen ist. Aus einem aufgeschnappten Satz erfährt er, dass der Maler armenischer Herkunft ist. Seine Bilder erscheinen ihm fremd, sie gefallen ihm nicht, und er klappt das Buch wieder zu. Auf einem niedrigen Tisch sieht er einen Roman mit dem Titel *Melmoth der Irrende* von Bernard Malamud. Der Name des Autors kommt ihm bekannt vor. In einem Regal steht *Die Legende vom Heiligen Trinker* von Joseph Roth. Der Name sagt ihm nichts.

Die beiden Bücher, die ich mitnahm an dem Tag, da ich ins Atelier einzog, waren Furcht und Zittern *und* Die Geburt der Tragödie. *Theo lachte, als er sie zusammen sah: Kierkegaard und Nietzsche sind völlig unvereinbar, ein christlicher und ein heidnischer Denker. Im Gegenteil, sie ergänzen einander. Es gibt eine geheime Affinität zwischen den beiden, aber ich sagte nichts. Vor einigen Tagen fiel mir in einem Antiquariat ein Buch in die Hände, das meine Aufmerksamkeit weckte.* Die Legende vom Heiligen Trinker. *Ich bekam es für fünfzig Cent. Ich las es in einem Zug durch, wie ein Gedicht, und es hinterließ in meiner Seele ein Gefühl von Anmut und Trauer. Ich fühlte mich wie der Clochard, der auf einmal sehr viel Geld hat und alles für Alkohol ausgibt, um früher zu Gott zu gelangen, in Gestalt eines Mädchens, Thérèse, eine Heilige wie er selbst. Ich weinte, als ich es zu Ende gelesen hatte. Die Docks an der Seine, die Tavernen und Bordelle von Paris. Elegantes Volk, das es nötig hat, mit seinem Geld um sich zu werfen. Wunder, die keiner Engel bedürfen. Das hast du als Letztes geschrieben, Joseph Roth. Du hast es im Jahr deines Todes veröffentlicht, 1939. Alles, was danach kam, hast du dir erspart. Wegen des Datums musste ich an die Bilder von Bob Motherwell denken. Ich habe es ihm nie gesagt, eigentlich komisch, wo ich doch selbst an sich keinerlei persönliche Verbindung zu alldem hatte, aber ich habe den Spanischen Bürgerkrieg mit der gleichen Unruhe verfolgt wie alle anderen, wie eine Vorankündigung der Schrecken, die uns erwarteten; mich schauderte, obwohl niemand ahnte, was noch geschehen würde. Nachdem ich seine Serie mit dem Titel* Elegie auf die Spanische Republik *gesehen hatte, versank ich zu Hause in tiefer Trauer. Bis zu mir dringt das Echo der Schreie, die in den Leinwänden begraben sind.*

Mark Rothkos Körper liegt auf dem Rücken auf dem Küchenboden, die Arme zu einem Kreuz ausgestreckt, inmitten einer Lache aus geronnenem Blut, 1,80 m breit, 2,20 m lang. Aus dem Hahn an der Spüle rinnt seit Stunden Wasser. Lappin blickt sich um und sieht, dass eine der Rasiermesserschneiden mit einem Kleenex umwickelt ist. *Diese Selbstmörder passen sehr genau auf, dass sie sich nicht die Finger verletzen, wenn sie sich die Pulsadern durchschneiden,* wird Wilkes ihn sagen lassen, obwohl er in diesem Moment ja gar nicht mit dabei war. Er ließ das Wasser laufen, weil er keine Sauerei hinterlassen wollte. Nach einigen zögerlichen Schnitten durchtrennte er sich in der Spüle die Pulsadern. *Zögerliche Schnitte.* Kleine Einschnitte, um die Schärfe des Messers zu prüfen. *Ein Selbstmord mit Anfang und Ende,* sagt Lappin mit lauter Stimme. Wieder diese Syntax. Wilkes ist beeindruckt von diesem Ausdruck. Alle, die über Mark Rothkos Selbstmord schreiben, werden ihn aufgreifen. Die Geldbörse wurde nicht angerührt. Es gibt nicht das geringste Indiz dafür, dass jemand das Atelier betreten hat, in dem sich Dutzende von Bildern im Wert von Hunderttausenden von Dollars befinden, die in wenigen Jahren Millionen wert sein werden. Als sie diese Fakten vernehmen, Mulligan und Lappin, die eine halbe Stunde zuvor noch keine Ahnung hatten, wer Rothko war, sehen sie einander fragend an. Es wird nötig sein, rund um die Uhr einen bewaffneten Beamten zur Bewachung abzustellen. Doch das wird überhaupt nichts bringen, denn der Diebstahl wird vom weißbehandschuhten Gewerbe begangen werden. Das Gerangel um das geistige Vermächtnis des Künstlers war einer der großen Skandale des Jahrhunderts. Der Kunstmarkt, Galeristen, Berater, Stiftungen. Sie würden sogar ihre eigene Mutter verkaufen, ich meine, sie würden sie töten, denn beim Verkauf haben sie sich auf Kunstwerke spezialisiert. Von den zögerlichen Schnitten gab es tatsächlich nur einen, wie aus der Autopsie hervorgeht.

Ich wusste nicht, dass die Zeit auf genau diese Weise stehenbleibt. Ich reise mit Taschen, die angefüllt sind mit Schweigen, inmitten von riesigen, farblosen Löchern, tonlosen Abgründen, wortlosen Gängen, in denen sich das Licht verliert, wie ein Morgenstern, der mich Richtung Abenddämmerung zieht. Eines habe ich gewusst: dass mich am Ende ein Lichtwirbel verschlingen würde. Auf der anderen Seite sind die Brunnen immer noch leere Becken voller Schlangen. Die Schlangen rutschen ab bei ihrem Versuch, an den Wänden hochzuklettern, dort hinein werden die Gefangenen geworfen, deren Knochen bersten, wenn sie auf die Steine prallen, die Schlangen ziehen es vor, durch die Augenhöhlen einzudringen. Sie mögen kein Blut, ein Krug kalter Milch ist ihnen lieber. In diesen Minuten gehe und komme ich, elastische Sekunden, die sich ausdehnen wie Flammenfinger bei dem Versuch, die Unendlichkeit zu erreichen. Endlich wage ich mich in den äußeren Raum. Die Formen habe nicht ich erfunden, sie kamen mich in der Nacht besuchen.

Fall Nr. #1867. Als Familienname erscheint Rokthnow. Die Autopsie sollte zur literarischen Gattung erklärt werden, so wie die Nekrologie eine ist. In England wurden einige Anthologien mit Nachrufen veröffentlicht, die echte Meisterwerke sind. Die der *New York Times* sind gar nicht schlecht. In den öffentlichen Bibliotheken der Stadt werden sie unter der Rubrik Leserbriefe aufbewahrt, in großen, gebundenen Bänden mit schwarzem Einband. Eine behandschuhte Hand ruht auf der Brust des Malers. Die Pathologin, Judith Lehotay, begutachtet ein akutes seniles Emphysem; Magenschleimhautentzündung wegen des Konsums von Beruhigungsmitteln; irreversible Herzschwäche. Er hatte nicht mehr lange zu leben nach dem Aneurysma, maximal noch zwei Jahre Lebenserwartung, und er wusste es. Ein 7 cm langer Schnitt, etwas mehr als 2 cm tief im linken Arm, noch einer im rechten, 5 cm lang und 2,5 cm tief. Tief genug, um die Pulsadern vollständig zu durchtrennen. Zwei Schnitte in der Armbeuge.

TIEFE, SELBSTERZEUGTE WUNDEN
IN DER ARMBEUGE MIT BLUTVERLUST.
AKUTE VERGIFTUNG DURCH DIE EINNAHME
VON BERUHIGUNGSMITTELN.
SELBSTMORD.

Das hast du gut gemacht. Die ganze Welt muss die Gewissheit haben, dass es Selbstmord war, kein Unfall. Bei Jackson [Pollock] und David [Smith] war es etwas anderes. Alle beide waren stockbesoffen, als sie sich ans Steuer setzten. Ja, das ist ein Spiel mit dem Tod, aber von langer Hand geplant. Damit kein Zweifel aufkommt, wie bei Arshile Gorky. Zerfressen vom Krebs, allein in seinem Haus in Connecticut, versunken in einer tiefen Depression, verlassen von seiner Frau, hängte er sich an einem Balken in der Scheune auf. Er war 44. In einer Schachtel hinterließ er einen einzigen Satz zum Abschied. Ich werde kein Wort sagen. Die Lebenden klammern sich an die Worte und suchen in ihnen geheime Bedeutungen. Nichts ist sauberer und eloquenter als das Schweigen.

[Der 26. Beerdigungsinstitut von Frank E. Campbell. 14.30 Uhr]

Schuhe auf dem Asphalt, Pfützen, in denen sich das blasse Februarlicht spiegelt. Andere treffen mit Limousinen ein. Freunde, Verwandte, Leichenfledderer. Unter den Künstlern: Willem de Kooning, ein Jahr jünger, immer noch eine flinke, attraktive Erscheinung; Adolf Gottlieb, noch so ein Suchender nach dem Absoluten; Robert Motherwell und seine Frau, Helen Frankenthaler; Philip Guston, der begonnen hat, neue Wege auszuloten. Barnet Newman, tausendfacher Gesprächspartner; Lee Krasner, Witwe von Jackson Pollock; das Ehepaar Menil, die Mäzene, die dafür sorgen werden, dass sich das Karussell weiterdreht. Elaine de Kooning, Willems Ex. Der Schriftsteller Malamud mit seinem losen Mundwerk, ihm fällt auf, dass jemand dem Leichnam die Brille aufgesetzt hat, was dem stillen, einbalsamierten Gesicht einen anderen Ausdruck verleiht. Andere eilen herbei und bringen verschiedene Objekte für den Toten. Seine Kinder wollen nicht, dass er ohne die Musik geht, die ihn immer begleitet hat. Die älteste Tochter, Kate, hat *Die Entführung aus dem Serail* mitgebracht und der kleine Christopher das *Forellenquintett.* Theodoros Stamos legt eine Blume auf die LPs. Die beste Performance der Saison, wird ein Journalist sagen, zynisch, mein Leben für einen sensationslüsternen Satz, das schickste Intro. Pelzmäntel, maßgeschneiderte Anzüge, er, der nie wusste, was er anziehen sollte, und seine Freunde damit verrückt machte, dass er ständig über den Mantel sprach, den er sich kaufen wollte. Bei Tag und bei Nacht hat er angerufen, Hosanna, und angefangen, über den Mantel zu sprechen. Einfach lächerlich. Alle haben einen gewichtigen Grund, um hier zu sein. Einige weinen, andere sind wie betäubt, verloren im Kreis des Schweigens, andere erregt vom Geruch des Geldes. Schmerz vermischt mit Gier. Stanley Kunitz ergreift als Erster das Wort. Die Letzen sind seine älteren Brüder, Albert und Moses Roth, die gemeinsam den Kaddish anstimmen: *Yisborach, v'yistabach, v'yispoar, v'yisroman, v'yisnaseh, v'yishador, v'yishalleh, v'yisshallol, sh'meh, d'kudsho, b'rich, hu.* Die schwarzen Limousinen kehren zurück in ihre Nester. Die Menschen zerstreuen sich in die nahegelegenen Bars und Cafés. Nur um die Kehlen zu befeuchten, andere bleiben bis Mitternacht. Symmetrien aus dem Jenseits: Mell wird ihn nur um sieben Monate überleben, so wie Jacob, der Apotheker, der sieben Monate nach der Ankunft seines Sohnes in Portland starb. Mell Rothko wird eines Morgens tot aufgefunden werden. Es war der kleine Christopher, sechs Jahre alt, der den leblosen Körper fand und den Liebhaber seiner Mutter verständigen musste.

Sonntag, 18. Mai 2008; 13.25 Uhr

Natürlich verstehe ich, was Sie mir über Gal Ackermans Erzählung schreiben, Néstor, wie sollte ich es nicht verstehen? Aber bitte seien Sie auch so gut, sich mal in meine Lage zu versetzen. Ich fürchte, wir sind ganz und gar nicht auf einer Wellenlänge. Nicht, was unsere Persönlichkeiten betrifft. Es geht um meine Abschlussprüfungen. Wenn ich ehrlich bin, kann ich momentan nur an die Arbeiten denken, die ich noch zu schreiben habe, und bei einer von ihnen befinde ich mich auch noch an einem toten Punkt. Nichts liegt mir ferner als die Beschäftigung mit literarischen Problemen, bei denen ich mich übrigens auch noch kaum auskenne. Nehmen Sie es mir nicht übel. Und das ist kein Egoismus, Tatsache ist, dass ich einfach keine Wahl habe. Was mich aber auf jeden Fall sehr freut, ist, dass Frank sich erholt hat und bald wieder nach Hause darf. Wie auch immer: Ich hoffe, dass ich mich Ihnen bald voll und ganz widmen kann. Wünschen Sie mir Glück, Néstor.

P. S.: Das hätte ich fast vergessen: Nein. Ich habe nicht die geringste Ahnung, was TΠ bedeuten könnte. Ich bin genauso schlau wie Sie: dass Ackerman vorhatte, uns irgendwie zusammenzuführen, bzw. das ist das, was ich dem entnehme, was er selbst im Roman schreibt. Aber da ich Sie allmählich kenne, werde ich im eigenen Interesse Ihrer Bitte zuvorkommen und es Ihnen unaufgefordert schicken. Ich habe Sie durchschaut. An sich hätte ich lieber alles behalten, bis wir uns endlich sehen. Aber Sie müssen mir versprechen, dass Sie mich nicht mehr drängen werden. Ich werde es so wie bei *Kaddish* machen, ich werde Samantha darum bitten, den Text für mich einzuscannen. Danach können Sie anstellen, was Sie wollen: Mehr wird es nicht geben.

Ihre Freundin, trotz allem.

τπ
[FARCE]

Am Tisch in der Ecke saß ein finster dreinschauender Typ, dessen Größe mir erst auffiel, als er aufstand. Er hatte buschige, lockige Koteletten, die ihm bis zum Kinn reichten, und einen Piratenschnurrbart, obwohl sein ganzes Äußeres mich eher an einen Werwolf erinnerte. Er dürfte etwa 1,90 m groß gewesen sein, eher schmal, sehr blasse Haut, mit hellblauen Augen und einer auffällig geraden, wenn auch ziemlich breiten Nase. Ich ging zur Theke, und in dem Augenblick, als ich mich dort auf einen Hocker setzte, hörte ich ein Zischen. Es kam von ihm, er hob den Arm, grinste und entblößte dabei seine Kaninchenzähne, breit und gelblich verfärbt, die ihm ein lächerliches Aussehen verliehen. Er muss gemerkt haben, wohin ich blickte, weil er sie sofort wieder verbarg.

Psst!, zischte er. Mein Freund, mein Freund!, und bat mich mit erhobenem Arm, neben ihm Platz zu nehmen, was ich auch tat.

Auf dem Tisch lag eine schwarze, lederne Aktentasche, auf der in goldenen Lettern Folgendes eingraviert war:

τπ

Unterhalb der welken Borsten seines Schnurrbarts erschien der gezackte Rand seiner Schneidezähne. Weder Pirat noch Werwolf: mexikanischer Bandit.

Ich glaube, ich habe noch einen Hamilton, ich bin sogar fast sicher, sagte er zu meiner Verwunderung auf Spanisch.

Einen Hamilton?

Er steckte seine behaarte Hand in die Tasche, zog eine grüne Papierkugel heraus und entfaltete sie, bis sie zu einem rechteckigen Blatt Papier wurde, das ich als Zehn-Dollar-Schein erkannte.

Alexander Hamilton, sagte er und fuhr fort, das gallige Gesicht des Vaters der Nation zu glätten. Dann fügte er hinzu: Statt auf den elenden numerischen Wert des Scheines pflege ich mich auf das Gesicht des abgebildeten Präsidenten zu beziehen: Washington, 1 Dollar; Lincoln, 5 Dollar; Hamilton, 10 Dollar; Jackson, 20 Dollar; und so weiter … Die höheren Werte bekomme ich seltener zu Gesicht. Wenn du deinen Arsch an die Theke bewegst, lade ich dich zu einem Drink ein. Für mich einen Tequila Sour.

Mit plumpen, schwerfälligen Bewegungen stand er auf und hätte dabei fast den Stuhl umgeworfen. Die Aktentasche ließ er auf dem Tisch liegen, offenbar machte er sich keine Sorgen, dass einer der Stammgäste sich für sie interessieren könnte, obwohl sie alle aussahen, als sehnten sie sich nach fremder Habe, und entfernte sich in Richtung Toilette.

Ich kehrte mit zwei Tequila Sour zurück, stellte sie auf den Tisch und wartete. Nach zwei Minuten kam der Fremde aus dem Klo, noch dabei, den Reißverschluss am Hosenladen hochzuziehen.

Merci beaucoup, sagte er zu mir, steckte den Zeigefinger in den Tequila Sour und ließ ihn drinnen. Code 3, verkündete er und betrachtete seinen Finger, als wäre es nicht sein eigener, um nach einem tiefen Atemzug geheimnisvoll hinzufügen: Ich habe mich der Beschäftigung verschrieben, sie an der Nase herumzuführen, mit angelegter Lanze. Dann steckte er seinen mit Tequila getränkten Finger in den Mund, zog ihn wieder raus und fuhr fort: Sie verfolgen mich. Sie wollen mein Bildnis erhaschen. Er lachte. Es ist schon einige Jahre her, dass mich mein Verleger warnte, dass die *Times* einen Fotografen nach D. F.

geschickt habe, um mich ausfindig zu machen. Ich bin nach Guanajuato abgehauen. Ich habe einen von diesen hirnverbrannten Bussen genommen, die vierhundertsechsundfünfzig Minuten lang durch die Berge klappern. Aber am schlimmsten wurde es, als sie damit begannen, ihre verdammten Prämien auszusetzen.

Ich verstand nur Bahnhof, aber jedenfalls fragte ich:

Haben Sie dort Spanisch gelernt? Ich meine in Mexiko.

Nein, dort habe ich es verlernt. Das Kastilische Spanisch habe ich in Cascadilla gelernt.

In Cascadilla?

Cascadilla Hall! Der Name des Gebäudes, in dem sich mein Schlafraum befand, an der Universität von Cornell. Er sah auf, um mit den Zähnen einen Lichtstrahl aufzufangen, der von der Decke fiel. Prrrossst, sagte er und nippte an seinem Cocktail. Und du, woher kommst du? Wo hast du Spanisch gelernt?

In Brooklyn, sagte ich.

Und was hast du in Mexiko verloren?

Ich bin hingefahren, um einen Roman zu Ende zu schreiben.

Welches ist dein Lieblingsbuchstabe?

Ich habe nie darüber nachgedacht.

Meiner ist V. Draußen steht mein Corvair. Werfen wir uns in die schillernde Nacht, sagte er und kippte den Tequila Sour runter.

Er schien das Licht anzuziehen. Vor der Bar stellte er sich in den Schnittpunkt zweier Scheinwerfer, die den Eingang von beiden Seiten aus beleuchteten, gelb der eine, blau der andere. Seine zweigeteilte Silhouette schwebte unentschlossen im flüssigen Licht.

Dort steht er!, sagte er und machte auf den Fersen kehrt, um sich dann tänzerisch einem Corvair mit kalifornischem Kennzeichen zu nähern.

Er setzte sich ans Steuer, schnallte sich an, klappte die rechte

Sonnenblende runter, hinter der ein halbgerauchter Joint steckte, den er Kakerlake nannte. Er zündete ihn mit einem violetten Feuerzeug an und nahm einen langen, tiefen Zug, wobei er heftig mit den Knien aneinanderschlug, als müsse er pinkeln. Er behielt die Luft in seiner Lunge und reichte mir den Joint. Sein süßsaurer Dampf breitete sich im Inneren des Corvair aus, bis er vollständig vernebelt war. Ich nahm einen Zug. Ein silbern glänzendes Skalpell ritzte mir waagrecht die Kehle auf und öffnete den Weg für ein Leuchtsignal, das durch den Bauchnabel wieder austrat.

τπ sah mich vergnügt an.

Stark, nicht wahr? Ein einziger Zug befördert dich ins Jenseits, sagte er und wartete, bis die Kakerlake erlosch, bevor er sie wieder hinter die Sonnenblende steckte. Wollen wir wetten, dass du sowas noch nie gesehen hast? Er nahm eine Plastiktüte aus dem Handschuhfach und ließ mich einen Blick hineinwerfen. Schwarzes Ganja. Das Gras hatte die Farbe von Teer. Die Indianer züchten es ganz oben in den Bergen. Mit aus Silberfäden geflochtenen Peitschen schlagen sie auf die Pflanzen ein, wodurch sie mehr Harz erzeugen. Seine Stimme kam von sehr weit her. Wo seine Augen hätten sein sollen, sah ich zwei rot glühende Kohlen. Schwarzes Ganja, viel heftiger als Shit.

Seine Stimme begann sich zu verzerren, die Vokabeln begannen sich ineinander zu verschlingen. Das Letzte, was ich hörte, bevor wir in einen Tunnel aus Gebrabbel eintauchten, war sowas wie: quéS q [yilph kiameth] ue ti fé? Am Ausgang fügte sich nur ein Satz zusammen:

Magst du Jazz?

Ich versuchte, eine Antwort zu artikulieren, aber es gelang mir nicht.

Thelonious Monk spielt heute im Village, hörte ich seine im Raum tanzende Stimme sagen. In einer Krypta. An sich hat er schon vor Jahren aufgehört. Ganz plötzlich. Die Stille hat sich seiner bemächtigt. Er spielte nicht mehr, und Schluss. Rohköstler. Das heute hat nichts mit dem zu tun, was er in den Fünfzigern in Clubs wie dem Five Spot gespielt hat. Wir nannten ihn einen Gott. Heute spielt Gott. Genau das sagten wir. Und was für Bands. Bird, John Coltrane. Das von heute habe ich von Oedipa. Nur deshalb bin ich in New York.

Am Eingang des Clubs verlangt ein Gorilla irgendein Dokument, aus dem hervorgeht, dass τπ volljährig ist. Er sieht aus wie um die vierzig, aber sie haben die Anweisung, es zu kontrollieren. Die Yankees müssen alles wörtlich nehmen.

Da steht kein Geburtsdatum, sagt der Gorilla schnaubend.

τπ holt ein Bündel Ausweise raus und formt sie zu einem Fächer. Der Türsteher geht sie der Reihe nach durch, und als ihm ein Führerschein in die Finger gerät, knurrt er zufrieden:

Herzlich willkommen, Mr. Lippincott. (Später in der Nacht wurde mir klar, dass er sich gerne mit den Namen seiner Romanfiguren schmückte.)

Drinnen, an einem Tisch direkt vor der Bühne, sitzt eine Frau neben einem schlanken Typ mit Sonnenbrille und Baseballkappe. Sie winken uns zu sich, τπ stellt sie mir vor als Oedipa und Don. Wir setzen uns hin. Thelonious Monk mit einem Hut aus Leopardenfell tritt auf die Bühne, und ein sakrales Schweigen erobert den Raum.

Die Verbeugung vor dem Geheimnis, sagt τπ zu mir. Thelonious beugt sich über die Tastatur, und eine Ewigkeit vergeht, bevor er sich entscheidet, die erste Note zu spielen. Keiner rührt sich. Nicht einmal ein nervöses Hüsteln. Don flüstert mir etwas ins Ohr: Er hört etwas, das keiner von uns hören kann.

Zweifelsohne wissen das die Musiker und warten darauf, dass er ihnen ein Zeichen gibt.

Er ist ein Genie, sagt τπ, als wir das Lokal verlassen. Ein Arschleckenrieseneiergenie, das ist es, was Thelonious Monk ist. Außermelodisch. Eine transekstatische Ekstase.

Wenn er mit dieser linguistischen Akrobatik anfängt, ist alles zu spät, sagt Oedipa und steckt die Hand in eine seiner Taschen.

Ihr könnt doch nicht zulassen, dass er in diesem Zustand Auto fährt, mischt sich Don ein.

Ich war gerade dabei, sagt Oedipa und klimpert mit dem Schlüsselbund, den sie τπ gerade weggenommen hat.

Lass uns zu mir gehen, ich habe Meskalin.

Don sagt, dass er in die Bronx muss, und verabschiedet sich. Oedipa setzt sich auf den Fahrersitz. τπ fängt an, auf dem hinteren Sitz Bongo zu spielen, und schläft ein.

Woher kennst du ihn?, fragt Oedipa, als wir losfahren.

Ich hab' ihn vor ein paar Stunden in einer Bar kennengelernt, und er hat mich mitgenommen.

Du weißt also nicht, wer er ist?

Keine Ahnung.

Thomas Pynchon, der Schriftsteller. Hast du noch nie von ihm gehört?

Ich drehte mich automatisch nach hinten, um das Häuflein Elend zu sehen, das auf dem Rücksitz vor sich hin schnarchte.

Ich habe eine Erzählung von ihm gelesen, mindestens zehn Jahre her, in einer Zeitschrift. Sowas war mir vorher noch nie begegnet. Die Geschichte hat mich nicht mehr losgelassen, und ich habe sogar von ihr geträumt. Ein Typ landet auf einer Müllhalde und verliebt sich dort in eine Liliputanerin, die ihn nicht mehr gehen lässt.

Nerissa. Übrigens heiße ich gar nicht Oedipa, sondern Melanie. Oedipa ist eine seiner Figuren. So ist Tom, er mag diese Spielchen.

Dann, während der einzigen lichten Momente des Abends, erzählte mir Melanie, was in den letzten anderthalb Jahren passiert war, nach dem Erscheinen seines dritten Romans: *Die Enden der Parabel.* Er hat dafür den National Book Award in der Kategorie Fiktion gewonnen, zusammen mit Isaac Bashevis Singer für *Die Krone aus Federn.*

Pynchon und Singer. Eine schizophrene Besetzung, sagte ich. Der Tag und die Nacht.

So ist es. Später bekam er den Preis der Nordamerikanischen Akademie für Kunst und Literatur für den besten Roman des Jahrzehnts. Dann kam der Skandal um den Pulitzerpreis. Der Verlegerrat jenes Jahres war sehr illuster besetzt: Elisabeth Hardwick, Benjamin De Mott und kein Geringerer als Alfred Kazin, und sie haben einstimmig *Die Enden der Parabel* für den Preis vorgeschlagen. Die Mitglieder der Jury haben versucht, den Roman zu lesen, und das hat sie so wütend gemacht, dass sie den Preis in jenem Jahr überhaupt nicht verliehen. Aber am Witzigsten war die Geschichte mit dem Nationalen Buchpreis. Tom ist nicht zur Preisverleihung erschienen. Den Preis hat irgendein berühmter Spaßvogel in seinem Namen entgegengenommen, Irwin Corey, der die Rede genutzt hat, um Witze zu erzählen und die Syntax der englischen Sprache zu vergewaltigen. Ein Teil des Publikums hat sich schiefgelacht und der andere ist aus dem Staunen nicht mehr herausgekommen.

Oedipa, hol mal das Bier raus und dreh 'ne Tüte!, grölte τπ vom Rücksitz.

Mach doch selber, siehst du nicht, dass ich fahre?

τπ bestand darauf, dass wir jetzt alle zusammen das Lied vom einäugigen Riley singen sollten, das in T.S. Eliots *Cocktail Party* vorkommt. Er bläute uns den Text ein und gab mit den Bongos den Takt an:

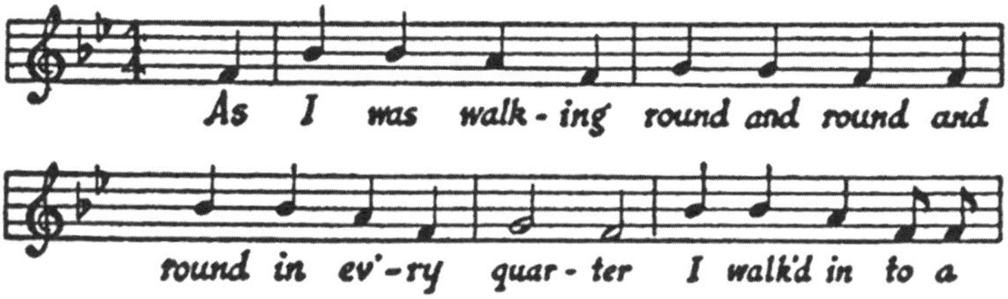

Wir waren im Riverside Drive angekommen. Von unten hörte man Musik.

Ich hatte Amys Fest ganz vergessen. Ich glaube, auch ihr Doktorvater wollte kommen. Tut mir leid, Tom.

Non ti preocupare. Stiamo un attimo, prendiamo la mescalina, qualcosa da ber e partiamo.

In der Mitte des Raumes stand ein Typ mit gepflegtem Bart, dessen ganze Garderobe aus weißen Socken und einer Unterhose bestand. Ein Typ mit starkem französischen Akzent erklärte uns, dass er unverhofft aus einem der Schlafzimmer herausgekommen und in eine erotische Session geplatzt sei, weil jemand sich ein literarisches Urteil erlaubt habe, das ihn so wütend gemacht habe, dass er nicht habe kommen können. Der Typ mit dem Bart sagte zu jemandem, der auf einem Futon saß:

Seine Romane behandeln Probleme, die dem Akt des Lesens ureigen sind. Wenn ich den Begriff *Lektüre* gebrauche, gebrauche ich ihn metaphorisch. Ich will damit sagen, dass *lesen* die Metapher ist, die auf die Form(en) anspielt, all die Formen, in denen der Mensch sich versucht, um dem Leben sowie sich selbst einen Sinn abzugewinnen.

Hör mal zu, du Arschgeige, wir sind hier nicht in einer deiner Vorlesungen, sagte der Typ mit dem französischen Akzent. Reicht es dir nicht, die Studentinnen zu vögeln? Wenn du hier bist, um uns den Abend zu vermasseln, ist es am besten, wenn du dich ganz schnell wieder verpisst. Schau mal, wie dich der arme Chandler anglotzt. Der hat was geschluckt, wer weiß, was für Halluzinationen du ihm verpasst hast. Lass uns verdammt nochmal in Ruhe!

Wer ist das?, fragte ich Melanie und meinte den Typ in der Unterhose.

Du kennst Gengis Cohen nicht? Er leitet die Fakultät für vergleichende Literatur an der Columbia Universität.

Der Gemeinte ließ einen Furz fahren und setzte seine Tirade fort:

Im zeitgenössischen Roman verläuft der Akt des Lesens parallel zum Akt der Entschlüsselung einer undurchschaubar gewordenen, codifizierten Welt …

Ich scheiß auf dich und deine Sippe!, rief der Franzose, sprang auf und verpasste Cohen einen Hieb, dass der zu Boden ging und mit dem Gesicht auf dem Boden aufschlug.

Ich habe dich gewarnt!, rief der Angreifer.

Professor Cohen, Professor Cohen …, rief ein junges Mädchen, das aus dem Zimmer stürzte, in dem sie sich mit dem Akademiker amüsiert hatte. Sie trug ein durchsichtiges Negligé, das es uns gestattete, ihre gesamte Anatomie zu bewundern. Oedipa erklärte mir, dass sie gerade bei ihm über Entropie und Literatur in der zeitgenössischen Fiktion promoviere.

Warum hast du das getan, Pierre? Der arme Gengis, sagte das Mädchen weinerlich. Was ist falsch an dem, was er gesagt hat?

Geh zurück ins Bett und mach da weiter, wo du aufgehört hast!, erwiderte besagter Pierre.

Unglaublich dick, mit herunterhängendem Doppelkinn und sinnlichen Lippen, versetzte der erhabene Harry Blum, alias die philologische Kröte:

Zu spät, mein Junge. Offensichtlich interessiert sie sich viel mehr für das, was Professor Cohen und mich umtreibt. Lass dich nicht beirren, Gengis. Meiner Ansicht nach geht es doch darum, den Zufall und die Unbestimmtheit als Determinanten modernen Lebens und der physischen, unendlich wechselhaften Welt zu integrieren. In diesem Kontext können wir die *Lektüre* als einen Prozess charakterisieren, der es den Leuten erlaubt, ihrer selbst erlebten Erfahrung so etwas wie eine Erzählung abzugewinnen.

Und wenn die Geschichte die größte Fiktion wäre, Blum? Die Geschichte mit ihrer ureigenen Armee von Autoren? Vielleicht geschehen die entscheidendsten Ereignisse, weil jemand (aber wer nur, wer?) sie provoziert, ja, ich sage bewusst: provoziert. Ist es nicht so, dass V.s Werk um den Begriff der Verschwörung kreist? Ein beunruhigender Begriff, da er Fragen aufwirft und selbst den Begriff der Geschichte infrage zu stellen vermag. Ja, die Geschichte an sich, schon wegen des ihr innewohnenden strukturellen Ansatzes und auch jedes beliebigen äußerlichen Kennzeichens. In diesem Sinne sind Stencils Aktivitäten als eine Art Suche zu betrachten, die bestimmte Fragmente der Geschichte oder sogar die Geschichte als Ganzes betrifft.

Sie sprechen von dir, sagte Melanie.

Tom zuckte mit den Schultern. Mach dir keine Sorgen, niemand weiß, wie ich aussehe.

Aber wer ist V.?, fragte Cohen.

Eine Göttin, sagte Blum. Stencil sucht sie in verschiedenen Erscheinungen der jüngsten Geschichte. Ein Ideal, eine Frau, von der man nur das Initial kennt, ein Name, der im Übrigen auch ein falscher sein kann: V.

So gesehen (sagte Gengis Cohen, sich vorsichtig umblickend, um sich nicht noch einen Hieb einzufangen, aber Pierre hatte sich Chandlers angenommen [sonst hätte Cohen sich nicht getraut, den Schnabel zu öffnen], der im Nebenzimmer auf dem Höhepunkt eines schlechten Trips sinnloses Zeug vor sich hinbrabbelte), ist Stencil das Sinnbild der Person des Lesers oder der Leserin, lieber Leserin, genauso wie es besser ist, Göttin zu sagen als Gott.

Hör mal, das ist meine These, sagte Harry Blum.

Und ich nehme sie dir nicht weg, sagen wir, es ist eine Allusion, eine Hommage, wenn du so willst, erwiderte Cohen.

Pynchon kam mit zwei Sixpacks aus der Küche, packte mich am Arm und zog mich mit sich aus dem Zimmer. Oedipa!, rief er von der Treppe aus. Gehen wir! Melanie kam herausgerannt.

Wer spielt heute im Inverarity?

Die Paranoids.

Perfekt! Kann irgendjemand mal 'ne Tüte drehen?

Von unten hörten wir Gengis Cohen und Harry Blum weitersalbadern:

Gengis Cohen: Eine gespenstische Gesellschaft, die im Untergrund operiert: Tristero, Tristero. Ihre Mission? Die Entropie zu verlangsamen, das Ausmaß des Chaos abzumildern, genug mit den Irrelevanzen, Redundanzen und dem Chaos, genug mit Desorganisation und Verlust und Verschwendung. Das alles hat, bedauerlicherweise [sic], mit einer immensen Verschwendung zu tun, die wir mit dem Begriff Sprache bezeichnen.

Harry Blum: Das zentrale Symbol des Romans, das V-2, vereint zwei Formen in sich. Eine Anspielung auf den besten Roman unserer Geschichte, **Moby Dick**. Die V-2 ist zugleich die Jungfrau und der Antrieb, aber besser, noch besser, bezogen auf Melvilles Symbolik: der weiße Wal und zugleich die **Pequod**.

Tom Pynchon: Mach das Radio an, Oedipa, bitte. Es war schon beschlossene Sache, aber nach diesem ganzen Theater kann ich dir wirklich versprechen, dass mich hier keine Sau mehr wiedersehen wird. Salinger wird gegen mich ein Waisenknabe sein. Ach übrigens: Wie heißt du eigentlich?, fragte er und sah mich an.

[Nachtrag: Absagen]

Ich habe Tπ an 14 verschiedene Verlage geschickt. 10 von ihnen haben sich nicht einmal die Mühe gemacht, zu antworten oder mir das Manuskript zurückzuschicken. Die anderen vier schickten Absagen. Die ersten drei schrieben:

In der Tat innovativ, aber zu obszön und pietätlos. [Eric Sorrentino, *The Nation*]

Ekelhaft, ich weiß nicht, warum ich mir die Mühe mache zu antworten. [Cynthia Lump, *Story*]

Niemand wird das veröffentlichen, Ackerman. Warum verschwenden Sie auf diese Weise Ihr Talent? Senden Sie mir etwas, wenn Sie nüchtern sind, dann reden wir. [Ron Abrammovicz, *Atlantic Monthly*]

Als Letztes traf eine handgeschriebene Notiz unter dem Briefkopf des *New Yorker* ein, die besagte:

»Sämtliche Lektoren hatten sich so vernichtend zu ihrer Farce geäußert, dass ich neugierig wurde und beschloss, sie zu lesen.

Sie ist in einer Zeitschrift wie unserer nicht veröffentlichbar, obwohl ich meine, dass wir gut daran täten, gelegentlich auf etwas zu setzen, das wir nicht zur Gänze durchdringen. Ich wünsche Ihnen viel Glück, Herr Ackerman. Hoffentlich ist das nicht das letzte Mal, dass mir Ihr Name über den Weg läuft.

William Maxwell.

P. S.: Entschuldigen Sie bitte die Indiskretion, aber: Haben Sie wirklich Pynchon kennengelernt?«

Sonntag, 18. Mai 2008; 6.00 Uhr

Nein, das habe ich auch nicht gelesen, Néstor. Wie oft muss ich noch sagen, dass mein Interesse nicht literarischer Natur ist? Auch wenn mir natürlich klar ist, dass das bei Ihnen anders ist. *Brooklyn* ist für mich kein Roman. Was die anderen Dokumente betrifft, ziehe ich es vor, vorerst nicht darüber zu sprechen. Nur sie zählen für mich. Mein relativer Mangel an Interesse an den literarischen Texten braucht Sie nicht zu beunruhigen. Ich habe vor, Ihnen alles zu übergeben.

Mittwoch, 21. Mai 2008; 10.05 Uhr

Lieber Néstor, Sie dürfen mir gratulieren, ich bin eine freie Frau. Ich habe alle meine Arbeiten abgegeben. Ich werde mit meinen Freundinnen feiern und ein Glas auf Sie trinken.

Freitag, 23. Mai 2008, 9.56 Uhr

Néstor: Ich fahre mit Samantha aufs Land, zu ihren Eltern. Jetzt, da ich den Kopf frei von allen akademischen Verpflichtungen habe, werde ich nochmal in aller Ruhe über alles nachdenken. Es wird Sie freuen, dass ich nach den Kommentaren, die Sie mir geschickt haben, neugierig auf die literarischen Texte geworden bin.

Freitag, 23. Mai 2008; 20.30 Uhr

Lieber Néstor, ich schreibe Ihnen aus Williamsport, Pennsylvania, wo Samanthas Eltern am Ufer des Flusses Susquehannah ein Haus haben. Es ist ein wunderbarer Ort. Wie seltsam ist die Macht der

Fiktion! Und wie anders als der Rest des Materials, das ich überprüft hatte! Ich hatte einige Briefe gelesen, aber nicht alle und keine einzige Erzählung. Ich habe heute damit begonnen, zuerst die zwei, die ich Ihnen geschickt habe. Nun, es ist nicht mehr lange hin, bis wir uns sehen. Ich werde Ihnen aus New York schreiben, kurz bevor ich abreise. Es umarmt Sie die namenlose Frau. (Was für eine Erleichterung zu wissen, dass Sie außer Geduld auch Humor besitzen.)

Montag, 26. Mai 2008; 6.02 Uhr

Lieber Néstor: Ich möchte nur kurz bestätigen, dass ich morgen mit American Airlines fliegen werde. Wir sehen uns in Cádiz. Ich werde Sie unter der Nummer anrufen, die Sie mir gegeben haben. Ich freue mich unheimlich auf unser Treffen.

FÜNFZEHN

Brooklyn soll mein Name sein

Cádiz, Juni 2008

Ich habe das Oakland entdeckt, als meine Ehe gerade dabei war zu zerbrechen. Tagsüber, in der Redaktion, lief alles wunderbar, aber wenn der Arbeitstag sich dem Ende zuneigte, begann ich nach Ausreden zu suchen, um meine Rückkehr nach Hause zu verzögern. Ich mietete sogar ein Zimmer im Hotel Seventeen, in der Nähe des Gramercy-Parks. Dass ich ans Oakland geriet, war reiner Zufall. Es war an einem Freitag. Nachdem ich schon über eine halbe Stunde alleine in der Redaktion herumgehangen hatte, unfähig, mich dazu zu entschließen, auf die Straße zu gehen, obwohl ich überhaupt nichts zu tun hatte, klopfte Nat, der Sicherheitsmann, mit der Taschenlampe an die Scheibe und fragte mich, ob alles in Ordnung sei. Ich nickte, aber mir wurde klar, dass es absurd war, noch länger dort herumzuhängen. Also fügte ich mich und ging. In Lexington, statt zu dem Gleis mit den Zügen in Richtung *Uptown & The Bronx* zu gehen, suchte ich instinktiv den Eingang *Downtown & Brooklyn* am anderen Ende der Straße. In Borough Hall angekommen, ließ ich es zu, dass mich meine Schritte zur Bar von Frank Otero führten. Danach begann ich mehrmals die Woche abends ins Oakland zu gehen. Ich weiß nicht genau, was mich so anzog. Einerseits fühlte ich mich fast wie in Spanien, einem verzerrten Spanien, wie eine Karikatur; andererseits, und das war für mich aus irgendeinem Grund tröstlich, hatte ich, wenn ich dort war, das merkwürdige Gefühl, ein wenig außerhalb der Realität zu stehen.

Der Inhaber, Frank Otero, gefiel mir von Anfang an. Mir gefiel seine Art, das Leben zu nehmen. Ein unbekümmerter Typ, großzügig, mit einem Sinn für die Menschen, offen (auf seine Art, auch er hatte seine dunkle Seite). Er liebte es, mit Unbekannten ins Gespräch zu kommen. Besonders für Typen, die der Welt als Verlierer gelten, hatte er eine Schwäche, und wenn einer von ihnen in seinem Revier strandete, eilte er, um ihm seinen Schutz anzubieten. Was Gal Ackerman betrifft, so kamen wir uns erst nach und nach näher. Während der ersten Monate beschränkte ich mich darauf, ihn aus der Distanz zu beobachten. Er war schwer einzuschätzen. Manchmal kam er über Wochen mit eiserner Disziplin zweimal am Tag zum Schreiben in die Bar, einmal am Vormittag und nochmal am Nachmittag. Er setzte sich an einen Tisch ganz hinten und tauchte ein in seine Welt, gleichgültig gegenüber allem, was um ihn herum geschah. Dann verschwand er plötzlich von einem Tag auf den anderen ohne jede Erklärung, und nicht einmal Frank wusste, wo er geblieben war. Irgendwann (nach Tagen oder Wochen) tauchte er wieder auf und schrieb weiter, als hätte er gestern erst damit aufgehört.

Es gab einige Gestalten, die praktisch in der Bar wohnten. Nicht alle kommen im Buch vor, manche werden nur nebenbei wähnt, unter ihnen Manuel der Kubaner, mit dem ich am meisten zu tun hatte. Er war schwul, und als Niels Claussen es nicht mehr schaffte, alleine klar zu kommen, wurde er zu seinem Schutzengel.

Verschiedene Gruppen gehörten zum Dunstkreis des Oakland, an erster Stelle das Luna Bowl und seine Leute. Vor allem war da der alte Cletus Wilson, der Türsteher, Gals bester Freund dort. Cletus hatte Gal noch vor seiner Zeit im Oakland kennengelernt und liebte ihn wie einen Sohn. Früher einmal hatte er die ganz Großen trainiert, nachdem er sich selbst einen Namen als Profiboxer gemacht hatte. In Franks Büro hing ein Foto, auf dem Cletus als junger Kerl mit Rocky Marciano vor der Tür des Madison Square Garden posierte. Viel weiter entfernt, aber doch Teil des Ganzen, war die Truppe der dänischen Matrosen. Für mich waren sie nicht mehr als ein Haufen anonymer Gesichter, aber für Frankie waren sie ein wesentlicher Bestandteil seiner Welt.

Über wen der Roman kein einziges Wort verliert, sind die Mieter des Motels, wie Frank den ersten Stock nannte, obwohl hier sicherlich Material für mehrere Romane schlummert. Während der Jahre, die ich im Studio verbrachte, habe ich einige Blicke erhascht auf die geheimnisvollen Bewohner jener Welt, obwohl ich mit keinem von ihnen je ein Wort wechselte. Wenn wir uns auf dem Gang begegneten, sahen sie mich nicht einmal an. Eine gewisse Linnea war die Einzige, zu der ich während der Zeit, da ich in Gals Zimmer lebte, etwas Kontakt hatte. Eine sehr attraktive Frau um die fünfunddreißig, die mit ihren platinblonden Haaren, teuren Pelzen und Juwelen aussah wie eine Schauspielerin aus der Hochzeit des Jazz. Sie zog im tiefsten Winter ein, etwa acht Monate nach mir. Wenn wir uns begegneten, blieb sie immer stehen, um mit mir zu plaudern. Beim ersten Mal kam ich gerade aus dem Studio, und sie fragte mich nach Feuer. Ich gab ihr Feuer, und sie erzählte mir, dass sie in den alten Zeiten schon einmal dort gewohnt habe. Was aus Gal geworden war, wollte sie wissen. Sie hatte nicht mitbekommen, dass er gestorben war, und als ich es ihr sagte, war sie sehr ergriffen. Ich erzählte ihr, dass ich dabei war, seine Schriften zu ordnen, mit der Absicht, ein halbfertiges Buch von ihm zu Ende zu schreiben, worauf sie sagte, dass es ihr immer klar gewesen sei, dass Gal ein Künstler war. Dann ließ sie mich stehen, ohne sich zu verabschieden, als wäre ihr plötzlich eingefallen, dass es nicht ratsam wäre, sich bei einem Gespräch mit einem Fremden im Gang erwischen zu lassen. Die folgenden Male war es genau dasselbe: Unter dem Vorwand, mich um Feuer zu bitten, blieb sie stehen, um ein paar Worte mit mir zu wechseln, dann aber brüsk das Gespräch abzubrechen und ohne Abschied zu verschwinden. Ich habe nie erfahren, ob sie ein Luxus-Call-Girl war oder die Geliebte eines dicken Fisches bei der Mafia. Sie wurde in einer schwarzen Limousine gebracht und abgeholt, aus der außer dem Chauffeur, einem Schwarzem mit haitianischem Akzent, nie jemand ausstieg. Eines Tages wurde ich von einem Haufen Koffer vor ihrer Tür überrascht. Der Haitianer erschien aus dem Nichts, und als er mich neben dem Gepäck stehen sah, durchbohrte er mich mit seinen Blicken. Es schneite. Von meinem Zimmer aus konnte ich die Limousine mit eingeschaltetem Warnblinklicht in zweiter Reihe stehen sehen. Durch eines der Fenster sah man Linneas rauchendes Mundstück. Der Chauffeur verstaute das Gepäck im Kofferraum, stieg ein und nahm Gals Freundin auf Nimmerwiedersehen mit. Zu den restlichen Bewohnern hatte ich gar keinen Kontakt. Es konnten Wochen vergehen, ohne dass mir jemand auf dem Gang über den Weg lief. Aber ich wusste immer, wann ein Zimmer frei wurde, weil Álida dann den Schlüssel draußen stecken ließ.

Das, was Frank Motel nannte, bestand aus insgesamt sechs Apartments, alle unterschiedlich groß und mit Ausnahme von meinem nicht nummeriert. Manche waren Suiten und andere einfache Kajüten. Nachdem Linnea ausgezogen war, gewöhnte ich mir an, in den frei gewordenen Apartments durch die leeren Räume zu wandern. Ich weiß nicht, warum ich das tat. Ich sah aus dem Fenster, stand lange da und betrachtete die Atlantic Avenue und die Lichter des Hafens. Irgendwann in der Frühe war dann der Schlüssel verschwunden, und so wusste ich, dass das Zimmer wieder besetzt war. Es kam nicht selten vor, dass die Menschen das Motel verließen, ohne dass sie mir ein einziges Mal über den Weg gelaufen waren, nachdem sie Monate dort verbracht hatten.

Frank war peinlichst darauf bedacht, dass es zwischen dem Oakland und dem Motel keine undichten Stellen gab. Es waren parallele Welten ohne die geringste Verbindung. Die Bewohner des ersten Stocks betraten die Bar nicht und umgekehrt. Keinem Stammkunden des Oakland wäre jemals eingefallen, im ersten Stock herumzuschnüffeln. An sich hatte jeder Teil des Gebäudes einen eigenen Ausgang zur Straße, aber hinter der Tanzfläche gab es eine Drehtür, die zu einem Verbindungsgang führte. Aus irgendeinem Grund sperrte Frank diese Türe nicht ab, aber außer Gal ging selten jemand durch. Schon immer hatte Frank ein Zimmer für den eigenen Bedarf reserviert. Jahrelang hatte Raúl dieses Zimmer bewohnt. Als er nach Teaneck gezogen war, hatte Frank es Gal angeboten und dann mir, als ich begann, den Roman zu schreiben. An der Tür stand die Zahl 305, in Bronzeziffern, die Gal selbst angebracht hatte. Ich habe nie erfahren, was diese Zahl bedeutete. Die Nummer des Zimmers im Hotel Chelsea, in dem Mr. Tuttle Selbstmord beging, war auch 305. Was das Motel selbst betrifft, pflegte Frank so zu tun, als würde es nicht existieren. Nie verlor er ein Wort darüber, und es gab auch nichts, was auf seine Existenz hingewiesen hätte: kein Schild an der Straße, keine Rezeption, nichts, nicht mal ein Buch, in dem die Mieter registriert wurden. Sie konnten Jahre dort verbringen, aber sie blieben völlig unsichtbar. Ich habe keine Ahnung, was sie dort trieben. In meinem Gedächtnis tanzen manchmal ein paar verschwommene Bilder herum: ein Bentley, der im Morgengrauen ankam, ein paar Stunden vor dem Eingang parkte und am Morgen spurlos verschwunden war; Gruppen von Menschen, die verstohlen ein- und ausgingen. In einer mondlosen Nacht konnte ich von meinem Fenster aus sehen, wie Frank, eskortiert von Viktor, Geldbündel an verschiedene Typen austeilte, die aus einem Lieferwagen ausgestiegen waren. Ein andermal traf ich im Eingang auf eine Gruppe junger Frauen in seltsamen Verkleidungen. Falls im ersten Stock des Oakland mehr oder weniger illegale

Geschäfte getätigt wurden, so habe ich niemals erfahren, um was es ging. Ich glaube nicht, dass Frank direkt darin verwickelt war. Mein Eindruck ist, dass er nur die Zimmer zur Verfügung stellte, ohne genau wissen zu wollen, was dort eigentlich vor sich ging. Gal ließ Otero ein in diese Welt, weil er wusste, dass er die Diskretion in Person war. Und als ich kam, sah er keinen Grund, sich anders zu verhalten. Was das Oakland angeht, obwohl es keine Zutrittsbeschränkung gab, stand es auch nicht jedem offen. Man musste es sozusagen entdecken. Hin und wieder hinzugehen war kein Problem, aber langfristig akzeptierte Frank in seiner Bar nur diejenigen, die ihm lagen. Er hatte eine Schwäche für seltsame Typen, Leute mit Leichen im Keller. Sie waren Frank die Liebsten. Mehr als einer hätte ohne ihn nicht überleben können; es gab sogar welche, die wöchentlich eine kleine Unterstützung erhielten. Als Gegenleistung mussten sie bestimmte Arbeiten verrichten. Álida und Ernie verteilten die Arbeiten, und sie taten das mit der gleichen Diskretion, als würden sie Geld waschen. Andere ließ er anschreiben, und wenn der Moment der Abrechnung kam, konnte es passieren, dass sie nur einen Teil der Schulden zurückzahlen mussten, je nachdem. Wie dem auch sei: Franks Auswahlkriterien waren nicht immer nachvollziehbar. Grundsätzlich galt: Wenn jemand nicht in sein Weltbild passte, wurde er nicht in seinem Kreis aufgenommen, und basta.

Einmal drinnen, musste man seine Regeln akzeptieren. Frank regierte das Oakland nach einem Kodex von ungeschriebenen Gesetzen, die peinlich genau einzuhalten waren. Mir fiel sofort auf, dass er sich nicht nur um die materiellen Bedürfnisse seiner Leute kümmerte. Viele der im Oakland Gestrandeten waren, um einen Ausdruck von Gal Ackerman zu verwenden, Menschen, die vom Leben besiegt worden waren, Menschen, die den Halt verloren hatten und sich dort plötzlich wieder sicher fühlten. Vielen erging es so: Manuel dem Kubaner, Niels Claussen und Gal selbst. Mich hätte es auch fast erwischt, aber ich habe noch rechtzeitig den Absprung geschafft. Gal nicht. Er hatte die Schläge des Lebens satt, und als seine Füße ihn eines schönen Tages ins Oakland trugen, blieb er für immer in seinen Netzen hängen. Das geschah nicht von einem Tag auf den anderen. Am Anfang schaffte er es noch, zu gehen, sich zu entfernen, mit seinem Leben weiterzumachen, aber am Ende gab es immer einen Punkt, an dem er zurückkehrte. Die Ausbruchsversuche, deren Zeuge ich wurde, kurz nachdem ich in diese Welt eingetaucht war, als er für Tage verschwand, waren seine letzten Freiheitsstrampler. Es war, als hätte jemand an jenem fernen Nachmittag seiner Ankunft einen unsichtbaren Kreis um ihn gezogen. Am Anfang war der Kreis noch sehr weit, aber mit der Zeit wurde er immer enger, bis es nicht mehr möglich war zu entkommen.

Er hieß Bruno Gouvy und war Diplomat. Sie lernte ihn in Paris kennen, im September 85, anlässlich einer von der Belgischen Botschaft gesponserten Ausstellung; er war Erster Botschaftssekretär. Sie hatte ein Stipendium, um im Konservatorium bei Bédier zu studieren. Eine sehr kurze Romanze; im Dezember eine standesamtliche, fast schon heimliche Hochzeit. Ich wurde Ende 87 geboren. Als ich sechzehn oder siebzehn war, gestand mir meine Mutter, dass Sie sich vorher noch nie auf diese Weise verliebt habe. Das heißt, dass sie nie zuvor eine so friedvolle Beziehung wie diese gekannt habe. Ihre Liebesgeschichten waren bis dahin immer qualvoll gewesen.

Dass meine Mutter mit mir so offen über ihre intimsten Gefühle sprach, brachte mich durcheinander. Hören zu müssen, dass sie in andere Männer verliebt gewesen war, beunruhigte mich. Für mich stützte sich das Universum auf meine Eltern. Der Versuch, mir ihr früheres Leben vorzustellen, faszinierte mich und machte mir Angst. Meine Weltsicht geriet ins Wanken. Ich fühlte mich, als würde sich ein Abgrund unter meinen Füßen öffnen. Das Schwindelgefühl zwang mich, mich mit aller Macht an sie zu klammern. Ich wollte das neue Bild abschütteln und das behalten, das ich immer gekannt hatte. Ich wusste, dass meine Mutter Bruno vergötterte, darüber machte ich mir keine Sorgen. Es war von Anfang an so gewesen, und es würde sich nie ändern. Mit ihm fühlte sie sich sicher, er schenkte ihr Frieden. Mit ihm hatte sie eine innere Ruhe entdeckt, die sie nie für möglich gehalten hätte.

Jahre danach, als sie schon sehr krank war, gestand sie mir, dass sie erst durch die Sicherheit, die er ihr geschenkt hatte, in der Lage gewesen sei, die Schwangerschaft durchzustehen. Bevor sie ihn kennengelernt hatte, war sie mehrere Male schwanger gewesen, aber um den vierten Monat herum hatte sie den Fötus jedes Mal verloren. Das Schlimme war, dass es dafür keine physiologische Ursache gab. Sie war überzeugt gewesen, dass es an ihr lag, dass in ihrem Inneren eine selbstzerstörerische Kraft nistete, die ihre tiefsitzendsten Instinkte bekämpfte. Sie wusste nicht warum, aber die Möglichkeit, eine positive Antwort auf das Mysterium des Lebens zu geben, hatte ihr Angst gemacht. Das war die Erklärung, die Nadja sich selbst gegeben hatte. Bei der letzten Schwangerschaft war der Arzt sehr deutlich geworden: Sie müsse sich damit abfinden, dass sie keine Kinder bekommen könne. Das alles war, bevor sie sich kennenlernten, als sie noch in den Vereinigten Staaten lebte. Einige Monate nach der Hochzeit ergriff die Vorstellung von ihr Besitz, dass sie mit Bruno das Kind würde bekommen können, nach dem sie sich so sehnte. In ihrem ganzen Leben war sie nie so überzeugt von etwas gewesen. Sie wartete, bis sie schwanger wurde, was bald geschah. Dann suchte sie sich einen guten Gynäkologen, setzte ihn ins Bild und erklärte, dass sie entschlossen sei, diese Schwangerschaft bis zum Ende durchzustehen. Er untersuchte sie und kam zu dem Ergebnis, dass all die Fehlgeburten, die sie bisher gehabt hatte, in ihrem Organismus Spuren hinterlassen hatten, sie aber physisch in der Lage war, Kinder zu bekommen. Ihre Theorie, dass sie selbst für die Fehlgeburten verantwortlich gewesen sei, indem sie unfreiwillig ihre selbstzerstörerischen Instinkte in Gang gesetzt habe, tat er ab, riet ihr aber, einen Psychologen aufzusuchen. Das sei nicht nötig, denn die Dinge lägen nun anders, erwiderte meine Mutter. Nadja wartete bis zur Mitte des dritten Monats, bis sie Bruno von ihrer Schwangerschaft erzählte. Mein Vater meinte, dass er sicher sei, dass alles gut gehen würde. Der vierte Monat kam, und dann der fünfte. So weit war sie noch nie gekommen. In der Nacht lauschte sie aufmerksam auf die Signale aus dem Inneren ihres Körpers, Signale, die ihr bestätigten, dass alles seinen natürlichen Lauf nahm. Es kam der sechste, der siebte, der achte Monat. Die Schwangerschaft ging in die Schlussphase. Der Termin kam, und kurz darauf brachte sie in einer problemlosen Entbindung das Kind zur Welt.

Wenn man eine Geschichte erzählt, geht es normalerweise darum, etwas Außergewöhnliches oder Einzigartiges zu berichten. In der Geschichte meiner Entstehung gibt es nichts Einzigartiges; das Außergewöhnlichste ist gerade das Fehlen von Zwischenfällen, es geschah nichts Erwähnenswertes. Das ist auch ein wenig das, was mit Nadjas Leben nach meiner Geburt geschah. Sie selbst sagte mir, dass die Mutterschaft ihren Charakter verändert habe. Aber ich denke, dass diese Veränderung schon früher begann, nämlich als sie Bruno kennenlernte. Alles im allem war es ein Wechsel zum Besseren, obwohl auch einiges dabei auf der Strecke blieb. Einige Kanten ihrer Persönlichkeit wurden abgeschliffen; die Wut, die immer Teil ihres Charakters gewesen war und untrennbar mit ihrer Kreativität verbunden, verschwand wie durch Zauberei.

Es war ein komplexes Phänomen, das ich erst später richtig verstand, als sie nicht mehr da war und ich nicht mehr mit ihr sprechen konnte. An ihrem Verhältnis zur Musik kann man am besten ablesen, was geschah. Die Musik blieb der Mittelpunk ihres Lebens, wie es seit ihrer Kindheit gewesen war. Ihr musikalisches Talent hatte sie nach Paris gebracht; ihr Studium bei Bédier war der Höhepunkt vieler Jahre harter Arbeit. Aber es war nicht mehr dasselbe wie früher: Der Ehrgeiz, der bisher immer der Motor von allem gewesen war, was sie tat, war verpufft. Nadja Orlov, die hochbegabte Violinistin, von der ihre Professoren so viel erwarteten, verlor das Interesse am Konkurrieren, am Wettkampf, am Glänzen. Besser als die anderen zu sein, war für sie kein Anreiz mehr. Wegen des Stipendiums war sie weiterhin der strengen Disziplin unterworfen, die ihr Bédier auferlegt hatte, aber in ihrem Inneren hatte sie die Idee aufgegeben, Konzertmusikerin zu werden.

Die Musik interessierte sie weiterhin, vielleicht mehr denn je, aber jetzt ging es um eine Art spirituelles Interesse, etwas in ihrem Inneren. Die Welt und ihre Eitelkeiten hatten nichts mehr damit zu tun.

In diesem Punkt war sie mit meinem Vater völlig auf einer Linie. Bruno Gouvy war Sohn und Enkel von Diplomaten. Man könnte also sagen, dass er diesen Beruf im Blut hatte. Und trotzdem, ironischerweise, fehlte ihm die Berufung. Es ist nicht so, dass ihm sein Beruf missfiel, aber die Wahrheit ist, dass er sich der Familientradition gebeugt hatte, vor allem, weil die Ausübung dieses Berufs es ihm erlaubte, seinen Charakter zu bewahren. Für ihn war die Diplomatie das perfekte Alibi: Eleganz, gute Manieren, die Kunst, unauffällig eine Maske zu tragen. Ohne die Notwendigkeit, sich groß anzustrengen, blieb der echte Bruno dahinter verborgen, geschützt. Nur wenn er sich weit entfernt von jedem Protokoll befand, hinter verschlossenen Türen, erlaubte er sich den Luxus, er selbst zu sein. Seine eigene Identität gegen alle Anfeindungen der äußeren Welt zu bewahren, war für meinen Vater mehr als nur ein Abwehrmechanismus. Es hatte etwas Sakrales. Nur wenige Dinge waren für ihn wichtiger, unter Umständen keines. Mir wurde das alles erst nach und nach klar, aber jetzt, da ich auf eigene Faust ausziehe, um es mit den Widrigkeiten der Welt aufzunehmen, kann ich das alles sehr gut nachvollziehen.

Was mich betrifft, so war ich ein fast krankhaft behütetes Mädchen. Meine Kindheit spielte sich in einer sterilen Blase ab, abgekapselt von der Realität um mich herum. Nach meiner Geburt bauten meine Eltern einen Elfenbeinturm, in dem nur für sie und für mich Platz war. Sie hatten genug mit ihrer Tochter, ihrer eigenen Gegenwart und daneben mit einer sehr begrenzten Anzahl von Freunden. In dieser Festung (das ist entscheidend, um ihre Beziehung zu verstehen) hatte nur das einen Wert, was mit Kunst zu tun hatte. Sie lebten in einem fiktiven Universum, dessen einzige Religion die Schönheit war. Papa brachte in diese Allianz seine Leidenschaft für die Malerei ein, Mama ihre für die Musik. Zwischen dem einen und dem anderen Pol hatten sie ein Netz aufgespannt, in dem die verschiedenen Künste ineinander griffen. Was nichts mit Schönheit zu tun hatte, war nicht von Belang.

Im Gegensatz zu dem, was ich vorhin über ihre Schwangerschaft gesagt habe, ist Nadjas Vorgeschichte durchaus außergewöhnlich. Nadja ist geboren und aufgewachsen in Laryat in Sibirien, einer künstlichen Stadt, die fast ausschließlich von Wissenschaftlern bewohnt wurde. Wenn ich eben über die Religion der Schönheit gesprochen habe, müsste ich jetzt über die Religion des Verstandes, der Erkenntnis und der Kultur sprechen. Es gab einen Erzieherstab, dessen Mission darin bestand, den Kindern eine enzyklopädische Bildung zu vermitteln: Musik, Sprachen, Physik, Mathematik, Astronomie, Geschichte, Literatur, Philosophie, Sozialwissenschaften. Nadja verließ Sibirien, als sie noch ein Kind war. Schon sehr früh, aber bereits in den Vereinigten Staaten, stellte sich heraus, dass ihre Berufung die Musik war. Sie war außergewöhnlich begabt an der Geige. Sie war noch keine zwölf, als sie am Bostoner Konservatorium aufgenommen wurde. Obwohl man dort an Wunderkinder gewöhnt war, geriet das Aufnahmeprüfungskomitee ins Staunen, als sie vorspielte. Als sie Jahre später nach dem Abschluss im Smith College ans Juilliard kam, hinterließ sie einen ähnlichen Eindruck. Im Laufe ihrer Ausbildung übertraf sie mit Leichtigkeit alle Erwartungen ihrer Lehrer. Am Ende erhielt sie die Sonderauszeichnung als Beste ihres Jahrgangs und ein Stipendium, um sich im Pariser Konservatorium mit den neuesten Interpretationstechniken vertraut zu machen. Ich erzähle ihnen das alles, Chapman, weil sich das Ende merkwürdigerweise mit dem Anfang der Geschichte zusammenfügt. Es ging darum, die idealen Bedingungen zu schaffen, damit sie als Konzertviolinistin debütieren konnte, aber nachdem Bruno und ich dazwischen kamen, geriet der Plan ins Hintertreffen. Nadja entschied sich für ein ganz anderes Leben. Jetzt, nachdem ich alles aus einem anderen Blickwinkel betrachten kann, wird mir klar, dass etwas sehr Seltsames geschah: Nadja Orlov (später Rossof, aber von dieser Etappe ihres Lebens weiß ich nichts) verschwand, und eine andere Person betrat die Bühne, Nadja Gouvy.

Mein Vater und ich sprechen nie über Persönliches. Das kann er einfach nicht. Er ist ein sehr kultivierter Mensch, außergewöhnlich sensibel und fähig zu den tiefsten Gefühlen, nur dass er die verbale Ebe-

ne nicht braucht, um sie auszudrücken. Bruno Gouvys Leidenschaft konnte nur der Malerei gelten: eine statische Ausdrucksform, optisch, kontemplativ. Ich habe die Neigungen meiner Eltern zu gleichen Teilen geerbt. Für mich bilden die Kunst und die Musik eine perfekte Mischung. Es sind meine zwei großen Leidenschaften, und ich war schon immer überzeugt, dass meine Vorliebe für die Architektur daher rührt, dass sie in gewissem Sinne den perfekten Ausgleich zwischen den Welten meiner Eltern bildet. Merkwürdig an Bruno ist, dass trotz seines sanftmütigen Charakters seine Leidenschaft für die Malerei manchmal schon an Wahnsinn grenzt. Er ist problemlos in der Lage, Tausende von Kilometern zurückzulegen, nur um vor einem Bild zu stehen. Ich weiß noch, wie er, als ich vielleicht zehn Jahre alt war, Nadja und mich bat, ihn auf einer dieser Reisen zu begleiten. Er musste wegen irgendeiner diplomatischen Angelegenheit in den Vatikan. Als die Angelegenheit erledigt war, verkündete er, dass wir nicht zurück nach London, sondern nach Palermo fahren würden, und am nächsten Morgen mietete er ein Auto. In einem Schwung fuhr er uns bis nach Sizilien! Und alles nur, weil er wollte, dass wir uns mit ihm die Annunziata von Antonello da Messina ansahen.

Als wir dort ankamen, war die reguläre Besuchszeit vorbei. Ein Angestellter des Palazzo stand an der Tür und wartete auf uns. Bruno hatte über die Botschaft einen Termin vereinbart. Man öffnete das Museum nur für uns. Der Angestellte führte uns zu dem Raum, in dem die Annunziata hing. Ich war damals noch viel zu klein, um die Worte zu verwenden, die ich jetzt verwende, aber im Rückblick gebe ich Bruno völlig recht: Es lohnt sich, nach Sizilien zu fahren, nur um die Tafel von Antonello da Messina zu betrachten. Es ist eine unvergessliche Erfahrung. Wir übernachteten in einem Hotel im Zentrum, und am nächsten Morgen gingen wir wieder hin, um uns von dem Bild zu verabschieden. Dann fuhren wir zurück nach Rom. Können Sie sich das vorstellen, Néstor? So etwas zu tun? Naja, also das ist typisch Bruno Gouvy.

Mein Vater vertritt eine merkwürdige Theorie, nach der es, bewusst oder unbewusst, für jeden von uns ein Bild gibt, nur eines, ein Meis-

terwerk, das den Schlüssel zu unserer Persönlichkeit beinhaltet, ein Kunstwerk, das für uns steht und auf gewisse Weise unser Verständnis vom Leben repräsentiert, unsere ästhetische und spirituelle Welt. Als Nadja auf dieser Reise vor dem Bild stand, spürte sie, dass die Annunziata von da Messina ihr Bild war, in dem Sinne, in dem Bruno es meinte. Sie wartete, bis wir wieder in London waren, um Papa zu fragen, ob er sie dorthin mitgenommen hatte, weil er vermutet habe, dass das geschehen würde, worauf er ehrlich mit nein antwortete. Er hatte uns gebeten, ihn nach Palermo zu begleiten, weil er mit uns diese Erfahrung teilen wollte, das Original eines Werkes zu betrachten, das ihn schon seit Langem faszinierte, obwohl er es bis dahin nur als Kopie gekannt hatte.

Das Lieblingsbild von Bruno? Na sicher kann ich Ihnen das verraten, es ist kein Geheimnis. Es ist Die Ansicht von Delft, von Vermeer. Mein Vater hat alle Gemälde von ihm lokalisiert, die über die ganze Welt verstreut sind, und auch einen Haufen Daten über seine verschollenen Meisterwerke zusammengestellt. Er führt einen systematischen Katalog über zweifelhafte und falsche Zuschreibungen. Er hat sich alle bekannten Vermeers angesehen, ohne Ausnahme, und es geschafft, dass die verschlossensten Sammler ihm die Türe öffneten. Sogar das englische Königshaus hat ihm Zugang zu ihrem Vermeer gewährt, um ihn zu studieren. Wenn mein Vater mich in New York besucht, macht er einen obligatorischen Besuch in dem kleinen Palast der Frick Collection in der Fifth Avenue. Dort hängen drei Vermeers, die wie alle Bilder der Sammlung das Museum unter keinen Umständen verlassen dürfen. Wenn Bruno über seine Besuche in der Frick Collection spricht, klingt es, als hätte er Freunde besucht, die aus politischen Gründen unter Hausarrest stehen. Es ist seltsam und wunderbar zugleich. Und ob sie es glauben oder nicht: Er unternimmt immer noch solche Expeditionen, entweder weil es ihn danach verlangt, bestimmte Bilder kennenzulernen, oder weil es ihn danach verlangt, bestimmte Bilder wiederzusehen: Kandinsky, Fragonard … die Liste ist sehr lang und umfasst sämtliche Epochen. Der neueste Fall, wie Sie wissen, war der von Ensor. Wenn ich Ihnen die Wahrheit sagen soll, finde ich es wunderbar, dass mein

Vater so ist, wie er ist. In der Tat begleite ich ihn, wann immer es mir möglich ist, wenn er eine solche Reise unternimmt, wie wir es auch gemacht haben, bevor meine Mutter gestorben ist.

Seien Sie mir nicht böse, aber ich muss lachen, wenn ich an das Gesicht denke, das Sie gemacht haben, als ich Ihnen meinen Namen nannte. Sie hätten sich selbst sehen sollen. Mein Name ist ziemlich merkwürdig, das ist mir klar. Alle reagieren überrascht, wenn sie ihn hören, obwohl Sie mehr als alle anderen ein Recht darauf haben. Verstehen Sie jetzt, warum ich Ihnen meinen Namen nicht nennen wollte? Ich hatte nicht die Absicht, den dramatischen Effekt zu steigern, sondern weil alles mit allem zusammenhängt, und wenn ich eine einzelne Information herausgegeben hätte, hätte ich nach und nach andere anfügen müssen, wie bei einem Schneeball. Deshalb war ich so dagegen, Ihnen die Dokumente im Vorfeld zu übergeben. Aber tatsächlich bin ich nicht die Einzige. Im Laufe der Jahre bin ich einigen Menschen begegnet, die so heißen wie ich, einschließlich einer neuseeländischen Journalistin, die ich bei einem Empfang in London kennengelernt habe, und neulich eines Architekten, der einen Vortrag an der Cooper Union hielt, seltsamerweise ein Holländer. Merkwürdig oder nicht, ich mag meinen Namen. Ein rätselhafter Begriff, musikalisch, weder maskulin noch feminin, ein Ortsname voller geheimnisvoller Anklänge. Nadja sagte, dass der Name sie an einen Gang voller Türen denken lasse, die beim Öffnen den Raum mit Melodien erfüllten. Ich erinnere mich daran, dass in der Schule, ich war damals neun oder zehn, wir lebten also noch in London, ein Mädchen in meiner Klasse auf die Idee kam, die Namen zu tauschen, schließlich hatten wir uns unsere Namen nicht selbst ausgesucht, sondern unsere Eltern hatten sie uns gegeben. Jeder hat als Kind dieses Spiel gespielt. Meine Freundinnen fingen an, sich Namen auszusuchen, wie man sich ein Kleid aussucht. Als ich drankam, sagte ich meinen eigenen Namen, denn er gefiel mir so gut, dass ich ihn um nichts in der Welt eintauschen wollte. Natürlich nichts als ein Kinderspiel, aber mich hat es zum Nachdenken gebracht. Als ich am Nachmittag nach Hause kam, habe ich meine Eltern gefragt, wie sie auf die Idee gekommen seien, mir einen solchen Namen zu geben,

Brooklyn. Sie erzählten mir, dass es zum Teil eine Hommage an die Vergangenheit meiner Mutter gewesen sei, aber vor allem, weil ihr der Name so gut gefallen habe. Mein Vater hat mich auf den Schoß genommen und mich gefragt, warum ich das wissen wolle, und ich habe den Beiden erzählt, was in der Schule passiert war. Ich habe nie weiter gefragt, auch weil ich dachte, dass es nichts zu fragen gab. Bruno war derjenige, der das Thema wieder aufs Tapet brachte, als meine Mutter vor zwei Jahren an Krebs starb.

Noch ein Grund, warum ich per Mail nichts erzählen wollte. Allein die Erwähnung von Nadjas Tod tut mir so weh, wie Sie es sich nicht vorstellen können. Es war ein brutaler Schlag, ich glaube nicht, dass ich mich je völlig davon erholen werde. Es war mitten im Sommer. Bruno war schon nach Tokio versetzt worden. Glückerweise ging es verhältnismäßig schnell. Mein Onkel Sascha, der immer sehr eng mit ihr verbunden war, verbrachte die letzten Tage mit seiner Schwester. Auch einige Freunde von Bruno aus Belgien waren gekommen. Nach der Einäscherung blieben wir zwei wie paralysiert zurück, abgrundtief einsam, weiter von der Realität entfernt als je zuvor. An den Rest des Sommers kann ich mich nur vage erinnern. Bruno und ich suchten einander und gaben uns Trost, vor allem er mir, ohne sich allzusehr um sich selbst zu kümmern. So ist er. Ich glaube, dass er es nach einigen Wochen fertigbrachte, in die Botschaft zu gehen, um seinen Pflichten nachzukommen. Am Ende des Sommers mussten wir uns trennen. Er ließ nicht einmal die Frage gelten, ob ich mein Architekturstudium unterbrechen sollte. So schwer es mir fiel, ich musste zurück an die Cooper Union. Der Entfernung zwischen Tokio und New York machte es unmöglich, sich mehr als einmal pro Semester zu sehen. Bruno telefoniert nicht gerne, aber jetzt war das Telefon unser einziger Trost, auch für ihn. Er rief mich zwei-, dreimal die Woche an. So vergingen einige Monate. Mitte Oktober sagte er mir, dass er mir das nächste Mal, wenn wir uns sehen würden, etwas über meine Mutter erzählen würde. Ich war ganz aufgeregt. Mein Vater würde nie so etwas preisgeben, wenn es nicht etwas sehr Wichtiges wäre. Er beruhigte mich, so wie er das kann, und sagte, dass es keinen Grund zur Sorge gebe. Weiter sagte er nichts, und ich wagte es nicht, zu fragen. Wohlwissend, dass es ihm schwerfällt, über Persönliches zu sprechen, brachte ich nicht den Mut auf, ihn zu drängen.

Als deine Mutter verschwand, flüchtete Gal sich mehr denn je ins Schreiben. Ein Buch zu schreiben, damit sie es lesen konnte, wurde zu einer regelrechten Besessenheit. Gal Ackermans Weltsicht war eine fragmentarische. Er schrieb ununterbrochen, war aber nicht in der Lage, dem, was er tat, eine einheitliche Prägung zu verleihen. Der Pakt, wie er das nannte, was zwischen uns beiden geschah, war etwas, das mir nur nach und nach bewusst wurde. Rückblickend stellte ich fest, dass Gal mir peu à peu auf eine sehr subtile Art und Weise offenbart hatte, wie das Buch zu sein hatte, das eines Tages deine Mutter erreichen sollte. Er starb, ohne es geschafft zu haben. Ich war gerade wegen einer Reportage in Taos, New Mexico, als ich eines Nachts, als ich ins Hotel zurückkam, eine Notiz vorfand mit der Bitte, im Oakland anzurufen. Als Frank mir die Nachricht überbrachte, begriff ich, dass ich keine Wahl hatte. Ich musste den Pakt erfüllen. Frank Otero spielte bei dieser ganzen Sache eine äußerst entscheidende Rolle. Ohne ihn wäre das Buch niemals fertig geworden. Sein Verhältnis zu Gal Ackerman war ein ganz besonderes, und er wollte den Wunsch seines Freundes erfüllt sehen, seinen Herzenswunsch, der seiner Existenz einen Sinn gegeben hatte. Gal hatte ihm viel über den Roman erzählt, und er hatte ihn beim Schreiben in seinem Lokal beobachtet, wie er Jahr um Jahr da an seinem Tisch gesessen hatte, dem Tisch des Kapitäns. Außerdem, und das ist sehr wichtig, war er derjenige, der Zeuge des Endes seiner Liebesgeschichte mit Nadja geworden war. Zumal er sie auch persönlich kannte. Deine Mutter hatte einige Nächte im Motel verbracht, sogar eine Zeitlang dort gewohnt, wenn auch nur kurz. Es gab da so ein Detail, bevor ich anfing, durch das mir aufging, dass alles schon von vornherein entschieden war. Bevor er gestorben war, hatte mir Gal seinen Zimmerschlüssel gegeben. Vollkommen unabhängig davon bot Frank mir nach seinem Tod das Studio an. So wurde mir klar, dass ich zur Brücke geworden war, nicht nur zwischen deiner Mutter und ihm, sondern auch zwischen den beiden, Gal Ackerman und Frank Otero. Ich konnte es mir nicht leisten, nein zu sagen. Es war schlicht undenkbar. Ich fügte mich und machte mich an die Arbeit. Ich beschloss, oben zu arbeiten. Abgesehen davon, dass sich das Material dort befand, war es ein idealer Platz zum Schreiben; ich habe nie verstanden, warum Gal zum Schreiben immer ins Oakland runterging. Darin waren wir ganz und gar verschieden. Am Anfang arbeitete ich einige Stunden am Tag, nachmittags. Doch bald wurde mir das Ausmaß des Projekts bewusst, was da alles zu überprüfen, zu bewerten, aufzubewahren und zu vernichten war, und da begriff ich, dass es mit den paar Stunden am Tag nicht getan war. Wenn ich eine Chance haben wollte, den Roman fertig zu schreiben, wäre es besser, mich im Motel einzuquartieren, und genau das tat ich dann auch. Ich stand um halb fünf in der Früh auf, um ein paar Stunden schreiben zu können, bevor ich in die Redaktion ging, und machte am Ende des Tages weiter. Meine Arbeit in der Redaktion wurde zur Nebensache. Die Wochenenden und die Feiertage waren ausschließlich dem Roman gewidmet. Ich forschte nach, sprach mit Menschen, die mit ihm zu tun gehabt hatten, und versuchte, dabei die Lücken in allen Geschichten zu schließen, die mir unterkamen. Und ich meine wirklich *alle Geschichten*, denn Nadjas Geschichte war eine unter vielen, obwohl er sie immer als Leserin im Kopf hatte. Aber es sollte noch eine ganze Weile dauern, bis mir das selbst auffiel. Es war eine kräftezehrende Arbeit, die mich Tag für Tag mehr in Beschlag nahm, bis zu dem Punkt, an dem ich dachte, dass ich mich wirklich am Rande des Wahnsinns befände. Es kam eine Zeit, da ich alles andere nur als Hindernis betrachtete, das mich von meiner Verpflichtung ablenkte, das Projekt zu einem erfolgreichen Ende zu führen. Das größte Hindernis war meine

Arbeit bei der Zeitschrift. Ich konnte doch die Arbeit am Roman nicht unterbrechen, nur um eine Reportage am anderen Ende des Landes zu machen. Ich habe Dylan Taylor schließlich so weit gebracht, dass er einwilligte, mich nicht auf Reisen zu schicken, aber selbst, ohne dass ich New York verlassen musste, blieb mir nicht genug Raum für das Projekt. Ich konnte nicht für *Travel* arbeiten und mich anschließend in die Welt von Gals Roman vertiefen. Es war einfach unmöglich. In dieser Situation bot sich Frank an, mein Sponsor zu werden, das Wort kam von Frank selbst. Als ich das hörte, musste ich lachen, aber er meinte es ernst. Er bestand darauf, mir ein Gehalt zu bezahlen, bis ich den Roman fertiggestellt hätte. Ich wusste nicht, was ich sagen sollte, aber er ließ sich nicht davon abbringen. Wieviel ich brauche, um *Brooklyn* zu Ende zu schreiben? Was, wenn er mir das Gleiche zahlen würden, was ich bei der Zeitschrift verdiente? Ich lehnte kategorisch ab, aber schon der Versuch war zwecklos. Als einzige Antwort wiederholte er immer wieder, dass das doch eine perfekte Vereinbarung sei. Alles, was ich erreichte, war, dass er schließlich einwilligte, mir nur die Hälfte zu bezahlen. Aber über Sonderzahlungen entscheide ich, sagte er, ohne meine Motive zu verstehen, und reichte mir die Hand zum Zeichen, dass wir gerade einen Vertrag geschlossen hatten.

Bei der Zeitschrift hatten sie Verständnis. Sie sagten, ich solle mir keine Sorgen machen, obwohl sie mir nichts versprechen könnten, wäre es sehr unwahrscheinlich, dass sie keine Arbeit für mich finden würden, wenn ich zurückkommen wolle. Von da an vergingen fast zwei Jahre, von denen ich nicht sagen kann, dass ich sie gelebt hätte; in diesen zwei Jahren habe ich existiert, ohne ich zu sein, gekleidet in Gals Haut, gefangen in einer Welt, die er geschaffen hatte. Ich las Briefe, Tagebücher, Hefte, Entwürfe, stapelte und vernichtete Dokumente. Für mich hatte die Realität aufgehört zu existieren. Im zweiten Jahr habe ich kaum das Zimmer verlassen. Anders hätte ich das Buch nie zu Ende gebracht, das Buch eines anderen, das, ohne dass sich daran etwas geändert hätte, nach und nach doch auch meines wurde. Als Letztes sah ich eine Mappe mit zahlreichen Fragmenten durch, die, obwohl sie zu verschiedenen Zeiten entstanden waren, Gal Monate vor seinem Tod gewissenhaft korrigiert hatte. Er hatte die Absicht gehabt, sie ans Ende des Romans zu stellen. Das Manuskript endete offen, mit einer Begegnung mit Nadja, die die letzte sein sollte, im Bryant Park, zwei Häuserblocks vom Port Authority, wo alles angefangen hatte. Nadja musste zum Terminal an der 42. Straße, um den Bus nach Boston zu nehmen, aber Gal hatte beschlossen, sie nicht zu begleiten. Ich beendete *Brooklyn* mit diesem Fragment, weil das offensichtlich Gals Absicht entsprach. Ich musste gegen die Zeit schreiben, denn ich wollte ihm den Roman an seinem zweiten Todestag bringen. Fast hätte ich es nicht mehr geschafft, aber dann wurde ich doch noch rechtzeitig fertig. Im April 1993 habe ich das letzte Wort getippt. Die letzten Tage war ich wie im Fieber. *Brooklyn* war eine unvollkommene Schöpfung, wie jedes Buch, aber es existierte, hatte eine Form, war geboren worden. Fertig, Auftrag erfüllt, sagte ich mir, fuhr nach Fenners Point und legte das Buch in die Nische, die Frank hatte anfertigen lassen.

Ich hatte nicht damit gerechnet, dass es so sein würde, aber das Schlimmste stand mir noch bevor. In den darauffolgenden Wochen bemächtigte sich meiner ein äußerst seltsames Gefühl. Es war der Beginn einer ernsthaften Krise. Ich spreche nicht von der Leere, die einen nach einem langen Schöpfungsprozess überkommt, obwohl das natürlich ein wichtiger Teil davon war. Gal Ackermans Roman zu beenden war ein Fluch, den ich gerne in Kauf genommen hatte. Es war seltsam: Obwohl ich meinen Teil des Pakts erfüllt hatte, schwebte der Schatten des Autors noch immer über mir. Ich fühlte mich auf rätselhafte Art und Weise an sein Schicksal gekettet. Ich begriff, dass ich in eine Falle getappt war, aus der es nicht leicht sein würde zu entkommen, eine Falle, die nicht nur aus dem Roman selbst bestand, sondern das Oakland, Brooklyn, die Vereinigten Staaten mit einschloss. Ich musste weg, woanders hinreisen, andere Dinge tun, Abstand gewinnen von Gals Roman, mein eigenes Leben leben. Das Oakland hatte etwas Gefährliches. Die Menschen, denen es Unterschlupf gewährte, ließ es nicht mehr gehen.

Frank beteuerte, dass ich für immer im Motel bleiben könne. Dieser Gedanke machte mir Angst. Ich hatte Angst, dass mit mir das Gleiche geschehen könnte, was mit Gal und anderen vor ihm geschehen war. Niels Claussen, ohne weiter ausholen zu müssen. Eines, das ich beim Schreiben gelernt hatte – und ich hatte vieles gelernt –, war, wie schwierig es ist, sich dem täuschenden Eindruck von Wahrhaftigkeit zu entziehen, den eine geschriebene Seite vermittelt. Niels hatte Gal zum *Heft des Todes* inspiriert, aber das war nicht sein Grund gewesen, ihn im Buch zu erwähnen. Da war noch mehr, was mir erst jetzt klarwurde. In der Geschichte des Dänen steckte eine tiefere Bedeutung. Keiner von uns ist vor der Tragödie gefeit. Sie ist allgegenwärtig. Das wirklich Haarsträubende an Claussens Geschichte ist, dass er es nicht geschafft hat, zu reagieren, er war einfach unfähig, sich wieder aufzurappeln. Er hat schlicht darauf verzichtet, weiterzuleben. Das Oakland hat ihn nicht physisch fertiggemacht, nein, viel schlimmer: Es hat ihn in einen lebendigen Toten verwandelt, mit 26. Wenn man es sich genau überlegt, war es bei Gal nicht viel anders. Am Schluss ist auch er diesem merkwürdigen Fluch erlegen. Nein, ich konnte auf keinen Fall im Motel bleiben. Ich musste auf eigenen Füßen stehen. Ich spürte, wie eine überlange Atempause zu Ende ging. Das Oakland bildete einen Kristallisationspunkt, an dem alle, die um ihn kreisten, am Ende zerschellten. Genau das erwartete auch mich, wenn ich nichts unternahm, um es zu verhindern. Ich rief Dylan Taylor nicht an. Hätte ich es getan, da bin ich sicher, hätten sie mir eine Stelle angeboten. Ich musste die Leinen kappen, weggehen, mir woanders ein Leben suchen, weitermachen. Ich war 34. In diesem Alter geben sich viele für immer auf. Ich wusste nicht, was ich tun sollte, vielleicht zurück nach Spanien gehen, alles, bloß nicht dort bleiben.

Nichts war mehr wie früher. Gals Buch zu beenden, hatte die Grundfesten meiner Persönlichkeit erschüttert. Es hatte mich dazu gezwungen, meine ganze eigene Geschichte auf den Prüfstand zu stellen. Vieles war in tausend Teile zersplittert. Ich beschloss, weiter weg zu gehen, mit allem zu brechen, die Vergangenheit hinter mir zu lassen, mich neu zu erfinden – ironischerweise wählte ich ein typisch nordamerikanisches Konzept, um die Verbindung zu diesem Land zu kappen. Ich trat meine Karriere als Journalist in die Tonne, obwohl mir alle eine glänzende Zukunft vorausgesagt hatten. Ich verabschiedete mich von Brooklyn, von New York, von den Vereinigten Staaten, von allen Menschen, die ich kennengelernt hatte, von allen Landschaften, die ich gesehen hatte, von den Büchern, die ich dort gelesen hatte. Ich verabschiedete mich von Frank, von Gal, von Nadja, von Álida, von Niels Claussen, von Viktor Baez, von Abe Lewis, von Umberto Pietri, von Teresa Quintana, von Felipe Alfau, von Jesús Colón, von Mr. Tuttle; von all den Figuren, die an meinen Augen vorbeigezogen waren und jetzt für immer in den Seiten des Romans gefangen sind. Ich musste das tun, um ich sein zu können. Ich traf diese Entscheidung ohne den geringsten Anflug von Zweifel, und nachdem ich es getan hatte, wurde mir klar, war für eine unschätzbare Belohnung meiner harrte. Wie ein Sonnenstahl, der durch einen Schlitz in einem versiegelten Kellerfenster dringt, durchfuhr mich die Erleuchtung: Ich ließ alles hinter mir, aber ich ging nicht mit leeren Händen. Durch diese Erfahrung war ich zum Schriftsteller geworden.

Anfang November musste Bruno nach Paris, und nachdem das Datum der Reise mit meinem Geburtstag zusammenfiel, lud er mich ein, eine Woche in meiner Geburtsstadt zu verbringen. Wir würden spazierengehen, uns so viele Kunstwerke wie möglich ansehen, Kon-

zerte besuchen, zum Essen ausgehen. An meinem Geburtstag würden wir zu Dominique gehen, in Nadjas Lieblingsrestaurant. Es ist in Montparnasse und hat seine eigene Geschichte, es wurde in den 20er Jahren von einem Flüchtling aus Weißrussland gegründet. Um meiner Reaktion zuvorzukommen, sagte Bruno, auch für ihn würde es nicht einfach werden, aber wir sollten uns bemühen, denn Nadja hätte es so gewollt. Ich wusste, dass mein Vater recht hatte, und so stimmte ich zu. Doch als der Moment der Wahrheit kam, spürte ich, obwohl ich versucht hatte, mich darauf vorzubereiten, wie die Erinnerungen auf mich einstürmten. Gerade als ich eintreten wollte, trübte sich mein Blick, und meine Beine gaben unter mir nach. Bruno musste mich unter den Armen packen und versuchte mich zu trösten, indem er wiederholte, was er schon am Telefon gesagt hatte: Egal wo sie jetzt sei, Nadja würde sich freuen, wenn wir dort meinen Geburtstag feierten. Etwas von der Sicherheit, die Bruno ausstrahlte, griff auf mich über, und ich entschied mich, reinzugehen. Der Maître erkannte uns und begleitete uns zuvorkommend zu unserem Tisch. Wir drei hatten es immer so gehalten, dass beim Nachtisch die Geschenke überreicht wurden. Als er vor uns stand, nahm Bruno das Telefongespräch wieder auf, in dem er mir angekündigt hatte, dass er mir etwas über Nadja erzählen wolle. Verwirrt sah ich zu, wie er eine Metallschatulle auf den Tisch stellte. Ich fragte ihn, ob das mein Geschenk sei, und er nickte. Bevor er mir erzählte, wie er zu der Schatulle gekommen war, bat er mich, sie erst im Hotelzimmer aufzumachen.

Er war auf die Schatulle gestoßen, als er eines Morgens, nachdem er die nötige Kraft und Ruhe dafür aufgebracht hatte, daran gegangen war, die Papiere in Nadjas Arbeitszimmer zu ordnen. Es war das Erste gewesen, was er gesehen hatte, nachdem er die Rollabdeckung an ihrem Schreibtisch heruntergezogen hatte. Er nahm den Deckel ab, mit der gleichen Beklemmung, mit der er ihre Kommoden, Schränke, ihre Schmuckschatulle und die Schachteln mit ihrer Musik geöffnet hatte. Auf einem Stapel alter Papiere lagen eine Halskette und ein paar Ohrringe aus altem Silber. Er schob den Schmuck zur Seite und warf einen flüchtigen Blick auf die Papiere. In dem Stapel lag auch ein Tagebuch. Er zögerte, es aufzuschlagen. Ein paar willkürlich aufgeschnappte Fragmente reichten ihm, um zu wissen, um was es ging. Schnell verschloss er die Schatulle wieder, als wäre er auf eine schlafende Kobra gestoßen, so sagte er es mir. Die paar Sätze, die ihm zufällig ins Auge gefallen waren, hatten ihn an Dinge erinnert, die meine Mutter im Vorbeigehen erwähnt hatte. Was darin steckte, war Teil von etwas, das ihn nichts anging. Aber ich war ihre Tochter, und bei mir lag der Fall anders. Der Schmerz über den Verlust meiner Mutter war bei mir noch sehr frisch. Das würde mich ihr sicherlich näher bringen. Es würde mir helfen, sie besser kennenzulernen. Noch dazu ähnelte ich Nadja in vielen Dingen. Er drückte meine Hände und drängte mich, meinen Nachtisch aufzuessen, weil es langsam Zeit für die Oper wurde.

Erst in der Nacht öffnete ich die Schatulle. Die Ohrringe und die Halskette, von denen Bruno beim Abendessen gesprochen hatte, waren sehr schön, aus gehämmertem Silber, mit aztekischen Motiven. Ich starrte sie an und versuchte mich an den Gedanken zu gewöhnen, dass das hier wohl Geschenke eines anderen Mannes an meine Mutter sein mussten. Mit dem Tagebuch ist es etwas anderes, aber die Papiere sind für Sie nichts Neues. Ich bin mir sicher, dass Sie jetzt verstehen, warum ich mich geweigert habe, Ihnen die komplette Liste per Mail zu schicken, obwohl ich am Ende Ihrem Drängen nachgegeben habe. Wie ich schon damals sagte, interessierten mich die verschiedenen Papiere mehr oder weniger, je nachdem, um was es sich handelte. Das, was wir schließlich die literarischen Papiere getauft haben, habe ich lediglich überflogen, und was ich las, hat mich nicht sonderlich interessiert. Die Briefe schon, natürlich, manche mehr als andere, aber von dem Tagebuch, nachdem ich einmal verstanden hatte, um was es da ging, konnte ich mich gar nicht mehr losreißen. Es war ein mittelgroßes Heft, schwarz, wie die, die Gal zum Schreiben benutzte, wie Sie im Roman erzählen. Es hatte keine hundert Seiten und war nur bis zur Hälfte beschrieben. Gespannt vertiefte ich mich in die Lektüre. Es war nicht leicht, es am Stück zu lesen, nicht wegen der Schrift, die ich so gut kannte, sondern wegen der Sprache, die meine Mutter verwendet hatte, total subjektiv, fast kryptisch, eine wirre Syntax, die vereinfachte Spra-

che von jemandem, der nur für sich selbst schreibt. Undurchdringliche Gedanken vermischt mit Anspielungen an Geschehnisse so frei von Details, dass es manchmal unmöglich war herauszufinden, wovon sie überhaupt sprach. Es fühlte sich an, wie ein Gedicht in einer Sprache zu lesen, die man nicht wirklich beherrscht. Trotzdem gelang es mir, das eine oder andere zu entschlüsseln. In einem Großteil der Einträge ging es um die Beziehung meiner Mutter zu Gal Ackerman. Sie schrieb nichts über irgendwelche anderen Liebhaber, obwohl ich wusste, dass sie welche gehabt hatte. Die einzige Ausnahme war mein Vater, der in einigen Absätzen erwähnt wurde. Das zu lesen war wie eine Reise an einen fernen, geheimen Ort. Es war offensichtlich, dass dieses Tagebuch, zusammen mit dem Stapel Papiere und den Gegenständen, die dabeigelegen hatten, für meine Mutter von besonderem Wert gewesen war. Das hier war ein sehr wichtiger Teil ihres Lebens. Die Wärme der Worte im Tagebuch hielt die Gefühle am Leben, die mit der Zeit vermutlich verblasst waren, nur dass die Schrift ihre außergewöhnliche Intensität für immer auf Papier gebannt hatte. In jenen Seiten gefangen, war die Liebe meiner Mutter zu diesem Mann auf seltsame Weise lebendig geblieben, obwohl sich im realen Leben ihre Gefühle verändert hatten. Die Einträge waren kurz, eher wenige und umfassten einen Zeitraum von mehreren Jahren. Am Anfang gab es noch eine gewisse Kontinuität, dann wurden die Einträge spärlicher, bis sie fast ganz versiegten. Der letzte Eintrag schwebte verloren auf einer rechten Seite. Ihre Schrift war etwas leserlicher als gewohnt, als hätte sie jene Zeilen sehr langsam geschrieben. Meine Mutter erwähnt einen Brief, in dem jemand ihr kurz und knapp mitteilte, dass Gal Ackerman zwei Jahre zuvor gestorben sei. Damals habe ich nicht auf das Datum geachtet und auch nicht auf den Namen des Absenders oder auf den Ort, an dem man ihn beerdigt hatte. Alles, was ich registrierte, war die Tatsache seines Todes. Ich blätterte weiter, fand aber keine weiteren Einträge. Ich klappte das Tagebuch zu; es fiel mir regelrecht aus den Händen, als der Schmerz mich übermannte wie ein Gewitter, das lange auf sich warten lässt, bevor es sich gewaltig entlädt. Ich weinte lange, bitterlich, ohne aufhören zu können, bis die Kräfte mich verließen.

Erschöpft schaltete ich das Licht aus. Die Worte aus dem Tagebuch geisterten durch meinen Kopf, bunt durcheinanderwirbelnd, und überschwemmten mich mit Bildern. Ich hatte alles in einem Atemzug gelesen, auf eine Stunde verdichtet, was meine Mutter in Jahren niedergeschrieben hatte. Meine Gefühle waren viel zu intensiv, als dass ich mir eine zusammenhängende Vorstellung von dem hätte machen können, was ich da entdeckt hatte. Manche Details standen glasklar vor mir, andere hatte ich sicher nicht einmal wahrgenommen. Ich weiß nicht, wie viel Zeit verging, bis mich der Schlaf übermannte. Im Einschlafen, das sich wie eine Ewigkeit anfühlte, hatte ich eine seltsame Erscheinung: Nadja war mit mir im Zimmer und las mir aus dem Tagebuch vor, während sie meinen Kopf streichelte, der auf ihrem Schoß ruhte. Obwohl ich noch nicht wirklich schlief, dachte ich für einen Augenblick, Nadjas Anwesenheit sei real, doch als ich die Augen öffnete, war niemand im Zimmer.

Ich wurde von fürchterlichen Zweifeln überwältigt. Hatte ich das Richtige getan? Hätte ich es nicht Bruno gleichtun müssen: nichts lesen, um nicht in diesen Abgrund blicken zu müssen? Anderseits: War es nicht er gewesen, der mir das Tagebuch gegeben hatte? Hatte er nicht gewollt, dass ich meine Mutter besser kennenlernte? Hatte er mich nicht selbst dazu eingeladen, geheimes Terrain zu betreten? Ja, er hatte es gewollt, aber ich? Wollte ich es auch? Und sie? Falls sie mir von irgendwoher zusah, wie Bruno meinte, was würde sie denken? Ich schüttelte den Kopf; ich dachte, ich werde verrückt. Weitere Fragen prasselten auf mich ein. Alles, was Nadja in ihr Tagebuch geschrieben hatte, bezog sich ausnahmslos auf Gal. Warum schrieb sie nicht über andere Männer? Es hatte sie gegeben, und sie hatte sogar einen von ihnen geheiratet, nachdem sie Gal verlassen hatte, jenen Musiker, dessen Namen sie eine Weile getragen hatte … Im Tagebuch fand sich keine einzige Spur, weder von ihm noch von den anderen. Jenes Heft war wie ein kleiner Raum, der für jenen Mann reserviert war, dessen Existenz mir wie ein beunruhigender Makel erschien. Warum?

Ich bin noch sehr jung, und vermutlich muss es einem Mann wie Ihnen, der so viel erlebt hat, lächerlich erscheinen, wenn ich von meinen

Verwundungen spreche. Aber bei Nadja war es etwas anderes. Ihre Verwundungen waren sehr tief, das konnte ich dem Tagebuch entnehmen. Natürlich verlor ich Bruno gegenüber kein Wort über all das, obwohl er beim Frühstück sicher merkte, wie mitgenommen ich war. Ich nahm die Papiere mit nach New York. Das Tagebuch ging mir nicht aus dem Sinn, doch habe ich die Schatulle nicht wieder geöffnet. Allein sie bei mir zu haben, machte mir Angst. Ich musste daran denken, was Bruno gesagt hatte, als er gesehen hatte, was drinnen war: Er hatte die Schatulle schnell wieder zugemacht, als wäre er auf eine schlafende Kobra gestoßen. Anfang Dezember erschien mir Nadja im Traum. Barfuß, mit einem Schleier und hochgesteckten Haaren. Sie war sehr jung, jünger als bei meiner Geburt. Sie trug die Ohrringe und die Silberkette aus der Schatulle. Sie sprach mich nicht an, ich war nicht einmal sicher, dass sie mich sah. Sie stand an eine Säule gelehnt, wie eine griechische Göttin, in der Hand die Schatulle. Vergeblich versuchte ich mich ihr zu nähern, rief laut nach ihr, Nadja, Nadja, dann wieder leiser, nur Mama. Sie antwortete nicht. Dann plötzlich sah sie mich an, wunderschön, ganz ruhig, aber sie sagte weiterhin kein Wort. Ich fragte sie, ob es in ihrem Sinne sei, dass ich die Papiere gelesen hätte. Da stellte sie die Schatulle auf den Boden. Der Deckel öffnete sich von selbst, und heraus kam ein schrecklicher Vogel, der sich auf einen Strauch setzte, der vorher nicht da gewesen war, wie das in Träumen eben so ist. Meine Mutter drehte sich um und entfernte sich von mir, während ich verzweifelt nach ihr schrie. Ich wachte schweißgebadet auf und brauchte eine Weile, um zu realisieren, wo ich mich befand. Mir schien es, als schwebte das Echo meiner Schreie aus dem Traum noch im Raum. Instinktiv suchte ich nach der Schatulle. Ich hatte nicht vor, etwas zu lesen, ich wollte nur die Worte, die meine Mutters geschrieben hatte, mit meinen Händen berühren, die Halskette und die Ohrringe streicheln, die sie in meinem Traum getragen hatte. Ich blätterte in den Seiten, blieb da und dort hängen, ohne etwas zu begreifen. Bei der letzten beschriebenen Seite hielt ich inne, wie jemand, der einen langen, beschwerlichen Weg hinter sich gebracht hat. Meine Augen blieben am letzten Eintrag hängen. Plötzlich begriff ich, was er bedeutete:

6. Mai 1993

Eric hat meinem Brief an ihn mit zwei Jahren Verspätung zurückgeschickt – Gal ist im April 1991 gestorben – seine Überreste ruhen an einem Ort namens Fenners Point. Ist das nicht in der Nähe von Louises Haus, in Deauville? Ich habe nicht …

Ich legte das Tagebuch wieder zurück und schaltete das Licht aus, wohlwissend, dass ich nicht würde schlafen können. Neben meinem Schlafzimmerfenster blinkt die ganze Nacht über ein Neonschild. Ich lasse absichtlich die Jalousie oben, weil das Blinken wie ein Schlafmittel auf mich wirkt, statt mich zu stören. Das Zimmer versank zunächst in Dunkelheit, um eine Sekunde darauf von rotblauem Licht überflutet zu werden. Der letzte Eintrag meiner Mutter in ihr Tagebuch war mir Wort für Wort im Gedächtnis haften geblieben. Das Datum: Am 3. Mai 1993 war ich fünf Jahre alt gewesen. Ich dachte an die leeren Seiten, die darauf folgten. Es war, als wäre mit dem Tod dieses Mannes eine schwere Tür zugefallen. Damit brach jeder Kontakt zur Vergangenheit ab. Es ist eigenartig, welche Streiche einem die Vorstellungskraft spielt.

Fenners Point: Der Name rotierte in meinem Kopf. Noch nie hatte ich von diesem Ort gehört, genauso wenig wie von Deauville. Ich versuchte mir den Friedhof vorzustellen, über den meine Mutter in ihrem Tagebuch schrieb. Das Blinklicht von der Straße sorgte dafür, dass mir schließlich doch die Augen zufielen. An der Schwelle zum Traum schien es mir, als schrieben die blinkenden Neonlichter die Namen der Orte aus Nadjas Tagebuch an die Wand. Fenners Point, Deauville. Am Morgen suchte ich die Namen in meinem Straßenatlas, aber sie waren nicht eingezeichnet. Ich musste den Riesenatlas konsultieren, der auf einem Pult in der Cooper-Union-Bibliothek ausliegt. Nachdem ich die Orte gefunden hatte, reifte in mir nach und nach die fixe Idee, diesen Friedhof aufzusuchen. Es war absurd, aber ich musste einfach das Grab des ehemaligen Geliebten meiner Mutter sehen. Ich sagte es Samantha, meiner Mitbewohnerin. Sie hat nicht versucht, mich davon abzubringen, aber gefragt, was ich mir von diesem Ausflug verspräche.

Natürlich nichts, ich will nur den Gedanken aus meinem Kopf haben. Ich sagte ihr, ich sei fest entschlossen hinzugehen und bat sie, mich zu begleiten. Wir fuhren mit ihrem Auto hin, den Rest kennen Sie.

Was den Roman angeht, hat mir seine Lektüre viel zu denken gegeben. Jetzt ging es nicht mehr nur um meine Mutter. Wie Sie selbst vorhin gesagt haben, steht in Gal Ackermans Buch vieles, was gar nichts mit meiner Mutter zu tun hat. Und er war nicht der einzige, über den ich nachdenken musste. Die Lektüre brachte mich auch dazu, über den Mann nachzudenken, der Brooklyn zu Ende geschrieben hatte. Über Néstor Oliver Chapman, Sie. In all dem hier steckt etwas, das direkt mit dem Auftrag zu tun hat, den Sie von Gal Ackerman geerbt haben. Die Papiere, die mir mein Vater übergeben hat, stimmen nicht immer mit dem überein, was im Roman steht. Schriftsteller, der er war, war Ackerman nicht ganz vertrauenswürdig. Nein, er hat Sie nicht getäuscht, aber doch benutzt. Er hat Ihnen alles bereitgelegt, damit Sie das Buch auf eine bestimmte Art zu Ende schreiben. Im Tagebuch meiner Mutter finden sich einige Offenbarungen, die mich umtreiben. Zum Beispiel steht dort, dass sie Gal Ackerman einen langen Brief schrieb, um ihm mitzuteilen, dass sie eine Tochter zur Welt gebracht hatte. Und Gal hat geantwortet. Das ist einer der Briefe, die sie aufbewahrt hat. Lesen Sie ihn, die Trauer, die daraus spricht, ist herzzerreißend. Und außerdem: Die beiden haben sich wiedergesehen. Das bedeutet, dass es im Bryant Park nicht das letzte Mal war, dass sie sich sahen, wie Gal Sie glauben lassen wollte. Er wollte, dass der Roman mit der Episode um den Liebesbrief endet, der vom Himmel fällt, davon schreibt auch meine Mutter in ihrem Tagebuch, aber dort haben sie sich eben nicht zum letzten Mal gesehen. Die Literatur ist eine Sache und das Leben eine andere. Sie hätte es nicht tun sollen, aber Tatsache ist, dass sie sich noch einmal trafen. Ihr letztes Treffen, zu dem er sie förmlich gezwungen hat, war sehr schmerzhaft. Es ist eine der wenigen Episoden, die Nadja in ihrem Tagebuch ausführlich beschreibt. Und es gibt noch mehr, einige Dinge betreffen den Kern der Geschichte. Ich würde nicht sagen, dass sie ihr direkt widersprechen, aber sie rücken sie doch in ein völlig anderes Licht. Aus irgendeinem Grund hat Gal Nadja zur Hüterin gewisser Texte bestimmt, die er für besonders wichtig hielt. Hier sind sie, in dieser Schatulle. In Wirklichkeit gehört das alles zum Roman und somit Ihnen. Was mich betrifft, so wünsche ich mir nichts sehnlicher, als mich von all dem zu befreien und es zu vergessen.

Ich nehme an, dass es am Anfang nichts als eine Laune war, aber ich bin doch froh, dass ich nach Fenners Point gefahren bin. Jetzt, da alles vorbei ist, weiß ich nicht, wie ich die Lektüre des Romans einordnen soll. Als ich den Titel sah, hüpfte mein Herz. Samantha und ich brachen das Schloss auf, nahmen das Buch raus und fingen zusammen an, in ihm herumzublättern. Ich brauchte nicht lange, um über den Namen Nadja Orlov zu stolpern. Als sie sah, wie ernst ich wurde, trat Samantha zur Seite, obwohl ich dort dann gar nicht weiter las. Wir fuhren sofort zurück nach New York. Auf der Fahrt sprachen wir kaum; zu Hause angekommen, sperrte ich mich in mein Zimmer ein. Es war alles sehr seltsam, wirklich und unwirklich zugleich, so wie die Träume, die ich hatte, seit Nadja gestorben war. Nachdem ich mit dem Buch durch war, wurde mir das Ausmaß meines Übergriffs klar. Abgesehen von allem, was mit meiner Mutter zu tun hatte, hatte ich mich massiv in das Leben anderer Menschen eingemischt. Nach einigen Monaten begriff ich, was ich zu tun hatte: den Roman an Frank Otero zurückgeben, falls er noch lebte, und falls das Oakland nach so vielen Jahren noch existierte. Und sollte ich Otero finden, würde ich vielleicht über ihn zu Ihnen gelangen. Und wenn ich Sie fände, könnte ich mich der Papiere entledigen, ohne sie vernichten zu müssen.

Epilog

Und dort, wo die Träume erfunden werden,
gab es nicht genügend für uns.
ANNA ACHMATOWA

Fenners Point, September 2010

Bis hierher war alles glattgelaufen, aber dann hielt sie inne und bat mich, etwas über mich zu erzählen. Ich starrte sie an.

Über mich? Über mich gibt es nichts zu erzählen.

Bitte, gab sie zurück.

Das argwöhnische Glitzern in ihren Augen irritierte mich.

Meine Geschichte tut nichts zur Sache. Ich … Ich hatte mit dem Ganzen überhaupt nichts zu tun. Es war reiner Zufall, dass ich in eine Welt geriet, die nicht die meine war …

Ich hörte auf, nach Ausflüchten zu suchen, weil es mich völlig durcheinanderbrachte, wie ihre großen, grauen Augen in meine blickten. Was lag in diesem Blick? Warum wurde mir davon schwindelig?

Mit sehr süßer Stimme sagte sie:

Unsere Situation hat sich umgekehrt, seit wir damals per Mail kommuniziert haben. Jetzt wissen Sie alles über mich, während ich praktisch nichts über Ihre Geschichte weiß.

Was ist es, das Sie wissen wollen?

Ich würde gerne mehr über Sie als Mensch erfahren. Vor und nach *Brooklyn*. Wir werden uns nie wiedersehen, deshalb wage ich zu fragen.

Der Klang ihrer Stimme, ihre Art sich auszudrücken, ihr Lächeln, ihr Gesichtsausdruck beim Zuhören, wie sie den Zeigefinger an die Lippen führte, bevor sie nach einer Pause wieder zu sprechen begann, ihre ganze Körpersprache während des langen Gesprächs, das wir gerade geführt hatten, offenbarte mir auf sehr subtile Weise Teile ihres Charakters. Aber es war vor allem ihre Art mich anzusehen, die mich schwach werden ließ.

Vor und nach *Brooklyn*?, wiederholte ich.

Sie nickte, während sie sich die Haare aus dem Gesicht strich.

Wenn ich ehrlich sein soll, Gal, meine ich, dass sie alles mit mir hätte tun können, wozu sie Lust gehabt hätte. Bevor ich es richtig merkte, war ich schon dabei, ihr Dinge zu erzählen, die ich euch, Frank und dir, nie erzählt habe. Wusstest du, dass meine Mutter, Christina, aus Seattle war und mein Vater, Albert, Katalane? Oder dass ich in Triest geboren wurde? Das waren die Dinge, die Brooklyn von mir hören wollte, also begann ich ganz am Anfang, aber nur in groben Zügen, hastig, weil ich möglichst rasch zum Ende kommen wollte. Ich erzählte ihr vom Künstlerleben meiner Eltern, von ihren unzähligen Reisen durch ganz Europa, von meiner nomadischen Ausbildung, von meinen Studienjahren in Summerhill, mit dem verrückten Neill, und dann in Madrid, wie Lynd, die Freundin meiner Mutter, mir beim Abschluss an der Columbia geholfen hatte. Ich sprach über meine Anfänge als Journalist, zuerst als Praktikant bei der *Village Voice*, über meine Arbeit für Dylan Taylor, zunächst bei der *New York Post* und dann später, als er mich zum *Travel Magazine* mitnahm. An diesem Punkt angekommen, sagte ich ihr, dass ich mich daran gewöhnt hätte, übersehen zu werden, und schlug vor, das Gespräch zu beenden, denn schließlich lag das alles schon lange zurück. Aus der Art, wie sie sich bedankte, schloss ich erleichtert, dass das Treffen zu Ende war.

Wie schade, dass wir das Grab von Ralph Bates' Urgroßvater nicht ausfindig machen konnten, sagte sie lächelnd. Es wäre eine schöne Art gewesen, mit all dem abzuschließen.

Ich habe es versucht, aber die Spur hat sich als falsch erwiesen, erwiderte ich. Wer weiß? Vielleicht komme für einen zweiten Versuch her, bevor ich fahre. Es ist auf jeden Fall hier, daran besteht kein Zweifel.

Es folgte ein langes Schweigen. Ich hob den Blick zum blauen Himmel über Cádiz. Die sengende Sonne brannte auf die Gräber, die Wände mit den Nischen, die Mausoleen. Als ich sie ansah, erhob sie sich und sagte:

Ich bin Ihnen wirklich dankbar, dass Sie die Papiere meiner Mutter an sich genommen haben. Sie strich sich die Haare aus dem Gesicht, reichte mir die Hand und fügte hinzu:

Es war alles sehr seltsam, Néstor, aber ich bin froh, Sie kennengelernt zu haben.

Brooklyn …, sagte ich.

Sie wartete, dass ich etwas sagte, aber als sie merkte, dass nichts kam, drehte sie sich um und ging.

Es fällt mir schwer zu beschreiben, was ich fühlte. Ich hatte das Gefühl, dass das, was ich gerade erlebt hatte, gar nicht wirklich passiert war oder dass es einem anderen passiert war oder dass es nur ein Traum gewesen war oder dass ich mich irgendwie in dich verwandelt hatte. Oder ich war einfach verrückt geworden, denn nichts davon ergab einen Sinn, oder auch viel zu viel Sinn. Es war, als sei ich Teil eines Films, der auf Traumbilder zurückgreift, um bestimmte Dinge zu erklären, eines seltsamen Films, sehr alt, in schwarz-weiß. Ich habe unser Gespräch schriftlich festgehalten, Wort für Wort, um es dir vorzulesen. Das war nicht schwierig für mich, denn mit einer an Schmerz grenzenden Klarheit erinnerte ich mich an jedes Wort, das wir beide gesprochen hatten. Das Merkwürdige ist, dass ich, obwohl ich sie nicht mehr vor mir hatte, weiterhin ihre Präsenz verspürte, ihr Gesicht, ihre Gestalt, ihre Züge und vor allem ihre Augen vor mir sah. Ich fühlte mich wie von ominösen Zeichen bestürmt, die mich mit sich in beide Richtungen der Zeit zerrten.

Endlich nahm das beklemmende Gefühl feste Formen an.

Mit dem Blick auf den Papieren, die sie mir soeben übergeben hatte, sagte ich laut ihren Namen, zwei Mal. Brooklyn, Brooklyn, sagte ich. Ich verspürte einen Stich in der Seite, als würde mir jemand einen Dolch hineinrammen. Das verspürte ich und Durst, furchtbaren Durst. Und plötzlich verstand ich, was mit mir los war, mir wurde klar, was es war, das ich fühlte. Das ursprünglichste und elementarste aller Gefühle, die grundlegendste aller Leidenschaften, die auch den Roman in Gang gesetzt hat. Ich erkannte dieses Gefühl, oder, um genau zu sein, ich erinnerte mich daran. Es konnte nicht sein, dass mir das passierte. Es war, als hätte sich die Zeit verdichtet. Es war … als hätte ich mich in Nadja verliebt. Und als ich das dachte, als der Gedanke Gestalt annahm, als die Worte in meinem Kopf sich zu ordnen begannen, fühlte ich mich erleichtert. Ich hatte mich nicht in Nadja verliebt, denn die Frau, die ich den ganzen Morgen vor mir gehabt hatte, war nicht sie gewesen.

Während dieser Gedankenstrudel durch meinen Kopf wirbelte, folgten meine Blicke ihrer Silhouette. Da lief Brooklyn Gouvy zwischen zwei Grabreihen davon, immer weiter weg von mir. Die Sonne brachte die Grabsteine, die Blumen, die metallischen Buchstaben der Grabinschriften zum Flimmern. Es war sengend heiß. Aus der Erde entwich ein feiner Nebel, es sah aus wie ein großes, krankes Tier, dem das Atmen schwerfällt. Die Schwüle verwischte die Konturen der Dinge. Aus Erde, aus Asphalt strömten Dünste, durchscheinende Wölkchen, die zitternde Schatten warfen. Ich sah immer noch Brooklyn Gouvy nach und verspürte dieses seltsame Stechen in der Seite, bis sie das Eingangstor erreichte und verschwand, ohne sich ein einziges Mal umgedreht zu haben.

Als ihre Gestalt verschwunden war, begann einer ihrer letzten Sätze in meinem Kopf zu hämmern:

Wir werden uns nie wiedersehen.

In einem absurden Impuls lief ich ihr nach. Meine Schritte hallten auf dem Asphalt, trockene, lange Schritte, die sich mit den unbestimmten Geräuschen des Mittags vermischten. Während ich lief, konnte ich aus dem Augenwinkel die Silhouetten der Zypressen auf dem Feld tanzen sehen wie betrunkene Wahrsagerinnen. In meiner Phantasie tummelte sich ein Rudel unzusammenhängender Bilder. Ich fühlte mich wie aus mir selbst hinauskatapultiert, als wäre die Stunde meines Todes gekommen. Nach wenigen Augenblicken erreichte ich das Tor. Sie war nach links abgebogen. Ich blickte in diese Richtung und sah einen silbernen Mercedes Benz mit Diplomaten-Kennzeichen und neben ihm, stehend, zwei Gestalten. Brooklyn hatte den Kopf an die Schulter eines großen, elegant gekleideten Mannes mit aristokratischen Zügen gelehnt. Sie schluchzte, während der Mann ihr übers Haar streichelte und ihr sanft auf den Rücken klopfte. Weder Bruno Gouvy noch seine Tochter bemerkten, dass sie jemand vom Tor aus beobachtete. Eine Weile war die Szene wie eingefroren. Eine weißgetünchte Mauer, eine Reihe Zypressen und ein steiniger Pfad, der zu einer Kapelle führte. Der Mercedes stand nah am Bordstein. Bruno Gouvy nahm seine Tochter bei den Schultern und hob mit seinem leicht gekrümmten Zeigefinger sanft ihr Kinn an, damit sie ihm in die Augen sehen konnte. Dann gab er ihr ein Taschentuch, damit sie sich die Tränen abwischen konnte. Schließlich begleitete er sie auf die rechte Seite des Autos und hielt ihr die Tür auf. Gouvys Bewegungen waren sanft, zärtlich. Endlich lief er um das Auto herum und setzte sich ans Steuer. Der Motor startete nahezu geräuschlos, und die Reifen bahnten sich einen Weg durch den Kies. Jetzt ließ ich mich blicken. Ich tat ein paar unsichere Schritte und stellte mich mitten auf die Fahrbahn. Das Auto kam ein paar Schritte vor mir zum Stehen, und beide sahen mich an. Durch die Frontscheibe konnte ich ihre Oberkörper erahnen, ihre Gesichter, seines sehr fein und braungebrannt, Haare von der gleichen Farbe wie die Karosserie des Mercedes. Und sie, Brooklyn, das lebendige Abbild ihrer Mutter. Ich trat zur Seite, und das Auto setzte sich sehr langsam erneut in Bewegung. Bruno Gouvy hob die Hand zum Gruß und lächelte mit den Augen, ohne einen Gesichtsmuskel zu bewegen. Als sie mit mir auf einer Höhe war, legte ich meine ausgestreckte Hand wie einen Fächer auf ihr Fenster, und Brooklyn tat das gleiche, sie stützte ihre Hand, klein, zart, an die Scheibe, aber mit geschlossenen Fingern. Es wäre eine Liebkosung gewesen, wäre nicht das warme Glas dazwischen gewesen, das ihre Handfläche von meiner trennte. Sie zog ihre Hand zurück und grüßte zum Abschied. Das Auto ließ die Kiespiste hinter sich, bog auf der Straße nach rechts ab und verschwand.

Ich blieb wie versteinert stehen, ohne zu wissen, was ich tun sollte, die Szene spulte sich vor mir ab wie eine Szene aus einem Traum. Es war, als wäre es unvermittelt Nacht geworden, wie eine totale Sonnenfinsternis über der Bucht von Cádiz. Ich musste an eine Sonnenfinsternis denken, die ich als Kind erlebt hatte, in Summerhill. Mrs. Dawson hatte nach dem Frühstück verkündet, dass es um die Mittagzeit eine totale Sonnenfinsternis geben würde. Als die Stunde nahte, war ich nicht zum Hauptgebäude gegangen, um das Phänomen zusammen mit den anderen zu beobachten, sondern hatte mich in einem nahe gelegenen Hain versteckt. Ich hatte mich auf einen Felsen gesetzt und zugesehen, wie sich um mich herum etwas vom Himmel herabgesenkt hatte, das nicht das gleiche war wie die Nacht, eine namenlose Finsternis hatte nach und nach alles überschattet, als hätte jemand ein schwarzes Leintuch über die Welt gelegt, bis ganz langsam alles wieder zur Normalität zurückgekehrt war. Es war so fremdartig gewesen, dass ich oft daran gezweifelt hatte, dass ich es wirklich erlebt hatte. Und in jenem Augenblick war es das Gleiche. Was vorhin Bilder gewesen waren, war jetzt zu Schatten geworden. Schatten, dachte ich, oder hatte ich vielleicht eine Stimme in meinem Inneren gehört? Schatten, sagte die Stimme, nur Schatten, Schatten, die nicht vergehen. Alle, die Teil dieser Welt waren, sind gegangen, ein ganzes Universum hat sich ausgelöscht. Die Wesen, die diese Welt einmal kraftstrotzend bewohnt haben, sind jetzt nicht viel mehr als Schall und Rauch. Ich musste an das Glockengeläute neben dem Hotel Seventeen denken, wo ich nach der Scheidung ein Zimmer gemietet hatte, weil ich es nicht hatte ertragen können, in die leere Wohnung zurückzukehren, schäbige Zimmer, besetzt mit obdachlosen Ehepaaren, die Marihuana rauchten und sich die ganze Nacht über Zeichentrickfilme ansahen. Als am frühen Morgen die Glocken in der nahe gelegenen Kirche läuteten, dachte ich, bevor ich richtig wach wurde, ich wäre ein Kind und sei irgendwo in Europa. Mitten in die Ruhe des Friedhofs fuhr aus der Ferne ein Windstoß, ein Wind, der im Vorbeibrausen alles auslöschen wollte. Und in diesem Augenblick bemerkte ich, ich, der ich meinte, nur von Brooklyns Schatten geträumt zu haben, dass es gar keine Schatten gab, nur eine alles überstrahlende Klarheit. Alles war weiß, aschweiß, die Mauern, die Sonne, die Schatulle, in der die Papiere lagen, die mir Brooklyn übergeben hatte, von denen sie sagte, dass hier das lag, was von der Geschichte fehlte. Da wurde mir klar, dass ich nichts davon lesen würde. Weil *Brooklyn* schon eine Form hatte, die, die du ihr geben wolltest. Es war das Buch, das du für Nadja geschrieben hast, und es war schon getan, und nichts und niemand konnte daran etwas ändern.

NACHWORT

Zehn Jahre später

1. Alles begann im Juni 1985, in einem Hotel in Katmandu. Wenn ich am Morgen zum Frühstücken hinunterging, konnte ich nicht umhin, auf ein Poster zu blicken, das die Skyline der Bucht von Hong Hongkong zeigte. Das Foto bestand aus vier Teilen, es war groß und in schrillen Farben gehalten. Aus irgendeinem Grund erinnerte mich das Bild nicht daran, dass ich nie in Hongkong gewesen war, sondern daran, dass ich New York nicht kannte. Nachdem ich eine Woche lang jeden Morgen auf das Bild geblickt hatte, beschloss ich, in die amerikanische Stadt zu reisen. Als ich am Ende des Sommers nach Madrid zurückkehrte, schrieb ich einer Freundin, die schon seit einem Jahr in New York lebte. Sie sagte, ich könne sie jederzeit besuchen. Ich kam am Tag vor ihrer Abreise zum Weihnachtsurlaub nach Spanien in New York an. Als ich an ihrem Haus in Astoria, Queens, klingelte, sagte sie mir gleich an der Tür, dass sie sich vor ihrer Abreise noch für einen Kurs einschreiben müsse und auf dem Sprung nach Manhattan sei. Sollte ich nicht zu müde sein, könne ich sie vielleicht begleiten. Wir fuhren mit der Subway bis zur Haltestelle Hunter College in der 68. Straße. Sie schlug mir vor, in einem Irishpub namens P.J. Clark's zu warten, den es schon seit 1884 gab, während sie sich anmeldete. Das P.J. Clark's, als einziges Überbleibsel umringt von lauter Hochhäusern, ist eine der charaktervollsten Kneipen der Stadt und einer der letzten Überlebenden einer Zeit, als die Bahn noch auf einer erhöhten Trasse entlang der Third Avenue

fuhr, die damals aus einer unendlichen Aneinanderreihung von Irishpubs bestand.

2. Das erste Bild, das sich mir von New York eingeprägt hat, ist der Anblick der Lexington Avenue in der Dämmerung von der Glaspassage des Hunter Colleges aus, die auf Höhe der 68. Straße die Avenue überspannt. Die Scheinwerfer der Autos, die von Spanisch Harlem kamen, bildeten einen weißen Flimmer-Teppich, der sich auf der anderen Seite des Übergangs in ein rotes Blinzeln verwandelte, das sich in Richtung Süd-Manhattan entfernte. Die Lichtverhältnisse verändern sich dramatisch, wenn man sich von der einen auf die andere Seite der Stadt begibt. Der Höhepunkt ist die gewaltige Lichtexplosion am Times Square. Die Art und Weise, wie dort alle möglichen optischen Reize zusammenfließen, ist das Sinnbild des Charakters von New York. Der Times Square versorgt den ganzen Rest der Stadtfläche Manhattans mit dieser leuchtenden Energie, die sie benötigt, damit das städtische Leben niemals zum Erliegen kommt. Die Lichter New Yorks bestehen aus einer Aneinanderreihung abstrakter Symbole, die für den urbanen Raum stehen: Börsenindex, Leuchtreklame, Schlagzeilen, die an den Gipfeln der Wolkenkratzer vorüberziehen … Alles (die Skyline, die Profile der Brücken und Gebäude, die Anlage der Parks, die Silhouetten der Bäume und der Schiffe, die Flugbahnen, die die Hubschrauber beschreiben) dient als Vorwand, um das Licht um die Wahrzeichen der Stadt kreisen zu lassen, das sie auf ihre Grundzüge reduziert. Ungebündelte Lichtstrahlen durchziehen die Straßen wie Kraftlinien, die die Stadt in ein Sinnbild reinster Bewegung verwandeln. Überlagert werden diese unendlichen Variationen des Lichts von einem akustischen Chaos, das sämtliche Bollwerke der Stadt New York durchdringt und vor dem es kein Entrinnen gibt, denn das stetige Röcheln im Hintergrund verstummt niemals. Genau wie mit dem Licht ist es auch mit dem Lärm, der aus dem Zusammenklang all der Ge-

räusche der Stadt entsteht: Er verstreut sich in alle Richtungen und durchdringt jeden Winkel, bis aus seinem Zusammenklang jenes Geräusch entsteht, dem man den Namen weißes Rauschen gegeben hat. Dieser Begriff ist als Metapher zu verstehen: Stadtteile, Ethnien, Namen, Einwohner von New York, alles verschmilzt in einer gewaltigen Licht- und Geräuscheruption. Obwohl die Stadt zu der Zeit, da ich dort ankam, als gefährlich galt, habe ich das nicht so empfunden. Das Chaos der Bilder und der Eindrücke, die um mich herum explodierten, machte auf mich einen Eindruck, den ich nicht ganz einordnen konnte. Der New Yorker Wahnsinn beruhigte mich. Danach konnte kein anderer Ort mehr meine Stadt sein.

3. Im Juni 1987 kam ich wieder, um zu bleiben. Den Sommer verbrachte ich in einer »Eisenbahnerwohnung« in der 12. Straße in der Nähe von Alphabet City. Nach einem kurzen Aufenthalt in der 17. Straße, in einem abgelebten Hotel in unmittelbarer Nähe eines der elegantesten Viertel der Stadt, Gramer-Park, beschloss ich, nach Brooklyn zu ziehen. *Brooklyn* – ich kann mich noch gut an den Eindruck erinnern, den diese klangvolle Vokabel auf mich machte, als ich das erste Mal meinen Fuß in das Viertel setzte, die Bilder, die in mir aufstiegen, wenn ich das Wort auch nur aussprach. Die Gebäude, die Parks, die Leute in Brooklyn: Alles hatte einen ganz eigenen Charakter, anders und verschieden von denen in Manhattan. Der raue Umgang, die Luft, die man auf der anderen Seite des Flusses atmete, hatte nichts mit dem Leben auf der Insel zu tun, die sich am jenseitigen Ufer des Hudson erstreckte. Noch mehr als in jeder anderen Stadt hatte ich den Eindruck, auf einen anderen Planeten umgezogen zu sein. Es war der Geist Brooklyns, den ich suchte, um ihn in einem Roman einzufangen; ohne es zu merken, war die Idee in dem Moment geboren, da ich beschlossen hatte, dort zu leben. Ohne genau zu wissen warum, verfolgte ich eine Spur, die eine Gruppe von nicht mehr existierenden

Namen, Orten und Individuen im kollektiven Gedächtnis hinterlassen hatte. Die Geschichte, die ich schreiben wollte, würde die Chronik von etwas sein, das schon lange zuvor begonnen hatte und noch dabei war zu verschwinden, vor meinen Augen, als ich ankam. Unvermeidliche Namen, die man nicht laut aussprechen kann, ohne das Echo der Geschichte zu vernehmen: Gravesend, Sunset Park, Red Hook, Brownsville, Brighton Beach, Fort Green, Prospect Park, Coney Island, Bushwick, Williamsburg. Das alles ist *Brooklyn*.

4. Ich schreibe seit meinem achten Lebensjahr, aber es war meine Ankunft in New York, die meine Geburt als Schriftsteller markierte. Ich bewahre Hunderte von Heften auf, in die ich seit meiner Ankunft in Brooklyn vor fast dreißig Jahren unentwegt geschrieben habe. Ich lese sie nicht nochmal, deshalb weiß ich nicht so genau, was drinnen steht. Die Hefte erlangten für mich vom ersten Moment an eine ungewöhnliche Bedeutung. Ich hatte das dringende Bedürfnis zu versuchen, alles, was um mich herum geschah, festzuhalten. Als ich meinen Wohnsitz nach Brooklyn verlegte, nahm die Anzahl dieser Hefte sintflutartig zu. Der Charakter der Texte, die nach und nach in den Heften entstanden, war denen, die man mit dem Computer tippt, völlig entgegengesetzt. Die typischen Merkmale meines Schreibstils sind alle in den Heften, die ich Mitte der Achtziger zu schreiben begann. Die Koordinatenachsen meines ersten Jahres in Brooklyn bestanden aus der George Westinghouse Vocational and Technical School, an der ich am Vormittag Spanischunterricht erteilte, und der Montero Bar and Grill, wo ich am Abend meine Freunde traf. Der Schatten Manhattans war immer präsent, auf die eine oder andere Weise, bildete aber einen etwas entlegeneren Bezugspunkt, fast ein Hemmnis.

5. Ich schrieb, weil ich nicht anders konnte, und ich tat es ohne die Absicht, etwas zu veröffentlichen. So gesehen könnte man

sagen, dass sich die Hefte von Brooklyn über viele Jahre quasi von allein schrieben. Hin und wieder geschah es, dass die magmatischen Schriften, die sich in den Heften angesammelt hatten, gleichsam von selbst nach außen traten. Auf diese Weise entstanden die ersten Geschichten. Viele von ihnen hatten ihren Ursprung in der täglichen Lektüre der *New York Times*, für mich ein heiliges Ritual. Während ich die Nachrichten in der *Times* las, stolperte ich unversehens über die Embryonen von Geschichten, deren Inhalt förmlich danach schrie, in eine Erzählung einzugehen. So ist auch *Little Man* entstanden, die Geschichte eines Drogenhändlers, der in White Castle, Brooklyn, niedergeschossen wurde, als er gerade einmal 14 Jahre alt war. Die Geschichte von *Little Man* ist nicht in *Brooklyn soll mein Name sein* eingegangen, ebensowenig wie die von Richard Ramirez, dem Vergewaltiger und Serienmörder, der Mitte der Achtziger Jahre die kalifornische Bevölkerung in Atem hielt. Andere dagegen schon, wie die von Daniel Rakowitz, dem Fixer, der eine niederländische Ballerina ermordete und ihre sterblichen Überreste in Form eines Eintopfs den Pennern im Tompkins Park servierte, oder die von April Olivia, einem neugeborenen Mädchen, das seine Mutter in eine rosafarbene Decke gewickelt und neben einem Mülleimer ausgesetzt hatte, auf einem an einer Sicherheitsnadel befestigten und äußerst sorgfältig geschriebenen Zettel bat sie darum, dass sich jemand um sie kümmerte, und auch die Chronik von Rothkos Selbstmord sollte in den Roman eingehen. Nicht alle Geschichten waren so finster wie die, die in den *Heften des Todes* landeten. Es gab auch leuchtend helle oder bittersüße wie die von Sam Evans, dem Schwarzen, der den gesamten Text der Bibel auswendig kannte, die Chronik des Hotels Chelsea, wo Mister Tuttle, alias Der Schatten, seine Antigeburtstage feierte, oder die Geschichten um Thomas Pynchon, Jesús Colon oder Felipe Alfau, die Ermittlungen von Robert C. Carberry, deren Zweck es war, Nadja Orlovs Spuren zu folgen, oder auch die Reportagen, die

Gals Großvater, David Ackerman, für den *Brooklyn Eagle* schrieb. Von der etwas erhöhten Plattform der Subway am Kings Highway aus konnte ich oft den Werbeschriftzug sehen, der schlicht besagte: *Do you know who you are dating?* Das sollte der Titel des 8. Kapitels des Romans werden.

6. Meine Freunde sahen mich immerzu schreiben und fragten, ob sie etwas von dem lesen dürften, was ich schrieb. Manchmal las ich ein Fragment laut vor oder druckte ein paar Seiten aus, die fast schon die Form einer Erzählung hatten. Obwohl die Masse an Material, die aus den Heften herausfloss, enorm war, denke ich, dass ich immer den heimlichen Wunsch verspürt habe, einen Roman zu schreiben, der dem Impuls, Spanien für immer zu verlassen und mich in New York niederzulassen, Rechnung tragen würde. Dabei ging es mir nicht darum, meine persönliche Geschichte zu erzählen; was ich wollte, war eine vielen Menschen gemeinsame Gefühlsregung zu durchleuchten. Einen Berührungspunkt zwischen dem Land, in das ich gekommen war, und dem, das ich hinter mir gelassen hatte, fand ich in einer historischen Episode, strotzend vor Idealismus und großen Gefühlen, aber mit einem schmerzhaften Ende, nämlich in den jungen Leuten aus Nordamerika, die sich der Lincoln-Brigade anschlossen und nach Spanien gingen, um gegen den Faschismus zu kämpfen. Das historische Ereignis war nichts als der Ausgangspunkt. Als das, was ich in die Hefte schrieb, begann, sich in Richtung eines Romans zu entwickeln, spürte ich, wie die Grenzen zwischen Realität und Fiktion sich kaum merklich verwischten. Diese Wahrnehmung ist ein essentieller Bestandteil des kreativen Prozesses, und bis heute weiß ich nicht genau, was jeweils auf welcher Seite dieser Grenzen steht. Bis jetzt, zehn Jahre nach dem Erscheinen des Romans, bin ich nicht in der Lage, die Gestalten, die ich erfunden habe, eindeutig von denen zu unterscheiden, die ich kennenlernte. Fast alle haben eine reale Basis, aber je weiter der

Schreibprozess fortschritt, desto mehr verwischten sich die Ursprünge, bis sie nahezu vollständig verschwanden. Darin besteht die Macht der Fiktion.

7. In dem Vokabular der Hefte findet sich ein Begriff, der von Anfang an zentral war: *semblanza* (›Lebensbild‹). Die Hefte verbinden die Lebensbilder von Orten mit denen von Personen, wie Capote seine Absicht dargestellt hat. Sie haben sich über die Jahre langsam herausgebildet. Dabei ging es nicht so sehr um das, was ich hörte, als vielmehr um das, was ich mir vorstellte, wenn auch nicht immer. Als ich vor Kurzem meine Papiere durchwühlte, fand ich ein 1988 geschriebenes Lebensbild des Montero. Ich konnte mich nicht daran erinnern, es geschrieben zu haben. *Brooklyn soll mein Name sein* war schon Jahre erschienen, als ich es entdeckte, aber hier liegt der Kern des Romans. Im Juni 1988, am ersten Jahrestag meiner Ankunft in New York, machte ich meine erste Reise nach Mexiko. In Veracruz entstand ein Roman für Kinder, der noch nicht veröffentlicht wurde und den ich in einem Zug geschrieben habe. Wieviele Jahre ist es mir so ergangen, dass ich schrieb, ohne die geringste Absicht, etwas zu veröffentlichen!

8. Wenn ich schreibe, muss ich wissen, dass sich ein Park in der Nähe befindet. Von meiner jetzigen Wohnung aus kann ich die Bäume am Washington Square sehen. Im Herbst 1988 begann ich mit meiner Promotion in Literatur. Dort brach der Bryant Park in meine Hefte ein. Zwischen 1988 und 1993 spielte sich mein Leben vor allem zwischen dem Grace Building, einem Wolkenkratzer in der 42. Straße mit einem eleganten, kurvenförmigen Profil, und dem Marmorgebäude der öffentlichen Bibliothek ab. Bryant Park lag zwischen beiden.

Während der ersten Jahre meiner Doktorarbeit wohnte ich in einem winzigen Studio in der 44. Straße, ganz nah am Times Square, in einem Gebäude, in dem so viele einsame Menschen lebten, dass ich ihm den Namen ›Turm der Einsamkeit‹ gab. Dort habe ich viele Erzählungen geschrieben, fast alle mit der Hand. Die Hörsäle des Promotionsprogramms befanden sich im 40. Stock des Grace Buildings. Die Aussicht über den Süden Manhattans, die man von dort aus genoss, war überwältigend. In den Kellerräumen gab es eine Bibliothek, die den Namen Mina Rees trug, und ein paar Stockwerke weiter oben war ein Computerraum, in dem die angehenden Doktoren ihre gelehrten *Papers* verfassten. Es waren Jahre der unablässigen und genussvollen Lektüre und linkischer Schreibversuche. In den Heften suchte ich Zuflucht vor der akademischen Welt. Ich fand eine Passage, in der sich eine unfertige Erzählung befand, befreite sie und begann mit dem Computer daran zu arbeiten. Wenn ich sie für fertig befand, druckte ich sie aus und verschenkte ein Exemplar davon an meine Freunde aus dem Promotionsprogramm, die sich gerade mit mir im Computerraum befanden.

9. Nach einer ganzen Zeit im Turm der Einsamkeit kehrte ich nach Brooklyn zurück. Jahre später, im Herbst 1993, nachdem ich in vielen seiner Bezirke gelebt hatte, verließ ich das Viertel wieder, um nicht wiederzukehren. In gewisser Weise war das ein Verrat, obwohl ich bis dahin Brooklyn schon zu dem Ort bestimmt hatte, an dem mein künftiger Roman spielen sollte. In Wirklichkeit ist es aber nicht möglich, seine Grenzen so genau abzustecken. *Brooklyn soll mein Name sein* ist eine von unzähligen Geschichten, die ich Jahr um Jahr in den Heften festhielt. Als reales Gebilde sollte die Geschichte noch zehn Jahre brauchen, um Gestalt anzunehmen. Das Montero, das auf der fiktionalen Ebene den Namen Oakland erhielt, war einer der Schwerpunkte, vielleicht der wichtigste, aber bei Weitem nicht der einzige. Um es herum und sogar völlig unabhängig von ihm gab es ein Netz von Geschichten, jede mit ihrem eigenen Epizentrum. Irgendwann, ich kann mich nicht genau

erinnern, in welchem Jahr, bündelte ich ein halbes Dutzend Erzählungen und ließ sie binden. Ohne mir etwas zu sagen, lieh meine Freundin GB sie einem befreundeten Maler, der für eine Ausstellung am Broadway nach New York gekommen war. Als ich ein paar Monate später im Haus des Malers, Colliure, war, sagte er mir, dass er meine Geschichten gelesen habe, und fragte mich, warum ich sie nicht veröffentlichte. Ich wusste nicht, was ich darauf antworten sollte, aber ich fühlte mich genötigt, darüber nachzudenken, wobei ich zu dem Ergebnis kam, dass es dafür keinen wirklichen Grund gab. Ich schrieb weiter meine Hefte voll, aus denen ich immer wieder eine Erzählung rettete, aber irgendetwas hatte sich verändert, und kurz darauf traf ich die Entscheidung, endlich etwas zu veröffentlichen. Das Erste, was ich herausfand, war, dass es nicht einfach ist, einen Verleger zu finden. Mein Entschluss allein reichte nicht. Jemand musste an das glauben, was ich tat, und auf mich setzen.

10. Im Jahr 2000, wir hatten kaum das dritte Jahrtausend begonnen, erschienen zwei Bände, beide sehr dünn. Form und Ursprung dieser beiden könnten unterschiedlicher nicht sein. Das eine war direkt einem der Hefte entsprungen und zum Geburtstageschenk für GB geworden. Im Juli 1995 war ich mit ihr nach Chiapas gereist. Ihr Geburtstag ist im September. Als ich sie fragte, was sie sich von mir zum Geburtstag wünschte, bat sie mich, dem Tagebuch der Reise nach Chiapas Form zu verleihen. Ich brauchte einige Monate, um dieses Projekt abzuschließen. Fünf Jahre später veröffentlichte der Verlag Prames in Zaragoza mein Heft *Cuaderno de Méjico* (sic). Das andere Buch war auch ein Geschenk gewesen, dieses Mal für einen meiner Freunde, einen vortrefflichen Lektor und außergewöhnlichen Verleger. Mein Freund hatte ein schmales Bändchen veröffentlicht mit einem zarten Einband mit winzigen goldenen Lilien auf gelbem Untergrund. Ich verwendete denselben Einband für die Ausgabe meiner selbstgestrickten Erzählungen, die

mein Freund, der Maler Colliure, ohne meine Zustimmung gelesen hatte. Ich gab dieser Veröffentlichung einen rein beschreibenden Titel: *Cuentos Dispersos* (›Verstreute Erzählungen‹). »Little Man« und »Quien Quiere las Cenizas de Richard Ramirez?« (›Wer möchte die Asche von Richard Ramirez?‹) waren darunter. Turner publizierte den Band in einer Auflage von 200 Exemplaren. Die meisten davon habe ich verschenkt. Als ich wieder nach New York zurückkehrte, brachte ich die etwa zwanzig verbleibenden Bücher mit und trug sie in die Buchhandlungen Macondo und Lectorum in der 14. Straße. Kein einziges von ihnen wurde verkauft. Ich kann mich gut an den Tag erinnern, an dem ich die Bücher unter den mitleidigen Blicken der Buchhandlungsangestellten wieder abholte. Die Auflage von *Cuaderno de Méjico* betrug 1000, eine exorbitante Anzahl, und ich glaube, dass immer noch ein paar übrig sind. Ab und an überrascht mich ein Freund mit der Eröffnung, dass er das Buch beim Verlag in Zaragoza bestellt habe und tatsächlich zugeschickt bekam.

11. Als ich 1988 *Das Lebensbild des Montero* schrieb, wusste ich weder genau, welche Geschichte ich erzählten wollte, geschweige denn wie. Geschichten haben ein Eigenleben, unabhängig von dem, der sie niederschreibt. Sie wissen von Anfang an, welchen Weg sie einschlagen werden, aber der Schriftsteller, der die Aufgabe hat, sie zu erzählen, ist sich nicht immer sicher, wie er vorzugehen hat. Es bleibt ihm nichts anderes übrig, als eine Haltung poetischen Lauschens anzunehmen, so wie Dante sie empfahl, zu warten, bis die Signale eintreffen, die nicht immer leicht zu erkennen sind. Ist es endlich soweit, besteht die Mission darin, ihnen treu zu bleiben und sie in einen Text zu transformieren, ohne zu viel dazwischenzufunken. Wenn man sich nicht daran hält, besteht die Gefahr, dass das, was schließlich ans Tageslicht tritt, gezwungen wirkt, künstlich und ohne Eigenleben, etwas, das niemand mehr wieder geradebiegen kann.

12. Der Keim des Romans steckte vollständig im *Lebensbild des Montero*. Nur die Protagonisten fehlten noch. Ich wusste immer, dass es zwei sein würden. Der Roman, den ich schreiben wollte, sollte sein wie eine Ellipse mit den Trägern der Geschichte als Brennpunkten. Ich habe lange gebraucht, um sie ausfindig zu machen. Eines Tages flimmerte in meiner Vorstellungskraft die Szene auf, in der ich sie endlich fand. Es war im Oakland. Einer davon war ein Mann um die fünfzig, eine undurchsichtige Gestalt, dazu bestimmt, das Zentrum der Geschichte zu besetzen, unverkennbar Gal Ackerman. Der andere, Néstor Oliver Chapman, knapp über dreißig, Journalist und ein heller Kopf. Als Ackerman seinen Weg kreuzt, wird er zum unfreiwilligen Zeugen seines Lebenswegs, und als er sich der tragischen Bestimmung bewusst wird, die ihn erwartet, fügt er sich darein, der Vollender seines Vermächtnisses zu sein. Es war natürlich kein bewusster Prozess, erst mit der Zeit trat das alles mit solcher Klarheit hervor. Gal musste nicht weiter bearbeitet werden, das war nicht nötig. Als Waise des Spanischen Bürgerkriegs, adoptiert von einem Brigadistenpaar aus Brooklyn, war er der Träger des Geheimnisses. Néstor war derjenige, der peu à peu das Profil annahm, das ihm zustand. Ich habe lange dazu gebraucht, aber als es mir am Ende plausibel erschien, dass auch er Spanier sein sollte, setzte sich das Räderwerk des Romans in Bewegung.

13. Im Jahre 2000, als die *Cuaderno de Mejico* und *Cuentos Dispersos* erschienen, wohnte ich in Chelsea in der 20. Straße, und der nächste Park war der des bischöflichen Seminars, der seine Tore nur zu bestimmten Zeiten dem Publikum öffnete. An der Ecke zur Neunten Straße befand sich ein Geschäft, das mehrmals den Besitzer wechselte, aber trotzdem immer scheiterte, bis es eines Tages ein junger Franzose mit einer Konditorei, La Bergamotte, übernahm, die sofort Erfolg hatte. Dort schrieb ich viele Seiten, vermutlich dreiviertel von dem, was eines Ta-

ges *Brooklyn soll mein Name sein* werden sollte. Eines Tages (es war die Woche der Oskar-Verleihung) empfahlen mir gleich drei Personen, Kontakt mit einer Agentin, Antonia Kerrigan, in Barcelona aufzunehmen. Vor Jahren war ich mit ihrem Bruder Camilo befreundet gewesen, der damals in Brooklyn gelebt hatte. Die Osterferien nutzte ich für eine Reise nach Madrid, von dort aus fuhr ich nach Barcelona, um Antonia kennenzulernen. Sie empfing mich sehr freundlich und zuvorkommend. Die Ecke in der Travesera de Garcia, wo sie ihre Agentur hatte, werde ich wohl nie vergessen. Dort gab es eine Bar, die mir sehr gefiel. Ich erzählte Kerrigan von der ungeheuren Menge an Texten, die ich im Laufe der letzten Jahrzehnte geschrieben hatte. Sie hörte geduldig zu und sagte am Ende meiner Ausführungen, dass sie mir helfen könne, wenn ich einen Roman ablieferte. Ich habe einen, sagte ich, und ich erzählte ihr vom *Cuaderno de Brooklyn*, dem Roman, an dem ich schon seit zehn Jahren schrieb, obwohl der Titel nicht so bleiben könne, da das *Cuaderno de Mejico* ja schon veröffentlicht und der Titel somit verbraucht sei.

Mit instinktiver Treffsicherheit sagte Antonia: »Wenn du schon so viele Jahre daran schreibst, wird es etwas sehr Inkonsistentes sein. Alle möglichen Stimmen und Stile werden darin stecken. Das Beste wird sein, wenn du etwas Neues anfängst.« So oder so ähnlich waren ihre Worte.

14. Ich war nach Barcelona gepilgert, weil ich ein Signal von außen brauchte, etwas, um meinen Anstrengungen eine objektive Grundlage zu verschaffen. Als ich nach New York zurückkehrte, begriff ich, dass das, was sich in den Heften angesammelt hatte, alles nichts taugte. Nachdem ich dem Roman mehr als zehn Jahre gewidmet hatte, war es, als hätte ich keine einzige Zeile geschrieben. Ich vernichtete alles, bereit, wieder bei null zu beginnen. Nachdem das akademische Jahr zu Ende war, ging ich nach Madrid und schrieb in dem Haus meiner

Eltern, in der Nähe des Retiro Parks, das erste Kapitel eines neuen Romans. Zu meiner großen Überraschung strebte die Geschichte, von der ich dachte, dass ich sie hinter mir gelassen hatte, ungewöhnlich kraftvoll an die Oberfläche. Der Roman, den ich für unbrauchbar gehalten hatte, war unabhängig vom Papier noch am Leben, intakt, genauso wie seine Gestalten. Das erste Kapitel ging mir so leicht von der Hand, dass ich mich selbst wunderte. Gal Ackerman, der zu diesem Zeitpunkt etwas über dreißig ist, lernt im Busterminal von Port Authority eine Frau kennen, die sein Leben für immer verändern wird. Nach einem Monat ungezwungenen Schreibens druckte ich das Kapitel aus und kehrte nach Manhattan zurück. Da ich den ganzen Sommer für mich hatte, beschloss ich das nächste Kapitel in Oaxaca zu schreiben, wo ein paar Freunde von mir den Juli verbringen wollten. In Oaxaca quartierte ich mich in einem kleinen, ruhigen Hotel ein. Als ich der Besitzerin sagte, dass ich Schriftsteller sei, gab sie mir ein Zimmer, das auf einen begrünten Innenhof hinausging, in den kein Geräusch drang. Es war wie eine Mönchszelle. In dem Zimmer gab es nichts als ein einfaches Bett, einen niedrigen Tisch und einen Stuhl. Dort verbachte ich den ganzen Tag schreibend, und wenn die Dämmerung einbrach, ging ich ins Zócalo, wo sich die Bohème des Ortes traf. Ich wollte das Kapitel mit dem Titel *Das Heft des Todes* schreiben, in dem Gal Nachrichten aus der *New York Times* über makabre Geschehnisse abschreibt, um diese in Erzählungen zu transformieren, in dem Versuch, ihnen einen Sinn abzugewinnen. Die Hölle des Schreibens offenbarte sich mir damals mit voller Macht. Ich hatte diesem Teil des Romans Jahre gewidmet. Nun brauchte ich etwa drei Wochen, um einen Entwurf abzufassen. Da ich in Oaxaca nichts mehr zu tun hatte, kehrte ich vorzeitig nach New York zurück. Nachdem ich alles, was ich mir in den letzten Wochen so mühsam abgerungen hatte, wieder gelesen hatte, stellte ich frustriert fest, dass es nicht funktionierte.

15. Ich beschloss, es erstmal so zu lassen, um mich anderen Kapiteln des Romans zu widmen. Von Zeit zu Zeit nahm ich mir das *Heft des Todes* wieder vor und versuchte die unzähligen Probleme, vor die mich der Text stellte, zu lösen. Ich schrieb es immer wieder von Neuem, an die siebzig Mal, und am Ende wurde es zum siebten Kapitel. Gals Geschichte, die mir neben dem Retiro-Park, in Madrid, so leicht von der Hand gegangen war, wurde zu Kapitel Zwei. In der Schreibhölle, zu der der Roman inzwischen geworden war, je tiefer ich mich hineinbegeben hatte, bestand die größte Folter in der Suche nach einer geeigneten Struktur.

Ich verbrachte unendlich viel Zeit damit, Konzeptskizzen zu entwerfen, um mich in diesem Prozess nicht selbst zu verlieren. Ich ordnete die Kapitel tausendmal neu, schrieb sie tausendmal neu, bis der Roman schließlich die gebührende Form erlangt hatte. Manchmal brauchte ich bis zu einem Jahr, um ein Kapitel fertigzustellen. Damals ereigneten sich in meinem Leben Dinge, die mich zutiefst schmerzten, wie der Tod meiner Mutter und sechs Monate später der meines jüngeren Bruders. Allein das Kapitel über Coney Island kostete mich anderthalb Jahre Forschung und Ausarbeitung. In seiner endgültigen Fassung hatte es 80 Seiten, worauf mir der Verleger sagte, dass ich die Hälfte opfern müsse. In Wirklichkeit war es der Roman selbst, der seine Struktur bestimmte. Trotz ihrer Komplexität war die Fassung, für die ich mich am Ende entschied, die einzig mögliche.

16. Das Erste, was ich in Madrid getan hatte, nachdem ich das erste Kapitel fertiggestellt hatte, war, es Antonia zu schicken. Es war bereits ein Monat vergangen, seit ich aus Oaxaca zurückgekehrt war, und meine Agentin hatte sich weiterhin in Schweigen gehüllt. Für mich war es wichtig gewesen, ihre Meinung zu wissen. Ich hatte sie angerufen und sie ganz offen gefragt, was sie darüber denke. Was soll ich dir sagen?, hatte sie erwidert.

Dass ich es für gut halte? Es ist zu kurz, um ein Urteil zu erlauben. Und wenn das, was danach kommt, meinem Eindruck widerspricht? Oder umgekehrt: wenn es mir nicht gefällt und das, was du mir später schickst, mich davon überzeugt, dass es nicht anders hätte sein können? Wenn du ungefähr die Hälfte des Romans fertig hast, schick ihn mir, und dann werde ich etwas sagen können.

Es dürfte im September 2003 gewesen sein, dass ich ihr die Hälfte des Romans schickte. Ich dachte, sie würde den Text gleich nach Erhalt lesen, aber so war es nicht. Monate vergingen, Weihnachten stand vor der Tür, ich fuhr nach Spanien; von ihr weiterhin kein Sterbenswörtchen. Ich brachte sie dazu, mir zu versprechen, dass sie den Text bis zu meinem Geburtstag Ende Januar lesen würde. Mein Geburtstag war vorbei, und sie hatte ihn immer noch nicht gelesen. Es vergingen noch einige Monate, bis ich erreichte, was ich wollte, indem ich am Ball blieb. Schließlich sagte sie mir etwas, das alles veränderte: Du bist dabei, einen wichtigen Roman zu schreiben, halte mich bitte auf dem Laufenden und sag mir, was du brauchst. Man kann nicht wirklich sagen, dass sich von da an der Prozess beschleunigte, denn der Roman sollte seinen eigenen Kurs beibehalten, aber von da an schien alles in den richtigen Bahnen zu verlaufen. Meine Mutter starb am 1. Juli 2004. Ein paar Monate darauf rief mich Antonia an, um zu fragen, bis wann ich dächte, mit dem Roman fertig zu sein. Ich setzte mir eine Frist bis zum ersten Todestag meiner Mutter. Am 1. Juli 2005 schickte ich ihr das Manuskript. Deine Arbeit ist nun beendet, sagte mir Antonia, daran erinnere ich mich. Jetzt lass mich die meine tun.

Sie hatte vor, den Roman in ihrem Haus im Ampurdán zu lesen, wo sie den Sommer verbringen wollte. Gleichzeitig machte ich für mich einen Ausdruck des Manuskripts, ich las es in einem Zug und stellte bestürzt fest, dass es im Text vor Problemen nur so wimmelte. Ich verbrachte den ganzen Sommer mit Korrekturen. Nach einer gründlichen Durchsicht stellte ich

Ende August eine Version fertig, die mir zufriedenstellend erschien. Am 1. September rief Antonia mich wie versprochen an.

Ich rufe dich heute nicht als Agentin an, sagte sie. Ich rufe an, um dir zu sagen, dass der Roman mich vom persönlichen und menschlichen Standpunkt her tief beeindruckt hat.

Ich erklärte ihr, dass der Text, den ich ihr geschickt hatte, nicht veröffentlicht werden könne. Meine nachträglichen Änderungen seien so zahlreich, dass der Roman nicht wiederzuerkennen sei. Als kluge und praktische Frau sagte Antonia sofort: Lass ihn mir so, wie er ist, zukommen, und ich werde sofort damit anfangen, ihn zu verschicken.

17. Es gab wichtige Verlage, die sich wenig begeistert zeigten, aber der Großteil der Rückmeldungen war überwältigend positiv. Der erste Verlag, der den Roman haben wollte, war auf Bestseller spezialisiert. Wir dachten, dass es nicht ratsam wäre, meinen Namen mit einem rein kommerziell orientieren Verlag zu verbinden, obwohl es sich um Doctorows spanischen Verlag handelte. In den darauffolgenden Wochen überschlugen sich die Ereignisse. Antonia sagte, dass es einige Verlage gebe, die Interesse hätten, das Buch zu veröffentlichen. Man musste jetzt genau abwägen. Ein Freund von mir, der eine wichtige Stiftung leitete, die eng mit einem der prestigeträchtigen Verlage verbunden war, hatte mir ein Angebot zur Zusammenarbeit unterbreitet. Als ich zu ihm kam, erschien seine Sekretärin mit einem Tablett, auf dem ein hoher Blätterturm lag. Er erklärte mir, dass das mein Manuskript sei.

Das ist das Werk eines talentierten Schriftstellers, sagte mein Freund. Aber wird dieser talentierte Schriftsteller Änderungen an seinem Text akzeptieren?

Nach meiner Rückkehr nach New York sagte mir Antonia:

Es gibt einige angesehene Verlage, die Interesse daran haben, deinen Roman zu verlegen, aber ich denke, das Beste wäre es, ihn für den Premio Nadal anzumelden. Ich weiß, dass die Jury nicht genügend geeignete Manuskripte hat, und sie suchen verzweifelt nach einem würdigen Roman. Es gibt keine Garantie, dass wir ihn bekommen, aber die Wahrscheinlichkeit ist hoch.

Und wenn wir ihn nicht bekommen?

Dann würden wir den Roman nach der Entscheidung im Januar veröffentlichen. Wir müssten dann nur ein paar Monate mit dem Druck warten, ich werde mir schon etwas einfallen lassen.

Am 28. Dezember bekam ich einen Anruf, in dem mir mitgeteilt wurde, dass die Jury beschlossen hatte, mir den Preis zu verleihen. Die Angelegenheit sei nur bitte vertraulich zu behandeln. Ich müsse nach Barcelona fahren, um mit meinem Lektor den Text eingehend durchzuarbeiten, aber niemand dürfe mich mit ihm sehen. Am Vortag der Verleihung ließ der Verlag selbst die Nachricht durchsickern. Ich befand mich im Hotel Ritz, als mich ein Anruf erreichte, ein Journalist von *El País*, der mir über die Jahre unzählige Male eine Zusammenarbeit angetragen hatte.

Du hast den Premio Nadal gewonnen, sagte er, wobei aus seinem Tonfall nicht klar wurde, ob es sich um eine Frage oder um eine Bestätigung handelte.

Ich spielte den Unwissenden, und er lachte.

Es ist nämlich so, dass es sich nach der Aussage des Verlages um einen Unbekannten handelt, der in New York lebt, und das kannst nur du sein.

18. Im Laufe meines Lebens habe ich das Privileg gehabt, einige der wichtigsten Schriftsteller Nordamerikas zu interviewen. Mit ihnen über die Geheimnisse zu sprechen, die dem Schöpfungsprozess innewohnen, hat einen unermesslichen Einfluss auf mein Schreiben ausgeübt. Einige sind schon gestorben: William Maxwell, Norman Mailer, John Updike, Frank McCourt, E.L. Doctorow, Czeslaw Milosz. A. Milosz war ein Pole, der niemals auf Englisch schrieb, obwohl er 50 Jahre lang

in den Vereinigten Staaten lebte. Ich interviewte ihn in seinem Haus in Krakau. Der Schlüsselmoment des Treffens war, als ich ihm folgende Frage stellte:

> Wie entsteht ein Gedicht?
>
> Ich weiß es nicht. Es wird mir gegeben, erwiderte er.
>
> Von wem?, fragte ich weiter.
>
> Ich weiß es nicht, wiederholte er. Ich gebe ihm keinen Namen.

Es gab einen vergleichbaren Moment in einem der Interviews mit Don DeLillo, im ersten. Zu Beginn des Gesprächs fragte ich ihn, ob er glaube, dass die Literatur ein Versuch sei, den Tod zu besiegen. Er schwieg lange, bevor er mit ja antwortete.

Der springende Punkt in einem Gespräch mit einem Künstler besteht darin, dass er über den Schöpfungsprozess spricht. In ihren Antworten sind sich alle darüber einig, dass die literarische Schöpfung ein Prozess ist, dessen tiefste Strömungen sich der Kontrolle durch den Schriftsteller weitgehend entziehen. Seine Rolle besteht eher darin, den Hinweisen einer Stimme zu folgen, von der er nicht ganz genau weiß, woher sie kommt.

19. *Brooklyn soll mein Name sein* beginnt bei den Klippen von Fenners Point, in der Nähe eines Ortes namens Deauville. In den Vereinigten Staaten gibt es keine Ortschaft, die so heißt. Den Namen habe ich von Proust. Um den Leser nicht zu täuschen, habe ich ein Zitat von Melville an den Anfang gesetzt: *Er ist auf keiner Karte verzeichnet, wie alle wahren Orte.* Bei der Preisverleihung wollten viele Journalisten wissen, ob der Friedhof von Fenners Point, der am Anfang des Romans erwähnt wird, ein wirklicher Ort ist. Nein, ist er nicht, erklärte ich. Der Bus, in dem Gal Ackerman aus Manhattan hinausfährt, taucht in den Lincoln Tunnel ein, aber statt in New Jersey taucht er an einem imaginären Ort wieder auf. Mindestens war es das, was ich mir gedacht hatte. Als ich das Buch in Galizien vorstellte, fragten mich die Journalisten aus irgendeinem Grund, der sich

mir entzog, immer wieder, ob der Friedhof von Fenners Point etwas mit dem englischen Friedhof im galizischen Camariñas an der Costa de la Muerte zu tun habe. Ich wusste nicht, wovon sie sprachen.

Monate nach dem Erscheinen des Buches rief mich ein Freund in meiner Wohnung in Chelsea an.

Ich bin in Fenners Point, sagte er und beschrieb sehr präzise den Platz, an dem er sich aufhielt, ein kleiner Friedhof am Meer, umgeben von einer Steinmauer mit einer Tafel zum Gedenken an einen Schiffbruch.

Alles ist es genau so wie in dem Roman, sogar die Riffe, an denen die Schiffe zerschellen, fuhr mein Freund fort. Der einzige Unterschied ist, dass es hier keine Klippen gibt, der Friedhof befindet sich auf Meereshöhe.

Bei meiner nächsten Spanienreise fuhr ich nach Camariñas. Mit Staunen stellte ich fest, dass der Friedhof an der Costa de la Muerte bis in die kleinsten Details mit dem von Fenners Point übereinstimmt. Wie war ein solcher Zufall möglich, obwohl ich niemals dort gewesen war? Ich dachte an das, was Milosz mir gesagt hatte, über den Ort, an dem die Gedichte entstehen.

20. Frank McCourt habe ich einige Wochen vor seinem Tod interviewt. Als ich eines Tages mit meinem Verleger auf der Madrider Buchmesse unterwegs war, begegneten wir einer Literaturkritikerin, mit der wir beide befreundet waren. Ihr solltet einen Blick in das letzte Buch von Frank McCourt werfen, sagte sie, und nannte uns die genaue Seite im Buch, auf der wir suchen sollten. Erstaunt lasen wir: »Damals wohnte ich über dem Montero, einer spanischen Bar in der Atlantic Avenue, dessen Inhaber im Stockwerk über der Bar Zimmer vermietete.«

Ich war völlig durcheinander. Nach dem, was ich wusste, hatte es über dem Oakland nie Zimmer zu vermieten gegeben. Es stimmt, dass Gal Ackerman in einem Studio im Stockwerk über der Bar wohnte, das Frank Otero, der Besitzer des Oakland, ihm vermietet hatte, aber ich hatte das immer für meine Erfindung gehalten. Weder ich noch meine Freunde hatten die geringste Ahnung gehabt, dass es über der Montero Bar einen solchen Ort gab. Das Motel, das in meinem Roman erscheint, ist absolut fiktiv, genauso wie die Tanzfläche und die Drehtüren, die die Bar mit der Treppe verbinden, die zum Motel hinaufführt. Das Zeugnis McCourts offenbart, dass es vor Jahrzehnten Mieträume über der Montero Bar gab, aber das hatte ich nicht gewusst. Wie im Fall des dänischen Friedhofs war ich vollkommen überzeugt gewesen, dass diese Orte, die sich später als real entpuppten, reine Erfindungen von mir waren.

21. Einige Monate nach dem Erscheinen des Romans beschloss ich, mal wieder ins Montero zu gehen. Alles war genau so, wie ich es in Erinnerung hatte. Der Tisch des Kapitäns stand da mit seinem Schild, auch die Fotos der dänischen Seeleute waren da, die Rettungsringe mit dem Namen des jeweiligen Schiffes, die Büsten von bärtigen Seemännern, die bunt bemalten Schnitzereien, die Seejungfrauen darstellten, die Fischernetze über der Theke, die Bullaugen aus Bronze und Glas, die zwei Telefonzellen mit den Holzwänden und den Glastüren und der Billardsaal, in dem die jungen Boxer nach dem Training spielten. Es gab keine Tanzfläche und keine Drehtüren, die zum Motel führten. Der einzige Unterschied, den ich feststellen konnte, war die Farbe der Spielfläche des Billardtisches. Sie war nicht grün, wie ich gedacht hatte, sondern granatrot. Der Stoff war sehr abgenutzt, was darauf hindeutete, dass er wohl nie erneuert worden war. In diesem Moment klopfte mir jemand auf die Schulter. Es war Manuel, der Kubaner, besser gesagt das Objekt meiner Inspiration beim Kreieren meiner Romangestalt. Er war nicht Kubaner, sondern Puertoricaner, und er hieß nicht Manuel, obwohl ich nicht sagen kann, welches sein wirklicher Name war. Ebenso wie meine Romangestalt war der Stamm-

gast des Montero, der gekommen war, um mich zu begrüßen, makellos gekleidet und trug eine Brille mit dunklen Gläsern, damit niemand merkte, dass er ein Glasauge hatte.

Wir gingen zur Theke, Manuel der Kubaner bestellte zwei Rolling Rocks und fragte mich, wo ich gesteckt hätte. Du kommst überhaupt nicht mehr her, klagte er.

Plötzlich fiel mir ein Detail auf, das ich beim Reingehen nicht bemerkt hatte. In der Glasvitrine, die über dem Tisch des Kapitäns hing, konnte man ein Foto mit einem schwarzen Trauerflor sehen.

Ich erkannte Monteros Adoptivsohn. Ich kann mich nicht erinnern, wie er hieß, aber im Roman ist er Raúl der Zwerg.

Wann ist er gestorben?, fragte ich.

Vor etwa einem Monat, sagte Manuel, komm mal mit.

Er packte mich am Arm und führte mich an die hintere Wand, wo sich in einem Regal allerlei Objekte angesammelt hatten. Er schob ein paar verstaubte Bücher zur Seite und zeigte auf eine Schachtel, die mit einem granatroten Stoff verkleidet war, genau die gleiche Farbe, wie der Stoff des Billardtisches.

Es war die Asche von Monteros Sohn. Wir gingen zurück zur Theke. In der Ecke neben der Glasscheibe zur Straße hin stand der Greis mit den weißen Haaren, dem ich die Eingebung für die Gestalt des Niels Claussen verdanke. Ich grüßte ihn nicht, das hatte ich auch früher nie getan, als ich noch regelmäßig in die Bar gegangen war.

Das Montero ist Teil der lebendigen Geschichte Brooklyns. Vor Jahren stolperte ich in der *New York Times* über einen Nachruf auf Monteros Witwe. In Wirklichkeit handelte es ich um ein Lebensbild der Bar.

Ich war lange nicht mehr dort. Das letzte Mal war mit einem befreundeten Journalisten, der den Ort unbedingt kennenlernen wollte. Er hatte sich verändert. Eine schreckliche granatrote Markise schmückte die Fassade. Drinnen übertrugen mehrere Fernsehgeräte Baseball und American Football. Es sah aus wie ein *Sports Bar*.

An der Theke bediente ein Sohn Monteros. Er begrüßte mich herzlich.

Wissen die, dass du einen Roman geschrieben hast, der in dieser Bar spielt?, fragte mich mein Freund.

Ich hatte nie das Bedürfnis, mit ihnen darüber zu sprechen, erwiderte ich.

Ich ging kurz zur Toilette, als ich zurückkam, sagte mein Freund: Ich habe den Kellner das gleiche gefragt wie dich.

Und?

Er sagte, er habe sowas gehört, wisse aber nicht genau, um was es sich handle.

Ich bestellte zwei Rolling Rocks.

EDUARDO LAGO
Washington Mews, New York, November 2015

CHRONOLOGIE

1858 Carl Ackerman, Gals Urgroßvater, wird geboren.
1888 David Ackerman, Gals Großvater, wird geboren.
1899 Geburt von Ralph Bates, eines britischen Aktivisten im Dienste der Spanischen Republik.
1902 Carl Ackerman stirbt.
1913 Ben Ackerman, Gals Adoptivvater, wird geboren.
1915 vermutliches Geburtsjahr von May Ackerman, Bens Schwester.
1919 Der Dänische Frachter Bornholm sinkt; die geborgenen Leichen der Seemänner werden auf dem Friedhof von Fenners Point begraben.
1927 David Ackerman geht mit seinem Sohn Ben zu einer Demonstration in Manhattan, um gegen das Todesurteil gegen Sacco und Vanzetti zu protestieren. Hinrichtung der beiden Anarchisten. Im *Brooklyn Eagle* erscheint ein Hetzartikel von David gegen das amerikanische Justizsystem.
1932 Frank Otero wird geboren.
1937 Abe Lewis kommt als Brigadist in Spanien an. Ben Ackerman geht zu einer Veranstaltung mit Ralph Bates und entschließt sich, bei der Lincoln-Brigade anzuheuern. Massaker von Santa Quiteria. Ben verliebt sich in Lucia Hollander und lernt Teresa Quintana kennen.
1938 Geburt von Gal Ackerman; Teresa Quintana stirbt bei der Geburt. Hochzeit von Ben und Lucia Hollander, die dem Geheimdienst der Internationalen Brigaden angehört. Ben und Lucia adoptieren Gal, geben ihn als ihren eigenen Sohn aus und nehmen ihn mit in die Vereinigten Staaten. Ben lernt Antonio Ramos kennen. Abe Lewis wird repatriiert.
1946 Der Exbrigadist Alberto Fermi besucht Certaldo, um Umberto Pietri, Gals biologischen Vater, zu treffen.
1948 David Ackerman veröffentlicht seine ersten Reportagen zu den Vierteln von Brooklyn.
1949 Veröffentlichung der Reportagen des zweiten Sommers im *Brooklyn Eagle*.
1950 In Laryat, Sibirien, wird Nadja Orlov geboren.

1951 Abe Lewis lernt während einer Veranstaltung in New York Ralph Bates kennen.

1952 Gal betritt zum ersten Mal Bens Archiv. David und Lucia klären ihn über seine Herkunft auf. Gal geht mit seinem Großvater David zu einer Veranstaltung zu Ehren von Sacco und Vanzetti, die vor 25 Jahren hingerichtet wurden.

1954 Anerkennung des politischen Asyls für die Familie Orlov in den Vereinigten Staaten.

1955 Der *Brooklyn Eagle* wird eingestellt. Raúl der Zwerg wird geboren.

1957 Eröffnung des Oakland in den Docks von Brooklyn, nachdem Frankie seine erste Bar, Otero, geschlossen hat.

1959 Néstor Oliver Chapman wird in Triest geboren.

1958 Jaclyn Fox wird von ihrem irischen Liebhaber ermordet. David Ackerman stirbt.

1962 Nadja Orlov wird in das Konservatorium von Boston aufgenommen.

1963 Abe Lewis und Umberto Pietri treffen sich zufällig in Certaldo. Brief von Lewis an Ben und Lucia, in dem er sie darüber informiert, dass er den biologischen Vater von Gal Ackerman kennengelernt hat. Pietri stirbt an Lungenkrebs. Gespräch zwischen Lewis und Gal in Madrid, bei dem Lewis von seinem Treffen mit dessen Vater berichtet.

1964 Knut Jansson, dänischer Handelsschiffskapitän, geht in den Ruhestand.

1965 Gal veröffentlicht seinen ersten Text in der *Deauville Gazette.* Mikhail Orlov, Nadias Vater, stirbt.

1967 Mr. Tuttle, alias Der Schatten, erhängt sich im Zimmer 305 des Hotels Chelsea. Felipe Alfau hält im Periskop einen Vortrag über das Hotel Chelsea.

1969 *Mihrab* und *Das Periskop* entstehen, Tod von Ben Ackerman.

1970 Mark Rothko begeht Selbstmord, *Der Schatten* und *Kaddish* entstehen; Letzteres wird im *Atlantic Monthly* veröffentlicht.

1972 Moreau, Louise Lamarque und Gal treffen sich in einer Opiumhöhle. Gals Text *Opium* wird dadurch inspiriert. Sam Evans' Lebensbild und *Der Würgeengel* entstehen.

1973 Sam Evans stirbt. Gal besucht Louise Lamarque in Deauville, wo er den Umschlag öffnet, den die Unbekannte in Port Authority liegenlassen hat. Als er nach Manhattan zurückkommt, spioniert er mithilfe seines Freundes Marc Capaldi Zadic Stewart aus. Gal verfolgt sie bis zu ihrer Wohnung in Brighton Beach und engagiert anschließend den Privatdetektiv Robert Carberry. Treffen mit Nadia im Lincoln Center und anschließend in Hell's Kitchen. Die Kapitel »Marguerite« und »Deauville« entstehen, ein Text über die Begegnung mit Nadia Orlov in Port Authority.

1974 Gal entdeckt das Oakland und mietet das Studio von Raúl dem Zwerg.

1976 Gal kehrt nach fast zwei Jahren Abwesenheit ins Oakland zurück. Gals und Nadias Reise nach Oaxaca findet vermutlich in dieser Zeit statt.

1979 Knut Jansson stirbt. Frank findet Niels Claussen unter einer Horde von Obdachlosen in der Nähe vom Red Hook und nimmt ihn mit. Überarbeitete Fassung von *Der Schatten* als *Mister Tuttle*.

1978 Nadja heiratet Eric Rossof.

1979 Nadia lässt sich scheiden. Sie versucht, wieder ins Oakland zurückzukommen. Tod von Lucia Hollander.

1980 Gal erhält einen langen Brief von Nadia aus Coney Island, den Néstor in *Brooklyn* integrieren wird.

1985 Zweite Etappe von Gal im Oakland. Er erkundet Coney Island zusammen mit Nadja.

1986 Nadja geht nach Paris, um bei Philippe Bédier zu studieren. Gal verliert ihre Spur. Nadja heiratet Bruno Gouvy. Die Erzählung *Bryant Park* entsteht.

1987 Gal bekommt eine letzte Nachricht von Nadja: eine Ansichtskarte aus Las Vegas. Brooklyn Gouvy wird geboren.

1988 Alston Hughes stirbt, die Erzählung *Die Würfel des Todes* entsteht.

1989 Die Erzählung *April Olivia* entsteht. Néstor geht zu einer Vorführung eines Werks von Norman Mailer. Als er durch den Stadtteil spaziert, entdeckt er das Oakland und begegnet Gal. Ab da geht Néstor regelmäßig in die Bar von Frank Otero. Er schreibt im Stile Gals über die Docks.

1990 Gal liest Néstor eine Meldung über Daniel Rakowitz aus der *New York Times* vor. Bericht über die Entstehung von *Das Heft des Todes* und die Geschichte von Niels Claussen. Gal verliert in den Docks das Bewusstsein. Die Erzählung *Coney Island* entsteht.

1991 Seinen eigenen Tod voraussehend schreibt Gal die letztgültigen Versionen von *Opium*, *Mister Tuttle*, *Der Würgeengel* und *Bryant Park* sowie des Vortrags von Felipe Alfau über das Hotel Chelsea. Tod von Gal Ackerman.

1992 Die Erzählung *Brooklyn Heights* entsteht. Néstor rekonstruiert, basierend auf Gal Ackermans Erzählung, die Geschichte von Niels Claussen. Rekonstruktion von Gals und Nadjas Reise nach Oaxaca. Die Geschichte um Leonor Arias wird niedergeschrieben.

1993 Entstehung der Kapitel »Fenners Point«, »Der Friedhof am Meer« und »Dialog der Toten«. Néstor wählt aus Gals Heften die neun Fragmente aus, die er in »Der Würgeengel« aufnimmt, und lässt Platz für die Erzählungen, die er nicht findet, eine davon ist die Erzählung aus dem *Atlantic Monthly*. Nachdem *Brooklyn* fertig ist, nimmt er den Roman am 14. April mit nach Fenners Point. Néstor verlässt New York mit der Absicht, nicht mehr in die Vereinigten Staaten zurückzukehren.

2000 Ralph Bates stirbt.

2007 Nadia Orlov/Rossof/Gouvy stirbt. Ihr Witwer entdeckt in ihren Papieren eine größere Anzahl von Gals Schriften, *Brooklyn* ist nicht dabei.

2008 Am Geburtstag seiner Tochter Brooklyn überreicht Bruno Gouvy ihr die Schriften, die er nach Nadias Tod gefunden hat. Nachdem sie diese gelesen hat, fährt Brooklyn mit ihrer Freundin Samantha nach Fenners Point und findet dort Gal Ackermans Roman, in dem er über ihre Mutter schreibt. Frank geht nach Fenners Point und stellt fest, dass der Roman verschwunden ist. Er ruft Néstor an, um ihm das mitzuteilen. Samantha Stevens schickt den auf dem Dänischen Friedhof entwendeten Roman, *Brooklyn*, zurück. Brooklyn Gouvy schreibt Néstor eine Mail, ohne ihre Identität preiszugeben. Sie entdeckt die Erzählungen, die Néstor bei der Zusammenstellung von »Der Würgeengel« in den Heften nicht finden konnte. Treffen von Néstor und Brooklyn auf dem Friedhof in Cádiz, wo sie ihre Geschichten austauschten. Am Ende des Gesprächs übergibt Brooklyn Néstor Gals Schriften, die im Besitz ihrer Mutter waren.

2009 Frank Otero stirbt.

2010 Nach einem Zeitraum von zwei Jahren kehrt Néstor mit den Schriften, die ihm Brooklyn übergeben hat, nach Fenners Point zurück und erzählt Gal von seiner Begegnung mit Brooklyn Gouvy. Er sagt ihm außerdem, dass er die Entscheidung getroffen habe, trotz Brooklyns Fund den Roman nicht mehr zu verändern.

PERSONEN

(In der Reihenfolge ihres Erscheinens im Roman; es sind auch Personen aufgeführt, die zwar im Roman selbst nicht direkt auftauchen, aber für die Protagonisten eine wichtige Rolle spielen.)

Gal Ackerman: freier Schriftsteller und Lektor.

Louise Lamarque: französische Malerin, die im New Yorker Stadtteil Chelsea lebt.

Frank Otero: Emigrant aus dem spanischen Galizien, Inhaber des Oakland.

Ben Ackerman: Ingenieur und Freiwilliger bei den Internationalen Brigaden.

Lucia Hollander: Freiwillige bei den Internationalen Brigaden und Sozialarbeiterin.

Viktor Baez: persönlicher Assistent von Frank Otero und Amateur-Boxer.

Néstor Oliver Chapman: Journalist und Testamentsvollstrecker von Gal Ackerman; er vollendet den Roman seines Freundes Gal mithilfe von verschiedenen Dokumenten und Notizbüchern.

Jacques Hollbeck: persönlicher Sekretär von Louise Remarque.

Jimmy Castellano: Inhaber des Luna Bowl, eines Box-Clubs in Brooklyn Heights.

Diana Dobbs: Journalistin und Schriftstellerin; Ehefrau von Néstor Oliver Chapman.

Antonio Ramos: ein in Paris im Exil lebender spanischer Maler.

Nicole Girard: Übersetzerin bei Gallimard; Ehefrau von Antonio Ramos.

Alston Hughes: Dichter und Übersetzer aus Panamá.

Bruce Randall: Journalist bei der *New York Post.*

Sam Evans: blinder Schwarzer aus Louisiana; Memorisator von Gottes Wort.

Norman Mailer: Schriftsteller; Néstor Oliver Chapman schreibt über eine Aufführung eines seiner Werke in Brooklyn Heights.

Rick Patterson: Angestellter der Texaco-Tankstelle außerhalb von Deauville.

Kim Lewis: Haushaltsangestellte, wohnhaft in Deauville.

Lux: Belgischer Schäferhund, Blindenhund von Sam Evans.

Nadja Orlov: Geigerin; Geliebte von Gal Ackerman und Mutter von Brooklyn Gouvy.

Sasha Orlov: Geologe, Bruder von Nadja Orlov.

Zadie Stewart: Managerin der Werbeagentur Leichliter Associates.

Walker Martin: Inhaber eines Reitstalls außerhalb von Deauville.

Sarah Patterson: Inhaberin einer Konditorei in Deauville.

Abe Lewis: Sergeant der Lincoln-Brigade.

David Ackerman: Journalist und Setzer beim *Brooklyn Eagle*.

Umberto Pietri: italienischer Brigadist des Centuria Malatesta, auch bekannt als Bataillon des Todes.

Teresa Quintana: Milizionärin; Mutter von Gal Ackermann.

Patrizia Lewis: Krankenschwester; Ehefrau von Abraham Lewis.

May Gallagher: Großmutter von Gal Ackerman.

Cletus Wilson: Türsteher des Luna Bowl.

Manjit Singh: Taxifahrer.

Ernie Johnson: Kellner des Oakland.

Raúl Varela, der Zwerg: Adoptivsohn von Frank und Caroline Otero.

Daniel Rakowitz: Obdachloser; Mörder von Monika Beerle.

Nicolaus Mills: Obdachloser und Belastungszeuge in der Gerichtsverhandlung gegen Daniel Rakowitz.

Monika Beerle: Tänzerin, von Daniel Rakowitz ermordet.

Ricky Murcia: ein im Luna Bowl eingeschriebener Boxer.

Marc Capaldi: Werbeagent und Dichter. Freund von Gal Ackerman.

Claudia Rini: Modedesignerin und Freundin von Marc Capaldi.

Ralph Bates: Schriftsteller und militanter Anhänger der Britischen Kommunistischen Partei; organisierte während des Spanischen Bürgerkriegs unzählige Aktionen zur Unterstützung der Republikaner.

Bernard Maxwell: amerikanischer Arzt der Internationalen Brigaden.

Mirko Stauer: Aristokrat aus Montenegro, Mitglied der Kommunistischen Partei und Spion.

Alberto Fermi: Brigadist der Einheit Luigi Longo.

Josef Gálicz: polnischer General der Internationalen Brigaden.

Antonin Sáez: Funktionär der UGT-Gewerkschaft; trägt die Geburt von Gal Ackerman ins Register ein und stellt den Totenschein von Teresa Quintana aus.

Boy und Orlando: Boxer aus dem Luna Bowl.

Álida Cruz: Kellnerin im Oakland.

Carolyn Varela: Ehefrau von Frank Otero und Seele des Oakland.

Manuel El Cubano: Mädchen für alles im Oakland.

Niels Claussen: Offizier der Dänischen Handelsmarine und Deserteur.

Knut Jansson: Kapitän der Aalvand, eines dänischen Handelsschiffs.

Jaclyn Fox: Dirne aus Jamaika und Ehefrau von Niels Claussen.

Ryan Callahan: Inhaber eines Pubs in Red Hook und Liebhaber von Jaclyn, deren Mörder er wird.

Tracy Morris: Rezeptionistin der Detektei Clark.

Robert Carberry: Detektiv bei der Detektei Clark.

Jeremías Gómez: Pförtner in der Philharmonic Hall des Lincoln Centers.

Fuad Nassoor: Buchhändler aus Beirut, der einen Bücherstand in Brooklyn Heights betreibt.

Dylan Taylor: Redaktionsleiter der *New York Post* und dann später des *Travel Magazines*.

Niall Kerrigan: Polizist.

Chuck Walsh: militanter Anarchist. Besitzer eines Lebensmittelgeschäfts in Coney Island.

Magnus Larsen: Offizier der Dänischen Handelsmarine.

Leonor Arias: im mexikanischen Exil lebende republikanische Lehrerin.

Baxter Keaton: Bruder von Alice Keaton, bei deren Bestattung Nadja ein Stück von Schubert spielt.

Eric Rossof: Pianist, erster Ehemann von Nadja Orlov.

Robert Moreau: Dichter und Übersetzer für Französisch; Mitglied bei der Bruderschaft der Inkohärenten.

Mussifiki Mwanassali: Kunstkritiker und Professor an der New York University.

Jair Khouri: ägyptischer Teppichverkäufer, Angestellter des Smyrna-Basars in Brooklyn Heights.

Sylvie Constantine: belgische Fotografin und Liebhaberin von Louise Lamarque.

Bernard Constantine: Schweizer Geschäftsmann; Vater von Sylvie.

Demetria Martin: afroamerikanische Fotografin, bekannt durch ihre Fotoreportagen über Persönlichkeiten aus Harlem.

Felipe Alfau: auf Englisch schreibender Schriftsteller, Autor des Buches *Locos*.

Jesús Colón: Schriftsteller und Journalist puertoricanischer Abstammung; Mitglied der Kommunistischen Partei.

Aquilino Guerra, der Einäugige: Erfinder, Theaterautor, Geschichtsprofessor, Autor von Büchern über imaginäre Reisen und Inhaber eines Lebensmittelgeschäfts in Manhattan.

Henry Martínez, Professor Gin: ständiger Sekretär der Bruderschaft der Inkohärenten in Manhattan.

Jesús Anzaldúa: Dichter der Lüfte und Geheimschriftsteller. Lebt in Erwartung der Ankunft der Muse.

Mario Urdaneta, Gilgamés: Buchhändler, Schmarotzer und professioneller Plagiator, Mitglied der Bruderschaft der Inkohärenten, Pariser Sektion.

Mister Tuttle, Der Schatten: Bewohner der Unterwelt von Downtown-Manhattan.

Tamara Ward: Wächterin des geheimen Eingangs zu den Tunneln von Downtown-Manhattan, der sich an der Kreuzung Chrystie, Stanton befindet.

Rogelio Santana: Vertreter für Enzyklopädien und Freund von Jesús Colón.

Craig Jackson: Direktor des Chelsea-Hotels.

José Vargas: Rezeptionist des Chelsea-Hotels.

Vito Cavalcante: ständiger Angestellter der Opiumhöhle in der Mott Street 20.

Mae Wong: Transvestit, der die Kunden der Opiumhöhle von Chinatown empfängt.

Li Xia: Greisin und Wahrsagerin, die die Kunden der Opiumhöhle betreut.

Marguerite Duquesne: Schulfreundin und ehemalige Liebhaberin von Louise Lamarque.

Jimmy Fisk: Magnat, der im Hotel Chelsea residierte.

Murphy Burrell: Studienassistent von Felipe Alfau.

William Dean Howells: Romancier, der im Chelsea Hotel residierte.

Mark Twain: Romancier, der im Chelsea Hotel residierte.

Hart Crane: Dichter, der im Chelsea Hotel residierte.

O. Henry: Erzähler, der im Chelsea Hotel residierte.

Edgar Lee Masters: Dichter, der im Chelsea Hotel residierte.

Thomas Wolfe: Romancier, der im Chelsea Hotel residierte.

David Bard: Inhaber des Hotels Chelsea zwischen 1940 und Anfang der 70er Jahre.

Arthur Miller: Dramaturg, der im Chelsea Hotel residierte.

Dylan Thomas: Dichter aus Gales, der im Chelsea Hotel residierte.

William Burroughs: Romancier, der im Chelsea Hotel residierte.

Colm Talbot: Ex-Polizist, Inhaber der Bar Wild Fire.

Al Green: Jazz-Kontrabassist; ständiger Musiker im Club Mad Stork.

Esmeralda Santiago: Jugendliche aus der Bronx, die sich in den Bars von Chelsea prostituiert.

Altansarnai: ältere Dame, ursprünglich aus der Mongolei, die an einem Stand im Bryant Park Tee verkauft.

Camila Otero: ältere Tochter von Frank und Carolyn.

Wally Henderson: Buchhalter, Schwiegersohn von Frank Otero.

Teresita Otero: Tochter von Frank und Carolyn; Lehrerin für Naturwissenschaften in einer Schule in Baltimore.

Vincent Otero: Franks älterer Sohn, der das Oakland nach dessen Tod übernehmen wird.

Danny Arroyo: Assistent von Frank Otero nach der Rückkehr von Viktor Báez nach Puerto Rico.

Peter Callahan: Briefträger, der das entwendete Exemplar von *Brooklyn* übergibt.

Samantha Stevens: Kommilitonin von Brooklyn Gouvy, die sie nach Fenners Point begleitet, wo sie den Roman von Gal und Néstor finden.

Mark Rothko: Kunstmaler.

Thomas Mulligan: Ermittlungsbeamter, damit beauftragt, Rothkos Selbstmord zu untersuchen.

Patrik Lappin: Ermittlungsbeamter, damit beauftragt, Rothkos Selbstmord zu untersuchen.

Arthur Lidov: angestellter Künstler und Nachbar von Mark Rothko.

Jackson Pollock: Kunstmaler.

Arshile Gorky: Kunstmaler.

Ad Reinhardt: Kunstmaler.

Jacob Rothkovich: Vater des Malers Mark Rothko.

Mell Rothko: Buchillustratorin; zweite Frau von Mark Rothko.

Kate Lynn Rothko: Tochter von Mark und Mell.

Christopher Rothko: jüngerer Sohn von Mark Rothko.

Sonia Allen Rothko: Schwester von Mark Rothko.
Rita Reinhardt: Witwe des Malers Ad Reinhardt; aß mit Rothko am Tag von dessen Selbstmord zu Abend.
Willem de Kooning: Kunstmaler.
Oliver Steindecker: Assistent von Mark Rothko.
Anne Marie Levine: Freundin von Rothko, eilt zum Studio des Malers, als die Leiche entdeckt wird.
Frank Ventgen: Assistent des Malers Theodoros Stamos.
Theodoros Stamos: Kunstmaler.
Paul Wilkes: Journalist bei der *New York Times* und Autor einer Reportage über die New Yorker Polizei, in der die Episode um Rothkos Selbstmord erzählt wird.
Robert Motherwell: Kunstmaler und Autor einer Elegie auf die Spanische Republik.
David Smith: Bildhauer.
Judith Lehotay: forensische Medizinerin, die Rothkos Leiche untersucht.
Adolf Gotlieb: Kunstmaler.
Thomas Pynchon: Romancier und Musikliebhaber.
Don DeLillo: Jazz-Liebhaber, Romancier und Verehrer von Thelonius Monk.
Melanie Ferguson, Oedipa: Literaturagentin und Freundin von Thomas Pynchon.
Amy Coltrane: Party-Girl.
Gengis Cohen: Leiter der Abteilung Vergleichende Literatur an der Columbia University.
Pierre Lacan: Doktorand.
Harry Blum, Der Philologische Frosch: Literaturkritiker von großer internationaler Bedeutung.
Nat Stevens: Sicherheitsbeamter der *New York Post*.
Linnea Colbert: Luxus-Call-Girl, die eine Zeitlang im Motel von Frank Otero wohnt.
Patrick Duvalier: Fahrer haitianischer Abstammung zu Diensten von Linnea Colbert.
Bruno Gouvy: belgischer Diplomat; zweiter Ehemann von Nadja Orlov.
Brooklyn Gouvy: Architektur-Studentin; Tochter von Nadja Orlov und Bruno Gouvy.

Philippe Bédier: Lehrer von Nadja Orlov im Pariser Konservatorium.

Marylyn Dawson: Lehrerin von Nestor Oliver Chapman in dessen Kindheit in Summerhill.

A.S. Neill: Gründer von Summerhill, der Schule, die Nestor Oliver Chapman während seiner Kindheit besuchte.

Lynd Kair: Dozentin in der Journalisten-Schule der Columbia University und Mentorin von Nestor.

GLOSSAR

S. 12 *Zweite Republik*: Als solche wird in Spanien die Zeit zwischen 1931 und 1936/39 bezeichnet, die durch den Militärputsch Francos und den anschließenden Bürgerkrieg beendet wurde. Die Zweite Republik wurde am 14. April 1931 ausgerufen.

S. 20 *Putschisten:* die Nationalisten unter General Franco.

Miliz/Milizionäre: die ersten internationalen Freiwilligen, die aufseiten der Republikaner im Spanischen Bürgerkrieg kämpften. Später wurden sie in die Internationalen Brigaden eingruppiert.

S. 29 *Wie der Pfarrer und der Barbier:* Anspielung auf eine berühmte Szene aus dem *Don Quijote*, wo der Pfarrer und der Barbier Gericht über die Ritterromane Don Quijotes halten und die ihrer Meinung nach schädlichen Texte verbrennen.

S. 36 *Yijing*: ›Buch des Wandlungen‹, der älteste der klassischen chinesischen Texte, Sammlung von Zeichnungen und zugeordneten Sprüchen.

S. 54 *Die Internationalen Brigaden*: vgl. dazu den Absatz zum *Spanischen Bürgerkrieg*.

S. 55 *Centuria Malatesta/Bataillon des Todes*: Einige Hundert italienische Anarchisten, teils aus dem französischen Exil, die 1937 in Madrid mit Dolch und Totenkopfbanner paradierten. Das Bataillon wurde 1937 aufgerieben.

S. 56 *CNT-Angehöriger:* CNT steht für Confederación Nacional del Trabajo, eine Konföderation anarchosyndikalistischer Gewerkschaften in Spanien und mit über 2 Mio. Mitgliedern eine der wichtigsten Widerstandsgruppen gegen Franco.

Falangisten: faschistische Partei in Spanien, ab November 1936 unter General Franco als Anführer.

S. 69 *Sacco und Vanzetti:* Die beiden Anarchisten Bartholomeo Sacco und Nicola Vanzetti wurden 1920 beschuldigt, den Zahlmeister und den Wachmann einer Schuhfabrik überfallen, 15.000 Dollar Lohngelder erbeutet und beide erschossen zu haben, und wegen Raubmordes angeklagt. Obwohl die Beweislage äußerst dürftig war und trotz weltweiter, teilweise gewaltsamer Proteste wurden die beiden am 23. August 1927 hingerichtet. Bis heute konnte ihre Schuld nicht bewiesen werden. Prozess und Hinrichtung wurden und werden immer noch als Fall von Klassenjustiz und staatlicher Willkür betrachtet. Beide stammten aus der Arbeiterklasse, zu deren Märtyrern sie durch ihre Hinrichtung wurden.

S. 82 *Thomas Wolfe* (1900–38) war ein amerikanischer Romancier mit großen Einfluss vor allem auf die spätere Beat-Generation, aber z.B. auch auf Philip Roth. Sein erster Roman *Look Homeward, Angel* (1929) gilt als weitgehend autobiographisch.

S. 122 *Spanischer Bürgerkrieg*: Der Spanische Bürgerkrieg begann am 17./18. Juli 1936 mit einem Putsch nationalistischer Militärs unter General Franco, unterstützt von Monarchisten, Rechtsrepublikanern, Großgrundbesitzern, Falangisten und der Kirche, gegen die 1931 gewählte demokratische Regierung der Zweiten Spanischen Republik. Während die Putschisten anfangs große Teile des Landes einnehmen konnten, stellten sich ihnen in den großen Städten wie Madrid und Barcelona linke Arbeiterinnen und Arbeiter, Anarchisten sowie baskische und katalanische Nationalisten erfolgreich entgegen. Ende Juli 1936 begannen das nationalsozialistische Deutschland und das faschistische Italien die Putschisten militärisch zu unterstützen, während die Republikaner kaum internationale Unterstützung erhielten, weshalb sich 40.000–50.000 antifaschistische Freiwillige aus aller Welt zu den Internationalen Brigaden formierten, um gegen die Franquisten zu kämpfen. In den drei Jahren des Spanischen Bürgerkrieges wurden zwischen 200.000 und 500.000 Menschen getötet. Zum Sinnbild der Brutalität wurde der Angriff der Deutschen Luftwaffeneinheit ›Legion Condor‹ im Auftrag der Putschisten auf die baskische Kleinstadt Guernica, die dabei vollständig zerstört wurde. Auf Druck des Völkerbundes verließen die Mitglieder der Internationalen Brigaden Ende 1938 Spanien. Viele Brigadisten wurden in französische Lager interniert und nach der deutschen Besetzung Frankreichs in Konzentrationslager deportiert. Anfang 1939 erkannten Frankreich und England die Faschisten als offizielle spanische Regierung an, der Vatikan schon im August 1937. Nachdem die Franquisten die republikanische Zone im März 1939 kampflos einnehmen konnten, erklärte Franco den Bürgerkrieg am 1. April 1939 für beendet. Rund eine halbe Million Republikaner mussten ins

Ausland fliehen. Die Franco-Diktatur dauerte bis zu seinem Tod 1975.

S. 123 *Ralph Bates* (1899–2000), britischer Schriftsteller, Journalist und Aktivist. Sein Hauptwerk, *The Olive Field* (1936), über Leben und Kampf anarchistischer Arbeiter auf den Olivenhainen in Andalusien kurz vor Ausbruch des Spanischen Bürgerkriegs wurde mit den Werken von Malraux und Hemingway über den Spanischen Bürgerkrieg verglichen und hatte vor allem großen Einfluss auf englischsprachige Brigadisten. Bates nahm selbst als Kämpfer der Internationalen Brigaden am Spanischen Bürgerkrieg teil und reiste im Auftrag der spanischen Regierung mehrmals nach Mexiko und in die USA, um Geld für Waffen zu sammeln. Unter dem Eindruck der Invasion der Roten Armee in Finnland 1939 sagte er sich schließlich vom Kommunismus los.

S. 124 *Malraux*: André Malraux' (1901–76) sprachlich dichte Romane kreisen um den Menschen in seinem blutigen, entsetzlichen Ringen in den revolutionären Umwälzungen der Gegenwart. *L'Espoir* (1937, dt. *Die Hoffnung*) handelt vom Spanischen Bürgerkrieg.

S. 125 *Chicote*: Das Chicote ist eine Kultbar in Madrid, in der politische, literarische und Größen aus Film und Sport ein- und ausgingen.

S. 130 *Luigi Longo* befehligte eine kommunistische Einheit bei der Schlacht von Madrid. In der Folge nahm er als Inspekteur der Internationalen Brigaden weiter am Spanischen Bürgerkrieg teil, wo er den Kampfnamen *Gallo* erhielt.

S. 164 *McGraw-Hill*: US-amerikanischer Verlag mit Sitz in New York, bekannt für Lehr- und Schulbücher, 2011 aufgeteilt und teilweise übernommen.

S. 168 *MET*: Metropolitan Museum of Art.

S. 184 *Hier hatte Hemingway sein Hauptquartier:* Ernest Hemingway (1899–1961) ist einer der bekanntesten und auch erfolgreichsten US-amerikanischen Erzähler des 20. Jahrhunderts, 1954 mit dem Literaturnobelpreis ausgezeichnet. Als Kriegskorrespondent über den Spanischen Bürgerkrieg wurde er zu einer Art Legende. Tatsächlich wohnte er in Madrid jeweils im *Hotel Florida*, einer Art Hauptquartier der ausländischen Unterstützer der republikanischen Seite, in Zimmer 108. Aus seiner Zeit in Spanien sind mehrere Erzählungen und Romane hervorgegangen, u.a. einer seiner bekanntesten Romane *For Whom the Bell Tolls* (1940) über den Spanischen Bürgerkrieg sowie der Essay *Death in the Afternoon* (1932) über den Stierkampf.

S. 212 *Coelenteraten*: Fachbegriff für Hohltiere: Nesseltiere und Quallen.

S. 217 *Non ti preocupare de niente …*: italienisch für: ›Mach dir überhaupt keine Sorgen‹.

S. 224 *Parfait Amour*: französisch für ›perfekte Liebe‹.

S. 229 *Finisterre:* wörtlich ›Ende des Landes/der Welt‹. Das Cabo de Finisterre befindet sich an der Westküste Galiziens, an der Spitze einer kleinen Halbinsel aus Granit, und bildet das Ende des Santiago-Pilgerwegs.

S. 230 *Grashalme*, später auch *Grasblätter*: *Leaves of Grass* ist das Hauptwerk von Walt Whitman, eines der bedeutendsten Lyriker der USA. Die erste Publikation erfolgte 1855, die stark erweiterte 9. Auflage stammt von 1892.

Lucky Luciano, Meyer Lansky und Frank Costello gehörten zu den wichtigsten Gangsterbossen zur Zeit der amerikanischen Prohibition.

chassidische Sekten: mystische Strömung des ultraorthodoxen Judentums.

S. 233 *Henry Hudson*: Am 6. April 1609 stach Henry Hudson im Auftrag der Ostindischen Kompanie mit der *Halve Maen* (›Halbmond‹) von den Niederlanden aus in See, um die Nordwest-Passage zum Pazifik zu erkunden. Nachdem er Kanada erreicht hatte, segelte er an der Ostküste hinab, an Manhattan und Long Island vorbei und schließlich auf dem *Hudson* River bis zum heutigen Albany, bevor er nach Hause zurückkehrte.

S. 251 *Cohibas:* Die kubanische Cohiba-Zigarre gilt als die Königin der Havannas.

S. 252 *Camaro*: ein Sportwagen von Chevrolet.

S. 275 *NYU*: New York City University.

S. 276 *Fez*: Kopfbedeckung aus Filz in Form eines stumpfen Kegels mit Quaste.

S. 282 *Felipe Alfau* (1902–99) war ein in den USA lebender spanischer Autor, der vorwiegend auf Englisch schrieb. Sein erster Roman *Locos* wurde nach der Publikation 1936 kaum beachtet und war erst nach der Wiederentdeckung und -Publikation 1987 einigermaßen erfolgreich, wobei der Autor darauf bestand, dass sein Honorar für die Förderung unpublizierter Werke verwendet wurde. Sein zweiter Roman *Cromos* (1990) wurde für den National Book Award nominiert.

Chorizos: spanische Paprikawurst und eine der unerlässlichen Zutaten der spanischen Küche; kein spanischer Eintopf und keine Paella ohne Chorizo.

S. 285 *Mary McCarthy* (1912–89), anfangs Kommunistin, war lange Jahre Theaterkritikerin und Verfasserin von bedeutender politischer Essayistik und gesellschaftskritischer Prosa: geistreiche und scharfsinnige Kritik in brillantem Stil.

S. 286 *Vicente Blasco Ibañez* (1867–1928) war ein regierungskritischer spanischer Schriftsteller und Politiker, der, neben Gefängnisaufenthalten, zeitweise ins Exil gehen musste. Einige seiner Bücher wurden in Hollywood verfilmt.

TIRO AL BLASCO: ›Schuss auf Weiß‹, unübersetzbares Wortspiel: Durch Ersetzen von Blanco durch Blasco wird Blasco zur Zielschiebe.

Lincoln-Brigade: internationale Einheit im Spanischen Bürgerkrieg unter dem Oberbefehl der XV. Internationalen Brigade.

S. 288 *Cannoli*: sizilianische Cremerollen.

S. 307 *alloglott*: im Sinne von ›mehrsprachig‹.

S. 309 *Maria Zambrano* (1904–91) war eine spanische Philosophin, Lyrikerin und Essayistin.

Salsipuedes: wörtlich ›Fliehe, wenn du kannst‹. Beim Massaker von Salsipuedes 1931, das als planvolle Aktion der uruguayischen Armee zur Ausrottung der Charrúa gilt, wurden 40 Angehörige der Charrúa getötet und 300 gefangengenommen.

S. 311 *Kaddish*: eines der wichtigsten Gebete im Judentum, oft fälschlicherweise als Totengebet bezeichnet, das u.a. am Grab und im Anschluss elf Monate lang täglich vom nächsten männlichen Verwandten gesprochen wird.

S. 312 *Don Miguel de Unamuno* (1864–1936) gilt als einer der bedeutendsten Köpfe der neueren spanischen Literatur mit starkem literarischen und politischen Einfluss auf das spanische Leben; Vertreter der sog. ›Generation von 1898.

S. 315 *O. Henry* (eigentlich William Sydney Porter, 1862–1910) war ein zu seinen Lebzeiten weltberühmter Autor von mehreren Hundert Kurzgeschichten. Er führte ein Abenteuer- und Vagabundenleben, zeitweise im Gefängnis, war starker Alkoholiker und starb schließlich an Leberzirrhose.

S. 316 *Hart Cranes* Gedichtzyklus *The Bridge* (1930) über die Brooklyn Bridge gilt als Schlüsseltext der amerikanischen Moderne.

Edgar Lee Masters: Als sein Meisterwerk gilt die *Spoon River Anthology* (1914/15), die aus Epitaphen von Toten einer amerikanischen Kleinstadt besteht.

S. 317 *Sinclair Lewis* (1886–1951), der 1930 als erster Amerikaner den Literaturnobelpreis erhielt, wurde bekannt durch eine neue Gattung satirischer und gesellschaftskritischer Romane.

S. 319 *Arthur Miller* (1915–2005) gilt als einer der wichtigsten gesellschaftskritischen Dramatiker überhaupt.

Dylan Thomas (1914–53) gilt als einer der bedeutendsten englischen Dichter. Er war berüchtigt für seine Alkoholexzesse.

William Burroughs (1914–97), Vertreter der Beat-Generation, Satiriker einer wertentleerten, sich auf niedrigere Lebensformen zubewegenden Gesellschaft. Sein Hauptwerk *Naked Lunch* (1959) kreist um das Thema Kontrolle, um Obsessionen, Sucht, reale und eingebildete Drogen.

S. 324 *Blake*: Anspielung auf *The Marriage of Heaven and Hell* (1790–93) von William Blake.

Bukowski, Charles (1920–94) war ein amerikanischer Autor und Vielschreiber, der sich in seinen Romanen vor allem mit den Randzonen der bürgerlichen Gesellschaft befasste und dabei brutale Gewalt, obszöne Sexualität und den Schmutz der Gosse nicht aussparte.

S. 340 *Celia Cruz* (1925–2003) war eine kubanisch-amerikanische Sängerin, die als Königin des Salsa gilt und sozialpolitisch sehr aktiv war.

S. 351 *Ensor*: Der Maler und Zeichner James Sidney Ensor (1860–1949) gilt als wichtigster belgischer Vertreter des Symbolismus und als Vorläufer des Expressionismus, wobei er v.a. als ›Maler der Masken‹ bekannt wurde.

S. 354 *Mimeographie*: ein Siebdruckverfahren.

S. 356 *Mark Rothko* (eig. Markus Rothkowitz, 1903–70) war ein sehr erfolgreicher amerikanischer Maler, zunächst realistisch, dann surrealistisch malend, schuf er ab den 1940er Jahren großformatige

Color Field Paintings. An schweren Depressionen leidend, beging er am 25. 2. 1970 in seinem Atelier in New York Selbstmord.

S. 361 *Sinequan*: ein Antidepressivum.

Yisborach, v`yistabach, v`yispoar, v`yisroman, v`yisnaseh, v`yishador, v`yishalleh, v`yisshallol, sh`meh, d'kudsho, b'rich,ru …: Teil des *Kaddish*, in etwa: ›Gepriesen sei und gerühmt und verherrlicht und erhoben und erhöht und gefeiert und hocherhoben und gepriesen der Name des Heiligen, gelobt sei er …‹

S. 372 *V.* ist Thomas Pynchons 1963 erschienener Debutroman, eine selbstironisierende Spielart des absurden Romans, der als Schlüsselwerk der Postmoderne gilt und seinen Autor schlagartig berühmt machte. Nachdem der Historiker *Stencil* in den Tagebüchern seines Vaters die Initiale *V.* entdeckt, hinter der er seine Mutter vermutet, beginnt eine obsessive, zunehmend abstruse Suche nach ihr.

S. 373 *Thelonious Monk* (1917–82) war ein afroamerikanischer Jazz-Musiker und einer der Mitbegründer der *Bebops*.

S. 375 *Thomas Pynchon* (geb. 1937), der als wichtiger Vertreter der Postmoderne gilt, wurde durch seinen ersten Roman *V.* (1963) schlagartig bekannt und zog sich darauf völlig von der Öffentlichkeit zurück. Er lebt mit seiner Frau und Agentin Melanie Jackson und dem gemeinsamen Sohn in Manhattan, wo ihn 1997 ein CNN-Reporter aufspürte, worauf er die Veröffentlichung der Fotos untersagte, dem Sender aber ein kurzes Interview gab. Von Pynchon existieren nur einige mehr als 40 Jahre alte Fotos.

Die Enden der Parabel, Pynchons Hauptwerk, 1973 erschienen als *Gravety's Rainbow*, gewann 1974 den National Book Award.

Isaac Bashevis Singer (1902–91) gewann 1974 zusammen mit Pynchon für die Kurzgeschichtensammlung *A Crown of Feathers and Other Stories* den National Book Award und 1978 den Nobelpreis für Literatur für sein Gesamtwerk.

S. 376 *Irwin Corey* (1914–2017) war ein sehr bekannter amerikanischer Stand-Up-Comedian, der tatsächlich für Thomas Pynchon den National Book Award entgegennahm.

S. 377 *Non ti preocupare. Stiamo un attimo, prendiamo la mescalina, qualcosa da ber e partiamo*: italienisch für: ›Mach dir keine Sorgen. Wir bleiben hier, werfen uns Meskalin rein, irgendeinen Drink, und gehen wieder.‹

Eduardo Lago
Llámame Brooklyn
Ediciones Destino, Barcelona 2006;
übersetzt auf Grundlage der Neuauflage: MALPASO, Barcelona 2016.

Eduardo Lago
Brooklyn soll mein Name sein
Roman
Aus dem Spanischen von Guillermo Aparicio
In Zusammenarbeit mit Carlos Singer

1. Auflage
Stuttgart, Kröner 2021
ISBN: 978-3-520-62401-7

Dieses Werk wurde publiziert mithilfe eines Zuschusses
des Spanischen Ministeriums für Kultur und Sport.

MINISTERIO DE CULTURA Y DEPORTE
DIRECCIÓN GENERAL DEL LIBRO Y FOMENTO DE LA LECTURA

Umschlaggestaltung: Denis Krnjaić
Unter Verwendung eines Fotos von Coney Island © Benjamin Voros.

Gesamtherstellung: Friedrich Pustet Regensburg